Reino
DOS CÉUS

RADEGUND
LIVRO I

A SAGA RADEGUND

LIVRO I

LIVRO II

LIVRO III

LIVRO IV

LIVRO V

DRICA BITARELLO

Reino DOS CÉUS

RADEGUND LIVRO I

5ª EDIÇÃO

2021

Título • **Reino dos Céus**

Copyright © 2009 por Drica Bitarello

Todos os direitos em lingua portuguesa reservados a Editora Sarvier. Nenhuma parte deste livro pode ser utilizada ou reproduzida sob quaisquer meios existentes sem autorização por escrito da autora.

Revisão • **Elimar Souza**
Projeto Gráfico • **Sara Vertuan**

Modelo • **Bruno Claudino**
Fotografia/produção • **Paulo Henrique Alves Soares**

Dados Internacionais de Catalogação na Publicação (CIP)
(Câmara Brasileira do Livro, SP, Brasil)

Bitarello, Drica
    Reino dos céus : livro I / Drica Bitarello. --
5. ed. -- São Paulo : Sarvier Editora, 2021.

    ISBN 978-65-5686-017-6

    1. Romance brasileiro I. Título.

21-61544   CDD-B869.3

Índices para catálogo sistemático:

1. Romances : Literatura brasileira   B869.3

Cibele Maria Dias - Bibliotecária - CRB-8/9427

Fanpage: https://www.facebook.com/DricaBitarello
Instagram: @dricabitarello_autora
E-mail: dbitarello.contato@gmail.com

Assessoria: Dani Guimarães

HÁ DEZ ANOS...

"*Algumas coisas começam de forma despretensiosa. Uma pequena ideia, algumas anotações, a vontade de contar uma história interessante, papel e caneta disponíveis. Tudo muito simples. Até que a história começa a tomar conta de nós.*

As vozes não nos dão sossego. Falam incessantemente na maioria das vezes. Interrompem o banho, o almoço, a viagem de ônibus. Surgem durante um voo de madrugada, principalmente naqueles em que planejamos dormir durante todo o trajeto. Atrapalham nosso sono, mudam nossa rotina, despertam nossa curiosidade sobre todo e qualquer detalhe que sirva para enriquecer nosso universo e as tintas com as quais a narrativa será pintada.

Pior do que o tagarelar incessante, é o silêncio das vozes. Ah, sim, elas se calam! Momentaneamente, às vezes. Ou por dias, semanas, meses e até por assustadores anos. Colocam-nos numa espera angustiante, no limite entre a culpa e o desespero. Até que, de repente, sem mais nem porquê, desatam a falar de novo. E haja mãos, papel e velocidade sobre um teclado.

A história de Radegund começou mais ou menos assim. Meio que de brincadeira, um tanto sem querer. Mas eu deveria saber que, geniosa como ela é, Radegund não deixaria nada por menos. Falou por noites a fio, corrigiu, cortou, retomou, relembrou e me fez revisar o texto milhões de vezes. E o que era para ser apenas uma história para divertir a mim e as minhas amigas, cresceu de tal forma, se expandiu com tamanha velocidade, que se tornou uma saga muito maior e mais complexa do que eu jamais teria imaginado no início. Enfim, Radegund e seus pares criaram a si próprios. Eu apenas escrevi.

Drica Bitarello, verão de 2010"

Essa era a apresentação de **Reino dos Céus,** há dez anos. Lançada em edição independente pela plataforma Clube de Autores, foi o segundo livro da saga Radegund a ser escrito, logo após eu ter terminado **Fogo Vermelho**. E essa é a primeira coisa que devo contar a vocês: antes de **Fogo Vermelho**, seu sucessor na cronologia da saga de Radegund, **Reino dos Céus** nunca existiu. Isso mesmo: ele nasceu *depois* do livro que vem depois dele! A segunda coisa é sobre suas camadas. Acho que isso eu nunca falei para vocês. Ele é um livro com várias nuances, algumas propositais, outras nem tanto. Mas o fato é que você pode lê-lo apenas como um romance romântico temperado com aventuras, ou pode mergulhar mais fundo e descobrir a trilha de migalhas de pão que deixei para vocês em suas linhas, e que farão toda diferença (não, não vou entregar o ouro contando onde estão!).

Fruto de muita pesquisa histórica e de muita imaginação, **Reino dos Céus** foi concebido, acima de e antes de tudo, para minha própria diversão. É a história que eu gostaria de ter lido, mas nunca encontrei. Então, ela chegou até mim. Como diz Elizabeth Gilbert, a história me fez uma visita e eu a agarrei! Eu jamais imaginava, naqueles dias e noites em que esboçava as primeiras versões desta trama, que ela se tornaria uma série muito maior do que jamais sonhei.

Dez anos depois, preparando esta nova edição pela **Sarvier**, revivi as emoções que senti ao escrever a história pela primeira vez. Agora, com a visão mais madura que os anos nos proporcionam e o conhecimento quase divino de saber qual o destino de cada um dos personagens que criei lá atrás, eu olhava para eles e pensava: *tolinhos, vocês nem sabem o que os espera...* Foi como abrir um velho álbum de fotografias ou assistir aquele VHS esquecido no fundo do armário. Um turbilhão de sentimentos que me fez voltar não somente à trama do livro, mas à época em que ele foi escrito. Percebi que há muito de mim nestas linhas, em cada um dos personagens e situações vividas por eles. Sim, pessoas amadas, é impossível à uma autora ou autor isentar absolutamente seu texto de si mesmo. Não importa o que lhe digam, isso não existe! No fim das contas, aqui deixamos pedacinhos de nossas almas para que vocês as recolham e acolham em seus corações. Cuidem de nós com carinho.

Com amor, Drica Bitarello, no verão de 2021.

REINO DOS CÉUS – DEZ ANOS

Agradeço à todas as leitoras que me contaram como foi seu primeiro encontro com o universo de Radegund. Você vai ler alguns desses depoimentos que aqueceram meu coração. A você, minha gratidão por esses dez anos de apoio ao meu trabalho.

Drica Bitarello

"Conheci *Radegund* ainda na época da comunidade *"Adoro Romances"* do *Orkut* Fiquei viciada. Drica tem uma escrita primorosa, narrativa que te prende, personagens que são muito vivos, quase palpáveis. Em algumas horas eu queria bater no *Mark*, surrar o *Sven*, botar a ruiva no colo e chorar com ela. Morro de rir com *Leila* e seu jeitinho mandão e fofo, essa sarracena tão forte quanto de *Radegund*. O que poucas pessoas não entendem é a extensão da pesquisa dessa autora. Primorosa e cuidadosa. Sou enfermeira, mas amante inveterada de História e essa *menina* me descrevia até o formato dos elos das cotas de malha, detalhes das grevas, tipos de materiais dos gibões, etc. Sou fã raiz dessa autora que tive o prazer e a felicidade de conhecer quando lançou em 2019 um de seus livros aqui no Rio, 'Anjo Caído'. "

Tatiana Cunha. Rio de Janeiro/RJ

"Uau, conheci REINO DOS CÉUS no *Orkut*, quando ainda era postado nos comentários. Esperávamos ansiosamente por cada capítulo que se diferenciava dos demais pelo primor e pela temática diferente. O livro marcou uma época linda da minha adolescência. Foi com muita alegria e gratidão que o reencontrei. No *Orkut* li todos, menos o último, que deixei pela metade. Mas até hoje me lembro da história e de seus desdobramentos. Um livro que traz amor, dor, paixão e esperança, ou seja, um clássico. "

Leyde Lyra, Coriba/BA

"Eu conheci REINO DOS CÉUS na comunidade *"Adoro Romances"* do *Orkut*. Se não me engano o ano era 2006, tinha por volta de 20 anos. Aproveitava os momentos ociosos do meu antigo emprego para ler as histórias publicadas na comunidade. Havia várias histórias muito boas, mas nenhuma me tocou como REINO DOS CÉUS. Me apeguei à história e aos personagens tão cativantes. Lembro que era muito gostoso acompanhar cada passagem da história que a Drica publicava. Ela sempre deixava um gostinho de *quero mais*. Anos se passaram e ficava me perguntando se a Drica teria conseguido publicar sua obra. Um dia resolvi pesquisar no Google e localizei um *blog* sobre a saga e fiquei muito feliz em saber que o REINO DOS CÉUS havia sido publicado no *Clube dos Autores*. Corri para adquirir o meu. Infelizmente não tenho mais a primeira edição, emprestei e nunca mais me devolveram. Mas fiz questão de comprar novamente. Amo essa saga e faço questão de ter na minha estante. "

Juliana Freitas, Santana do Jacuí/SP

"Eu tinha acabado de me mudar por causa da Universidade. Uma colega estava lendo um romance e me falou sobre um grupo do *Orkut*, onde as leitoras liam romances de banca e se organizavam para conhecer as autoras e as séries. Era uma grande diversão para mim, que vivia num estresse violento. Lembro que FOGO VERMELHO foi um dos primeiros romances que li onde eu sabia que quem havia escrito era uma mulher brasileira. Minha cabeça explodiu. Eu não conseguia tirar a história do meu sistema. Com uma tremenda ressaca, fiquei sem ler nada relacionado a romance por um tempo, até que REINO DOS CÉUS veio para preencher essa lacuna. O olhar que eu tinha sobre essa história estava carregado do livro anterior, então, algumas atitudes eram claras para mim, enquanto outras eram uma surpresa. Enquanto *Radegund* se mostrava como um mistério para aqueles que liam REINO DOS CÉUS, o olhar de quem a conhecia de FOGO VERMELHO dava um certo privilégio. *Nós sabíamos quem era ela e do que ela era capaz!* Mesmo sendo fã de romances medievais e de inúmeras autoras que escrevem muito bem o gênero, ainda não vi *ninguém* chegar aos pés do que Drica Bitarello fez com a Saga de *Radegund*. É algo tão espetacular que não consigo traduzir em palavras. Só lendo para entender."

Elimar Souza. Nova Iguaçu/RJ

O PRINCÍPIO

Suas vozes vieram do passado para me contar uma história. Comecei a ouvi-los tal qual ao eco de uma tempestade ainda distante. O eco se transformou no ribombar dos trovões. E a história desabou sobre mim. Como um aguaceiro, um temporal. Não resisti.

Era uma história de coragem. De dor, tristeza e sofrimento. Uma história sobre pecado e redenção. Acima de tudo, era uma história sobre o amor. Eles me contaram suas vidas. Levaram-me de volta ao passado. Suas palavras se entrelaçaram, formando a trama de uma intrincada tapeçaria. Senti suas cores, sua textura, seu cheiro. Ouvi os sons de sua história. Ecos da guerra e da paz; da desolação e da esperança; da morte e do amor.

As vozes não eram constantes. Às vezes chegavam aos meus ouvidos como um marulhar de sussurros. Em outras, reverberavam poderosamente como as ondas de um mar revolto.

Assim eles me contaram. Assim eu escrevi.

A PIOR ARMA DO HOMEM É VERTER
LÁGRIMAS QUANDO AS ESPADAS ATEIAM
O FOGO DA GUERRA.

Do discurso de Abu-Saad al-Harawi ao califa al-Mus-
tazhir-billah, comunicando a tomada de Jerusalém pelos franj.
Agosto de 1099.

O ANO É 1187

A situação do reino cristão no Outremer[1] é a pior possível. Cercado pelo avanço implacável do sultão Saladino[2], o território do Reino Latino de Jerusalém está reduzido a uma estreita faixa de terra espremida entre o mar Morto, o rio Jordão e o Mediterrâneo. Enfraquecidas por sucessivas derrotas, pela corrupção e por disputas internas, as forças cristãs tentam, sem sucesso, resistir ao motivado e bem armado exército de Saladino, o líder que uniu os Crentes da Síria até o Egito sob a sua bandeira.

A morte do rei Sigurd Magnusson, o Cruzado, em 1130, levara a Noruega a uma confusa disputa pelo trono, que se estenderia até o início do século seguinte. Fragmentado em partidos que desejam produzir cada qual um "rei" a seu modo, o reino mergulha no caos político. Muitos homens, tocados pela fé e pelas incertezas de um estado dividido, deixam a terra gelada em busca da salvação de suas almas e, quem sabe, de uma vida melhor.

Em 1186, as grandes caravanas entre o Egito e o Cairo tinham voltado às suas rotas habituais. Eram garantidas pela trégua firmada em março de 1185 entre Saladino e o conde Raymond de Trípoli, o regente designado pelo falecido rei Badouin IV, o Leproso. Ao final de 1186, uma dessas caravanas saiu do Cairo com uma pequena escolta egípcia, suficiente apenas para protegê-la de assaltantes beduínos. Nas proximidades de Moab, Renaud de Châtillon, um nobre franco e antigo desafeto do sultão, promoveu um ataque ao grupo, matando todos os guardas, roubando bens e mercadorias e aprisionando mercadores e peregrinos. Como não era a primeira vez que Châtillon agia como bandoleiro e pirata, e como também nunca fora devidamente repreendido pelos reis cristãos, Saladino se enfureceu. Convocou a Jihad[3] e jurou arrancar pessoalmente a cabeça do senhor de Kerak. Seu exército avançou como uma vaga mortal em busca do prêmio mais cobiçado: Jerusalém, a cidade sagrada de três religiões, o reino dos céus na Terra.

Mapa de JERUSALÉM

PERSONAGENS

Históricos

CRISTÃOS

† Balian de Ibelin; barão cristão, defensor de Jerusalém
† Gerard de Ridefort; cavaleiro cristão, grão-mestre da Ordem
dos Cavaleiros do Templo
† Raymond III; conde de Trípoli, príncipe da Galileia, regente
do rei Badouin V, falecido ainda criança.
† Guy de Lusignan; nobre cristão, consorte da rainha Sibylle.
† Sibylle de Jerusalém; irmã do rei Badouin IV, mãe de
Badouin V, princesa e rainha de Jerusalém.
† Renaud de Châtillon; cavaleiro cristão, príncipe de Antióquia
por casamento, senhor da Transjordânia.
† Josselin de Courtenay; conde titular de Edessa, tio de Sibylle e
Badouin IV, senescal de Jerusalém.
† Héraclius d'Auvergne; arcebispo de Cesareia e patriarca
de Jerusalém.
† Maria Komnena; princesa bizantina, sobrinha-neta do
imperador Manuel I, rainha-viúva de Jerusalém
(do casamento com o rei Amaury I - 1168 a 1174), senhora
de Nablus e esposa de Balian de Ibelin.
† Lucia de Botrun; vassala do conde de Trípoli
† Conrad de Montferrat; marquês cristão, defensor de Tiro
e posteriormente rei de Jerusalém

MUÇULMANOS

☾ Saladino (*Salāh ad-Dīn Yūsuf ibn Ayyûb*); general curdo, sultão da Síria e do Egito, líder dos sarracenos.
☾ Ibn al-Athir; historiador e biógrafo curdo

Fictícios

"OS 5 DE TIRO"

✝ Radegund "Raden", o *Alshaytan Al'ahmar*; mercenária normanda a serviço do exército cristão
☾ Leila bint-Bharakat; jovem muçulmana, filha de mercadores
✝ Ragnar Svenson; mercenário norueguês a serviço do exército cristão
✝ Mahkim "Mark" al-Bakkar; espião mestiço a serviço dos cristãos
✝ Gilchrist O'Mulryan; cavaleiro irlandês a serviço do exército cristão

CASA DE LEILA

☾ Bharakat ibn-Mahmoud; mercador muçulmano de Jerusalém, pai de Leila
☾ Khadija; ama de Leila em Jerusalém
✡ Yosef de Tiro, judeu, administrador da casa em Tiro
☾ Leandra, criada da casa em Tiro
☾ Jamal, criado da casa em Tiro
✝ Patrus, criado da casa em Tiro

DEMAIS PERSONAGENS

✝ Isabella, cafetina, dona de um bordel em Tiro
✝ Nur, prostituta no bordel de Isabella
✝ Soraya, prostituta no bordel de Isabella
✝ Hrolf Brosa, caçador e rastreador norueguês,
  amigo de Ragnar Svenson
✝ Michael de Cornwall, cavaleiro inglês a serviço de Ibelin
✝ Andrew Longchamp, veterano cavaleiro inglês a
  serviço de Montferrat
✝ Blake, inglês, assassino de aluguel
✝ Vernon, mercenário franco
✝ Gerald, mercenário franco
✝ Odrich, mercenário franco
☾ Aswad, líder beduíno
☾ Bennu, curandeira beduína

CAPÍTULO

I

"Nos confins do ocidente, tido como alguém que já morrera,
até que em Sion, a cidade do Senhor, revivi.
Sion! Embora muitas cidades de seu encanto façam praça,
beleza como a dela não contemplará olho humano.
Não sei se as colinas perante ela se curvam
ou se é ela que sobe para as nuvens do céu."

POEMA JUDEU DO SEC. XII

agnar Svenson olhou novamente para o sol e usou o antebraço para enxugar o suor que escorria pela fronte. Maldita a hora em que viera parar naquela terra quente como os infernos! Onde estava com a cabeça quando aceitara o convite feito por Ibelin? Bufando, ordenou aos soldados que treinara que descansassem um pouco. Mal amanhecera, mas o sol cozinhava os miolos.

Jogando o machado num canto da tenda, Ragnar apanhou um cântaro e despejou o vinho num copo de estanho, tomando o conteúdo de um só gole. Tornou a encher o copo e deixou-o sobre um caixote. Em seguida, retirou o elmo e o cinturão com a espada, encostando-os numa das estacas de sustentação. Passando as mãos pelos cabelos, cujos fios louros estavam escurecidos pelo suor e pela sujeira, percebeu que estavam quase na altura dos ombros. Sinal de que havia bastante tempo desde que visitara um barbeiro, estivera com uma mulher ou tomara um banho decente. Bufou desanimado, desejando mais do que nunca um mergulho nas águas geladas de sua terra natal.

Ultimamente, andava sentindo o peso dos anos, como se carregasse bem mais do que seus vinte e oito verões. Embora não fosse o mais velho entre seus pares, era um homem experiente. Viajara, conhecera e servira à vários reinos e senhores desde que saíra da Noruega, fugindo de uma interminável guerra pela sucessão do trono. Era então um rapazinho ingênuo, iludido por promessas de honra e glória. Ilusões que foram se enfraquecendo com o passar dos anos, até serem devidamente sepultadas no instante em que chegara ao *Outremer*. E como se não bastasse toda a mesquinhez que assolava aquela terra chamada de "santa", havia ainda o maldito clima. Seco e infernal no verão, exuberante na primavera e indócil no inverno, quando os céus desabavam e os *wadis*[4] transbordavam. Naquela época do ano, os dias eram extremamente quentes e as noites, geladas. E ainda havia os eventuais terremotos, as tempestades de areia...

— Diabos! — Resmungou, chutando uma pedra para fora da tenda — estou farto disso!

— Posso saber de quê? — A voz grave soou à entrada da tenda.

Ragnar se voltou devagar, um sorriso se formando ao reconhecer a voz do amigo e companheiro de armas.

— Mark al-Bakkar — comemorou o norueguês, estendendo a mão para o mais competente espião de Ibelin — o que o traz ao campo?

— Como vai, Sven? — O homem moreno, de cabelos negros e com uma pequena argola de ouro no lóbulo esquerdo, apertou sua mão — acabei de chegar de uma missão de reconhecimento.

— E... — Ragnar estendeu a ele um copo de vinho e serviu-se de outro.

— E, meu amigo — falou o recém-chegado, sentando-se numa banqueta dobrável de couro — a situação não poderia ser pior. Saladino dispersou suas tropas após o ataque e direcionou-as para Tiberíades. Cruzou o Jordão com um contingente duas vezes maior do que o nosso[5].

— Continue — insistiu Ragnar —, tenho certeza de que isso não é tudo.

Cansado, Mark esfregou os olhos e encarou o amigo.

— Ridefort quer marchar imediatamente para confrontá-los. Uma marcha em terreno aberto e sem fontes de água disponíveis — ele falou, citando o grão-mestre da Ordem do Templo. —Trípoli e Ibelin discordam.

— E Lusignan?

Mark torceu o nariz, evidenciando seu desgosto para com o consorte da rainha Sibylle.

— Lusignan ficará ao lado do Templo, sem dúvida — era impossível para ele esconder o desdém pelo nobre tolo e arrivista[6]. — A estabilidade da coroa de Jerusalém sobre sua cabeça depende principalmente deles.

Ragnar exalou pesadamente e se jogou sobre a outra banqueta. Se a situação continuasse daquela forma, o desastre seria inevitável!

Gerard de Ridefort, grão-mestre da Ordem dos Cavaleiros do Templo, tinha uma disputa pessoal com Raymond, o conde de Trípoli, desde que ele quebrara a promessa de lhe dar em casamento sua vassala Lucia de Botrun[7] e, junto com ela, uma valiosa extensão de terras. Desde aquela época, Ridefort se unira à Ordem dos Cavaleiros do Templo e se opunha frontalmente contra tudo aquilo que Trípoli fazia. Agora, aliado à Guy de Lusignan, o atual rei de Jerusalém, e a Renaud de Châtillon, o inescrupuloso senhor da Transjordânia, Ridefort estava prestes a atirar as forças cristãs num verdadeiro desastre militar.

Raymond e Balian, senhor de Ibelin e Nablus, bem como os barões mais antigos, tentaram argumentar, apelando à sensatez da rainha Sibylle e de seu marido, Guy. Mas a corrupção na corte roubara todo e qualquer vestígio de ética ou bom-senso entre os comandantes cristãos. Como se não bastasse, a disputa entre os nobres veteranos e os novatos na corte do *Outremer* acirrara-se à um ponto sem retorno. O reino se tornara politicamente disfuncional, tornando o desastre iminente.

Ragnar olhou para o vinho em seu copo, como se ali dentro fosse encontrar todas as respostas de que precisava. Balian de Ibelin[8] colocara ele e Bakkar a seu serviço. Ambos faziam parte da bem paga e eficiente rede de espiões que deixava Ibelin, Trípoli e seu grupo informados sobre os passos tanto de inimigos, quanto de aliados. Se Bakkar afirmava que a situação estava crítica, era melhor se preparar para dias *bem* ruins. Emergindo do transe, o norueguês indagou ao amigo.

— Ibelin já está ciente?

— Sim, estive antes em sua tenda para fazer meu relatório. Mas ele pouco poderá fazer além de tentar demover o rei —, o mestiço praticamente cuspiu a última palavra, tamanho era o desdém em sua voz — e de rezar para que Jerusalém esteja pronta para um cerco.

Ragnar o encarou.

— Chegamos a este ponto?

— Infelizmente, meu amigo.

JERUSALÉM

Leila bint-Bharakat apertou o passo em direção à casa de seu pai. A cidade, na iminência de uma guerra contra Saladino, era uma zona de perigo constante, principalmente para uma mulher sozinha. Como o contingente de soldados convocados aumentara, havia aumentado também o índice de arruaças, furtos e também ataques às mulheres que se aventuravam às ruas, principalmente aquelas como ela, sarracenas.

Ajeitando o pequeno cântaro de barro onde transportava o precioso óleo de rosas, Leila arrumou o véu sobre o rosto e olhou de um lado para outro, avaliando a viela estreita por onde teria que passar. A luz da tarde não iluminava suficientemente o lugar, espremido entre as casas de dois andares e muros de estuque da rua dos tecelões.

Caminhando a passos rápidos, fez o possível para se esgueirar pelas sombras e não ser percebida por um grupo de três soldados cristãos que vinha em sentido contrário. Porém, com seus trajes qualidade e o corpo bem-feito, era difícil não atrair a atenção dos homens. Leila apertou o passo quando passou por eles, mas não foi rápida o suficiente para evitar que um dos soldados, de cabelos claros e corpulento, agarrasse seu braço.

— Ora, vejam só o que temos aqui, rapazes — falou o sujeito que a puxara, exalando o odor característico de cerveja.

Leila tentou se livrar, mas ele não afrouxou o aperto.

— Deve ser uma belezinha por baixo desses panos, Vernon — zombou o outro.

O terceiro soldado, o menos corpulento deles, que usava turbante e albornoz[9] como um turcopolo[10], permaneceu quieto, apenas observando a situação.

— Deixem-me passar, por favor — pediu, trêmula de medo.

Os dois homens riram. O que se chamava Vernon puxou o véu de seu rosto.

— Veja Gerald, ela é linda — puxou-a mais para perto, tentando beijá-la. — Venha cá, princesinha...

— Não! — Leila se defendeu, acertando-o com as unhas.

— Maldita! — Berrou Vernon, enquanto erguia a mão para agredi-la. Parou no ar quando a voz rouca e ameaçadoramente baixa soou às suas costas.

— Abaixe a mão e largue a garota. — Ele não se abalou — eu disse para soltá-la. Agora! — Ordenou o soldado de albornoz, colocando uma lâmina contra o pescoço de Vernon.

Leila sentiu o aperto em torno de seu braço afrouxar. O homem finalmente a soltou, desdenhando seu salvador.

— Logo devia ter imaginado que um mercenário como você só poderia ser da laia desses infiéis. Nem sei por que os pagam!

— Sou pago porque mato muito mais sarracenos do que você. — Rosnou, sem afastar a arma do pescoço de Vernon — e o que imagina, ou não, é problema seu. Agora sumam daqui. Os dois.

Gerald e Vernon se entreolharam, pensando se poderiam atacar o outro soldado. Este, percebendo a intenção dos dois rufiões, apertou mais ainda a lâmina contra o pescoço de sua presa.

— Nem pense nisso. Antes que você mexesse um dedo, sua garganta estaria aberta. Ouça meu conselho — ele rosnou e puxou Vernon pelos cabelos, inclinando sua cabeça para trás para olhá-lo nos olhos —, não arrisque a vida pelo que tem no meio das pernas.

Dito isso, empurrou-o em cima do outro que, mais medroso, puxou o companheiro pelo braço, tentando tirá-lo dali.

— Vamos, homem. Tem outras mulheres por aí.

Os dois seguiram caminhando. Vernon, meio arrastado pelo companheiro, olhava para trás e resmungava. Antes de dobrarem a esquina, ele se voltou e ameaçou.

— Nossos caminhos ainda vão se cruzar, sarracena. Seu *paladino* não vai estar sempre por perto para salvá-la.

Leila engoliu em seco. Trêmula ajeitou o véu sobre o rosto. Apertou o pequeno vaso de óleo contra o corpo como se fosse um escudo.

— Venha — a voz de seu salvador chegou aos seus ouvidos, lembrando-a de sua presença. — Eu a acompanharei até seu destino.

— Obrigada, *sire...*

O rapaz sisudo corrigiu.

— Raden, apenas Raden. — Ele estendeu a mão enluvada para Leila — agora vamos, aqui não é lugar para uma moça sozinha.

Sentindo-se segura ao lado do desconhecido de nome estranho, Leila aceitou sua mão, acompanhando-o.

— Sou Leila, filha de Bharakat ibn-Mahmoud — tagarelou, incomodada com o silêncio quase mal-humorado do soldado. — Moro no quarteirão dos mercadores, perto daqui.

— Eu sei onde fica — Raden retrucou. — Vou acompanhá-la. O que fazia sozinha naquela rua? — Perguntou, após uma breve pausa.

— Estava cortando caminho. Não costumo vir por aqui, mas meu pai precisava desse óleo — tocou o cântaro sob o braço —, eu tive que me apressar.

O soldado de albornoz ergueu uma sobrancelha num trejeito engraçado.

— E seu pai a enviou aqui *sozinha*?

A moça corou.

— Não exatamente. — Em sua pretensa autossuficiência, Leila escapara pelos fundos para ir buscar o óleo e agradar ao pai. Que tolice!

O soldado bufou.

— Arriscou-se por um cântaro de óleo? — Balançou a cabeça, incrédulo — veja, chegamos. Qual delas é a sua casa?

— Aquela, a terceira à direita — apontou Leila enquanto seguia em frente com o jovem logo atrás.

O movimento no quarteirão, onde vivia a maior parte dos mercadores de origem síria, copta e muçulmana[11], era intenso. E os ânimos, naqueles dias, andavam exaltados. O acirramento das escaramuças entre Saladino e os cristãos deixara o povo inquieto. Distúrbios eram frequentes em Jerusalém. Depois do ataque de Renaud de Châtillon[12] a uma caravana, na estrada para Damasco, a pressão aumentara. Principalmente porque Guy, o rei, não punira com o devido rigor os cavaleiros envolvidos. Naquele dia, não seria diferente.

Raden jamais saberia dizer como tudo começou. Quando deu por si, estavam cercados por um grupo enfurecido, à porta da casa de Leila. As pessoas gritavam impropérios contra o rei, o patriarca, a rainha, os templários... O soldado que trazia as cores de Edessa[13] sob o albornoz era apenas o alvo mais próximo. Encurralado, o jovem sacou suas armas.

Mas que diabo! Onde que eu vim me meter?

E pensar que estava em Jerusalém apenas de passagem, vindo de uma guarnição mais ao sul. Tudo o que fizera fora entrar na cidade, arrumar suas coisas e parar numa taverna. Sua intenção fora apenas tomar uma caneca de cerveja e arranjar algum dinheiro nos dados, antes de seguir para Acre para se apresentar ao exército. Maldita a hora em que se juntara aos beberrões ingleses! Aqueles peles-sensíveis[14] viviam de arrumar confusões. Devia ter adivinhado que, ao sair da taverna junto de dois deles, só poderia se meter em encrencas. Como se não bastasse a encrenca que era sua própria vida!

Leila, apavorada, começou a puxar seu salvador na direção da porta de sua casa.

— Venha, rápido!

Raden foi se afastando, andando de costas, os olhos pregados no povo enraivecido. Objetos e pedras começaram a voar em sua direção. Um homem tentou avançar sobre a espada, mas foi empurrado com um pontapé. Evitou ferir qualquer pessoa com a arma. Se o fizesse, não sairia viva dali.

— Moça, é melhor alguém abrir logo esta merda! — Gritou para Leila, que esmurrava a porta da casa.

— *Baba*[15]! Khadija! Abram depressa — a moça olhou para trás. A situação era crítica. Bateu com mais força, gritando — *Baba*!

Leila praticamente caiu para dentro de casa quando a porta foi aberta. Um homem idoso apareceu na soleira, aflito. Admoestou o grupo barulhento diante de sua porta em sua língua nativa e ordenou:

— *Yalla*[16]! Entre filha! Entre rapaz! — Bharakat acenou para o guerreiro.

Raden foi deslizando os pés para trás, girando a espada para manter a turba à distância. Entretanto, quando estava na soleira, uma pedra acertou em cheio sua têmpora.

— Oh, não! — Gritou Leila, enquanto o soldado cambaleava e depois caía no chão, com as pernas ainda para fora da porta.

— Puxe-o para dentro, filha, rápido! — Exclamou Bharakat — eu fecho a porta!

Diante da casa, as pessoas atiravam pedras, frutas, vasos e tudo mais que encontravam pelo caminho, irritadas com o soldado cristão que desventuradamente pisara no bairro dos mercadores. Não importavam as razões de ele estar ali. A raiva fermentada há quase um século, desde o massacre perpetrado pelos cristãos por ocasião da tomada de Jerusalém, quase cem anos atrás, estava mais acordada do que nunca.

Bharakat ajudou a filha a arrastar o jovem até um divã, rezando para que a guarda da cidade chegasse logo, antes que a turba resolvesse invadir sua casa atrás do rapaz.

— O que fazia na rua, filha? E com esse moço? — Indagou ele a Leila, que olhava com preocupação para o jovem desacordado.

— Perdoe-me, *baba*. Fui inconsequente. Saí para buscar o óleo que o senhor precisava. Este homem me salvou de dois rufiões que tentaram me molestar e me acompanhou para garantir minha segurança... — Leila balançou a cabeça desolada — coitado! Será que está muito ferido?

Bharakat abaixou-se ao lado da moça e examinou o rosto do soldado.

— Depois discutiremos sua atitude, minha filha. Agora vamos cuidar deste jovem. Creio que a pancada foi muito forte. Vamos descobrir sua cabeça e ficará mais fácil... — falou ele, virando o rosto de Raden para si — estranho ele se vestir como um turcopolo. Não é mestiço, com essa pele assim tão branca. E me parece tão jovem, filha! Tem as faces lisas como as de um menino.

— Eu também achei, *baba*. Deixe-me ajudá-lo com isto — falou Leila enquanto soltava as pontas do turbante e o desenrolava da cabeça do soldado.

Uma mecha de cabelo vermelho apareceu sob o tecido negro. Quando ele foi retirado totalmente, ambos, pai e filha, ficaram boquiabertos. Uma cascata vermelha e ondulada descia quase até o piso de ladrilhos.

Bharakat foi o primeiro a recuperar a fala.

— Uma mulher! — E olhando em volta para ver se a criada estava ali, ordenou a filha — feche a porta, rápido!

— Mas pai...? — Indagou Leila, sem entender.

— Vá filha! Se ela escondeu o fato até agora, tem seus motivos. Ninguém deverá vê-la até conversarmos com ela.

Leila obedeceu e cerrou as portas duplas que davam para a sala, passando a tranca. Em seguida, voltou para perto dos dois. O pai examinava o inchaço que se formara perto da têmpora da mulher.

— Creio que não foi muito grave — constatou. — Vá buscar água fresca, compressas e óleo de menta. Passaremos no ferimento para desinchar mais rápido.

Leila assentiu e correu para fazer o que ele pedira. Bharakat puxou uma cadeira para perto desconhecida, observando-a atentamente. Era bem jovem e talvez até fosse bonita por debaixo da sujeira que manchava sua pele. Os traços angulosos permitiam que apenas o turbante e as roupas masculinas escondessem sua condição de mulher. Mas, se ela usasse a cabeça desprotegida, logo saberiam, ainda que seus cabelos fossem cortados bem curtos, que o pescoço longo e de curvas suaves não era de um homem.

O pai de Leila tentou imaginar o que levara aquela mulher a ficar longe da família, forçando-se a ganhar a vida num mundo tão brutal. As mulheres, segundo entendia, eram feitas para serem adoradas e mimadas por seus homens. Protegidas e cuidadas, elas eram as responsáveis pela manutenção do lar e da família. Não havia nada mais estranho para ele do que uma mulher vestida como homem, guerreando como um homem.

Porém, de certa forma, Alá, o Sapientíssimo, enviara uma resposta as suas preces. A mulher, se fosse competente e de confiança, poderia ser quem precisava para escoltar sua filha em segurança para fora de Jerusalém.

Bharakat não cultivava ilusões, sabia que a situação era perigosa. Saladino não pararia enquanto não tomasse a cidade. Só os céus sabiam o que poderia acontecer. E ele não confiaria em mercenários comuns para atravessar o território em guerra com sua filha. Quem garantiria que, acertado o pagamento, os homens não fossem vender sua preciosa Leila para um harém ou, pior do que isso, que eles não fossem abusar de sua virtude? Leila retornou à sala, arrancando o pai de suas ponderações.

— Pronto. Aqui tem o óleo — ela falou —, quer que eu cuide dela, *baba*?

— Sim, querida. Assim pode exercitar o que aprendeu com Khadija — falou o mercador, observando a habilidade da filha com as ervas e unguentos.

Leila era seu bem mais precioso. Apesar de um pouco decepcionado quando ela nascera, pois desejara ardentemente um filho varão, Bharakat logo se encantara pela menininha de cabelos castanhos e olhos cor de mel que vivia no rastro de suas sandálias. E quando sua mulher morrera junto com o segundo bebê num parto prematuro, ele se apegara ainda mais à filha. Leila era seu enlevo e seu consolo. Agora, temia que algo acontecesse a ela caso a cidade caísse nas mãos de Saladino. E temia mais ainda que o povo cristão da cidade, seus próprios vizinhos, se voltasse contra eles.

Lembrando-se da turba enfurecida que ficara lá fora, Bharakat foi até a janela e espiou pelas gelosias. A guarda da cidade controlara a confusão; poucas pessoas permaneciam nos arredores, observando a casa. Mesmo assim, a jovem não poderia sair tão cedo.

— *Baba*, ela está se mexendo — chamou Leila, aflita.

Bharakat correu para perto delas, encarando um par de espantados olhos verdes.

— Quem são vocês? — A mulher perguntou e em seguida pôs a mão na cabeça e deu falta do lenço que a cobria, arregalando ainda mais os expressivos olhos — não!

Leila, notando sua preocupação, tratou de acalmá-la.

— Tudo bem, Raden. Sou eu, Leila, lembra-se? — Raden franziu o cenho, ainda confusa, e ela continuou — você me livrou mais cedo daqueles soldados...

A jovem ruiva se ergueu um pouco no divã. Colocando a mão sobre a cabeça dolorida, encarou-a.

— O que houve? Não me lembro direito...

Foi o pai de Leila quem respondeu.

— Uma pedra a atingiu, minha jovem. Trouxemos você para cá e, ao examiná-la, descobrimos seu segredo.

Raden se ergueu, procurando suas armas. Todos os seus sentidos gritavam: *"perigo!"*

— Quem mais me viu assim? — Perguntou, a voz traindo toda sua tensão.

— Acalme-se, moça — Bharakat fez com que se deitasse novamente. — Se você esconde sua condição, eu a respeito. Deve ter suas razões. Só eu e minha filha a vimos assim. Os criados estão lá fora.

Cansada, a guerreira se recostou no divã. A cabeça latejava insistentemente e seus olhos pesavam. Por um ínfimo instante, considerou cortar as gargantas de ambos — pai e filha — e proteger seu segredo. No entanto, não o faria. Por pior que fosse, não estava em sua natureza ferir inocentes. Apesar de dor, medo e ansiedade se misturarem dentro dela, formando uma combinação que podia se tornar perigosa. *Ninguém pode saber quem você é de verdade, livre-se deles,* gritava sua razão.

Leila percebeu sua apreensão. Ignorando o que ia pela cabeça da guerreira, tranquilizou-a.

— Fique tranquila, Raden. Eu e meu pai somos pessoas de boa índole. Você me salvou, eu lhe devo muito — ajeitou o curativo em sua têmpora, acentuando o aroma do unguento. — Fique e descanse. Não poderá sair daqui até a noite, quando tudo ficará mais calmo.

A voz doce de Leila e o cheiro fresco das ervas acabou embalando-a. Mesmo sem querer, deslizou para um sono agitado e sem sonhos, acomodada no divã da casa de Bharakat.

ARREDORES DE ACRE

A noite caíra sobre o acampamento cristão. Aqui e ali, soldados tentavam espantar o medo. Disfarçavam a apreensão que o avanço de Saladino provocava contando casos e jogando dados. Hipnotizado, Ragnar observava as chamas da fogueira.

As notícias que Mark al-Bakkar trouxera se espalhavam pelo acampamento como fogo em palha seca. Todos se preparavam para iniciar, antes que o sol surgisse, uma temerária marcha ao encontro do sultão e de seu exército. Sentia-se estranhamente distante daquilo tudo. Aliás, fazia algum tempo que se sentia assim. Cansado, melancólico. A saudade de casa e o desejo de assentar em algum lugar, construir uma família e ver seus filhos crescerem se instalavam em seu coração. Mas como poderia realizar aquele sonho naquela terra devastada? E se voltasse para a Noruega, o que levaria consigo? Mais guerra? Mais disputas pelo poder?

Balançou a cabeça e se levantou, caminhando pela areia, voltando os olhos para a vegetação ressecada pelo verão. Por mais que aquela terra fosse árida, seu coração se sentia atraído por ela. Possuía uma beleza selvagem, caprichosa como uma mulher...

Ragnar, seu idiota, censurou-se, *o reino à beira de um precipício e você aqui, praticamente compondo canções sobre mulheres e o deserto!* Apagando o fogo com os pés, entrou na tenda. Amanhã seria um longo dia.

JERUSALÉM

Leila e Bharakat olhavam apreensivos para a jovem guerreira, que, tendo acordado pouco depois do pôr-do-sol, estava vestida e pronta para sair.

— Pense bem, Raden, você foi ferida — Leila tentava dissuadi-la — como vai lutar assim?

A jovem a encarou com um misto de espanto e desprezo, como se o que a moça acabara de dizer fosse um despropósito.

— Farei aquilo que sou paga para fazer. Edessa[17] reuniu a companhia em Acre. Irei ao encontro deles.

Bharakat recebera a notícia logo após o pôr-do-sol. Um pombo-correio chegara ao posto do marechal de Jerusalém[18], alertando a cidade para o perigo iminente. Saladino marchava implacável a partir de Tiberíades. Nada o deteria.

Bharakat olhou para a filha e balançou a cabeça, desistindo de dissuadir a obstinada guerreira. Em seguida, num tom cansado, pediu.

— Ao menos pode me ouvir, minha jovem? — Raden parou de ajustar o cinturão com a espada e olhou para o mercador — temos uma dívida com você... — começou ele.

A guerreira ergueu as mãos e o impediu de continuar.

— Sua dívida foi paga no momento em que me socorreram e preservaram minha identidade — sacudiu a cabeça com veemência. — Não me deve nada, mercador.

— Devemos sim — interrompeu-a Leila. — Você foi ferida por minha causa. Só estava aqui porque veio me trazer.

— Minha menina tem razão — Bharakat completou —, aconteça o que acontecer, saiba que as portas de minha casa estarão sempre abertas para você. Se precisar de amigos, conte conosco. E tocando o coração, os lábios e a fronte com os dedos, pronunciou — *salam aleikum*[19].

— *Aleikum as salam*[20] — respondeu a ruiva, respeitosamente. — Espero que nos encontremos novamente, mercador, e em tempos de paz. — Voltando-se para Leila, recomendou — cuide-se, menina. Este mundo é muito difícil para uma mulher.

Leila sorriu, compreensiva. Apertou as mãos dela nas suas.

— Você, mais do que ninguém, deve saber disso. Não se preocupe, ficarei bem. E seu segredo estará bem guardado conosco. Tenho certeza de que o Mais Alto fará nossos caminhos se cruzarem novamente.

— Eu também sinto isso — Raden resmungou. — Se precisarem de mim, procurem entre os mercenários de Edessa, o senescal[21]; é a ele que devo o ouro em minha bolsa. Adeus.

Leila ficou observando a estranha mulher sumir nas sombras, o albornoz negro balançando atrás de suas costas. As ruas estavam bem mais silenciosas naquela noite. As pessoas, apreensivas, se recolhiam em suas casas, rezando ao Cristo, a Alá e ao Deus de Abraão por um milagre que os livrasse da ira vingadora de Saladino. Todos sabiam que a guerra não escolhia suas vítimas. Com um suspiro cansado, a jovem fechou a porta.

— E agora, *baba*? — Perguntou ao pai — o que será de nós e de nossa gente?

Bharakat se aproximou, fazendo-a se sentar ao seu lado. Tomando as mãos delicadas entre as suas, já enrugadas, falou em tom carinhoso.

— Seja como for, filha minha, quero que prometa me obedecer.

— *Baba*...?! Não estou entendendo. Sempre fui uma boa filha...

Bharakat a silenciou com um gesto delicado.

— Ouça-me, criança. Seu pai já é um velho — Leila negou o óbvio, mas ele a ignorou, prosseguindo — sou sim, filha. E você é a benção de minha existência. Porém, se estivermos mesmo na iminência de um cerco, vou mandá-la para longe de Jerusalém.

— Não — gritou e apertou as mãos do pai entre as suas —, eu nunca sairei de perto do senhor!

— Filha, me escute — suplicou —, sou muito velho para fugir pelas estradas secas dessa terra, meu coração é fraco. Mas você é jovem, pode suportar a jornada, mesmo que ela seja árdua. Sophia, irmã de sua mãe, vive em Tiro. Vinha pensando em mandá-la para lá, caso as coisas se complicassem, mas não sabia como fazê-lo. Hoje, quando vi aquela jovem, soube que Alá, louvado seja, estava respondendo às minhas preces...

— *Baba*, o senhor... — engoliu um soluço e prosseguiu — estava planejando me mandar embora? Como pôde? Não me disse nada!

Bharakat olhou nos olhos da filha. Sua expressão transmitia um peso muito maior do que aquele que os anos tinham colocado em seu rosto.

— Filha, eu jamais quis me separar de você. Mas, desde que a situação de Jerusalém começou a se complicar, venho pensando num modo de tirá-la daqui — abraçou a filha, subitamente emocionado. — Desde que sua mãe morreu, minha menina, você tem sido meu tesouro, meu único alento. Mas você não sabe o que é uma cidade sitiada e invadida! — Afastou-a de si e olhou-a nos olhos, determinado — não há respeito, Leila, não há honra, não há nada! Os homens se transformam em menos do que animais e as mulheres... em espólios de guerra. São violadas e mortas, ou vendidas para serem violadas de novo. — Leila arregalou os olhos, espantada com a crueza das palavras do pai. Bharakat prosseguiu — não quero vê-la desonrada ou morta na mão de um bando de soldados cristãos, principalmente gente da laia de Châtillon e Ridefort. Aqueles ali não respeitariam nem a própria mãe!

A raiva do pai foi tão visceral que espantou Leila. Nunca o vira tão transtornado. Tentando se acalmar, ela perguntou.

— E o que vai fazer, *baba*?

O mercador passou a mão pelo rosto da filha.

— Vou esperar o resultado de mais esta batalha, criança. Se aquela jovem voltar, ela será sua escolta. Eu não confiaria sua segurança a homem nenhum nesses tempos, fosse ele Crente[22] ou não, se eu não pudesse acompanhá-la. Aquela jovem foi uma enviada dos céus.

— Mas... nós acabamos de conhecê-la! — Teimou Leila.

— Ela a socorreu, não foi, filha? Fez isso ainda que não fosse assunto dela, mesmo você não sendo gente dela. Ela poderia ter seguido adiante, deixado você por conta própria, mas não o fez — houve uma breve pausa antes que prosseguisse. — Filha, não é preciso conviver muito tempo com uma pessoa para saber se ela é honrada. Isso se vê olhando nos olhos dela. Aquela mulher poderia ter matado a todos nesta casa no momento em que acordou, apenas para manter sua identidade em segredo. — Leila arregalou os olhos, assustada. Bharakat prosseguiu — mas ela não o fez. Ela *podia*, mas não fez. A índole dela não permitiu. Por isso, quando, e *se* ela voltar, eu irei procurá-la. Pedirei que a escolte até a casa de sua tia, em Tiro.

Leila não respondeu. Não queria ir embora e deixar o pai para trás. Porém, sabia que ele, por mais que a amasse, jamais abandonaria sua casa e suas memórias. Mesmo amando a filha, Bharakat ficaria até que Jerusalém vencesse o inimigo. Ou sucumbisse a ele.

ARREDORES DE SEFORIA, 3 DE JULHO DE 1187

Ragnar tentou em vão manter a coluna organizada enquanto avançavam. Os homens exauridos pelo calor e pela marcha acelerada, frequentemente abandonavam a formação. Olhando para o final da coluna que comandava, Ragnar identificou quatro soldados desmaiados ao longo da estrada. Deu de ombros e seguiu adiante. De nada adiantaria voltar para erguê-los. Estavam esgotados. E por que obrigá-los a se levantar e marchar? Estavam todos mortos mesmo, de qualquer forma.

Guy de Lusignan cedera novamente à pressão de Ridefort e Châtillon. A despeito dos conselhos de Trípoli e Ibelin, levantaram acampamento ao amanhecer. Deixaram para trás a água farta e as pastagens de Seforia para marcharem através de uma região árida e inóspita, tentando surpreender o exército de Saladino no caminho para Tiberíades. No auge do verão, os poços estavam secos. Só havia sol, pedras e a vegetação esturricada de ambos os lados da estrada que percorriam.

Observando novamente a coluna, Ragnar impeliu seu cavalo à frente, gritando ordens, tentando tirar os homens do estupor causado pelo calor causticante. Ele mesmo estava se sentindo como se cozinhasse dentro da cota de malha. O som dos cascos atrás de si chamou sua atenção.

— Sven!

— Bakkar — encarou o companheiro através da abertura do elmo —, o que faz aqui?

— Não vou deixar Ibelin sozinho nessa, meu camarada. Ficaremos na retaguarda, com os soldados de Châtillon. Se os homens do Templo fazem tanta questão das glórias, que fiquem com todas elas, os bastardos — grunhiu o mestiço cuspindo no chão.

— Estúpidos, todos eles — retrucou o norueguês —, nossa infantaria chegará mais morta do que viva. Ridefort crê que conseguiremos atingir o lago... — fez uma pausa e olhou expressivamente para o companheiro — duvido que Saladino permita. Ele é astuto como uma raposa. Vem nos espezinhando ao longo de toda marcha com esses arqueiros dos infernos...

O som de um galope rápido interrompeu a conversa. Era tão deslocado no meio da letargia causada pelo calor que chamou a atenção dos dois. Voltaram-se a tempo de ver um cavaleiro em trajes negros curvado sobre o pescoço de um garanhão suado. Sem fazer caso do pó e das pedras que lançava para todos os lados, passou pelos dois cavaleiros e sumiu mais adiante, numa imagem distorcida pelas ondas de calor que se desprendiam do solo.

— Mãe de Cristo! — Resmungou Ragnar, espanando o pó da frente do rosto — que bastardo! Isso é pressa de ir para o inferno?!

Mark riu e olhou para o cavaleiro que ia longe, bem adiante da coluna, aproximando-se da vanguarda.

— Deve ser um mensageiro de Tiro, ou de Jerusalém.

— Seja como for — resmungou Ragnar —, espero que tenha boas notícias.

— A única boa notícia que eu gostaria de receber seria uma ordem de retirada.

Taciturno, Ragnar concordou com o mestiço.

HATTIN, 4 DE JULHO DE 1187

Se o inferno abrisse suas portas sobre a Terra, certamente o platô entre os rochedos conhecidos como Chifres de Hattin seria o local escolhido para despejar suas hostes. Ragnar trincou os dentes com força. Girou o machado, encontrando mais ossos e músculos para esmagar. Para todos os lados onde olhava, via soldados sarracenos caindo sobre o enfraquecido exército cristão como um enxame de gafanhotos. Impelindo a montaria adiante, Ragnar conseguiu abrir caminho entre cimitarras[23] e alabardas[24], posicionou-se perto de Ibelin, seu comandante.

— Onde está al-Bakkar, nortista? — Berrou Ibelin através das aberturas do elmo.

— Achei que estivesse aqui, na retaguarda — retrucou Ragnar, defendendo-se de um *mamluk*[25] —, não o vi desde que a linha dos Hospitalários[26] foi rompida.

— Temos que ordenar a retirada, Ibelin! — Gritou Edessa, aproximando seu cavalo do deles — perdemos quase todas as fileiras! Saladino nos prendeu numa ratoeira entre as rochas e a fumaça.

Balian de Ibelin olhou para a tenda vermelha de Guy de Lusignan, montada mais abaixo, onde se destacava a relíquia sagrada da Santa Cruz de Cristo. Balançou a cabeça desolado. Notando sua hesitação, Ragnar reforçou o apelo.

— É inútil, *messire*! Lusignan vai ter que se virar com os Templários.

Sem saída, Ibelin deu a ordem, erguendo o braço e sinalizando para a companhia.

— RECUAR!

Raden impeliu Lúcifer adiante e moveu a espada num círculo mortal. Dois sarracenos caíram, permitindo seu avanço. Do outro lado do mar de corpos sem vida e de soldados enfurecidos, um cavaleiro solitário, num animal castanho, tentava abrir caminho entre a fileira de *mamluks*. Apesar de sua túnica negra trazer as armas dos Hospitalários, ele usava uma cimitarra, como os sarracenos. Desviando os olhos do cavaleiro, ela avançou mais um pouco, esforçando-se para manter o escudo erguido, rebatendo golpes e flechas que tentavam atingi-la. As trompas da retaguarda soaram uma ordem de retirada. O caos, como se fosse possível, se tornou ainda maior.

Uma massa de homens se atropelou e se engalfinhou. Impaciente e com o braço dolorido, Raden jogou fora o pesado escudo e lançou mão da adaga. Segurou as rédeas de Lúcifer entre os dentes e, guiando-o também com os joelhos, deixou que lutasse junto com ela, escoiceando e mordendo. Furiosa, sua espada ceifava sarracenos, deixando atrás de si um rastro de mutilados e mortos. Não lhe importava nada, não havia nada em sua consciência. Nem medo, nem raiva. Apenas o mais puro instinto de sobrevivência corria em suas veias. Subitamente, no entanto, viu o cavaleiro com a cimitarra tombar sob a própria montaria. Sem pensar em como e nem porque fazia aquilo, quando sua situação já era difícil, impeliu Lúcifer naquela direção, abrindo caminho entre os soldados que avançavam sobre ela e o homem ferido. Aproximou-se o máximo que pode e, saltando com agilidade da montaria, estendeu a mão para ele.

— Venha!

Mark al-Bakkar pensara que sua vida terminaria ali. Então, aquele soldado de furiosos olhos verdes, com o rosto sujo meio encoberto por um lenço, saíra Deus sabia de onde e lhe oferecera uma segunda chance. Quem era ele para recusar?

A mão que envolveu a sua era quente, apesar de envolta numa luva de malha de metal. A firmeza do toque e a chance de sobreviver infundiram novas forças em seu sangue. O soldado puxou sua mão, impelindo-o a se levantar. Soltou-o apenas para atingir um inimigo com a espada. Em seguida, arrastou-o em direção à montaria. Mark ainda conseguiu agarrar sua cimitarra, mancando penosamente junto ao bravo soldado. O sujeito montou num salto e estendeu de novo a mão para ele.

— Suba se quiser viver! Rápido — comandou.

Sem saber de onde tirava forças, Mark fez o que ele ordenava. O animal galopou para longe do campo, com o soldado brandindo furiosamente a espada e a adaga, abrindo caminho entre os inimigos, fazendo-o pensar que era o próprio demônio que carregava sua alma para o inferno.

Ragnar, concentrado em coordenar a retirada junto com seus comandantes, não conseguiu chegar até onde a tropa de seu amigo Bakkar estivera posicionada. Sua mente, no entanto, estava preocupada com o companheiro. Não via Mark em lugar algum, mesmo sabendo que Ibelin — do qual o mestiço era praticamente ajudante-de-ordem — estava ali. Temia que tivesse sido vítima de uma cimitarra ou de uma flecha sarracena.

— Svenson — a voz de Ibelin o arrancou de suas preocupações —, vamos conduzir o que sobrou da tropa até Tiro. Mas você voltará para Jerusalém. Vai levar uma mensagem minha ao patriarca Héraclius. Ele precisa saber que Lusignan e Ridefort caíram. Agora temos que nos preparar para o pior.

Apesar da preocupação, virou sua montaria e partiu num galope. Afinal, o que era um homem diante de todo o Reino de Jerusalém?

CAPÍTULO

II

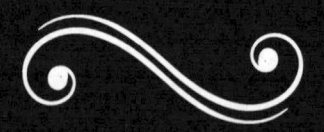

"Vosso amigo é a resposta às vossas necessidades. Pois ele deverá preencher vossas necessidades, não vosso vazio."

"O PROFETA", KHALIL GIBRAN.

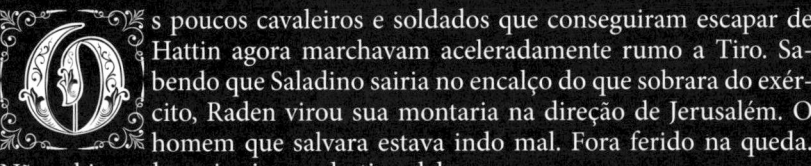

s poucos cavaleiros e soldados que conseguiram escapar de Hattin agora marchavam aceleradamente rumo a Tiro. Sabendo que Saladino sairia no encalço do que sobrara do exército, Raden virou sua montaria na direção de Jerusalém. O homem que salvara estava indo mal. Fora ferido na queda. Não sabia se chegaria vivo ao destino deles.

Parara numa pequena aldeia e conseguira com os moradores um pouco de leite de cabra e comida. Também permitiram que dormisse no estábulo. Pôde então escovar e alimentar seu precioso Lúcifer, que estava exausto com o peso extra que carregara. Cansada e dolorida, Raden afagou a crina do animal e olhou para o homem adormecido sobre a palha.

Ele não era um franco, mas também não era sarraceno. Trazia no rosto e na pele traços dos dois povos. Possuía cabelos negros e espessos, um pouco mais compridos do que se usava entre os cristãos. A barba estava sem fazer, sombreando o rosto, mas sem ocultar as linhas ao redor da boca, que denunciavam o riso fácil. Elas também apareciam nos cantos dos olhos ligeiramente amendoados. A pele do homem era bem bronzeada, evidenciando uma constante exposição ao sol. Seu corpo era forte e compacto, de aparência vigorosa e sua altura excedia a dela em dois ou três palmos. Percebeu também que ele usava uma pequena argola dourada na orelha esquerda. O homem se mexeu no sono, agitado, interrompendo seu escrutínio. Raden se aproximou, tocando sua testa com as costas da mão.

— Febre — resmungou — merda, era só o que me faltava!

Ao ouvir sua voz, o homem abriu os olhos, castanhos e sonolentos. Encarou-a com expressão confusa.

— Onde estou?

— Em algum lugar entre Seforia e Nazaré — informou laconicamente, levando a mão à cabeça para conferir se o lenço estava no lugar.

Sem perceber o gesto, o homem ferido se ergueu um pouco. Estendeu a mão, apresentando-se.

— Sou Mark al-Bakkar — ela o cumprimentou —, obrigado por salvar minha vida, seja você quem for.

— Pode me chamar de Raden.

— Obrigado então, Raden — ele fez um a pausa, achando aquele nome esquisito. Depois, observou-a com atenção. Franziu o cenho, quase numa careta, constatando — ora, você ainda é um garoto imberbe!

Desconfortável com o comentário, Raden se ergueu, voltando a esfregar um punhado de grama seca no cavalo. Apontou então o alforje ao lado do homem.

— Aí tem pão e no odre há leite de cabra — sua voz soou seca —, foi tudo o que consegui arranjar. Coma e durma um pouco. Hoje à noite quero partir. Pretendo alcançar Nablus ao amanhecer.

Mark observou o jovem que distribuía ordens como um general. Sentiu-se subitamente divertido. Abriu um sorriso, pensando que a vida fora muito generosa ao lhe dar uma segunda chance. Apenas rezava para chegar vivo até Jerusalém, pois sua perna doía horrivelmente e a febre fazia seu corpo amolecer.

— Como pensa em nos tirar daqui, garoto? — Indagou entre uma mordida e outra no pão duro.

— Só temos um cavalo. Você vai comigo — Raden largou o punhado de grama, encarando-o — de qualquer forma, mesmo que tivéssemos outra montaria, em breve sua febre estará tão alta que não terá condições de se manter sozinho sobre uma sela.

— Aposto que se eu caísse, você me pegaria de volta! — Mark brincou, vendo-o pegar uma pedra e começar a amolar a espada.

— Não, al-Bakkar — Raden respondeu em tom monocórdio, sem parar o que fazia, o irritante barulho da pedra sobre o metal fazendo um coro sombrio com suas palavras. — Se você cair, eu simplesmente o largarei para trás.

Mark fechou os olhos e recostou-se na palha. A viagem prometia ser longa. Seu salvador era totalmente desprovido de senso de humor.

Correndo contra o tempo, Ragnar incitava a montaria a seguir em frente, na estrada para Jerusalém. Trocara seu cavalo exausto por outro em Nablus. Precisava chegar à Cidade Santa antes do fim do dia. Enquanto as patas do garanhão vibravam no solo, sua mente revivia as imagens horríveis da batalha do dia anterior.

O exército cristão fora dizimado. Lusignan e Ridefort foram capturados, assim como Châtillon. Torcia para que Ibelin e Edessa tivessem alcançado Tiro. Só não recebera ainda notícias de Trípoli. Rezou para que o ponderado *chevalier* estivesse vivo. Iriam precisar dele.

Agora sua missão era chegar o quanto antes a Jerusalém e reunir-se com o patriarca Héraclius e a rainha Sibylle. Em breve, Saladino reagruparia suas forças. Os dias de domínio cristão sobre a cidade estavam contados.

Após dois dias de cavalgadas noturnas, carregando o cavaleiro ferido e febril a sua frente, Raden estava no pior de seus humores. Exausta, tensa e irritada, cruzou os portões de Jerusalém. Pensou em levar o cavaleiro desacordado ao Hospital de São João, o quartel dos Hospitalários. Porém, ao imaginar a quantidade de pacientes que haveria por lá, acabou desistindo. Talvez nem o recebessem. Mudando a posição do braço dolorido de tanto apoiá-lo, ajeitou mais uma vez o grande homem desacordado de encontro a si.

— Diabo de sujeito pesado — resmungou como se o homem pudesse ouvi-la, enquanto conduzia a montaria a passo. — Devia tê-lo deixado lá. Agora tenho que bancar a ama-seca de um marmanjo desacordado e, ainda por cima, doente!

— Raden!

O grito de mulher no meio do povo fez com que olhasse em volta. Localizou a figura pequena e delicada de Leila acenando animadamente para ela. Pensou, contrariada, que a mocinha não aprendera nada com o incidente de dias atrás. Estava novamente sozinha pelas ruas. Levando o cavalo até a moça, indagou.

— O que faz aqui, menina?

— Não se preocupe — Leila a tranquilizou. Notando sua preocupação e o ar de reprovação, apontou a criada e um homem de pele negra, armado com uma cimitarra — meu pai me enviou ao mercado acompanhada. É bom vê-la depois das notícias horríveis que recebemos... — indicando o homem recostado a sua frente no cavalo, perguntou — quem é ele?

— É um tal de al-Bakkar. Eu o salvei e agora não sei o que fazer com ele.

— Al-Bakkar? Pelo Profeta, eu o conheço! Traga-o para nossa casa — Leila não hesitou —, ele me parece mal.

Raden deu de ombros, concordando.

— Ótimo — seu tom foi quase alegre. A perspectiva de se livrar do sujeito renovara suas energias. — Não tenho mesmo opção. Vá na frente, eu a alcanço.

Leila percorreu vários atalhos, enquanto Raden, a cavalo, precisou seguir pelas ruas principais. Em todos os lugares, o medo se estampava nos rostos das pessoas, independentemente do credo ou do povo ao qual pertenciam. A dúvida assolava Jerusalém. Seguiu adiante, ignorando os passantes. Depois de um quarto de hora, enxergou o velho Bharakat à soleira assim que chegou à rua onde vivia Leila.

— Venha — o mercador chamou —, meu criado ajudará com o ferido. Mandarei que cuidem de seu cavalo.

Com dificuldade, Raden e o guarda tiraram o maciço cavaleiro de cima de Lúcifer e o levaram para dentro. Bharakat afastou os cabelos negros do rosto desacordado. Surpreso, comentou com a guerreira.

— Eu conheço este homem desde que era um menino. Não sabia que estava em Jerusalém. Há muito tempo não o via.

Raden ergueu uma das sobrancelhas.

— Ele me disse que se chamava al-Bakkar. Mark al-Bakkar, se não me engano.

— Sim. Ele é neto de Ahmed, o astrônomo, que Alá, o Piedoso, o tenha — virando-se para a filha, pediu — traga a caixa de medicamentos, criança. E também água fresca e panos limpos. — Quando Leila saiu, Bharakat voltou-se para Raden — aceite nossa hospitalidade, minha jovem — ao ver que ela recusaria, o mercador ergueu as duas mãos. — Não aceitarei um "não" como resposta. Fique, está à beira da exaustão. Vou mandar preparar um aposento e um banho para você. — Um meio sorriso estampou-se na face enrugada — suponho que vá querer roupas masculinas...

Ela esboçou um sorriso e respondeu.

— Façamos o seguinte, mestre Bharakat. Irei ao alojamento pegar minhas coisas e avisarei aos Hospitalários que o homem deles está conosco. Ele deve ter um posto elevado; eu o vi junto a Ibelin, comandando os homens no campo. Além disso, suas roupas e armas são de boa qualidade. Não será difícil encontrarmos seus companheiros — e pegando seu manto, perguntou —, esse Bakkar, o avô dele, ainda vive?

— Não, ele morreu há alguns anos. Creio que este homem não tenha família.

Raden assentiu e encaminhou-se para a porta.

— Então, só nos resta avisar aos seus companheiros de armas.

Ragnar viu o soldado vestido de negro e com turbante na cabeça entrar no Hospital, sem lhe dar muita importância. Até se lembrar de que fora ele quem passara pela coluna em disparada, no caminho para Hattin.

Então, o apressadinho havia sobrevivido, pensou, enquanto seus passos o levavam na direção do soldado. Parou estático ao ouvi-lo pronunciar em voz baixa, para o oficial da guarda, o nome de alguém muito conhecido. Avançou rapidamente e tocou seu ombro. O rapaz se voltou, erguendo a cabeça para encará-lo no alto de seus muitos palmos de altura. O oficial da guarda, que fazia anotações, parou a pena no ar e olhou para os dois homens, sentindo o clima pesado.

— O que sabe sobre Mark al-Bakkar, soldado?

A guerreira franziu o cenho. O homem que a interrogava, louro e muito alto, era quase um gigante. Certamente vinha do Norte, de uma daquelas terras onde o sol passava meses sem surgir no céu, segundo diziam. Sua cara de poucos amigos não a intimidava. Por via das dúvidas, aproximou uma das mãos do punho da adaga, antes de responder calmamente.

— Depende de quem quer saber.

— Ora, que insolente! — Irritado, Ragnar avançou. Antes que piscasse, a lâmina da adaga estava encostada em seu abdome.

— Muita calma, grandalhão — ela sibilou. — Não arrastei o sujeito até aqui para entregá-lo nas mãos de qualquer um. Quem é você?

Passado o momento de estupefação com a reação, Ragnar sentiu algo parecido com respeito pelo jovem. Sentia que o rapaz, apesar do olhar carregado de fúria, era uma pessoa de bem. Assim sendo, ergueu as mãos num gesto de paz.

— Desculpe, camarada. Tenho andado meio nervoso.

— Todos nós — Raden retrucou, girando a adaga no punho, recolhendo-a à bainha.

O norueguês assentiu devagar, acompanhando com o olhar a lâmina sumindo entre o couro. Depois, estendeu a mão, apresentando-se.

— Sou Ragnar Svenson, amigo de Mark al-Bakkar. Tenho procurado por ele desde Hattin. Julgava que estivesse morto, ou aprisionado por Saladino.

Ela assentiu, depois de estudar o estrangeiro por alguns segundos. Em seguida, respondeu, já com sua decisão tomada. Afinal, se o tal al-Bakkar tinha amigos, eles que se ocupassem dele. Possuía preocupações demais consigo mesma para ainda ter que tomar conta de um homem crescido.

— Você *quase* acertou. Vou buscar minhas coisas no quartel e depois o levarei até ele. Espere-me na praça do mercado, em meia hora. — Gritou Raden, descendo as escadas e ganhando a rua.

— Ei! — Gritou Ragnar correndo atrás do jovem, ao notar que fora sumariamente dispensado — como vou encontrar você? Sequer sei seu nome!

Parando no meio das escadas, Raden mediu-o de cima a baixo.

— Com esse tamanho todo, não se preocupe. Eu mesmo o encontro. — Com passos rápidos, sumiu no meio da multidão.

Leila terminara de ajudar o pai a banhar e a medicar o guerreiro desacordado, quando batidas na porta interromperam sua tarefa de cortar mais ataduras. Colocando o véu sobre o rosto, foi atender. Provavelmente era Raden voltando.

Ao abrir a porta, porém, a jovem sarracena viu-se frente a frente com o homem mais alto que já encontrara em toda sua vida. Teve que erguer o rosto. Sua estatura era insuficiente para abarcar com a visão a massa de músculos compactos apertada numa túnica azul, colocada sobre a cota de malha. As armas de Jerusalém estavam bordadas em fios dourados sobre o peito largo. Sob um dos braços ele carregava um elmo. Preso ao talabarte[27] às suas costas, um machado de guerra conferia um ar ainda mais perigoso à sua aparência. Olhando no rosto do homem, Leila pode considerá-lo bonito, apesar de seu aspecto cansado.

A pele, que devia ser clara, estava dourada pelo sol inclemente. Os cabelos, muito claros e longos, chegavam até os ombros. Uma barba loura e bem aparada escondia o lábio superior, destacando o inferior, cheio e sensual. O nariz reto demonstrava sinais de já ter sido quebrado, mas mesmo assim, era muito charmoso. Os olhos, de um azul-acinzentado claríssimo, possuíam um brilho de sagacidade e um toque de eterna diversão. No canto de um deles, uma cicatriz fina e esbranquiçada estendia-se até a sobrancelha clara. Duas argolas prateadas pendiam das orelhas. O homem sorria para ela, divertido pelo exame ao qual era submetido.

— Leila — a voz de Raden, saindo de trás do gigante, despertou-a, fazendo-a corar por sob o véu. — Este é Ragnar Svenson. Encontrei-o por acaso no Hospital. Ele é amigo de al-Bakkar. Podemos entrar em sua casa?

— Claro, Raden — Leila se afastou da porta e baixou os olhos recatada. — Tenha a bondade, *chevalier* Svenson.

O norueguês tomou a pequenina mão entre a sua, muito grande, e beijou-a galantemente.

— Apenas Ragnar. Não sou um *chevalier*, apenas um mercenário, senhorita Leila.

Bufando sua impaciência, Raden praticamente arrastou Ragnar pelo braço. O cavaleiro estava embasbacado com a pequena sarracena. *"Deus me livre dos homens tolos!"*, lamentou-se mentalmente para, em seguida, dirigir-se a Leila, que fechava a porta.

— Como ele está?

— Ainda tem febre, mas a perna, graças aos céus, não está quebrada. *Baba* acha que foi uma torção muito forte que causou a inflamação nos tecidos e a febre. Tirando isso, ele tem muitos cortes, hematomas e escoriações. — E olhando para Ragnar, completou timidamente — seu amigo vai ficar bom.

Ragnar apenas assentiu, pois mal ouvira o que a moça falara nos últimos minutos. Na verdade, parecia ter perdido totalmente a capacidade de falar e pensar diante da figurinha pequena e frágil como uma flor do deserto. A jovem Leila parecia flutuar quando andava. Seus cabelos, que ele entrevia sob o véu fino, eram de um tom rico de castanho. Os expressivos olhos cor-de-mel, delineados com *kohl*[28], carregavam o encanto das areias douradas daquela terra. Ele daria um braço para ver a jovem sem o véu sobre o rosto. Como seria a sua boca? A voz doce e musical o fazia imaginar lábios carnudos e vermelhos, como o sumo das romãs...

— Está me ouvindo, *sire*? — Perguntou a jovem a um distraído Ragnar.

— Ah... sim, quero dizer, não! — Para a surpresa de Raden e Leila, o formidável guerreiro corou como um garotinho — desculpe-me senhorita. Ando muito cansado e não ouvi o que disse. Poderia repetir, por favor?

— Eu disse que seu amigo ficará aqui conosco, onde poderemos lhe dispensar cuidados melhores do que os que ele receberia no Hospital.

O norueguês não conseguiu conter um largo sorriso. Bakkar ficar ali significava que teria uma desculpa para ver a jovem sarracena outras vezes. Mas, ao perceber o olhar atento do tal Raden, tratou logo de recuperar a compostura. O rapaz parecia ser íntimo da família e a última coisa que queria era causar indisposições.

— Creio que sim, senhorita. Aquele lugar está cheio demais. Temo que uma febre maligna leve os mais fracos — respondeu. Depois, voltando-se para Raden, perguntou, meio carrancudo — e você, garoto, onde entra nisso tudo?

— O *garoto* me salvou, Sven — a voz sonolenta de Bakkar, vinda do leito, respondeu por Raden. — Ele me arrastou de baixo do meu cavalo. Só Deus sabe como me trouxe de Hattin até aqui!

Ragnar deu um tapa amigável nas costas de Raden, quase a atirando do outro lado do aposento. Em seguida, abraçou-a efusivamente, deixando-a sem jeito.

— Muito obrigado, rapaz! Salvou meu amigo.

A guerreira sorriu sem graça, desacostumada àquelas manifestações. Resmungou qualquer coisa, livrando-se do gigante. Em seguida, pediu a Leila.

— Aceitarei agora o banho e a cama que seu pai me ofereceu. Creio que não posso dar nem mais um passo — baixou o tom e resmungou consigo mesma —, além de estar cheirando como um camelo.

Pedindo licença à al-Bakkar e Svenson, Leila acompanhou Raden aos aposentos que lhe foram destinados. Vendo-se a sós com a guerreira, a moça fechou a porta e retirou o véu.

— Quer ajuda?

— Obrigada, Leila. Pode me ajudar a soltar as correias — disse a ruiva. — Feri minha mão e vou levar o dobro do tempo para fazê-lo sozinha.

Leila segurou a mão que a guerreira estendera, só agora notando que estava envolvida em ataduras puídas. Sob a sujeira era possível notar o sangue seco e escurecido que se derramara em profusão da ferida. Certamente não fora um corte pequeno.

— Raden, por que não me falou antes? — Com as mãos nos quadris, a mocinha a admoestou — poderia ficar sem a mão por causa disso, sabia?

— Ora, menina! — Exasperou-se a outra — você estava ocupada em cuidar de al-Bakkar. E isso não é nada. Só me deixa desajeitada para abrir os fechos. — A voz da guerreira soou mais ríspida do que ela desejava.

Leila logo se mostrou magoada, baixando os olhos como uma criança repreendida. Percebendo seu erro, Raden suspirou e colocou a mão sã no ombro da moça.

— Perdoe-me, Leila. Não quis ser grosseira. Só estou muito cansada e acho que tenho vivido tanto tempo no meio dos soldados, que esqueci o que é ser cortês.

— Tudo bem — Leila sorriu compreensivamente, indicando-lhe um banco —, sente-se. Eu a ajudo a tirar a seu equipamento. Depois que se banhar, cuidarei de sua mão. — Iniciando sua tarefa em silêncio, Leila não resistiu e logo deu vazão à curiosidade — Raden, como foi que você...

— Entrei nesta vida? É uma longa história Leila — ela puxou a cota de malha pela cabeça e começou a desatar a camisa acolchoada que ficava sob o traje. — Confesso que não quero falar sobre isso; não agora — ela encarou a moça morena e pôs uma das mãos em seu braço — são lembranças muito dolorosas para mim, me desculpe.

Leila percebeu que uma dor profunda transparecia nos olhos da guerreira. Vislumbrou nela uma alma solitária e atormentada. Silenciosamente, rogou a Alá, o Clemente e Misericordioso, que lhe desse uma chance de ser feliz. Pois, o que Raden fizera por ela e por al-Bakkar, dois desconhecidos, apenas uma alma muito generosa faria.

— Está certo — ela sorriu e procurou desanuviar o ambiente. — Não perguntarei mais, está bem? Vou mandar deixarem a água do banho aqui. Vá para trás do biombo. Quando o criado sair, tranque a porta. À hora do jantar, baterei para chamá-la — num gesto espontâneo, abraçou a guerreira. — Obrigada por tudo, mais uma vez.

Raden recebeu o abraço sem saber como retribuir. Desajeitada, contorceu-se, fazendo Leila recuar, um tanto sem jeito. Por Deus! Estava tão pouco habituada a contato físico com outro ser humano que um abraço — o segundo naquele dia — lhe parecia estranho. Aliás, há quanto tempo não era abraçada? Ou tocada, senão no meio de uma luta? Angustiada, a ruiva tratou de espantar aqueles pensamentos da cabeça.

— Obrigada a você também, Leila, pela confiança e pela hospitalidade — ela enxotou a moça para fora do quarto, com um raro toque de diversão na voz — agora vá, ou o nortista vai vir aqui procurá-la. — A moça corou e ela prosseguiu — ele parece encantado com você.

A porta do quarto se fechou quando Leila saiu. Raden se viu novamente só, como sempre.

— Quer dizer que o garoto o arrastou desacordado de Nablus até aqui?! — Ragnar expressou seu espanto com um assovio. — E eu que não dava nada por ele...

— Pois pode começar a dar, Sven — retrucou Mark, sentando-se no leito, expondo o peito coberto de curativos. — Eu o vi lutar, parecia um demônio — sua voz se tornou mais séria de repente — creia-me, amigo, ele tem um instinto quase suicida; precisava vê-lo em Hattin. Perdi a conta de quantos eu o vi derrubar.

Ele recordou os momentos em que vira o jovem lutar. Alto e esguio, movia-se com a rapidez de um leão, golpeando suas presas de forma certeira e mortal. Jamais esqueceria os olhos duros e cortantes que lhe ofereceram a chance de viver.

— Acredito que Ibelin vai gostar de ter alguém assim a seu serviço. — Comentou Ragnar, confiando a barba, interrompendo as reminiscências do amigo — além de corajoso, é honrado; não o deixou para os abutres quando teve chance. Ele poderia tê-lo depenado e o abandonado para morrer ao sol.

— Também pensei nisso, Sven — concordou Mark, antes de completar — Leila também me contou que ele a salvou de dois soldados que tentaram molestá-la, dias antes de Hattin.

Ragnar esticou as longas pernas para frente e recostou-se na parede.

— Parece então que temos um novo paladino na Cristandade — observou com ironia.

— Ou um completo idiota — completou Mark, intrigado.

Apesar de os dias passarem rápidos, transformando-se em semanas, para Mark eles pareciam se arrastar, durando séculos. Recuperava-se rapidamente, recebendo todos os cuidados na casa de Bharakat. Mas a inatividade o exasperava profundamente. Somente o fato de estar entre amigos, aliado às visitas diárias de Ragnar, parecia animá-lo. Raden também aparecia todos os dias na casa do mercador, dividindo-se entre suas obrigações no exército cristão e a segurança de Leila, agora oficialmente colocada em suas mãos pelo prestimoso Bharakat. No entanto, enquanto sua saúde se fortalecia, a situação do Reino de Jerusalém se deteriorava cada vez mais.

Ilhado em Tiro, Balian de Ibelin conseguira de Saladino um salvo conduto para retornar à Cidade Santa e ficar junto a Maria Komnena[29], sua esposa, e aos seus filhos. Antes de ceder, porém, o sultão fizera o nobre prometer não pegar em armas contra ele. Sendo um homem honrado, Ibelin aceitara a proposta.

Porém, ao findar o mês de agosto, as hostes de Saladino, tendo conquistado Acre, Nablus, Sídon, Beirute e Ascalon, avançaram impiedosamente em direção a Jerusalém. Ibelin, sendo o *chevalier* de mais alto posto na cidade, e um dos mais antigos barões do *Outremer*, fora chamado pelo patriarca Héraclius e pela rainha Sibylle para discutir o que poderiam fazer para preparar a resistência de Jerusalém à marcha conquistadora do sultão.

Sua primeira decisão fora reunir todos os homens ricos da cidade e juntar víveres e ouro. Caso se fizesse necessária uma rendição, estariam prontos para o pagamento do resgate a Saladino. No entanto, ao ser incumbido por Sibylle da defesa da cidade, Ibelin lembrou-a do juramento feito ao sultão. Taciturno, aguardara a resposta da rainha. Mas fora o patriarca, conhecido por seu caráter fraco, o primeiro a levantar a voz contra sua promessa.

— Uma palavra empenhada a um infiel não tem valor diante de Nosso Senhor, *messire* — vociferara Héraclius.

— Minha palavra tem valor em qualquer lugar — rebatera Ibelin, contendo a fúria —, diante de qualquer homem e de qualquer Deus.

Dando as costas ao patriarca, e em seguida fazendo uma mesura diante de uma atônita Sibylle, o nobre deixara o palácio. Preocupado, mandara vir a sua presença seu mais competente e confiável homem. Sentado à mesa de trabalho, no posto do marechal, Ibelin observou um Mark al-Bakkar plenamente recuperado passar pela porta.

— *Messire* — Mark cumprimentou-o respeitoso —, mandou me chamar?

— Sim, Bakkar. Sente-se — Ibelin indicou-lhe uma cadeira. — Como está sua perna?

Mark sorriu e aceitou o copo de vinho que um criado oferecia. Em seguida, apanhou um damasco do prato que o nobre colocara à sua frente.

— Posso montar, se é isso que quer saber, *messire* — falou, enquanto dava uma mordida na fruta suculenta.

Ibelin divertiu-se com a sagacidade de seu espião.

— Sim, Bakkar. Também queria saber sobre isso. Mas me preocupei *realmente* com sua pele. Soube que seu resgate no meio da batalha foi algo espetacular... — o barão apoiou os cotovelos sobre a mesa, juntou as mãos e inclinou-se para frente, olhando nos olhos de Mark — o jovem é de confiança?

Mark pensou um pouco antes de responder. Não sabia até onde poderia confiar no estranho Raden, mas o rapaz era honrado e ele lhe devia a vida.

— Creio que sim. O garoto é uma criatura de poucas palavras, o que por si só é uma excelente qualidade — Ibelin apenas assentiu e o mestiço continuou. — Permanece ligado a Edessa, mas atualmente serve como guarda-costas de Leila, filha do mercador Bharakat. O velho foi amigo de meu avô e parece confiar cegamente no rapaz.

— Sei de quem se trata — Ibelin afirmou. — Bharakat é um homem que não se deixa levar pelas aparências. E você, o que pensa?

Mesmo surpreso por Ibelin conhecer o pai de Leila, Mark emitiu sua opinião.

— Quanto à honra do garoto não tenho dúvidas, *messire*. Ele poderia ter me roubado até as calças e me largado para morrer no meio do nada. Aliás, ele nem precisava ter se arriscado em Hattin para me salvar. Creio que poderá ficar ao seu serviço. Podemos lhe dar missões simples e observá-lo — ele terminou de comer a fruta e colocou o caroço no prato. — De uma coisa tenho certeza; é melhor tê-lo como nosso aliado do que como nosso inimigo.

— Por que diz isso, Bakkar? — Indagou Ibelin, intrigado.

— Porque, *messire*, ele foi o primeiro homem que me assustou — o nobre franziu o cenho. O mestiço não temia ninguém. Mark prosseguiu — eu o vi lutando como um verdadeiro demônio. Não tinha medo de nada. Atravessou um mar de sarracenos apenas com uma adaga e uma espada nas mãos e deixou a maioria deles mortos, ou quase — sacudiu a cabeça num gesto de incredulidade, ao reviver a cena. — Nunca vi alguém lutar daquele jeito, como se a própria vida pouco importasse. O mais estranho nisso tudo, no entanto, foi ele ter se importado com a vida de alguém que sequer conhecia.

— Este soldado me parece algo temerário — comentou Ibelin e, com um profundo suspiro, recostou-se na cadeira, completando —, mas, se você acha que deve recrutá-lo, confiarei em seu senso. Agora, tenho uma missão muito importante para você. — Mark se ajeitou no assento e perscrutou o semblante de seu senhor. Ibelin parecia mais sério do que o habitual. Esperou que o nobre retomasse a palavra — como já deve ser de seu conhecimento, tenho um acordo pessoal com Saladino. Entretanto, terei que rompê-lo caso o exército do sultão submeta a cidade a um cerco. O patriarca acha que meu juramento não vale nada — Balian se levantou e postou-se à janela da sala, as mãos para trás, pensativo. Após uma longa pausa, prosseguiu sem se virar para Mark — eu já penso diferente, Bakkar. Minha palavra vale igualmente diante de Deus ou de Alá. E, principalmente, vale diante do homem que Saladino é — voltando-se para ele, ordenou. — Você vai levar uma mensagem minha ao sultão, em segredo. E quero que leve o tal Raden com você.

— E Sven? — Mark indagou.

Ibelin sorriu com um toque de diversão no olhar.

— Deixe Svenson no lugar do garoto, tomando conta da filha do mercador. Daquele tamanho, ele é tudo, menos discreto — tornou-se sério de novo e completou. — Quero que avalie o jovem nessa missão. Reporte tudo a mim. Enquanto isso, começarei a preparar as defesas da cidade. Vá e arrume tudo, quero que parta amanhã, ao nascer do sol.

Quando a porta se fechou suavemente atrás do mestiço, Balian de Ibelin se recostou na cadeira, pensativo, o olhar perdido para além da janela, sobre Jerusalém.

CAPÍTULO

III

"Se alguém sabe como amansar melhor uma megera,
Venha ensinar-me, que aqui fico à espera."

"A MEGERA DOMADA", ATO IV, CENA I.
WILLIAM SHAKESPEARE

as, Raden, não pode estar falando sério!

Leila batia o pezinho impaciente no chão, o que fez Raden sorrir, divertida.

— Sossegue, Leila. Svenson vai assumir meu lugar. Tratei com seu pai e ele concordou — falou a ruiva, pegando uma camisa e enfiando-a de qualquer jeito no alforje.

Leila aproximou-se da guerreira e tirou um lenço embolado de sua mão, bem como a camisa que fora enfiada no alforje. Passou a dobrar as peças enquanto falava.

— Mas ele é um homem!

— E todos pensam que sou um, Leila. Só você e seu pai sabem a verdade — olhando-a seriamente, completou — além disso, Svenson é um homem honrado, além de bom soldado. Jamais tomaria liberdades com você. Com aquele tamanho todo, garanto que estará segura ao lado dele.

— Diabos, Raden — a guerreira ergueu uma sobrancelha ao ouvir a jovem praguejar como ela mesma fazia. Estava começando a achar que era uma péssima influência para a delicada filha de Bharakat... — Ele fica me dando ordens! E nem sequer é meu guarda-costas, como você — e imitando a voz grave de Ragnar, Leila continuou sua ladainha — *"Não deve ir até lá, pequenina"*, *"O mercado não é seguro, mocinha"*... Ora! Estou cheia dele nos meus calcanhares!

— Svenson é apenas preocupado e cuidadoso. Não quer que nada de ruim lhe aconteça. — Não entendia porque a moça estava tão irritada com o sujeito. Ela até achava o norueguês muito simpático e engraçado. E adorava escalpelá-lo nos dados! Da última vez em que haviam jogado, quase havia lhe tirado as calças. Pobre Sven. Voltando-se para Leila, ponderou. — Pense bem, menina. Ele estará por perto sempre que precisar. As coisas estão quentes por aqui. Seu pai não a quer sozinha em momento algum, nem dentro de casa. Já há notícias de saques e invasões de domicílios. O senescal está com dificuldades em manter a ordem. Parece que todos enlouqueceram.

— E por que você, e não Svenson, deve ir com Bakkar?

A ruiva parou novamente de arrumar suas coisas e encarou Leila.

— Isso eu não posso dizer. Bakkar me confiou a missão em sigilo. Mas, acredite, será melhor para mim — colocou as mãos sobre os ombros da moça, bem mais baixa do que ela. — Esse trabalho vai me garantir um soldo bem maior do que o que Edessa paga a um de seus mercenários. Além disso, terei um lugar melhor do que o alojamento para morar. Lá eu sempre tenho que dormir com um dos olhos abertos para que ninguém descubra quem eu sou realmente.

Capitulando, Leila assentiu. Enquanto a guerreira envolvia os cabelos e parte do rosto com o lenço negro, acabou de guardar as roupas dela nos alforjes. Quando terminou, Raden já atava o cinturão com a bainha da espada e a adaga aos quadris. Vendo a contrariedade da moça, a ruiva a obrigou a olhar em seus olhos e ordenou.

— Prometa-me que obedecerá Svenson, que não sairá sozinha.

— Raden...

— Prometa, Leila! — Falou duramente. Depois, suavizando a voz, pediu — por favor. Por seu pai e também por mim. Você é a única amiga que tenho, Leila. Quero partir sabendo que estará em segurança.

— Está certo — a moça cedeu —, não sairei sozinha.

Abrindo um de seus raros sorrisos, Raden apanhou o alforje e cumprimentou-a.

— Boa menina.

Havia apenas dois dias que Mark al-Bakkar partira em missão, levando consigo o estranho Raden. Mas fora o suficiente para Ragnar alcançar o auge da exasperação. Passar aquele tempo no rastro da mocinha mimada e petulante era pior do que enfrentar um bando de turcopolos irritantes tentando flechar o seu traseiro.

Aquele dia não estava sendo diferente. Logo pela manhã Bharakat o avisara de que teria que acompanhar Leila ao mercado. Resignado, ele assentira e assumira sua missão, pouco depois de soarem as *primas*[30] nas igrejas de Jerusalém. Apesar de achar a moça uma verdadeira beldade, não aguentava mais as barracas e o burburinho gerado pelos gritos dos mercadores. Agora mesmo estava encostado a uma das estacas que sustentavam o toldo de uma loja, aguardando que a discussão da jovem com um comerciante chegasse ao fim. Leila tentava negociar alguns vasos de azeite em troca de uma saca de lentilhas, mas os preços dos alimentos haviam subido demais. A iminência de um cerco inflacionara até mesmo a mais ínfima das mercadorias.

— Poderia andar mais rápido com isso, mocinha? — Perguntou pela décima vez, louco para tirar o gibão de couro e se afogar num odre de vinho, tamanho era o calor.

A jovem o encarou, emburrada, seu sangue de negociante falando mais alto. Despejou sobre o gigante uma série de resmungos em sua língua materna e retrucou.

— Se tem moedas suficientes para pagar três vezes o preço justo por uma saca de lentilhas é problema seu, *sire*! Mas eu sei o valor delas — e voltando-se para o vendedor, completou com o dedo em riste — e não pagarei nem mais um besante[31] além disso!

Ragnar bufou e revirou os olhos. Após mais uma eternidade de negociações, o vendedor finalmente cedeu — na certa para ficar livre daquela teimosa, pensou Ragnar — e Leila apontou o saco de aniagem, triunfante.

— É todo seu, *sire*.

"De soldado a carregador. Subiu de vida, hein, meu velho? ", resmungou mentalmente, enquanto erguia sem esforço o pesado saco sobre os ombros.

Majestosa, Leila seguiu mais à frente, embrenhando-se no meio do povo. Ragnar não teve como não notar o gingado de seus quadris. Ignorando-o, a moça prosseguiu, abrindo uma distância maior entre ambos. Até que estacou diante de outra loja. Ragnar acelerou o passo, pronto para discordar de mais uma parada quando, surgido do nada, um homem claro e corpulento abordou Leila.

— Eu disse que ia encontrá-la de novo, princesinha. Onde está o seu paladino agora? — Zombou Vernon, olhando-a de forma deliberadamente acintosa.

Ragnar, que ficara retido um pouco mais atrás pelo fluxo de pessoas, viu a cena e sentiu o sangue ferver. Quem o imbecil pensava que era para encostar o dedo nela? Largou o saco num canto, abriu caminho entre a multidão e aproximou-se dos dois.

— Solte a moça.

Sem se intimidar com o tamanho do outro, Vernon retrucou.

— Posso dividi-la com você, amigo, mas primeiro ela será minha — e correndo a mão pelo braço de Leila, continuou —, faz um tempo que estou de olho nesta presa.

Ragnar chegou mais perto. Leila viu desaparecer o homem gentil e despreocupado que conhecia. Os olhos acinzentados tornaram-se frios como o aço e os poderosos punhos do norueguês se fecharam. O homem pareceu aumentar ainda mais de tamanho, como se isso fosse possível. Sua sombra se abateu sobre ela e Vernon.

— Primeiro — falou Ragnar, arrancando Leila do braço do soldado e puxando-a para trás de si — não sou seu amigo. Segundo — ele agarrou o abusado pelo colarinho e o ergueu do chão, os músculos contraídos aumentando ainda mais a espessura de seu braço. Continuou a falar — a moça não é um pedaço de carne para ser dividido por cães como você. E terceiro — Vernon agitou as pernas no ar, quase sufocando sob o aperto da mão de Ragnar, que o atirou longe sobre um monte de lixo — eu odeio fazer compras! — E virando-se para Leila, sentenciou, quase gritando — nós vamos para sua casa. *Agora*. E você fica do meu lado, entendeu? Nem um passo à frente — ele lhe apontou o dedo —, nem um passo atrás! Eu a quero onde possa vê-la e alcançá-la. Fui claro, mocinha?

Engolindo o nervosismo, Leila ergueu o queixo, altiva.

— Não me dê ordens, *sire*! Vou terminar de fazer as compras para meu pai, e o senhor não vai me impedir!

Um brilho de fúria cruzou o olhar de Ragnar. Leila percebeu que fora longe demais. Porém, antes que pudesse falar mais alguma coisa, ele ergueu o saco de aniagem num dos ombros e a atirou sobre o outro. E sem dar a menor importância aos berros e pragas que ela lançava enquanto socava suas costas, ou à multidão que ria e gracejava à passagem deles, Ragnar foi carregando seus dois fardos para a casa de Bharakat, pensando que a mocinha, além de exasperante, tinha um corpo deliciosamente macio e curvilíneo.

ARREDORES DE NABLUS, INÍCIO DE SETEMBRO DE 1187

Raden fechou o albornoz sobre a cota de malha e puxou o capuz sobre a cabeça, tentando se proteger da friagem da noite. Viu Bakkar sentado ao lado do fogo, rezando para que o sujeito não estivesse com a mesma disposição para tagarelices das noites anteriores. Durante a viagem sabe que ele era filho de uma mulher sarracena com um cavaleiro cristão; e que não sabia quem era o pai. Ele também falara sobre da natureza do trabalho que Ibelin lhe oferecera, como espião e soldado de elite. Admirou-se ao saber que ele usava as cores dos Hospitalários por realmente ter estudado medicina entre os sarracenos e, eventualmente, servir ao Hospital. No entanto, Mark al-Bakkar estava muito longe de ser um monge guerreiro. Não, Raden se corrigiu, sentando-se perto do fogo que espantava o frio. Ele tinha *tudo* de guerreiro e *nada* de monge.

Em cada cidade que paravam, o fanfarrão al-Bakkar dava um jeito de arrumar companhia. Sua cama nunca estava vazia. Ele sempre lhe piscava um olho, maroto, com se achasse estranho o jovem nunca arrumar uma mulher para passar noite. Bakkar sossegara apenas no acampamento de Saladino, onde Raden ficou impressionada não só com a súbita seriedade do companheiro, como também com a imponência do líder sarraceno.

Saladino era um homem sagaz e inteligente, de olhos escuros e penetrantes. Um estrategista nato, a quem ela aprendera a respeitar nos campos de batalha muito antes de conhecê-lo. Durante sua breve estada no acampamento, ficou a um canto da tenda, apenas observando, enquanto Mark al-Bakkar cumpria seu papel de mensageiro de Ibelin, mostrando uma surpreendente e curiosa familiaridade com o curdo que reunira todo o Egito e a Síria sob uma só bandeira, a da *jihad*. Raden também notou a constante presença de um sujeito magro e bem-vestido ao lado do sultão. Mais tarde, ao indagar a Bakkar sobre a identidade do mesmo, ficou sabendo que se tratava de Ibn al-Athir[32], um homem culto que escrevia a biografia de Saladino, e que também era, segundo Bakkar, seu mais íntimo confidente.

Apesar de tudo, e conhecendo o teor da mensagem que levavam, a guerreira ruiva se preparou para, talvez, perder sua cabeça. Mas Saladino, demonstrando honra e compreensão em relação à difícil posição do nobre cristão, assentiu. Absolveu-o de sua promessa[33] e desejou-lhe sorte. Depois disso, Bakkar e ela iniciaram a viagem de volta a Jerusalém, com o mestiço sempre tentando arrancar mais alguma informação a respeito do jovem e sempre taciturno soldado. Naquela noite, não seria diferente. Sem mulheres para bajulá-lo e dados para jogar, Mark al-Bakkar só encontrou uma ocupação. Tentar conversar.

"Senhor, se eu acertar sua cabeça, amordaçá-lo e jogá-lo num wadi seco, irei para o inferno?", ela pensou, exasperada, quando Bakkar perguntou pela enésima vez de onde era.

— Normandia. — Respondeu lacônica.

O mestiço suspirou, desolado, e tentou puxar conversa novamente.

— De qual cidade você veio?

— Perto de Rouen.

Mark bufou e se deitou sobre a sela. Cruzou as mãos atrás da cabeça e olhou para o céu. Que criatura mais mal-humorada! Não era à toa que nunca conseguia arrumar uma mulher. E olhe que as garotas ficavam bem interessadas no misterioso rapaz esguio e de olhos verdes! Intrigado, olhou de esguelha para o soldado. Interessante, apesar de sempre haver mulheres disponíveis, ele nunca se aproximava delas. Será que gostava de homens? Não, Mark afastou o pensamento para se concentrar em outro. Ele não gostava era de gente! Tentando mais uma vez entabular um diálogo, indagou.

— Como veio parar aqui?

— Chega — Raden gritou irritada. Apanhou a manta de dormir, afastando-se do fogo.

— Ei! — Mark se ergueu ao ver o jovem se afastar — aonde vai?

— Dormir longe de você, Bakkar! — Raden gritou por sobre os ombros.

— Mas os chacais podem atacá-lo se ficar longe do fogo — argumentou.

Raden parou e virou-se para ele. Era quase possível ver os olhos verdes brilhando sob a sombra do capuz do albornoz.

— Pois prefiro mil vezes me atracar com um chacal do que aguentar por mais uma noite seu falatório de lavadeira!

Dito isso, jogou a manta atrás de uma pedra, deixando um pasmo Mark olhando para suas costas. Sem saída, o mestiço fez a única coisa que lhe restava fazer: dormir. Já que partiriam pouco antes do nascer do sol, era melhor descansar. Em outra ocasião, tentaria arrancar mais algumas informações do jovem Raden.

JERUSALÉM

A tensão na Cidade Santa aumentava a cada dia e, com ela, as confusões nas ruas. Por mais irritada que ficasse com a presença constante do norueguês em seus calcanhares, Leila intimamente também ficava agradecida. Sentia-se segura ao lado dele, além de estranhamente atraída pelo homem.

Depois do dia em que Ragnar a trouxera nos ombros para casa, ela começara a observar discretamente o cavaleiro. Notava a rigidez de seu corpo, observava o reflexo do sol intenso nos fios dourados de seus cabelos e arrepiava-se ao som de suas constantes risadas. Assustada com as próprias reações, passara a implicar abertamente com seu guarda-costas. Tudo era motivo para irritação. Da voz do soldado ao jeito como ele atava os cordões das botas, Leila sempre achava um defeito para apontar.

Naquela manhã, ao pararem numa das fontes para beber água, ela se exasperou ao vê-lo sorrir galantemente para as moças que vinham encher seus cântaros. Começou a reclamar.

— Não sei por que meu pai insiste em sua presença, *sire* — Ragnar apenas a ouviu, quieto. — Já tenho um guarda. É absolutamente desnecessário que fique andando atrás de mim.

— Seu pai me contratou para tomar conta de você enquanto Raden não volta, e é isso o que vou fazer, senhorita. — Ele retrucou calmamente, irritando-a ainda mais.

Bufando, ela mergulhou a caneca que trazia atada ao cinto da roupa, na água fresca. Olhou o cavaleiro de esguelha enquanto bebia. Voltou à carga.

— Então, será que o senhor poderia ao menos ir ao mercado buscar romãs para mim? — Pediu, na esperança de se ver livre da presença do norueguês.

A resposta dele foi um lacônico não.

— Como não?

— Não vou deixá-la sozinha por causa de um punhado de romãs! — Ragnar começava a se irritar.

— Ora — ela sacudiu dedo diante dele, acusando —, o senhor é um inútil mesmo.

Contando até vinte para não atirar a insolente dentro da fonte, o norueguês pôs as mãos na cintura e olhou para baixo. Encarou a pequena adversária, que lançava chispas pelos olhos.

— Quer dizer, senhorita Leila, que a despeito do conceito que seu pai e meus superiores têm de mim, a senhorita me considera *inútil*?

Leila ergueu o queixo. Foi engraçado ver aquela criaturinha que mal chegava ao seu peito tentar medi-lo de cima a baixo.

— Pensando bem, *sire*, concordo que não seja *totalmente* inútil... — ela começou.

— Ah, é?!

— Sim, o senhor, com toda esta altura — ela o apontou com a mão como se apresentasse uma mercadoria num leilão. Completou, triunfante — serve ao menos para me fazer sombra neste maldito sol, como uma dessas palmeiras.

Ragnar ficou rubro. Muito ofendido, virou as costas e saiu de perto dela, carregando seu grande corpo e sua sombra para o outro lado da fonte.

— Uma palmeira — resmungou consigo mesmo — para fazer sombra!

Fora comparado a uma reles árvore! Que atrevida! Ragnar olhou para o céu. Pediu paciência para não jogá-la dentro da fonte. E forças para resistir aos encantos daquela pequena turrona.

Bharakat nunca vira sua filha tão alterada. Mas Khadija, a velha criada da casa, começava a reconhecer os primeiros sinais de uma paixão na jovem patroa. Pedindo licença ao seu senhor, a criada entrou na saleta que lhe servia de escritório. Com a intimidade que os anos de convivência com o bondoso homem permitiam, foi logo falando.

— *Sidi*[34], nossa menina está apaixonada pelo *franj*[35].

Bharakat quase caiu da cadeira. Deixou de lado as cartas que lia e rebateu.

— Ora, Khadija, que disparate!

A se criada aproximou. Parou diante dele e cruzou os braços.

— Disparate uma conversa. Alguma vez viu a menina agir desse jeito?

Pousando as mãos sobre a mesa, Bharakat indagou pacientemente.

— Que jeito, mulher?

— Ora! Ela sempre foi uma joia de doçura. Agora vive emburrada. Briga com o homem por tudo. Mesmo quando ele tenta ser gentil e a cobre de atenções. Sua filha está azeda, geniosa, irascível. Só o senhor que não vê!

— Khadija — o mercador procurou conter um sorriso —, ela só está assim por causa da situação. Tem que andar o tempo inteiro com Svenson tomando conta de cada passo seu.

Bharakat, na verdade, já percebera o jeito estranho da filha. E também notara os olhares de interesse, embora respeitosos, que o norueguês lançava em sua direção. Resolvera se calar e apenas observar o desenrolar dos acontecimentos. Apesar de preferir que a filha se casasse com um homem de suas tradições, sabia que não poderia escolher muito. Além disso, o que importava para ele era a felicidade de seu mais precioso tesouro. Se Leila fosse feliz e amasse um homem, ele pouco se importaria com seu credo. Queria que a filha encontrasse com o marido a alegria e o amor que ele vivera ao lado da falecida esposa. Suspirando, ele ordenou a Khadija.

— Feche a porta e sente-se, mulher.

A criada fez o que lhe foi mandado. Retornando, sentou-se à frente do velho patrão. Ele voltou a falar.

— Eu notei o interesse de ambos, minha cara — a criada se espantou. Bharakat sorriu condescendente, prosseguindo — como vê, esse velho não *tão* tolo ou cego como você achava.

— E o que pensa em fazer, *sidi*?

— Nada. Deixe estar, minha cara. O homem é respeitoso e honrado. Se minha filha o quiser como marido, terá minha bênção. — Recostou-se na cadeira e prosseguiu — eu estou no fim de minha estrada, Khadija. Em breve estarei partindo para junto de meus ancestrais, se assim for a vontade do Misericordioso. Antes disso, quero deixar minha filha em segurança. Se for ao lado de Svenson, que seja. Tudo é a vontade Dele, que é Sapientíssimo. Ele conduz nossos caminhos, nossos destinos.

Khadija estava mais espantada a cada instante. Não podia crer que seu patrão, um homem de fé e que cumpria as tradições, pudesse ser tão liberal com relação à menina Leila!

— Pensei que o senhor não fosse aprovar, já que ele é cristão

O velho mercador sacudiu o dedo em riste. Expressou-se com veemência.

— Sou um homem de mente aberta, criatura! Pensa que interferiria na felicidade de minha Leila apenas por uma questão religiosa? Nunca. Naturalmente, se ela se enamorasse de um homem de nossas tradições, eu ficaria muito satisfeito. No entanto, eu mesmo me apaixonei por uma mulher cristã. Quem sou eu, minha cara Khadija, para condenar minha única e amada filha, ao sofrimento de se casar com quem não ama? — Ele suspirou e depois prosseguiu, em tom mais brando — o que conta é o que vai no coração dos homens. Aliás, se houvesse um pouco mais de tolerância de todos os lados, não estaríamos atolados nesta guerra sem fim — e tomando as mãos da criada entre as suas, falou, parecendo subitamente muito cansado. — Tenho a impressão de que milênios se passarão e os homens ainda continuarão disputando esse pedaço de terra, banhando-a com sangue dia após dia, ano após ano. Duvido que essa seja a maior mensagem do Profeta, do Cristo ou mesmo do Deus dos judeus.

Calada, Khadija apenas assentiu àquelas palavras tão sábias do seu velho senhor.

Naquele dia quente e seco, em meados de setembro, Bakkar e Raden finalmente chegaram a Jerusalém. A guerreira agradeceu intimamente a Deus pelo fato de o mestiço, finalmente, ter mais alguém com quem falar além dela. Como um homem era capaz de falar *tanto* daquele jeito, ela não sabia. Acostumada à solidão, irritava-se, e ao mesmo tempo invejava, o jeito expansivo dele. Depois de se reportarem a Ibelin, ambos se dirigiram à casa de Leila. Ragnar os saudou calorosamente assim que entraram, pedindo notícias.

— As coisas estão muito complicadas — começou Bakkar, aceitando o chá de hortelã que Leila oferecia. Depois da poeira e do calor das estradas, a bebida parecia o néctar dos deuses.

— Complicadas... — incentivou o norueguês, sem tirar os olhos da jovem sarracena.

— Extremamente, Svenson — completou Raden, metendo-se na conversa. — Saladino marcha direto para cá. Como já deve saber, apenas Tiro resistiu ao seu ataque. De Acre a Ascalon, perdemos todas as cidades. As fogueiras estão acesas por toda a costa. Aqui, nesta região, só Krak ainda resiste.

A bandeja tremeu nas mãos de Leila. Agradeceu o fato de estar carregando apenas o bule de prata. Se houvesse mais coisas ali em cima, decerto teriam se espatifado no chão. Arregalou os olhos, assustada com a iminência do cerco. Não imaginava que a situação fosse tão grave. Apesar do burburinho na cidade, sempre considerara aquilo como sendo assunto de homens. Não se inteirara dos avanços do sultão. Afinal, estratégia de guerra não fazia parte dos atributos femininos, muito embora as mulheres sempre fossem as maiores vítimas dos invasores.

— Pelo Profeta — colocou a bandeja sobre o aparador e apertou as mãos à frente do corpo. — Vocês estão dizendo que o sultão está às portas de Jerusalém? O que será de nós, do meu pai? Ele já é idoso... — engoliu em seco e parou de falar, temendo começar a chorar na frente dos cavaleiros e de Raden.

Ragnar, tocado pela angústia da moça, se levantou e colocou uma das mãos em seu ombro, tranquilizando-a.

— Não se preocupe. Estamos aqui para cuidar de vocês.

— Oh, você não entende! — Ela se livrou do norueguês e foi para junto de Raden com olhos suplicantes — papai há de querer me mandar para longe dele, para Tiro! Ele me disse isso quando pediu que você fosse meu guarda-costas, Raden. Ele vai pedir a vocês que me escoltem para longe dele, eu sei!

A mocinha se jogou nos braços da guerreira. Raden, desajeitada, sem saber como consolar a criaturinha chorosa, empurrou-a para os braços de Ragnar, que a acolheu.

— Não chore. Ficaremos o quanto for possível. — deslizou a mão por sua cabeça, num gesto de consolo. Sentia-se verdadeiramente tocado pela dor de Leila. E, apesar das implicâncias da moça, sentiu-se estranhamente completo e aquecido com a jovem em seus braços. Surpreso consigo mesmo, pegou-se desejando que aquele momento de relativa intimidade durasse para sempre.

Leila, por sua vez, encantou-se com a segurança encontrada no círculo daqueles braços poderosos e, ao mesmo, tempo tão cuidadosos. Aconchegou-se ao peito largo do soldado, derramando ali todas as suas lágrimas. Ragnar era uma mistura de força e gentileza. E apesar de viver implicando com ele, reconhecia que se sentia protegida ao seu lado. Subitamente se conscientizou de que sua implicância nada mais era do que um jeito de disfarçar a atração que sentia.

Nem ela, nem tampouco Ragnar, notaram que Raden e Mark, preocupados com seus afazeres e constrangidos com a emotividade da jovem, se retiraram discretamente da sala. Só muito tempo depois, quando suas lágrimas acabaram, Leila percebeu que anoitecia e que, na penumbra da sala, ainda estava aconchegada junto ao soldado.

Subitamente embaraçada, foi se afastando, mas ele a reteve. Erguendo os olhos inchados de tanto chorar, encontrou os pálidos olhos acinzentados de Ragnar, que a encaravam com um brilho diferente.

— Espere pequenina... — ele murmurou enquanto passava as pontas dos dedos sob seus olhos, secando suas lágrimas. Desavisadamente, o véu caiu. Leila arregalou os olhos. Com a respiração em suspenso, não ousava se mexer. Estava cativa das íris claras, que agora transmitiam uma emoção indefinível.

Ragnar emudeceu, encantado diante de tanta beleza. Imaginara que ela fosse bonita. Mas a boca sensual, cujos lábios entreabertos deixavam ver os dentes pequenos e brancos e a ponta rosada e úmida da língua, o cativaram com uma intensidade além de seu controle. Sem resistir, tocou-os com os dedos.

— Vermelhos, como o sumo das romãs... — ele sussurrou, os olhos presos aos dela.

Entorpecida pelo toque gentil e, ao mesmo tempo, extremamente sedutor, Leila balbuciou.

— O quê?

— Sua boca... — ele acabou de puxar o véu para baixo, bem devagar, expondo todo o rosto — eu sempre imaginei que seus lábios fossem assim, vermelhos, cheios... — ele se aproximou mais, baixando a cabeça, erguendo seu o rosto com o toque gentil dos dedos sob seu queixo, capturando seu olhar — prontos para serem beijados...

Quando os lábios de Ragnar tocaram os seus, suaves como a asa de uma borboleta, Leila pensou que fosse desfalecer em seus braços. Sentiu os pelos macios da barba dele roçarem sua pele, criando uma sensação agradável que se espalhou por seus seios e por seu ventre. Suas pernas amoleceram e ela precisou se agarrar à túnica do soldado para não cair.

Inclinando a cabeça dela para trás, Ragnar aprofundou um pouco mais o beijo, explorando seus lábios devagar, como se estivesse se aproximando de uma gazela ágil e arisca. Suas mãos tocavam o rosto dela suavemente, os polegares pressionando os cantos da boca, pedindo mais. Se ficasse ali por mais tempo...

Respirando fundo, ele se afastou. Por um segundo ainda, fitou os olhos fechados de Leila. Devagar, ela os abriu, surpresos e curiosos. Com medo de passar dos limites, pois seu corpo ardia de desejo, Ragnar a soltou e voltou-se para a parede. Depois, pediu em voz baixa, porém gentil.

— Vá embora, pequenina, ou não responderei por mim.

Sem saber o que dizer ou como agir, Leila simplesmente agarrou as saias e saiu correndo da sala. Ragnar tocou os próprios lábios com os dedos. Ficou imaginando o que faria para aplacar o calor que o consumia e que nada tinha a ver com o clima de Jerusalém.

Leila entrou como um furacão na saleta contígua ao dormitório de Raden. Recostou-se na porta, a mão sobre o peito, como se para acalmar o coração que parecia que saltaria pela boca. Ao erguer a cabeça, deu de cara com o olhar espantado da ruiva, que a encarava sem nada entender. Ruborizada, voltou-se de costas e começou a remexer em várias coisas pelo aposento. Largando o que estava fazendo de lado, a guerreira se aproximou, indagando.

— O que houve, Leila — estreitou os olhos e estudou a aparência desalinhada da moça — por que está assim, tão alterada?

Sem conseguir esconder nada da guerreira, que já considerava mesmo sua amiga, Leila confessou, os olhos fixos nos dela.

— Ragnar me beijou.

O semblante de Raden endureceu. Sua mão buscou o punho da espada. Ao notar a reação da ruiva, Leila a segurou.

— Não — praticamente gritou —, espere! Não é nada disso.

— Ele a forçou, Leila? — Raden agarrou seu braço — se aquele infeliz do Svenson fez isso, juro que cortarei as *partes* dele e atirarei aos abutres!

— Pelo Profeta, não foi nada disso o que aconteceu — ela tentava inutilmente reter a ruiva, que marchava na direção da porta —, quer fazer o favor de me ouvir! — A ruiva estacou, impassível. Leila pode prosseguir, ofegante — ele não me forçou e eu... — seu rosto tingiu-se de vermelho — eu gostei.

— Oh, céus! — Raden colocou as mãos na cabeça. Deixou-se cair numa banqueta, atônita — o que vou dizer ao seu pai?

— Nada! — Leila gritou — não vai dizer nada. Oh, Raden, eu nunca fui beijada!

"Nem eu"

A moça continuou, girando pelo quarto com os braços abertos diante do olhar pasmo da ruiva.

— Foi tão... tão... bom — parou de rodopiar e olhou para a amiga, corada — e agora?

— E agora o quê?

— E agora, o que eu faço?

— Diabos, menina — ela ergueu as duas mãos, em pânico — não me peça conselhos sobre esses assuntos, eu não saberia responder.

— Mas Raden, você é mulher! — Leila se sentou numa almofada no chão. Olhou para ela de modo suplicante — deve saber...

— Pois não sei nada, Leila — ela rebateu de chofre. — Desde que era garota vivo assim, como um homem; nunca beijei, flertei ou tive um caso com ninguém. Nem sei por onde começar.

— Ora, esses anos todos... — teimou a mocinha — vivendo no meio dos homens...

Percebendo o que ela queria dizer, a ruiva sorriu e esclareceu.

— É claro que sei o que os soldados fazem com as mulheres que acompanham as tropas, Leila. Sou inexperiente, mas não sou cega ou estúpida. Enfim... e agora, o que vai fazer? — Perguntou, satisfeita por voltar o foco de atenção novamente para a jovem — você está, por assim dizer, *gostando* de Svenson?

Leila suspirou e se levantou. Andou pelo quarto, pensativa, e depois se sentou de novo numa cadeira.

— Se me perguntasse isso até ontem, eu diria que não — deu de ombros e suspirou —, sempre o achei tão irritante e mandão! Sabia que ele me jogou no ombro e me carregou do mercado até aqui?

Raden gargalhou.

— Daria tudo para ter visto isso, Leila! — Depois que as risadas acalmaram, indagou — por que Svenson agiu assim?

Os olhos da jovem se tornaram sombrios.

— O homem que me atacou na rua, no dia em que nos conhecemos — ela contou, nitidamente amedrontada —, o tal Vernon. Abordou-me de novo, no mercado.

A ruiva fechou a expressão.

— Ele novamente — rosnou. — Devia tê-lo matado naquele dia; seria um monte de esterco a menos nas ruas.

A jovem sorriu nervosamente.

— Svenson o classificou mais ou menos da mesma forma.

Raden suspirou e se levantou. Caminhou na direção da porta, avisando.

— Seja como for Leila, tenha juízo. Svenson é um mercenário sem pouso do qual pouco sabemos. O que aconteceu entre vocês pode ser apenas resultado da tensão acumulada nesses dias. Tome cuidado. Com Vernon *e* com Svenson. — Dito isso, saiu do aposento, deixando Leila pensativa.

CAPÍTULO

IV

"Em perigo lhe puseste o império e a glória,
vejo, e punge-me assaz, o atroz sucesso com que o céu
(seja força, acaso, ou sorte) em tão pesada perdição nos lança
com tamanha vergonha e tanto estrago."

"PARAÍSO PERDIDO". CANTO I. JOHN MILTON

20 DE SETEMBRO DE 1187

le havia chegado. Saladino finalmente iniciara o tão temido cerco à Cidade Santa. Com suas engenhosas máquinas de guerra, que incluíam torres de assalto, balistas e as temíveis e precisas catapultas de contrapeso, conhecidas pelos francos como *trebuchets*, o sultão iniciou o ataque pelo Portão de Damasco. O fogo grego lambeu as muralhas como um furioso dragão, transformando as ameias e os postos de guardas em sinistras fogueiras. Dia e noite, o som das defesas sendo bombardeadas e os gritos das pessoas enchiam o ar, numa lúgubre sinfonia.

Com o sítio, vieram os saques, as doenças e o horror. Ragnar, Raden e Mark, apesar de engajados na defesa de Jerusalém, revezavam-se de forma que um deles sempre ficava na casa de Bharakat, enquanto os outros dois lutavam nas muralhas, ajudando a deter os focos de invasão.

Todos os dias, ao cair da noite, os guerreiros chegavam à casa de Leila, desalentados, a ponto de cair de dor, fome e exaustão. Apenas se lavavam, cuidavam dos ferimentos e engoliam uma refeição ligeira. Depois, dormiam por algumas horas, até começarem tudo de novo.

Com a tensão do cerco, a saúde do velho mercador se deteriorara muito. Bharakat agora passava os dias num divã em seus aposentos, agarrado à mão da filha, temendo que Saladino espalhasse o pânico e a destruição dentro da cidade, da mesma forma que as hordas cristãs haviam feito há quase cem anos. Junto com o medo, havia o arrependimento por não ter mandado a filha embora a tempo. Seu alento era a presença dos três guerreiros e a certeza de que Raden velaria com a própria vida pela segurança de seu tesouro mais precioso. Numa noite em que se sentia particularmente enfraquecido, Bharakat pediu a Leila que mandasse Mark al-Bakkar ir ter com ele.

— Por que, *baba*? — Perguntou a moça intrigada. O que o pai poderia querer com o mestiço?

Com expressão indefinível e modos severos, Bharakat apenas reforçou o pedido.

— Não seja curiosa, menina — ralhou. — Apenas faça o que ordenei. Não posso partir deste mundo sem falar com aquele rapaz.

As horas se arrastaram assim que a porta da alcova se fechou atrás do cavaleiro. E depois de horas trancado no aposento com o mercador, o mestiço saiu silencioso, de cenho franzido, totalmente distante da habitual despreocupação que sempre exibia. Taciturno e com o olhar perdido, simplesmente pegou suas armas, tomou o elmo sob o braço e voltou para a muralha, deixando os amigos para trás sem dar explicação. E naquela noite, o já respeitado guerreiro mestiço se tornou uma lenda em Jerusalém. Lutou com um instinto suicida semelhante ao de Raden, matando mais homens do que jamais matara em toda sua vida.

Balian de Ibelin baixou a espada e olhou os *chevaliers* que pegavam em armas e se dirigiam ao campo. Ilhado em Jerusalém, contando com apenas dois *chevaliers* dentro da cidade, acabara de sagrar sessenta homens sãos, entre trabalhadores livres, artífices, mercenários e soldados. Tentava levantar o moral da tropa e do povo, enquanto pensava em um meio de negociar a rendição com Saladino.

Ragnar se misturou à turba, marchando em direção a montaria, o sangue correndo rápido em suas veias na iminência do combate. Aceitara a benção do nobre cristão e fora um dos *chevaliers* recém-sagrados, apesar de o fato, segundo seu ponto de vista, não fazer a menor diferença na maneira como ele empunhava seu machado ou conduzia seu cavalo. Ele continuaria executando com precisão a mesma tarefa de ceifar as vidas dos invasores.

Ironicamente, o jovem Raden também estava entre os novos *chevaliers*. A guerreira ruiva sorriu de forma contida, desfrutando de um sentimento estranho, misto de espanto e divertimento, ao ver-se no meio do grupo de homens, enquanto Ibelin pronunciava as palavras rituais. Ficou imaginando o que aconteceria se o severo nobre descobrisse que sagrara uma mulher.

No Ano de Nosso Senhor de 1187, aos vinte e seis dias de um mês de setembro absurdamente quente, o sultão Saladino mudou a orientação de seus ataques. Diante dos olhos estupefatos de Balian de Ibelin e dos nobres que restavam em Jerusalém, direcionou suas máquinas para uma seção mais frágil da muralha, próxima ao monte das Oliveiras. Com o anoitecer daquele dia, morriam a maior parte das esperanças cristãs de manter o domínio da Cidade Santa.

Raden olhou pela janela e não pode conter um suspiro. Talvez no dia seguinte encontrasse a morte, talvez não. Quem se importaria? Agora que a queda de Jerusalém era iminente, restara-lhe apenas uma grande sensação de vazio. Se não morresse, e os cristãos se rendessem, o que faria? Continuaria a proteger Leila e a seu pai? E se eles também morressem, que objetivos teria? Sua melancolia a envolveu a tal ponto que custou a ouvir a voz de Khadija, que a chamava.

— *Sidi* Bharakat o convoca, meu jovem — os olhos escuros, delineados pelo *kohl* a estudavam com atenção. — Quer que vá ter com ele e a menina Leila em seus aposentos. Com uma mesura silenciosa, a guerreira foi atender ao chamado do mercador.

As portas se fecharam mal ela as atravessou. O cheiro pungente de remédios, incenso e doença penetrou em suas narinas, fazendo seu estômago se apertar. Os olhos encovados do mercador cravaram-se em seu rosto. E, embora o pai de Leila lhe sorrisse, a tristeza e a certeza do fim eram claras em seu olhar.

— Minha jovem — Bharakat estendeu as mãos emagrecidas e trêmulas, as quais ela tomou com respeito —, mesmo que eu fosse o mais rico sultão desta terra jamais poderia pagar o que fez por minha filha. Peço-lhe que continue a protegê-la até que esteja em segurança na casa de minha cunhada, em Tiro.

— Não se preocupe, mestre — retrucou, muito séria. As mãos frágeis e geladas entre as suas avisavam-na de que o fim daquele homem estava próximo. E embora seu coração estivesse há muito endurecido, empedernido pelas agruras da vida, sentiu-se tocada pelo destino da jovem amiga e de seu pai. — Leila estará segura comigo. Eu prometo.

— Eu sei. Mas quero retribuir seu favor de alguma forma — vendo que ela acenava negativamente, falou com mais veemência. — Nem pense em me dizer não! Leila, traga a caixa que lhe pedi.

Silenciosa, a moça obedeceu e pegou uma pequena caixa de madeira de sândalo. Bharakat tomou-a das mãos da filha, estendendo-a a Raden.

— Tome. Isto é para você. Abra.

Raden fez o que o velho ordenava, espalhando o perfume da madeira de sândalo por todo o ambiente. Seus olhos se arregalaram, espantados. Uma pequena fortuna em gemas preciosas repousava sobre o forro de veludo. Entre elas, um grande e magnífico rubi, vermelho como o sangue, que logo chamou sua atenção. Bharakat observou seu olhar. Apontou aquela joia em especial, dizendo.

— Dentre todas essas gemas, esta é a mais preciosa, minha jovem — ele pegou a pedra e colocou-a na palma da mão dela, que pareceu vibrar sob o toque frio. — Este é o Coração do Dragão. Está há muitas gerações em minha família e, segundo a tradição, pertenceu ao tesouro do próprio Sinbad[36]. — Raden sorriu timidamente e ele continuou — seja como for, o Coração do Dragão é mais do que uma joia; é um amuleto de proteção. Se for dado de coração, trará segurança para aquele que o carrega. Se for roubado ou usurpado, levará consigo morte e destruição para o ladrão. De agora em diante, ele é seu.

— Mestre Bharakat, eu não posso aceitar — tentou devolver a peça à caixa —, isso deveria fazer parte do legado de Leila!

A jovem sarracena colocou a mão sobre a sua, fechando seus dedos sobre a gema.

— Não, Raden. Tenho meu dote em segurança. Papai tem investidas minhas moedas e meus bens num cofre templário[37]. Com a nota de crédito que carrego, posso recuperá-las em qualquer comendadoria da Ordem. — Olhou a amiga nos olhos e continuou, solene — o Coração do Dragão é seu por direito. Assim como as outras peças. Servirão para você refazer sua vida quando tudo isso acabar.

— Conserve-a consigo, se quer um conselho — interveio o mercador —, ainda que venha a precisar de recursos, venda as outras, mas não se desfaça desta joia. Procure manter também a caixa que a carrega...

— A caixa? — Estranhou a guerreira.

— Sim, veja seus entalhes — apontou a peça ricamente ornada —, ela é uma peça rara e de grande valor sentimental. Ficaria feliz se a mantivesse consigo, como lembrança deste velho amigo sarraceno.

Emocionada com a gratidão e o carinho de Bharakat, Raden fez algo que já não fazia espontaneamente há muitos anos em sua vida; abraçou-o.

— Obrigada. Jamais esquecerei a generosidade de seu coração para com uma estranha. — Endireitou-se e afirmou — eu protegerei sua filha com minha própria vida. Eu juro.

A estupefação tomava conta de cada cristão que habitava o interior das muralhas de Jerusalém. Aos vinte e nove de setembro uma porção do muro que cercava a cidade cedera, e um enxame de soldados de Saladino avançara como uma vaga incontrolável sobre as combalidas defesas da cidade. No fim do dia, o sangue lavava as pedras derrubadas. Os homens dos dois lados, exaustos, se recolhiam aos seus respectivos campos, sem que Jerusalém fosse definitivamente tomada.

Diante do inevitável, Ibelin se resignara. Para evitar maior derramamento de sangue, enviou mensageiros ao acampamento do sultão Saladino com seus termos. E vira angustiado sua proposta de rendição ser recusada. Porém, o sultão, percebendo que a tomada da cidade pela força resultaria num banho de sangue, acabou cedendo. Ao fim de longas negociações, a dois de outubro de 1187, Jerusalém finalmente capitulou.

Os habitantes ainda corriam de um lado para o outro, sem saberem qual seriam seus destinos após a queda da cidade. Enfraquecido, Bharakat se via no limiar da morte. Desesperada, Leila acercara-se do leito do pai, agarrando-se a ele como se pudesse lhe infundir alguma energia. Segurando a mão da filha, usando as poucas forças que restavam, o mercador pediu.

— Filha... aconteça o que acontecer, saiba que eu a quero feliz... — fez uma pausa e respirou penosamente — se escolher o estrangeiro, terá a minha bênção. — Sorriu fracamente e acariciou a jovem com o olhar — você é meu tesouro mais precioso, minha filha.

Ainda que espantada com a perspicácia do pai, Leila não teve tempo de dizer nada. A mão enrugada que segurava a sua perdeu as forças. Bharakat, o mercador, fez sua derradeira viagem.

O gemido agoniado de Leila percorreu a casa, avisando a todos que o velho homem havia morrido.

— *Baba*, oh, *baba* não me deixe, por favor! — Leila chorava desalentada, ao lado da não menos triste, porém contida, Khadija.

Ragnar foi o primeiro a correr até a porta do quarto. O som que escapara dos lábios de Leila, seu desespero e sua agonia, apunhalara seu coração. Ele daria tudo para não a ver sofrer, para trazer o pai dela de volta. Impotente, sacudiu a cabeça, esforçando-se para se conter. Ainda teria que contar a ela sobre o desfecho do cerco. Não haveria como fazer aquilo de forma sutil. Respirou fundo e deu um passo à frente. Entrou no aposento guardando um silêncio respeitoso. Colocou uma mão sobre o ombro de Leila, murmurando.

— Venha pequenina, não há mais nada a fazer. Precisamos sepultá-lo o quanto antes — fez pausa longa, durante a qual Leila pareceu finalmente focalizar os olhos nos dele. Sem delongas, informou-a — Jerusalém caiu.

Um soluço estrangulado escapou dos lábios subitamente pálidos. O lindo rosto de Leila, cujo véu caíra, se contorceu de dor. Sem pensar em mais nada, a moça se atirou nos braços do cavaleiro, encontrando ali, momentaneamente, a paz e o conforto de que tanto precisava.

Em troca de um grande resgate em besantes de ouro, o sultão permitira o salvo-conduto para cerca de vinte mil refugiados. Três colunas deixaram a cidade, as duas primeiras conduzidas pelos cavaleiros Templários e pelos Hospitalários. A terceira, onde seguia Mark al-Bakkar, juntamente com Ragnar, Leila, Khadija e Raden, era conduzida por Ibelin e pelo patriarca Héraclius.

Olhando para trás, para a cidade em que nascera e vivera, Leila não conseguiu conter as lágrimas. Ia montada à frente de Ragnar. Exausta pelos últimos acontecimentos, mal conseguia se manter sobre a sela. Se não fossem os braços do cavaleiro ao seu redor, teria despencado no chão, ficando ao longo da estrada, onde homens e mulheres, velhos e crianças, carroças e animais, formavam uma longa e triste procissão.

— Não chore, pequenina — Ragnar mais uma vez a consolava, apoiando-a carinhosamente de encontro ao peito —, não está sozinha, estamos aqui com você.

A resposta da jovem foi apenas mais um suspiro. Mesmo inconformado com aquela apatia, o cavaleiro se manteve calado. Continuou conduzindo o garanhão num trote lento, seguindo o ritmo da vagarosa fileira. Estava tão absorto que só percebeu a presença de Raden quando o soldado se dirigiu à Leila.

— Consegui acomodar Khadija na carroça de uma família judia. — O jovem emparelhou a montaria com a deles e foi objetivo — ela me disse que tem família em Damasco, mas reluta em deixá-la sozinha. O que me diz?

Erguendo o rosto inchado de tanto chorar, Leila respondeu desanimada.

— Falarei com ela antes de a coluna se dividir, Raden. Khadija é idosa, não suportará a viagem até Tiro e depois a ida para Damasco.

— Foi o que imaginei — rebateu a guerreira para, em seguida, voltar-se para Ragnar — não gosto de viajar nessa "procissão", Svenson. Penso em avançar mais à oeste, ao longo da costa, e por lá chegar a Tiro. O que acha?

O norueguês esquadrinhou o horizonte com o olhar, enquanto pensava na sugestão de Raden. Poupariam tempo e sairiam daquele aglomerado de gente, carroças e animais, o qual já estava lhe dando nos nervos. Além disso, uma coluna lenta como aquela era alvo fácil para bandoleiros e saqueadores. Acenou em concordância e respondeu.

— Por mim, está bem. Mas teremos que falar com Ibelin antes. Ainda estamos ao seu serviço.

Assentindo, Raden apenas manobrou o cavalo e foi em busca de Mark al-Bakkar, que se encontrava no início da coluna, junto ao nobre e sua esposa.

— *Messire*, dama — cumprimentou-os respeitosamente para depois se dirigir ao mestiço —, preciso falar com você, Bakkar.

Mark pediu licença ao casal e seguiu na mesma direção que tomara o jovem, um pouco ao largo da coluna. Cavalgando ao seu lado, observou que Raden parecia mais cansado, mais magro e mais sombrio do que nunca. A morte do mercador mexera com o rapaz, pensou.

— O que houve, Raden — indagou, intrigado com o ar de mistério de seu acompanhante —, algum problema com Leila?

— Ainda não, Bakkar. Mas preciso que me preste um favor — e chegando mais perto dele, apontou um grupo de soldados a pé —, aquele louro ali na frente é o homem que atacou Leila. Esperava que estivesse morto, mas o infeliz ainda está aqui.

O olhar do mestiço seguiu a direção apontada por Raden. O tal homem era conhecido por viver metido em confusões. Volta e meia era punido por seus superiores. Concordou com o seu companheiro e lamentou que o sujeito ainda estivesse vivo.

— Você quer que eu o ajude a ficar de olho nele? — Indagou e depois pilheriou — pensei que só você fosse suficiente para assustá-lo, meu camarada.

— Ora, vejam! Até que você não é um asno tão asno como eu imaginava, Bakkar! — Rebateu ela com um meio sorriso, surpreendendo o mestiço com aquele arroubo de bom-humor — você está certo, eu realmente gostaria que ficasse por perto quando eu ou Svenson não estivermos com Leila. Prometi ao pai da moça que a entregaria em segurança à tia dela, em Tiro.

Mark balançou a cabeça em concordância e os dois fizeram silêncio por alguns instantes, enquanto faziam as montarias ultrapassarem mais uma das vagarosas carroças, repletas de refugiados e seus pertences. Ao se reunirem de novo, ela perguntou.

— Estive conversando com Svenson... crê que Ibelin permitiria que seguíssemos pelo litoral, longe da coluna?

Bakkar esfregou o rosto, coçando a barba de alguns dias por fazer.

— Acho que sim. Falarei com ele na próxima parada.

— Está certo.

No fim daquele dia, as exaustas colunas de refugiados armaram o acampamento. Depois de desmontar e dar de beber ao seu fiel Lúcifer, Raden foi ao encontro de Leila. Encontrou Ragnar descendo a moça do cavalo e a amparando. Leila, pouco habituada a montar, mal se sustentava nas pernas.

— Pode deixar, Raden — falou o norueguês, erguendo a jovem nos braços —, eu cuido dela.

Raden assentiu e, em retribuição ao gesto, passou a cuidar do animal do norueguês, uma bela montaria cinzenta. Levou-o para onde deixara Lúcifer, apanhou um punhado de relva seca e começou a esfregar os animais, agradando-os com bocados de aveia.

Um pouco mais além, Ragnar acabava de acomodar seu delicado fardo sobre uma manta estendida no chão. Notando a exaustão da jovem, afagou sua mão e recomendou.

— Descanse, pequenina. Amanhã nossa jornada será longa.

Num gesto que o espantou e, ao mesmo tempo fez bater mais forte seu coração, Leila reteve a mão dele na sua. Olhou-o suplicante e pediu.

— Não me deixe sozinha... eu...

Compreendendo a aflição da moça, Ragnar se esqueceu do próprio cansaço. Sentou-se ao lado dela, permitindo que recostasse a cabeça em seu colo. Acariciando os cabelos castanhos, sentiu o coração se encher com uma emoção indefinível, um calor agradável que inundava sua alma. Desgostoso, afastou aqueles pensamentos Leila não era mulher para ele.

Aquela jovem era uma flor delicada, criada com cuidados e acostumada a uma vida estável e confortável. Apesar de profundamente atraído por ela, Ragnar sabia que teria que entregá-la aos cuidados da tia, em Tiro, e seguir sua vida, vendendo sua espada a quem melhor pagasse. Desavisadamente, seus pensamentos rumaram para sua longínqua terra. Recordou-se dos fiordes recortando o mar, das montanhas brancas e geladas e pode até sentir o cheiro do pinho misturado ao vapor da sauna. A saudade apertou seu coração com mão de aço. Por um instante desejou... sacudiu a cabeça, irritado. Voltar para a Noruega estava fora de cogitação. Sua terra não era segura. Sua presença lá só traria complicações para sua família.

Notando que Leila adormecera em seu colo, Ragnar ergueu-a devagar e deitou-a novamente sobre a manta. Cobriu-a com um albornoz e ficou admirando sua beleza suave embalada pelo sono. Tocou o rosto ainda molhado de lágrimas e suspirou. O que seria dela? Leila era uma moça frágil, criada como uma flor de estufa. Temia que os rigores da travessia até Tiro, aliados à tristeza pela morte do pai, a fizessem sucumbir. Sentiu o coração apertado àquele pensamento. E relutou em admitir para si mesmo que a pequena sarracena já conquistara seu coração.

Khadija chegou, arrancando-o de seus devaneios.

— *Sidi*, como está minha menina?

Gentil, Ragnar ajudou a velha senhora a se sentar e só então respondeu.

— Muito triste, Khadija. É difícil se conformar com tantas perdas.

A velha suspirou e encarou Ragnar. Seus olhos negros delineados com *kohl* devassaram sua alma, trazendo a sabedoria de toda uma vida.

— Gosta dela, não é — atirou-lhe Khadija sem pestanejar.

Encabulado com a afirmação tão direta, Ragnar desviou os olhos e cutucou o chão com as pontas das botas. A criada continuou.

— Saiba que *sidi* Bharakat já havia notado seu enlevo por nossa pequena flor. — Ragnar ergueu os olhos, surpreso. Khadija prosseguiu — ele lhe deu sua bênção.

— Mesmo sabendo que não sou um de vocês? — Argumentou.

Khadija sorriu e olhou para o fogo.

— O velho não se importava com isso. Além do que, a mãe de Leila era cristã antes de se casar com ele. Só depois se tornou uma Crente.

O norueguês deu de ombros e se mexeu desconfortável, digerindo as informações. Sua cabeça dava mil voltas, traçava mil conjecturas para depois descartá-las. Não podia ter esperanças. Não *devia* tê-las! Argumentou com o que ainda lhe restava de lógica.

— O problema, senhora, é que eu não tenho nada para oferecer à Leila. E também acho que sou muito velho para ela. Já vi coisas demais nessa vida para acreditar no amor que se canta nas baladas.

Khadija deu uma risada e o encarou do alto de sua sabedoria.

— O amor das baladas nada tem a ver com o fogo que arde entre um homem e uma mulher, *sidi*! E minha Leila vai completar vinte verões. Já passou da idade de arrumar um bom homem e assentar, ter filhos.

Ragnar ergueu os olhos para a velha, sem responder. Depois os desviou, observando o movimento do acampamento ao redor deles.

Pouco a pouco, tudo ia ficando silencioso. Algumas crianças choravam. Ao longe, era possível ouvir uma mãe cantando para seu filho. Em toda a parte, porém, pairava um sentimento de desolação e incerteza. Quantos ali chegariam até seu destino? Quantos ficariam pelo caminho?

Olhou para a sombra enrodilhada em seu albornoz. Leila... seu nome soava tão acariciante como a brisa que soprava agora pelo acampamento. O que o amanhã reservaria para aquela moça frágil e insegura? O que ele poderia ser para ela, além de um protetor devotado? E o que ela realmente via nele, além disso? Diabos! Tantas dúvidas deixavam sua cabeça mais fraca do que um jarro cheio de *akevitt*[38]!

— Está certo, Khadija. Vou pensar no que me falou... — disse, querendo encerrar o assunto — mas não quero que diga nada a ela, nem que force Leila a tomar uma decisão. Não quero ser uma tábua de salvação. Sou um homem e tenho meu orgulho. — Ele se aprumou, erguendo-se do chão em toda sua altura, assemelhando-se aos orgulhosos deuses-guerreiros de sua terra — se Leila tiver que ser minha, será por me querer de verdade e não por falta de opção.

Khadija olhou para cima, encarando-o. Sorriu, enigmática.

— Então *sidi*, o que tiver que ser, será.

Mark estava recostado numa pedra, perto de sua pequena fogueira. Amolava a cimitarra quando Ragnar se aproximou.

— Não sei como consegue usar essa coisa — resmungou, apontando a arma enquanto se sentava ao lado do amigo.

— Os persas a chamam de *shamshir*. É bem mais leve que as armas dos *franj*, ou que as longas espadas que seus conterrâneos nortistas trazem para cá — ele falou sorrindo, mostrando-lhe a lâmina longa e curva — e também mais ágil. — Mudando de assunto, perguntou — como está Leila?

— Desolada — Ragnar esticou o corpanzil no chão, apoiando-se nos cotovelos —, nunca vi alguém tão triste assim... — depois de um breve silêncio, indagou, olhando ao redor — onde está Raden?

Mark interrompeu o movimento da pedra sobre a lâmina e retrucou.

— Pensei que estivesse com vocês.

— Não, ele ficou cuidando dos cavalos. Depois não o vi mais.

O mestiço olhou em volta tentando enxergar o vulto esguio do jovem, mas não viu nenhum sinal dele. Estranhamente, não se preocupou. Parecia que, de alguma forma, conseguia senti-lo andando pelas sombras do acampamento. Raden não queria ser encontrado.

— Sossegue, camarada — disse dando um tapinha no ombro do amigo —, o garoto sabe se cuidar. Sei disso melhor do que ninguém.

Ragnar ficou calado por muito tempo. Depois retomou o assunto, a voz grave.

— Às vezes acho que aquele rapaz esconde algo. Sempre quieto, calado... já notou que ele nunca se envolve com ninguém?

— Sim, Sven, eu já percebi isso. Esquece-se de que ele viajou comigo quando Ibelin me enviou até Saladino? Raden está sempre alerta; parece que jamais dorme, jamais relaxa. — Coçou a barba e completou — ele é muito estranho.

Ragnar se mexeu, desconfortável. Voltou à carga.

— Não é só estranho, Bakkar. Há algo nele... — como explicar o que sentia? — Raden é relativamente jovem, acho que mal tem vinte anos. No entanto, quando olho em seus olhos, vejo tanta tristeza, tanto cansaço. É como se ele fosse mais velho do que todos nós juntos. —Remexeu o fogo com um graveto e milhares de fagulhas foram carregadas pelo ar, tingindo momentaneamente as faces preocupadas dos dois homens de um tom alaranjado. A lenha seca estalou no fogo. Ragnar, pensativo, encarou o amigo — sabe, Bakkar, às vezes eu o temo. Vejo no olhar de Raden uma ansiedade estranha, como se buscasse a própria morte. — E como Mark apenas o ouvisse, ele prosseguiu — creio que devemos ficar de olho nele.

Nas sombras, longe do alcance da luz do fogo, Raden ouvia a conversa dos homens. Estava se aproximando dos dois quando, ao ouvir o norueguês pronunciar seu nome, estacou. Ficou ali, envolta no albornoz negro, misturada às sombras da noite sem lua, sentindo o que restava de seu coração se oprimir ainda mais. Seria sempre assim para ela? Uma vida condenada à solidão e ao isolamento de todos os outros seres humanos? Seria esse o preço a pagar para manter sua segurança?

Ficou imóvel durante muito tempo, espreitando, observando, até que os homens resolveram se acomodar para dormir. Em sua imobilidade, sequer notou uma lágrima solitária que riscava um caminho mais claro através do pó em seu rosto.

Leila despertou de um sono sem sonhos; o acampamento silencioso e as fogueiras quase apagadas denunciando o adiantado da hora.

— Durma, Leila.

A voz rouca e sempre contida de Raden a assustou. Tentou enxergar a guerreira. Viu apenas o vulto escuro ao seu lado. Erguendo-se um pouco nos cotovelos, perguntou.

— E você? Nunca dorme, Raden?

— Já dormi o suficiente — mentiu. — De qualquer forma, prometi ao seu pai que ficaria de olho em você — a moça teve a impressão de que ela se virava para seu lado. A ruiva continuou. — Essa hora da madrugada, quando todos estão no sono mais profundo, é a hora mais perigosa. A hora em que os chacais atacam. Por isso fiquei aqui.

Leila teve a impressão de que os chacais aos quais ela se referia não eram apenas os animais noturnos. Observou sua sombra com mais cuidado, a postura rígida, a mão sempre junto ao punho da espada. Sentiu uma onda de piedade pela amiga, que se privava do próprio descanso por causa dela. Insistiu nas perguntas, tentando desvendar um pouco mais daquela estranha mulher.

— Não tem medo de que desconfiem de você?

A sombra se mexeu. Leila notou que ela se levantava, as pontas escuras do albornoz agitadas atrás dela pelo vento como as asas de um morcego. Sua voz sou abafada, como se Raden estivesse de costas para ela.

— Há muito tempo aprendi a conviver com o medo, Leila. Ele é meu companheiro mais fiel, meu maior aliado — e depois de uma longa pausa, quando já desistira de ouvir qualquer coisa, a guerreira voltou a falar. — Por isso sou muito cuidadosa. E peço-lhe que também seja. — Chegou mais perto da moça e abaixou-se junto dela. Leila quase podia ver seus olhos faiscando na escuridão — se eu for descoberta, nossa segurança será comprometida. E você seria presa fácil para algum mercador de escravas, ansioso em levar uma beldade para algum harém.

Leila se ergueu sobre a manta, assustada. Não havia pensado naquela hipótese.

— Mas Ragnar e Bakkar... — eles as protegeriam, não? A dúvida pairou no ar entre elas. Foi reforçada por Raden.

— Quem nos garante que podemos confiar cegamente neles, menina?

— Meu pai os contratou!

— Só porque eles são bons soldados e homens respeitados — a ruiva rebateu. — Mas acredite, Leila, *todo* homem tem seu preço. E até que eu conheça aqueles dois muito bem, não vou me arriscar, e nem a você. Agora durma — ela a dispensou sem nenhuma cerimônia —, amanhã será um longo dia.

Preocupada, Leila obedeceu. Mas seu coração negou as afirmações da soturna guerreira. Ragnar jamais as trairia.

CAPÍTULO

V

"Não tomes, minha filha, como fogo essas labaredas que fornecem mais luz do que calor e que se extinguem completamente no momento em que mais prometem."

"HAMLET". CENA III, ATO I.
WILLIAM SHAKESPEARE.

om a permissão de Ibelin para se desviarem da caravana de refugiados, e com a missão de reportarem qualquer avistamento de forças fiéis ao sultão, Ragnar, Leila, Raden e Mark se prepararam para deixar a coluna. Compraram um cavalo manso para a moça e um animal de carga. Na manhã do terceiro dia de marcha, estavam prontos para se separarem do grande grupo.

Leila, mais uma vez, teve que se despedir de um ente querido. Aos prantos, atirou-se nos braços da criada que a vira crescer. Khadija, emocionada, abraçou aquela que considerava como uma filha e falou.

— Lembre-se querida, tudo é como o Criador quer.

— Não consigo concordar com que diz, Khadija, embora saiba que cometo um pecado ao duvidar do Mais Alto. Por que tanto sofrimento?! O que eu fiz para merecer esse castigo? — Teimou — não é justo!

— Leila, Leila... acha que sofre? Você, que teve o amor de seu pai e a mim para mimar você por todo esse tempo? Você que conheceu a felicidade esses anos todos, querida? — A ama balançou a cabeça. Fez a jovem se voltar para o lugar junto às montarias, onde Ragnar conversava com Raden e Mark — veja aqueles três, filha. Eles sim, sofrem. Cada um deles traz escondida, bem no fundo de seus corações, uma dor muito grande. A mulher, por exemplo...

— Como?! — Leila puxou Khadija pelo braço, distanciando-se das outras pessoas — c-como você pode saber disso?

A velha deu uma risada, mostrando a boca quase toda desdentada.

— Minha criança, só uma mulher tem um andar daqueles. Os homens só demonstram ser mesmo um bando de cegos e ignorantes para confundirem-na esse tempo todo com um deles.

Leila estava pasma.

— Você sabia... sempre soube, o tempo todo!

Khadija mostrou-se algo indignada.

— Mas é claro! Se fosse de outra forma, se Raden fosse um homem, eu jamais a deixaria seguir com eles sem mim. Tenho certeza de que "ele" cuidará de sua virtude... — ela sorriu e depois tornou a falar, mais séria — mas tenha cuidado, filha, com os arroubos da paixão.

Leila corou, notando onde a velha senhora queria chegar. Naturalmente, se Khadija percebera que Raden era uma mulher, também notara a tensão presente entre ela e Ragnar.

— Khadija, eu...

— Não diga nada, criança — a ama a silenciou com um gesto —, deve seguir seu coração, mas tenha cautela. Ele é um homem exilado de sua terra, e creio que tem bons motivos para isso. Não vejo maldade nele, só uma amargura muito bem guardada. Tenha cuidado para não sofrer.

Leila assentiu e abraçou longamente a criada. Porém, logo teve que deixá-la partir, pois a coluna de refugiados começava a se deslocar. Quando o grupo não era nada mais que poeira no horizonte, Ragnar se aproximou, chamando-a gentilmente.

— Vamos, pequenina. Também temos que recomeçar nossa marcha.

Assentindo, ela se deixou conduzir até a montaria. Quando Ragnar a segurou pela cintura, erguendo-a sobre a sela, um arrepio percorreu seu corpo. As mãos grandes e quentes, tocando-a através da barreira das roupas, pareciam queimá-la. Um fogo que se instalava direto em seu ventre. Ragnar pareceu sentir o mesmo, pois tirou rapidamente as mãos de seu corpo, como se ela estivesse se consumindo em chamas. Sem nenhuma palavra, montou em seu cavalo e o grupo recomeçou a jornada.

PORTO DE TIRO

Dois homens diferentes, e com objetivos semelhantes, desembarcaram no cosmopolita porto de Tiro. Um deles, um nórdico bastante alto e forte, com a pele clara curtida pelo sol, apanhou a bagagem constituída de apenas dois alforjes, embrenhando-se rapidamente na multidão. Seu objetivo era encontrar Ragnar Svenson.

O outro passageiro do navio, um homem de cabelos escuros e corpulento, com uma longa cicatriz que ia da sobrancelha direita até o maxilar, aguardou o desembarque de um garanhão branco. Em seguida, apanhou as rédeas e pôs nos ombros uma sacola volumosa, que era toda sua bagagem. Atravessou um arco de longo alcance no tronco e seguiu na direção oposta à que o primeiro viajante tomara. Sorrindo levemente, fazendo a cicatriz repuxar todo um lado do rosto, ele pensou que vinha de muito longe apenas para cumprir uma missão. Seu trabalho, que fora muito bem recompensado, era eliminar a ameaça aos planos de uma facção reclamante ao trono norueguês, representada por um tal Ragnar Svenson, um dos muitos filhos ilegítimos do rei.

COSTA DO MEDITERRÂNEO,
AO NORTE DE JERUSALÉM

Quatro cavaleiros seguiam num trote moderado. Deixavam para trás uma nuvem de poeira sobre a estrada esturricada pelo sol da primavera. Haviam decidido por uma marcha mais branda, para poupar um pouco a jovem Leila, desacostumada às cavalgadas. Seguiram ininterruptamente até perto do meio-dia, quando encontraram um rochedo sombreado, de onde se avistava o mar. Ragnar diminuiu a marcha, emparelhando a montaria à de Leila.

— E então pequenina, como está?

Ela deu um sorriso cansado, achando engraçado o jeito como ele sempre se referia a ela.

— Com dor, *sire* — ela fez uma careta —, parece que rolei de uma escada!

O norueguês sorriu e apontou as rochas.

— Nós estamos chegando. Pararemos logo ali, à sombra daquela encosta. Continuaremos quando o sol baixar um pouco.

Leila esticou o pescoço e olhou na direção indicada por ele.

— Estamos perto do mar, não?

— Sim, sente o cheiro? — Ele inspirou profundamente e falou quase que consigo mesmo, o olhar perdido na distância — em minha terra, o mar nos sustenta. Aprendemos desde cedo a adorá-lo e a respeitá-lo.

— Onde fica a Noruega, *sire*?

Ele a olhou. Antes de respondê-la, sorriu um sorriso estonteante. Leila achou que fosse cair do cavalo. Um homem deveria ser terminantemente proibido de sorrir daquele jeito! Mesmo com todo aquele tamanho, e todos aqueles músculos, quando Ragnar Svenson sorria, surgiam duas lindas covinhas em suas faces, fazendo-o parecer um menino. E seus olhos? Céus! Aqueles olhos ora azuis, ora cinzentos, iluminavam-se com o sorriso. Acordando do devaneio, tentou prestar atenção ao que ele dizia.

— Meu reino fica muito ao Norte, pequenina. Lá é frio boa parte do ano, a temperatura só fica mais amena por aproximadamente três meses. No auge do inverno, praticamente não vemos o sol. Mas é uma terra linda! — Os olhos dele se tornaram mais brilhantes — eu e meus irmãos ficávamos horas no banho de vapor, e depois corríamos nus pela neve, para saltar nos buracos no gelo. É como nascer de novo! A água gelada nos acorda e faz nosso sangue correr mais rápido, quase tanto quanto a paixão!

Leila achou impossível algo além da voz de Ragnar fazer seu sangue correr mais rápido, mas concordou polidamente com um sorriso. Céus! O que estava acontecendo com ela?

Ragnar tentava se conter, dizendo a si mesmo que Leila era apenas parte de uma missão. Mas era impossível manter-se imune à beleza da sarracena. Montada de lado no cavalo, Leila tinha os pés pequeninos e calçados em sandálias, e parte dos tornozelos, expostos abaixo da bainha da saia. Ele bem que tentara pensar nos fiordes gelados, na neve... mas, ao se lembrar da sensação dos mergulhos depois do banho de vapor, do corpo aquecido, do sangue correndo velozmente nas veias, acabou se sentindo ainda mais excitado. E fez aquela infeliz comparação. Paixão! Bah! Definitivamente o sol daquela terra estava cozinhando seus miolos.

Meia hora depois, durante a qual tanto ele quanto Leila se mantiveram num silêncio constrangido, o grupo alcançou os rochedos. Delicado, ajudou a moça a descer do cavalo, colocando-a sentada à sombra de uma árvore.

— Oh, minhas pernas — Leila gemeu, sentindo como se mil agulhas fossem espetadas ao longo de suas panturrilhas e de suas coxas.

— Daqui a pouco passará — interveio Raden, aproximando-se com alguns alforjes. — Isso é o sangue voltando a correr nas suas pernas.

— O rapaz tem razão, pequenina. Fique aí enquanto cuidamos de tudo.

Os três organizaram rapidamente um pequeno acampamento. Mark repartiu a comida que trouxeram e despejou o vinho de um odre nas canecas de metal. Depois de comerem, Leila se levantou, se sentindo mais firme. Constrangida com o que precisava fazer, aproximou-se de Raden falou baixinho, junto ao seu ouvido.

— Raden... eu preciso... bem, você sabe...

Entretida com a refeição, Raden lhe deu um olhar meio vago. Levou alguns segundos para compreender o que a moça queria.

— Oh! Sim — levantando-se, avisou — vou até os arbustos com você e ficarei de guarda. — E piscando para que os homens não vissem seu gesto, apenas Leila, completou — não se preocupe, eu ficarei de costas, senhorita.

Leila sorriu, apesar de tudo. Divertia-se com o segredo partilhado com a guerreira e com o fato de que os dois homens sequer desconfiavam que o companheiro de armas era, na verdade, uma mulher.

Depois que ambas se afastaram e atenderam às suas necessidades, Leila se sentou à sombra, penteando os cabelos com os dedos. Raden recostou o corpo numa rocha, observando a moça tocar os fios num ritmo moroso, visivelmente feliz com o cuidado tolo. Sentiu uma súbita inveja do ato tão simples, mas que lhe era proibido. A raiva surda de tudo e de todos, que sempre a assaltava nesses momentos, cresceu em seu íntimo. Fechou os olhos, respirando fundo várias vezes para se controlar. Guardaria a ira para o momento da luta, quando a libertaria naquela onda assassina que a impulsionava no campo de batalha. Na fúria que devastava o que estivesse em seu caminho. Aquele ódio que a mantinha viva e que, um dia, se Deus quisesse, ainda a mataria. A pergunta embaraçosa feita por Leila despertou-a do mundo sombrio de suas reflexões.

— Se você vive no meio dos homens — indagou a jovem sem preâmbulos —, como faz quando chega seu ciclo de mulher?

Raden engasgou. Abriu a boca para praguejar, mas conteve a tempo um palavrão. Com todos os demônios! Aquilo era pergunta que se fizesse? Rubra de vergonha, custou para responder. Leila não pôde deixar de se divertir à custa da amiga. Era um tanto engraçado ver uma mulher vivida e decidida como Raden corar como uma virgenzinha.

— Eu... — gaguejou e coçou a cabeça, antes de prosseguir — bem, na verdade, não tenho mais meus períodos.

— Como assim? — A moça ficou mais curiosa ainda.

Raden revirou os olhos. Pediu aos céus que algo acontecesse e a salvasse daquela situação. Nada aconteceu. Resignada, passou a explicar.

— Quando eu era garota, o homem que me criou achou melhor que eu me disfarçasse de menino.

— Por quê?

Senhor! A curiosidade dela nunca se esgotava? Bufou e prosseguiu, meio que grunhindo as palavras. Não gostava de falar no passado, não gostava de se lembrar, principalmente, das poucas épocas em que tivera um pouco de paz. Nem daqueles que já não estavam mais entre os vivos.

— Esse homem era sozinho; um ferreiro. Havia muitos homens entrando e saindo sempre de seu estabelecimento. Ele temeu que acontecesse... — parou de falar e seu rosto ficou subitamente sombrio.

Edouard temeu que acontecesse de novo.

Os maxilares contraídos denunciavam sua tensão. Leila achou que os olhos da amiga marejavam. *Tolice! O inferno congelará antes que Raden derrame uma lágrima.* Então, da mesma forma que havia interrompido a narrativa, ela a retomou.

— Edouard, o ferreiro, tinha medo que eu chamasse atenção. Ele era sozinho, não era casado e não tinha filhos, nem mesmo bastardos. Ele me criou como seu aprendiz. Mas ainda havia os inconvenientes pelos quais toda mocinha passa a cada lua. Nesta mesma época havia uma curandeira morando no vilarejo. Eu a procurei depois de conversar com Edouard. Pedi a ela que me arranjasse algo para interromper meus ciclos Além do inconveniente natural, eu passava muito mal. Mais cedo ou mais tarde, acabariam me descobrindo. Afinal, se não havia mulher alguma na casa de Edouard, como explicaríamos se todo mês aparecessem os panos no varal? — Leila assentiu em concordância; não haveria mesmo como ocultar aquelas coisas. Aguardou o prosseguimento da história — bem, a curandeira disse que era impossível suspender minhas regras definitivamente, mas ensinou-me a usar algumas ervas mensalmente para evitá-las.

Leila a encarou, entre fascinada e preocupada. Ainda havia tanto que gostaria de saber!

— Mas, e se um dia você quiser ter filhos?

A guerreira se levantou a se afastou um pouco dela. Parecia irritada. Mas não esbravejou ou a tratou com rispidez, apenas respondeu de forma irônica.

— Ora! Olhe para mim, Leila! Acha que meu caminho tem saída? Crê que algum dia vou me casar e ter filhos, como uma mulher normal?

Deus, ela sequer desejava aquilo! Não suportava sequer imaginar-se com um homem...

— Por que não, Raden? — Leila insistiu.

— Leila — ela se agachou à frente da jovem, tentando explicar. No fundo, daria tudo para ser como aquela jovem, inocente, ingênua e cheia de sonhos — que homem iria querer para esposa uma mulher que só saber empunhar a espada e trabalhar numa forja? Estou na Terra Santa desde meus dezessete anos. E vivo há tanto tempo no meio dos homens e da guerra que não sei nada do mundo feminino. Eu o reneguei há muito tempo.

— Por quê? — Indagou a moça com suavidade, erguendo a mão para tocá-la.

Raden, no entanto, recuou. Fechou-se como uma ostra. Erguendo-se num salto, deu-lhe as costas. Quando falou, sua voz soou mais ríspida do que de costume.

— Vamos embora. Ou daqui a pouco seu norueguês virá atrás de nós, achando que esse *soldado* aqui está tomando liberdades com você.

Ragnar respirou aliviado quando Leila e o emburrado Raden voltaram ao pequeno acampamento. Silencioso, o jovem resmungou algo sobre caçar alguma coisa para o jantar. Pegou o arco e deixou os companheiros para trás. O mestiço logo esticou o corpo no chão. Sem a menor cerimônia, embarcou num sono pesado, deixando Leila e Ragnar sozinhos e sem jeito.

Depois de um longo e constrangido silêncio, durante o qual cada um dos dois tentou inventar algo com que se ocupar, Leila tomou coragem para fazer um pedido.

— Podemos ir até a praia, *sire*?

Ragnar largou a cota de malha que fingia polir. Deu de ombros com estudada displicência e olhou para o sol.

— Pensei que quisesse ficar à sombra nessa hora tão quente.

— Na verdade, queria molhar ao menos meus pés na água — ela sorriu e o mundo dele se iluminou. — Está fazendo tanto calor!

Mais do que você imagina, pensou ele, erguendo-se do chão.

— Tudo bem, mas com uma condição.

Leila o olhou e perguntou, intrigada.

— Qual?

— Você parar de me chamar de *sire*.

O riso cristalino da moça o pegou de surpresa. Abalado, sentiu a boca ressecar e o coração disparar no peito. Os cabelos da nuca se arrepiaram com o timbre rico de sua voz e o desejo se instalou em seu corpo, quente, arrasador. Mal ouviu a resposta de Leila.

— Tudo bem, Ragnar. Então pare de me chamar de pequenina. Chame-me pelo meu nome.

— Está bem — ele meio que balbuciou —, Leila.

Foi a vez de ela estremecer. Seu nome soara como uma carícia na voz grave de sotaque rascante. E como uma pluma deslizando ao longo de sua coluna, fê-la se arrepiar da cabeça aos pés. Resolveu se apressar em direção à praia. Se permanecesse ali por mais tempo, não precisaria refrescar só os pés, mas sim, o corpo todo.

O Mediterrâneo, com suas águas mornas e de um azul-esverdeado, estava sereno naquela tarde. Leila pôde se aproximar sem receio da linha d'água. Erguendo as saias, brincava como uma criança, dando gritinhos de prazer a cada vez que as ondas molhavam a barra de suas vestes ou espirravam nela. Ragnar assistia a tudo, encantado, um pouco afastado do limite das ondas. Leila virou-se de costas para o mar e gritou.

— Não vai se refrescar também, Ragnar Svenson?!

— Não, mocinha, tenho que tomar conta de você — ele respondeu sorrindo.

Leila riu e mergulhou as mãos na água, jogando a para cima. O vento arrancou o véu de seus cabelos e os fios castanhos cobriram seus olhos. Alegre e relaxada como há muito tempo não ficava, ela ria até ficar sem fôlego, indiferente ao estrago que causava.

Ragnar não conseguia fechar a boca, nem parar de olhar aquela linda sereia. Inocente, ela mal se dava conta do efeito que o vestido molhado, colado às pernas, tinha sobre ele. Aquilo era demais! Os deuses de sua terra estavam brincando com ele, torturando-o por ter deixado tudo para trás.

Então, repentinamente, o vento se tornou mais intenso, agitando o mar. Uma onda mais alta se formou. Antes que pudesse avisá-la, Leila foi derrubada e arrastada para o fundo. Pega de surpresa, embolou-se nas roupas molhadas, começando a se afogar.

Tão rápido quanto foi capaz, Ragnar se lançou atrás dela, bem no meio da arrebentação. Sem pestanejar, mergulhou e puxou-a para a superfície. Desesperada, a moça se debatia. Suas unhas machucaram seu rosto, a água salgada queimando os arranhões.

— Fique quieta — gritou, entre irritado e apavorado com a possibilidade de perdê-la —, ou nós dois afundaremos!

Nadando vigorosamente, saiu da água com a jovem nos braços. Ambos estavam encharcados. Leila tossia e cuspia água salgada. Caminhando pela areia, Ragnar depositou-a perto da linha da vegetação, amparando-a em seus braços.

— Fale comigo, Leila! Você está bem? — Seu coração batia furiosamente, assolado pelo medo que sentira ao imaginar, por um segundo sequer, que aquela joia preciosa pudesse ter se afogado nas águas tépidas do Mediterrâneo. Afastando os cabelos do rosto dela, olhou-a nos olhos — Leila! Por *Freyja*, diga alguma coisa!

— Minha garganta ... — ela balbuciou, a voz rouca —...arde. Mas estou... bem.

Aliviado, Ragnar a apertou contra si. Ficou assim por muito tempo, seu coração descompassado ribombando junto ao ouvido de Leila. Então, a afastou um pouco, perdendo-se nas íris cor-de-mel.

— Nunca mais faça isso, pequenina — e sem resistir mais, tomou-lhe o rosto entre as mãos e sussurrou —, você é muito preciosa para mim.

O coração de Leila transbordou com uma emoção nova e poderosa. O calor do corpo de Ragnar junto ao seu e suas mãos em seu rosto eram uma ponte para um mundo de segredos prestes a serem revelados. Rendendo-se àquelas emoções, entreabriu os lábios ressecados e salgados, murmurando o nome dele como numa prece.

— Ragnar...

Cedendo ao impulso de beijá-la, Ragnar a envolveu num abraço com toda a delicadeza, com medo de feri-la. Seus lábios encontraram os de Leila num toque quente, cheio de sensualidade contida. Temia assustá-la, não só com seu tamanho e força, mas também com seu desejo avassalador.

Leila suspirou de encontro à boca de Ragnar, entregando-se à sensação inebriante. Os braços acolhedores a faziam se sentir segura. Seus lábios, com o gosto do mar, envolviam os dela com a segurança e a delicadeza de um homem experiente. Tocou o rosto dele com as palmas das mãos, percebendo a aspereza da barba, levando o cavaleiro a respirar fundo para se controlar.

Porém, sentindo-a totalmente entregue, ele não resistiu. Envolveu-a com mais força, aconchegando-a junto ao peito largo. Sentiu os seios de Leila prensarem-se contra seu tórax, os mamilos intumescidos sob a roupa molhada, e quase enlouqueceu. Passou a língua sobre seus lábios e ela os entreabriu com um gemido, num convite irrecusável.

Nada preparou Leila para aquela doce invasão. A língua quente iniciou uma lenta exploração de sua boca. Ragnar tinha sabor de mar, sol e vinho, embriagando-a totalmente. A força sensual e potente que emanava dele, uma masculinidade crua e selvagem como a terra que ele descrevera, exercia um efeito hipnótico sobre seus sentidos, fazendo-a esquecer de tudo. Os pelos da barba acariciavam seu rosto, transformando-se num estímulo a mais aos seus sentidos já alterados. Colocou as mãos sobre o peito dele. Sentiu seu coração batendo com força, como se fosse escapar do lugar. Intimamente, sentiu-se poderosa, inflamada por um sentimento de posse e poder sobre o formidável guerreiro. Ele estava tão afetado quanto ela pelo beijo. Descobrir isso a fez se sentir muito menos menina, e muito mais mulher.

O toque cálido das mãos pequenas em seu peito acabou de vez com o autocontrole de Ragnar. Apertando-a contra si, deslizou uma das mãos pelo tecido úmido e colado a pele. Tocou gentilmente um seio, afagando-o, experimentando-o, tentando-a. A outra, mergulhou, como a muito tempo desejava fazer, na massa de cabelos castanhos, agora umedecidos pela água do mar, mas nem por isso menos sedutores.

Leila deu um gritinho, entre surpreso e extasiado, quando ele envolveu um seio com a mão, provocando o mamilo com as pontas dos dedos. O som, porém, foi suficiente para acordar Ragnar de seu sonho e fazê-lo afastá-la bruscamente. Abafando uma praga, ele a deixou recostada numa pedra. Sem uma palavra, se levantou, caminhando para a água. Sem entender nada, Leila se levantou para segui-lo, chamando-o pelo nome.

— Ragnar, o que...?

Frustrado e irritado, ele se virou com o dedo em riste e comandou.

— Fique aí! Fique bem longe de mim! A não ser que queira que eu a atire sobre a areia e a possua aqui mesmo, a céu aberto.

Assustada com as palavras cruas do até então gentil guerreiro, Leila recuou de costas e depois começou a correr na direção do acampamento.

Angustiado, Ragnar atirou-se no mar de roupa e tudo. Nadou vigorosamente, extravasando a tensão sexual, pensando no quanto se arriscara. Se Raden visse o que fizera, céus! Nem seu tamanho todo seria páreo para a fúria assassina do guarda-costas de Leila. Se a criatura sombria os visse naquele interlúdio, na certa cortaria sua cabeça. Ou outras partes de sua anatomia.

Exausto, o norueguês se jogou sobre a areia. Nem queria pensar em como seria quando aquele sal todo secasse no seu corpo. Mas ao menos a coceira serviria para manter a tentação afastada de sua mente.

Leila entrou apressada no pequeno acampamento. Deu graças aos céus por Raden ainda não ter voltado de onde quer que tivesse ido. Só Bakkar estava lá, sentado à sombra dos rochedos, lendo um pergaminho. O mestiço ergueu a cabeça, observando espantado seu desalinho.

— O que diabos... — ele começou a falar, se levantando.

— Está tudo bem, *sire* — apressou-se em explicar — eu caí na água. Svenson me salvou.

— E onde ele está? — Indagou Bakkar, intuindo muito mais naquela história do que a moça contava.

— Foi nadar — respondeu, laconicamente.

— Nadar? — Ele praticamente berrou — o que aquele idiota tem na cabeça? — E pisando duro, foi em direção à praia, deixando Leila a sós para se recompor.

Nenhum dos dois notou a presença de Raden. Sua sombra negra, plantada como um corvo no alto do penhasco, recolhia o arco no qual preparara uma flecha endereçada a Ragnar Svenson.

O vento que revirara o mar trouxe consigo a umidade opressiva que antecedia as chuvas. Sem muito aviso, o céu se fechou sobre as cabeças do grupo. Ragnar, ressabiado e carrancudo, voltara ao acampamento junto com um não menos aborrecido Mark. As roupas do norueguês estavam duras de sal. Leila, ao notar seu mau humor, sabiamente se manteve afastada.

O mestiço olhou para o céu, praguejando.

— Teremos que passar a noite aqui — sua irritação era palpável. — Não podemos enfrentar a estrada com essa tempestade a caminho.

— Concordo — o norueguês resmungou e olhou em volta. Depois perguntou a Leila —, onde está sua sombra?

Uma figura negra, saltando do penhasco às suas costas, quase fez seu coração sair pela boca.

— Aqui, Svenson — a voz de Raden soara mais gélida do que nunca. Ao passar ao lado do norueguês, lançou-lhe um olhar frio e jogou o arco sobre a pilha de bagagens.

— Não pegou nada para o jantar? — Indagou Bakkar, sem perceber a tensão entre os dois.

— Não — e olhando significativamente para Ragnar, completou —, tive minha presa na mira. Estava tão distraída, que permiti que escapasse.

O norueguês empalideceu.

— Quem se distraiu, você? — Mark indagou, não percebendo as entrelinhas daquele jogo de palavras, enquanto Leila permanecia alheia a tudo.

Sem afastar os olhos de Ragnar, que a fitava com expressão séria, Raden respondeu.

— Não. Minha presa.

Ele sabia! Ragnar abaixou a cabeça, escondendo o rubor do rosto. *Raden nos viu e só Deus sabe porque não me acertou.*

Despregando os olhos de Ragnar, Raden virou-se para Mark.

— Estamos sendo seguidos — avisou.

Os dois homens ficaram subitamente alertas. Bakkar se aproximou de Raden, enquanto Leila se levantava de seu canto, assustada.

— Onde?

— A menos de uma milha, ao sul. Eu os vi do alto do rochedo; três pessoas a cavalo.

Ragnar olhou para ambos, pensativo.

— Seriam salteadores?

— Não sei, Sven — o mestiço balançou a cabeça —, mas seja como for, vamos ficar atentos. Ninguém usa essa trilha nessa época do ano. — Apontando para Leila, completou — e nossa carga é preciosa.

— Sim, muito preciosa — disse Ragnar, olhando para a jovem com um suspiro, sendo acompanhado por uma carranca de Raden.

Olhando para o céu, agora bem fechado, o mestiço continuou.

— De qualquer forma, teremos que passar a noite aqui.

— Por quê?

— Não vê o céu, garoto? — Ele apontou para cima. — Quando essa água desabar, os *wadis* secos vão começar a transbordar; onde era estrada virará um curso de água. Não poderemos precisar onde. Podemos ser tragados por uma cabeça-d'água e nem saberemos o que nos apanhou. A chuva aqui é tão forte nessa época que não dá para enxergar nada.

— Ele tem razão — Leila entrou na conversa —, não dá para saber onde correm os *wadis* com exatidão até que eles se encham de novo nas chuvas, principalmente no escuro. Mas onde vamos ficar, *sire*?

— Há algumas cavernas do outro lado do rochedo — Raden falou —, creio que podemos passar a noite por lá.

— É uma boa ideia — Ragnar finalmente saiu do mutismo. — E é bom começarmos logo a nos deslocar. Já dá para sentir o cheiro da chuva.

Dito isso, todos começaram a se agitar, cada um procurando uma tarefa. Raden tratou de recolher os cavalos, que sentindo o cheiro da água, dilatavam as narinas e batiam os cascos no chão, excitados. Mark e Leila guardavam os alforjes. Ragnar transportava armas, bagagens e tudo o que pegava pelo caminho para o outro lado do rochedo.

Em meia hora, estavam todos dentro de uma caverna pequena, de teto baixo, mas abrigada da chuva. Abaixo deles, o mar se tornara revolto e os relâmpagos e trovões faziam as pedras vibrarem sob sua força. A chuva desabava implacável, uma torrente espessa de água fria que chegava para aliviar o calor da terra ressecada pelo verão inclemente.

— Onde deixou nossas montarias, Raden? — Gritou-lhe Mark, tentando se fazer ouvir através do barulho ensurdecedor dos trovões.

— Coloquei-os numa reentrância da rocha. Estarão bem. Eu os prendi com firmeza!

Leila chegou mais perto de Raden e comentou.

— Se bem conheço o clima daqui, é bom mesmo que eles estejam bem presos. Isto vai render a noite toda. — E lançando um rápido olhar para o céu, comentou — acho que vou aproveitar a chuva para tirar esse sal do corpo.

— Leila, isso não é uma boa ideia — a guerreira resmungou.

— Ora, Raden! Não crê que vou daqui até Tiro me coçando toda, não é mesmo? Eu vou até ali fora e você fica de costas, caso haja algum risco — a moça retrucou, se encaminhando para a saída da caverna.

Sem opção, mas contrariada, Raden foi atrás da jovem.

Ragnar ficou olhando para a entrada da caverna, tentando afastar da mente a imagem de Leila sob a chuva, quem sabe até sem as roupas, a água fria escorrendo pelo seu corpo, seus mamilos se intumescendo, seu corpo se arrepiando... uma pedrinha acertando sua cabeça tirou-o de seus devaneios.

— Ai!

— Quer fazer o favor de me escutar, Sven? — Mark reclamou — estou aqui falando há horas e você com essa cara de bobo. Pare de pensar em Leila e me dê atenção!

O norueguês quase engasgou antes de resmungar.

— É assim tão evidente?

— Sven, meu velho, esquece que seu amigo aqui tem muita experiência com as mulheres? — O mestiço falou, recostando-se na pedra com um sorriso convencido — sei que aconteceu algo entre você e Leila esta tarde. Ela chegou aqui desconcertada.

— De fato, Bakkar. Acabamos nos beijando — ele fez uma pausa, sabendo que aquilo fora bem mais do que um beijo. Olhou para a entrada da caverna —, acho que aquela criatura das trevas nos viu.

Mark riu com vontade.

— *Criatura das trevas*? Está falando de Raden? — Ragnar assentiu e ele continuou — Ora, Sven. O rapaz é estranho, sem dúvida. Mas não é nenhuma *criatura das trevas*!

— Ah! Você não viu o jeito como ele me olhou. Achei que fosse me matar ali mesmo. E olhe que não tenho medo de ninguém, Bakkar. Mas aquela criatura me gela o sangue!

Mark inclinou-se para frente, falando num tom sério.

— Creio que nosso jovem amigo esconde muita coisa, Sven. Porém, não acredito que seja má pessoa. — Deu de ombros de um modo displicente e prosseguiu — só é extremamente mal-humorado e reservado. De qualquer forma, ele cuida muito bem de Leila e não tomou nenhum tipo de liberdade com a moça. Não creio que devamos temê-lo — olhou fixamente para Ragnar, estreitando os olhos, abandonando momentaneamente a capa de fanfarronice —, a não ser que você esteja com a consciência pesada, meu amigo. Aí, *eu* serei o primeiro a torcer seu pescoço.

Ragnar se ofendeu, empertigando-se.

— Ora, parece até que você não me conhece há tanto tempo, Mark al-Bakkar! Pensa que eu seria capaz de me aproveitar de Leila?

— De se *aproveitar*, não. Mas você está apaixonado por ela — sacudiu o dedo com veemência — e quando a paixão sobe à cabeça, ambos sabemos que é difícil parar.

A constatação do fato caiu como um raio sobre Ragnar. Desanimado, recostou-se na rocha fria. Apaixonado!

Era tudo de que ele *não* precisava em sua vida. Era um exilado. Não podia se preocupar com ninguém, não queria se prender a ninguém. Muito menos à Leila. Não para ser forçado a deixá-la depois, como fora com sua família e sua casa.

Depois da breve conversa, ambos se mantiveram em silêncio. Ficaram assim até mesmo quando Raden e Leila voltaram, se acomodando para dormir.

Num acordo tácito, Mark assumiu o primeiro turno de guarda. Raden se ofereceu para cumprir o segundo. Lá fora, a chuva inundava a terra.

A noite já havia se tornado madrugada há tempos. Era impossível precisar as horas sem a visão das estrelas, pensou Mark, quando despertou subitamente. Cumprira seu turno e, quando Raden assumira o posto, caíra num sono exausto a um canto da caverna. Entretanto, algo o fizera se levantar. Um desconforto estranho que não saberia explicar.

Olhou em volta e identificou dois vultos acomodados no chão. O maior deles era Ragnar, sem dúvida. O outro, pequenino e enrodilhado num manto, Leila. E Raden, onde estaria? Não o via na extremidade da caverna, onde deveria estar de guarda. Incomodado, Mark foi até a saída e olhou para os lados. Não enxergava quase nada através da cortina de água. Teria Raden ido ver os cavalos?

Preocupado, colocou o manto sobre os ombros. Foi caminhando devagar pelas escarpas até chegar ao local onde as montarias estavam presas. Afagando os cavalos, constatou que não havia sinal do jovem em lugar algum.

— Mas que diabo! — Resmungou. Caminhava de volta para a caverna quando o clarão mais prolongado de um relâmpago o fez enxergar algo que ele classificaria como uma aparição. A visão durou ínfimos segundos, mas ele a enxergou claramente.

Uma mulher nua na praia. De braços para o alto, seu corpo esguio e de pele clara se oferecia à chuva. Cabelos longos, que não conseguiu definir exatamente a cor, por causa da distância e da chuva, desciam até o meio das costas. As pernas bem-feitas estavam firmemente plantadas na areia branca, enquanto o vento borrifava a chuva ao seu redor. Os seios empinados se entregavam à água fria. Uma criatura pagã. Uma sereia. Uma *djinn*[39]. Ficou com a boca seca. Começou a caminhar na direção dela, e depois a correr.

— Ei! Você!

Um trovão abafou sua voz. Quando um novo raio lançou luz sobre a terra, a imagem tinha sumido. Desnorteado, Mark ficou parado sob a chuva. Estava sonhando? Atordoado, esqueceu-se de que procurava por Raden. E só muito tempo depois, quando começou a se sentir incomodado com o aguaceiro, foi que resolveu entrar na caverna.

— Maldita a hora em que resolvi me banhar! — Raden resmungava enquanto se vestia apressada, oculta na gruta onde deixara suas coisas antes de ir até a praia. — E esse Bakkar falastrão e intrometido tinha que aparecer por aqui. Devia tê-lo largado em Hattin. Ou em Nablus. Ou no Inferno! Merda!

Ao mesmo tempo, rezava para que ele não tivesse visto seu rosto. Assim que notara sua sombra se movendo em direção à praia, correu para se esconder. Arrependia-se de seu impulso de ir se lavar na chuva. Maldição! Mas precisava se limpar. Estava cheia do pó da estrada, sentindo-se imunda. A chuva fora um convite irresistível. Quando poderia sonhar que o infeliz acordaria, depois de ter passado metade da noite em claro, cumprindo seu turno?

Não que desgostasse de Mark al-Bakkar. O mestiço era boa pessoa. Porém, estava sempre fazendo perguntas. Ela se sentia ameaçada. Além disso, o desgraçado era bonito como o diabo. E ela, pela primeira vez em toda sua vida, se via admirando um homem não pelas suas habilidades na guerra, ou por sua competência, mas sim, por seu belo traseiro. Decidida a passar a noite ali mesmo, Raden recostou-se na rocha fria e começou a brincar com a adaga. A cada dia ficava mais difícil manter seu segredo.

CAPÍTULO

VI

"Essas coisas são tanto mais dolorosas quanto mais de surpresa nos acontecem."

"O CONDE DE MONTE CRISTO".
ALEXANDRE DUMAS

manhã chegou clara e ensolarada, dando a impressão de que não chovera. Ou melhor, de que o céu não desabara durante a noite e a madrugada inteiras. Ao sair da gruta onde dormira, Leila se deparou com um mundo diferente do que deixara na tarde anterior. Intimamente impressionou-se com a capacidade da terra em manter a vida latente sob o solo ressecado do verão. Para onde quer que olhasse, havia um toque de verde, fresco e jovem, mostrando que a vida ressurgia na Terra Santa, a despeito das guerras e disputas mesquinhas dos seres humanos.

Esticando-se, procurou com o olhar por Raden. Avistou a guerreira, com seus habituais trajes masculinos e o lenço em torno da cabeça, lá embaixo, conduzindo os cavalos. Acenou para ela e gritou seu nome.

— Raden!

A amiga acenou de volta e apontou o local onde acamparam na tarde anterior. Leila pode avistar ao longe Bakkar e Ragnar, ambos entretidos em preparar a refeição da manhã. Caminhando para lá, sentiu o aroma de comida que permeava o ar.

— Peixe! — Exclamou para os dois homens que assavam os pequenos pescados numa fogueira.

— Bom dia para você também — resmungou Ragnar, mal-humorado.

O que dera nele? Leila o ignorou e voltou a atenção para Mark.

— Está com um cheiro ótimo, Bakkar.

O mestiço lhe endereçou um sorriso simpático, mas sua aparência era de quem pouco dormira.

— Bom dia, Leila.

— Parece que a tempestade mexeu com os humores de alguém — comentou jovial. Ragnar resmungou uma praga em sua língua. Mark riu novamente e ofereceu à jovem um pedaço do peixe assado.

— Não ligue — ele abaixou a voz como se contasse um segredo —, deve ser a lua.

Ragnar resmungou de novo e resolveu amolar o machado. A lua, pois sim! Aquilo era frustração sexual, pura e simples. Passar a noite num espaço exíguo, com Leila a menos de dois passos de si, o deixara nervoso como um gato escaldado. E agora ela aparecia ali logo cedo, linda e descansada. Enquanto ele dormira mal, sentindo cada pedra do chão contra o corpo em brasas, desejando apenas agarrá-la e fazer amor com ela. Nem a chuva fria conseguira aplacar seu fogo. Achava que nem mesmo a neve e o frio do inverno da Noruega seriam capazes de apagar as chamas que ardiam em seu corpo. Inferno! Aquela mulher era pura tentação!

Cansado de ficar olhando para ela e se martirizando, Ragnar jogou o machado num canto e resolveu ir atrás de Raden. Talvez seu olhar gélido o ajudasse a afastar da mente a lembrança dos lábios doces de Leila.

Raden viu o norueguês se aproximando com cara de poucos amigos. Colocou-se em alerta. Imaginou que talvez Bakkar tivesse descoberto que fora ela a se banhar na chuva na noite anterior. E, provavelmente, havia contado para o norueguês. Num gesto sutil, sua mão se aproximou da adaga. Não abriria mão de sua segurança, independentemente de simpatizar com o grandalhão.

— Olá, garoto — Svenson cumprimentou, apanhando a rédea de seu animal —, como eles estão, depois da noite infernal?

— Aparentemente tranquilos — ela acariciou o focinho de Lúcifer, observando-o de forma disfarçada. Mas, aparentemente, ele só estava preocupado com os cavalos —, a temperatura mais amena fez bem a eles, apesar dos trovões.

Ragnar se interessou pelo belo animal de seu companheiro.

— Como ele se chama?

— Lúcifer — respondeu lacônica, já aguardando o próximo comentário.

— Que nome! — Ele fez uma pausa e disse algo que, ao mesmo tempo em que a surpreendeu, a fez respeitar Svenson pela coragem em verbalizar o que muitos só diziam às suas costas — combina com você.

Ela então gargalhou, espantando-o com um som rouco que parecia enferrujado pela falta de uso. Mas que era agradável de ser ouvido, vindo de alguém tão sombrio.

— Tem razão, Svenson — ela respondeu depois de recuperar o fôlego. — Combina tanto no nome, quanto no temperamento pouco sociável.

O gigante louro sorriu também, apreciando a franqueza. Aproveitando o bom humor do jovem, perguntou.

— Como o conseguiu?

— Ele pertenceu a um *mamluk* — explicou com naturalidade.

Ragnar deu um assovio admirado. Não era qualquer um que enfrentava um soldado *mamluk*, a tropa de elite do sultão, e sobrevivia. Vencer um deles num combate, e ainda por cima espoliá-lo, era um feito para poucos.

Raden continuou a sua história, indiferente ao espanto que causara.

— Numa escaramuça contra os sarracenos, acabei me engalfinhando com um deles. Nossa briga foi acirrada, nenhum dos dois recuava ou vencia. Afastamo-nos do grupo, eu e ele. Num desfiladeiro, eu o embosquei e o derrubei. Mas, como ele já estava indefeso e ferido, não o matei. Poupei sua vida e o despachei de volta para sua gente, desarmado. Em agradecimento, o homem me entregou seu cavalo — acariciou a crina do garanhão com visível orgulho — dei-lhe esse nome porque ele sempre foi indomável e genioso. Comigo, porém, sempre se mostrou dócil como um cão. Salvou minha vida muitas vezes.

— É um belo animal — Svenson, ainda impressionado com a história, passou a mão pelo focinho lustroso. Admirou-se por, em poucos minutos, ter ouvido da boca do jovem mais palavras do que ouvira desde que o conhecera. Após alguns instantes de um silêncio indeciso, falou — sobre o que viu ontem...

Raden ergueu a mão, silenciando-o. Olhou-o por um tempo, muito compenetrada, antes de dizer.

— Eu jurei ao pai de Leila protegê-la.

— Eu sei. Mas Leila... — ele se voltou para o mar, os punhos apertados ao lado do corpo — Leila é uma criatura rara. Ela mexeu comigo como mulher alguma jamais o fez. — Era estranho estar fazendo confissões tão íntimas para aquele garoto soturno — contudo, prometo a você que vou me afastar dela.

A guerreira assentiu, séria. Sua voz soou mais gélida e sombria do que nunca.

— Eu agradeço, Svenson. Caso contrário, não me deixará escolha.

As palavras de Raden pairaram na brisa da manhã. As que não foram ditas soaram mais alto do que as que haviam sido reveladas. Com o coração pesado, mas com profundo respeito pelo rapaz, ele assentiu. Em silêncio, o ajudou a conduzir os cavalos para o acampamento.

A jornada em direção a Tiro foi realizada por uma paisagem totalmente diferente daquela vista no dia anterior. Para onde quer que olhassem, a vida se fazia presente na forma da vegetação rasteira que brotara após a chuva. E embora prosseguissem num ritmo moderado, nenhum dos três guerreiros deixou as mãos a mais de um palmo dos punhos de suas espadas. O cuidado se justificava pela constatação de que houvera mais alguém na mesma trilha que eles, no dia anterior. Por isso, antes da partida, Raden e Bakkar subiram nos rochedos, a procura do grupo que ela observara. Mas, curiosamente, não viram sinal algum deles.

— Na certa se perderam na tempestade. — Mark comentou, taciturno, antes de montar em seu cavalo e seguir viagem.

Na retaguarda do grupo, o mestiço seguia ensimesmado; a visão daquela madrugada ainda em sua mente. Estaria louco? Podia jurar que havia uma mulher na praia, banhando-se na chuva. E nua! Mas de onde diabos saíra a mulher, àquela hora, naquele lugar ermo? O vilarejo mais próximo estava à milhas de distância e não havia sinal de outro grupo de viajantes por perto. Seria uma *djinn*? Ou tudo aquilo seria falta de uma mulher?

— Sim! — Decidiu num resmungo. E assim que chegassem a um lugar minimamente civilizado, acharia uma taverna com vinho de qualidade duvidosa, camas relativamente macias e uma mulher de curvas voluptuosas, disposta a satisfazer seus apetites.

— É nisso que dá ficar em abstinência por mais de uma semana, Bakkar — concluiu, incitando o animal a seguir em frente.

Raden conduzia sua montaria num passo moderado. Cavalgava ao lado de Leila, silenciosa, concentrando sua atenção na estrada e em suas próprias cismas. Bakkar não fizera comentário algum sobre a noite anterior. Menos mal. Pelo menos não teria que matá-lo. Por via das dúvidas, no entanto, resolvera se manter afastada dele. Na medida do possível, naturalmente.

Além da incerteza e do medo de ser descoberta, havia a sensação incômoda de ter o interesse despertado por um homem. Porém, tantos anos renegando a condição de mulher em nome de sua segurança não poderiam trocados por uma bobagem como aquela. Remexeu-se na sela, espantando os pensamentos inconvenientes da cabeça. Decidiu esquecer o mestiço e concentrar-se em sua missão. Leila e sua segurança eram prioridade. No dia seguinte estariam em Tiro. Entregariam a jovem à família e ela, enfim, seguiria seu destino. Pediria a Ibelin que lhe desse uma missão no buraco mais distante da Terra Santa, onde não conhecesse ninguém. Onde não precisasse se preocupar com uma mocinha meiga e teimosa, um gigante simpático e apaixonado e um mestiço tagarela e de traseiro bonito. Um lugar onde não se importasse em mentir descaradamente para pessoas de quem começava a gostar, e das quais sentiria uma falta enorme. Voltaria a ser como sempre fora até então. Sem pouso, sem laços, sem nome, sem ninguém.

O clima abafado e o lamaçal no qual se transformara a trilha não contribuíam nem um pouco para melhorar o humor de Vernon. Acompanhado por Gerald, discutia com seu mais recente comparsa, Tyler, um desertor inglês.

— Você é um completo idiota — berrava impaciente —, como não sabe onde estamos? Não disse que estávamos no rastro deles?

Tyler amarrou a cara, apontando-lhe o dedo.

— Dobre a língua para falar comigo, franco de merda. Eu já disse; até ontem estávamos no encalço deles, mas a tempestade apagou todos os rastros.

— E agora? — Indagou Gerald, esfregando o nariz que teimava em escorrer.

— Agora teremos que ir para Tiro, apanhar nossa presa por lá. — Retrucou Vernon, olhando de forma diabólica para a estrada.

— Esqueça aquela mulher, homem — contemporizou Gerald. Foi agarrado por Vernon.

— Nunca! Eu a quero, entendeu? Eu a vi primeiro — possesso, ele berrava e sacudia o outro. Não fosse Tyler a separá-los, teria agredido o companheiro.

— Chega! De nada adianta brigarmos. O melhor que fazemos e pegar a estrada. Quem sabe achamos um vilarejo pelo caminho e nos orientamos. Tiro não deve estar longe.

— Sim — disse Gerald, irritado, passando as mãos no pescoço, onde Vernon o agarrara — Tiro não deve estar longe.

Ragnar estava determinado a cumprir a promessa feita a Raden. Por isso, ao longo da monótona viagem passou a ignorar deliberadamente Leila que, irritada e sem saber o motivo da súbita mudança de comportamento, voltou a hostilizar o norueguês. Apesar de tentar ignorar os comentários ácidos da sarracena, Ragnar acabou explodindo quando o grupo parou sob um amontoado de árvores, próximas a um *wadi*, agora transbordante de água fresca. O estopim da mais aquela batalha foi o desejo de Leila se afastar do grupo para se banhar.

— Vou para trás daquelas rochas e aproveito para lavar minhas roupas. Com este sol, vai secar bem rápido...

— Esqueça isso, menina! — Rebateu, ríspido — não há tempo para seus luxos!

A bem da verdade, não suportaria ficar ali, imaginando-a nua dentro da água, a apenas alguns passos de distância.

Bakkar e Raden entreolharam-se de cenho franzido. Ragnar não era dado a indelicadezas. Leila, no entanto, não se deu por vencida. Retrucou com um dedo apontado na direção dele.

— Luxos? Pois sim, *sire*, se não se importa em cheirar como um camelo, azar o seu. Eu — apontou para si mesma e prosseguiu com empáfia — não gosto! Prefiro cheirar bem e estar limpa. Estou farta do pó da estrada, deste sol que me faz derreter de tanto suar e do sal que a brisa traz do mar e me deixa fedendo como uma peixeira!

— Eu não cheiro como um camelo — ele chegou mais perto, obrigando-a a levantar o rosto —, apenas não tenho tempo para ficar me banhando e lavando roupa a cada parada. Daqui a pouco a senhorita vai querer uma banheira com óleos perfumados... — debochou, mas logo se arrependeu. A imagem de Leila numa banheira de cobre, com o corpo brilhando, perfumada com óleo de rosas o assombrou imediatamente.

A impertinente não fez caso de seu desconforto, e nem de Bakkar e Raden que, recostados numa árvore acompanhavam a tola discussão com divertimento. Se pelo menos eles o apoiassem...

— Até que não seria má ideia — Leila voltou à carga. — Estou acostumada a ser bem tratada e não a ser arrastada pelo meio dessa terra poeirenta por três cavaleiros insensíveis às necessidades de uma mulher.

— Ei — gritou Raden —, tire-me dessa história!

— Eu também! — Completou Bakkar.

O norueguês estreitou os olhos. Perguntou num tom que tentava manter controlado.

— E quais seriam essas necessidades, minha cara senhorita Leila?

— Simples, *sire* — ela as enumerou nos dedos — comida decente, cama confortável e banhos regulares.

Ragnar sorriu, diabólico. Leila suspeitou que o provocara além da conta. Mas não daria o braço a torcer, não para aquele sujeitinho arrogante, pretensioso, autoritário e... bonito como o diabo! Cerrou os punhos e permaneceu incólume. Ele colocou a mão no queixo, pensativo.

— As duas primeiras não estão disponíveis no momento, senhorita — a voz dele era macia —, mas a última creio que pode ser arranjada.

Os olhos de Leila brilharam de contentamento. Desavisadamente, baixou a guarda.

— Está falando sério?

— É claro, pequenina — ele respondeu com um sorriso demoníaco, que alterou totalmente suas feições, transformando-o num perigoso predador.

Tarde demais Leila percebeu seu erro.

Jogando-a sobre os ombros, Ragnar contornou as rochas e foi em direção ao *wadi*. Raden, quis se levantar, mas Bakkar a reteve pelo punho, uma expressão marota no rosto.

— Deixe-o, garoto. Sven não fará mal a moça, só vai lhe dar uma lição. É bom que ela o enfrente, tem que aprender a se defender.

— A segurança dela é minha responsabilidade — argumentou seriamente.

— Ora, Raden! Tenha um pouco de bom humor. Por que tudo para você tem que ser certo ou errado, preto ou branco? — E dando um tapinha em sua mão, completou — sente-se e divirta-se. O máximo que pode acontecer é Leila acabar arrancando os olhos dele.

Meio a contragosto, a guerreira concordou.

Leila nunca estivera em posição tão humilhante. De cabeça para baixo nos ombros de Ragnar, berrava e o esmurrava, tentando sem sucesso fazer o guerreiro largá-la. Estava tão irada que despejou sobre ele o vocabulário digno de uma lavadeira.

— Ponha-me no chão, seu brutamontes! Filho de uma camela! — Ela esperneava enquanto ele tentava a custo controlá-la.

— Vou soltar você já, já, mocinha. E vou lhe dar o que pediu. — E parando na beira da água, falou — sua necessidade será atendida. — Dito isto, num movimento ágil, derrubou-a na água fria, fazendo Leila dar um grito furioso. Rindo, observando-a emergir encharcada e com os cabelos emaranhados a frente do rosto, sentenciou. — Isso é para aprender que nem tudo é do jeito que você quer, senhorita. Seu pai era um bom homem, mas deveria ter lhe dado umas boas palmadas para que não ficasse tão mimada.

— Seu grosseirão, ignorante — ela tentava em vão andar pelo fundo irregular do poço — vou matá-lo quando sair daqui! Você me paga! Eu juro! — Leila batia irada com os punhos na água — e tire esse sorriso da cara! Cretino!

— Ora! — Ele cruzou os braços sobre o peito largo, o sorriso deliberadamente cínico — você não queria um banho? Eu lhe dei um. Aproveite.

Com um sorriso debochado, deu-lhe as costas. Estacou no lugar quando Leila gritou.

— Pelo menos eu não vou cheirar como um camelo.

— Criança — disse por sobre os ombros, a voz macia mal ocultando o sarcasmo de suas palavras —, eu não cheiro como um camelo. Cheiro como um homem.

Leila ficou olhando para as costas do guerreiro que se afastava a passos largos. Teve que concordar. Sim, ele cheirava como um homem. E a excitava tão profundamente quanto a exasperava.

Raden e Bakkar, distraídos com um jogo de dados, no qual a guerreira já arrancara algumas moedas do mestiço, surpreenderam-se quando Ragnar retornou — carrancudo e sem Leila — para perto deles.

— Onde está Leila? — Raden perguntou.

— Tomando banho — respondeu ele, lacônico.

A guerreira franziu o cenho, irritada.

— O que diabos está acontecendo? Por que vocês brigam tanto? Céus! Pensei que tinham parado, mas hoje foi demais!

— O garoto tem razão, Sven — Mark comentou com um sorriso divertido —, vocês parecem cão e gato.

— Aquela mocinha acaba com a minha paciência! — Ele bateu com o pé enorme no chão, como um garoto birrento — onde já se viu, na situação em que estamos, ficar fazendo exigências! Ela pensa que ainda está na casa do pai, com serviçais para atender os menores desejos! Só pode ser...

Ragnar não conseguiu completar a frase. Um grito de pânico colocou os três de pé.

— Merda! — Xingou Raden, correndo na direção do *wadi* — Leila!

Sem remédio além de tirar as roupas e aproveitar o banho — já que estava ensopada mesmo —, Leila apreciava a água fresca enquanto tirava a sujeira do corpo. No dia anterior, quando se lavara na chuva, permanecera com as roupas de baixo. Naturalmente, seria impossível se contentar com aquele arremedo de banho. Aproveitou então para tirar todas as peças, ficando totalmente despida, esfregando-se com o próprio véu. Estava lavando as roupas, quando um movimento sinuoso sobre a rocha perto da margem a paralisou.

Uma serpente escorregava sobre pedra, olhando fixamente para ela. Um grito apavorado saiu de sua garganta. Em segundos, Raden, seguida por Ragnar e Bakkar, chegaram até onde estava. Mas para ela pareceu uma eternidade até que a amiga e seus companheiros entrassem em seu campo de visão.

— Fique quieta Leila — gritou o mestiço. — Não faça nenhum movimento. Esta serpente é muito venenosa.

Leila teve ímpetos de rir histericamente. Como ela iria se mexer, se sequer se atrevia a respirar?

Svenson e Raden não tinham noção do que poderiam fazer.

— Meu arco... — a guerreira falou baixo.

— Não há tempo — retrucou Mark, puxando uma faca da bota — fique quietinha Leila. Não... — ele ergueu a mão, estreitou os olhos castanhos e fez pontaria — se... — respirou fundo e fez uma prece — ...mexa.

O ruído seco da lâmina varando o corpo do animal demorou a penetrar nos ouvidos de Leila. Mas Raden já se adiantara, estendendo-lhe o manto ainda molhado para que ela pudesse sair da água.

— Tome, menina. Cubra-se e saia logo daí.

Ragnar e Mark se voltaram respeitosamente para o outro lado, enquanto a moça passava por eles, com Raden atrás dela recolhendo as demais peças de roupa. Somente quando elas saíram de vista foi que Ragnar se permitiu respirar aliviado.

— Bela pontaria, Bakkar.

Mark deu a volta e recolheu a arma, limpando-a na água. Em seguida olhou para Ragnar com um meio sorriso:

— Acho que Leila aprendeu muitas lições por hoje.

— Sim, e creio que ela há de querer a revanche.

Mark riu com vontade.

— Então se prepare meu amigo, porque a baixinha parece ter a alma de uma tigresa!

Ragnar revirou os olhos e calculou a distância até Tiro, tentando imaginar o que Leila aprontaria contra ele naquele curto espaço de tempo.

Do outro lado das rochas, Leila, enrolada num albornoz, secava furiosamente os cabelos. Ignorando sua ira, Raden esticava as roupas sobre as pedras para que secassem. A moça resmungava pragas em árabe e na língua dos francos.

— Odeio Ragnar Svenson! Odeio o brutamonte arrogante, filho de uma camela!

A guerreira achou graça ao ouvir a delicada Leila despejar aos quatro ventos o vocabulário digno de uma mulher dos portos. Porém, concordava com Bakkar. Ela irritara *demais* o sempre gentil Ragnar.

— Ora, Leila! Chega disso — reclamou —, estou ficando com dor de cabeça de tanto escutar você resmungar.

— Você está contra mim, Raden? — Leila fez um beicinho — eu achei que sua missão fosse me proteger. E você deixou aquele bruto me jogar na água!

— Pois agradeça o fato de ele apenas tê-la jogado na água, Leila. Se fosse comigo, eu teria lhe dado umas boas palmadas!

— Raden!

— Leila — ela andou até a moça, pisando duro. Falou em tom ácido — eu sei muito bem o que aconteceu na praia entre você e Ragnar — a moça arregalou os olhos, corando. — Espantada? Pois eu os vi. Vi também que Ragnar é honrado ao ponto de tê-la mandado embora antes que as coisas ficassem mais quentes do que já estavam entre vocês dois.

— Raden, mas como...?

— Eu estava no alto dos rochedos, e se ele não tivesse parado, eu mesma o teria acertado lá de cima!

Leila deu um grito de espanto.

— Você... você o mataria?

— Claro que não, Leila — a guerreira ergueu uma das sobrancelhas — mas ele ficaria com uma bela flecha no traseiro. Portanto — ela lhe apontou o dedo —, pelo seu bem e pelo bem dele, pare de provocá-lo. Ragnar é um sujeito honrado, mas é um homem normal, com apetites normais. Se não pretende levar adiante suas intenções, não o provoque, nem o subestime. Debaixo daquela capa de gentileza há um verdadeiro predador, que eu já vi num campo de batalha. Acredite, menina, se a paixão dele for do mesmo tamanho de sua fúria, você não saberia nem por onde começar com o sujeito.

— Ora, e o que você entende de paixão? — Rebateu a mocinha, insolente — você mesma disse que não sabe nada sobre isso...

Raden a interrompeu, brusca, a voz vibrando de irritação.

— Posso não entender de paixão, Leila. Mas conheço o estrago que a luxúria de um homem pode fazer a uma mulher. Agora, vista-se e trate de não me criar mais problemas!

Assustada, Leila voltou a se sentar. Entretanto, seu temperamento e seu gênio jamais se conformariam com a derrota. Silenciosamente, seu cérebro trabalhava numa maneira de dar o troco à Ragnar Svenson.

Quando o sol forte começava a baixar, o grupo retomou a marcha. Bakkar, apesar do desejo de parar numa taverna, achou por bem passarem ao largo de Acre, que estava sob o domínio de Saladino. Apesar de o sultão ter permitido trânsito livre aos viajantes, ele preferiu evitar confusão. Não seria nada bom ser reconhecido. Sendo assim, só alcançaram um pequeno vilarejo pouco depois de a noite cair, já a meio caminho de Tiro. Raden emparelhou sua montaria com a dele e sugeriu.

— Poderíamos passar a noite por aqui. Leila está a ponto de cair da montaria de tanto cansaço.

Mark olhou para trás. Vendo que a moça cabeceava sobre a sela, concordou com o rapaz.

— Tudo bem. Vamos ver se há uma casa de pastores que queiram nos acolher, já que esse lugar parece totalmente desprovido dos confortos de uma civilização.

Raden ergueu uma das sobrancelhas.

— Você está se referindo a mulheres de vida fácil? — Bakkar sorriu — será possível que não pensa em outra coisa, homem?

— E há algo melhor para pensar, garoto? — Ele mediu o soldado de cima a baixo — até parece que você também não gosta. Ou será que você é virgem, Raden?

A guerreira deu graças a Deus pela pouca luminosidade que encobriu o rubor de suas faces. Sua voz soou mais irritada do que de costume.

— Ora, Bakkar! É claro que não. Pare de se meter na minha vida!

O mestiço não se fez de rogado.

— Ah! — Ele gritou espalhafatosamente no meio da estrada — o garoto é virgem! — E chegando perto dela, deu-lhe um tapa nas costas — quando chegarmos em Tiro, resolveremos seu problema, rapaz. Conheço uma bela senhora que vai adorar iniciá-lo nas artes do amor. Talvez um dia você se torne quase tão bom nelas quanto eu! — Completou, convencido.

Raden afastou a montaria dele, resmungando impropérios. Era só o que lhe faltava! O idiota querer apresentá-la a uma prostituta. Maldita a hora em que salvara sua vida.

Naquela noite, Leila, exausta da viagem, caiu no sono mal acabara de comer, enrolada num manto perto de Raden. O grupo se instalara no estábulo de uma família de pastores, dividindo o espaço com os animas. Porém, nem o ruído dos bichos foi capaz de despertar a moça do sono profundo.

Observando a pequena teimosa, Ragnar, apesar da briga daquela tarde, se enterneceu. Suspirou, sentindo uma estranha melancolia. Seria difícil deixar Leila para trás. Pensar em nunca mais vê-la fez crescer o vazio em seu peito. Lamentava que em sua vida não houvesse espaço para esposa e filhos. Se houvesse, faria o impossível para domar a gatinha birrenta que mexera com seu coração.

PORTO DE TIRO

Quando embarcara na Noruega com a missão de achar Ragnar Svenson na Terra Santa, Hrolf Brosa sabia que sua tarefa seria mais complicada do que encontrar uma agulha num palheiro. Ele era considerado o melhor rastreador de sua terra. A família Svenson contava com seus serviços desde que era um rapazinho. Desta vez, entretanto, em seus trinta e cinco verões de vida, e mais de vinte como rastreador, ele se sentia realmente perdido, sem pista alguma do paradeiro do amigo.

Alimentara a esperança de encontrar o jovem Svenson em Jerusalém. Mas após o cerco e a rendição da cidade, o exército cristão se dispersara por várias cidades. A ele coubera vasculhar todas elas, começando por Tiro e seus arredores, na esperança de encontrar alguma pista de Ragnar entre os refugiados.

Blake, assassino profissional, inglês por nascimento, exilado por opção, caminhava em direção ao prostíbulo mais movimentado do porto de Tiro. Em sua opinião, aqueles eram os melhores lugares, junto com as tavernas, para se conseguir qualquer tipo de informação. Desde a situação política de um reino, até as fofocas das alcovas locais, tudo passava pela mesa de uma taverna ou pela cama de uma prostituta.

O rastro de seu alvo estava difícil de seguir. Mas ele tinha tempo. O importante era chegar até ele antes de Brosa, o rastreador. Os opositores do rei o pagaram para eliminar Svenson, um possível reclamante ao trono norueguês. Apesar de o camarada jamais ter mostrado qualquer interesse no assunto, se retirando do reino por livre e espontânea vontade, seus contratantes achavam que ele poderia mudar de ideia, tornando-se uma ameaça aos planos de derrotarem sua facção. Os Svenson eram muito ricos e constituíam uma poderosa força política na região ao norte de Nidaros.

Blake sorriu maldosamente, repuxando a cicatriz. Pouco se importava com as razões de seus contratantes. Tudo o que tinha que fazer era acertar o bastardo, eliminando-o do caminho daqueles que o pagavam. E eliminar pessoas era o que ele sabia fazer de melhor.

Pouco antes do nascer do sol, o grupo deu início à última etapa da viagem. O objetivo era chegar em Tiro perto do meio-dia. Sendo assim, não fariam mais paradas. Exausta, Leila não encontrava forças sequer para implicar com Ragnar, que cuidadosamente se mantinha a distância. Mas, na cabeça da jovem, a lembrança da peça que ele lhe pregara estava incomodamente viva. O desejo pela desforra ardia intensamente. Quando o sol estava alto, e todos se sentiam cozinhar em seus trajes, as imponentes muralhas de Tiro e os mastros dos navios ancorados em seu porto surgiram no horizonte.

— Oh, céus — Leila exclamou —, nem acredito que estamos chegando!

— Logo estaremos na cidade. — Raden emparelhou a montaria com a da moça — iremos direto a casa de sua tia? Não quer enviar um mensageiro antes?

— Não, vamos direto, minha tia não há de se importar. Não aguento mais tanto desconforto! — Reclamou, fazendo a guerreira revirar os olhos — tia Sophia tem uma bela casa no lado sul da cidade, de onde se pode ver o mar e o aqueduto romano.

Raden olhou para frente, fazendo Lúcifer desviar das pessoas a pé, que iam e vinham pela via de pedras da época dos Césares. Depois, voltou a falar.

— É realmente uma cidade imponente. Desembarquei aqui há alguns anos, quando vim de Toledo — Mark, que trotava mais à frente junto com Ragnar, ficou de orelhas em pé. Raden falando de seu passado? Que milagre! Ficou atento, desejando captar alguma informação que interessasse a Ibelin. A guerreira, sem suspeitar que era alvo de sua atenção, continuou a falar com Leila. — Eu tinha uns dezessete anos e viajava com um grupo de mercenários que partiu da França. — Sorriu, fazendo troça de si mesma — enjoei boa parte da viagem.

— Você deve ter viajado um bocado! — Leila encorajou-a.

— Mais do que seria capaz de sonhar... — seus olhos então nublaram, melancólicos. Ela se voltou na direção do porto. Espantando as lembranças ruins para o fundo da mente, mudou de assunto — sua tia é muçulmana?

— Não, ela é irmã de minha mãe. É cristã. Mas isso não me importa. — Deu de ombros, enfatizando o que dissera — meu pai me ensinou a respeitar a todos, principalmente os Povos do Livro[40]. Na verdade, nos últimos tempos acabei deixando minhas obrigações como Fiel de lado. Tantas coisas aconteceram... — enxugou uma lágrima furtiva ao se lembrar do pai e tentou sorrir — bem, mas agora tenho que recomeçar minha vida. Vamos, estamos chegando ao arco de entrada — acelerou a montaria e apontou —, não é bonito?

A casa da tia de Leila ficava num bairro abastado da cidade. Pelo que a jovem contara, a mulher era viúva de um rico comerciante e vinicultor. Morava numa bela casa, numa parte mais elevada de Tiro, de onde se viam as águas azuis do Mediterrâneo. Ao pararem as montarias à frente da imponente residência, Mark se adiantou, ajudando Leila a apear.

— Nervosa? — Perguntou com um sorriso gentil.

— Um pouco, Bakkar. Faz tempo que não vejo minha tia — Levou a mão à altura do peito e comentou em voz baixa — estou com uma sensação estranha, um mau pressentimento...

Ele lhe deu o braço, tranquilizando-a.

— Deixe disso. Deve ser só o cansaço. Vamos entrar?

Ela assentiu. Mark a acompanhou até o portão de ferro trabalhado, que dava para um jardim. Um sino com uma corda foi tocado, anunciando os visitantes. Alguns minutos depois, um homem magro e moreno vinha até o portão.

— O que desejam? — Perguntou com cara de poucos amigos, estudando as roupas empoeiradas e as bagagens do grupo.

Leila reconheceu o empregado de sua tia.

— Não se lembra de mim, Patrus? Sou Leila, filha de Bharakat.

O rosto do criado demonstrou um choque momentâneo, que logo foi substituído por uma expressão servil. Afastando-se da passagem, apressou-se em convidá-los a entrar. Ao passar por ele, Leila pediu.

— Estou acompanhada por estes *chevaliers*. Eles me escoltaram a pedido de meu pai de Jerusalém até aqui. Gostaria que suas montarias fossem cuidadas e que eles fossem hospedados na casa de minha tia.

— Claro, senhorita. Por aqui — ele indicou, enquanto seguia na frente e abria as portas duplas que davam no vestíbulo.

O frescor do piso de cerâmica e da fonte que decorava o pátio central os atingiu em cheio. Ragnar e Raden, que vinham mais atrás, ficaram impressionados com o lugar. Leila, por sua vez, sequer reparou na decoração. Estava ansiosa para ver sua parenta.

— Onde está tia Sophia, Patrus?

O criado olhou para a jovem, muito sem jeito. Depois encarou os guerreiros que a acompanhavam.

— Senhorita Leila, pensei que soubesse...

— Soubesse de que, Patrus? — Indagou ela, apertando as mãos, a boca ressecando.

— A senhora Sophia morreu no mês passado.

Sua visão escureceu. O sangue gelou em suas veias. *Estou sozinha no mundo!*

Leila caiu no chão, desfalecida.

CAPÍTULO
VII

"Mais uma imagem que se afasta na minha procura no deserto povoado de miragens."

"DE ANNABELLA A ZULEICA: A PROCURA DO AMOR".
MANSOUR CHALITTA

agnar correu para amparar Leila. Cuidadosamente, ergueu-a nos braços, depositando-a num divã.

— Devia ser mais sutil ao dar uma notícia dessas, homem — admoestou o criado. — A pobrezinha já sofreu demais com a morte do pai.

Patrus arregalou os olhos.

— *Sidi* Bharakat morreu?

— Sim — falou Raden jogando os pesados alforjes no chão, largando-se totalmente sobre um sofá. O criado olhou-a de través. Parecia a ponto de ter uma síncope quando a viu esticar as pernas envoltas numa calça escura e as botas empoeiradas sobre o estofamento adamascado. — Ele morreu no dia em que Jerusalém capitulou.

Mark sorriu ante a indignação do criado com a falta de modos do soldado. Sentou-se numa cadeira toda elegância.

— Há mais alguém da família de Leila na cidade, meu bom homem?

— Infelizmente não, *sire*... — Patrus voltou os olhos para Leila — vejam, ela está despertando.

Ragnar, que permanecera ao lado da moça todo o tempo, olhou em seus olhos tristes. Consolou-a, segurando suas mãos.

— Eu sinto muito.

Leila atirou-se nos braços dele. Chorou copiosamente, sem se importar com nada mais. Seu mundo desabara completamente. De filha amada e protegida, passara a uma mulher completamente só. Imaginou se era assim que Raden se sentia. O que faria? Que rumo tomaria sua vida, que fora sempre tão certa, tão previsível? O que ela, que sempre fora cercada de carinho e atenção pelo pai e pela velha Khadija, faria dali por diante? Tinha tanto medo de ficar só!

Enquanto dava vazão às suas emoções turbulentas, Leila concluiu que de nada adiantaria se lamentar por mais tempo. Aquela era sua realidade e nada mudaria. Enxugando as lágrimas que ainda teimavam em descer de seus olhos, afastou-se de Ragnar, agradecendo seu apoio. Em seguida, abandonou a atitude de autocomiseração. Não fora assim que seu pai a educara. Encontraria forças dentro de si mesma para reagir. Não poderia fraquejar. Não depois de tudo o que passara até chegar ali. Era a última de sua casa, não podia decepcionar seu pai. Ergueu-se do divã e ordenou a Patrus.

— Eu quero que prepare os aposentos de minha tia. Vou me instalar neles. Deve preparar também um aposento para cada um de meus acompanhantes. Eles ficarão aqui até que situação toda se resolva — e virando-se para os três, ainda secando as lágrimas, falou. — Nem pensem em recusar. Depois de tudo o que fizeram por mim, é o mínimo que lhes devo em retribuição. — Raden e Mark trocaram um olhar de aprovação. Ragnar, por sua vez, impressionado com a atitude decidida da moça, não despregava os olhos dela. A jovem prosseguiu — mande preparar um banho para mim. E atenda a todas as necessidades de meus amigos. E peça ao administrador de minha tia para vir falar comigo. — Completou — já que ela se foi, quero saber em que pé ficaram seus negócios e suas propriedades.

Patrus, ao ouvir as ordens, empalideceu e argumentou.

— Mas a senhorita acabou de chegar...

Leila se voltou para ele, erguendo o queixo e assumindo o papel para o qual fora educada por toda a sua vida. O de eficiente administradora de uma casa.

— Por isso mesmo, Patrus. Tenho que me inteirar de tudo. Tia Sophia sempre foi uma mulher cuidadosa. Na certa não iria querer que suas coisas ficassem abandonadas. Vá, faça o que ordenei.

O criado assentiu, seu rosto a imagem da servidão. Mas, por dentro, fervia de ódio. Enquanto se distanciava da sala, lançou um olhar discreto para trás.

O grupo sujo e empoeirado destoava dos móveis finos e do piso de mosaico. Usavam roupas rotas, mantos esfarrapados e certamente não viam um banho há dias. Cheiravam a pó, suor e cavalos. E a garota petulante, então? Não era nada refinada, além de ser órfã de um mercador sem destaque ou posição social. Não podia acreditar naquele pesadelo. Pisando duro, seguiu em frente, ruminando sua raiva. Maldição! Tinha certeza de que ela e o pai haviam morrido no cerco a Jerusalém. Agora que estava tão perto de colocar as mãos na fortuna de Sophia, ela tinha que aparecer?

Raden suspirava dentro da banheira de cobre. Deliciava-se com o banho como há muito tempo não fazia. Para ter privacidade, enxotara as criadas que se ofereceram para banhar o jovem *chevalier*. Trancara a porta e assumira ela mesma aquela tarefa. Como era bom tomar banho, lavar os cabelos e deixar o lenço de lado por algum tempo! Deu mais um suspiro, soprando as bolhas de sabão que haviam grudado em seu rosto. Pegou um jarro e com ele começou a enxaguar a cabeleira ensaboada. Seus cabelos longos, sempre escondidos sob aquele pedaço de tecido, eram seu orgulho secreto, a única concessão a sua feminilidade.

Ela pensara em cortá-los muitas vezes, como fazia na época em que morava com Edouard. Mas seu rosto, com o tempo, havia adquirido traços mais femininos. Mesmo com os cabelos bem curtos, ficava difícil se passar por homem. O lenço lhe permitia cobrir também o pescoço, disfarçando a ausência do pomo-de-adão, sempre mais pronunciado no sexo masculino.

Aquela vida estava começando a cansá-la, pensou irritada. E a se tornar perigosa. Quando era sozinha, não tinha problemas para manter seu segredo. Porém, convivendo diariamente com as mesmas pessoas, logo algumas atitudes suas chamariam atenção. Aliás, o mestiço intrometido já começara a ter ideias a respeito do jovem Raden, como levá-lo a perder a suposta virgindade num prostíbulo.

— Céus — resmungou, afundando na água morna —, em que confusão fui me meter?

Depois de chapinhar mais um pouco na água, resolveu sair e se secar. Em pouco tempo terminou de se vestir e secar os cabelos. Envolveu-os com um lenço limpo e saiu para o corredor. Ao passar pelo aposento ao lado, a porta se abriu. Uma criadinha, corada e risonha, saiu de lá ajeitando as roupas seguida por Mark al-Bakkar. O mestiço, com os cabelos negros úmidos, trajava apenas uma toalha de linho enrolada na cintura. De seu peito, escorriam gotas de água.

— Ei, Raden, não se divertiu? — Disse ele, mordendo um figo e recostando-se no batente com o sorriso mais sem-vergonha que ela já vira na face da terra.

— Ora, Bakkar! Tenho mais o que fazer!

Ele deu uma gargalhada e sentenciou.

— Em breve, garoto, vou levá-lo à casa de Isabella. Ela vai acabar com essa sua timidez!

Apertando o passo, Raden saiu das vistas dele. Era só o que lhe faltava! Aquele mestiço transformar o fim da virgindade do jovem soldado em uma questão pessoal.

Ragnar tomara banho e se barbeara. Também havia se vestido com esmero, sentindo-se como gente outra vez.

— Quero ver a senhorita-nariz-em-pé dizer que cheiro como um camelo! — Resmungou consigo mesmo, ajeitando o cinto sobre as dobras da túnica.

Um criado o avisara de que Leila aguardava a todos na sala de jantar. Quando abriu as portas de seus aposentos, deu de cara com o homem, que o conduziu até lá. Ao cruzar o arco que dava na sala de refeições, sua respiração se tornou pesada. O coração falhou uma batida, antes de disparar loucamente. Boquiaberto, olhava para o outro lado da sala, como se toda a cavalaria do sultão estivesse vindo ao seu encontro. O veterano Ragnar Svenson não estava preparado para aquele ataque. Acostumado a vê-la só com roupas do dia-a-dia, foi assombrado pela visão que considerou a mais impressionante de sua vida. A transformação de Leila o apanhou de surpresa. Agora era impossível defender sua posição. Ou o seu coração.

Do lado oposto da sala, junto à porta que se abria para o jardim, estava Leila. Vestia um diáfano vestido coral, cuja seda brilhava em diferentes cintilações à luz das lâmpadas de azeite. Sua cabeça estava coberta por um véu finíssimo, um tom acima daquele do vestido, preso à cabeça por uma tiara feita de delicados aros de prata. Os brincos, argolas delgadas também de prata, pendiam das orelhas. O colo, meio exposto acima do decote, era enfeitado por uma pedra de jade engastada num colar de prata entrelaçada. As mãos traziam pequenos arabescos traçados com *henna* e unhas escurecidas pelo mesmo material. Alguns anéis as enfeitavam. Os olhos estavam delineados pelo *kohl*. Os lábios de Leila, vermelhos e cheios, eram a imagem da perdição. Parecia que ela estava vestida exclusivamente para tentar um homem. E Ragnar sentia-se mais do que tentado. Ele estava abrasado, extasiado, enlouquecido e a ponto de atirá-la sobre a mesa baixa de jantar, arrancar aquelas roupas caras e possuí-la ali mesmo.

Passando pelo embasbacado amigo, Mark adiantou-se. Beijou a mão de Leila galantemente.

— Boa noite, Leila — sorriu, galante —, está encantadora esta noite.

— Obrigada — ela agradeceu com expressão coquete —, mandei que preparassem uma refeição mais formal hoje. O administrador de minha tia, Yosef, jantará conosco. Mandei chamá-lo para discutir as questões do legado de tia Sophia.

Na verdade, Leila fizera questão de se apresentar daquela forma apenas para impressionar Ragnar. E os trajes que haviam sido de Sophia estavam causando o efeito que esperava. Queria deixá-lo de queixo caído por ela, principalmente depois de ter sido classificada como uma criança. E ainda por cima, mimada. Pois sim! Pelo silêncio dele, e pela sua cara embasbacada, parecia que tinha atingido seu objetivo.

— Fez bem, Leila — Mark prosseguiu, indiferente a tensão entre a jovem anfitriã e seu amigo. — Se precisar de ajuda, pode contar comigo. Estudei as leis.

Ragnar, cada vez mais carrancudo, sentou-se ruidosamente numa cadeira estofada sem dizer nada. Não acreditava no que via! Bakkar estava *mesmo* flertando com Leila? Ah, se ele pegasse o cretino metido a conquistador...

Leila olhou de soslaio para o norueguês, orgulhosa de si mesma. E pensou que todo aquele trabalho que tivera para se vestir e impressioná-lo não fora em vão.

Mark estava se divertindo ao ver Ragnar, todo arrumado e perfumado como um cortesão, encantado pela mocinha. Tinha a impressão de que o amigo estava completamente apaixonado por ela. Talvez ele pudesse dar um empurrãozinho para aqueles dois...

Raden entrou na sala, desviando a atenção de todos. Como de costume, usava trajes negros, mas estava livre do pó da estrada. As roupas escuras acentuavam a sisudez do rosto e o verde de seus olhos. Mark abafou uma praga ao vê-lo entrar. Seria impossível ajudar o amigo a fazer as pazes com Leila na presença do rapaz. Raden parecia uma ave de rapina, cercando a moça e olhando para Ragnar com uma expressão que parecia dizer: *aproxime-se e eu o mordo!* Francamente! Aquele garoto não sabia mesmo como levar a vida. Súbito, uma ideia ocorreu.

As garotas do bordel de Isabella iriam gostar muito de se divertir com o tímido rapaz. Esboçando um sorriso, decidiu que o convidaria para dar uma volta pela cidade após o jantar e o levaria até lá. Assim, mataria dois coelhos de uma só vez. Raden sairia do pé de Leila e Ragnar e, se tudo desse certo, perderia a virgindade com uma bela e experiente meretriz no mais caro bordel de Tiro. Seria uma boa recompensa por ele ter lhe salvado a vida. Rindo consigo mesmo, Mark congratulou-se.

Você é um gênio, Bakkar.

As notícias que o velho Yosef trouxera para Leila foram as mais surpreendentes possíveis. Ela ficou muda enquanto era informada de que a tia havia lhe deixado toda a sua herança. O vasto espólio consistia numa série de propriedades, incluindo a casa em Tiro, alguns vinhedos, uma fazenda de ovelhas e até uma frota de navios mercantes.

— Misericórdia! — Exclamou a mocinha — é muita coisa! Eu não fazia ideia...

— Sua tia era muito rica, minha jovem — disse-lhe Yosef — e eu já estava preocupado com o fato de você ter desaparecido. Ainda bem que chegou.

— Mestre Yosef, eu não sei nem por onde começar a cuidar de tudo isso!

— Se aceitar meus préstimos, posso continuar administrando os bens para você e ensiná-la a cuidar de tudo.

— Certamente é uma boa proposta, senhorita — interveio Ragnar, saindo pela primeira vez do mutismo em que mergulhara desde o início do jantar. — Mestre Yosef mostrou ser um competente administrador. Pelo que vemos, os negócios de sua tia são muito prósperos.

Leila torceu o nariz para o norueguês. O velho administrador nem percebeu.

— Obrigada pela observação, *chevalier* Svenson — Yosef agradeceu, — eu e a senhora Sophia éramos muito amigos. Sempre fiz questão de conduzir seus negócios da melhor maneira possível. Sei que está abalada com a perda de sua tia, senhorita — Leila assentiu em agradecimento —, mas o quanto antes começar a se inteirar de tudo, melhor será.

— Concordo, Yosef. Ao menos irei me distrair e esquecer de tudo o que passei.

E provavelmente me esquecer também, pensou Ragnar amargo, enquanto tomava seu vinho.

Decidido a dar uma chance para Ragnar e Leila terminarem com o clima pesado e se entenderem, Mark, mal Yosef se despediu, carregou Raden a tiracolo com a desculpa de que queria ir até o palácio do senescal saber de Ibelin. Mesmo argumentando muito sobre sua missão de proteger a moça, Raden simplesmente não conseguiu se livrar do insistente Bakkar. E foi-se com ele, carrancuda e resmungando baixo.

Da sacada, Leila viu os dois partirem pela noite adentro. Sozinha com Ragnar, exceto pela criadagem que recolhia a louça usada, parecia tão deslocada quanto ele. Quando os criados já haviam retirado a mesa do jantar e apagado a maior parte das lâmpadas de azeite, ela suspirou pela milésima vez, acercando-se da janela. Olhou para o aparador, onde os serviçais haviam deixado bandejas com frutas e um jarro de chá de hortelãs. Desconfortável com o silêncio, observou a cidade praticamente às escuras. Saboreou a sensação da brisa do mar sobre a pele e observou o agitar suave das finas cortinas de cambraia. Não pode evitar pensar em Ragnar, em seu toque sobre seu corpo naquela tarde na praia.

Ele estava excepcionalmente bonito naquela noite, observou, olhando-o de soslaio. Naquele tempo em que convivera com ele, jamais o vira tão bem vestido. A túnica azul-escuro acentuava o tom dourado de sua pele e os ombros muito largos. As botas de couro cru envolviam as pernas longas e musculosas até pouco abaixo do joelho, onde a calça de lã clara evidenciava as coxas fortes, de músculos bem delineados. E os olhos... ah, aqueles olhos tão claros, pareciam tragá-la para um poço sem fundo.

Leila olhou novamente de esguelha. Ele estava do outro lado da sala, mexendo com as peças de marfim de um jogo de xadrez. Os cabelos louros estavam presos com uma tira de couro atrás da nuca e a barba fora bem aparada. As pequenas argolas de prata que pendiam de suas orelhas conferiam-lhe um ar perigoso. Seus olhos acompanharam a mão grande, coberta com uma penugem platinada, ao moverem uma peça do jogo. Inconscientemente, Leila passou a língua sobre os lábios ao lembrar-se delas em seu corpo. Suspirou tão alto que atraiu a atenção dele. Sem erguer os olhos do jogo, Ragnar disse.

— Se continuar me olhando assim, Leila... — ele deixou as palavras no ar.

Contudo, naquela noite, ela não queria e deixar nada no ar. Nada mal explicado ou entendido pelo meio. Sentia-se, de certa forma, uma outra pessoa, em outra vida. Empinou o queixo e rebateu.

— Se eu o olhar assim — ela falou em voz baixa, voltando-se para a janela, fechando os olhos para que a brisa beijasse sua pele abrasada —, o que acontecerá, Ragnar?

A voz dele, soando bem perto de seu ouvido, a assustou. Ele não fizera nenhum som ao se aproximar dela.

— Se me olhar desta forma, pequenina, terei que beijá-la — ele correu as pontas dos dedos sob o véu, tocando sua nuca, fazendo-a se arrepiar. Seus mamilos se enrijeceram sob o vestido. — E se eu a beijar, não sei se terei forças para parar...

Leila inclinou a cabeça para trás, deleitando-se com o toque sutil. Aquele homem tinha o poder de enfeitiçá-la. Sentia o calor do corpo dele bem próximo ao seu. Uma ânsia louca de se recostar em seu peito tomou conta dela. Já não havia mais nada, nem ninguém ao seu lado. Toda sua vida estava de pernas para o ar. O que teria a perder? Apenas aquilo que não ousasse tentar.

Decidiu se atirar de cabeça na poderosa emoção que a assolava. Quem sabe, talvez descobrisse que Ragnar Svenson, apesar das arestas entre eles, estava escrito em seu futuro desde sempre. Respirou fundo, tentando se sentir segura. Impossível. Ainda assim...

Amanhã seria outro dia. *Maktub*. Num sussurro, respondeu.

— Não pedirei para parar.

Raden engoliu em seco ao entrar no palacete. Desta vez estava mesmo em maus lençóis. Bakkar não sossegara enquanto não a arrastara para o prostíbulo mais famoso de Tiro, onde mulheres de todo o mundo e para todos os gostos desfilavam na frente dos homens, trajando exíguos pedaços de pano. E onde homens de todos os lugares deixavam suas moedas em troca da luxúria evidente a cada gingar de quadris.

Bakkar parecia ser frequentador assíduo, observou. A opulenta Isabella, dona do estabelecimento, o recebeu com um sorriso nos lábios e lhe deu um beijo que ela considerou, no mínimo, obsceno. Sem se fazer de rogado, ele abraçou a mulher pela cintura e apontou em sua direção.

— Isabella, minha querida — ele murmurou de forma sedutora ao ouvido da mulher —, tem uma garota bem paciente nas artes do amor para iniciar meu jovem e tímido amigo?

Isabella olhou para Raden, que de braços cruzados tentava pensar numa saída que não expusesse sua identidade. A cortesã mediu o cliente de cima a baixo.

— Hum... creio que Nur pode fazer este trabalho muito bem — calculou. — Ela é jovem, bonita e paciente.

Antes que Raden pudesse sequer retrucar, a mulher bateu palmas e chamou uma mulher negra de curvas sinuosas, vestida apenas com um tipo de combinação transparente. Se é que se podia chamar aquilo de *se vestir*, ela pensou, abismada. Dava para ver tudo debaixo do fino tecido, que não deixava nada para a imaginação dos homens!

A moça era realmente linda, constatou. Acercou-se dela, lançou-lhe um sorriso lânguido e enlaçou-a pelo pescoço. Com risinhos brejeiros, carregou-a para dentro dos corredores forrados de brocado. No caminho, foi dizendo.

— Venha querido. Antes que a noite termine, farei de você um homem de verdade.

Raden sorriu, irônica.

Sim minha cara, e um boi criará asas. Maldita a hora em que salvara Mark al-Bakkar de baixo daquele cavalo. O homem só lhe criava confusão.

Satisfeito com sua boa ação, Mark entregou-se aos prazeres da carne, desejando que Ragnar também aproveitasse bem aquela noite.

Ragnar se surpreendeu com a resposta de Leila. Não estava pronto para aquela entrega sem reservas. Imaginou que ela recuaria, que tudo não passaria de um jogo, de uma peça que ela lhe pregara a noite inteira. E agora?

Inebriado, aspirou o perfume de seus cabelos, que, como ele sempre imaginara, cheiravam a jasmins. Puxou-a para si, moldando-se às suas costas. Suas mãos deslizaram por sua cabeça, puxando o véu para baixo, expondo lentamente os sedosos cabelos castanhos, que cascatearam livremente pelas costas.

— São lindos, Leila...

Leila inclinou a cabeça mais para trás, de olhos fechados, deliciando-se com o contraste entre seu corpo, pequeno e delicado, e o dele, grande e coberto de músculos.

Ragnar deslizou as pontas dos dedos ao longo de seu pescoço, descendo por sua garganta, tocando-a no vale entre os seios. Leila arquejou. Sentiu-se subitamente sem ar. Uma serpente de fogo partiu do ponto em que ele a tocava e se instalou entre suas coxas. Ela apertou uma contra a outra, buscando alívio para a sensação, mas não obteve sucesso.

— Ragnar, eu não sei o que está acontecendo... — balbuciou — eu...

— Shh... — ele a fez colar-se mais ainda ao seu corpo, ainda de costas. Envolveu-a com o braço forte — não se preocupe, deixe que as coisas aconteçam, só isso. Não tema.

A outra mão, que acariciava seus cabelos, desceu pelo pescoço de Leila. Puxou lentamente a manga do vestido para baixo, expondo a curva delicada do ombro. Pousou os lábios na pele sensível do pescoço e foi descendo, repetindo o caminho que sua mão fizera. Leila gemeu ao sentir os lábios sobre a pele. Suas mãos agarraram a túnica dele atrás de si. Percebeu a rigidez da excitação dele contra suas curvas, sentindo-se absolutamente poderosa e feminina.

— Você é linda! — Sussurrou em seu ouvido, fazendo-a se voltar para ele.

Leila ergueu os olhos dando a Ragnar a certeza de que seria seu escravo pelo resto da vida. Sentiu-se agradavelmente preso aos grilhões que aquela flor do oriente lançava em torno dele. Demonstrou isso se apossando da boca de Leila com tamanho ardor que ela gemeu, extasiada.

— Oh, céus... — ela se agarrou mais firmemente à túnica dele, ao passo que Ragnar deslizou as mãos por suas costas, unindo seus corpos de tal forma que nem a brisa passaria entre eles.

Sua boca tentou a dela insistentemente. Seus lábios, com gosto de vinho e tâmaras maduras, preparando-a para a invasão dele. Leila cedeu e abriu a boca, deixando que ele a penetrasse com a língua, enroscando-a na sua, num beijo íntimo, profundo e completo. Sem descolar os lábios dos dela, Ragnar ergueu-a nos braços e a colocou delicadamente sobre as almofadas diante da janela. Então, afastou-se devagar. Olhou-a nos olhos, oferecendo uma última chance, apesar de sua excitação, de voltar atrás. Sua respiração estava alterada e seus olhos mais escuros.

— A partir daqui *liten*[41], não haverá mais volta.

Leila adorou ouvir aquela estranha palavra na língua de Ragnar. Teve a certeza de que ela expressava todo o seu carinho. Sentindo-se segura do que desejava, respondeu.

— Sei disso. E já lhe disse que não pediria para parar — estendendo os braços num convite, sussurrou — beije-me.

Ela não precisou pedir de novo. Ragnar tomou seus lábios de assalto, como o guerreiro que era, invadindo-os sem pedir licença, roubando totalmente sua razão. As mãos começaram um lento e sensual passeio pelo corpo de Leila, subindo a barra da saia, insinuando-se, quentes e possessivas, ao longo de suas pernas.

Decidida a explorá-lo, ela deixou as mãos correrem ao longo dos braços vigorosos. Adorou sentir a textura e a firmeza deles. Ele era uma massa de músculos bem definidos, um verdadeiro deus vindo das misteriosas e frias terras do Norte.

Ao sentir as mãos de Leila, Ragnar se esforçou para manter o autocontrole. Respirou fundo e afastou-se um pouco dela, puxando seu vestido pelos ombros, erguendo-a e deixando que os tecidos deslizassem por sua pele, formando uma espécie de poça alaranjada ao redor de seus pés. A camisa de baixo, de cambraia fina, mais revelava do que escondia. Por um instante, teve ímpetos de simplesmente agarrar Leila e penetrar em seu corpo macio. Deu um passo para trás e respirou fundo, admirando-a.

— Leila, se soubesse como está difícil manter o controle...

— Por que tenta então?

Ele estendeu a mão e tocou seus cabelos, que cascateavam à frente da camisa, escondendo a sombra dos mamilos.

— Porque, *liten*, não quero assustá-la com a força de meu desejo. Sua primeira vez deve ser doce e especial, como você.

Encantada com a gentileza, Leila pediu.

— Deixe-me vê-lo sem a túnica...

Ragnar fez o que ela pedia e tirou a peça pela cabeça. Leila fixou os olhos nele, espantada. Sem aquela peça ele parecia mais alto e mais forte ainda, quase ameaçador. Os ombros eram maciços e peito era formado por dois montes sólidos, com mamilos pequenos e um pouco mais escuros que o restante da pele. O abdome, dividido em grandes degraus, a fez se lembrar das tabuas usadas pelas lavadeiras. Pelos claros e encaracolados salpicavam o meio do peito, formando uma tênue trilha que começava abaixo de seu umbigo e desaparecia sob o cós dos calções. Duas linhas de músculos nas laterais da cintura, formando uma espécie de V, também sumiam sob a lã clara, insinuando o que viria mais abaixo. O volume de sua virilidade sob o tecido esclareceu a Leila o porquê de ele haver dito não querer assustá-la. Mas sem querer, ela se assustou. Não só com sua virilidade.

Céus, Ragnar era enorme! Parecia ter o dobro de seu tamanho. Inconscientemente se retraiu, com medo de que, no calor da paixão, ele a machucasse. Sua expressão refletiu seu temor. Num piscar de olhos ele estava ajoelhado aos seus pés. Tomando sua mão entre as dele, afirmou ternamente.

— *Liten*... Não me tema. Estou a seus pés, como Golias caiu diante de Davi — beijou sua mão, prosseguindo — nunca Leila, nunca seria capaz de usar meu tamanho e minha força contra você. Nunca seria capaz de feri-la. Eu não sou nada quando estou diante de você, minha pequenina... seu olhar e seu coração são mil vezes mais fortes do que eu. Com eles você me abate, me derruba — ele afagou seus cabelos, os olhos claros fixos nos dela. — Confia em mim, Leila?

Emocionada, Leila o abraçou.

— Sim, Ragnar. Eu confio em você.

A mente de Raden trabalhava furiosamente enquanto ela caminhava pelo corredor atrás da bela Nur, pensando num jeito de se safar daquela enrascada. Parando à frente de uma porta, a moça lançou um olhar sedutor. Abriu-a, convidando-a a entrar com um gesto.

— Venha, querido...

Raden passou como um raio pela mulher. Postou-se do outro lado do quarto. Estava à beira do pânico. Como diabos sairia dessa?

A prostituta fechou a porta. Recostou-se nela, sorrindo condescendentemente.

— É mesmo sua primeira vez?

Raden engoliu em seco.

— Não... — os olhos da mulher brilharam, maliciosos. Tentou consertar — sim... — Nur sorriu, deliciada. Ela finalmente a dispensou, pronta para aceitar o inevitável — ora, esqueça!

— Bakkar disse... — a moça ficou confusa.

Maldito fosse o mestiço dos infernos! Passou a mão pela testa, pressentindo uma dor de cabeça. Perguntou em tom sério, tendo uma ideia repentina.

— Quanto você recebe por uma noite, Nur?

— Depende do serviço... — ela falou, insinuante — de seu desejo... — deu um passo na direção de Raden.

A guerreira deu outro para trás.

— Por hoje, quanto vai receber?

— Bakkar me prometeu um besante de ouro para... ensinar-lhe umas coisinhas. — Nur pontuou a fala com um sorriso insinuante.

— Pois eu dobro a oferta — a prostituta arregalou os olhos. Ela continuou — se você prometer que vamos *apenas* conversar.

Nur ficou visivelmente espantada. Mediu seu cliente de cima a baixo e concluiu.

— Ora, você não gosta de mulher, é isso? — Deu de ombros e depois sugeriu, algo decepcionada — posso lhe arranjar um rapazinho.

Que situação! Raden revirou os olhos. Refez a oferta.

— Eu lhe dou *três besantes* se você não tentar me seduzir, ficar de boca fechada e não sair daqui até amanhã de manhã.

Os olhos de Nur brilharam.

— Feito.

Quando Leila afirmou confiar nele, Ragnar sentiu-se rejubilar. Nunca uma mulher mexera com ele daquela forma. Leila, aquela pequena e delicada flor, conseguira derrubá-lo, nocauteá-lo completamente, penetrando em seu coração protegido há tantos anos. Com delicadeza, tocou a barra da camisa de cambraia, erguendo-a devagarzinho, deixando os dedos roçarem a pele de Leila, abrasando a ambos. Puxou a peça por sua cabeça, atirando-a junto ao resto de suas roupas. E em nenhum momento despregou os olhos dos dela.

Sentindo dificuldade até para respirar, Leila encarou Ragnar. Apesar da timidez, percorreu seu peito com o olhar. Sem que desse conta dos próprios movimentos, ergueu a mão, deslizando-a sobre a pele quente. Ragnar fechou os olhos, pedindo forças para se controlar. O toque macio o torturava. Cerrou os maxilares e olhou no fundo dos olhos de Leila.

— Meu Deus, como você pode me enlouquecer deste jeito? — Arquejou e segurou sua mão, levando-a aos lábios — tenho vontade de me perder em seu corpo, em sua pele... — puxou-a de encontro a si, moldando seu corpo ao dele — você é a joia mais preciosa da Terra Santa!

Ele então devorou sua boca com uma fome arrebatadora. Leila gemeu e colou-se mais a ele. Lentamente, Ragnar foi deitando-a nas almofadas, colocando-se sobre ela. Sua boca explorava a dela, ávida e sedenta. Leila sentia que sua alma se misturava à dele naquele momento.

— Ragnar... eu quero... — ela balançou a cabeça enquanto o guerreiro a encarava com um sorriso terno, acariciando seus cabelos — mas não sei o quê! Quero que faça algo que alivie essa vontade...

— Seu desejo é uma ordem, pequena —brincou, começando a distribuir uma trilha de beijos incendiários por seu rosto, seu pescoço e seu colo.

Sua língua deslizou até um dos seios, cheios e arredondados. Ele brincou com um mamilo, circundando-o com a língua, mordiscando-o, fazendo-a gemer alto seu nome e arquear o corpo de encontro aos seus lábios.

— Ragnar! Oh, céus! — As mãos de Leila embrenharam-se nos cabelos dele, arrancando a tira de couro que os prendia, agarrando-se aos fios dourados.

Decidido a seduzi-la devagar e a lhe dar todo o prazer que pudesse, Ragnar deslizou uma das mãos por suas costas, percorrendo o caminho ao longo de sua coluna até a base. Ali, espalmou-as e pressionou os quadris de Leila contra os seus, permitindo-a acostumar-se com sua virilidade, que quase arrebentava o tecido da calça, tamanho era o seu desejo. Instintivamente, Leila apertou-se ainda mais contra ele, sentindo que sua ânsia e seu alívio dependiam de sensações nascidas naquele ponto entre suas coxas.

— Ragnar — ela pediu, agarrando os cabelos dele —, acabe com isso, não aguento mais!

Com um toque de malícia na voz, ele murmurou em seu ouvido.

— Confie em mim pequenina, o melhor está por vir. — Deslizando a boca por seu corpo, Ragnar saboreou sua pele, sentindo seu gosto, fazendo-a arquear-se de encontro a ele. Delicadamente, separou suas coxas e beijou-a nas virilhas, escorregando a boca para aquele ponto sensível e intumescido. Ouviu Leila rir. Ergueu a cabeça espantado. — O que foi pequenina, não aprecia?

— Não é isso. É que... sua barba...

Ele estreitou os olhos, divertido.

— Não gosta dela, *liten*? — Ele perguntou, lambendo a pele abrasada e úmida.

Ela riu e negou.

— Não, é que me faz... cócegas.

Sorrindo, ele deslizou novamente a língua pelo ponto em que toda a sensibilidade do corpo de Leila se concentrava. Ela se contorceu de encontro à sua boca.

— No lugar de onde venho — Ragnar provocou —, essas *cócegas* têm outro nome.

Leila mal ouviu sua resposta. Sentiu-se estilhaçar em mil pedaços. Gemeu alto o nome dele incontáveis vezes, presa a um êxtase maravilhoso. Ansiosa, mordeu os lábios. Decidida a provocá-lo tanto quanto ele a provocava, puxou-o para si e deslizou a língua em seu lóbulo, prendendo entre os dentes a pequena argola. Ragnar grunhiu algo em sua própria língua. Afastou-se um pouco, fazendo se sentir subitamente vazia e incompleta.

Devagar, sem despregar os olhos dela, livrou-se das botas e, com um sorriso sensual, soltou os cordões que prendiam a calça, expondo o corpo ao olhar curioso de Leila.

A visão magnífica de Ragnar totalmente nu mexeu com os instintos mais primitivos de Leila. Ter aquele homem, que mais parecia um deus antigo, ali parado a sua frente, exposto e pronto, fê-la sentir seu próprio poder feminino.

Um poder mágico e ancestral, que as mulheres comentavam umas com as outras quando os homens estavam distantes, que era sussurrado desde os tempos imemoriais nas tendas vermelhas, nos banhos femininos e nos haréns. O poder que toda mulher possuía, segundo Khadija lhe dissera quando seu primeiro sangue descera. Esse poder que era independente de experiência, raça ou fé, e que estava latente dentro de cada menina que nascia no mundo.

Fechou os olhos por um segundo. Deixou que aquele poder fluísse. Em seguida, enquanto a brisa do mar balançava as cortinas brancas, focalizou nele os olhos cor de mel. Estendeu os braços para seu guerreiro, como uma deusa aceitando uma oferenda em seu nome.

Sem poder resistir mais, Ragnar deitou-se sobre Leila, apoiando-se com os braços ao lado dela para não a machucar com o peso de seu corpo.

— Você me enlouquece, pequenina... — ele sussurrou, os olhos claros percorrendo o corpo sinuoso. Logo, a boca de Ragnar seguiu o mesmo caminho de seu olhar, começando uma lenta e erótica tortura, fazendo Leila tremer de tanto prazer.

Os lábios brincaram novamente sobre os seios, enquanto uma das mãos desceu pelo ventre dela, encontrando o ninho de pelos escuros que escondia seu ponto mais sensível. Leila projetou-se contra a mão experiente que fazia com que se derretesse. E quando ele separou as dobras de seu sexo, insinuando um dedo delicadamente entre elas, brincando naquele lugar onde toda sua vontade se concentrava, Leila foi novamente atirada no redemoinho de sensações avassaladoras, gritando, gemendo e implorando por alívio.

Como ela reagia prontamente ao seu toque, Ragnar sorriu e o aprofundou, deslizando o dedo para dentro dela, preparando-a para recebê-lo. Leila agarrou-se a ele. Gritou seu nome, atingindo novamente o êxtase. O guerreiro falou bem perto de seu ouvido, com um sorriso cheio de sensualidade.

— *Kjære*[42], antes que esta noite acabe, levarei você à *Asgaard*[43]!

Acomodando-se entre suas coxas, Ragnar beijou-a longamente, com todo carinho e ternura. Guiou-se para a entrada de seu corpo e, sem deixar de acariciá-la, deslizou bem devagar para dentro de Leila, sentindo a barreira de sua virgindade resistir e depois se render a ele.

Leila sentiu a pressão do corpo de Ragnar contra o seu. Uma pontada de dor a fez se contrair momentaneamente. Suas unhas se cravaram nas costas dele, que se paralisou, deixando-a se acostumar com a invasão. Mas Ragnar era tão quente, tão carinhoso e tão delicado, apesar de todo aquele tamanho, que logo a dor foi esquecida e uma maravilhosa sensação se espalhou do meio de suas pernas por todo seu corpo.

Era com ser arrebatado ao *Valhalla*[44], ele pensou. Nunca, em sua vida, se sentira assim com uma mulher. Não era tão experiente quanto o galanteador Bakkar, mas tivera sua cota de mulheres ao longo da vida. Entretanto, aquela era a primeira vez em que se entregava com o coração. Também era a primeira vez que se deitava com uma virgem. Aquilo o encheu de um tolo orgulho masculino, uma sensação de posse e exclusividade. Leila era apenas dele e de mais nenhum outro.

— Leila — ele se aprofundou dentro dela —, eu irei bem devagar, está bem?

Ela apenas assentiu e se moveu sob ele, tentando acomodar melhor o homem grande, mas extremamente terno. Ajustando seu corpo ao dele, que parecia preenchê-la inteiramente, fazendo-a sentir-se absurdamente feminina. Cada centímetro de sua pele ardia, consumido pelo desejo enorme de pertencer completamente a Ragnar Svenson.

— Eu sinto algo... não consigo dizer — ela esfregou o nariz no dele e o beijou —, mas é tão bom ter você assim!

— Leila, assim não conseguirei me conter! — Ele a beijou, faminto. Mergulhou mais fundo dentro dela —, não com você me dizendo essas coisas, me provocando desse jeito...

Deliciada com a descoberta de seu poder sobre ele, Leila deslizou as mãos sobre as costas de Ragnar, sentindo a firmeza dos músculos e as cicatrizes antigas. Tocou-lhe as nádegas rígidas e contraídas e apertou-as.

— Leila... — ele gemeu jogando a cabeça para trás com os olhos fechados, incendiado pelo toque delicado em sua pele. Ragnar investiu de novo, tomando-a tão profundamente que a desnorteou. Segurou-a pelos quadris, ditando o ritmo das investidas. Leila, que pensava que já havia experimentado todo o prazer de que seria capaz, viu-se lançada no glorioso mundo de um orgasmo.

Feliz ao vê-la explodir em gozo, contraindo-se em torno dele, Ragnar respirou fundo. Ficou imóvel dentro dela, tentando prolongar um pouco mais o interlúdio. Leila agarrou-se a ele e mordeu-o no ombro.

— Ragnar, eu não suporto mais!

— Sim, *liten*, você suportará. É apenas um prazer muito intenso e vamos apreciá-lo juntos, muitas vezes mais. — Ele a beijou de novo e recomeçou as investidas.

Guiada por seus instintos mais primitivos, Leila ergueu as pernas, enlaçando-o pela cintura. Ele então perdeu totalmente o autocontrole. Sua respiração ficou mais ofegante e os impulsos mais intensos, arremessando a ambos num torvelinho sem volta, afogando-os numa onda de prazer tão poderosa que pensaram que seus corações fossem parar.

Ragnar gritou seu nome e ela o sentiu retesar o corpo. Os músculos de suas nádegas contraíram-se sob suas mãos, numa última e profunda investida, enquanto algo morno se derramava dentro dela. Junto com ele, Leila se esvaía, delirante, num clímax arrebatador.

Por alguns minutos os dois, assombrados demais com emoções tão fortes, ficaram abraçados sobre as almofadas; a brisa do mar entrando pela janela e resfriando seus corpos suados. Ragnar foi o primeiro a se recuperar. Beijando-lhe a ponta do nariz, falou sorrindo.

— Nunca há um fiorde por perto quando se precisa mergulhar nele...

Ela deu uma risada rouca, repleta de sensualidade.

— Não há fiordes gelados por aqui, *sire*. Mas há uma fonte nos jardins de meus aposentos. Podemos nos refrescar por lá. — Sua mão deslizou pelo peito rígido e suado.

Ele balançou a cabeça, fingindo-se desolado.

— Leila, Leila... você fará comigo o que o exército inteiro de Saladino não foi capaz de fazer.

— O quê?

Ele se levantou, apanhou o monte de roupas com uma mão. Com o outro braço ergueu-a do chão, fazendo-a soltar um gritinho excitado.

— Vai me matar, *liten*!

CAPÍTULO
VIII

"E ora dizei-me, por favor, que ainda tenho inquieto o espírito:
por que essa tempestade levantastes?"

"A TEMPESTADE". ATO I, CENA II.
WILLIAM SHAKESPEARE

TIRO

ernon e seu bando finalmente conseguiram chegar em Tiro. Levaram mais de um dia para retomar a trilha que percorriam, após terem perdido o rastro do grupo onde Leila viajava. Irritados, ele e os comparsas discutiam por todo e qualquer motivo. Quando finalmente acharam uma estalagem próxima ao porto para se acomodarem, já era noite. E como o estabelecimento estivesse cheio, e seus bolsos vazios, conseguiram apenas um alojamento coletivo.

— Amanhã, após o desjejum — começou Vernon, fitando as vigas apodrecidas do teto —, vou andar pela cidade, ver se acho a garota.

— Ora! Esqueça a mulher, Vernon — resmungou Gerald, deitado num catre —, nem sabe se ela veio mesmo para cá.

— Tenho certeza de que veio — retrucou —, ouvi quando Ibelin falava com o mestiço. Só preciso achá-la. E apanhá-la sem o nortista por perto.

— E sem aquele demônio esquisito — emendou Gerald —, o tal Raden. — Fez uma pausa e depois comentou — soube que ele arrastou o mestiço de Hattin até Jerusalém sozinho.

Vernon cuspiu no chão.

— Não tenho medo daquele moleque!

Tyler, que com um braço sobre os olhos ouvia tudo de seu catre, reclamou.

— Será que vocês poderiam calar a boca e dormir? Amanhã resolveremos isso. A única coisa que não quero, porém — exigiu —, é confusão com os homens de Ibelin. Se ele nos pegar, depois de desertarmos, seremos açoitados em praça pública!

— Ibelin tem pelo menos uns dez mil refugiados para tomar conta. Duvido que se preocupe conosco — desdenhou Gerald.

— De qualquer forma, Tyler tem razão — concordou Vernon. — Vamos dormir. Amanhã começaremos nossa caçada. E depois que nos divertirmos com a garota, nós a venderemos no mercado de escravos ou para um bordel qualquer.

Depois de mais alguns resmungos, Gerald e Tyler adormeceram. Para Vernon, amanhã seria o dia da caça.

Blake gastara um bom punhado de moedas para conseguir um quarto individual. Poderia, certamente, buscar uma estalagem menos sórdida e mais silenciosa do que a espelunca na beira do cais, pensou enquanto brincava com um de seus punhais. No entanto, enquanto estivesse ali, ficaria longe de olhares curiosos. Em locais como aquele, não havia muitas perguntas.

Circulara pelos bordéis e pelas ruas próximas ao porto, mas não vira sinal algum do tal Svenson. Pela descrição que fizeram seus contratantes, um mercenário norueguês, muito alto e forte, de cabelos quase brancos, arrastando um machado tão grande quanto ele, não passaria despercebido. Sendo assim, como nos arredores do porto ninguém vira um sujeito com aquelas características, descartou o fato de que poderia ter chegado por mar. Só poderia vir então por terra, provavelmente de Jerusalém.

Sim, se ele era um mercenário, certamente lutara ao lado dos cristãos e agora, com a aproximação das caravanas de refugiados da Cidade Santa, provavelmente encontraria seu alvo. Sorrindo satisfeito com o próprio raciocínio, Blake apertou o pavio da vela entre o polegar e o indicador, mergulhando o aposento na escuridão.

Amanhã seria um bom dia para caçar.

A noite ia alta e o bordel de Isabella parecia não comportar mais ninguém. O movimento incessante de homens atrás de belas mulheres e bebida de boa qualidade varava a madrugada. Sentado nas almofadas de uma das salas, com uma jovem morena e seminua no colo, Mark al-Bakkar era um dos cavalheiros que deixava ali boa parte de seus soldos.

Sorria, com o habitual jeito displicente, enquanto alisava a pele macia da mulher. Fazia isso entre uma rodada e outra do jogo de dados que disputava com um homem de pele muito clara chamado Hrolf, que descobrira ser conterrâneo de Ragnar.

— Aha! — Comemorou, recolhendo as moedas de cima da mesa — ganhei de novo, meu caro Hrolf!

— *Hva et helvete*[45], o senhor tem uma sorte dos diabos — resmungou o estrangeiro. — Acho melhor parar de jogar consigo, camarada. Ou acabarei sem minhas calças!

— Ouviu, Soraya? — Mark alisou as coxas da sorridente morena encarapitada em seu colo. Deu-lhe uma piscada maliciosa — diga a ele o que acontece quando um homem perde as calças na casa de Isabella.

Soraya pulou do colo do mestiço para o do estrangeiro, sem cerimônia alguma, e passou a mão sobre a frente de suas calças.

— Se este cavalheiro assim o desejar, ao invés de dizer, posso mostrar.

Hrolf sorriu e agarrou a garota, mordiscando-lhe o pescoço.

— Sabe, moça, até que não é má ideia — ele a apalpou nas nádegas —, melhor perder as calças com a senhorita, do que sendo escalpelado nos dados pelo meu novo amigo!

Rindo, o estrangeiro ergueu a moça no colo, indo com ela para uma das alcovas. Mark gritou às suas costas.

— Não tenha pressa — quando viu o homem sumir num dos aposentos, deixou completamente de lado a postura despreocupada. Pegou um dos alforjes que o homem largara sob a mesa e pôs-se a revirá-lo. — Vamos ver o que o senhor Hrolf da Noruega veio fazer tão longe de casa...

A madrugada se arrastava dentro da alcova. Olhando de soslaio para o outro lado do aposento, Raden sorriu ironicamente. Deu graças a Deus pelo fato de Nur ter, finalmente, pegado no sono. Bufou irritada e observou o céu escuro, amaldiçoando mais uma vez as próximas dez gerações de Mark al-Bakkar.

Tivera que contar à prostituta uma história mirabolante a seu respeito. Inventara uma noiva normanda, com a qual supostamente fizera um pacto de fidelidade e, por isso, o jovem Raden deveria se manter casto. Nur, encantada com a aura de galanteria da história, perturbara-a a noite inteira, fazendo-a inventar mil e um detalhes ridículos e absurdos sobre seu "noivado".

Agora, empoleirada no parapeito de uma janela, observando as fracas luzes do porto de Tiro, a guerreira pensava em diferentes e criativas formas de eliminar Mark al-Bakkar de seu caminho. E descartava todas. Poderia jogá-lo do alto da muralha? Não. Ele era muito pesado para que o carregasse até lá. Quem sabe afogá-lo? Pobres tubarões, não mereciam um prato tão indigesto! E se o vendesse como escravo? Também não. Nenhum senhor compraria um escravo tão falastrão e xereta!

— Deixe-me ver... veneno é muito caro — ela começou a enumerar seus métodos nos dedos —, degolá-lo faria muita sujeira e eu teria que sumir com a merda do corpo... Exílio? — Suspirou e descartou mais aquela ideia — não. Terra nenhuma merece Mark al-Bakkar.

E assim passou a noite, distraindo-se com seus impraticáveis e mirabolantes planos de vingança. Quando o dia nasceu e Nur finalmente acordou, Raden desceu as escadas. Estampou no rosto a expressão mais abobalhada do mundo, depois de deslizar para as mãos da bela jovem os três besantes prometidos.

— Obrigado por sua compreensão, Nur...

— Ah, *sire*! É um homem como poucos — a garota pestanejou.

Raden sorriu sem graça e dispensou a moça rapidamente. Deu mais um passo e estacou sob a soleira. Percorreu o salão principal da casa com os olhos arregalados, espantada com o caos.

Mulheres e homens adormecidos jogados sobre sofás e divãs — e até mesmo pelo chão —, seminus. Copos de bebida espalhados por todos os cantos. Desviou de um traseiro pálido e despido, que atrapalhava seu caminho, seguindo adiante. Saltou sobre poças de cerveja — e de outras substâncias que achou melhor não saber o que eram — manchando o mármore do assoalho. Havia roupas esquecidas sobre os móveis e algumas peças pendiam do candelabro no teto. Pratos com sobras de comida estavam espalhados por todos os lugares. Gemidos ainda escapavam por detrás de uma grossa cortina. Todos os sinais de uma verdadeira orgia. Andando pelo meio daquela gente meio adormecida, ela localizou quem estava procurando. Saltou sobre um casal que dormia abraçado e parou diante dele.

Jogado sobre as almofadas, só com as *braies*[46], expondo o peito largo e o abdome rígido, estava al-Bakkar. Com um braço sobre o rosto e a boca meio aberta — Jesus, ele estava mesmo *babando*? —, exalava um forte odor de álcool. Estava, certamente, mais bêbado do que um marujo. Torcendo o nariz, cutucou-o com a ponta da bota.

— Acorde, Bakkar!

— Hum, Soraya?! — Grunhiu ele com um meio sorriso, os olhos ainda cobertos.

— Diabos, acorde homem — ela o chutou de novo e tirou seu braço do rosto. — Nossa. Você está horrível!

— Oh — ele abriu um dos olhos e bocejou. Indolente, espreguiçou-se como um grande gato. *Vira-latas, é claro*, ela completou mentalmente.

— O jovem Raden... — ele a mediu de cima a baixo. Sorrindo com indulgência, perguntou — como foi com Nur?

Raden lançou-lhe o sorriso embevecido que ensaiara a noite toda. Respondeu, permitindo-se corar como um rapazinho após sua primeira vez.

— Oh, foi... ótimo! — Olhou para as pontas das botas para disfarçar — obrigado, Bakkar.

O mestiço se ergueu com certa dificuldade. Sentou-se e esfregou o rosto, bocejando. Depois, sorriu com os dois olhos ainda meio fechados por causa da luz do sol que entrava pelas janelas. Fez um gesto displicente com uma das mãos.

— Tudo bem, garoto — tentou de novo se levantar —, não precisa me agradecer. Você me salvou a vida, eu o salvei da virgindade, que é o mesmo que estar morto. — Gemeu e esfregou as têmporas — ai, minha cabeça...

Raden sorriu, cínica. Estendeu a mão e puxou-o, ajudando-o a se colocar de pé.

— Vamos, homem. Não temos o dia todo. Temos que passar no quartel do senescal. Além disso, Leila deve ter ficado preocupada por termos sumido a noite inteira.

Bakkar resmungou algo e passou a vasculhar o aposento, a procura de suas roupas. Depois de tirar as calças de cima de um candelabro e de tomar a camisa que servia de travesseiro a um freguês, vestiu-se de qualquer jeito. Ainda fazia uma péssima figura, ele concluiu, com os cabelos negros e desalinhados caindo sobre os olhos. Precisava de uma noite de sono numa cama macia. E sozinho. Só então se lembrou do que tramara para Ragnar e Leila. Se seu plano tivesse dado certo, a moça nem teria dado pela falta deles. E certamente Ragnar não teria dormido sozinho.

— Sim, Leila deve estar sentindo muito a nossa falta... — comentou com um toque de malícia na voz, que passou despercebida a Raden.

A desforra dela contra Mark, por sua vez, veio quando ele pôs os pés na rua e foi atingido pela claridade do sol.

— Pelo Profeta! — Gemeu o mestiço, dramaticamente — acho que minha cabeça vai estourar!

Vingança. Como é doce a vingança! Raden se deu por satisfeita ao notar o tom meio esverdeado da pele dele. *Bem feito, seu intrometido!*

Quando os pássaros começaram a anunciar a chegada da manhã, Leila se esticou preguiçosamente de encontro ao corpo de Ragnar. Satisfeita, e um pouco dolorida, prorrogou o momento de abrir os olhos e enfrentar o dia que começava, enquanto relembrava os momentos que passara ao lado dele.

Ele a carregara até seu quarto na noite anterior e a banhara na água fresca da fonte. Depois a deitara sobre a cama e fizera amor com ela novamente, com gentileza e paciência, saboreando cada pedacinho de seu corpo como se estivesse se deliciando com um favo de mel.

Leila suspirou e observou a claridade que atravessava as gelosias. A noite toda lhe parecera um sonho. Mas agora, quando a luz da aurora começava a tingir os céus de Tiro de alaranjado, uma súbita consciência da loucura que havia cometido infiltrava-se em seu íntimo, como nuvens encobrindo o sol. Em nenhum momento pensara nas consequências daquela explosão de desejo. Conteve um gemido angustiado, enquanto o aviso de Raden sobre a força da paixão de Ragnar voltava a sua mente.

Deslizou lentamente para fora da cama e buscou um robe. Estremeceu, apesar do clima quente. Enrolou-se no tecido, apertando-o de encontro ao corpo. Saiu do quarto, temendo que as criadas entrassem e descobrissem Ragnar em sua cama. Foi só fechar a porta atrás de si que uma delas apareceu na saleta íntima, perguntando espantada.

— Já de pé, senhorita Leila?

— Sim, Leandra — ela afastou os cabelos do rosto, tentando fazer a voz soar natural — leve meu desjejum para a varanda, eu o farei lá.

— Deseja que eu a ajude a se vestir? — Ofereceu a moça.

— Não! — Leila praticamente gritou ao imaginar a criada entrando em seu quarto e dando de cara com Ragnar em sua cama. Logo se recompôs e usou um tom mais brando — não precisa. Arrume minha mesa na varanda, sim?

A moça assentiu de forma respeitosa e saiu. Leila trancou logo a porta. Em seguida, correu de volta ao quarto. Ragnar estava recostado na cabeceira, olhando para o céu através das cortinas. Nunca lhe parecera tão lindo, tão perfeito. Parecia tão certo tê-lo ali, em sua cama... então, por que se sentia tão culpada?

Quando ela se recostou na porta, seus olhos claros a percorreram de cima a baixo, acendendo novamente o desejo, que se instalou na região um pouco dolorida entre suas coxas. Porém, a incerteza e a insegurança estavam ali, presentes em seu coração, impedindo-a de viver plenamente a doçura daquela manhã.

— Bom dia, pequenina — ele a saudou com um sorriso preguiçoso, estendendo os braços num convite. A demora de Leila em responder, e a expressão distante que lia em seu rosto, fez com que Ragnar franzisse o cenho. Um gosto amargo subiu a sua boca. Lembranças desagradáveis infestaram sua mente. O sol radiante da manhã pareceu se apagar de repente. Ergueu-se da cama, nu como viera ao mundo. Parou diante dela, colocou a mão em seu rosto e foi direto — o que houve?

Leila suspirou pesadamente e desviou o olhar, ocultando dele os pensamentos. Evitando deliberadamente dar uma resposta. Ragnar retirou a mão, cerrando os punhos ao lado do corpo, tirando suas próprias conclusões. Acontecera de novo. E ele, tolo, baixara mais uma vez as defesas diante de uma mulher.

— Eu deveria ter imaginado — deu-lhe as costas e pegou a calça do chão. — Um impulso louco, a atração pelo desconhecido... — virou-se para ela, o rosto uma máscara de sarcasmo — uma aventura, Leila? A moça rica e mimada que encontra um soldado viril para satisfazer seus caprichos?! Seu pai deve estar se revirando no túmulo...

— Não! — Ela balançou a cabeça de um lado para o outro, o choque com a acidez das palavras dele arrancando-a do mutismo. — Não é isso, Ragnar! É que...

— É o que, Leila? — Ele rosnou — uma vergonha para uma mulher de sua posição se deitar com um mercenário sem berço como eu?

Leila não conseguia expor em palavras seus sentimentos naquele momento. E o fato de Ragnar se mostrar tão magoado e ofendido, a deixava ainda mais desnorteada. Como dizer a ele que tudo o que vivera naquela noite mágica fora maravilhoso, mas que estava apavorada? Como explicar a ele o conflito entre tudo o que aprendera e em que acreditara até então e a paixão que sentia por ele?

No entanto, ferido e cego pela mágoa, Ragnar não lhe deu tempo de se explicar. Amargo, tirou suas próprias conclusões.

— Meu Deus! — Ele estacou e a encarou, incrédulo — tudo o que você fez ontem foi de propósito, não foi, Leila? — Apontou-lhe um dedo acusador — tudo calculado para me tentar, me seduzir... suas roupas, seu perfume e o maldito jantar. Essa foi a sua vingança, por aquele dia no *wadi*? Você jurou que eu iria lhe pagar e cobrou sua dívida. Fez-me de idiota, me deixou de quatro por você, para depois fazer-se de donzela arrependida na manhã seguinte!

— Não! — Ela ergueu as duas mãos, num patético gesto de súplica — não pode estar transformando tudo o que houve entre nós em algo tão sórdido!

Ele, porém, estava completamente enraivecido. Sentindo-se desorientado, deu um passo na direção dela. Assustada, Leila fugiu para um canto, com medo que ele fosse agredi-la, tamanha era sua fúria. Mais irritado ainda com a atitude de desconfiança, Ragnar chutou longe uma cadeira, que bateu numa parede, espatifando-se. Em seguida, esbravejou.

— Eu lhe disse ontem que jamais seria capaz de usar minha força e meu tamanho contra você! — Ele a puxou pelo punho, fazendo-a erguer a cabeça e encarar aqueles olhos claros, agora frios como o aço. — Eu posso até descontar minha raiva nos móveis ou falando alto, mas me mata saber que você não confia em mim. Pior ainda é saber que você me usou, Leila. Que *eu* não posso confiar em você.

Ele a soltou, deixando-a cair sentada sobre a cama. Carrancudo, recolheu as roupas com gestos bruscos e saiu pela porta, avisando.

— Agradeço pela hospitalidade. Mais tarde mandarei buscar meu cavalo e o resto de minhas coisas!

— Ragnar, não! — Ela gritou estendendo a mão como se pudesse agarrá-lo, mas o ele já estava fora de seu alcance.

Mark subia os degraus da casa de Leila lentamente. Cada passo era um esforço penoso. Enjoado e com a cabeça doendo como se mil sinos tocassem dentro dela, quase esbarrou em Ragnar, que descia as escadas apressadamente. Esforçou-se para sorrir e cumprimentou-o

— Ragnar, meu velho!

O norueguês os ignorou. Simplesmente passou entre os dois, quase derrubando a ele e Raden, imprecando.

— Vá para o inferno, Bakkar!

— Nossa — Raden comentou, espantada com a atitude do sempre cortês Ragnar —, o que diabos deu nele?

— Não faço ideia — retrucou Mark —, mas creio que em breve iremos descobrir. Só que, primeiro, preciso de um banho frio para curar essa bebedeira.

Na varanda, olhando para as iguarias dispostas sobre a mesa, Leila conservava-se alheia a tudo ao redor. Derramara lágrimas amargas, trancada em seu quarto. Condenara-se por sua estupidez e precipitação. E quando as criadas haviam ido até lá, atraídas pelo som da discussão com Ragnar, ela simplesmente as mandara embora, ficando sozinha com seu desespero. Onde estaria Raden? Queria tanto conversar com alguém...

Como se seus pensamentos tivessem o poder de evocá-la, a guerreira apareceu à porta, o rosto habitualmente sisudo trazendo um meio-sorriso divertido por causa dos gemidos de Bakkar em seu estado pós-bebedeira. Observando os olhos inchados de Leila, logo fechou o cenho. Apressou-se para junto dela, perguntando.

— O que houve? Esteve chorando? — A moça jogou-se em seus braços. Desajeitada, Raden tentou consolá-la — ei, me diga o que houve. Assim está me preocupando.

— Oh, Raden — ela soluçava —, acho que cometi um desatino!

— Por quê? O que diabos pode ter acontecido de ontem para hoje... — parou de falar e ficou pálida — não, Leila! Diga-me que não fez o que estou pensando...

A jovem sarracena olhou para ela, desconsolada.

— Eu estraguei tudo — gemeu e tornou a chorar copiosamente.

Sem palavras, Raden sentou-se pesadamente numa cadeira à frente da moça. O que fazer? Sabia lidar com várias situações de perigo, mas era totalmente inútil em assuntos do coração. Só queria saber uma coisa.

— Leila, ele... — diabos, como fazer uma pergunta daquelas? — Você e ele...? — Gesticulou de maneira eloquente.

— Sim — Leila afirmou —, e fui eu quem o provocou, antes que você queira sair por aí atrás da cabeça de Ragnar. Eu o tentei e tive o que queria. Mas, essa manhã, eu...

— Você o quê, Leila? — Raden perguntou, impaciente.

— Eu fiquei confusa, insegura; achei que havia sido muito impetuosa — explicou. — Quando Ragnar acordou, fiquei com medo de ser vista com ele, preocupada com minha reputação. Eu não soube dizer a ele o que sentia. Ele se aborreceu comigo, entendeu tudo errado! Achou que eu o tivesse manipulado e foi embora.

— Embora? — Como aquilo era complicado... — para onde?

— Não sei.

A chegada de Patrus interrompeu a conversa das duas. Nas mãos magras, o criado trazia uma mensagem, que entregou a Raden, sem conseguir disfarçar um olhar de antipatia para o jovem *chevalier*.

— Isso chegou do quartel do senescal, *messire*.

— Obrigado — ela falou, apanhando o pergaminho. Abriu-o e agradeceu a Deus por estar escrito na língua dos francos[47]. Olhou para Leila e deu as notícias — Ibelin chegou. Os refugiados estão acampando no exterior das muralhas. Teremos que nos apresentar.

— Agora? — Indagou Leila, erguendo-se da cadeira.

— Sim, ele quer nos ver o mais rápido possível — colocou uma das mãos sobre o ombro de Leila. — Sossegue, menina. Cuide de seus negócios e toque sua vida. Svenson vai ter que aparecer no quartel. Darei um jeito de falar com ele. Apesar de achar que o que vocês fizeram foi uma imprudência, creio que ele gosta de você.

— Você acha? — Os olhos de Leila brilharam

— Acho. Mas deixe estar — permitiu-se um breve sorriso e depois ajuntou. — Não há nada como um dia depois do outro.

Atrás das cortinas, um par de olhos maldosos se regalaram com a notícia da partida do norueguês. O rápido interlúdio não iria adiante. Em breve, também estaria livre dos outros dois *chevalier*s, que ficariam envolvidos em suas atividades militares. Então, Leila, filha de Bharakat, ficaria sozinha e desprotegida em casa. E seria uma presa muito, muito fácil para ele.

Os dias se juntaram e se tornaram uma semana. A angústia de Leila se tornou solidão. Ragnar não voltara, nem naquele dia, nem no seguinte, nem nos outros.

Servindo no campo de refugiados, Raden e Bakkar sempre chegavam muito tarde e mal tinham tempo para engolir uma refeição e caírem em suas camas, exaustos. Sua única e constante companhia passara a ser Yosef, o administrador.

Por necessidade — e também para diminuir a sensação de fracasso e impotência que a subjugava —, mergulhara na administração de seus negócios e incorporara a eles os investimentos que Bharakat fizera em seu nome. Acabou tomando gosto pela gestão do patrimônio que herdara e procurava, cada vez mais, se inteirar do fascinante mundo dos negócios que Yosef pacientemente descortinava a sua frente. No fim das contas, tudo aquilo servia para afastar Ragnar de sua mente.

O pouco que soubera dele fora através de seus amigos. Seu encontro com Raden e Bakkar, no mesmo dia da discussão de ambos, acontecera diante de Ibelin. Fora rápido e formal. Ragnar, segundo Raden contara, não abrira a boca para falar sobre a noite que passara com ela. Simplesmente tratara de se incumbir de uma missão que o levaria para Trípoli, afastando-o de Tiro por alguns dias.

Leila deixou a pena com a qual registrava as contas num livro e olhou pela janela. Apesar da manhã ensolarada, dias sombrios pareciam se aproximar. A situação em Tiro se tornava cada vez mais tensa. Sem lugar para alojar todos os refugiados, e sem navios suficientes para conduzir a multidão de volta aos seus locais de origem, ou para outros portos, a cidade se tornara um caos. Os atritos e confusões eram uma constante.

Além de ter que providenciar alimentos, água potável e acomodações para um sem número de expatriados, Ibelin, juntamente com o senescal Conrad de Montferrat[48] e seus pares, ainda precisavam se prevenir contra os ataques surpresa de soldados e milícias locais, partidários de Saladino. Caótica seria pouco para definir a situação dos cristãos na cidade.

O olhar de Leila vagou pela rua, além do pátio da casa, acompanhando o ir e vir das pessoas, tentando adivinhar a que horas Raden e Bakkar apareceriam ali para fazer uma refeição. Cansada de tanto trabalhar, abandonou a pena e saiu do gabinete, indo inspecionar os criados.

O dia estava quente, apesar de ser outono. As moscas esvoaçavam ao seu redor, o ar estava parado e a cada passo dado, tinham que parar para resolver os problemas daquela gente. Mark e Raden patrulhavam o acampamento de refugiados, à sombra das muralhas.

— Muita gente, pouco espaço — resmungou ele, limpando o suor do rosto.

— Ibelin reclamou de dor de cabeça hoje de manhã... — retrucou Raden.

Mark revirou os olhos. Ibelin andava com o humor azedo ultimamente. Se estivesse com dor de cabeça então, era mau sinal. Todos conheciam a fama do nobre ao ser acometido por aquele mal.

— Diabos — resmungou o mestiço.

— O quê? A dor de cabeça de Ibelin?

— Não, garoto — ele apontou a aglomeração adiante —, aquilo.

Raden olhou para o povo reunido em torno de alguma coisa. A turba, agitada, gesticulava e gritava impropérios. Apertando o passo, os dois se aproximaram, tentando imaginar o motivo da agitação e de que forma poderiam intervir. Depois de atravessarem uma verdadeira parede humana, puderam enxergar o que realmente acontecia. Mark reconheceu o pivô daquilo tudo.

— Odrich — grunhiu e cochichou no ouvido de Raden —, é aquele valentão que vive arranjando encrenca — cuspiu no chão com desdém. — O que mais falta acontecer para fazer meu dia feliz?

Raden não ouviu direito o que o companheiro dizia. Seu olhar estava fixo num ponto do chão, um pouco além de onde o tal Odrich estava. Antes que Bakkar percebesse o que acontecia, ela se adiantou, abrindo caminho no meio do povo, a mão pousada sobre o punho da espada. Seu sangue fervera ao ver a razão da confusão: o grandalhão Odrich divertia-se açoitando um menino judeu.

Atônito, Bakkar seguira em seu encalço. Mas, antes que pudesse tomar alguma atitude, Raden já avançara em direção a Odrich. Só nesse momento o mestiço se dera conta do que realmente acontecia. E apesar de revoltado com a situação, imprecou.

— Mas que inferno — resmungou —, esse garoto é mais esquentado do que seria saudável!

Como era tarde demais para agir, postou-se a uma pequena distância do companheiro e esperou.

— Ei! — Raden gritou para o soldado — ei, você! Por que não procura alguém de seu tamanho para bater? Ou será que só é valente com crianças?

Odrich olhou para o jovem com escárnio, enquanto o povo a volta deles, subitamente calado, observava o sórdido espetáculo.

— Caia fora, bastardo! Não vê que estou ocupado?

A multidão, composta de mercenários, desocupados, comerciantes e prostitutas, riu a valer. Mark olhou ao redor. *A nata da sociedade de Tiro.*

O soldado grandalhão deu deliberadamente as costas ao rapaz que se atrevera a atrapalhá-lo, como se ele não passasse de um inseto. Olhou maldosamente para o garoto ensanguentado aos seus pés e sorriu, pronto para desferir mais um golpe. Afinal, um cão era melhor que um judeu imundo. Ia descer o açoite de novo sobre o menino, quando seu braço foi agarrado e torcido. O chicote foi arrancado de suas mãos e jogado longe.

Surpreso, Odrich ficou inicialmente sem ação. Virou-se para trás e deparou-se com o jovenzinho atrevido. Sentiu o sangue latejar nos ouvidos e suas faces ficaram rubras de ódio. Aqueles novatos, *peles-sensíveis*! Na certa era um dos *chevaliers* recém-chegados, que se achava o paladino de todas as virtudes. Imbecil! Não seria desafiado por um moleque. Ainda mais por um moleque que tinha dois palmos de altura a menos que ele.

Distraído, Odrich sequer percebeu quando o mestiço retirou o garoto agredido e o despachou para longe da confusão.

— O que está fazendo, imbecil? — Odrich rosnou, encarando seu desafiante — ele não passa de um judeu imundo!

Raden colocou-se frente a frente com o soldado enfurecido, sem responder. Pronta para a luta, a calma fria e calculada a inundando, deixando-a completamente focada. Ficou apenas olhando em seus olhos, medindo o oponente e avaliando suas chances. Não eram muitas, ela sabia. Provavelmente sairia dali com os dois olhos roxos e um par de costelas partidas. Mas agora não havia como voltar atrás. Odrich era o tipo de sujeito que andava sempre em bandos, atazanando a vida dos desvalidos da cidade. Mercenário do pior tipo, não tinha honra e nem palavra. Vendia sua espada a quem pagasse mais, não importando o serviço. Gastava seu soldo enchendo a cara nas tavernas e depois saía para arranjar confusões, acompanhado de um séquito de arruaceiros. Que diabo! Maldito fosse seu sangue quente.

A postura silenciosa do jovem, que não recuava e nem o atacava, irritou ainda mais o valentão. Bufando, gesticulou enquanto bradava para todos ouvirem.

— Por que tinha que se meter, garoto? — Mediu o rapaz de cima a baixo, avaliando seus trajes — provavelmente é porque gosta desses infiéis, não é? Eu já me cansei de vê-lo por aí, bebendo com eles e andando com esse bastardo — apontou para o mestiço, que permanecia impassível, a poucos metros dali. — Os dois não passam de farinha do mesmo saco!

— Deixe-o fora disso — grunhiu Raden em voz baixa, enquanto a multidão silenciava —, seu assunto é comigo!

O grandalhão a rodeou e despejou.

— Com certeza — concluiu. — Aliás, pensando bem, você deve ter alguma parte do sangue deles. Ganha seu soldo no meio de nós — acusou —, mas usa essa coisa na cabeça, como um desses porcos sarracenos — e parando de novo a sua frente, desdenhou. — Por que não tira isso e se veste como gente?

Antes que ela pudesse recuar e impedi-lo, Odrich estendeu a mão, arrancando o turbante de sua cabeça. A massa chamejante de fios vermelhos desenrolou até o meio de suas costas.

Por um instante o tempo parou.

E no silêncio sepulcral que se seguiu, Raden ouvia apenas o zumbido das moscas e o ribombar do próprio coração.

CAPÍTULO
IX

"O resto é silêncio."

"HAMLET". CENA II, ATO V.
WILLIAM SHAKESPEARE

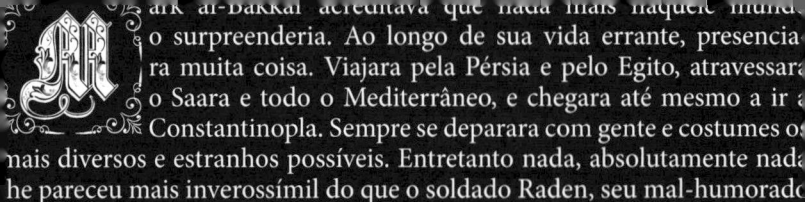

ark al-Bakkar acreditava que nada mais naquele mundo o surpreenderia. Ao longo de sua vida errante, presencia ra muita coisa. Viajara pela Pérsia e pelo Egito, atravessara o Saara e todo o Mediterrâneo, e chegara até mesmo a ir a Constantinopla. Sempre se deparara com gente e costumes os mais diversos e estranhos possíveis. Entretanto nada, absolutamente nada he pareceu mais inverossímil do que o soldado Raden, seu mal-humorado salvador, se transformar naquela mulher ruiva à sua frente. Diabos! For ele mesmo quem perguntara há pouco sobre o que faltava para acontecer naquele dia? Estático, sequer notou que estava com a boca aberta, olhando para ela.

No meio do populacho, Tyler e Gerald ficaram subitamente interessa dos na confusão que se desenrolava por causa do divertimento de Odrich No momento em que o grandalhão arrancara o lenço que cobria a cabeça do soldado, os dois se entreolharam espantadíssimos. O guarda-costas de Leila era uma mulher! Tyler riu com escárnio e comentou com Gerald.

— Agora mesmo é que Vernon não vai se conformar enquanto não puser as mãos na sarracena. Deixe-o saber que foi enxotado por duas, e não apenas por uma garota!

Gerald gargalhou e ambos permaneceram nos arredores, assistindo a confusão.

Inspecionando o campo do alto da muralha, Balian de Ibelin parou sua caminhada, retendo o olhar sobre uma aglomeração.

Bom Deus! Mais uma briga, pensou desolado.

Estava para mandar um grupo armado acabar com o problema, quan do viu Bakkar e o jovem Raden se aproximando. Ficou observando seus dois homens, esperando que eles resolvessem o assunto.

Quando o rapaz entrou no meio do povo e enfrentou o encrenquei ro Odrich, Ibelin sorriu satisfeito. Tranquilo, levou a concha de água que trazia consigo aos lábios. Porém, quando o bravo soldado se transformou numa mulher ali, bem debaixo de seu nariz, Ibelin engasgou com a bebida e atirou a concha longe.

— Mas o que diabos significa isto?!

O nobre apertou as mãos sobre as pedras das ameias. Estreitou seus penetrantes olhos claros. Mark al-Bakkar teria muito que lhe explicar.

O tecido balançava na mão de Odrich, que olhava do lenço negro para a mulher a sua frente, alternadamente. Recuperando-se da surpresa percorreu o corpo da mulher, escondido sob as pesadas roupas e a cota de malha, tentando adivinhar o que haveria ali por baixo.

Raden estreitou os olhos. Identificou na expressão do soldado um sentimento que conhecia há muito tempo. E do qual já fora vítima. Luxúria.

No entanto, ela não era mais uma jovenzinha indefesa como tantas outras pelo mundo. Fazia muito tempo que deixara de ser uma garota. Há muito deixara a inocência e a ingenuidade para trás. Os anos haviam passado. Sua vida se transformara numa luta diária pela sobrevivência. Ela se tornara respeitada por suas habilidades na guerra; conhecida por sua frieza e por seu raciocínio rápido. Sobrevivera ao deserto, ao sultão e a Hattin. Com astúcia, e um pouco de sorte, sobreviveria àquilo também. Definitivamente, Odrich não lhe metia medo.

Espumando de raiva, o valentão se aproximou. Com olhar cobiçoso, estendeu a mão na direção de seus cabelos, que o vento trazido do mar agitava.

— Uma mulher... — sorriu, debochado — e tem cabelos vermelhos. Acho que isso vai ser bem melhor do que espancar um judeuzinho.

Soltou uma risada e, como se houvesse contado uma anedota muito engraçada, boa parte da multidão o acompanhou com gracejos, assobios e obscenidades.

O coração de Raden acelerou. Mantendo os olhos em Odrich, obrigou-se a pensar com clareza e rapidez. Mesmo que o matasse, ainda teria que enfrentar a multidão. Podia sentir os olhos daquela gente ao seu redor. Ávidos por um espetáculo sangrento e degradante. Parecendo lobos, de dentes arreganhados, prontos a saltar sobre uma presa. A solução teria que ser definitiva.

Uma ideia cruzou sua mente. Insensata. Temerária. Suicida. Sorriu suavemente e rendeu-se a ela, apostando sua vida numa única rodada. Afastou a mão de Odrich com um repelão. Sacou a adaga com velocidade espantosa, colocando-a na garganta do soldado. Calmamente fez sua oferta.

— Vou fazer um trato com você, cão — ele a encarou com expressão escarninha. Ignorando-o, continuou a falar — não o matarei agora. E deixarei que se divirta comigo *se* conseguir me vencer numa luta honesta. Eu e você, sem armas.

A multidão se calou.

Bakkar arregalou os olhos e apertou os punhos ao lado do corpo. Engoliu em seco, sem poder acreditar no que acabara de ouvir. *Ela é louca, completamente louca!*

Em silêncio, no meio do povo, homem e mulher se mediam, tal qual leões numa arena

— E então, o que me diz? — Pressionou-o.

— Vai ser moleza — Odrich deu uma risada, mais parecida com um cacarejo, expondo os dentes apodrecidos.

O mercado, àquela hora do dia, permanecia calmo. Sob o sol forte, poucos se aventuravam a sair de casa. Aproveitando o pouco movimento, Vernon caminhava de olhos atentos, tentando localizar algum sinal de Leila ou de um de seus acompanhantes. Sua paciência estava no limite. Sua obsessão passara a conduzir seus passos. Chegava a sonhar todas as noites com o momento em que poria as mãos na sarracena. Parando numa loja de especiarias, pôs-se a olhar ao redor. Entre os poucos passantes, um homem de meia idade, alto e magro, entrou no estabelecimento e dirigiu-se ao mercador.

— Como estão as vendas, Hakim?

— Patrus — saudou o comerciante —, vão bem. E me parece que em sua casa as coisas também vão de vento em popa — o homem começou a puxar conversa, animado — Yosef veio me contar as novidades sobre a herdeira da senhora Sophia.

Vernon notou que o tal Patrus mal conseguiu ocultar o desagrado ao responder.

— Sim, a senhora Leila chegou de Jerusalém.

As últimas palavras chamaram imediatamente sua atenção. Apurou os ouvidos, tentando escutar o que os dois homens diziam.

— Dizem que ela assumiu os negócios e que seu tino comercial surpreendeu até mesmo o velho Yosef — prosseguiu o mercador —, é uma pena que a senhora Sophia não tenha vivido para ver a sobrinha.

— Sim, é realmente uma pena — concordou o outro a contragosto, apanhando os pacotes que lhe eram entregues. *Pena maior foi ela não ter morrido, assim como a tia! Tudo aquilo teria sido meu.* — Bem, já vou indo, Hakim. Tenho outras tarefas a cumprir. Até mais.

O mercador se despediu do tal Patrus e Vernon tratou de segui-lo. Se estivesse com sorte, aquela Leila a qual ele se referira, que viera de Jerusalém, seria sua tão cobiçada presa.

Na arena improvisada no meio da turba, Raden e Odrich haviam se afastado por alguns instantes, apenas para se desfazerem de suas armas e das cotas de malha. Raden tratou de desfazer-se também da túnica grossa de serviço, ficando apenas com a camisa de mangas curtas. Assim não haveria tecido sobrando por onde pudesse ser puxada. O ainda incrédulo Bakkar só pode lhe perguntar, quando ela lhe atirou suas armas e roupas.

— Você tem certeza do que está fazendo?

— Tenho.

Com habilidade, amarrou firmemente os cabelos e os enfiou por dentro da gola da camisa. Depois, seguiu para o centro do círculo formado pelo povo, encarando o corpulento Odrich. Suas chances, avaliou, não residiam num combate frontal e sim, em sua agilidade e esquiva. Posicionando-se, olhou-o nos olhos.

Irritado com sua atitude calma, Odrich irritou-se, partindo furiosamente para cima dela. Rápida, ela rolou na terra, sem se importar com as pedras que arranhavam as mãos e os braços descobertos. Parou a alguns passos dele, meio agachada, uma das mãos apoiadas no solo. Uma de suas sobrancelhas se ergueu, desafiante.

— Vadia — berrou ele, partindo de novo para o ataque, espumando de raiva.

Ágil, Raden saltou mais uma vez para o lado, numa dança mortal. Passando por ela, sem conseguir conter o impulso de seu grande corpo, Odrich quase caiu em cima dos espectadores. Reequilibrou-se e voltou à carga. Novamente, ela se esquivou.

No meio do povo, tenso, Bakkar observava a luta. Compreendera a estratégia dela. Raden usava a inteligência, levando seu oponente — maior, mais pesado e de cabeça quente — a se expor e a se cansar. Bem, compreender era uma coisa. Concordar era bem diferente...

— Mulher dos infernos! — Berrou Odrich, quando ela se esquivou de novo — pare de fugir e lute.

— Eu estou lutando, paspalho — ela rolou para o lado —, você é que não tem competência para me acertar!

Ele avançou, furioso como um touro no cercado. Vendo-o ofegante, Raden decidiu que era hora de parar com o jogo e mostrar algum serviço, antes que os olhos do pobre Bakkar saltassem das órbitas. Assim, quando ele estava quase sobre ela, tombou o corpo para o lado e apoiou os braços no chão, passando as pernas pelas de Odrich, aplicando-lhe uma rasteira.

O raivoso soldado caiu como uma árvore. Ela, já de pé, acertou seu queixo com um violento pontapé. A multidão urrou ao ver dentes voando e ossos quebrados. Não satisfeita, acertou um joelho em suas costelas, fazendo-o gemer de dor e rolar de barriga para baixo. Ato contínuo, saltou sobre suas costas e o imobilizou. Como ele ainda se debatesse, passou o braço sob seu pescoço, inclinando-o perigosamente para trás.

— Já chega, Odrich?

— Cadela! — Ele grunhiu.

Sem piedade, Raden forçou ainda mais seu pescoço, a ponto de quase quebrá-lo. Sua vida dependia daquilo.

— Posso matá-lo agora ou já se divertiu o suficiente comigo?

Fremindo de ódio, mas sem poder fazer mais nada, ele grunhiu pelos lábios inchados e arroxeados.

— Chega.

Ela ainda levou alguns instantes antes de largá-lo como um monte de lixo no chão. Em seguida, levantou-se e foi até Bakkar, que lhe estendeu suas armas em silêncio. Seu olhar, no entanto, era tão mortífero quanto um punhal afiado. Enfrentaria outra batalha com o mestiço, estava certa disso.

Ignorou-o e atou a espada à cintura. Ia colocar a adaga na bainha quando, ao erguer o rosto, deu de cara com a expressão surpresa de Bakkar. Numa fração de segundo, virou-se, com a arma ainda em punho, a tempo de a espada de Odrich cravar-se no chão, próximo aos seus pés. Sua adaga, porém, mergulhou direto no coração do homem.

O silêncio se fez repentinamente. Homens que riam e provocavam o derrotado Odrich até então, ficaram mudos. Mulheres viraram o rosto para o outro lado, para não ver o sangue que começava a manchar a roupa do soldado.

Com um puxão firme, Raden arrancou a adaga do peito de Odrich, que tombou para frente, morto. Em seguida, ergueu o rosto e encarou a multidão, rezando para que não surgisse mais nenhum valentão naquele dia. Sua raiva era tão grande que a fazia tremer. Estava furiosa, tanto pela jogada suja de Odrich, quanto pelo fato de tê-lo matado numa briga idiota.

Também sentia raiva por ver todos seus esforços irem por água abaixo. Sua vida fora posta a perder em apenas alguns instantes. Não sabia o que seria de si mesma, agora que sua identidade fora revelada diante de todos.

Maldição! Malditos fossem todos os homens estúpidos! Sua vontade era urrar de tanto ódio. Embainhou a adaga e fitou as pessoas ao redor. Não resistiu a atirar sobre os homens que ainda a mediam com o olhar as palavras entaladas em sua garganta.

— Espero que mais nenhum de vocês seja tolo o suficiente para dar a vida pelo que tem no meio das pernas.

Acenou com a cabeça para Mark, pegou o resto de suas coisas e saiu dali, com o povo abrindo caminho para que passasse.

No fim daquele dia, o vento sussurraria o feito do *Demônio Vermelho* pelas ruas de Tiro.

Leila ergueu os olhos dos livros contábeis e olhou para Yosef.

— Você nunca se cansa?

Ele sorriu para ela.

— Quer parar?

A jovem suspirou e sorriu para o velho homem.

— Sim, por favor... minha cabeça parece que vai estourar!

Yosef se levantou. Aproximou-se dela, colocando a mão em seu ombro.

— Mergulhar no trabalho desse jeito não vai afastar a tristeza, minha jovem.

Ela suspirou, balançando a cabeça.

— Não. Mas afasta as lembranças para um canto escuro da minha mente.

Yosef sentou-se a seu lado, tal qual seu pai faria. Tomou suas mãos entre as dele.

— Não é só a perda de sua família que a entristece, estou certo?

A sagacidade do velho administrador chocou-a. Conhecia-o há tão pouco tempo, mas ele já se tornara parte importante de sua vida. Com seu jeito paciente e paternal, o velho Yosef, um viúvo cujos filhos haviam morrido nas intermináveis guerras da Terra Santa, se apegara a ela e se empenhava ao máximo em auxiliá-la nas questões inerentes a administração do patrimônio herdado de Sophia. Além disso, revelara-se um verdadeiro amigo, apoiando-a quando a tristeza e a solidão toldavam seu olhar.

Leila não lhe falara sobre a noite com Ragnar. Sentia-se constrangida demais. A única pessoa que sabia do fato era Raden, mas a guerreira andava muito ocupada com o serviço e em guardar os próprios segredos.

— Não é nada, Yosef — ela disfarçou com um meio sorriso —, acho que sinto falta mesmo é de amigas, de conversar com outras moças. Sem querer, minha posição e o fato de ser sozinha, de não ser casada como a maioria das jovens em minha idade, acabaram me isolando. — Ela suspirou e tentou imprimir um tom animado a voz — creio que vou ao mercado amanhã, ver um pouco o movimento das ruas, ver gente!

— Lembre-se de sair com uma escolta, minha jovem — ele a advertiu —, Tiro está conturbada, principalmente depois da chegada dos refugiados. Além disso, uma mulher sozinha sempre pode ser alvo de mercadores de escravas...

Leila o olhou, curiosa.

— Até aqui, Yosef? Raden havia me advertido sobre isso, mas pensei que só atacassem em lugares mais ermos, não dentro das cidades fortificadas como Tiro.

Ele a encarou, condescendente.

— O perigo está em todos os lugares. E você, sendo uma moça bonita e rica, é uma presa tentadora. Tanto para um pedido de resgate, quanto para algum harém. — Yosef andou pela sala e serviu-se de um pouco de chá de hortelã, levando também um copo para ela — há casos de moças aqui da cidade que sumiram sem deixar vestígios.

— Mesmo? — Ela perguntou espantada, levando a mão ao peito — e ninguém tem ideia de para onde possam ter sido levadas?

— Egito, talvez. Ou mais além. — Ele notou sua apreensão. Deu-lhe uma batinha amigável na mão — ora, deixe para lá! Esse velho rabugento está assustando você com essas histórias. Basta que leve aquele rapaz, seu guarda-costas...

— Raden?

— Sim, ele mesmo. Ele parece ser muito cuidadoso com você. Apesar de que, eu não o tenho visto muito ultimamente...

— Raden está servindo com Bakkar e Ibelin. Mas não se preocupe, Yosef. Se eu precisar, ele virá comigo.

— E o seu outro amigo, o estrangeiro?

Leila corou e demorou a responder.

— Ele... — Hesitou e depois prosseguiu — ele está em Trípoli, segundo eu soube. Só Bakkar e Raden ficaram aqui.

Yosef permaneceu em silêncio, fitando-a durante muito tempo. Se notou alguma coisa ou chegou a alguma conclusão a respeito dela e de Ragnar, ela jamais soube.

Raden deixou para trás a sombra das muralhas e cruzou os portões de Tiro. Caminhava em silêncio, tensa, sentindo a presença de Bakkar ao seu lado e esperando pelo momento em que o mestiço pularia em seu pescoço. Carregava o velho lenço numa das mãos arranhadas, e a túnica e a cota de malha sob o braço. Os cabelos vermelhos, que tanto escondera, agora estavam soltos e desalinhados, balançando em torno de seu rosto ainda sujo de pó. Carrancudo e de cenho franzido, Bakkar pisava duro e grunhia na língua dos sarracenos o que pareciam ser pragas, sem sequer olhar para ela.

Com passos rápidos, viraram numa rua menos movimentada. Raden adiantou-se um pouco para passar por um beco estreito. Mal dera dois passos, foi puxada violentamente pelo braço e atirada de costas contra a parede de uma casa, numa viela deserta. O ar saiu de uma vez só de seus pulmões com a força do impacto, fazendo-a largar as coisas no chão. Enquanto tentava recuperar o fôlego, viu Mark al-Bakkar à sua frente. Furioso, com as narinas fremindo e uma expressão sinistra como ela nunca vira.

Dessa vez, mais do que em todas as outras em sua vida, você está mesmo encrencada.

— Muito bem — ele falou com voz baixa e carregada, a centímetros de seu rosto, sem largar seu braço. — Agora que você deu um espetáculo diante de metade de Tiro, vamos às explicações. Quem é você?

Raden engoliu em seco, mas manteve a expressão neutra.

Pense!

— Sou Raden.

O aperto em seu braço se tornou mais forte, forçando-a a se conter para não gemer de dor. E um punho fechado acertou a parede bem ao lado de seu rosto, arrancando parte do estuque. Radegund piscou, olhou para o punho e depois para ele novamente. E manteve o silêncio, apesar do estrondo que o coração fazia em seu peito.

— Vou tentar de novo — ele estreitou os olhos castanhos, irritado com a atitude de provocação. — Quem é você, de verdade?

Ela ergueu o queixo. Se ao menos... não. Ninguém a dobrara até ali. Bakkar não seria o primeiro.

— Sou Raden, mercenária de Edessa, a serviço de Ibelin.

Mark franziu ainda mais o cenho e cerrou os maxilares com toda força. Ela pensou que iria ser morta bem ali. O mestiço a encarou em silêncio, durante muito tempo, os dedos fechados como garras em torno de seu braço, a respiração pesada. Depois do que pareceu uma eternidade, voltou a falar.

— Em consideração ao fato de ter me salvado a vida, não vou matá-la. — Ele soltou o braço e a agarrou pelo pescoço, num aperto ameaçador. Olhou bem dentro dos olhos dela, até que percebesse que ela lutava desesperadamente por ar. Afrouxou apenas o suficiente para que ela não apagasse, demonstrando o porquê de Ibelin o considerar o seu melhor e mais eficiente homem — mas quero saber o porquê desta maldita farsa! E eu acho melhor você dizer a mim, pois quando Ibelin souber disso, quando ele descobrir que sagrou uma mulher como cavaleiro e a contratou como espião, vai querer, no mínimo, sua cabeça! — Terminou a frase gritando.

Pela primeira vez, e com uma mórbida satisfação, Mark viu o medo passar pelos olhos dela. Não afrouxou a mão que segurava seu pescoço.

Tinha que interrogá-la! Se ela mentira aquele tempo todo sobre a própria identidade, quem garantia que poderia confiar naquela criatura? Ela podia ser espiã dos sarracenos, dos bizantinos, dos *Hashashin*[49], dos Courtenay ou de quem quer que fosse.

A sua raiva, porém, o levou a cometer um erro tático. Distraiu-o, a ponto de impedi-lo de notar o brilho que substituiu o medo nos olhos dela. Quando deu por si, um joelho já o acertara bem no meio das pernas, derrubando-o no chão. Quando a dor se dissipou e ele ergueu os olhos, ela ainda estava lá. Não fugira ou correra dele. Também não o atacara. Apenas estava de pé à sua frente, a adaga em punho, os olhos brilhando com um fogo perigoso e selvagem, a respiração rápida e pesada.

— Quando quiser saber algo, Bakkar — ela deu um passo à frente e apontou-lhe a arma —, apenas pergunte com educação. Não tenho culpa se todos os homens são asnos cegos e estúpidos, mais preocupados em encherem a cara e em se enfiarem sob as saias de uma mulher. Sinto muito pelo seu orgulho ferido, mas se eu vivi assim até agora, não foi porque eu queria ou gostava e sim, porque precisei. Se queria saber quem eu sou, bastava conversar comigo e não vir me ameaçar. — Fazendo uma pausa, agachou-se à frente dele, mostrando-se absolutamente segura, girando habilmente a adaga na mão — jamais me ameace ou tente me intimidar, Bakkar. Muitos já tentaram e não conseguiram. E não faça com que eu me arrependa de tê-lo tirado de Hattin, quando seus ossos poderiam estar lá, apodrecendo até agora. Saiba que eu não tenho nada a perder, Mark al-Bakkar — declarou no mesmo tom monocórdio. — Eu não tenho medo de morrer. Nem de matar.

Encarando-o, apanhou a túnica e a cota de malha que haviam caído. Em seguida, se levantou e deu-lhe as costas, caminhando para a saída da viela.

Mark permanecia sentado no chão, pasmo, observando o vulto esguio se distanciar. E antes que ela se afastasse definitivamente dele, olhou-o por sobre o ombro e disse.

— Estarei na casa de Leila, se ainda quiser falar comigo — fez uma pausa e virou-se mais um pouco, olhando nos olhos dele — a propósito, meu nome é Radegund.

Ele ainda ficou algum tempo sentado no chão da viela, olhando para o lenço negro que Raden... Não, *Radegund* deixara cair. Diabos! Por que se irritara tanto? Certo, ela os enganara a todos com aquela farsa. Mas, como ela mesma dissera, não era algo que desejasse. Quem desejaria viver à margem de tudo, como ela vivia?

Mark olhou mais uma vez para a passagem por onde a ruiva sumira. O que a levara a uma escolha como aquela? Pensou em como sua vida deveria ter sido dura. Em como teria sido complicado para ela se esconder daquele jeito, durante tanto tempo. Agora entendia as respostas reticentes, a reserva quase doentia e o eterno mau humor. Certamente teria sido horrível viver como ela vivera, com medo, sempre nas sombras. E ele, imbecil que era, estava sempre dificultando as coisas para Raden, mesmo sem querer. Diabos! Ele até mesmo a arrastara a um bordel!

Naqueles instantes, a raiva que sentira instantes antes foi desaparecendo. Em seu lugar, nasceu um profundo respeito pela força e pela coragem de uma mulher ímpar chamada Radegund.

TRÍPOLI

Ragnar esvaziou mais uma caneca e a colocou sobre a mesa da taverna. Entornara quatro jarras de vinho e outras tantas de cerveja, mas o esforço para se embebedar e esquecer Leila não estava surtindo efeito. Seu tamanho e a cara de poucos amigos, aliados à barba desgrenhada e à cicatriz avermelhada no seu rosto, recém adquirida numa briga, afastavam até mesmo as prostitutas de sua mesa.

Olhando para o fundo da caneca vazia, pensou no quanto mais poderia adiar seu retorno para Tiro, agora que sua missão ali estava cumprida. Ficou assim por muito tempo, até que um movimento à sua frente o fez erguer a cabeça, dizendo.

— Que inferno, já falei que não vim aqui atrás de mulheres...

— Desculpe, amigo — falou uma voz em sua língua materna —, mas eu sou muito feio para ser uma prostituta.

Ragnar levantou o rosto, espantado, o efeito do álcool desaparecendo repentinamente.

— O que diabos faz aqui, Hrolf Brosa?

— Protejo seu traseiro real... *alteza*.

CAPÍTULO
X

"Os homens deveriam ser somente o que parecem."

"OTHELO". ATO III - CENA III.
WILLIAM SHAKESPEARE

TRÍPOLI

ode me explicar mais uma vez, Hrolf — Ragnar pediu, esfregando os olhos —, creio que toda a bebida que tomei afetou meu raciocínio.

Sacudiu a cabeça, como se com o gesto pudesse espantar o amigo tal qual a uma aparição. Não funcionou. Diabos, a presença do rastreador ali em Trípoli, vindo de sua longínqua Noruega, e trazendo aquelas notícias, perturbou ainda mais seus pensamentos. A visão de Hrolf trazia lembranças que desejava manter enterradas para sempre.

A quem quisera enganar aquele tempo todo? Jamais deixara — nem deixaria de ser —, Ragnar Svenson, filho adotivo de Sven Haakonson e Marit Ingesdatter. Jamais deixaria de ser o filho ilegítimo do rei, que deixara a terra natal há dez anos, quando percebera que se tornara uma ameaça para a própria família. Agora, com a chegada de Hrolf, percebia que a única forma de não ser uma ameaça era estar morto. E desejou ardentemente jamais ter nascido.

Aquele maldito parentesco era um verdadeiro estigma. Quando criança, seus pais viviam cuidando para que não fosse raptado por uma facção rival e usado na guerra política pelo trono. Depois, na adolescência, fora vítima de planos de aliciamento por parte de diversos nobres, ansiosos por incrementar seu poder; e da Igreja, que disputava cada palmo de influência no reino.

O último destes planos incluíra uma bela mulher. A primeira paixão de um jovem rapaz que, apesar dos três irmãos de criação, se sentia solitário e isolado de todos, no centro de uma rede de intrigas e suspeitas constantes.

Karin parecia ser tudo o que um jovem como ele desejava. Linda, doce, meiga. Olhos azuis límpidos e cabelos platinados que lhe chegavam quase até a cintura. Da mesma idade que ele, a moça se aproximara sutilmente, imiscuindo-se em sua família como uma nova vizinha, filha do senhor das terras que faziam fronteira com as de seus pais. Pouco a pouco foi se aproximando do rapaz brincalhão, mas solitário. E se tornou a primeira mulher de sua vida. Parecia tão inexperiente quanto ele. Tolamente, ele se deixara envolver por completo. Pensava que aquela era sua chance de se casar e constituir uma família, pondo de lado as conspirações.

Naturalmente, seus zelosos pais o haviam alertado para o envolvimento do pai de Karin com os opositores do rei. Mas, ao ser confrontada, sua amada negara veementemente qualquer simpatia para com os ideais políticos do pai, chegando mesmo a dizer-se contra eles. Acrescentara ainda que ele a proibira de sair de casa, desconfiado que estava de seu envolvimento com o filho de seus inimigos.

Isso servira para acender ainda mais sua paixão. Cada vez mais envolvido, pedira permissão aos pais para se casar com Karin. Certa da vitória, e querendo reforçar o envolvimento de ambos, a moça aparecera repentinamente em Svenhalla, acompanhada de uma pequena escolta, pedindo asilo. Contou que fugira de casa. Seu pai descobrira o romance e iria mandá-la para um convento. Crédulo, Ragnar a aceitara. Marcara o casamento para dali a uma semana. Na véspera do casamento, porém, a máscara de Karin caíra. Céus, ele ainda podia ver a cena com clareza, como se tivesse acontecido ontem e não anos atrás!

Ele resolvera sair com seus irmãos, Björn e Einar, e com o amigo Hrolf. O objetivo era caçarem, encherem-se de *akevitt* e passarem a noite contando vantagens à frente de uma fogueira. Seria sua maneira de aproveitar seu último dia como um homem solteiro. Lembrava-se da alegria que sentira ao entrarem na floresta, perseguindo uma presa. E do choque ao se deparar com a cena humilhante. Ele fora o primeiro a vê-la, por trás das árvores que rodeavam uma clareira. Seus pés haviam permanecido pregados no chão enquanto a cena se desenrolava diante dele e dos irmãos. Sem notar a presença deles, Karin estava poucos metros adiante.

Com as tranças desfeitas, as saias arregaçadas até o meio das coxas e o vestido aberto, sua futura esposa rolava no chão com um dos homens de sua escolta. Para completar seu vexame, ela gargalhava enquanto desdenhava do noivo para o amante.

— O tolo Svenson! Ele pensa *mesmo* que estou apaixonada por ele. Está certo que abandonarei meu pai, que abrirei mão de viver na corte para me casar com ele. O grandalhão desajeitado e provinciano! Serviu apenas para me divertir... — ela riu maldosamente, provocando o parceiro — para apimentar um pouco mais as coisas. Confesso que foi bom tê-lo, mas você é um homem bem melhor, meu caro. Logo eu terei Ragnar em minhas mãos. A ameaça será eliminada, pode avisar ao meu pai. O filho do rei jamais se levantará do túmulo para reivindicar o trono.

— Ora, Karin — o soldado falava enquanto enfiava as mãos sob a saia de sua noiva — deixe de lado esse idiota, não viemos aqui para isso.

A volúpia no olhar de Karin era evidente quando fitou o amante e esfregou-se nele despudoradamente.

— Não, querido. Mas esses planos de poder me excitam... — concluiu a traidora, beijando o parceiro, que se colocava entre suas pernas.

Possesso com a perfídia da noiva, Ragnar fora contido a custo pelos irmãos e Hrolf. Apesar do ódio e do desejo de vingar aquele ultraje, os três o aconselharam a sair dali em silêncio e a ir falar com seu pai, antes de mais nada.

Chocado, mas não de todo surpreso, Sven Haakonson ponderara sobre a situação. Desejando evitar uma guerra com o feudo vizinho, achou por bem chamar Karin em particular e confrontá-la. Fez isso diante de Ragnar, da esposa e de seus outros filhos. A moça simplesmente os olhara com desdém e reclamara.

— É uma pena. Era um ótimo plano — sem sequer olhar para o desolado ex-noivo, continuara — e agora? Vão me matar, Haakonson?

— Você não vale o esforço — falara o pai de Ragnar, enojado. — Mas quero você e todos os seus soldados e parentes fora daqui até o pôr-do-sol, sua rameira!

E assim, a primeira paixão de Ragnar se acabara, destruindo sua confiança. Depois desse dia, a única coisa que desejara fora sumir de Svenhalla; deixar a Noruega para trás e nunca mais voltar. E fora exatamente isso que fizera. Apesar da desolação dos pais e dos apelos dos irmãos, embarcara num dos navios da família e ganhara o mundo para além de seus amados fiordes.

Eventualmente, naqueles dez anos, havia mandado uma ou outra mensagem para Sven e Marit, apenas para que eles soubessem que estava vivo e bem. Devia isso a eles, a família que o acolhera e que o criara como um verdadeiro filho quando sua mãe, uma das amantes do rei, morrera. No mais, já se conformara com aquela vida solitária. Era melhor do que confiar e sofrer. Aliás, se conformara até o momento em que pusera os olhos em Leila.

Inferno! Como fui idiota!

Ragnar esfregou as têmporas com os dedos e sacudiu a cabeça, tentando afastar todas aquelas lembranças. Estava cansado. A bem da verdade, apesar de todas as lutas e todo sangue que corria ali na Terra Santa, ainda era uma vida mais tranquila do que a que levava na Noruega, onde a qualquer momento poderia ter uma flecha cravada em seu pescoço. Ali pelo menos sabia quem eram seus inimigos. Seu único erro fora se apaixonar por Leila, assim como fizera com Karin.

Agora, Hrolf Brosa, amigo de sua juventude, apenas alguns anos mais velho do que ele, aparecia em Trípoli, trazendo o passado na bagagem e a notícia de uma nova ameaça. Estava sendo caçado como uma lebre. Ótimo! Era só disso que precisava para ser feliz.

— Estou lhe dizendo, Svenson — Hrolf estava impaciente — o tal Blake é conhecido como o mais eficiente assassino de todo o Sacro Império. Ele é pago, ele mata. — Fez um gesto significativo, como se cortasse o pescoço — precisamos ficar atentos. O único problema é que ninguém conhece o rosto dele.

— Então, meu amigo — ironizou Ragnar —, como é que vamos achá-lo antes que ele me ache?

— Há uma pista... — o rastreador se inclinou sobre a mesa, passando a falar num tom mais baixo — sabe-se que Blake foi ferido seriamente no rosto, há alguns anos. Tem uma grande cicatriz da sobrancelha ao queixo, segundo me informaram, no lado direito.

— Então — Ragnar coçou a barba por fazer —, se encontrarmos o homem da cicatriz...

— Teremos Blake — completou Hrolf.

— Isso se ele não me achar antes —, grunhiu o outro, mal-humorado, virando mais uma caneca da cerveja que a criada trouxera.

Hrolf franziu o cenho, estranhando a atitude ranzinza. Conhecia Ragnar há muitos anos para saber que ele estava fora de seu estado normal. Olhou de novo para os jarros vazios sobre a mesa. Não, aquele rapaz nunca fora de se embebedar daquela forma. O jovem Svenson gostava dos prazeres mundanos, das noitadas nas tavernas e de uma bela rapariga. Mas sempre fora alegre e responsável. Não taciturno e relaxado consigo mesmo, como via neste momento. Algo acontecera para deixá-lo naquele estado. Mas, o quê? Ficou olhando para ele durante tanto tempo, e de modo tão intrigado, que Ragnar ergueu o rosto e rosnou.

— Perdeu alguma coisa aqui, Brosa?

— Eu não — Hrolf rebateu, irritado —, mas você parece que perdeu a educação que Marit deu.

— Para o diabo com a educação — Ragnar sorveu mais um longo gole de cerveja. Que inferno! Será que um homem não podia sequer ficar bêbado sossegado naqueles dias?

— Pare de se comportar como um garoto, Svenson. Acabei de contar a razão de minha vinda e você parece pouco se importar. E o que é pior — Hrolf inclinou-se novamente sobre a mesa e puxou o jarro de cerveja da frente do amigo —, está chamando mais atenção sobre si do que precisamos neste momento!

Teimoso, Ragnar trouxe o jarro para perto novamente.

— Vá para o inferno, Brosa. Não pedi para vir atrás de mim. Não preciso de ama-seca!

— Não, jovem Svenson — o rastreador sorriu irônico, levantando-se do banco, perdendo de vez a paciência —, você precisa é de uma lição...

Um quarto de hora depois, Ragnar, apesar de todo seu tamanho, era arrastado para fora da taverna por Hrolf Brosa. Tinha um olho roxo, os lábios cortados e o nariz sangrando. Tonto, ele abriu uma das pálpebras.

— Como pôde?

— Você estava bêbado e descuidado! — Hrolf jogou-o ao lado de um cocho, encheu um balde com água e jogou-o sobre sua cabeça. Ragnar sacudiu-se e praguejou. O rastreador prosseguiu — agora, levante-se e aja como um homem e não como um rapazinho malcriado!

Ragnar se sentiu como um moleque apanhado no meio de uma traquinagem. Além de ser o mais renomado rastreador do reino, Hrolf era um respeitado lutador. Havia treinado, juntamente com ele e seus irmãos, com grandes mestres. A única coisa que diferenciava o amigo de si mesmo era o tamanho. Hrolf era pouca coisa mais baixo e menos corpulento. Mas sua agilidade fora o suficiente para colocá-lo em seu devido lugar. Sem lhe dar tempo para pensar numa resposta, Hrolf indagou de chofre.

— Quem é ela?

Ragnar nem se deu ao trabalho de se sentir espantado. Hrolf era perspicaz demais e o conhecia há muito tempo. Rapidamente deduzira que seu estado lastimável só podia ter como causa uma mulher. Ele o vira assim uma vez, dez anos atrás, antes que partisse da Noruega. Ainda zonzo, esfregou os olhos e tentou clarear a mente. Em seguida, se levantou com cuidado; Hrolf o acertara de jeito. Passou o braço pelos ombros do amigo e foi dizendo, com uma pontada de humor.

— Hrolf, meu amigo, é uma longa história. — E como se nada tivesse acontecido, começou a andar e comentou — sabe que você ainda bate muito bem? Bom, tudo começou há uns meses atrás, em Jerusalém...

TIRO

Leila se ergueu da cadeira, espantada ao ver Raden passar pela porta. Ela acabara de entrar em casa sem o habitual disfarce. Além disso, estava suja, machucada e com uma grande marca arroxeada no pescoço.

— Raden — correu até a amiga e indagou, apreensiva —, o que houve?

A ruiva deixou suas coisas no chão e caiu pesadamente sobre uma poltrona. Afundou o rosto entre as mãos, ignorando o espanto que causava ao redor. Na verdade, sentia-se como se o próprio chão houvesse deixado de existir sob seus pés. O que faria agora? O que seria de sua vida dali para frente?

— Ah, Leila — gemeu —, tudo o que poderia acabar de dar errado em minha vida, deu hoje.

Ainda desnorteada, Leila ergueu os olhos e se deparou com várias criadas e Patrus. Todos estavam aparvalhados diante da revelação de que o jovem *chevalier* e guarda-costas da patroa era, na verdade, uma mulher.

— Saiam todos e fechem a porta. Não quero ser importunada — ordenou imperiosa. Em seguida, voltou-se para a amiga e perguntou — pode me dizer o que houve?

A guerreira contou sobre o episódio com Odrich, a revelação pública de sua identidade e a consequente reação violenta de Mark al-Bakkar.

— Pelo Profeta — a sarracena exclamou espantada, fazendo-a erguer a cabeça e tocando o rosto e o pescoço machucados — Bakkar fez isso com você? Não acredito! Eu o conheço desde que era uma menina; meu pai e o avô dele eram muito chegados. Jamais o vi sequer erguer a voz para uma mulher. Ele é sempre tão gentil!

— Não se engane, minha amiga — a ruiva afirmou com gravidade. — O que você vê é apenas o verniz de Bakkar. Nós servimos juntos, esqueceu? Eu conheço um lado dele que você nem imagina que exista. Só não esperava que esse lado fosse se voltar justamente contra mim.

Leila balançou a cabeça, ainda incrédula.

— O que pretende fazer?

— Não sei — Raden olhou para ela, confusa —, eu nunca...

Não concluiu a frase. Apenas deu de ombros, expressando toda sua impotência.

— Mas o que você imaginava? Na certa previa que algum dia seria descoberta — colocou as mãos na cintura, impaciente. — Ora, pelo Profeta, Raden! Ninguém consegue manter uma mentira dessas a vida toda.

— Na verdade — ela encostou a cabeça no espaldar e fechou os olhos —, nunca pensei no futuro. Sempre vivi cada dia como se fosse o último. Meu único objetivo sempre foi sobreviver.

O peso da existência dela caiu sobre Leila. Só então percebia a imensa solidão em que vivia a amiga. Com o coração repleto de compaixão, correu para consolá-la.

— Oh, Raden — chegou perto da cadeira e ajoelhou-se a sua frente — ah, minha amiga! Eu sinto tanto que sua vida tenha sido tão difícil...

Raden fitou-a, sorrindo tristemente. Leila era doce e generosa, apesar de temperamental. Era também a primeira amiga que fazia em toda sua vida. Sua preocupação a tocava profundamente. Se tivesse o coração mais mole, teria chorado nesse momento. Respirando fundo, livrou-se daquelas emoções e do inconveniente que representavam. Precisava ser prática, lamentações não lhe serviriam de nada. A vida seguiria seu curso. Sua promessa ao pai de Leila continuava existindo. Independentemente do rumo que as coisas tomassem, de uma coisa tinha certeza: a proteção de Leila era sua prioridade.

— Eu não sei o que vai acontecer daqui para frente — tomou as mãos da amiga nas suas —, mas eu pretendo continuar na missão que seu pai me deu. Pelo menos, até que você se case e tenha um bom marido para protegê-la.

Leila se ergueu subitamente e lhe deu as costas.

— Não penso mais em me casar.

— Ora, menina — Raden se exasperou —, deixe de asneiras! Toda mulher pensa em se casar. Ainda mais em sua posição.

Leila a encarou de novo e disparou, petulante.

— Você não se casou!

— Diabos — a ruiva se irritou de vez —, sabe muito bem que não pode me tomar como um exemplo. Vai me dizer que não pensa em se casar, ter filhos...?

— Sim, eu... — Leila se calou. Seus olhos ficaram marejados. Toda a beligerância de instantes antes cedeu, dando lugar à tristeza — eu pensei nisso, desejei muito, mas agora...

— Agora, o quê, Leila? — Por que aquelas *coisas* de mulheres eram tão complicadas?

— Ora, Raden! Não percebe que me apaixonei por Ragnar Svenson? — A ruiva estava mortificada — e agora não sei o que fazer. Eu e ele... passamos aquela noite juntos... e foi tão mágico, tão especial...

Durante alguns instantes as duas ficaram em silêncio.

— Eu não sei o que dizer — Raden balançou a cabeça, impotente —, não tenho experiência nesses assuntos. Só entendo de luta e sobrevivência. — Ergueu-se da cadeira e se aproximou da moça — mas se fosse uma guerra, eu usaria todas as armas ao meu alcance. Eu traçaria uma estratégia e lutaria até o fim para alcançar meu objetivo.

— Está me dizendo... — a moça estava surpresa —, que aprova meu relacionamento com Ragnar? Que não ficou aborrecida?

A ruiva deu de ombros antes de responder.

— Leila, durante nossa viagem eu velava por sua segurança. Por isso não permiti que ele se aproximasse de você. Não da forma como ele gostaria — piscou, fazendo a outra corar — mas, mesmo então, pude perceber que Ragnar era um homem honrado. Ele foi honesto quando eu o interpelei e cumpriu com sua palavra desde então. E se ele chegou ao ponto de dormir com você, na certa tinha boas intenções. Resta-nos agora saber que bicho o mordeu para deixá-lo tão aborrecido. — Ergueu uma das sobrancelhas e confidenciou num tom mais baixo — acredite, acho que nosso simpático amigo estrangeiro esconde alguns segredos... — e quem sou eu para julgá-lo, completou mentalmente.

— Também acredito nisso — concordou a jovem, mais animada. — Mas, como vamos descobrir? E como vou me aproximar dele de novo? Ele sumiu.

— Ele não sumiu, está em Trípoli — a outra retrucou, lacônica.

— Sim, mas deveria ter voltado.

— Sossegue — Raden tratou de aquietá-la. — Ragnar deve chegar hoje ou amanhã. Ibelin lhe deu uma semana de prazo para retornar com os relatórios. Quanto às informações, sei de alguém que poderá nos dar o que queremos.

— Bakkar?

— Ele mesmo. — Ela se levantou, apanhando as coisas que deixara cair no chão — mas você vai ter que arrancar isso dele. Depois do que aconteceu hoje, creio que não estou em muito bons termos com o sujeito.

Do lado de fora da casa de Leila, Vernon ainda tentava acreditar no que seus olhos testemunharam. Seguira o tal criado do mercado até ali e ficara à espreita. Estava quase desistindo quando a pessoa em roupas pretas e cabelos vermelhos passou pelos portões. Ocultara-se atrás do muro, trincando os dentes de ódio, reconhecendo seu rosto. O tal Raden, que o enfrentara em Jerusalém, era uma *maldita mulher*! Sua revolta aumentou ainda mais. Fermentara a raiva contra o taciturno soldado desde o dia em que o desgraçado o dominara, defendendo a sarracena de seu assédio. E depois, quando o rapaz salvara o mestiço em Hattin, e sua fama crescera entre a cavalaria, ele se revirara de inveja. Vadia! O próprio Ibelin a sagrara durante o cerco. Que piada ridícula!

Agora sua fúria crescera e não tinha medidas. Ser dominado por aquele moleque fora humilhante. Mas, ser dominado por *uma mulher*, era inaceitável! Fervendo de ódio, encontrou mais um motivo, além da própria luxúria, para raptar a jovem sarracena. Vingança.

Leila acompanhou a saída da amiga com o olhar. Com um suspiro, também deixou o aposento e se sentou num divã no pátio interno, tentando aproveitar o frescor da brisa marinha. Precisava de alguns momentos para colocar os pensamentos em ordem. Refletir sobre os rumos inesperados que sua vida tomara. Rumos estes que a levavam a um tumulto interno sem precedentes. Num curto espaço de tempo, perdera o pai, a vida organizada que tinha em Jerusalém, ganhara uma estranha amiga e fizera amor pela primeira vez com um homem que, no fim das contas, acreditava ter sido usado por ela. Céus! Passou a mãos pela testa e recostou-se nas almofadas do divã. O que mais faltava lhe acontecer?

Olhando pelas frestas da cortina, os olhos maldosos acompanhavam cada movimento da usurpadora de seus direitos. Tantos anos de dedicação para nada! Tanto tempo servindo àquela mulher para receber aquilo como recompensa. Maldita a hora em que aquela criaturinha não morrera junto com o pai, em Jerusalém. Mas em breve a situação se reverteria. A coisa mais fácil em Tiro era arranjar alguém para desaparecer com a jovem definitivamente. E ele, que estivera ali, sempre presente, teria a maior facilidade em ficar com tudo o que fora de Sophia.

Mark andou a esmo durante muito tempo pelas ruas de Tiro, até resolver voltar à casa de Leila. Ainda estava muito perturbado pela descoberta de que Raden, seu salvador e companheiro de armas, era uma mulher. E que mulher!

Ele, que sempre apreciara os atributos femininos, ficara fascinado com os cabelos vermelhos e os olhos verdes faiscantes. Perguntava-se até agora como diabos não percebera. Logo ele que conhecia as mulheres como ninguém, que as amava e não podia viver sem elas. Como não notara o suave gingar dos quadris quando ela andava? Ou os braços esguios, ainda que fortes?

Asno, Bakkar! Você é um asno cego e estúpido como ela mesma disse.

Relembrando os acontecimentos dos últimos meses, reconheceu como ela fora eficiente em sustentar sua farsa. Nunca ninguém desconfiara. Sempre discreta, taciturna e silenciosa, Raden se colocava constantemente na posição de observadora. O único momento em que libertava sua força era no campo, durante a luta. Guerreava ferozmente e enfrentava seus inimigos com destemor; era até considerada por alguns colegas como impetuosa e atrevida ao extremo. Talvez essa fosse a origem daquela fúria temerária. Uma forma de dar vazão à ira contida, um meio de se rebelar contra a silenciosa repressão a que se submetia. Essas qualidades, além da coragem e da solidariedade demonstradas para com ele em Hattin, foram as que mais chamaram a atenção sobre Raden. E também o que mais pesara na decisão de convocá-la ao serviço de Ibelin. Mark estacou repentinamente no meio da rua.

Ibelin!

Diabos! Certamente ele estaria ciente do acontecido. Precisava chegar até Raden antes que seu superior, que deveria estar soltando fogo pelas ventas, pusesse as mãos nela. Sem perceber, começou a correr.

No início da tarde, Patrus bateu à porta de Radegund. Lançando olhares fugidios, sem nunca a encarar, transmitiu sua mensagem, ainda hesitante.

— Desculpe, *sire*... quero dizer, dama....

— Esqueça homem! — Interrompeu-o, exasperada com seu embaraço — desembuche; o que quer?

— Há um *chevalier* de Ibelin à porta. Ele deseja vê-la.

Começou.

— Diga que logo irei ter com ele, Patrus.

Radegund fechou a porta sem esperar que o egípcio saísse da soleira. Não sabia dizer porque, mas o criado magricela a irritava. Talvez fosse aquele jeito dele de jamais olhar as pessoas nos olhos. Deu de ombros, ignorando aquelas conclusões inúteis. Olhou ao redor do aposento. O chamado de Ibelin era mais um passo no caminho de sua destruição. Afastou as cortinas e observou o entardecer avermelhado. A janela dava para a lateral da residência. Dali seria fácil chegar ao porto e se ocultar num navio qualquer. Mas, quem disse que queria fugir? Ou que o faria?

Sorrindo de maneira desdenhosa, soltou a cortina e começou a tirar as roupas sujas. Limpou o rosto e os braços machucados. Envolveu um lenço ao redor do pescoço dolorido, ocultando os hematomas. Vestiu a cota de malha e sua melhor túnica. Em seguida, apanhou as armas. O soldado Raden fora contratado por sua competência e discrição. Talvez agora eles precisassem conhecer um pouco de Radegund, a mulher que realmente construíra aquela reputação.

Fechando a porta do aposento atrás de si, caminhou em direção a sala. Uma apreensiva Leila a esperava, torcendo as mãos nervosamente. Ao lado dela estava o *chevalier* Andrew Longchamp, o enviado de Ibelin. O homem de meia idade e cabelos grisalhos a encarou, espantadíssimo.

— Deus misericordioso! Então é mesmo verdade!

— Boa noite, Andrew — a voz rouca encheu a sala silenciosa —, creio que *messire* Balian deseja me ver.

O homem recobrou a compostura a custo.

— Sim, *sire*... Isto é... Raden... Oh, Deus! Qual é o seu nome, minha jovem?

— Pode me chamar de Raden mesmo. Quanto ao "*sire*" — deu de ombros com ares de mofa —, deixe-o de lado. Poderá nos causar complicações. Podemos ir? — Perguntou

— Eu vou com você — soou uma voz grave e bem conhecida às suas costas. Radegund se voltou, surpresa, erguendo uma das sobrancelhas num trejeito peculiar. Colocou-se em alerta.

— Bakkar.

Ele a ignorou.

— Longchamp, eu acompanharei Raden até o quartel.

— As minhas ordens... — o *chevalier* começou.

O mestiço parou a frente dele, a expressão de poucos amigos intimidando o homem mais velho.

— Eu acompanharei Raden até o quartel. Está dispensado.

Radegund e Leila se entreolharam espantadas. Jamais o viram usar daquele tom autoritário. Tornava-se evidente, naquele momento, que Bakkar era muito mais na hierarquia do supunham, ou do que ele demonstrava ser.

Interrompendo seus pensamentos, ele se dirigiu à ruiva, após a saída de Andrew.

— Radegund, se fizer o favor de esperar que eu me ponha apresentável, irei acompanhá-la a presença de Ibelin.

Seu tom era brando, mas firme. Uma ordem implícita por trás do pedido educado. Não admitia réplicas.

Radegund assentiu em silêncio, enquanto ele se afastava por um dos corredores. Até saber em que terreno pisava, evitaria desafiá-lo.

CAPÍTULO

XI

"O olhar assim teria quem nos viesse dar notícias de fatos muito estranhos."

"MACBETH". CENA I, ATO I.
WILLIAM SHAKESPEARE

AO NORTE DE TIRO

agnar decidira voltar para Tiro assim que deixara a taverna. Naturalmente, o fez com Hrolf Brosa em seus calcanhares. Além de ter que entregar seu relatório a Ibelin, havia a ameaça que pairava sobre sua cabeça. Sendo assim, achou prudente avisar seus amigos, caso o assassino rondasse por lá. Fatalmente o pensamento evocou a imagem de Leila, direcionando suas lembranças para a sarracena.

A conversa com Hrolf servira para que esfriasse um pouco a cabeça. Ele chamara sua atenção para o fato de que, no caso de Karin, absolutamente *tudo* fora premeditado; um ardil bem calculado para envolvê-lo e arrastá-lo para uma armadilha. Com Leila, a situação era diferente; o único pecado que a moça cometera era o de se sentir apavorada com uma situação que ia contra tudo o que sua criação ditava.

Diante deste novo ponto de vista, Ragnar admitiu que fora precipitado e egoísta ao julgá-la. Afinal, Leila tinha todo o direito de se sentir insegura no dia seguinte. Eles não conversaram sobre o futuro. A tempestade de emoções que os assolara naquela noite não deixara espaço para o diálogo.

Ao recordar aqueles momentos, não pode evitar que o corpo se incendiasse; o desejo se apoderando de suas entranhas, o sangue correndo numa velocidade absurda em suas veias. Deus! Mesmo estando a milhas de distância, a pequena morena tinha o dom de desnorteá-lo! Assim que chegasse em Tiro e se desincumbisse de sua missão, iria procurá-la. Tentaria conversar com Leila. Seria uma luta fazê-lo sem sucumbir à tentação de arrastá-la para a cama e compensar os dias longe dela. Porém, antes de mais nada, precisavam resolver suas diferenças. Ou melhor, *ele* teria que se desculpar. Afinal, fora ele, com aquele passado amargo, quem tirara conclusões precipitadas. Julgara Leila tão leviana quanto Karin. Agora precisava lutar por seu perdão. E, claro, precisava convencê-la a se casar com ele.

Esporeando o cavalo, emparelhou a montaria com a de Hrolf. Rezou para que ainda houvesse uma chance de que Leila o ouvisse.

TIRO

O sol baixava no horizonte. A cidade assumia o tom avermelhado do crepúsculo quando Mark e Radegund se despediram de uma preocupada Leila. Calados, saltaram sobre as montarias e seguiram a passo para o quartel.

O silêncio que se estabelecera entre eles não incomodava Radegund. Ele fazia parte de sua natureza. O que a incomodava era a tensão palpável entre ela e Bakkar. Podia sentir a raiva dele reverberando dentro dela. De alguma forma, porém, e apesar da briga daquela manhã, sabia que o mestiço estava ali para protegê-la de possíveis represálias de Ibelin. E por mais esquisito que aquilo pudesse parecer, saber disso trazia a ela um pequeno alívio. No entanto, pensar no barão de Ibelin deixava-a apreensiva. Um nó se formou na boca de seu estômago.

— Sossegue — a voz de Bakkar, quebrando o mutismo e interrompendo suas reflexões, quase a fez cair da sela de Lúcifer. — Ibelin tem gênio forte, mas é justo — ele a encarou, a expressão grave —, eu estarei com você. Não tenha medo.

Ela apenas concordou com a cabeça. Parecia que ele adivinhara seus pensamentos.

Tyler encolheu-se contra os muros da casa de Leila quando os dois guerreiros saíram, mal podendo conter a euforia. Esfregou as mãos em antecipação. Vernon podia até ficar com a moreninha. O que importava? A mulher era vergonhosamente rica. Dentro daquela casa, além de muitas criadinhas, devia haver ouro o suficiente para que os três — ele, Vernon e Gerald — vivessem confortavelmente em um canto qualquer, longe daquela terra quente como os infernos.

Precisava avisar Vernon de que a casa estava desprotegida. Virou-se depressa para ir encontrar o comparsa, mas deu de cara com um par de olhos fixos nele. Olhos maldosos e hipnóticos, como os de uma serpente.

— Diabos, homem — reclamou com o estranho —, quer me matar de susto?

— O que quer aqui? — O outro perguntou impassível, o olhar capaz de gelar os ossos.

— Nada, só vim ver o tal soldado que era mulher — Tyler inventou uma desculpa e riu sem vontade, enervado.

O desconhecido o estudou por longos minutos. Pareceu ver sua alma. Tyler, por mais que tentasse, não conseguia desviar os olhos dos dele; era como estar preso na teia de uma grande aranha. O estranho perguntou algo.

Ele se ouviu respondendo, como se a língua e a boca que articulassem o som não lhe pertencessem.

— Eu quero a garota, a dona da casa... — Os olhos adquiriram um brilho mais perverso ainda. O soldado renegado, como se despertasse de um sonho, sacudiu a cabeça. Perguntou assustado — o que fez comigo, bastardo?

— Não importa — o homem o silenciou com um gesto —, o importante é que você me será útil. Tenho um trabalho para lhe oferecer.

Tyler estreitou os olhos, a ambição rapidamente substituindo o medo. O outro notou a mudança. Fez sua oferta.

— O que me diz de conseguir a mulher e mais uma generosa fortuna em joias e ouro?

O desertor lambeu os beiços como um cão à frente de um osso. Ainda assim, foi cauteloso em suas palavras.

— E qual seria seu interesse no sumiço dela?

Os olhos maldosos faiscaram, encarando-o com um brilho venenoso. Tyler sentiu os cabelos da nuca se arrepiarem quando o outro respondeu, a voz melíflua reverberando no fundo de sua mente.

— Digamos que removerei um obstáculo de meu caminho. Você trabalha sozinho, rapaz? — Os dedos magros e frios ergueram o queixo de Tyler, que obedeceu como um cão. Parecia que fora tocado por uma cobra, mas não conseguia resistir ao estranho poder que o homem exercia sobre ele. Sua boca falou por contra própria novamente.

— Quem quer a mulher é Vernon. Eu e Gerald apenas o ajudamos nessa história. Combinamos que vamos dividi-la quando ele se cansar. Ele também quer se vingar da mulher ruiva e do estrangeiro.

Os olhos do estranho cintilaram de satisfação. Set[50] o recompensava por tê-Lo honrado e aos seus ensinamentos em segredo. Seu Senhor enviara um emissário de Sua vontade. Em breve, a fortuna de Sophia seria dele.

— Muito bem — largou o queixo do soldado, que cambaleou para trás, subitamente exausto —, deixe um de vocês aqui, a postos. A qualquer momento a oportunidade pode surgir. Eu os ajudarei a ter a jovem sarracena. Darei a vocês uma boa quantia pelo serviço de desaparecerem com ela para sempre. Quanto à ruiva, não posso fazer nada. Ela foi levada ao quartel do senescal e honestamente, não sei se sairá de lá viva.

Amedrontado, mas satisfeito pelo encontro inesperado, Tyler assentiu. Sumiu pela rua afora, sentindo os olhos maldosos cravados em suas costas. Em sua mente, ecoava a voz cavernosa do homem: não ouse me trair. Apertou o passo.

Anoitecera há muito tempo. Leila, apreensiva, andava de um lado para o outro da casa. Contou os riscos na vela que queimava sobre um aparador; passaram pouco mais do que quatro horas desde que ouvira Jamal entoar o *salat*[51]. Fazia um pouco mais que Bakkar e Raden haviam partido. Desde então, não recebera nenhuma notícia deles. Mandara um criado ao quartel do senescal; a única coisa que conseguira saber fora que Radegund estava incomunicável. E que Bakkar estava reunido com Ibelin e um grupo de *chevaliers*. Fechando os olhos, dirigiu uma prece a Alá, o Piedoso, rogando proteção para amiga.

Soubera também que Ragnar chegara à cidade. Seu criado o vira no quartel, quando fora atrás de notícias. A novidade servira apenas para deixá-la ainda mais apreensiva, com um nó na boca do estômago. Especulou se ele a procuraria. Achava horrível a situação entre eles, deixada pela metade, mal explicada. Aquilo nada tinha a ver com seu temperamento. Sempre fora decidida e gostara de tudo em pratos limpos. Se não fosse tão tarde, iria agora mesmo falar com aquele turrão! E também procuraria ver Radegund. Andando a esmo pela casa, parou em frente à porta do quarto da ruiva. Uma ideia lhe ocorreu. E se pegasse emprestada uma das roupas dela e fosse ao quartel disfarçada? Se a amiga podia se vestir de homem, por que ela não?

Antes que se arrependesse, Leila entrou no aposento e trancou a porta. Com o coração acelerado, vasculhou as coisas de Radegund, desculpando-se intimamente com ela por invadir sua privacidade. Mexeu nos alforjes e retirou de lá um livro grosso com capa de couro, que logo percebeu se tratar de uma velha Bíblia. Mais no fundo estava a caixa com as joias que Bharakat dera à guerreira. Reverente, Leila acariciou os entalhes da caixa, lembrando-se da sabedoria do pai.

— Ah *baba*! Como gostaria que estivesse aqui para me aconselhar... — sussurrou — será que o senhor se enganou em seu julgamento quanto ao caráter Ragnar? Será que ele é realmente o homem certo para mim?

Ignorando a tristeza, prosseguiu com a busca. Largou os alforjes e foi até uma cômoda de cedro, onde achou o que precisava. Um par de calças e uma túnica. Colocou-os à frente do corpo. A ruiva era muito mais alta e tinha ombros bem mais largos do que os seus. Mas nada que uns poucos pontos nas mangas da túnica e no cós da calça não pudessem resolver. O próximo passo seria arranjar um calçado, pensou, olhando desanimada para suas finas sapatilhas. Espiou embaixo de uma cadeira e achou um par de sapatos surrados. Experimentou-os e exultou quando, após enchê-los com alguns trapos embolados, ficaram quase perfeitos, apenas um pouco folgados.

— Maravilha — sorriu consigo mesma, excitada com sua aventura. Pé ante pé, saiu do quarto de Radegund e foi até seu próprio dormitório onde, com agulha e linha, rapidamente encurtou a túnica e a calça. Só não sabia o que fazer com os seios. Como Raden os disfarçava sob as roupas? Tinha que haver um jeito!

Não custou a imaginar. Pegou um pedaço de linho comprido e, tirando o vestido, tratou de prender os seios com a faixa, apertando-os bem. Mesmo assim, não gostou muito do resultado. Os contornos arredondados ainda apareciam. Afrouxou um pouco a túnica sobre o corpo.

— Hum... bem melhor. Agora a calça.

Leila olhou-se no espelho. Engoliu em seco diante da própria imagem. Céus! Sentia-se indecente. Como Radegund conseguia ficar à vontade naquilo? Cada uma de suas curvas era acentuada pela lã, já gasta nos joelhos e nas nádegas. Ainda bem que a disfarçava os quadris. Mas, Leila tinha curvas mais arredondadas do que as da amiga. Jamais conseguiria se passar por um rapaz, mesmo com a túnica cobrindo-a até os joelhos. A não ser... sim! Colocaria o albornoz de Raden por cima do conjunto.

— Você é brilhante, Leila — parabenizou o próprio reflexo no espelho.

Por último, calçou os sapatos, arrancou os brincos e as outras joias que trazia, envolvendo os cabelos e o pescoço num turbante, como a amiga fazia, deixando apenas a face de fora. Satisfeita com o resultado, deu uma volta à frente do espelho e colocou o albornoz por cima de tudo. Traçou um plano para chegar ao quartel a pé, já que não possuía muita familiaridade com cavalos. Sairia pelos fundos de casa e tomaria a via que passava pelo mercado. Andaria pelas sombras e evitaria as tavernas. Excitada e ansiosa, Leila se lembrou de tomar uma última precaução. Retornou ao quarto de Radegund e pegou uma de suas facas. Ao menos, seria uma proteção. Saindo pela porta dos fundos, embrenhou-se na noite.

Aquela era a sua chance!

Os olhos maldosos brilharam na escuridão, como uma serpente prestes a dar o bote. E se voltaram para Gerald.

— Vá, é ela!

— Mas... — Gerald observou a pessoa que se afastava, vestida num albornoz — é só um garoto.

— Imbecil — ele sibilou —, é Leila. Está disfarçada. Repare em seu jeito de andar. Vá! Essa é a chance. Na certa vai atrás da mulher, no quartel. Vá e suma com ela!

Atônito, Gerald correu atrás de Leila.

Depois de mais uma, entre as inúmeras voltas que dera pelo aposento onde fora encerrada, Radegund parou e apurou os ouvidos. Ouviu apenas o zumbido dos insetos. Contrariada, bufou e recomeçou a andar.

Assim que chegara ao quartel, acompanhada por Bakkar — e que se apresentaram ao marquês Conrad de Montferrat —, fora separada do companheiro, intimada a entregar suas armas e levada para aquela sala. Calculava que estava lá há pelo menos quatro horas; a lua ia alta no céu e ainda não vira nenhum sinal de Bakkar, Ibelin ou de quem quer que fosse. Eles a deixariam apodrecer ali? Que diabo! Maldita a hora em que Mark al-Bakkar cruzara seu caminho. O homem parecia ter trazido todo o azar do mundo para ela.

Não seja injusta... reclamou a voz de sua consciência.

A bem da verdade, como Leila dissera, mais cedo ou mais tarde sua farsa seria descoberta. Bakkar não tinha culpa nisso. Fora ela quem se metera na confusão com Odrich. E, sendo honesta consigo mesma, ela até simpatizava com o mestiço e seu jeito fanfarrão. Durante o tempo em que serviram juntos, descobrira algumas afinidades com ele, um homem culto e viajado. Essa descoberta a surpreendera, pois o considerara, até então, um idiota de cabeça vazia. Bakkar disfarçava muito bem suas qualidades. Mostrara-se, em diversas ocasiões, um médico competente e também um poliglota. No fundo, não tinha raiva do cavaleiro mestiço; seu problema com Bakkar era a curiosidade natural dele, que a exasperava e que sempre a deixava louca de medo que descobrisse seu disfarce. Diabos, ele até a levara a um prostíbulo! Radegund sorriu ao se lembrar daquela noite. Aproximou-se da janela gradeada. Onde estaria Bakkar quando mais precisava dele?

Remexendo-se na cadeira, Mark suspirou. Sentiu uma apreensão estranha, mesclada a uma sensação de angústia. Sem que soubesse o porquê, seus pensamentos se voltaram para a valorosa ruiva, trancada numa sala ao lado daquela onde ele, Ibelin e outros dois *chevaliers* conversavam.

Ibelin já resmungara, esbravejara, socara a mesa, lançara pragas, enfim... fizera tudo o que ele previra que faria. Porém, o que ainda não entrara na cabeça do barão fora a própria cegueira. Não se conformava por não perceber o disfarce de Radegund. A mesma raiva que ele, Mark, também sentira e que o levara a agredi-la mais cedo. Um ridículo orgulho masculino.

Sentiu-se abjeto por tê-la atacado, justamente a pessoa que salvara sua vida. Devia um pedido de desculpas à ruiva. Se Ibelin a deixasse viva, claro.

— O pior de tudo — rosnou Balian, olhando dele para os dois outros homens —, é que ela foi sagrada naquele dia em Jerusalém! E por mim!

Os dois outros homens apenas assentiram, enquanto Mark olhava de soslaio para Ibelin.

— *Messire*, com todo o respeito, mas ela provou ter muito mais valor do que muitos de nossos homens.

Ibelin o encarou de cenho franzido

— Eu sei, Bakkar! Pensa que eu não sei disso? — O nobre bateu com o punho cerrado na palma da mão — mas é o meu pescoço em jogo. O que a Igreja vai dizer? E a Ordem do Templo? Inferno! Eles usarão disso para nos atingir. Cairão sobre nós como um enxame. Você sabe o quanto suas regras são absolutamente intolerantes no que diz respeito ao contato com as mulheres. E Raden lutou e conviveu com muitos deles em Jerusalém. Além do quê, isso vai contra todas as normas da cavalaria. Diabos, nós juramos proteger as damas e não as sagrar Cavaleiros como nós! — Completou, exasperado.

— Mas, *messire* — Bakkar o interrompeu —, a própria rainha Aliénor formou um exército de *chevalières*[52]...

— Ora, Bakkar! Aliénor era uma tresloucada. Louis é que não soube lhe colocar rédeas.

Mark sorriu e comentou.

— Certamente, *messire*. Porém, Raden é realmente um excelente soldado. O senhor mesmo viu como ela resolveu o incidente com Odrich. Por que não lhe dá a uma chance de se explicar? O senhor sequer a ouviu.

Ibelin o encarou por alguns instantes. Estreitando os olhos, disparou.

— Você sabia?

— Não, *messire.*

— Tomou-a como amante?

— Está me ofendendo, *sire* — falou de cenho franzido, a postura rígida.

Ibelin esfregou os olhos; sua cabeça estava a ponto de explodir. Suspirou resignadamente e assentiu.

— Está bem — e dirigindo-se aos dois homens silenciosos próximos a porta, ordenou —, O'Mulryan, Cornwall! Tragam a mulher.

Ragnar acabara de entrar no quartel, estranhamente agitado àquela hora da noite. Hrolf o seguia de perto, observando os arredores com curiosidade. Especulou se não haveria outro ataque de sarracenos a caminho, motivo mais do que suficiente para toda aquela movimentação tardia. Logo descartou a possibilidade; não notara nenhum movimento de tropas ao longo do trajeto de Trípoli até ali. Cumprimentando os guardas, subiu as escadas em direção ao posto de Ibelin. Deteve-se quando os cavaleiros Gilchrist O'Mulryan e Michael de Cornwall saíram pela porta do gabinete.

— Ei! Boa noite, senhores — ele os chamou —, *messire* Ibelin está? Trago notícias de Trípoli.

— Acho melhor esperar, Svenson — respondeu Gilchrist, o *chevalier* moreno e alto que usava tapa-olho —, nosso comandante está com um grande problema.

— O que houve? — Indagou curioso — mais uma escaramuça?

Michael, o segundo homem, de cabelos ruivos e mais jovem, se aproximou da porta ao lado do gabinete de Ibelin. De lá ele respondeu, parecendo divertido com a situação.

— Espere e verá — abrindo a porta, chamou alguém lá dentro —, venha. *Messire* Ibelin falará com você agora.

A cena se desenrolou lentamente diante dos olhos espantados de Ragnar, como se o próprio tempo houvesse, repentinamente, resolvido andar mais devagar. Através da porta aberta surgiu o conhecido rosto de Raden, o jovem protetor de Leila, mas emoldurado por longos cabelos vermelhos e acompanhado dos contornos de uma mulher. Ela caminhava altivamente, os passos comedidos, os ombros eretos, os olhos atentos e desafiadores. Ragnar abriu e fechou a boca várias vezes, mas a voz não saiu, tamanho seu choque. Só conseguiu balbuciar.

— Você...

A ruiva ergueu uma das sobrancelhas, entre desdenhosa e cansada diante daquele tipo de reação a sua presença. Sua voz rouca o respondeu, carregada de sarcasmo.

— Feche a boca, Sven.

Antes que ele pudesse se recuperar, o grupo caminhou para dentro da sala de Ibelin, cuja porta se fechou em seguida. A voz de Hrolf atrás dele o tirou do transe.

— Ei, meu rapaz, as coisas por aqui são realmente divertidas!

— Ar, Hrolf. Preciso de ar — resmungou, caminhando de volta para as escadas.

Leila se esgueirava pelas sombras, apavorada. Maldita a hora em que tivera aquela ideia! As ruas de Tiro estavam infestadas de bêbados e prostitutas àquela hora da noite. Tensa, rezava para que seu disfarce fosse bom o bastante para que alcançasse o quartel antes que alguém a descobrisse.

Agradeceu aos céus quando avistou o imponente prédio, mais à frente. Mas não conseguiu se sentir totalmente aliviada; uma sombra furtiva, um pouco atrás, a fez se voltar rapidamente. Olhou para a viela sombria. O coração batia descompassado e suas mãos suavam, tamanho era o medo de algo que não podia ver. Observou as sombras por mais alguns instantes e, como não visse ninguém, obrigou-se a manter a calma. Porém, a impressão de que era seguida permaneceu. Apressando o passo, baixou a cabeça ao passar sob os archotes que iluminavam a via diante da fachada do quartel. Atravessou rapidamente a rua, na direção do edifício, ainda olhando para trás. E colidiu com uma maciça parede de músculos. Duas mãos enormes a agarraram pelos ombros e uma voz muito conhecida fez suas pernas fraquejarem.

— Ei, moleque! Veja por onde anda!

Leila ergueu os olhos sob o capuz do albornoz. Rezou para que ele não a reconhecesse. Um desejo obviamente inútil. As íris cor-de-mel encontraram as acinzentadas, que se arregalaram de espanto.

— Leila! — Ele a afastou um pouco, ainda segurando seus ombros. Olhou-a de cima a baixo — mas que diabo! Agora é moda em Tiro as mulheres se vestirem como homens?

— Ragnar... — murmurou, ainda pasma com o encontro inesperado.

Ele estava com aparência cansada. Os cabelos caíam soltos e desalinhados sobre os ombros. As roupas sob o pesado manto estavam empoeiradas e amarrotadas, como se ele tivesse passado horas sobre o lombo de um cavalo. À barba crescida, juntavam-se um olho roxo, uma cicatriz avermelhada na face e o lábio inferior cortado. Mas para ela, Ragnar continuava lindo como um deus.

Ele sorriu, entre terno e divertido. Passou um dedo sob seu olho, sussurrando.

— Se queria se disfarçar de rapazinho, devia ter se lembrado de tirar todo esse *kohl* de seus olhos, *liten*.

A voz grave e sedutora entrou nos ouvidos de Leila, aumentando a temperatura de seu corpo. A maneira carinhosa como ele pronunciara aquela última palavra fez com que algo parecido com fogo líquido descesse ao longo de sua espinha. Arrepiou-se dos pés à cabeça. Ficou parada, o rosto erguido, os olhos fixos nos dele. Nenhuma palavra, nenhum som conseguia romper o nó que se formara em sua garganta.

— Então — Ragnar perguntou sem soltá-la —, vai me contar o que faz sozinha pelas ruas, vestida assim, a essas horas? Você devia estar na cama há muito tempo.

A admoestação fez com que Leila se recuperasse da surpresa. Era muita audácia a dele! Ergueu o queixo, irritada.

— Com que direito você vem me fazer pedir satisfações sobre aonde vou ou a que horas saio? Acha que pode me dar ordens? Justo você, que saiu de minha casa daquela forma e desapareceu sem me dar nenhuma explicação? — Colocou as mãos na cintura e elevou o tom de voz — quem você pensa que é, Ragnar Svenson?

Ragnar se aproximou mais dela. Quase simultaneamente, algo passou zunindo junto ao seu ouvido. Só escutou o grito de Hrolf:

— No chão, Svenson!

Num impulso, atirou-se com Leila sobre calçamento, enquanto Hrolf se abaixava e gritava pelos guardas do quartel. Uma grande comoção se armou. Quando finalmente ergueu a cabeça para olhar em volta, deu de cara com Hrolf, que trazia nas mãos uma longa flecha com a ponta em estilete, capaz de perfurar até mesmo sua cota de malha.

— Parece que Blake o encontrou.

— Merda — resmungou e olhou para Leila. — Leila? Oh, meu Deus!

— O que foi, Svenson?

Ele ergueu a moça nos braços e só então Hrolf pareceu notá-la.

— Acho que ela bateu com a cabeça. Está desacordada. Vamos para dentro do quartel; é mais seguro!

O rastreador ainda olhou em volta, tentando notar algum movimento suspeito, mas havia muitas sombras e reentrâncias onde um assassino poderia se esconder. Ragnar o chamou de novo, impaciente. Hrolf desistiu. Nenhum dos dois percebeu os dois vultos que se moviam furtivamente para direções opostas da rua.

Diante de Ibelin, Radegund sentiu as pernas tremerem. Além do cansaço, da fome e da tensão de ficar confinada por horas, havia ali um velho conhecido seu. O medo. Orgulhosa, postou-se a frente do nobre, engoliu seus temores e meneou a cabeça numa breve reverência.

— *Messire*.

Ibelin andou de um lado para outro a sua frente, avaliando-a com o olhar. Depois, parou diante dela, as mãos para trás do corpo, a postura rígida, os claros olhos de águia brilhando de forma sagaz. Radegund ergueu um pouco o rosto para encará-lo, pois Balian de Ibelin era pouca coisa mais alto do que ela. Naquele embate de vontades e personalidades, o nobre foi o primeiro a falar.

— Qual é o seu nome, mulher?

— Radegund, *messire* — ela se manteve rígida, olhando para frente.

— Só Radegund?

— Sim, *messire* — atreveu-se a olhar nos olhos de Ibelin. — Há muito não tenho família.

— E o que, senhorita Radegund-sem-nome, fazia vestida como um homem no meio do *meu* exército?

Ela respondeu sem pestanejar.

— Ganhava a vida, *messire*.

Ibelin ouviu a risada abafada dos três homens presentes. Passeou os olhos sobre eles, calando-os imediatamente. Mas, mesmo ele estava estupefato com a altivez daquela criatura. Lançou sobre ela seu mais temido olhar, o mesmo que deixava até o mais bravo *chevalier* tremendo de medo. A mulher sequer piscou.

"*Fantástico!* ", pensou impressionado, mas não deu o braço a torcer.

— Muito bem. Quer dizer que você é uma mulher sem família e sem nome, que um dia resolveu se disfarçar de homem, pegar em armas e sair lutando por aí. Absolutamente normal — estreitou os olhos e apontou-lhe um dedo. — Mas tinha que vir justo para o meu exército, na minha cidade? Eu a sagrei em Jerusalém e você permitiu — ele concluiu, esbravejando.

— Perdão, *messire* — Radegund começou, a voz contida —, mas, o que o senhor faria se um de seus soldados se erguesse naquela hora e disse-se "*Não, obrigado*"? — Ibelin bufou. Ela continuou — *messire*, sei que sempre fui um soldado competente. Não faço questão do título de *chevalier*, ele não me fez lutar melhor — Mark e os outros homens arregalaram os olhos diante de tamanha insolência. Ela não fez caso disso — pelo que vejo aqui, o único inconveniente diz respeito a minha condição de mulher, e isso é um... — houve uma breve e significativa pausa — problema — ela pontuou a palavra com outro erguer de sobrancelha — que não pode ser remediado. Nasci assim e, creia, meu senhor, preferia que não fosse dessa forma. Talvez minha vida fosse um pouco mais fácil se eu tivesse nascido homem.

Houve tanta amargura naquelas últimas palavras, que o altivo nobre se abalou. Sua voz suavizou-se discretamente.

— Pode me explicar o porquê, minha jovem?

Ela ficou encarando Ibelin durante tanto tempo que ele pensou que ela havia perdido a língua. Na cadeira atrás de ambos, Bakkar agarrara os braços entalhados, curioso pelo que ela diria, ansioso por desvendar o passado daquela mulher. Entretanto, quando ela falou, com uma voz subitamente cansada, ele se decepcionou.

— *Messire*, poderíamos falar em particular?

Sem piscar ou parar de encará-la, o nobre ordenou.

— Saiam vocês três.

Os homens obedeceram ao comando. Quando Bakkar passou sob a soleira da porta, ouviu sua voz rouca e comedida dizendo.

— Se me permite, creio que seja melhor se sentar, *messire*. Minha história é um pouco longa.

Mark al-Bakkar fechou lentamente a porta atrás de si. Queria ser uma mosquinha para ficar e escutar o que Radegund contaria.

Um homem solitário, com uma feia cicatriz na face, caminhava pelas ruas escuras fervendo de ódio. Pela primeira vez em sua carreira, errara um alvo. Maldito Svenson! Se ele não tivesse se mexido bem na hora em que disparara a flecha, a esta hora estaria morto! E ele nem podia tentar um novo tiro, pois os guardas do quartel poderiam apanhá-lo.

Blake dobrou uma esquina e chegou ao porto. O ar marinho encheu seus pulmões, clareando a mente. Precisava manter a cabeça fria e levar a cabo a tarefa para a qual fora contratado. Agora era uma questão de honra eliminar Ragnar Svenson.

Gerald sentia que se metera em maus lençóis. Fitando o rosto rubro e transtornado de Vernon, perguntava-se mais uma vez porque diabos desertara para seguir aquele lunático. Maldita a hora em que deixara a cobiça falar mais alto! No entanto, algo lhe dizia que agora era muito tarde para recuar. Se desse as costas a Vernon, este seria bem capaz de matá-lo apenas para garantir que não falaria. Ou então denunciá-lo à Montferrat, que o enforcaria pela deserção. Tenso, retorceu as mãos e tentou explicar seu recente fracasso.

— Estou dizendo, Vernon. O nortista voltou. E quando eu estava prestes a botar as mãos na garota, ele a encontrou.

— Inferno — Vernon berrou, socando a mesa —, e a mulher ruiva?

— Estava detida no quartel do senescal. Eu não a vi.

O outro sorriu, a maldade distorcendo seu rosto.

— Tomara que a ponham na ponta de uma corda, a vadia!

Gerald observou-o de soslaio, evitando expor seu desagrado. Vernon estava obcecado pela sarracena e não parecia inclinado a desistir. Agora, com um contato dentro da casa de Leila, estava seguro de que a apanharia. Intimamente, Gerald temia que ambos acabassem mal. Aquela criatura era asquerosa como uma serpente. Quase morrera de medo na noite em que foram se encontrar. E aqueles olhos? Cruzes! Davam calafrios quando o olhavam. Sem ligar para os resmungos irritados de Vernon, persignou-se. Não via a hora de pegarem a garota e o dinheiro e sumirem dali.

Entre irritado e curioso, Mark caminhava pelos corredores do quartel. Sua vontade era colar o ouvido à porta e tentar escutar o que seu superior e a ruiva conversavam. Mas supunha que, se fizesse isso diante de Michael e Gilchrist, arruinaria sua reputação diante do exército. Sendo assim, só lhe restava se resignar e esperar. Bufou e começou a dar outra volta, contando os ladrilhos do chão. Foi surpreendido pela chegada de Ragnar, acompanhado de um homem tão louro quanto ele, carregando um grande fardo nos braços. Franziu o cenho e indagou.

— Sven? Já de volta?

— Sim, e antes que comece a me contar as novidades, ajude aqui. — Ragnar pediu — Leila levou uma pancada na cabeça e desmaiou.

Só então ele notou que o fardo era uma pessoa. E depois ainda mais espantado, percebeu que a jovem vestia os trajes da ruiva.

— Mas que diabo — resmungou —, é uma nova moda?

O acompanhante de Ragnar riu com vontade.

— Se eu soubesse que Tiro era uma cidade tão animada, teria vindo procurá-lo há mais tempo, Svenson! — Parou de falar repentinamente e olhou para Mark — ei, eu o conheço. Jogou comigo na casa de Isabella.

— Olá, Hrolf da Noruega. Vejo que encontrou quem procurava.

O norueguês se espantou.

— Como...?!

— Ora, esqueça. Ele sempre sabe de tudo, Hrolf — retrucou Ragnar com Leila nos braços —, não se espante. E agora que as *mocinhas* se cumprimentaram, podem me ajudar com Leila?

Mark se abaixou instantaneamente. Retirando o lenço da cabeça de Leila, examinou cuidadosamente. Ao apertar um ponto inchado, a moça gemeu, mas não despertou.

— Faz tempo que ela está desacordada, Sven?

— Não muito, apenas alguns minutos.

— Então não vejo porque se preocupar. Ela reagiu à dor, respira direito e as cores de seu rosto estão normais. Creio que vai despertar em breve; o osso da cabeça não me pareceu quebrado — sorriu e deu uma batidinha amigável no ombro do amigo. — Fique com ela, sei que não será sacrifício algum para você ter Leila nos braços, mesmo que nesses trajes.

— Por falar em trajes — começou Ragnar aconchegando a jovem desacordada —, eu vi o que vi? Raden...

— Radegund — Mark pronunciou o nome como se experimentasse seu som —, é uma mulher. — Completou em seguida, de cara amarrada.

— Ora Bakkar, parece que não gostou muito desta história... — retrucou Ragnar espantado.

Mark lhe deu as costas e fitou a paisagem noturna pela janela. Era um pouco difícil expressar o que sentia. Sempre gostara do soldado Raden, apesar do jeito estranho do rapaz e de seu eterno mau-humor. A descoberta de que *ele* na verdade era *ela* o deixara muito confuso. Sentia raiva por ter sido enganado; respeito, pelo caráter da ruiva; admiração por seu altruísmo e coragem; e até mesmo uma certa mágoa por ela não ter lhe contado a verdade. Além de tudo isso, sentia também uma estranha ligação com aquela criatura de olhos sombrios e maneiras soturnas. Ela salvara sua vida. Suspirou e fitou o amigo, desistindo de tentar entender. Admitiu apenas uma parte do que sentia.

— Não é isso — deu de ombros —, apenas me ressinto de ter sido injusto com ela quando soube da verdade.

Ragnar franziu o cenho e olhou para Hrolf que, alheio aos acontecimentos anteriores, deu de ombros. Curioso, voltou à carga.

— Dê-me detalhes.

O mestiço então contou sobre a briga da ruiva com Odrich, sobre como ela o enfrentara e acabara matando para não ser assassinada à traição. E também contou sobre seu acesso de cólera depois da confusão. Svenson e Hrolf caíram na gargalhada quando Mark relatou como Radegund o acertara, jogando-o no chão.

— Oh, Deus, Bakkar — Ragnar estava às gargalhadas —, nem em mil anos, se me contassem, eu não acreditaria. Ela o acertou... *lá*! Creio que perdeu seu famoso charme com as mulheres, meu amigo!

— Não me amole, Sven!

— Ei garotos, não briguem — meteu-se Hrolf, jovial —, creio que vou convidar a ruiva para um passeio; ela me pareceu bonita...

Mark e Ragnar se entreolharam e reviraram os olhos. O mestiço abriu a boca para falar alguma coisa, mas não pode prosseguir. A porta do gabinete de Ibelin se abriu e o nobre apareceu na soleira. Olhou para Mark e meneou a cabeça num breve cumprimento. Depois seu olhar caiu sobre Ragnar Svenson, que estava sentado com Leila nos braços. Estreitou os olhos e quase teve uma síncope.

— Mais uma? É uma moda agora? O que significa isso, Svenson?

— Deixe-a comigo, meu velho — falou Hrolf, tomando Leila nos braços —, vá ter com seu senhor que eu cuido de sua sarracena.

Sem remédio, Ragnar assentiu, passando o precioso fardo para Hrolf. Atravessava a soleira, quando o nobre apontou o dedo para Mark, chamando-o.

— Você também, Bakkar — deu as costas e ordenou —, quero os dois em meu gabinete. Agora.

Assim que passou pela porta, a primeira coisa que Ragnar viu foi a mulher de cabelos vermelhos. Parada, de costas para eles, olhava pela janela, como se estivesse alheia ao que se passava ao seu redor. Sua postura rígida, no entanto, denunciava seu estado de tensão. Pelo que ele conhecia do soldado Raden, ela estava pronta para correr, talvez saltar pela janela. Ou então, pronta para cortar suas gargantas. Tentou imaginar o que Ibelin teria dito ao saber dela. Teria ficado chocado, sem dúvida. Furioso, certamente. Subitamente sentiu-se preocupado. Por mais mal-humorada que a criatura fosse, simpatizava com ele. Ou melhor, *ela*! Qual seria o destino que Ibelin lhe daria?

— Sentem-se — ordenou Ibelin. — Você também, Radegund.

Radegund. Precisava se acostumar com o verdadeiro nome do jovem Raden. Observando-a caminhar na direção da cadeira vazia ao lado dele e de Mark, Ragnar achou seus olhos brilhantes demais, como se houvesse neles lágrimas contidas a custo. A voz do nobre o fez voltar sua atenção para a conversa. Ibelin foi objetivo.

— Eu decidi que Radegund, apesar desta situação um tanto... — fitou--a com certo ar irônico, que não passou despercebido a nenhum dos três — *irregular*, continuará ao meu serviço.

— Hã?! — Os dois exclamaram, espantados com a inusitada decisão de seu senhor.

— Alguma objeção, senhores? — Como os dois permanecessem calados, o nobre continuou — que eu saiba, Radegund provou seu valor diversas vezes. E também sua lealdade. Nossa conversa me fez perceber que ela é muito útil à nossa causa. Apesar de não ter completado muitos verões, sua capacidade para o serviço é evidente. O talento de Radegund para a cavalaria é inquestionável. E, acreditem, até eu me surpreendo comigo mesmo ao dizer que, neste caso, gostaria que mulheres como ela pudessem ser sagradas *chevalières*. — Um breve sorriso de mofa esboçou--se nos lábios da ruiva, mas logo se apagou. Não escapou, entretanto, aos argutos olhos de Bakkar — contudo — prosseguiu Ibelin, alheio ao fato —, nestes primeiros dias, quando ela será uma novidade, precisarei que vocês dois lhe deem cobertura.

— *Messire*! — Radegund se ergueu da cadeira num ímpeto — perdoe a insolência, *messire*, mas não preciso de ama-seca! Muito menos desses dois no meu pé!

— Acalme-se e sente-se minha jovem — Ibelin esperou que a ruiva se aquietasse e se sentasse, bufando, na cadeira. Então se recostou no espaldar alto, os braços cruzados e um meio sorriso divertido a brincar no rosto — sei que não precisa de ama-seca, e tampouco estou oferecendo uma. Minha intenção é manter a ordem e a disciplina entre meus homens. Entenda, você é hoje o assunto que ocupa toda Tiro. E eu tenho um exército para comandar. Um exército feito de homens que devem estar muito curiosos para conhecê-la em sua nova identidade. Já imaginou como será o dia de amanhã, minha cara? Pois eu lhe digo como vai ser — inclinou-se para frente, apoiou os cotovelos sobre a mesa e juntou as pontas dos dedos, explicando — terá metade dos *chevaliers* deste meu exército correndo como cachorrinhos atrás de você, disputando suas atenções. A outra metade ficará revoltada por eu não a pendurar pelo pescoço na ponta de uma corda e tentará desafiá-la para um combate a cada hora!

— E o que quer exatamente que façamos, *messire*? — Interveio Ragnar, sério.

Ibelin encarou os dois homens. Seu tom não dava espaço para réplicas.

— Quero que deixem bem claro que Radegund é um soldado *meu*, que serve sob *minhas* ordens e que está sob a proteção de vocês dois. E que qualquer um de nossos homens que se atrever a encostar as mãos nela, vai ter que se entender *comigo*. Fui claro?

— E quanto aos inimigos, *messire* — Radegund indagou, irônica e ainda irritada —, como fará para que eles não encostem a mão em mim?

O nobre a encarou e gargalhou.

— Desses, minha cara, tenho certeza de que você mesma saberá cuidar.

CAPÍTULO

XII

"Teu, para sempre, encantadora dama,
enquanto a máquina deste corpo me pertencer."

"HAMLET". CENA II, ATO II
WILLIAM SHAKESPEARE.

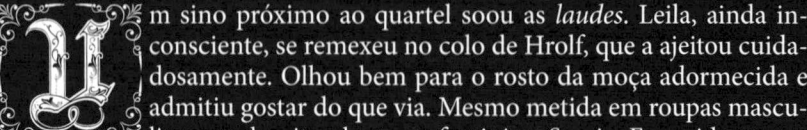

m sino próximo ao quartel soou as *laudes*. Leila, ainda inconsciente, se remexeu no colo de Hrolf, que a ajeitou cuidadosamente. Olhou bem para o rosto da moça adormecida e admitiu gostar do que via. Mesmo metida em roupas masculinas, era bonita e bastante feminina. Sorriu. Era evidente que Ragnar estava encantado com a jovem. Intimamente fez uma prece aos seus deuses para que a sarracena amolecesse o coração de seu amigo. Era mais do que hora de o jovem Svenson se assentar.

Um tanto impaciente, ergueu os olhos para a porta em que Ragnar e Bakkar haviam entrado há quase uma hora. Praticamente no mesmo instante, ela se abriu. Por ela passaram os dois homens e a mulher de cabelos vermelhos, vestida como um homem. Ao notar Leila em seu colo, ela não hesitou em correr em sua direção. Ajoelhou-se ao seu lado, encarando-o com hostilidade. Tentou puxar a moça de seus braços.

— O que fez com ela, bastardo? — Rosnou.

Revirando os olhos, Ragnar foi acudir o amigo, antes que a ruiva resolvesse que era necessário separar sua cabeça do corpo.

— Tenha calma, encrenqueira — interpôs-se entre os dois. — Hrolf é meu amigo. Está cuidando de Leila.

Radegund hesitou, mas não se afastou da moça.

— E pode me dizer por que diabos Leila está aqui, desacordada e vestida com as minhas roupas? — Indagou enquanto levantava a ponta do albornoz e fitava a moça — mas, que diabo! Esta era uma de minhas melhores túnicas.

— Leila bateu com a cabeça quando chegava ao quartel — explicou Ragnar. — Na certa veio saber notícias suas.

— Pobrezinha — a ruiva passou a mão pelos cabelos da moça —, ela sempre se preocupou com o dia em que me descobrissem.

— Espere um instante — Ragnar se aproximou e se sentou ao lado de Hrolf, trazendo Leila para seu colo. — Está me dizendo que ela sabia? — Radegund assentiu — ela sabia... *o tempo todo*? Desde Jerusalém?

Ela ainda fitou a amiga por alguns instantes, antes de responder.

— Sim, ela sabia — ergueu o olhar e encarou Ragnar, que ainda se sentia perplexo diante daquele rosto tão familiar e, ao mesmo tempo, tão diferente — desde o dia em que eu e ela nos conhecemos, quando Vernon a atacou. — Ajeitou as pontas do albornoz sobre Leila e desconversou. — Mas essa é uma história comprida demais, não vou contá-la agora. Pretendo ir para casa. Faz horas que não como nada. Estou exausta depois de tudo o que aconteceu hoje. Além disso, temos que cuidar de Leila.

— Ela tem razão, Svenson — completou Hrolf —, a moça precisa ser colocada na cama. Ela se mexeu um pouco, talvez recobre logo a consciência. Amanhã certamente vai se levantar com uma tremenda dor de cabeça.

Ragnar assentiu e se levantou com Leila nos braços, agindo como se ela não pesasse nada. Radegund o acompanhou, se levantando depressa, ainda desconfiada do tal Hrolf. No entanto, as longas horas de jejum e a comoção daquele dia cobraram seu preço. Sua visão escureceu, enquanto perdia o controle das próprias pernas.

— Essa não... — ainda gemeu. E como uma árvore abatida, despencou no chão.

Mark não pôde deixar de achar curioso a guerreira, a quem nada derrubava, sucumbir a um desmaio como um ser humano normal. Apesar disso, apressou-se em erguê-la do chão. Em seguida, pediu a Hrolf que buscasse suas armas com os guardas. Enquanto esperava o rastreador voltar, pilheriou com Ragnar.

— Vê meu camarada! Mesmo um osso duro de roer como Raden acaba aos meus pés.

O norueguês gargalhou, descendo as escadas com Leila.

— Deixe a ruiva ouvir você falando assim — retrucou. — Na certa arrancará seu couro e outras coisas mais!

Leila despertou um tanto zonza, embalada pelo suave sacolejar da montaria. Sentiu um corpo quente e aconchegante roçando o seu, acompanhado do cheiro másculo, misturado ao odor de cavalos, suor e vinho. Tentou abrir os olhos, mas a dor em sua cabeça a impediu de continuar. Respirou fundo e tentou se ajeitar no ninho quente onde estava enrodilhada. Sentiu algo rígido contra as nádegas. Quando identificou o que era, agitou-se.

— Fique quieta, pequenina! Ou cairemos os dois da montaria.

— Ragnar... — ela gemeu. Conseguiu abrir um pouco os olhos — mas o quê... O que houve?

Ele baixou o rosto. Sorriu para ela e ajeitou-a nos braços.

— Estamos quase em sua casa — explicou —, você bateu com a cabeça e desmaiou.

Leila se recordou então do incidente na porta do quartel. Ficou furiosa com Ragnar.

— Você me derrubou, seu grosseirão! Me atacou — seus punhos pequeninos acertaram o peito dele, arrancando risadas. — E pare de rir!

— Calma, gatinha brava! — Apertou o braço que a segurava, contendo seus movimentos frenéticos, espalhando um calor súbito pelo corpo de Leila — eu a protegi, não a ataquei. Alguém disparou uma flecha contra nós. — Leila arregalou os olhos, mas não deu o braço a torcer. O tratante! Agora ele vinha cheio de sorrisos e palavras doces. Mas ela ainda não se esquecera da manhã em que se separaram. De todas as palavras amargas que ele dissera. Seu corpo se retesou ao se lembrar. Ragnar, atento a cada movimento e expressão suas, pediu suavemente — pode não me odiar pelo que fiz?

Leila suspirou e baixou os olhos, triste.

— Por que, Ragnar? — Indagou, a voz denotando tristeza e cansaço — por que agiu daquele jeito?

Ele suspirou. Apertou-a ainda mais contra si, como se temesse que Leila escapasse de seus braços. Beijou seus cabelos e respondeu.

— É uma longa história. Se permitir, posso contá-la quando chegarmos em sua casa.

Houve um longo silêncio. Tão longo que achou que Leila adormecera de novo. Mas a voz suave dela cortou a noite dizendo baixinho.

— Eu não o odeio, Ragnar Svenson.

Eu o amo, seu tolo, completou em pensamento.

Enquanto Hrolf trotava devagar, trazendo Lúcifer pelas rédeas. Mark seguia mais atrás do grupo, carregando a desacordada Radegund à sua frente.

Observou de novo a intrigante mulher. Ela estava pálida e com olheiras, evidenciando toda a exaustão das últimas horas. Olhou-a com mais atenção, chegando a considerá-la bonita. Talvez, com roupas adequadas, fizesse sucesso na corte. Mark suspirou. Remoeu novamente o próprio descuido. Como pode *não notar* que Raden era uma mulher. Incrível! O mais interessante nela, porém não eram atributos físicos e sim, a força que emanava de sua personalidade. Apesar do gênio forte, ele pressentia nela um coração leal e generoso. O que era facilmente provado pelo episódio em Hattin e pelo fato de ela ter cuidado dele e de Leila aquele tempo todo. E também por ter arriscado tudo para salvar a um garoto desconhecido das garras de Odrich. Desconfortável, lembrou-se de como a tratara mal. Resolveu que a primeira coisa que faria quando a ruiva acordasse seria se retratar com ela pelo seu comportamento. E também tentar convencê-la de que *precisava sim* de seus dois novos protetores. Ergueu os olhos para o céu estrelado. Nem queria imaginar a repercussão do incidente quando amanhecesse. O dia seguinte seria, no mínimo, infernal.

A pequena comitiva chegou aos portões da casa de Leila causando alvoroço nos sonolentos criados. Eficientes, logo ajudaram a cuidar dos animais e a acomodar o grupo. Leandra, a criada pessoal de Leila, correu preocupada ao ver sua senhora nos braços do norueguês.

— Senhora, o que houve? Fiquei preocupada quando não a encontrei em seus aposentos.

Leila levou a mão à cabeça, sentindo uma súbita pontada.

— Oh, Leandra! Depois contarei a você. Agora, quero apenas que me prepare um banho. Traga-me também um pouco de óleo de menta para fazer uma compressa.

— Levarei sua senhora até os aposentos dela, Leandra — adiantou-se Ragnar com autoridade na voz — enquanto isso, ajude Bakkar, pois Raden...

isto é, Radegund, também está desacordada. — Ele olhou para Hrolf que vinha mais atrás — ah, e este homem é meu amigo. Ficará aqui esta noite.

— Certamente, *sire*. Vou providenciar tudo. Com licença.

Mark caminhou com Radegund na direção dos aposentos dela, mas se deteve intrigado.

— Onde está aquele criado, Patrus?

Leandra voltou-se e deu de ombros, só agora se dando conta da ausência do onipresente Patrus.

— Não sei lhe dizer, *sire*. Ele é um tanto indolente, se me permite o comentário — a moça falou de olhos baixos —, na certa não despertou com o movimento.

Ragnar, Hrolf e Mark se entreolharam, mas não deram importância ao fato. Sem mais demora, trataram de seguir os criados em direção ao interior da casa.

Os olhos maldosos estreitaram-se à porta da casa de Leila. Assistira de longe a volta do grupo e amaldiçoara a incompetência dos comparsas em levar a cabo o plano de sequestrar a jovem sarracena. Porém, regozijara-se ao ouvir os comentários dos criados a respeito do ataque sofrido pelo norueguês. Alguém queria matá-lo. Isso era muito bom. Se descobrisse quem era aquele mensageiro da morte, poderia fazer um pacto com ele também.

Sim, pensou, sorrindo na escuridão. Era isso o que faria. No submundo de Tiro, onde as notícias corriam de boca em boca muito antes de os poderosos se darem conta delas, certamente descobriria quem estava interessado na eliminação de Ragnar Svenson. E naturalmente tiraria proveito disso.

— Pode me colocar no chão agora, Ragnar.

Ele suspirou e desceu Leila num divã estofado, sentindo-se subitamente vazio sem aquele contato. A moça o encarou gravemente por alguns instantes e depois reclamou.

— Não tem porque ficar aí parado. Pode ir agora — fez um gesto com a mão como se enxotasse um cão inoportuno.

Ragnar franziu o cenho, contrafeito. Ao invés de sair, fechou a porta e se sentou numa poltrona à frente de Leila, encarando-a. A jovem se irritou, com ele e com a cabeça dolorida.

— O que quer aqui? — Indagou, massageando a têmpora com as pontas dos dedos —não foi suficiente o que me fez naquele dia?

— E eu prometi explicar, não foi?

— E quem disse que preciso de suas explicações, Ragnar Svenson? — Ela rebateu aborrecida.

— Você disse que não me odiava, Leila.

Ela ergueu-se um pouco do divã e olhou-o nos olhos.

— Realmente, eu não o odeio. Mas também não estou à sua disposição, à espera de que você estale seus dedos e eu vá correndo me atirar em seus braços. Ora, francamente!

— Diabos, Leila! — Ele se levantou e começou a andar pela saleta íntima — não vai nem ao menos me ouvir?

— Nada justifica seu julgamento precipitado de meu caráter!

— E se eu disser que já fui enganado, ludibriado e feito de tolo por uma mulher?

— Ainda assim, Ragnar — ela ergueu o queixo, decidida —, eu sou essa mulher por acaso?

— Não, mas...

— Não há *mas*. — Ela o interrompeu — você dormiu comigo e aproveitou cada um daqueles momentos, mas foi incapaz de compreender que eu poderia me sentir insegura no dia seguinte. E do alto de sua suprema sabedoria — debochou —, você me julgou e me condenou sem sequer perguntar por quê! — Concluiu esbravejando, já de pé.

Ragnar não podia crer no que via. Quase engasgou ao vê-la naquela calça apertada. O albornoz escorregara para o chão. Recuperou a custo a concentração e retrucou.

— Que inferno, Leila! Eu me arrependo a cada instante daquela manhã e de minha burrice. Será que não pode ao menos me ouvir?

Leila respirou fundo e se sentou novamente, pensando se deveria ouvi-lo ou não. Estava muito magoada com a injustiça que Ragnar cometera. No entanto, também estava muito apaixonada por ele. Mesmo correndo o risco de se arrepender amargamente, resolveu dar a ele chance que ele mesmo lhe negara naquela manhã. Indicando a cadeira, falou.

— Muito bem, Ragnar, eu sou toda ouvidos.

Mark colocou Radegund na cama cuidadosamente. Abaixou-se para tirar suas botas e, em seguida, livrou-a da túnica e afrouxou os laços da calça e da roupa de baixo. Ao ajeitar um de seus braços, notou as cicatrizes nos punhos, tipicamente causadas pelo uso do arco. Nas palmas das mãos havia calos e pequenos riscos brancos, frutos de antigos cortes. Olhando mais para cima, viu o ponto arroxeado onde a segurara. Torceu o nariz e tocou as marcas vermelhas que fizera em seu pescoço. E pensou que, na certa, ela estaria também com as costas machucadas, tamanha fora a violência com que a fizera se chocar contra a parede.

Balançou a cabeça, aborrecido consigo mesmo. Logo ele, que nunca erguera a mão contra uma mulher, fora causar aquele estrago! Sentiu-se péssimo por ser o responsável por aqueles ferimentos. Dependendo do humor de Radegund quando acordasse, era provável que acabasse com um olho roxo por causa daquilo.

Resignado, sentou-se contra a cabeceira da cama e suspirou. Tirando as botas, colocou os pés para cima, resolvido a velar pelo sono da ruiva e a conversar com ela assim que acordasse. Provavelmente acabou cochilando. Quando despertou, ela estava sentada sobre os joelhos dobrados, do outro lado da cama larga, avaliando-o com desconfiança.

"Ao menos está desarmada, " pensou aliviado. Tentando ganhar tempo, espreguiçou-se e sorriu diante de sua cara de poucos amigos. Olhou pela janela, percebendo que ainda era madrugada.

— O que faz aqui? — Radegund rompeu o silêncio, irritada.

Mark estudou-a com atenção por um longo tempo. Respondeu com outra pergunta.

— Aquela noite na praia, era você, não era?

Radegund se remexeu em seu canto, evidentemente desconfortável. Mudou de posição, dobrando as pernas a frente do corpo e abraçando os joelhos. Respondeu com azedume.

— Sim, e você apareceu para me atrapalhar justo quando eu conseguia tomar meu primeiro banho em dias — cutucou o colchão com o pé descalço e depois o encarou. —Ainda não me respondeu. O que faz em minha cama, Bakkar?

— Tomo conta de você, ruiva — ele cruzou os braços atrás da cabeça, recostando-se de forma indolente na madeira entalhada —, como *messire* Ibelin ordenou.

Ela ergueu a sobrancelha.

— Eu disse a Ibelin que não preciso de ama-seca.

Mark inclinou levemente a cabeça para o lado e indagou suavemente.

— Também não precisa de amigos, Radegund?

— Se o que você me mostrou hoje cedo for uma prova de sua amizade, Deus me livre de ser sua inimiga... — retrucou irônica.

O mestiço corou. Respondeu muito sem-graça, assentindo lentamente.

— Certo. Eu mereci cada uma dessas palavras — estudou-a por um instante e completou — quero que me desculpe.

— Fala sério? — Ela indagou desconfiada.

— Sim, por quê?

Radegund deu de ombros, num gesto de desprezo.

— É o primeiro homem que vejo fazer isso.

— Ótimo. Há sempre uma primeira vez para tudo. E então?

— E então o quê, homem?!

— Vai me desculpar?

Radegund olhou fixamente nos olhos dele. Perguntou-se se poderia realmente confiar em Mark al-Bakkar. Diabos, ele quase a matara! Mas no fundo de sua mente havia uma voz que dizia que sim, que ele era um homem honrado. E que, no momento em que tivesse sua lealdade, esta seria para sempre. Apanhou-se assentindo.

— Está certo, Bakkar. Eu o desculpo — ergueu um dedo, que desmanchou o sorriso que se esboçava no rosto dele — com uma condição.

Mark franziu o cenho, divertindo-a.

— Diga.

— Que me arranje algo para comer — deu um de seus raros sorrisos —, estou faminta.

O sorriso de Mark iluminou seus olhos castanhos, fazendo-a se sentir subitamente à vontade. Ele lhe estendeu a mão e a encarou.

— Isso pode ser arranjado, garota. Amigos?

Radegund apertou sua mão com firmeza. Uma onda de calor passou entre ambos, envolvendo suas almas, gerando um laço eterno. Quando ela falou, sentia a mais profunda convicção do que dizia.

— Amigos, Bakkar.

Num tom grave, Ragnar contava a Leila os acontecimentos de sua juventude, omitindo, no entanto, as implicações políticas e o seu parentesco real. Contou sobre a traição de Karin como se fosse apenas o caso de uma mulher ambiciosa e depravada. O que ela era realmente.

Contudo, Leila sentiu que havia algo mais por trás daquela história. De qualquer forma, resolveu que perguntaria em outra ocasião. O que importava agora era saber por que Ragnar havia feito um julgamento tão baixo dela. E agora que descobrira, estava realmente furiosa.

— Como se atreveu a me comparar com essa... essa mulherzinha?! — Esbravejou irada.

"Por essa eu não esperava!", Ragnar coçou a cabeça.

Pensou que Leila fosse entender suas reservas, mas ela parecia mais brava ainda. E como ficava linda assim! Os cabelos castanhos estavam desalinhados e o pé delicado batia furiosamente no chão. O queixo estava erguido com altivez e os lábios vermelhos formavam um adorável beicinho. E aquela calça, Deus do céu! Cada curva do corpo de Leila estava moldada e acentuada pelo tecido gasto. Estava tão enlevado com a visão dela que sequer ouvia suas palavras.

— E pare de me olhar com essa cara!

— Como? — Ele piscou — que cara?

— Ora! Como... como um cachorro que viu um osso!

Ele sorriu, malicioso. Deu um passo em sua direção.

— Garanto que não era em ossos que eu pensava...

Leila deu um passo para trás.

— Fique onde está, Ragnar!

Ele avançou.

— Por que deveria? Quero estar o mais perto possível de você, Leila.

Ela foi para trás de uma cadeira.

— Já disse para ficar longe — ela alcançou um vaso de porcelana e ameaçou —, ou eu jogo isso em você.

Ragnar gargalhou. Deu mais dois passos na direção dela.

— Ora, você é mesmo uma gatinha muito brava! Será que não imagina o quão perto eu quero estar de você, *liten*? — A voz dele adquiriu um timbre macio e sedutor.

Tentando a custo fugir dos olhos cinzentos que a hipnotizavam, Leila jogou o vaso na direção dele. Ágil, Ragnar esticou o braço e salvou o objeto de se espatifar no chão. Colocou-o suavemente numa mesinha e continuou indo na direção dela.

— Parado aí!

— De jeito nenhum, pequenina. Passei uma semana infernal — coçou a barba por fazer e passou um dedo pela cicatriz na face — meti-me em todas as brigas que encontrei e provoquei mais uma dúzia delas; entornei todo o estoque de cerveja de Trípoli e ainda apanhei de Hrolf. Tudo por sua causa.

— Por minha causa? — Ela pegou uma estatueta e jogou sobre ele — por sua própria causa, asno teimoso!

Ragnar pegou mais aquele objeto no ar e deu a volta na cadeira. Leila se esquivou, mas o braço comprido a alcançou, puxando-a para ele.

— Tem toda razão, pequenina. Mas isso ainda não resolve nosso problema.

— Qual problema? — Ela ofegou, lutando para se soltar, sem sucesso, dos braços dele.

— O problema que é manter minhas mãos longe de você.

A boca dele desceu sobre a de Leila, cobrando o preço por mais de uma semana de separação. Envolvida nos braços poderosos, ela se deixou arrastar pelo beijo exigente, abrindo a boca para a língua que a invadiu, espalhando um calor enorme por todo seu corpo.

Leila gemeu. Ragnar puxou-a mais ainda para si, moldando o corpo macio ao seu. Suas mãos passeavam pelo corpo dela, absorvendo a maciez através de cada poro. Mergulhou uma das mãos nos cabelos sedosos e deslizou a outra pelos quadris dela, pressionando-a contra seu sexo rígido, aprisionado pelas roupas pesadas de viagem.

— Deus, Leila! — Murmurou de encontro a sua boca — a única coisa em que pensei nesses dias todos foi em fazer isso com você!

Ela ergueu o rosto e focalizou com dificuldade o rosto dele, mirando os olhos cinzentos e as pupilas dilatadas de desejo.

— Não está certo... — protestou fracamente.

— Claro que está! — Ele a beijou de novo e ia deslizando a mão por dentro de sua túnica, quando Leila se afastou.

— Pare com isso, Ragnar — tentou recuperar o fôlego. Procurou soar firme —, não vai me comprar com beijos e palavras doces. E nem tampouco me transformar em seu passatempo.

Ele franziu o cenho, frustrado.

— Diabos, Leila! Quem disse que eu quero transformá-la num passatempo? Posso não saber falar palavras bonitas, mas minhas intenções a seu respeito são muito sérias.

Ela o encarou, boquiaberta.

— O que está insinuando?

— Eu não estou insinuando — aproximou-se dela e olhou-a nos olhos. — Eu estou dizendo que a quero como minha mulher, minha esposa.

Ela caiu sobre a cadeira, estupefata. Não esperava que Ragnar a pedisse em casamento. É claro que *desejava* que isso acontecesse! Mas tudo era tão recente, e a situação tão complicada... Ele era cristão e ela muçulmana; um dos dois teria que abrir mão de sua fé para que pudessem se unir. E ela duvidava muito que Ragnar se convertesse, se submetendo fé de sua gente. Além dessa complicação, havia outra coisa muito mais importante em seu entender. Ela o amava, mas, e ele? Ragnar não falara sobre amor, apenas sobre desejo. Aquela atração mútua serviria para embasar um casamento? Bastaria para eles dali a algum tempo?

Diante do silêncio de Leila, Ragnar ficou apreensivo. Nunca lhe ocorrera que ela talvez não o considerasse adequado para ser seu marido. Ele não tinha um título, nem era um grande senhor de terras, mas possuía uma herdade deixada por sua mãe legítima na Noruega e uma casa espaçosa em Veneza, comprada com seus próprios recursos. Poderia dar a Leila uma vida confortável. E ela ainda possuía os bens herdados do pai e de Sophia. Talvez a questão religiosa a fizesse hesitar. Fosse o que fosse, não aguentaria permanecer na dúvida. Tinha que saber sua resposta já!

— Leila — ele se abaixou no chão a frente dela —, olhe para mim, pequenina. O que houve? Por que está tão calada?

Ela ergueu para ele os olhos marejados.

— Ah, Ragnar! Toda mulher sonha em ser pedida em casamento... — Leila suspirou e enxugou os olhos — eu também sonhava. Mas agora estou insegura. Há tanta coisa acontecendo e tão de repente! Minha vida se transformou completamente. Perdi meu pai, minha casa, minha tia. Parece que sou outra pessoa!

— Você amadureceu, Leila — ele alisou seus cabelos, enternecido. — Sei que não está sendo fácil para você, e mais uma vez peço desculpas por meu comportamento precipitado daquela manhã. Mas preciso saber. Você *quer* se casar comigo?

— Sabe que eu quero. Mas não sei se estou pronta a assumir sua fé...

Ragnar ergueu-se do chão. Caminhou pelo aposento enquanto falava.

— Leila, eu não sou um homem muito religioso. Mas fui criado na fé cristã e faço parte do exército cristão. Não posso me converter. Isso implicaria fatalmente em deixar meu posto — cerrou os punhos e a encarou. — Vivemos em guerra, Leila. E apesar de eu achar errado, é uma batalha de fé. Uma guerra santa.

Leila se levantou e esbravejou.

— Nenhuma guerra é santa, Ragnar! Nada justifica esta matança sem fim!

— Eu sei, *liten!* — Ele suavizou a voz — mas sou um *chevalier*, um simples soldado. Em última instância, eu sirvo à Cruz, à causa de Jerusalém. Por favor, me entenda. Não posso me converter e sair impune. Minha posição junto a Ibelin é de extrema confiança. O que eles dirão? O que os subalternos dirão? Serei visto com desconfiança pelas tropas e nossa vida se tornará um inferno. E mesmo deixando tudo aqui, para onde irei? Crê que em Damasco serei aceito? Acha que entrarei impune na cidade, quando tantos me viram no campo, inúmeras vezes, portando as armas de Jerusalém? Acha que as famílias dos sarracenos que matei me aceitarão pelo simples fato de que me casei com você?

Confusa, Leila apenas deu de ombros, sem saber como argumentar. Estavam num impasse. Ergueu-se e parou diante dele, tocando seu braço numa tentativa de diminuir aquela barreira entre ambos.

— Ragnar, eu quero aceitar seu pedido, mas sei que nenhum padre ou mulá ira celebrar nossa união se um de nós não aceitar a fé do outro.

— Então temos um impasse, Leila.

Ela estendeu a mão. Tocou seu rosto rígido com tristeza.

— Sim, e eu não sei o que fazer.

Ele apenas tomou sua mão e a beijou. Em seguida saiu porta afora, deixando Leila a sós com seus pensamentos.

A manhã se arrastava de maneira preguiçosa. Depois de todos terem ido dormir no meio da madrugada, o desjejum fora servido mais tarde, na varanda. Hrolf foi oficialmente apresentado a Leila. Ela se encantou com o sorriso amigável do rastreador e relaxou um pouco ouvindo sua conversa animada, repleta de histórias da distante Noruega.

Ragnar e Mark, sentados num dos lados da mesa, conversavam sobre o trabalho daquele dia. Interromperam o que diziam quando Radegund apareceu para a refeição, com a cabeça novamente coberta pelo habitual lenço negro. No entanto, ela não se cobrira tanto quanto costumava fazer, pois deixara o pescoço de fora. Pequenas mechas vermelhas escapavam perto das orelhas. Bakkar, de bom ânimo, não perdeu a chance de provocá-la.

— Ora, pensei que agora que se tornou popular — apontou o lenço —, fosse parar de usar isso.

A ruiva o encarou, fingindo-se mau humorada.

— Não pense, Bakkar — deu um meio sorriso —, não é o seu forte.

Naturalmente sabia que o que dissera estava longe de ser verdade. Mas descobrira ser muito divertido alfinetar Bakkar e tirar sua pose de conquistador. E só Deus sabia o quanto eram raros os momentos de descontração em sua vida!

Depois do apoio que o mestiço lhe dera junto a Ibelin, Radegund passara a admirá-lo ainda mais. Na verdade, havia algum tempo que nutria uma sincera simpatia por ele. Agora, livre dos disfarces e das mentiras, poderiam conversar de maneira honesta, cultivando a camaradagem e a amizade que selaram na noite anterior.

Bakkar não perdeu a pose. Lançou seu sorriso mais sedutor. Sabia que a ruiva apenas fazia troça com sua cara e começava a gostar daquilo. Ragnar, por sua vez, depois de cumprimentá-la, adiantou as questões práticas. Apanhou um pedaço de queijo e falou enquanto comia.

— Hoje, segundo as ordens que Montferrat nos repassou, teremos que inspecionar as muralhas ao norte e verificar a origem de alguns distúrbios nos vilarejos próximos ao Litani. — Fez uma pausa para tomar um copo de sidra e depois prosseguiu — mas antes preciso passar no quartel do senescal e fazer meu relatório a Ibelin.

— Como foram as coisas em Trípoli? — Indagou Mark.

— Por enquanto a situação é basicamente a mesma de Tiro. Muitos refugiados, pouco espaço e confusão de sobra.

— Bem, hoje seria, a princípio, o dia de minha folga — comentou Radegund, esticando-se na cadeira —, creio que vou ficar por aqui...

Um movimento à porta da varanda chamou a atenção de todos, interrompendo a ruiva. Logo, o soturno Patrus entrou. Com seus modos exageradamente servis, pediu licença e informou.

— O *chevalier* O'Mulryan está na sala de visitas.

— Ele quer falar comigo, Patrus? — Indagou Mark, se levantando.

— Ele diz que traz uma mensagem de *messire* Conrad de Montferrat para os *chevaliers* e... para Ra... — hesitou — a dama Radegund. Uma mensagem urgente.

— Mande-o entrar, Patrus, e diga-lhe que é bem-vindo para o desjejum — ordenou Leila, dispensando o criado com um gesto.

Pouco depois o irlandês entrou na varanda, cumprimentando os homens com um bom-dia. Acercou-se de Leila e tomou a mão que ela estendera com um sorriso educado. Seu rosto, no entanto, se iluminou assim que viu Radegund.

— Está encantadora, dama Radegund — aproximou-se da ruiva e tomou-lhe a mão, beijando-a com galanteria. — Se não fossem as notícias que trago, eu a convidaria para um passeio pela praia.

— Eu? — Espantou-se ela, observando intrigada a fisionomia bonita dele. O'Mulryan era bem-apessoado, apesar do tapa-olho e da cicatriz que riscava a testa e sumia sob o couro negro. Era bem alto e quase tão forte quanto Bakkar. Ela já dividira alguns turnos com o irlandês sério, de cabelos negros e voz de bardo. — Quem sabe? — Respondeu dando de ombros.

Ele sorriu, o olho negro se iluminando.

— E que notícias seriam essas, O'Mulryan? — Perguntou Ragnar intrigado, interrompendo o flerte entre a ruiva e o *chevalier*.

— Montferrat, juntamente Ibelin e outros barões, está reunindo nossas forças — abarcou a todos com um olhar grave antes de concluir. — Saladino tomou Jaffa e marcha para cá.

— Pelo Profeta — exclamou Leila, levando a mão ao peito —, a guerra chegará até nós?

— Infelizmente, dama — anuiu o irlandês.

— E quanto a Trípoli, Gilchrist? Tem notícias dele? — Indagou Radegund, se levantando da mesa e prendendo as pontas do lenço em torno do pescoço.

— Ele não poderá lutar conosco desta vez ruiva; Trípoli está à morte — retrucou Mark.

Todos ao redor da mesa silenciaram diante da triste notícia. O *chevalier* Raymond era um dos homens mais respeitados do Outremer, um veterano e uma das últimas vozes ponderadas no mar de insanidade e corrupção em que se tornara o reino, após a ascensão de Sibylle e Lusignan. O irlandês retomou a palavra.

— E tem mais — continuou Gilchrist —, Montferrat solicitou todos os navios dos portos. E quer que toda a população de Tiro jure lealdade a ele e à Cruz de Cristo. Caso contrário, serão postos fora dos muros.

— Minha nossa! — Exclamou Hrolf, acompanhando o grupo que se levantava da mesa e partia em busca de seus equipamentos —, parece que as coisas esquentaram mesmo por aqui.

CAPÍTULO

XIII

"Para a maioria dos homens, a guerra é o fim da solidão.
Para mim, é a solidão infinita."

ALBERT CAMUS

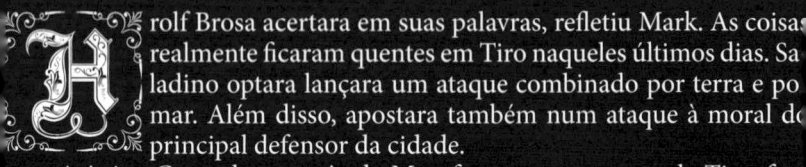

rolf Brosa acertara em suas palavras, refletiu Mark. As coisas realmente ficaram quentes em Tiro naqueles últimos dias. Saladino optara lançara um ataque combinado por terra e por mar. Além disso, apostara também num ataque à moral do principal defensor da cidade.

Atônito, Conrad, marquês de Montferrat e governante de Tiro, fora informado de que seu idoso pai, Guillaume de Montferrat, era refém do sultão. Intimado por Saladino a render a cidade em troca da vida do pai, Conrad fora firme e avisara que, se Saladino expusesse seu pai diante dos muros da cidade como prometera fazer, ele mesmo dispararia a flecha que tiraria a vida do nobre, poupando-o da vergonha de ver o filho capitular. Saladino, sem querer atrair a antipatia do povo que pretendia governar, acabou mudando de estratégia e mandou o velho para Tortosa[53]. Porém, o sultão sempre fora um homem obstinado e Tiro, um porto altamente estratégico tanto do ponto de vista bélico quanto do comercial. E o cerco continuara.

Ragnar, com o auxílio da influência de Ibelin, assumira o controle de um grupo na muralha sul, de onde podia se deslocar rapidamente até a casa de Leila, que se empenhava em cuidar de seus negócios enquanto buscava uma solução para o impasse surgido entre eles. Mark estava ciente de tudo, pois o amigo lhe confidenciara suas angústias quanto ao futuro do relacionamento com a sarracena.

Hrolf, a pedido de Ragnar, ficara na casa de Leila, ocupando o posto como seu guarda-costas. Gilchrist O'Mulryan fora designado como tenente de Ragnar, mostrando-se um bom amigo, além de excelente soldado.

Naqueles dias de cerco, tanto Mark quanto Radegund estavam encarregados de conter infiltrações inimigas que frequentemente aconteciam tanto pelo cais, quanto pela muralha. O objetivo principal era prevenir a ação dos temíveis sapadores, peritos em cavar túneis sob as muralhas e fazê-las implodir.

Os dias, assim como em Jerusalém, se tornaram uma repetição cansativa de escaramuças que se encerravam ao pôr-do-sol, quando os exércitos se recolhiam aos seus campos. Às vezes, as máquinas de guerra ainda lançavam projéteis contra os muros da cidade madrugada adentro.

Este era mais um dentre os muitos dias de luta contra os soldados de Saladino. Exaustos, ele e Radegund desabaram sobre um monte de palha. Ainda podiam ouvir, do outro lado da muralha, o som do choque entre as tropas. A companhia deles passara para a retaguarda, sendo substituída por uma descansada.

Mark esticou os braços doloridos para trás e olhou para a ruiva ao seu lado. Radegund estava de olhos fechados, o rosto tenso sujo de pó, respingos de sangue. Estava mais magra, observou. Como diabos ela teria ido parar ali, no meio da guerra? Como uma mulher teria se imiscuído no mundo dos homens daquela forma? Ao seu lado, a ruiva suspirou. Levantou-se abruptamente, interrompendo o rumo de seus pensamentos.

— Venha comigo, Bakkar — chamou ela sem rodeios.

— Posso saber para onde? — Ele perguntou, intrigado.

— Tenho ordens diretas de Ibelin — foi lacônica — eu explico no caminho. — E como ele não se movesse, ela falou exasperada — vamos! Mexa esse traseiro bonito daí homem!

Mark espreguiçou-se como um gato. Piscou para ela de forma insolente.

— Quer dizer que anda reparando no meu traseiro, ruiva?

Radegund corou e bufou, cruzando os braços com impaciência. Mark se levantou preguiçosamente. Virou-se de costas para ela, limpando ostensivamente o feno grudado na parte de trás das calças e piscando de novo para a guerreira.

"Exibido! "

Ela fez que ignorava seu gesto. Pegou um archote apagado. Jogando-o para ele, disse em seguida.

— Vamos precisar disso. Venha.

Uma hora depois, Bakkar praguejava atrás de Radegund, enquanto a seguia por dentro de um túnel escuro. O lugar fedia a mofo e era infestado de insetos e teias de aranhas.

— Diabos! Eu deveria pensar duas vezes antes de aceitar um convite seu.

Ela olhou para trás.

— Pare de reclamar — retrucou —, Ibelin quer que estas velhas redes estejam mapeadas e desobstruídas no caso de precisarmos de uma via de escape.

— Sendo assim, devia tê-lo chamado para acompanhar você no *passeio* — resmungou o mestiço, tirando mais uma teia de aranha do rosto.

Radegund revirou os olhos. Continuou andando.

— Ora, Bakkar, parece uma velha faladeira. Sinta só — ela comentou, respirando fundo —, é o cheiro do mar.

Em pouco tempo chegaram à desembocadura do túnel, que realmente saía perto do mar, num ponto bem afastado do porto e do istmo que ligava a cidade à terra. O sol quase se pusera por completo. Cuidadosos, apagaram os archotes que traziam. Não podiam denunciar a posição do túnel aos inimigos que porventura estivessem de vigia.

Caminhando na direção do mar, atentos a qualquer sinal de inimigos, ambos se depararam com um pequeno manancial de água doce. Oculto na vegetação, o curso d'água desembocava na praia. Radegund suspirou diante da visão da água fresca e limpa. Logo olhou para o companheiro com um sorriso conspiratório. Mark parecia tão interessado na água quanto ela.

— Bakkar, está sonhando com o mesmo que eu?

O mestiço abriu um sorriso.

— Banho?

Ela também sorriu.

— Naturalmente, meu amigo. Mas vá tratando de se virar para lá, sim — pediu, enquanto começava a descalçar as botas.

— Ora — ele retrucou em tom de troça —, e eu que pensei que você fosse se aproveitar da situação! — Notando que ela ficava subitamente tensa, completou com seriedade. — Olhe, tudo bem, garota. Se não quiser que eu fique aqui, não há problema. Eu fico lá atrás daqueles arbustos e espero você terminar.

Subitamente culpada — afinal ele estava tão cansado e sujo quanto ela —, Radegund replicou.

— Não, não é necessário. Fique, Bakkar. Só Deus sabe quando teremos a chance de um banho decente novamente. Eu não o estou julgando mal. É que... — ela estava cada vez mais sem graça, sua voz foi baixando até se tornar quase inaudível —, nunca fiquei sem roupas na frente de um homem.

Mark a observou, surpreso. Depois que ela se revelara, boa parte dos *chevaliers* de Tiro haviam batido à porta da casa de Leila atrás da ruiva. O próprio O'Mulryan não cansava de levar agrados para ela e de lançar todo o seu charme.

— Ah — pilheriou, tentando deixá-la à vontade —, vai me dizer que já não conquistou metade do exército com esses modos misteriosos?

— Ora, Bakkar — ela grunhiu, desconfortável.

— Estou brincando, garota! Será que nunca relaxa?

Séria, a ruiva o encarou.

— Nunca.

Notando seu embaraço, Mark resolveu agir naturalmente. Pediu que o ajudasse com a cota de malha e fez o mesmo por ela. Depois, terminando de se livrar do restante de suas roupas, passou diante dela tranquilamente, caminhando para as águas rasas, exibindo seu belo corpo. Nu como viera ao mundo.

Radegund parou a mão que erguia a barra da camisa apenas para olhar o desenho das costas largas, que terminavam em nádegas perfeitas, onde a pele era um pouco mais clara que a do tronco musculoso. Sem perceber, passou a língua sobre os lábios, assaltada por uma emoção nova. *Desejo?* Sim, parecia ser. Mesmo acostumada a estar cercada de homens, nunca vira um deles totalmente despido, tampouco tão à vontade com o próprio corpo como mestiço. E por Deus, que corpo!

Mark era o que podia ser classificado como um pedaço de homem. Ele era alto, tinha uns bons palmos a mais que ela. O corpo era sólido, a pele morena num tom semelhante ao do bronze, que fazia Radegund se lembrar do sol do Mediterrâneo. As pernas longas e musculosas, os quadris estreitos, os ombros largos e os braços que pareciam esculpidos por mãos hábeis, faziam um conjunto perfeito com os olhos castanhos discretamente amendoados, emoldurados por longos cílios escuros. A boca, generosa e sensual, parecia estar sempre pronta para beijar. O nariz reto, quase romano, entregava a ascendência estrangeira, misturada à sarracena. E os cabelos negros sempre pareciam desalinhados, como se ele acabasse de se levantar da cama. Mark exalava sensualidade. Não era à toa que as mulheres viviam correndo atrás dele.

O mestiço se sentou na água rasa, de costas para ela. Começou a se esfregar com um seixo. Radegund sacudiu a cabeça, espantando os pensamentos inconvenientes. Terminou de se despir, entrando na água muito encabulada, como se Bakkar fosse capaz de ler em seu rosto o que andara pensando. Baixou a cabeça, deixando os cabelos velarem o rosto ruborizado, e tratou de se banhar.

Mark olhava para a ruiva de soslaio. Tentava manter os olhos distantes do corpo dela. Mas era difícil. A poderosa visão que o assombrara na praia, sob a chuva, estava ali, bem diante de seus olhos, fazendo-o sentir o cutucão do desejo entre as virilhas. Desviou o olhar. Remexeu-se na água, rosnou uma praga e respirou fundo. Pensou na amizade e na confiança recém-conquistada de Radegund. Disse a si mesmo que a respeitava. E que não estava certo querê-la como uma de suas amantes. Esfregou-se com mais vigor. Resmungou outra praga enquanto ouvia os sons que ela fazia ao jogar água sobre o corpo, um pouco mais adiante. Fechou os olhos, tentando forçar a mente a obedecê-lo, mas tudo o que conseguiu foi uma imagem nítida da ruiva sob a chuva. Nua. Inferno! A verdade era que andava solitário demais, apesar das mulheres e das noitadas na casa de Isabella. Sua vida parecia cada vez mais vazia e sem sentido.

Olhou para ela de novo. Sentada com os joelhos dobrados, a ruiva agora se ocupava em desembaraçar os longos cabelos úmidos com os dedos. O olhar dela, porém, estava perdido no horizonte, onde o sol já se escondera, deixando apenas uma claridade avermelhada. Vendo-a assim, parecia a criatura mais solitária do mundo. Sentiu a solidão dela como se fosse a sua própria. Mas, por alguma razão desconhecida, não foi capaz de chamá-la.

— Gostaria que tudo isso terminasse — soou a voz dela na penumbra do anoitecer, depois de um quase infinito silêncio.

— A guerra? — Ele enfim entendeu, depois de levar alguns instantes para se dar conta de que ela lhe dirigira a palavra.

— Sim... — ela suspirou e olhou em sua direção, parecendo totalmente desamparada. Era como se ali, despida de seus trajes de guerra, ela também pusesse de lado todas as defesas, restando somente uma mulher sozinha e cansada — ao mesmo tempo, não sei o que vou fazer quando acabar. Isto é — deu de ombros com assustadora indiferença —, se eu sobreviver até lá.

As palavras tristes e amargas o tocaram profundamente. Quando percebeu o que fazia, Mark já se levantara e se aproximara, sentando-se ao lado dela. Gentilmente, passou o braço sobre seus ombros, num gesto de consolo. Notou a súbita tensão que se apoderou dela e também o ligeiro estremecimento quando as laterais de seus corpos se tocaram. Ficou imóvel ao seu lado, com receio de assustá-la, até que a sentiu relaxar novamente. Então, num gesto de confiança, a cabeça ruiva pendeu e encostou-se em seu ombro, buscando apoio.

— O que faz aqui, Radegund? — Indagou de repente, procurando uma forma de entendê-la. — O que houve em sua vida para que você se tornasse o que se tornou?

— Eu... — ela hesitou, como se fosse dizer algo e desistisse no último instante. — Eu não tenho ninguém mais.

— Mas... — ele fez outra tentativa, mas foi interrompido.

— Por que uma mulher se tornou mercenária?

— Sim — Mark concordou —, isso, entre outras coisas.

— Aconteceu — deu de ombros, como se encerrasse a questão, e indagou — e você, Bakkar? — Virou-se para o lado e olhou-o com aqueles olhos penetrantes que pareciam devassar sua alma — você não foi feito para a guerra. É um homem culto, educado, com muitos estudos. Eu o vi tratar e curar muitos homens. Poderia até ganhar a vida como um médico. Não compreendo o que um homem que cura faz aqui, no meio da matança.

Mark devolveu-lhe o olhar e sorriu tristemente.

— Fujo, assim como você.

A ruiva ergueu a cabeça. Seus olhos espelharam toda a perplexidade ao perceber que ele fora direto ao ponto. Bakkar estava conseguindo abrir uma brecha em sua armadura...

Suspirando, recostou a cabeça novamente no ombro dele e perguntou.

— Você se sente assim também?

Ele deslizou a mão pelos seus cabelos úmidos. De repente, a angústia que sentia ameaçava sufocá-lo

— Como?

— Morto em vida.

Ela apenas constatava um fato. Nada além disso.

Mark virou a cabeça para o lado e, ao mesmo tempo, ela ergueu a dela. Seus olhos se encontraram. Ele baixou o olhar para a boca entreaberta. Sentiu a respiração pesada de Radegund e o calor do corpo encostado ao seu. Ela também pareceu notar a tensão que crescia entre eles. Seus olhos adquiriram um brilho surpreso e desceram na direção da boca de Mark.

Hesitante, ele se aproximou um pouco mais. Ela não recuou. Tocou seu lábio inferior com o polegar. Ela roçou os dentes nele, mordendo a pele rosada e úmida, num gesto de insegurança e indecisão. Mark deslizou o dedo sobre a pele delicada até o canto de sua boca. Seus olhares se encontraram de novo, carregados de sensualidade contida. A mão dele se fechou no emaranhado de cabelos molhados, puxando-a em sua direção. Suas bocas se uniram, famintas e desesperadas.

Sem deixar de beijá-la, Mark se inclinou sobre o corpo da ruiva. Deitou-a nas águas rasas, tocando-a com carinho e urgência. Sentiu as mãos dela por trás de seu pescoço. Uma energia poderosa o envolveu. Agarrou-se a ela com força, como se disso dependesse sua vida. Ela retribuiu da mesma forma. Suas mãos escorregaram sobre a pele molhada, alcançando os seios que o enfeitiçaram sob a chuva. Tocou-os gentilmente, circundando os mamilos rosados com a ponta dos dedos, sentindo-a suspirar de encontro a sua boca. Deslizando os lábios pelo corpo abrasado, demarcou uma trilha de beijos e lambidas que terminou num dos mamilos. Ele o prendeu suavemente entre os dentes. Passou a ponta da língua sobre o pequeno botão, espalhando uma onda de choque pelo corpo dela. Deslizou então a boca para o outro seio, dando-lhe o mesmo tratamento, arrancando gemidos de sua parceira, sentindo os dedos dela cravarem em seus ombros. Afastando-se um pouco, sem deixar de acariciá-la, olhou em seus olhos e sorriu.

— Você é tão bonita, garota — o sorriso se alargou, assumindo um jeito maroto, que fez Radegund imaginar o menino que ele teria sido. — Já notou que estamos sempre destinados a nos encontrar em situações bem molhadas?

Ela também sorriu.

— Está falando daquela noite na praia?

— Sim — ele deslizou a mão ao longo de sua cintura até seus quadris —, eu achei que você fosse uma *djinn*. Ou uma sereia. Eu sei lá! Sei apenas que não consegui dormir naquela noite. E agora estamos nós aqui, de novo, na água, encharcados...

— Ora, Bakkar! Vai me deixar sem jeito.

Ele a abraçou novamente.

— Não fique sem jeito; é uma mulher fascinante — beijou-a de novo e depois indagou, num murmúrio rouco — diga-me. Já fez isso antes?

Uma sombra fugaz passou pelo rosto dela. Sua resposta foi enigmática.

— Praticamente não.

Ele franziu o cenho. Ignorava o significado daquilo. Acariciou seu rosto, dizendo:

— Então irei bem devagar. Tudo bem?

— Tudo bem, Bakkar — ela assentiu, olhando nos olhos dele —, eu confio em você.

Ele sorriu, satisfeito com sua confiança. Baixou sobre ela e devorou sua boca, apertando-a contra o próprio corpo, despertando todos os instintos femininos que Radegund reprimira até então. O contato com o corpo sólido, o cheiro másculo da pele de Mark, as carícias vagarosas dele em seu corpo, provocavam uma verdadeira catarse dentro dela. Parecia alcançar a liberdade plena, ainda que por instantes fugazes. Agarrou-se a ele com fúria, entregando-se sem reservas ao homem que conquistara seu respeito, que já considerava um amigo.

Sentiu-o separar suas pernas com a mão gentil e mergulhar os dedos em sua carne. Arqueou-se de encontro ao seu corpo. Cerrou os dentes para não gritar quando ele a tocou num ponto terrivelmente sensível, fazendo-a ver estrelas. Disposta a explorar o corpo dele, deslizou as palmas das mãos pelo peito largo, cheio de cicatrizes, até encontrar o abdome rijo e contraí-do. Curiosa, desceu um pouco mais a mão e encostou-a no membro ereto. O toque dele entre suas pernas paralisou. Radegund encarando os olhos castanhos da cor de avelãs.

— Eu... o machuquei? — Perguntou, afastando a mão do ponto quente e acetinado que descobrira. Ele a segurou e a manteve ali, enquanto a encarava com expressão divertida.

— Ah, garota! Você é mesmo uma contradição — ele sorriu. Fez com que deslizasse a palma da mão ao longo de si — não me machuca, eu gosto. Pode me tocar à vontade e satisfazer sua curiosidade.

Ele mordeu o lábio inferior quando ela aceitou seu convite e o pressionou suavemente. Fechou os olhos e abraçou-a com força.

— Céus, ruiva — sua voz saía entrecortada — vai acabar comigo desse jeito!

Sorrindo, Radegund orgulhou-se de sua nova faceta, rica em feminilidade e sensualidade. Mark, envolvido nas deliciosas sensações que ela provocava, apertou-a com força entre os braços. Beijou-a longamente, encaixando-se entre suas pernas.

— Pode incomodar um pouco... — avisou gentilmente.

— Tudo bem — ela o beijou sussurrando em seguida —, eu quero.

Devagar, ele se posicionou e deslizou para dentro dela. Não soube dizer se Radegund era virgem ou não, e isso pouco lhe importava. Apenas sentiu o corpo dela resistir um pouco para depois envolvê-lo com perfeição. Teve que cerrar os dentes para não explodir bem ali.

Radegund mordeu os lábios, tensa ao sentir em seu corpo a invasão de Mark. Fechou os olhos. Afogou na escuridão da mente as lembranças ruins. Concentrou-se no calor do homem que gentilmente a possuía. Relaxou, saboreando por completo o corpo forte de Mark, que mergulhava dentro dela, fazendo-a uma mulher de verdade. Despertando a feminilidade adormecida, espantando os fantasmas para bem longe.

Sentiu a água fresca sob suas costas, os braços a envolvendo e o cheiro do mar ao redor deles. Deixou a natureza seguir seu curso. Logo, uma onda de prazer se avolumou em seu interior, engolfando-a, carregando-a num caminho sem volta.

Ávido, Mark moveu-se dentro dela, sentindo seus estremecimentos e ouvindo seus gemidos. Penetrou mais fundo ainda no corpo lânguido de Radegund, buscando naquele momento um sopro de ar, de luz, agarrando-se à companheira como quem se agarra ao último fio de vida. No calor dos braços dela tentava sepultar toda uma vida de sonhos desfeitos, de solidão e luta. Toda uma vida de desesperança e perdas. Não era por mero acaso que ambos, dois náufragos perdidos naquela existência sombria, se atraíram mutuamente. E quando o êxtase veio de forma avassaladora, para ela e para ele, tiveram a certeza de que aquela ligação pouco convencional dos dois duraria para sempre.

Leila estava perplexa com as notícias que Yosef trouxera naquela noite. Sozinha com o administrador, andava de um lado para o outro do gabinete de trabalho, entre desolada e furiosa.

— Não pode ser verdade! — Ela balançou a cabeça e abraçou-se — diga-me que isso não passa de um pesadelo, meu bom amigo!

Yosef se sentiu tão triste quanto a jovem que derramava aquelas lágrimas amargas. Porém, não podia fazer nada. A ordem seria dada.

— Sinto muito, Leila. Mas Montferrat vai querer toda a população muçulmana fora de Tiro em dois dias. Um amigo que trabalha como escriba do senescal veio me contar em segredo. Ele teme uma traição. Saladino tem oferecido vantagens tentadoras para aqueles que quiserem passar para o lado dele.

— Não é justo — ela se virou para Yosef, explodindo —, aquele bastardo piemontês usa meus navios e meus empregados sem tirar um besante sequer de seus cofres. Eu forneço vinho e víveres para a sua mesa e seu exército. Minha tia sempre foi respeitada, e seu marido antes dela. Já não jurei lealdade diante dele e do arcebispo, como todos?

— A guerra não é justa, minha criança. E sua tia era cristã — contemporizou Yosef.

Ela o olhou, amargurada.

— Que diferença faz isso, Yosef? Somos todos seres humanos! Minha fé não faz meu caráter.

— Mas para muitos a fé é o guia. E por esta razão, muitas pessoas podem se sentir tentadas a abraçar a causa de Saladino.

— Então não terei escolha? Terei que deixar minha casa, meus amigos, tudo o que minha tia e meu pai construíram? Terei que deixar tudo para trás? — *Terei que deixar Ragnar*, completou em pensamento.

— Talvez haja uma escolha, Leila — ele deixou no ar aquilo que ela já sabia.

— A conversão? — Ela sugeriu, andando de um lado para o outro — seria evidente demais. E não seria sincero de minha parte, Yosef.

— Não a conversão pura e simples Leila, mas o casamento — ela estacou, assustada. Teve que se apoiar na mesa de trabalho. Yosef continuou — o casamento com um *chevalier* cristão, antes da execução da ordem, permitiria sua permanência em Tiro.

CAPÍTULO
XIV

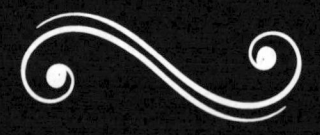

"Não saiba a tua mão esquerda o que faz a tua direita."

MT, 6: 1 A 4

TIRO

eila se sentou em silêncio. A mente trabalhando numa velocidade furiosa, o coração batendo tão rápido e tão forte que parecia que saltaria pela boca. O choque das palavras de Yosef reverberando em sua cabeça como ondas de um mar revolto. Relembrou o pedido de Ragnar para que se tornasse sua esposa. E o impasse que viera em seguida. Com o início do cerco, eles não voltaram a conversar. Ragnar, assim como os outros, entrava e saía da casa rapidamente. Ele sempre a beijava antes de partir, às vezes com carinho, outras com arrebatamento. Mas não houvera oportunidade de discutir com ele aquele assunto.

Leila pensou de novo na proposta que o ele fizera. A intimação de Montferrat viria, era questão de tempo. Casar-se com Ragnar seria uma solução perfeita. Ela ficaria na cidade e ficaria com ele. Mas seriam esses motivos suficientes? Seria justo com Ragnar? Leila suspirou. Olhou para Yosef. O velho estava de costas para ela, olhando para além das vidraças. Maldita a hora em que Saladino atacara Tiro novamente! Tomando coragem, Leila falou.

— Eu recebi uma proposta de casamento há alguns dias, Yosef.

O velho senhor virou-se para ela com a fisionomia serena.

— Do nortista?

— Como... — ela ficou surpresa —, como sabe?

Yosef aproximou-se dela. Tomou suas mãos geladas.

— Ora, criança, este velho é meio caduco, mas ainda enxerga bem. E Svenson não tem sido muito discreto quando se despede de você com aqueles beijos...

Leila corou.

— Oh, céus! Estou tão envergonhada. Sei que meu comportamento não é digno de uma moça de respeito...

— Que bobagem, Leila — Yosef repreendeu-a suavemente —, seu pai nunca foi um homem obtuso, tampouco se prendia a convenções. Se você ama o estrangeiro, por que se envergonhar?

— Ah, meu amigo. Eu deixei de lado os ensinamentos de minha fé, abandonei minhas obrigações...

— Mas não abandonou a fé! Leila, olhe para mim — ela obedeceu, o rosto lavado de lágrimas —, a religião é o dedo que aponta para Deus, mas ela *não é Deus*; nem Alá, nem Yaveh. O culto exterior aos nossos Deuses, tenham eles o nome que tiverem, é apenas uma forma que temos de expressar nossa crença. Mas não é o mais importante, minha jovem. O mais importante é empregar os ensinamentos de amor e respeito que a Bíblia, o Alcorão e a Torá carregam.

Leila nunca ouvira algo semelhante. Sentiu-se profundamente tocada. Nunca pensara na fé daquela forma; as palavras de Yosef mexiam com suas convicções. Ainda assim, as dúvidas estavam dentro dela. Era difícil modificar os conceitos de toda uma vida em apenas alguns minutos.

— O que acha que devo fazer, Yosef?

— Aceite o pedido do rapaz — o administrador respondeu com um sorriso.

— Assim? De uma hora para outra? — Ela teimou — eu e ele não conversamos mais depois que me fez a proposta. — Ela pensou um pouco antes de prosseguir — talvez eu pudesse falar com ele hoje à noite... — encarou Yosef e completou — mas não vou dizer nada sobre a ordem que será dada pelo senescal.

— Leila, não pode omitir o fato de Ragnar! — O velho a repreendeu — naturalmente ele deve saber. Afinal, ele faz parte dos círculos mais próximos ao comando.

— Não creio. Ele passou o dia todo na muralha — ela explicou —, só deve ir ter com Ibelin e Montferrat amanhã. Além disso, mesmo que saiba, ele não precisa saber que *eu sei*. — Como Yosef continuasse contrariado, ela tentou convencê-lo — ora, vamos, meu amigo! Ajude-me. Você não conhece Ragnar como eu conheço. Ele é orgulhoso demais. Se eu disser uma palavra sobre essa ordem, vai pensar que aceitei seu pedido por conveniência. O que não é verdade. Eu o amo. A ordem só precipitou os acontecimentos.

— Isso não está certo, menina!

— Eu sei. Mas como vou explicar a ele o fato de saber da ordem *antes* que ela fosse dada? — Argumentou, pondo Yosef em xeque — isso exporia seu contato, não é?

— Sim, nisso você tem razão... — concordou o velho — porém, ainda acho que deve contar a ele. Nenhum relacionamento se sustenta sobre mentiras.

— Não estarei mentindo, Yosef. Apenas omitindo — ela se ergueu decidida. — Enquanto isso, quero que prepare um documento passando todos os meus bens para a tutela de Ragnar Svenson. Para que eu coloque meu selo nele ainda hoje.

— Leila! — Yosef falou espantado.

— Sei o que faço, Yosef. Se tudo der errado, ao menos não deixarei o que é meu para os abutres do reino.

Yosef ainda não estava convencido.

— Você nem sabe se ele vai aceitar ou...

— Vou falar com Ragnar sobre nós assim que ele chegar — ela o interrompeu —, não diga nada a ele sobre este documento, vamos mantê-lo em segredo, por enquanto.

— E quanto aos preparativos, as formalidades? — Yosef quis saber.

— O cerco justificará a ausência de festividades. Será uma cerimônia simples.

Yosef riu diante da determinação da jovem patroa.

— E como tem tanta certeza de que ele vai aceitar tudo isso?

Leila olhou para ele um pouco corada.

— Pretendo lançar mão de todos os argumentos disponíveis para convencê-lo.

O bairro ficava no lado mais sórdido da cidade; uma zona pobre de casebres humildes. A cerimônia profana teve início no meio da noite, quando as ruas estavam vazias. No centro de um aposento, mal iluminado por dois archotes, um menino seminu e de cabeça raspada balançava-se para frente e para trás, diante de um pequeno altar de pedra. Pelo seu corpo em transe estavam pintados símbolos mais antigos do que o tempo, herança de um rito ancestral esquecido por muitos. Apenas ele não o esquecera. E o pai Set seria generoso com um de seus últimos servos, aquele que, ainda que em sigilo, mantinha seus rituais e sacrifícios e a honra de seu nome.

A serpente enroscada sobre o altar de pedra se agitou um pouco e ergueu parte do corpo, abrindo o capelo quando ele deu um passo para frente. Os olhos vítreos logo se fixaram nos frios e maldosos olhos humanos. O animal começou a balançar no mesmo ritmo do menino, numa dança macabra.

Aspirou o cheiro do sangue do cordeiro degolado. Segurou a taça onde recolhera o líquido precioso ainda morno. Ergueu-a acima da cabeça com as duas mãos e entoou as palavras de um ritual secreto, rogando à divindade que lhe abrisse os portões do tempo. Em seguida colocou-a à frente do menino. Falou com ele numa voz cavernosa.

— Servo, lê a taça e diga-me o que vê — mergulhou o indicador no sangue e desenhou um símbolo na testa do garoto.

Os olhos do garoto ficaram baços, fixos no líquido viscoso. A voz infantil se elevou na câmara ritual, destoando do conjunto tétrico.

— Vejo a jovem gazela... O grande leão branco a reclama. Vejo seus planos perturbados, mestre... — houve uma longa pausa. Ele esperou pacientemente. Sabia que era assim. O mergulho nas brechas do tempo e do espaço demandava paciência. O garoto recomeçou a falar — a alma negra pode ser um instrumento... deve buscá-lo; aquele que tem a face marcada... Livre-se dos outros. A luxúria se interporá no caminho do sucesso... — o menino cambaleou, mas ele o sustentou.

— O que mais?

— Vejo a leoa e o tigre... devem ser afastados, se quiser ter êxito... O dragão vigia adormecido — A leoa e o tigre... A mulher guerreira e o mestiço, naturalmente. Mas quem seria o dragão? Ele aguardou mais alguma revelação. O menino falou — na ausência da verdade, o mal prevalecerá.

O menino se calou. Irritado, percebeu que a visão se fora. Infelizmente, teria que se contentar com aquilo; Set era caprichoso, só revelava o que queria. Completando o ritual, sorveu o sangue da taça. Em seguida, sem nenhum tipo de hesitação, pegou pelos ombros o garoto ainda em transe e ofereceu seu pescoço ao bote da serpente. Sorrindo satisfeito, Patrus assistiu a agonia silenciosa do servo, enquanto o veneno entorpecia seu corpo e paralisava sua laringe. Em breve, a jovem Leila e seus amigos estariam fora de seu caminho.

— O que foi isso?

A ruiva olhou para ele, ainda ofegante. Balançou a cabeça. Sentia-se desorientada com o que acontecera.

— Não sei. Mas acho que foi... bom.

Mark sorriu e se ergueu. Sentou-se na água, apoiando as costas numa rocha.

— Radegund, eu... — ele hesitou — quero que saiba que não planejei isso.

— Eu sei — ela sorriu —, não estou reclamando.

Estendeu a mão para ela, puxando-a para perto. Depois de alguns instantes de silêncio, comentou.

— Também não nos preocupamos com as consequências.

Radegund acomodou-se entre seus joelhos e recostou-se em seu peito.

— Fala de uma gravidez?

— Sim — ele a envolveu com os braços — sempre fui cuidadoso, mas hoje...

— Esqueça.

— Como assim esqueça? — Aquela maluca não sabia o estigma que pesava sobre uma criança bastarda?

— Não se preocupe — ela contou sobre as ervas que usava. — De qualquer forma, sei que não premeditou nada.

— Por que as usa? — Tudo naquela criatura era único e curioso.

Radegund sorriu. Deslizou os dedos pela coxa morena.

— Imagine a complicação que seria no meio do alojamento masculino se eu tivesse meus períodos normais.

Ele riu, concordando com aquela lógica tão óbvia. Radegund era mesmo muito esperta.

— Ainda assim — argumentou —, você pode querer um dia ter filhos. E se estiver se prejudicando? E se essas ervas a tornarem suas sementes estéreis?

Radegund inclinou bem a cabeça para trás, olhando para ele de um jeito engraçado.

— Ora, Bakkar! Não crê realmente que um dia eu vá me casar e ter filhos, não é mesmo?

Ele a beijou na testa e brincou com seus cabelos.

— Pense bem, ruiva; pode ser que um dia você encontre um homem com quem deseje se casar, constituir família...

— Não me diga que está se candidatando? — Ela o provocou, divertida.

— Eu? — Ele pareceu realmente assustado — não! Deus me livre!

— Ufa! Ainda bem. Se estivesse, eu sairia correndo daqui.

Os dois riram com gosto e depois ficaram em silêncio por muito tempo. A água corria mansamente em torno deles, as estrelas brilhavam no céu noturno. Ainda assim, o barulho das máquinas de cerco, bombardeando os muros, persistia. No entanto, esse detalhe não parecia incomodá-los.

— Radegund... — foi ele quem quebrou o silêncio.

— Sim?!

— É um bonito nome — deslizou as mãos pelos braços dela e depois a fez voltar o rosto em sua direção — como a dona dele.

Beijando-a de maneira ardente, ele se deitou sobre a lâmina de água. Puxou-a sobre seu corpo, encaixando-a nele. Em seguida trouxe seu rosto para bem perto e sussurrou.

— Gosto de você, garota.

Ela ofegou ao senti-lo dentro de si. Mergulhou os dedos nos cabelos negros.

— Também gosto de você... Mark.

Ela começou a se mover sobre ele. Unidos, os dois chegaram novamente àquela explosão dos sentidos. Só muito tarde da noite recolheram suas coisas e retornaram para dentro da cidade sitiada.

— Já disse que estou fora dessa!

— Vai nos deixar na mão, Tyler? — Rosnou Vernon.

— Com o nortista de volta e a cidade em estado de sítio, prefiro evitar confusão — disse o soldado, tentando encobrir a covardia com aqueles argumentos.

— Bastardo — Vernon avançou sobre o colega, mas Gerald o conteve.

— Acalme-se, homem! Se criar uma briga aqui, logo o estalajadeiro chamará os guardas da cidade. Estaremos perdidos! Esqueceu-se de que somos todos desertores?

— Vocês deviam ser mais espertos. Esqueçam a sarracena — resmungou Tyler, pegando seus alforjes — ela tem sempre Svenson ou um dos homens de Ibelin por perto. Até o irlandês esquisito anda com eles agora. Eu vou sair fora, antes que vocês dois me arranjem confusão!

— Você vai se arrepender, Tyler! — Gritou Vernon.

O outro virou para ele e rosnou.

— Não se meta comigo, idiota. Ou eu o entrego ao senescal — devolveu Tyler para, em seguida, sair batendo a porta.

No corredor, esbarrou com um homem cujo capuz do manto lhe cobria quase toda a face. Resmungou um pedido de desculpas e desceu as escadas apressadamente. Mal viu quando o homem ergueu o rosto marcado por uma extensa cicatriz e lançou-lhe um sorriso diabólico. A conversa realizada aos berros dentro do aposento chegara até ele, que passava pelo corredor. Blake abençoou sua boa sorte. Mais alguém queria o norueguês fora do caminho. Faria bom uso da informação.

Ragnar chegou exausto à casa de Leila, depois de mais um dia lutando nas muralhas. Tirou o elmo e arrancou o capuz de malha de metal, que protegia a cabeça e o pescoço, ainda no vestíbulo. Estava sujo, faminto e cansado. Seus olhos ardiam por causa da fumaça dos diversos focos de incêndio causados pelos bombardeios das catapultas e flechas incendiárias. Em seu antebraço havia um corte extenso causado por uma cimitarra que atravessara a proteção da cota e das braçadeiras de metal.

— Merda — xingou ao ver que teria que reparar a cota de malha naquele local.

Ao entrar na ampla sala, foi logo recebido pelo marido de Leandra, que o conduziu aos seus aposentos e o ajudou a retirar a cota de malha.

— Onde está a senhora Leila, Jamal? — Indagou, enquanto se livrava da proteção acolchoada que trazia sob a cota.

— Ela estava trabalhando no gabinete até ainda pouco, *sidi*. Disse para o atendermos assim que chegasse. Deixou um banho preparado em seus aposentos — Jamal pegou os trajes sujos e completou — a senhorita avisou que jantaria com o senhor.

Ragnar assentiu e o criado saiu. Sozinho, terminou de se despir, o braço ardendo a cada movimento. Quando estava dentro da banheira, a porta do aposento se abriu, após uma discreta batida. Jamal entrou com uma bandeja coberta nas mãos.

— O que é isso?

— Seu jantar, *sidi*.

Leila devia estar muito cansada e resolvera se recolher, pensou, frustrado porque não a veria.

— Deixe aí. Vou ficar um pouco mais na água. Estou morto.

Jamal assentiu e saiu do aposento, fechando as portas silenciosamente. Ragnar recostou a cabeça na beirada da banheira. Esticou as longas pernas, apoiando-as na borda. Era tão grande que quase metade delas ficava para fora, observou divertido.

Fechando os olhos, relaxou o corpo dolorido, enquanto pensava numa forma de abordar novamente o assunto do casamento com Leila. Ansiava em saber se ela chegara a alguma conclusão, mas não queria pressioná-la. Aguardava que ela desse o próximo passo. Sabia que no momento a única solução possível seria Leila aceitar a fé cristã, mesmo que só na aparência. Afinal, ele jamais lhe imporia uma crença.

Imerso em pensamentos, não ouviu a porta que se abria e fechava suavemente. Só percebeu a presença de Leila quando mãos macias e delicadas, besuntadas de óleo perfumado, deslizaram por suas costas molhadas.

— Leila! — Ele abriu os olhos, surpreso — o que faz aqui?

A sarracena inclinou a cabeça para frente e sorriu maliciosa.

— Massageio suas costas, *sire*.

— Leila, Leila... não brinque com fogo — advertiu. — Estou cansado, mas não estou morto!

— Ainda bem que não está morto... — ela prosseguiu na lenta massagem em seus ombros. Suspirou de satisfação, fechando os olhos e reclinando a cabeça para trás. A água escorreu dos cabelos louros ensopando o *kaftan*[54] de Leila. — senão eu seria uma viúva antes mesmo de me casar...

Ele se sentou num pulo dentro da banheira, espalhando água por todos os lados. Estreitou os olhos claros.

— Não brinque comigo, Leila.

Ela se levantou, a parte da frente do *kaftan* úmida e colada sobre os seios e o ventre. Encarou-o mordendo o lábio inferior, entre séria e sedutora:

— Não estou brincando, Ragnar — desceu o olhar pelo peito molhado brilhando à luz das lâmpadas de azeite, sentindo o ar lhe faltar. Tentando se concentrar em algo que não fosse seu corpo sólido e tentador, Leila apontou o corte no braço. — Já cuidou disso?

Com os olhos fixos nos seios moldados pelo tecido molhado, ele perguntou.

— Do quê?

— Do seu braço — Leila se aproximou de novo. Tomou seu antebraço entre as mãos delicadas —, é um corte feio.

Ragnar prendeu a respiração e afundou um pouco na água, procurando disfarçar o efeito evidente do toque dela em seu corpo. Mas estava difícil. Desviou o assunto.

— O homem que o fez está ainda pior...

Leila encarou seu rosto tenso. Achou que fosse por causa da dor no braço.

— Está doendo muito, não é? — Os dedos deslizaram delicadamente sobre a pele em torno do machucado, fazendo o sangue de Ragnar entrar em ebulição.

— Mais do que você imagina — ele falou entre dentes, sentindo-se capaz de saltar daquela banheira e jogá-la no chão, possuindo-a até que ambos exaurissem suas forças.

Subitamente, Leila largou seu braço. Deu as costas a ele, indo buscar uma pequena caixa de ervas e ataduras. Ele tentou se controlar. Porém, o pedido dela antes de se virar de frente para ele destruiu completamente suas intenções.

— Se já terminou seu banho, pode sair para eu fazer seu curativo?

Ragnar engoliu em seco.

— Vai ficar aqui?

Leila não se virou, tensa, segurando as ataduras nas mãos trêmulas. Céus! Estava deliberadamente seduzindo Ragnar. E estava gostando disso!

— Sim — respondeu, tentando fazer a voz soar firme. — Você pode se enrolar na toalha e se sentar ali para que eu cuide de seu corte.

Ele não respondeu. Em lugar disso, Leila ouviu o barulho da água se agitando e em seguida pingando pelo chão de mosaico. Imaginou-o se erguendo da banheira como um ser mitológico, as gotas escorrendo de seus braços poderosos e por seu peito, enroscando-se nos pelos platinados, encontrando o caminho pela linha de seu abdome até o tufo de pelos que circundava...

Sossegue, Leila, ela se repreendeu mentalmente. Estava ofegante, com o pulso acelerado. A voz de Ragnar soou tão próxima que ela mordeu os lábios para não gritar de susto.

— Estou pronto para me submeter aos seus cuidados, *liten*.

Leila se virou devagar, com os olhos baixos. A um passo dela enxergou os pés grandes plantados no meio de uma poça d'água. Subiu os olhos pelas pernas e chegou à borda da toalha branca, na altura dos joelhos. Daí, percorreu o caminho até o volume mais acima, onde as pernas se uniam e onde o estado de excitação dele era mais do que evidente. Corada, ergueu os olhos para o rosto dele e se arrependeu. Sentiu as pernas amolecerem quando seus olhos se encontraram. Com muito custo, conseguiu fazer a voz passar pela garganta.

— Deixe-me ver... seu braço...

Sem uma palavra ele o estendeu para ela. Com a mão trêmula, Leila enxugou bem a pele com um pedaço de linho. Pegou o unguento e aplicou em todo o ferimento. Depois, envolveu o braço dele com a atadura. Quando terminou ficou parada, a mão sobre o tecido branco, sem erguer o rosto para ele. Notou pelo canto do olho que o peito de Ragnar subia e descia rapidamente. Parecia que o aposento tinha subitamente diminuído de tamanho.

Assustou-se quando, com o braço são, ele a puxou, colando-a ao seu corpo. Sentiu sua excitação de encontro ao ventre e o calor do peito ainda úmido de encontro aos seios terrivelmente sensíveis. Sem delongas, ele afirmou:

— Eu quero você.

Três palavras. Simples. Cruas. Honestas. Absurdamente excitantes. E assustadoras. Leila se conscientizou da dimensão do passo que daria e respirou fundo.

CAPÍTULO
XV

"Até mesmo a alta virtude, num momento mal aplicada, em vício se transforma."

"ROMEU E JULIETA".
WILLIAM SHAKESPEARE

TIRO

u aceito — Leila respondeu após um prolongado silêncio. Ergueu o rosto e olhou Ragnar diretamente nos olhos. Seu coração batia descompassadamente.

— Tem certeza?

Ela assentiu com a cabeça e depois murmurou.

— Eu aceito seu pedido, Ragnar. — Reafirmou. — Serei sua mulher. E serei sua... agora. — Concluiu num sussurro.

Ragnar a ergueu do chão sem que ela sequer tivesse tempo para pensar. Num piscar de olhos colocou-a sobre a cama. Livrou-se da toalha que cingia seus quadris. O colchão afundou sob o peso de seu corpo vigoroso.

— Eu não parei de pensar em você um só minuto — confessou, deitando-se ao lado dela, apoiando-se num cotovelo — é como se você estivesse entranhada em minha pele, em meu corpo, desde o dia em que eu desvelei seu rosto em Jerusalém... — deslizou a mão pela abertura do *kaftan* e tocou um seio, sem desgrudar os olhos dos dela — quando penso em você, sou capaz de sentir seu gosto em minha boca. Seu cheiro vem a mim, como se a brisa o trouxesse. — Rolou por cima dela, apoiando-se nos braços para não a machucar. Continuou a abrir o coração. Agora que começara, as palavras e sentimentos jorravam numa torrente incontrolável. Jamais amara tão profundamente em toda sua vida. — Sou um homem intenso, Leila. Não brinco de seduzir ou me sujeito a flertes tolos. Já passei dessa idade. Sou honesto com você e quero que o seja comigo. E também sou muito possessivo. — Ele sorriu. — Tem certeza de que me quer? De que quer ser minha esposa?

— Sim — ela balbuciou, arrependida por omitir que sabia da ordem que Montferrat daria. Agora era tarde demais para confessar. Respirou fundo, afastando as preocupações. Reforçou sua afirmação — sim, Ragnar, eu quero ser sua esposa. Você também mexeu comigo desde o dia em que abri a porta da casa de meu pai e vi você parado na soleira. — Sorriu ao se lembrar de que ficara como uma boba olhando para ele — além de ser o homem mais alto que eu já tinha visto em toda a minha vida, era também o mais bonito! Acho que impliquei tanto com você naquela época porque tinha medo de não resistir ao que sentia.

Ragnar se enterneceu. Sentiu o coração transbordar de amor por sua pequena sarracena. Beijou-a apaixonadamente. Depois, ficou apenas observando-a. Depois do que pareceu uma eternidade, rompeu o silêncio. Surpreendeu-a com uma revelação.

— Antes de aceitar meu pedido, quero que me escute. Não quero segredos entre nós. — Ficou muito sério antes de prosseguir — minha cabeça está a prêmio — os olhos dela se arregalaram. Ele a tranquilizou —, sossegue, não sou nenhum proscrito. Sou apenas um dos filhos bastardos do rei da Noruega. Por questões políticas, alguns querem me aliciar, enquanto outros desejam me matar. Hrolf foi enviado pelos meus pais adotivos. Veio para me avisar sobre um homem a quem encomendaram minha morte.

— Aquela noite no quartel... — ela deduziu, atônita. Estava na cama com um príncipe, ainda que bastardo. Céus!

Ragnar prosseguiu, indiferente a estupefação que causava.

— Sim. O assassino é conhecido apenas como Blake. Certamente tentará de novo — fez uma grande pausa, durante a qual apenas acariciou os cabelos de Leila. Quando voltou a falar, trazia uma ponta de hesitação na voz — mesmo sabendo disso, ainda quer se casar comigo?

A resposta dela foi um beijo terno em seus lábios e o sussurro de encontro a sua boca.

— Minha resposta ainda é sim, Ragnar Svenson.

Ragnar então a beijou novamente, com carinho e cuidado, como se ela fosse feita de cristal. Suas mãos passearam sem pressa pelo corpo delicado, incendiando cada pedacinho da pele por onde passavam. Afastando os lábios dos dela, prendeu seu olhar. Murmurou com a voz repleta de emoção.

— *Jeg elsker deg, livet mitt...*

— O que isso quer dizer? — Ela indagou num sussurro, prendendo a respiração.

— Eu te amo, minha vida.

— Oh, Ragnar — ela passou os braços pelo seu pescoço, puxando-o para ela. De encontro a sua boca, confessou — eu também o amo, com todo o meu coração, com todas as minhas forças. Nunca duvide disso.

O peso do corpo dele sobre o seu e o calor que ele emanava eram um chamado irresistível. Leila se viu arrastada para um torvelinho sensual. Quando Ragnar puxou seu *kaftan*, e seus seios roçaram o peito dele, ela arquejou. Suaves e insistentes, os dedos dele brincaram com seus cabelos, passaram pelo lóbulo de sua orelha e desceram por seu pescoço, tocando-a onde uma artéria pulsava descompassadamente no ritmo louco de seu coração. Ragnar a fitava com tal intensidade, que o mundo deixou de existir para além dos olhos cristalinos como o gelo. Leila levou o indicador até os lábios dele e deslizou sobre a pele macia. A ponta da língua dele deslizou sensualmente sobre seu dedo. Depois ele o prendeu entre os dentes, com um meio sorriso devastador. Sugou devagar a pele delicada e depois a soltou.

Leila suspirou pesadamente. Nunca pensou que uma brincadeira daquele tipo pudesse ser tão carregada de erotismo. Percebendo sua excitação, Ragnar roçou o sexo rígido em seu ventre, ainda parcialmente coberto pela seda úmida do *kaftan*.

— Estou em desvantagem, minha cara — brincou.

— Como? — Ela perguntou, desnorteada.

— Você anda conserva suas roupas, enquanto eu...

Com uma ousadia que não sonhava possuir, Leila puxou-o pelo pescoço e sussurrou.

— Isso pode ser facilmente remediado.

— Sim, *liten*... — ele foi descendo a boca pelo seu corpo, agarrando o tecido com os dentes, afastando-o de cima da pele abrasada. A barba arranhava suavemente o caminho por onde ia passando. Quando sua boca atingiu a pele no interior de suas coxas, Leila gemeu.

Ragnar, propositadamente, evitou tocá-la na parte mais sensível de seu corpo, limitando-se a beijar suas pernas, a curva sob os joelhos, até chegar aos seus pés. Ajoelhado ali, ele lhe deu mais um daqueles olhares capazes de derreter todas as geleiras da Noruega de uma só vez. Ergueu sua perna, segurando-a pelo calcanhar, mordiscando os dedinhos delicados, beijando a pele sensível por dentro do tornozelo.

De olhos semicerrados, Leila contorceu-se, sentindo-se umedecer no seu recanto mais feminino. Se Ragnar queria torturá-la até a morte, estava conseguindo. Ela parecia ter se transformado num feixe de músculos e nervos absurdamente sensíveis. E ele ainda estava lá, com o outro pé nas mãos, deslizando os dedos por trás de sua panturrilha, incendiando-a completamente. Sorrindo, ciente do efeito das carícias sobre seu corpo.

Aparentemente satisfeito com seus pés, ele se colocou sobre ela. Parecia-se um grande leão avaliando a próxima refeição; os punhos ao lado de seus ombros, os joelhos afundando no colchão macio junto às suas pernas.

— Creio que perdeu sua vantagem, pequenina... — baixou a boca sobre um seio, lambendo-o devagar, sua barba causando arrepios deliciosos — agora estamos nos mesmos termos.

— Você está me torturando, Ragnar — choramingou.

Ele riu.

— Ah, minha pequena! Mas esta é uma tortura muito doce, como você — deu outra lambida, agora em sua barriga —, eu posso passar a noite inteira torturando-a assim... — sua língua deslizou até seu ponto mais íntimo, fazendo-a arquear-se — e terei muito prazer em ouvir seus gritos madrugada adentro, me pedindo clemência... — usou os dedos para separar a carne úmida. Alcançou o botão rosado e intumescido com a língua — serei um torturador muito cruel se fizer isso com você, pequenina?

— Muito — ela conseguiu dizer num fio de voz. Logo foi tomada por um tremor intenso, por uma necessidade urgente de se mover, se debater, de gemer e gritar. Ele a levava à loucura. Talvez Ragnar fosse uma espécie de feiticeiro, mago, ou sabia-se lá o que para transformá-la apenas num corpo que se contorcia por vontade própria. Para conseguir dominar sua vontade daquele jeito, deixando-a totalmente à mercê de suas carícias ousadas.

— Ah, Leila — ele foi subindo o corpo sobre o dela, encaixando-se entre suas pernas. —, se soubesse como é bom vê-la assim!

Ela abriu os olhos cor-de-mel e fixou-os nele, parecendo ter emergido de outro mundo.

— Me ensine a tocá-lo assim também, meu amor — ela deslizou as mãos pelo peito forte e sentiu o coração dele batendo rapidamente. — Quero aprender a lhe dar prazer.

— Seu desejo é uma ordem. — Disse isso e, em seguida, tomou-lhe a boca com urgência, levando uma de suas mãos delicadas a deslizar sobre o sexo enrijecido. Leila arquejou ao sentir sua virilidade pulsando entre os dedos. Acariciou-o devagar, arrancando um gemido gutural de Ragnar, que jogou a cabeça para trás, cerrando os dentes.

— Oh, mulher! — Ele a encarou de novo, os olhos brilhantes — se continuar a fazer assim, terei sérios problemas para me conter!

Ela riu, sedutora, sem interromper as carícias.

— Ah... vê como é bom torturar os outros? — Ela aumentou a pressão em torno dele, que pensou que fosse se estilhaçar em mil pedaços — está recebendo na mesma moeda, *sire*.

Enlouquecido, Ragnar segurou sua mão e apertou-a contra si. O alívio, no entanto, viria apenas quando estivesse dentro dela. Afastou gentilmente a mão dela e separou suas pernas com os joelhos, beijando-a devagar, enroscando sua língua com a dela. Queria dar a ela o máximo de prazer antes de mergulhar em sua carne. Sabia que quando o fizesse, tudo acabaria mais cedo. E ele queria mais... Queria Leila por toda a noite, por toda a vida. Queria se perder nela e nunca mais se achar.

— Eu preciso estar em você, *liten*... — murmurou de encontro ao seu ouvido —, preciso aplacar minha fome dentro de seu corpo.

— Venha, Ragnar — ela o puxou, roçando o sexo no dele num convite irrecusável — agora.

Ele cedeu então àquela fome, àquela loucura chamada Leila. Penetrou-a de uma só estocada, afundando-se na maciez úmida de seu sexo. Arrancando um grito de prazer de Leila. Embriagados, se enroscaram; as pernas dela envolvendo a cintura dele, os braços de Ragnar em torno do corpo dela, puxando-a mais para junto dele, como se isso ainda fosse possível.

— Leila! — O chamado brotou dele como um som primitivo. Seus movimentos dentro dela fazendo-a embarcar numa espiral ascendente de gozo e paixão.

— Sim, sim! — Era só o que ela gritava, tomada por uma ânsia louca de ser possuída tão profundamente quanto ele fosse capaz de chegar, de senti-lo gozar e esvair-se dentro dela, morno, pulsante, viril. Avassalador.

Ragnar se ajoelhou na cama, trazendo-a consigo. Colocou-a sobre ele, fazendo-a cavalgá-lo. Agarrou-a pelos cabelos e beijou-a com voracidade. Quando sentiu que não poderia mais conter a onda do orgasmo que iria engolfá-lo, pediu.

— Olhe em meus olhos, quero ver você chegar lá comigo... agora!

Ela gemeu alto e obedeceu, enfiando os dedos nos cabelos louros e desalinhados. Seu mundo se reduziu àqueles olhos claros e ao êxtase que a fez encaixar-se nele e apertá-lo dentro de si, trêmula e de tal forma que nem uma gota de sua semente se perderia de dentro dela.

Exaustos, ofegantes e suados, os dois ficaram ali juntos, beijando-se e acariciando-se, trocando juras de amor eterno. Ragnar então a deitou na cama e abraçou-a por trás, cobrindo aos dois com um lençol.

— Durma, meu amor — ele beijou seu ombro e afagou seus cabelos. E enquanto Leila deslizava mansamente para um sono relaxado e tranquilo, ele completou. — Amanhã mesmo nos casaremos.

A brisa vinda do mar agitava as tamareiras ao redor dos muros, aplacando o calor da noite em Tiro. Com passos suaves, Radegund e Mark seguiam seu caminho, alheios à temperatura, ocupados demais com os próprios pensamentos. Contornaram a edificação até chegarem a sua parte posterior. Em silêncio, entraram na casa de Leila pelo portão dos fundos. Era muito tarde e não fazia sentido acordar a criadagem. Caminharam pelos corredores, imersos em si mesmos. Pararam somente ao chegarem à porta dos aposentos dela. E por alguns instantes, apenas se encararam.

— Boa noite, Mark — ela desejou suavemente, quebrando o silêncio.

Não passou despercebido ao mestiço o fato de ela, que até então o tratara formalmente por Bakkar, seu nome de família, passar a chamá-lo pelo. Confiante, estendeu os braços e apoiou-se na parede atrás dela, chegando bem perto, quase a ponto de suas bocas se tocarem. Usou do mesmo tom suave para indagar.

— Não vai fugir de mim, não é?

— Claro que não — ela sorriu —, não tenho o hábito de fugir. A não ser que resolva se apaixonar por mim...

O sorriso dele se abriu mais ainda. Seus olhos se iluminaram.

— Não se preocupe. Deixo os assuntos o coração para Ragnar e Leila. Mas... — sedutor, deslizou um dedo pelo seu pescoço até chegar ao vale entre os seios, exposto pela camisa entreaberta —, tem certeza de que quer dormir sozinha naquela cama enorme?

Radegund abafou uma gargalhada.

— Você é mesmo terrível, Mark — ralhou. — Claro que tenho. Amanhã nosso turno será puxado, meu amigo. Se eu o deixar ficar, nenhum de nós fará por merecer a fortuna que Ibelin nos paga.

Ele riu e falou de forma teatral.

— Cruelmente dispensado por uma ruiva sem coração! Será que sobreviverei?

Repentinamente séria, ela o trouxe para perto, beijando-o com furioso ardor. Recuou com a mesma brusquidão. E ao se afastar, já entrando no quarto, despediu-se com uma ponta de amarga ironia na voz.

— Somos especialistas em sobreviver, *messire* — antes da porta se fechar, completou —, durma bem.

O dia amanhecera claro, apesar de ser a época das chuvas na região. E sendo Balian de Ibelin um homem que não gostava — e nem podia — perder tempo, pulara da cama com o nascer do sol e chegara cedo ao quartel. Seus dias eram cheios; administrar o caos da Terra Santa e, ao mesmo tempo, tentar manter os pares do reino na linha, evitando conluios e conspirações quase que diariamente, era uma tarefa hercúlea. E quase impossível. Um tanto desanimado, seguiu seu caminho. Seu dia prometia ser mais infernal do que o habitual. O arcebispo convocara um encontro para aquela manhã, com ele e Conrad de Montferrat, o senescal.

Ibelin apertou as têmporas e sentiu o prenúncio de uma dor de cabeça. Como desejava ao menos um dia de paz! A situação na cidade com o cerco de Saladino era caótica; Trípoli, seu grande amigo e aliado contra os

Courtenay, estava à morte; o exército precisava de sua orientação. E o arcebispo solicitava uma reunião para tratar Deus sabia lá do quê!

Irritado e desconfortável com o calor incomum para aquela época do ano, marchou em direção ao gabinete, as esporas tilintando e a cota de malha sob a túnica fazendo um som semelhante ao de um chocalho a cada passo seu. Dois soldados lhe abriram as portas duplas após uma saudação. E dois pares de olhos o encararam. Os de Conrad de Montferrat oscilavam entre a diversão e a irritação. Os do arcebispo fulminavam-no.

Problemas, Balian... Problemas e mais problemas. Até mesmo Saladino dá menos trabalho que o arcebispo!

Antes que ele ou Conrad pudessem articular sequer uma palavra, o arcebispo foi se levantando, interpelando-o sem nenhuma cerimônia.

— *Messire*, pretende levar esta situação absurda até quando?

Ibelin deu a volta na mesa calmamente e sentou-se em sua cadeira ao lado do senescal.

— Bom dia, senhores. — Começou em voz calma, antes de dar efetiva atenção ao arcebispo — a que situação o senhor se refere, Excelência?

— O senhor arcebispo está preocupado com sua nova agente, Balian — respondeu Conrad no lugar do religioso, que parecia a ponto de explodir de cólera. — Ele veio me falar sobre a mulher. Mas, como Radegund está sob suas ordens, eu disse a Sua Excelência que não poderia interferir.

Ibelin encarou o arcebispo.

— E posso saber qual o motivo da preocupação de Vossa Excelência, já que Radegund tem se mostrado bastante eficiente? Ou seria exatamente este o ponto? — Alfinetou.

Colérico, o religioso rebateu.

— Aquela... mulher é uma filha do demônio — bradou, descontrolado. — Devia tê-la enforcado assim que soube! Uma mulher imiscuída entre os homens! Como pode manter aquela meretriz entre os soldados de Nosso Senhor? É uma blasfêmia, uma heresia!

Conforme o religioso despejava seu veneno, o rosto de Ibelin ia se fechando, se tornando uma máscara de fúria contida a custo. Conrad logo identificou a explosão de mordacidade que sucederia aquele perigoso silêncio. E ela não demorou a vir.

— Vossa Excelência — ele começou em voz baixa, macia, falando pausadamente —, eu lhe digo o que fazer durante suas missas? — O outro negou com a cabeça — eu, por acaso, interfiro na forma como conduz uma confissão, um casamento ou um funeral?

— Não, mas, veja bem...

Ibelin prosseguiu, como se não o ouvisse.

— Eu me meto nos assuntos de sua Igreja?

— Não... — o arcebispo passara de rubro a lívido.

— Pois então — Balian já elevara o tom de voz —, não se meta na forma como conduzo meu exército! Sua Cruz e seu Cristo foram incapazes de salvar Jerusalém! — Apontou o dedo para si — *eu* mantive aquela cidade de pé! *Eu* arranquei um acordo de Saladino e *eu* conduzi este povo até aqui pelo meio do deserto, enquanto seu Santo Papa e seus Bispos estavam em

Roma, com os santos rabos sentados em seus tronos, discutindo o sexo dos anjos! — Ibelin socou a mesa derrubando o tinteiro — fique longe de Radegund e mantenha seus cães Templários fora do meu caminho. Não admitirei nenhum movimento seu ou da Ordem em direção a minha agente, fui claro?

Conrad sorria discretamente. Sabia que a reunião daria naquilo. Avisara ao arcebispo que Ibelin seria intransigente naquela questão, mas o religioso não lhe dera ouvidos.

O arcebispo, com o rosto contraído e roxo de cólera, não respondeu. Balian apoiou as duas mãos na mesa e inclinou-se para frente.

— Fui claro, Vossa Excelência? — O nobre repetiu a pergunta.

O arcebispo rangeu os dentes, tentando conter a própria ira. Apesar de tudo, teria que recuar. Ibelin era muito poderoso. Sua mulher era a rainha-viúva do Reino de Jerusalém e sobrinha-neta do imperador Manuel[55]. O próprio Balian teria sido coroado rei de Jerusalém, se não fossem as maquinações de Agnes de Courtenay e de sua filha Sibylle.

— Sim, *messire*. Absolutamente claro — capitulou. *Por hora*.

CAPÍTULO
XVI

"É sempre bom um homem ter fé quando se vai casar."

"O CONDE DE MONTE CRISTO".
ALEXANDRE DUMAS

TIRO

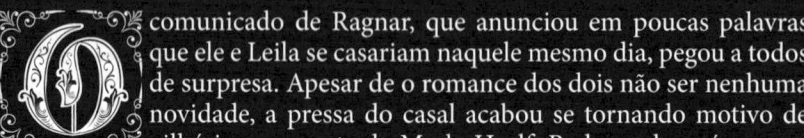

comunicado de Ragnar, que anunciou em poucas palavras que ele e Leila se casariam naquele mesmo dia, pegou a todos de surpresa. Apesar de o romance dos dois não ser nenhuma novidade, a pressa do casal acabou se tornando motivo de pilhérias por parte de Mark, Hrolf, Radegund e até mesmo do sisudo Gilchrist O'Mulryan. O irlandês, que sempre passava pela casa de Leila antes de assumir seu posto, na esperança de ver a ruiva, cumprimentou o casal e prometeu comparecer à cerimônia. Apressado e sem caber em si de felicidade, Ragnar se despediu dos amigos e da amada após o rápido desjejum. Precisava cuidar das formalidades.

Quando ficou a sós com Radegund, após todos os outros terem saído para tratarem de suas obrigações, Leila intimou a amiga a ser sua dama, arrastando-a para seus aposentos, sem dar ouvidos aos seus protestos

— Esqueça esta ideia absurda — ela tentou sair da alcova, mas a sarracena bloqueou a porta. Bufou e esbravejou —, desde menina que não sei o que é usar saias!

— Raden! — A outra fez beicinho — você é minha única amiga! Por favor. Ou será que está com medo? — Desafiou-a, sabendo que Radegund não resistiria a uma provocação daquelas

— De usar saias?! — Cruzou os braços, carrancuda — ora, menina, não seja ridícula!

— Então por que não as usa em meu casamento? Certamente não vai entrar na Igreja trajando cota de malha!

A ruiva bufou de novo.

— Não uso porque não tenho nenhuma.

— Eu tenho muitas — Leila afirmou sorrindo, sentindo que a encurralara.

— Você é mais baixa do que eu — Radegund tentou argumentar, já a beira do desespero.

— Damos um jeito. Podemos ajustar um de meus vestidos rapidamente — Leila colocou a mão no queixo e mediu Radegund de cima a baixo — hum, creio que ficará bem em tons de verde, ou azul...

— Não gosto de roupas coloridas — as palavras saíram num grunhido. — Vou parecer um pavão.

Leila ignorou seu comentário e andou em torno dela, avaliando-a como a uma estátua.

— Podemos trançar seus cabelos, colocar neles algumas daquelas joias que *baba* lhe deu... ah, tenho um véu que ficará perfeito em você! Ela bateu palmas, empolgada — só teremos que conseguir sapatilhas. Seus pés são maiores do que os meus. Vou mandar Leandra comprar um par que combine com o vestido. Dará tempo, porque eu só vou me casar no fim da tarde. Mesmo com o cerco, Ragnar acredita que Ibelin comparecerá para dar uma impressão de normalidade à tropa. Gosta de dourado?

— Esqueça, Leila — aquela tagarelice estava lhe dando nos nervos.

— É claro que teremos que arrumar suas unhas; estão horríveis; — a ruiva revirou os olhos. Leila prosseguiu, ignorando-a — acho que também pode usar um pouco de *kohl* nos olhos e carmim nos lábios...

— Esqueça essa ideia maluca, por todos os santos!

— Você ficará linda, minha amiga — ela dava pulinhos pelo quarto.

— Leila, desista — a ruiva revirou os olhos.

— Por quê?

— Eu nunca vou me vestir assim.

Radegund tropeçou pela terceira vez na barra do vestido. Esticou a mão para a porta. Desceu a mão e puxou de novo o decote para cima. *"Estou indecente"*. Nervosa, como se ela mesma fosse a noiva, deu a volta e se olhou novamente no espelho de prata polida.

— Meu Deus — seus ombros caíram —, sinto-me nua! — Aprumou-se e apertou os olhos — eu mato Leila!

A porta se abriu, pegando-a de surpresa. Mark passou pelo portal, andando e tagarelando ao mesmo tempo.

— Como é, garota? Não vai... — ele parou e sua voz foi baixando, adquirindo um timbre grave — ...sair... — pasmo — Santa Mãe de Deus — e finalmente surpreso —, é você mesmo!?

Ela se voltou, vermelha. Mark estava parado à porta. Boquiaberto e totalmente incrédulo ao ver a criatura exótica e absurdamente feminina em que a ruiva se transformara.

A seda moldava seu corpo com perfeição. O corpete evidenciava os ombros largos, porém femininos. O decote debruado deixava ver o início do vale entre os seios e os cabelos, presos em tranças elaboradas entremeadas de joias, estavam parcialmente cobertos por um véu delicado. Em sua cintura, um adorno de pequenos aros de ouro e pedras, tilintava a cada passo. Os olhos verdes, delineados pelo *kohl*, estavam maiores e mais expressivos do que já eram. A pergunta que Mark se fazia naquele instante era: *como* ela se disfarçara de homem por todo aquele tempo?

— Eu não vou sair daqui assim — Radegund colocou as mãos na cintura delineada pela seda furta-cor, tentando disfarçar o embaraço que a inspeção de Mark causava — quer fazer o favor de parar de me olhar desse jeito!?

Ele recuperou a voz.

— Pelo Profeta, Gilchrist não vai tirar os olhos de você hoje...

— O quê?

— Esqueça. Leila me mandou buscá-la. Ela disse que talvez você precisasse de... *incentivo* para sair daqui. Agora entendo o porquê — ele chegou mais perto dela e sorriu. Foi sincero — está linda.

— Vou tropeçar nessas sapatilhas e me estatelar no chão — ela reclamou, apontando os próprios pés.

Ele a conduziu até a porta enquanto falava.

— Não vai, não — piscou maliciosamente — e, caso tenha dificuldade, O'Mulryan e eu ficaremos ao seu lado para segurá-la.

Radegund balançou a cabeça, argumentando fracamente.

— Estou me sentindo muito esquisita...

— Sossegue, criatura! Você fará jus à beleza da noiva — incentivou-a.

— Leila parece uma princesa. E Ragnar está a ponto de explodir de tão prosa. Vamos?

— E tenho alternativa?

A capela do quartel do senescal fora o local escolhido para a cerimônia de casamento. Lá também aconteceria a conversão de Leila, aceitando a fé de seu futuro marido.

Ela chegou antes, o vestido de noiva coberto por um pesado manto. Entrou direto para os fundos da capela, sozinha, onde, ajoelhada diante do sacerdote, confessou-se e recebeu a fé cristã pela eucaristia. Só então foi até a nave principal. Diante do altar, Ragnar a aguardava, imponente. Vestia o manto e a túnica azul-celeste com as armas do reino de Jerusalém bordadas em dourado sobre peito.

Radegund, em seu traje que oscilava entre o verde e o azul, ajudou a amiga a se livrar do manto, permitindo que todos admirassem a perfeição do vestido de damasco vermelho, bordado com fios de ouro e adornado com pedras preciosas. Ragnar não conteve um murmúrio de admiração, enquanto Mark e Gilchrist, muito bem vestidos, sorriram diante da visão delicada da noiva do amigo.

O vermelho acentuava o tom trigueiro da pele de Leila, bem como a cor de seus olhos amendoados. O ouro em suas joias faiscava à luz das velas, fazendo-a se parecer com uma sedutora personagem das histórias do califa Haroun al-Rachid[56], que ela mesma gostava de contar. O corpo curvilíneo era moldado pelo tecido e seus pés pequenos, calçados em sapatilhas de tecido semelhante ao do vestido, apareciam sob a barra do traje a cada passo que ela dava.

No altar estavam, além do noivo e de Mark, os *chevaliers* Gilchrist O'Mulryan e Balian de Ibelin. Nos bancos mais próximos, além de Leandra, Jamal e alguns criados da casa, sentavam-se Yosef e Hrolf.

Lentamente, sem desgrudar os olhos do noivo, Leila cruzou a distância que a separava dele. Estendeu-lhe a mão trêmula, que Ragnar tomou com ternura. Ambos se voltaram para o padre, que deu início à celebração. No final, os dois disseram seus votos. Ragnar tirou o anel de sua família do dedo. Tocou com ele as pontas de cada dedo da mão esquerda dela, colocando-o então em seu anular. O padre os declarou casados e Ragnar pode, enfim, beijar aquela que agora era sua mulher.

— Está linda, esposa... — ele murmurou de encontro aos seus lábios — eu te amo, Leila de Svenhalla.

Com os olhos marejados, ela respondeu.

— Eu também o amo, meu marido.

O beijo foi casto, mas as promessas que Leila entreviu nos olhos de Ragnar serviram para aquecê-la pelo resto da tarde e da discreta comemoração que se seguiu.

Patrus tentava a custo ocultar a raiva. Seu corpo chegava a tremer e suas feições se retorciam ao pensar que, naquele mesmo instante, Leila e o estrangeiro celebravam sua felicidade. Não era possível que houvesse chegado tão perto para nada! Com o norueguês casado com Leila, se algo acontecesse a ela, o maldito fatalmente herdaria tudo o que fora de Sophia e que deveria ter sido dele!

Passou andando pelos jardins, sem notar a beleza das flores, nem aspirar o perfume das tamareiras, tão imerso que estava em seu ódio. Desnorteado, resolveu sair dos limites dos muros. Talvez a distância da casa o ajudasse pensar numa forma de se livrar do maldito. Desatento, trombou com uma figura sinistra, em cuja face marcada e olhos repletos de maldade, logo identificou a alma negra que seu servo vira na taça, na noite do sacrifício.

— Saia do meu caminho... — Blake rosnou, irritado com o olhar do homem magro e de modos estranhos.

— Por que a pressa? — A voz soou melíflua, enquanto os olhos prendiam os dele — sei o que busca, meu senhor. E posso ajudá-lo a obter o que quer.

Blake estreitou os olhos frios. Mediu Patrus de cima a baixo, imune ao seu poder.

— Como sabe o que eu quero?

— Não importa. — Desdenhou o outro com um gesto da mão magra — sei que deseja a cabeça de Svenson.

O assassino o agarrou pela manga. Arrastou-o consigo até chegarem a um beco.

— E qual seria seu interesse na eliminação dele? — Indagou de chofre.

— Na verdade — começou Patrus —, eu quero a mulher dele fora do meu caminho.

— Sim — o riso do outro foi irônico —, soube que estão se casando neste exato momento. E se não fosse o maldito cerco a dificultar minha fuga, eu já o teria matado.

O egípcio sorriu e sugeriu.

— Use a mulher como isca. Ele irá atrás dela num piscar de olhos — disse, dando-lhe as costas.

— E como sugere que faça isso — Blake o impediu —, ela sempre está com o tal Brosa. Ou então com a mulher ruiva, que é o próprio Diabo encarnado, segundo dizem. — Fez uma pausa e sorriu debochado — quero cumprir meu contrato, mas pretendo sair vivo para desfrutar do ouro que ganhei.

— Há um franco que deseja a sarracena para si. Trabalhe junto com ele e terá sucesso. — Patrus fixou os olhos nos do assassino — é um desertor conhecido como Vernon. Procure-o na taverna dos marinheiros. Diga que eu o mandei até ele.

O rosto de Blake se iluminou. Lembrou da conversa que escutara no dia anterior. Certamente tratava-se do homem ao qual o egípcio se referia.

— E quanto a você? — Indagou, ainda descrente de sua boa sorte.

— Eu facilitarei as coisas na casa. Agora vá. Não posso ser visto com você.

Sem mais nenhuma palavra, Blake sumiu na esquina.

Ibelin oferecera uma ceia em comemoração ao casamento de Ragnar. Além disso, presenteara o casal com uma bolsa de besantes de ouro, numa deferência para com um de seus melhores homens. No salão de jantar da casa do senescal de Tiro, os *chevaliers* e damas convidados não paravam de admirar e comentar a beleza da noiva, e também de sua dama de honra. As duas mulheres em questão, porém, se sentiam um tanto deslocadas naquele ambiente, cada uma por seus próprios motivos.

Radegund, evidentemente embaraçada com seus trajes, nunca vira tantos *chevaliers* do reino agindo como um bando de alegres cachorrinhos ao seu redor. Céus! Até mesmo Andrew, que devia ter idade para ser seu avô, parecia um rapazinho a cortejá-la. Irritada, a ruiva largou sua taça sobre uma mesinha e procurou desesperadamente com os olhos alguém que a salvasse. Enxergou Mark no outro extremo do salão. O mestiço, no entanto, cercado por sua legião de admiradoras, estava fora de cogitação. Então, quem?

— Dama Radegund — uma voz grave chamou atrás dela.

— Gilchrist! Graças a Deus — ela se voltou e tomou o braço do cavaleiro, aliviada. Sem nenhuma cerimônia, foi arrastando o irlandês para fora do salão — faça-me um favor e me tire daqui antes que eu mate alguém.

— Com prazer — Gilchrist até mesmo sorriu, tamanha fora sua boa sorte. Sem demora, convidou — gostaria de dar um passeio ao longo da praia?

— Gil, eu vou até para o inferno contanto que eles — ela apontou os homens que conversavam num grupo —, fiquem longe da barra de minha saia!

Satisfeito, ele assentiu, fazendo o que ela pedira. Discretamente, se retiraram da recepção.

Leila, ao lado do marido, sorria de maneira forçada diante da apreciação a que era submetida pelas mulheres de *chevaliers* e oficiais. Era como se fosse um animal exótico colocado em exposição numa feira. Suspirou e olhou para Ragnar. Distraído e feliz, ele não percebera seu desconforto. Uma senhora de olhos sagazes, que a observava atentamente, caminhou em sua direção. Tocou seu antebraço e falou baixo para que só ela ouvisse, enquanto sorria e meneava a cabeça aos outros.

— Sossegue, minha criança. Eu também me senti assim em meu primeiro casamento.

Leila sorriu e observou a mulher. Não era muito bonita, mas possuía um brilho perspicaz no olhar. Devia ter pouco menos de quarenta anos. Vestia uma túnica cor-de-açafrão sobre o vestido num tom mais escuro. Usava poucas, mas valiosas joias, e portava-se com sofisticação.

— Obrigada, senhora — agradeceu num murmúrio. Olhou as damas que cochichavam mais adiante — parece que vim direto da Lua para cá. Não sei porque que me olham assim.

— Olham-na porque você é diferente delas — a mulher parecia se divertir —, e bonita. No meu primeiro casamento também passei por isso, embora nunca tenha sido tão bela quanto você — atalhou sem nenhum pingo de afetação. — Depois, se acostumaram. E se não se acostumaram — sorriu com desdém —, ao menos minha posição as fez se calarem.

Intrigada, Leila comentou.

— Ainda não sei seu nome, senhora...

A mulher riu e meneou a cabeça num cumprimento.

— Maria Komnena, esposa de Balian.

— Céus — Leila fez uma mesura —, *madame*, perdoe-me, eu não sabia...

— Ora, esqueça minha jovem — ela fez um gesto de enfado com a mão. — Não me olhe *você* com se *eu* tivesse descido dos céus!

Leila estava estupefata. Sabia que a esposa de Ibelin era ninguém menos do que a poderosa filha do *doux*[57] de Chipre, o *protovestiarius*[58] Iohannes, sobrinha-neta do imperador bizantino, Manuel, e viúva do rei Amalric. Ela fora rainha de Jerusalém. Assim como Leila, não era uma filha da Igreja de Roma.

— Por isso disse que elas já a olharam dessa forma — concluiu, ainda estupefata.

— Sim — concordou Maria —, quando vim de Constantinopla para me casar com Amalric, eu não passava de uma avezinha assustada à mercê de suas garras... — ela olhou bem nos olhos de Leila. — Não deixe que elas a intimidem. E lembre-se. Você também é a mulher de um príncipe.

— Como...? — Leila estava chocada demais para completar a pergunta. Como Maria sabia?

— Balian sabe, Leila. Seu marido serve ao meu, que divide os problemas de estado comigo. Sou parte desta corrente, criança. Eu, Balian, Conrad — ela fez uma pausa e a tristeza passou por seus olhos —, e Raymond também era. Todos nós lutamos para reestabelecer a linhagem de Amalric e derrubar Lusignan, aquele *parvenu*[59] que se instalou no trono de Jerusalém como uma galinha num poleiro! — Leila arregalou os olhos ante a virulência daquelas palavras. Maria, percebendo o espanto da moça, abrandou o tom — contudo, deixemos esses assuntos de lado. Afinal, apesar do cerco e do caos que nos rodeia, é o dia de seu casamento — ela deu o braço à noiva. — Venha, vamos caminhar pelo salão e dar assunto às faladeiras.

A ceia terminou tarde da noite. Ragnar e Leila se retiraram para a casa dela, montados no animal cinzento de Ragnar, sob uma chuva de pétalas de flores e votos de felicidade.

Hrolf e Mark, após se despedirem dos noivos, voltaram para o interior da casa, onde, juntamente com diversos outros *chevaliers*, aproveitaram para discutir os assuntos da guerra. A ausência de Radegund e Gilchrist foi notada, mas mereceu apenas um sorriso matreiro de Bakkar, quando foi indagado sobre os dois. Logo imaginou que o irlandês conquistara, finalmente, a ruiva.

Sorvendo o vinho de sua taça, ergueu mentalmente um brinde à amiga, desejando que encontrasse nos braços de O'Mulryan a felicidade que ele próprio deixara há muito de procurar.

Sentados sobre as ameias próximas ao porto, Radegund e Gilchrist observavam as fracas luzes dos navios ancorados. A natureza introspectiva e silenciosa de ambos fizera das palavras um recurso supérfluo. Num acordo tácito, andaram calados por muito tempo, até se instalarem naquele local. Uma curiosa quietude reinava, a despeito das fogueiras no acampamento de guerra, além do istmo que separava Tiro do continente. Foi o irlandês quem primeiro quebrou o silêncio.

— Onde deixou sua família, Radegund?

— Todos morreram há muito tempo — respondeu com simplicidade, sem, no entanto, revelar de onde viera. Olhou para o rosto sisudo do irlandês e devolveu a pergunta — e você?

— Tenho alguns parentes na Irlanda. Vivem em meu castelo.

— Ora, *messire*! — Ela ensaiou uma reverência — não sabia que passeava pelas ameias na companhia do senhor de um castelo.

— Deixe de bobagem — ele resmungou. — Na verdade eu nem queria um castelo. Tudo o que eu queria mesmo era paz.

— E encontrou? — Ela indagou baixinho, os olhos perdidos no horizonte.

Fez-se um longo silêncio até que ele respondeu, o olho negro brilhando nas sombras.

— Não. A paz não está dentro de mim, Radegund — encarou-a intensamente — assim como não está dentro de você, não é mesmo? Cada um de nós que vem para cá traz dentro de si um passado a expiar. Vim em busca do Cordeiro, do Cristo Crucificado que causou a morte de minha mãe — ele voltou os olhos para o mar. — Sempre me pergunto... como é que um homem que pregava o amor e o perdão pode ter causado a morte de uma mulher tão boa e altruísta?

— Gil...

— Minha mãe morreu por sua crença, porque achava que era possível a coexistência de suas velhas tradições com o Cristo de Roma. Antes de morrer ela ainda ajudou a me proteger deles. — Ele tocou o couro negro do tapa-olho. Voltou-se novamente para Radegund — de alguma forma eu me sinto à vontade com você para contar essas coisas. E é estranho, porque nunca contei isso a mais ninguém.

— Quem fez isso com você, Gil? — Ela apontou o tapa-olho.

— Minha mãe — ele sorriu de seu espanto. — Não é o que todos pensam, Radegund. Veja por si mesma — ele ergueu a proteção. Ao invés de uma órbita vazia ou deformada, ou então de um globo ocular vazado, havia um olho perfeito. Apenas a pele da pálpebra ao redor dele era um pouco mais pálida, por ficar protegida do sol. A única coisa estranha era que, enquanto o olho que ela sempre via era negro, aquele era verde.

— Não compreendo. Por quê?

— A ignorância — deu um suspiro cansado. Seu olhar se perdeu na escuridão da noite — isso foi considerado um sinal do demônio. Uma prova do pacto de minha mãe com ele. A cicatriz foi feita num acidente, quando caí, ainda garoto, sobre o mourão de uma cerca. Para que todos pensassem que meu olho fora vazado, minha mãe o cobriu com bandagens. Tempos depois, me fez um tapa-olho. Todos acabaram se esquecendo do garoto que tinha olhos diferentes. E eu me acostumei. Hoje eu realmente vejo mal com ele, talvez pela falta de uso.

— Que história estranha...

— Sim — Gilchrist recolocou a proteção no lugar e prosseguiu —, depois que minha mãe foi morta, fui viver com sua gente. No entanto, quando meu pai morreu sem deixar herdeiros, eu tive que assumir minha herança. Mas jamais deixei de lado os ensinamentos de minha mãe.

Radegund ficou calada. Gilchrist não explicou que ensinamentos eram aqueles. Ficaram sentados apenas, remoendo pensamentos. Muito tempo depois, resolveram descer das ameias e voltar para suas casas.

Sozinho em seus aposentos, Gilchrist retirou o tapa-olho. Abriu os braceletes de couro que nunca tirava dos punhos e contemplou os dragões azuis tatuados em torno deles.

Leila despertou nos braços do marido e espreguiçou-se. Depois, ainda lânguida de sono, ficou apoiada num dos cotovelos, olhando embevecida o rosto adormecido de Ragnar. Com carinho, traçou lentamente as linhas de seu rosto com as pontas dos dedos. Como era belo! E como o amava! Tocou os ossos da face, o queixo anguloso e forte, a barba bem aparada, as sobrancelhas claras. Tudo nele exalava força e poder. Suspirando, deitou a cabeça em seu peito e ficou pensando em como seria sua vida dali para frente.

Queria ter um filho com Ragnar, ou melhor, *alguns* filhos. Tinha certeza de que ele gostava de crianças. E também de que seria um pai atencioso. Estaria grávida? Leila tentou fazer as contas mentalmente, mas, como seus períodos andavam muito irregulares, ela acabou desistindo. Porém, disposta a colocar logo seus planos em prática, deslizou as mãos pelo peito amplo do marido e beijou sua boca. Ragnar respirou profundamente e abriu os olhos, sonolento.

— Hum, que jeito maravilhoso de acordar, esposa!

— Bom dia, *sire*! Dormiu bem? — Ela deslizou a mão sob o lençol, ao longo de seu abdome.

— Na parte da noite em que você me deixou fechar os olhos... — ele sorriu — sim, eu dormi.

— Ora! Veja quem fala! Se bem me lembro, foi o senhor quem arrancou minhas roupas, mal colocamos os pés em casa! — A mão delicada desceu mais um pouco, encontrando o membro desperto — oh, vejo que meu marido acordou bem-disposto.

Ragnar riu e puxou-a sobre si.

— Leila, sua diabinha! Assim não serei capaz sequer de erguer meu machado!

Ela se encaixou sobre ele, descendo o corpo lentamente sobre sua ereção, arrancando dele gemidos de prazer.

— Pouco me importo com seu machado, senhor meu marido — ela se inclinou para frente, beijando sua boca —, contanto que possa manter erguida sua espada.

— Leila, Leila... — ele ainda resmungou, antes de perder totalmente a razão — você está me saindo melhor do que a encomenda!

Radegund se sentou à mesa do desjejum e estudou o vazio a sua volta. Parecia que só ela e os criados haviam acordado naquela casa, apesar do adiantado da hora. Naturalmente, Leila e Ragnar deveriam estar muito ocupados. E Mark e Hrolf... bem, era melhor nem saber aonde andariam. Dando de ombros, pegou um pedaço de pão, mergulhou no molho espesso do guisado e começou a comer. Mas logo sua refeição foi interrompida por Patrus.

Torceu o nariz assim que o egípcio entrou. Não conseguia ocultar sua antipatia pelo criado. Achava-o dissimulado demais, sempre olhando a todos de esguelha. Havia comentado com Leila a respeito, mas ela dissera que Patrus fora empregado do marido de sua tia Sophia. E que, apesar de também não simpatizar com ele, não o dispensava por uma questão de consideração. Limpou a boca e tomou um gole de cerveja, antes de indagar.

— Diga Patrus, o que quer?

— Perdão... — ele disfarçou o desagrado que a mulher lhe causava baixando os olhos —, há um mensageiro do senescal a porta.

— Eu o atendo — ela se levantou, dando uma mordida no damasco que apanhara de um cesto. — Ragnar deve estar muito ocupado. E só Deus sabe onde Mark se enfiou. *Na certa entre as saias de alguma mulher*, imaginou.

À soleira, o mensageiro a cumprimentou. Entregou-lhe a mensagem selada. Radegund rompeu o lacre e leu rapidamente.

— Com todos os diabos — resmungou enquanto relia —, um ataque por terra e por mar. — Voltou-se para o criado — Patrus, mande selar Lúcifer. Assim que Ragnar e Mark derem o ar da graça, diga-lhes para irem direto ao quartel do senescal — atirou o caroço da fruta para o empregado, que o agarrou desajeitadamente. — E pare de me olhar com se eu fosse de outro mundo, homem!

Apreensiva, Leila auxiliava o marido a vestir a cota de malha por cima da camisa acolchoada. Tentando fazer a voz soar calma, indagou.

— Como acha que isso vai acabar, meu amor?

— Eu não sei, Leila — ele respondeu, enquanto apertava as correias do equipamento —, mas quero que permaneça dentro de casa. Diga a Leandra, Jamal e aos outros para fazerem o mesmo. Quero guardas armados nos portões e tudo trancado, entendeu?

Ela assentiu e ele continuou, enquanto enfiava o gorro de malha de metal. Normalmente, um escudeiro faria aquele trabalho, mas ele preferira contar com mais alguns minutos da companhia da esposa. Só Deus sabia quando poderiam estar juntos de novo!

— Tentaremos conter o ataque do sultão com nossa cavalaria, — prosseguiu com as explicações —, mas não sabemos se nossos navios serão suficientes para defender o porto. Espero que sim. — Encarou-a, preocupado — Leila, eu não sei quando vou voltar, posso passar dias fora... — pausa —, posso não voltar...

— Não — ela se atirou em seus braços, todo o férreo controle mantido até então indo pelos ares. — Pelo Profeta, não diga isso! Rezarei todos os dias por você e pelos outros. Você voltará para mim, entendeu? Todos vocês voltarão. Não se atreva a me deixar viúva!

Ele sorriu e aspirou o perfume de seus cabelos, acariciando seu rosto, secando suas lágrimas com beijos apaixonados.

— Ah, pequenina! Como eu queria ter esta certeza. Se eu for para o *Valhalla* de meus ancestrais, saiba que irei amando você — ele se afastou dela com delicadeza. — Agora deixe que eu termine de me preparar.

Leila ficou olhando enquanto ele calçava as luvas, prendia o cinturão com a adaga e a espada e, por último, escondia um punhal em cada bota. Por fim, pegou o elmo sob o braço, prendeu o machado ao talabarte e pediu:

— Dê-me um beijo de boa sorte, esposa.

CAPÍTULO

XVII

"Donde se vê que o ódio pode ser adquirido tanto pelas obras boas, quanto pelas más."

"O PRÍNCIPE". NICCOLÓ MAQUIAVEL

or mais de duas semanas as forças cristãs lutaram diariamente contra os avanços de Saladino e seu exército. Ragnar pouco aparecia em casa. Quando o fazia, era apenas para beijar desesperadamente sua mulher, apanhar uma muda de roupas e comer o que tivesse tempo de engolir. A realidade de Mark, Radegund e Gilchrist não era muito diferente. Não havia tempo para conversarem, ou se divertirem nas tavernas. Ao fim do dia, todos chegavam tão cansados ao campo que desabavam exaustos sobre suas mantas. Satisfeitos por terem sobrevivido a mais um dia.

Dormindo com os homens no acampamento, Radegund — agora que todos sabiam que era uma mulher —, tinha algumas dificuldades com soldados e *chevaliers* mais atrevidos. Para evitar mais problemas, um de seus amigos sempre dormia ao seu lado. E Mark e Ragnar deixaram bem claro que a ruiva não estava sozinha. Ragnar, que intimidava quem o visse apenas pelo seu tamanho, desenvolveu uma irritante brincadeira — sob o ponto de vista de Radegund —, de abraçá-la como um urso e dar-lhe um beijo cada vez que cruzava seu caminho.

Nas primeiras vezes o norueguês teve como retribuição alguns murros certeiros. A ruiva também despejou sobre ele seu extenso e rico vocabulário, que arrepiava até os mais velhos lobos do mar. Numa dessas ocasiões, ele a arrastou até um canto e explicou sua atitude.

— Com os diabos, ruiva! Pare de me bater e tente raciocinar. Estou tentando proteger você — ele esfregou o queixo dolorido e encarou a furiosa guerreira —, você tem que dormir, não é mesmo? E Bakkar não pode estar sempre às suas costas; Gilchrist muito menos.

Radegund balançou a cabeça. Os métodos de Sven eram, no mínimo, estapafúrdios!

— Ora, homem! Você é marido de minha amiga — argumentou —, não pode sair por aí me beijando.

— E o que tem isso? Não estou chamando você para dormir comigo, estou? — Ele apontou um dedo na direção dela, estreitando os olhos claros — mas deixe que os cães pensem que estou, entendeu, cabeça-dura?

— E Leila, Sven? — Indagou, desanimada — o que eu digo a Leila?

— O que *eu* vou dizer a Leila caso alguma coisa aconteça a você? Isso sim!

— Ora! Está certo — resmungou e foi dormir. Intimamente, agradeceu por sua amizade.

TIRO, 29 DE DEZEMBRO DE 1187

Mark e Gilchrist olharam para trás. Radegund vinha sobre Lúcifer. À custo cedera à insistência deles para que se mantivesse no centro do grupo. Agora que sua identidade era conhecida até mesmo entre os inimigos, tornara-se, além de uma adversária, um cobiçado troféu de guerra. Corria entre as fileiras que um dos emires de Saladino oferecera quinhentos dinares por sua captura. A ruiva simplesmente desdenhara a informação. Seguira adiante dizendo que, mais caras do que ela, só as mulheres da casa de Isabella.

O mestiço a acompanhou com os olhos enquanto ela posicionava a montaria junto do grupo. Mesmo com o rosto e o cabelo ocultos sob o elmo, era impossível não reconhecer o porte orgulhoso sobre Lúcifer. Ragnar cavalgava ao lado dela, sua formidável altura e seu tamanho aumentados sob a cota de malha. O machado ameaçador repousava sobre suas coxas, pronto para ceifar dúzias de sarracenos.

Saladino, com o exército esgotado pelo longo cerco, organizara um derradeiro e ousado ataque. Conseguira trazer até a entrada do porto uma esquadra de galeras egípcias lotadas de soldados. Por terra, a cavalaria ligeira avançava.

Juntos, na vanguarda da companhia de Ibelin, os quatro seriam responsáveis por coordenar, junto com outros *chevaliers* que formavam a elite das tropas, a primeira e mais pesada carga de ataque. Aquela que deveria fender e desnortear o inimigo, pondo-o à mercê das companhias que viriam pelos flancos. E aquele seria mais um bom dia para matar, pensou Mark. Ou para morrer.

Ragnar adiantou-se até eles, os olhos claros brilhando sob o elmo.

— Estamos juntos, camaradas?

— Sim, Svenson — respondeu Gilchrist, sacando a espada e posicionando sua montaria ao lado de Viking —, estamos juntos.

Radegund ergueu a viseira do elmo. Parou ao lado de Ragnar, enquanto apertava a correia do escudo no braço. Virou Lúcifer de frente para a nuvem de poeira que crescia na direção deles. E olhou à direita, para o amigo recém-casado.

— Faça o favor de não deixar minha amiga viúva.

Ele sorriu e baixou a proteção de metal sobre o nariz. Mark, ao lado da ruiva, desembainhou a cimitarra, que refletiu o sol pálido daquela manhã. O chão vibrava sob os cascos de seus garanhões, diante do avanço da cavalaria inimiga. Radegund murmurou palavras suaves para Lúcifer e levou o punho da espada aos lábios, beijando a lâmina. Baixou a viseira do elmo e respirou fundo. Gilchrist cerrou os dentes e esperou a ordem do líder. A terra tremia sob eles quando a trompa de ataque soou, despejando a sede da luta no sangue dos quatro.

As montarias foram esporeadas. Quatro cavaleiros avançaram.

Seus corações dispararam no ritmo dos cascos dos animais. Depois disso, o caos se abateu sobre o campo.

Leila e Leandra se encolheram quando mais um estrondo sacudiu os vidros e cristais dentro da casa, derrubando alguns candelabros no chão. As muralhas sofriam um severo bombardeio. Poeira desceu do teto e das rachaduras nas paredes.

— Oh, meu Deus — gemeu a criada —, até quando isso vai continuar?

— Não sei, Leandra. Só consigo pensar em Ragnar — Leila escondeu o rosto nas mãos, apavorada. — Não quero nem imaginar que ele possa ser ferido. Ou morto.

Leandra abraçou a patroa.

— Fique calma, senhora. Mestre Brosa daqui a pouco voltará com notícias — consolou-a. — Deve estar difícil andar pela cidade com esse caos.

Como se conjurado por suas palavras, o rastreador entrou na sala coberto de fuligem.

— *Helvete*[60]! Esse sultão é um osso duro de roer, senhoras!

— Hrolf — Leila se ergueu. Correu na direção dele, ignorando os cacos de louça pelo chão —, sabe dele?

— Acalme-se, senhora Leila. Seu marido está no campo.

— Não — ela apertou as mãos junto ao peito —, eu pensei que ele estivesse nas muralhas. Pelo Profeta! E os outros? Raden, Bakkar e Gilchrist?

— Todos na cavalaria — fez uma pausa —, na vanguarda. O ataque começou.

— Na vanguarda!? Oh, Senhor! — O marido, bem como seus amigos, estavam na linha de frente, onde o risco era muito maior. Lutou para conter o pânico — qual é a situação, Hrolf? Acha que Saladino conseguirá derrubar a muralha?

— Seu exército é poderoso, mas o sultão conta mesmo é com sua esquadra. As muralhas de Tiro são muito resistentes. Ele não pode se dar ao luxo de prolongar o cerco. O moral de suas tropas está baixo, bem como seus estoques de suprimentos — explicou o rastreador. — Se a cavalaria conseguir segurá-lo até que nossos navios afundem suas galeras, estaremos a salvo. Por hora, tudo o que podemos fazer é rezar.

— Sim, Hrolf — Leila concordou, em pânico —, é só o que nos resta.

A noite caíra sobre Tiro quando a situação se acalmou e as máquinas de guerra pararam de arremessar pedras contra os muros. Era o momento de recolher mortos e feridos, e também dos homens voltarem aos seus respectivos acampamentos. O silêncio na cidade era assustador. Ninguém se atrevia a sair de casa com medo de que alguma divisão avançada de Saladino desembarcasse na praia, burlando a vigilância dos homens de Ibelin e Montferrat.

Ragnar e Radegund conseguiram permissão para deixar o campo. Apressados, correram até a casa de Leila. Tanto para que Ragnar pudesse ver a esposa, quanto para poderem avaliar os estragos. Como muitos dos criados haviam sido liberados para ficar com suas famílias, ninguém os recebeu à porta da mansão, fechada e silenciosa.

— Vá ver sua mulher, Sven — Radegund o enxotou com um gesto, acompanhado de um sorriso cansado. Cobertos de sangue e sujeira, os dois não haviam tirado sequer os elmos —, eu cuido de Viking para você.

— Obrigado, ruiva — o norueguês sorriu agradecido, adiantando-se pelas escadas.

Entrou pelo vestíbulo escuro e foi em direção ao gabinete de Leila, de onde se notava um facho de luz saindo pela porta entreaberta. Seu coração bateu mais forte ao antecipar o instante em que teria novamente a esposa nos braços. Ao menos esta noite dormiria ao seu lado.

Apesar de ansioso, parou antes de entrar. Queria fazer uma surpresa. Apurou os ouvidos e ouviu a voz de Yosef.

— Não posso crer que ainda não tenha dito nada ao seu marido, minha jovem!

— Não houve oportunidade, Yosef — a voz de Leila se elevou. — Logo no dia seguinte ao nosso casamento eles foram chamados ao campo. Desde então não tive sequer a oportunidade de dormir na mesma cama que Ragnar.

— Você deveria ter dito antes de se casarem — o velho soou desanimado.

O que exatamente Leila deveria ter contado? Ragnar cerrou os punhos, a mente voltando à traição sofrida no passado. A resposta veio logo em seguida.

— Como eu explicaria a Ragnar que sabia da ordem de expulsão dos muçulmanos antes que ela fosse dada? — Ela gritou para Yosef.

— Você não foi honesta com ele — Yosef a repreendeu, balançando a cabeça.

— Sim, Leila, você não foi nada honesta.

Ela se virou, lívida, gelada, ao ouvir a voz do marido à porta do gabinete.

Ragnar entrou na sala e cumprimentou o administrador com um aceno. Seu esforço para controlar a raiva era palpável.

— Boa noite, Yosef. Pode nos dar licença? — O pedido mais se assemelhava a uma intimação — acho que eu e Leila temos que conversar.

Yosef olhou de um para outro, preocupado. A fúria contida do norueguês era tangível. Temia a explosão de toda aquela raiva. Mas, não podia fazer nada além de desejar que o bom senso prevalecesse. Não cabia a ele interferir nos assuntos do casal. Sem ter nenhuma desculpa para ficar, despediu-se em silêncio, saindo da sala.

Ragnar ficou calado, olhando para a esposa, medindo-a de cima a baixo; seus olhos frios sobressaindo na pele suja de fuligem e sangue. Em seu íntimo, emoções conflitantes e lembranças amargas se misturaram ao cansaço e ao sofrimento daqueles dias passados em combate. Seu peito subia e descia rapidamente. Leila podia sentir a raiva dele crescendo, permeando o ambiente como um humor maligno.

No entanto, ela não conseguia falar. Sua garganta estava travada. Era como se sua mente tivesse parado de funcionar. O medo e o remorso sufocavam toda e qualquer explicação que pudesse dar. Sabia exatamente o que passava pela mente de Ragnar. Podia ler nos olhos dele a acusação. Seu marido se sentia, mais uma vez, usado e ludibriado por uma mulher. Ele deu mais um passo em sua direção. Leila se obrigou a não recuar. Teve que erguer o rosto para encará-lo. Trêmula, esperou. Ragnar foi o primeiro a romper o silêncio.

— Quando ia me contar?

— Eu... — ela baixou os olhos, envergonhada. Na verdade, não teria contado a ele.

A mão de Ragnar, ainda envolta na luva de malha, ergueu seu queixo, a áspera frieza do metal machucando sua pele delicada. Forçou-a encará-lo. Cerrou os dentes com raiva ao ler a verdade em seus olhos.

— Por todos os Deuses, mulher! Você não ia me contar — a mão em seu queixo aumentou a pressão. Ela engoliu as lágrimas — ia deixar que eu continuasse acreditando em você, em sua farsa.

Com um safanão, ela se livrou dele e recuou. Precisava desesperadamente fazê-lo entender que não fizera por mal, que não quisera enganá-lo!

— Não! Isto é... sim, eu ia contar, mas... — baixou a cabeça, certa de que nada do que dissesse consertaria o mal já feito —, não podia expor Yosef.

Ragnar retirou o elmo e baixou o capuz, olhando para ela num misto de revolta e tristeza.

— Por que, Leila?

Ela balançou a cabeça, desolada e arrependida.

— Porque você não acreditaria em mim, porque o fantasma de Karin ainda o assombra — balbuciou, atropelando as palavras —, e você talvez achasse...

Ele avançou em sua direção. Seu braço varreu de uma só vez todo o conteúdo da mesa de Leila para o chão, descontando ali sua fúria.

— E se sabia disso, pois abri meu coração para você, por que diabos não foi honesta comigo também? — Ele gritava e avançava, enquanto Leila recuava, trêmula de medo.

Apavorada e acuada, não sabia o que fazer. Perdera a capacidade de reagir. Só conseguia pensar que, se ele a agredisse, com certeza a mataria.

Ragnar a alcançou, cego em sua fúria. Segurou-a pelos braços, sacudindo-a com força.

— Eu fui apenas um meio para que permanecesse em Tiro? — As mãos dele apertaram seus braços com mais força — casou-se comigo e demonstrou todo aquele ardor na cama, apenas para garantir seu conforto, sua casa e seu luxo?

Leila negava balançando a cabeça de um lado para o outro. Jamais imaginara enfrentar Ragnar e toda a força de seu ódio. O homem que via, ainda coberto com as marcas da batalha, não possuía nenhum vestígio do Ragnar com quem se casara. Talvez por isso não tenha reagido quando, ainda sob o calor da luta e completamente fora de si, ele ergueu o braço contra ela. Apenas se encolheu, esperando o golpe que viria.

— Largue-a, Svenson — a mão de Ragnar parou no ar. Leila começou a tremer mais ainda. No entanto, ele não soltou seu braço. Seus olhos estavam injetados e as narinas fremiam. A voz de Radegund soou novamente. Tão gélida que Leila não soube se temia mais o marido ou ela. — Dessa distância minha adaga atravessará sua cota — ela explicou calmamente, como se estivesse dando lições a um escudeiro — e não há a menor chance de eu errar o alvo. Solte-a.

— Saia daqui ruiva — ele rosnou sem despregar os olhos de Leila —, este assunto é entre eu e minha mulher.

— Meu juramento ao pai de sua mulher continua valendo — ela rebateu. — Eu a protegerei, ainda que seja de você — afirmou para, em seguida, ordenar. — Largue-a.

Os minutos escoaram. O silêncio e a expectativa se converteram numa tortura para Leila. Depois do que pareceu uma eternidade, Ragnar largou o braço da esposa, fazendo-a cair no chão. Virou-se para Radegund, ameaçando-a.

— Ainda acertaremos nossas contas, ruiva — ameaçou. — Não esquecerei de que lado ficou.

— Quando quiser, Svenson.

Ragnar passou por ela, esbarrando propositalmente em seu ombro, numa provocação. Radegund esperou até que ouvisse a porta bater. Depois, largou as armas sobre uma cadeira e correu para amparar a amiga.

Ao amanhecer, os navios das forças cristãs conseguiram abordar e render as cansadas tripulações egípcias num ataque fulminante. Das poucas galeras que escaparam, algumas foram cercadas no caminho para Trípoli, outras desembarcaram suas tripulações nas praias próximas à cidade, onde foram rendidas pela infantaria.

Ragnar ouviu os sons da batalha do outro lado da muralha. A sede da luta despejou-se em seu sangue. Passara a noite vagando pelo campo, esperando a hora de entrar em combate. Se pudesse, teria ido sozinho até o acampamento do inimigo apenas para despejar sobre ele sua raiva.

Montou em seu animal e virou-o em direção ao portão. Ajustando as luvas e o capuz de malha, colocou o elmo e baixou a proteção sobre o nariz, adquirindo uma aparência ainda mais mortal. Soltou da sela seu machado, feito especialmente para ele. A arma, que era uma extensão de seu braço, era grande e pesada. Um homem de estatura e força normais teria que manejá-lo com as duas mãos. Mas não ele. Enfiou a tira de couro no punho direito e agarrou o cabo revestido, girando e sopesando seu companheiro mais fiel. Com a mão esquerda, empunhou uma longa adaga. Desprezando o escudo, enrolou as rédeas no punho. Sorrindo de maneira quase insana, avançou para além das muralhas e seguiu pelo campo, abrindo caminho até a vanguarda da companhia.

Lá, soltou as rédeas e controlando Viking só com os joelhos, despejou todo seu ódio sobre os inimigos, traçando arcos mortíferos com seu machado, ceifando tudo o que encontrava pela frente. Só a raiva o movia. Raiva pela traição de Leila, raiva por si mesmo; por ter sido tão crédulo e por ter se apaixonado por aquela mulher. Raiva de sua mãe por ter se deitado com o rei. Raiva de Karin. Raiva de tudo e de todos.

Em meia hora, um rastro de moribundos e corpos mutilados jazia atrás dele. Os poucos inimigos que ainda se atreviam a desafiá-lo em combate, mal tinham tempo de se arrepender. Seus companheiros, exceto Radegund, não entenderam porque o sempre bonachão Ragnar Svenson gargalhava de forma selvagem enquanto, coberto de sangue, continuava despachando as almas de seus inimigos para o inferno.

UMA SEMANA DEPOIS...

— Este é o último Yosef? — Leila perguntou, contendo um bocejo.

— Sim. Terminamos com os livros — o velho ergueu os olhos. Encarou a fisionomia abatida de Leila — tem notícias de seu marido?

— Não — ela respondeu secamente.

— Ele vai acabar aparecendo.

— Não sei se quero que ele apareça. Naquela noite... — Leila baixou a cabeça ao se lembrar de que Ragnar quase a agredira. Amaldiçoou mais uma vez o momento em que aquele homem entrara em sua vida.

— Leila, eu a avisei que a mentira não era uma base sólida para uma vida em comum. — Yosef falou, pegando sua mão fria. — Dê tempo para que ele se acalme.

— Você não entende, Yosef! Se Radegund não tivesse chegado naquele instante, ele teria me batido. Ragnar estava cego de ódio! — Sua voz tremeu — ele me fez ficar com medo dele. Não posso viver ao lado de um homem do qual tenho medo!

Yosef colocou a mão em seu ombro e argumentou.

— Minha filha, eu não concordo com nenhum tipo de violência. Mas seu marido veio direto do campo para seus braços e foi recebido por uma revelação daquelas — contemporizou. — Ele não estava em seu juízo perfeito. Você sempre viveu protegida em sua casa. Mas, se perguntar àquela sua amiga, saberá o que acontece numa guerra. Os homens perdem a razão. Às vezes é difícil fazer a cabeça voltar à normalidade. Infelizmente seu marido soube da verdade numa hora péssima e da pior maneira possível. Até agora eu me arrependo de ter tocado no assunto com você.

— Não se culpe, Yosef — ela o admoestou. — Se alguém aqui é culpada pela confusão, esse alguém sou eu. E agora, vamos esquecer este assunto — levantou-se da cadeira e tocou a sineta, chamando Leandra. Quando a criada chegou, ordenou — peça a Patrus para vir falar comigo. Tenho algumas ordens para ele.

A jovem saiu. Pouco depois, o criado entrou na sala. Cabisbaixo, estudava dissimuladamente cada detalhe do ambiente, cada objeto. Sim, estava perto o dia em que tudo aquilo seria seu! Com o marido dela fora do caminho, seria muito mais fácil abater a presa.

— Chamou-me, senhora? — Ele manteve os olhos baixos, a fim de disfarçar a cobiça.

— Sim, Patrus. Mande arrumar as despensas. Irei ao mercado — explicou. — Agora que o porto foi reaberto, temos que repor nossos víveres. Faça o inventário do que precisamos.

— Sim, senhora — fez uma pausa proposital, antes de indagar —, irá pessoalmente?

— Sim. Por quê?

— Deve levar uma escolta, senhora — sugeriu, a voz falsamente humilde. — As ruas não são seguras.

Leila sorriu diante do cuidado de seu criado

— Não se preocupe, meu bom Patrus. Saberei me cuidar.

— É claro, senhora. Com licença — retirou-se ainda cabisbaixo, ocultando o sorriso.

A idiota! Sabia que se fizesse a sugestão da escolta, a tola arrogante faria exatamente o contrário. Na certa levaria consigo apenas Leandra e Jamal, os dois parvos. Esse era o problema com mulheres voluntariosas, pensou. Diga para fazerem de um jeito e farão exatamente o contrário. Já sozinho, ergueu a cabeça. Sentia-se satisfeito consigo mesmo. Tudo o que tinha que fazer era colocar alguns itens específicos na lista para que Leila precisasse ir direto à região do porto. Lá, Vernon e Gerald estariam esperando por ela. O que fariam com a sarracena não era, definitivamente, problema dele. Contanto que ela desaparecesse para sempre da face da Terra. Quanto ao seu marido, Blake logo daria um jeito nele.

Leila ajeitava o véu sobre os cabelos, quando cruzou com Radegund no vestíbulo. A ruiva caminhava a passos largos, distraída. Quase colidiu com ela.

— Já em casa? — Indagou — o que houve? Foi ferida.

— Infelizmente, sim — resmungou a outra —, vim cuidar de minhas costas. Uma contenda na estrada.

— Oh, céus... — Leila gemeu ao notar o sangue que manchava as roupas da amiga. Pôs de lado a cesta onde carregaria as compras — deixe-me ver isso.

— Não se amofine — Radegund dispensou-a e perguntou — vai sair?

— Irei ao mercado, preciso recompor as despensas — explicou. — Tem certeza de que não vai precisar de minha ajuda?

— Não se preocupe. Pedirei a Mark que cuide disso. Ele entende do assunto.

— Hum, Mark, hein? — Leila sorriu maliciosa. — Você e ele...?

Radegund deu de ombros.

— É, às vezes — mudou depressa de assunto —, cuide-se. Vai com Jamal e Leandra?

— Sim, não se preocupe.

A ruiva acenou brevemente e sumiu pelos corredores. No entanto, quando Leila estava na porta da rua, mais um visitante chegou. Céus, assim não sairia de casa nunca!

— Olá, Hrolf — cumprimentou brevemente.

— Olá, 'dame — o rastreador saudou-a, um tanto sem jeito —, eu vim porque... seu marido... — coçou a cabeça —, ele me pediu para pegar algumas coisas para ele.

— Por acaso seu amigo está com medo de mim, Hrolf? — Ela perguntou irritada.

Hrolf corou, mas acabou rindo.

— Não sei. Ele a está evitando, não é?

Leila suspirou e baixou a cabeça.

— Sim. Nós tivemos uma briga muito séria. Mas diga a ele que passarei o dia fora. Se o problema dele é me encontrar, pode ficar sossegado e vir buscar o que quiser. Afinal, esta é a casa dele.

Hrolf deu de ombros e desceu as escadas.

— É isso mesmo que vou fazer. Svenson é bem crescido. Se quiser seus calções, que ele mesmo venha buscar. Até logo, senhora.

— Até, Hrolf — virando-se para Leandra, disse —, vamos, temos muito que fazer hoje.

— Oh, meu Deus! — Radegund gemeu — Mark...

— Calma, garota. Estamos quase lá.

— Céus! Assim está me matando.

— Só mais um pouquinho...

— Oh, Deus!

— Hum, estamos quase...

— Oh, Mark...

— Sim!

— Ai!

— Como conseguiu ter três aros de sua cota enterrados nas costas, criatura? — Ele perguntou, mostrando as pequeninas peças de metal que retirara de sua pele.

— Diabos! Foi o golpe que levei na confusão no meio da estrada — ela virou o braço para trás e passou os dedos sobre o machucado. — Mas... você abriu um buraco em minhas costas, homem!

— Lamento — ele se inclinou para inspecionar o ferimento —, creio que vou precisar suturar o corte.

— Inferno! — Deitou de novo a cabeça na cama, sobre os braços dobrados, desanimada ante a dolorosa perspectiva — hoje deve ser mesmo meu dia de sorte...

Mark fez com que voltasse o rosto em sua direção. Deu-lhe um beijo na ponta do nariz, numa tentativa bem-humorada de consolá-la.

— Calma, criança, vai passar... — zombou.

Ela revirou os olhos. No momento seguinte, Ragnar entrou no aposento, flagrando-os na posição comprometedora. Radegund, nua da cintura para cima, de bruços sobre a cama. Mark inclinado sobre ela, suas bocas muito perto uma da outra.

— Ora, então é assim que passa o tempo quando não está protegendo a traidora? — Ironizou.

Radegund ignorou o comentário. Continuou deitada sobre a cama, sem se dignar sequer a olhar para o norueguês.

— Boa tarde para você também, Svenson — Mark se levantou e foi ao encontro do amigo. Ficara sabendo o que acontecera através de Radegund. Naturalmente, apoiava a atitude da ruiva. Sabia que, se Ragnar tivesse realmente agredido Leila, hoje estaria mais do que arrependido. E muito mais amargurado do que estava — veio falar comigo?

— Sim. Vim para avisá-lo que vou sair em missão por uma semana— explicou —, irei além do Litâni sondar a situação. Ibelin acredita que há grupos simpáticos ao sultão naquela área. Quer evitar problemas. Vim buscar algumas coisas e partirei imediatamente.

— Boa viagem então, Sven — Mark estendeu a mão. Ragnar a apertou, pedindo em voz baixa para que só ele ouvisse.

— Cuide de Leila.

A mensagem de Patrus encontrara seu destino. Vernon e Gerald, trajados como os nativos da região, permaneciam encostados a um muro próximo às barracas de peixes. O movimento na zona portuária era intenso como se, após o confinamento do cerco, todos precisassem sair de casa ao mesmo tempo. Melhor assim.

Seria moleza raptar a sarracena, pensou Vernon, sentindo o sangue ferver em antecipação. Não aguentava mais esperar para possuir aquela mulher, que se tornara uma verdadeira obsessão para ele. Esticando o pescoço acima da multidão barulhenta, conseguiu vê-la ainda no mesmo lugar, conversando com a criada. Fez um sinal silencioso a Gerald. O comparsa se deslocou na direção do trio que fazia compras. Chegara o momento de colocar seus planos em andamento.

CAPÍTULO
XVIII

"É lícito aspirar ao que não se pode alcançar."

"PÉRICLES". ATO II CENA I.
WILLIAM SHAKESPEARE.

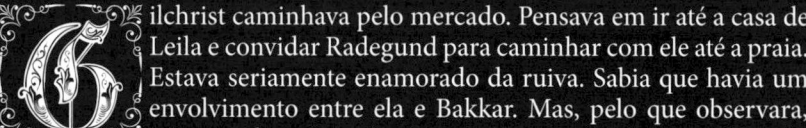

ilchrist caminhava pelo mercado. Pensava em ir até a casa de Leila e convidar Radegund para caminhar com ele até a praia. Estava seriamente enamorado da ruiva. Sabia que havia um envolvimento entre ela e Bakkar. Mas, pelo que observara, não era algo sério. Se tivesse um pouco de sorte, talvez ela correspondesse ao seu interesse. Entrando no meio da confusão de tendas, compradores, cães e vendedores ambulantes, Gilchrist foi abrindo caminho pacientemente. Do outro lado do mercado, divisou uma pequena figura conhecida, vestida com um bonito traje cor de mostarda.

O *chevalier* se desviou de seu caminho para cumprimentar Leila. Oferecer-se-ia para acompanhá-la até em casa. Assim teria uma desculpa para ver Radegund, já que ela não estivera no quartel no dia anterior. Porém, antes que pudesse alcançar a moça, uma grande confusão se instalou no mercado.

Em conluio com Vernon, Gerald misturou-se ao povo e empurrou Jamal, que caiu sobre uma banca de frutas. O irado vendedor começou a discutir com o criado. Gerald, aproveitando-se da distração de Jamal e Leandra, entrou entre eles e Leila. A sarracena teve que recuar para o meio da multidão, que dava palpites no bate-boca dos homens. Apreensiva com o tumulto e por ter sido separada de seus acompanhantes, Leila recuou até um canto mais afastado. Olhou ao redor, procurando a guarda do senescal. Eles dariam fim ao problema. Virou-se para o lado, na intenção de encontrar ajuda, mas sua passagem foi barrada por um homem em trajes andrajosos e feições conhecidas.

— Que bom que veio ao nosso encontro, pequena — grunhiu Vernon, agarrando seu braço com um sorriso satisfeito.

Ela tentou se soltar com um puxão.

— Largue-me!

Antes que ela pudesse gritar, no entanto, ele cobriu sua boca com a mão. Puxando-a contra ele, começou a arrastá-la na direção do porto.

— Quieta. Vamos dar um passeio, eu e você. Temos muito que... *conversar* — deu uma risada escarninha — hoje, nem a cadela ruiva, nem o maldito nortista estão aqui para salvá-la.

Leila tremeu. Sim, não havia ninguém para ajudá-la. Sua amiga estava em casa, cuidando dos ferimentos. E seu marido lhe dera as costas. *Por sua culpa*, a consciência a acusou.

Vernon apertou-a contra o corpo e continuou empurrando-a para uma viela. Parou bruscamente. Na esquina havia um grupo de velhos jogando dados. Para não levantar suspeitas, tirou a mão que cobria a boca de Leila, mas encostou a ponta de uma faca em suas costas.

— Comporte-se. Não faça bobagem — ele a cutucou com a lâmina. — Ande!

Leila tentou fazer a mente embotada pelo pânico pensar numa solução. Sabia que, se virassem aquela esquina e entrassem na área menos movimentada do bairro, seu destino estaria selado. Num último e desesperado recurso, reuniu toda a coragem que lhe restava e agiu.

Propositalmente, pisou na barra do vestido e foi ao chão. Vernon praguejou e se abaixou para erguê-la, segurando-a com brutalidade por um dos braços. Disfarçadamente, ela fechou a mão sobre uma pedra do calçamento. E, enquanto se levantava, virou o corpo e acertou a pedra com toda a força no rosto de Vernon. Ato contínuo, desatou a correr.

— Vadia — ele berrou, se recuperando e correndo em seu encalço.

Leila corria e tentava se esquivar das pessoas pelo meio da rua. Relanceava o olhar por sobre o ombro, vendo que Vernon estava cada vez mais perto. Seu rosto estava contorcido de ódio e o bandido espumava de raiva. Ela sabia que se ele a pegasse de novo, não sobraria nada dela para contar aquela história. Correndo desesperadamente, estava quase caindo de cansaço, quando dois braços fortes agarraram.

— Dama?

Ela ergueu os olhos, aliviada ao reconhecer a voz.

— Gilchrist — ela quase desfaleceu de alívio —, os céus o mandaram!

O cavaleiro estudou sua fisionomia transtornada.

— Algum problema, senhora?

— Aquele homem... — ela olhou para trás, aflita —, ele tentou me sequestrar!

— Onde? — O irlandês olhou por sobre sua cabeça, ao mesmo tempo em que Leila se voltava, procurando por Vernon no meio da multidão.

— Ele... ele sumiu — respondeu trêmula.

— Venha, senhora — ele tomou seu braço com a habitual gentileza. — É melhor eu a companhar até sua casa.

Oculto nas sombras de uma viela deserta, Vernon praguejava interiormente. A vadia desgraçada tinha protetores em todo lugar. Brotavam de todos os cantos como ratos de esgoto! Agora era aquele *chevalier* de um olho só. Inferno! Ele a tivera nas mãos e a perdera. Sentiu o sangue latejar nas veias ao se lembrar do corpo macio encostado ao seu. Sua excitação era tão grande, que chegava a ser dolorosa. Quanto mais esperava, mais excitado ficava, a ponto de nem as prostitutas o satisfazerem.

Vernon enfiou as mãos por dentro das próprias calças, tentando se aliviar de alguma forma, enquanto pensava nas maneiras como usaria o corpo dela quando a pegasse. Ela não perdia por esperar. O tal Patrus queria o sumiço dela tanto quanto ele queria estar entre as pernas da sarracena. Era tudo uma questão de tempo, pensou enquanto conseguia um alívio momentâneo para o desejo insatisfeito.

— Vernon! — Mark esbravejou, fazendo Leila dar um salto para trás — aquele filho da...

— Bakkar — Gilchrist o repreendeu, apontando para Leila e Radegund —, as senhoras.

O mestiço revirou os olhos, como se o irlandês tivesse perdido o senso.

— Ora, O'Mulryan, Leila é casada com um *chevalier* e está cansada de ouvir isso. E quanto a essa daí — apontou a ruiva, que lhe fez uma careta —, seu vocabulário é tão variado que ela deveria lavar a boca com sabão. O que eu quero saber é: como Vernon conseguiu encontrar Leila?

— Ele parecia estar me esperando... — gemeu Leila, ainda chocada com o que acontecera.

— Por que diz isso? — Radegund colocou uma das mãos em seu ombro.

— Ele me disse: que bom que não faltou ao nosso encontro — encolheu-se junto à amiga — falou isso como se soubesse que eu estaria exatamente ali, hoje.

A ruiva ergueu uma das sobrancelhas. Gilchrist olhou intrigado para Leila.

— Disse que ele a abordou pela primeira vez em Jerusalém?

— Sim. Por duas vezes. A primeira foi quando conheci Radegund. A outra, quando eu estava... — seus olhos ficaram tristes —, quando eu estava no mercado com Ragnar.

— Ele também estava no grupo de refugiados que veio para Tiro — informou Mark.

Leila franziu o cenho e olhou para os três.

— Eu não sabia disso.

— Não contamos para não a preocupar — explicou a ruiva —, mas eu avisei a Mark e também a Sven para ficarem de olho. No entanto — concluiu, fitando os companheiros de armas —, acho que podemos imaginar quem nos seguiu pela trilha antes da tempestade.

— Sim, tem razão, Radegund. E parece que o sujeito não desiste facilmente — Mark se voltou para a sarracena. — De hoje em diante, você só sai daqui acompanhada por mim ou por Radegund, ouviu, Leila?

— Podem contar comigo — interveio Gilchrist —, temos pouco serviço atualmente. Posso passar algumas horas do dia por aqui.

Mark olhou do irlandês para Radegund, que ruborizou, embaraçada.

— Certamente, O'Mulryan. Sei que não será nenhum sacrifício para você.

Ouvindo tudo por trás da porta, Patrus retorcia as mãos, furioso. Vernon e seu comparsa não serviam sequer para sumir com uma mulher. Bando de imprestáveis! Agora, além da ruiva e do mestiço, teria que lidar também com o irlandês. Isso era ruim. Pressentia um poder desconhecido naquele homem. Algo com o que não gostaria de ter que lidar. Agora, porém, tinha que se concentrar em sua outra frente de ataque. O norueguês. Esperava que Blake tivesse mais sorte na emboscada contra Ragnar Svenson.

DOIS DIAS DEPOIS...

O vale do Litâni se estendia a sua frente, exuberante após as chuvas. Montado em Viking, Ragnar observou atentamente o terreno logo abaixo. E também mais adiante. Teria que passar pela pequena garganta rochosa para alcançar a vila lá embaixo. Viking resfolegou e trotou para o lado. Ragnar refreou a montaria e afagou o pescoço. O animal estava agitado. Ele também. Isso não era bom. Nada bom.

— Calma, rapaz — murmurou —, também não gostei desse lugar.

Com a mão sobre a adaga, olhou para o alto dos rochedos. Os cabelos da nuca se arrepiaram. O que estava errado ali? Estreitou os olhos e apurou os sentidos. Os pássaros. Não faziam nenhum som, estavam absolutamente silenciosos.

— Viking, meu velho — ele sussurrou —, creio que teremos companhia.

Ragnar olhou para os lados pelo canto dos olhos. Sem movimentos bruscos, sem mostrar a quem quer que estivesse rondando que pressentira sua presença. Algo lhe disse que Blake o encontrara. Praga do inferno...

Uma sombra furtiva, usando roupas da cor da terra, moveu-se à direita, no topo da garganta. Relaxou a mão nas rédeas de Viking. Começou a falar com o animal em sua língua natal, numa cantilena quase hipnótica, fazendo com que o garanhão, mesmo com as narinas dilatadas e em alerta pelo cheiro de outra pessoa, continuasse a passo. *O bastardo vai esperar que eu entre no desfiladeiro para cravar uma flecha em minhas costas.*

Soltando o pé direito do estribo, sem retirá-lo por completo, Ragnar enrolou a rédea na mão esquerda e deslocou parte do peso do corpo para o mesmo lado. Depois, falou baixinho para o animal.

— Conto com você para sairmos dessa enrascada, rapaz.

Quando notou a sombra se posicionando para acertá-lo, Ragnar, ao mesmo tempo em que incitava Viking a um galope, pendurou-se do lado esquerdo da sela. Quem os visse pelo outro lado, diria que um cavalo galopava sem seu cavaleiro. A flecha de Blake cravou-se na madeira da sela, pouco acima de onde a mão de Ragnar se segurava. E ele pode ouvir o assassino gritando, a voz ecoando nas pedras do desfiladeiro.

— Ainda não acabou, Svenson.

Estarei esperando por você, bastardo.

Ragnar aguardou até estar fora do alcance de Blake para se endireitar na sela. Galopou até o vale e de lá para o vilarejo, onde pode relaxar um pouco. Sabia que teria que dormir com um olho aberto se quisesse voltar vivo para Tiro. Imediatamente lembrou-se de Leila.

Sacudindo a cabeça, procurou espantar as lembranças. Tentou se concentrar na missão, esquecer a mulher que o traíra e usara. Não conseguia entender o porquê de ela ter agido daquela forma. Ele pedira honestidade, abrira sua alma para ela. E ela se casara com ele apenas para não ser expulsa da cidade. Será que, em algum momento, Leila havia imaginado que ele permitiria que ela fosse levada embora? Impossível! Ela sabia que ele trabalhava para Ibelin. Era óbvio que ela ficaria na cidade, nem que para isso ele tivesse que enfrentar o próprio comandante.

E como ela soubera da ordem antes de todos? Lembrou vagamente de tê-la ouvido falar algo a respeito de Yosef. Naquela noite, porém, estava tão transtornado, tão tomado pela fúria da guerra, da matança de um dia inteiro, que nem se lembrava direito. A única coisa de que se lembrava era de que quase a agredira, quebrando a promessa de que jamais usaria sua força contra ela. Se não fosse por Radegund...

Ragnar sentiu a raiva queimar em seu sangue. Maldita fosse Leila. Maldito fosse aquele amor que o consumia. Céus! Aquela mulher tinha tanto poder sobre ele que o tirava de sua razão. Ainda agora, só de pensar nela, o sangue fervia e o desejo fazia o corpo latejar.

— Inferno — praguejou —, melhor cuidar de minha missão.

Blake juntou suas coisas e pegou o animal pelas rédeas. Svenson não usaria aquele caminho para voltar. E estaria mais atento do que nunca a qualquer movimento. Olhou em volta e amaldiçoou aquela terra, onde a vegetação rala e rasteira não oferecia muitos esconderijos. Se Ragnar Svenson não voltasse por ali, só existia um outro caminho para fazer. Blake sorriu e conduziu a montaria naquela direção. Teria um dia para estudar o terreno e preparar a emboscada. Calma, planejamento e paciência. Eram o segredo de sua profissão. E de sua eficiência.

TIRO

~◦~

Era noite. Patrus se moveu silenciosamente nas sombras enquanto todos dormiam. Poderia entrar no quarto de Leila e simplesmente matá-la. Mas não sabia se Blake cumprira sua missão. Se Ragnar estivesse vivo e Leila morresse, ele automaticamente herdaria tudo dela. E se morresse depois, sua família na Noruega ficaria com tudo. Não. A ordem das coisas devia ser obedecida. Primeiro o norueguês. Depois, ela. E então, seus anos de silencioso serviço naquela casa, desde que o marido de Sophia o trouxera do Egito há muitos anos, seriam recompensados.

Eliminara o velho, que aparentemente morrera de um ataque cardíaco. E esperara pacientemente até dar o mesmo destino à Sophia sem levantar suspeitas. Velhos morriam do coração todos os dias. Só não contara com a chegada de Leila. Maldita a hora em que não morrera no cerco a Jerusalém!

Patrus entrou nos aposentos de Leila. Observou a figura pequena enroscada na cama. Sorriu, diabólico. Seria tão fácil colocar uma serpente no meio das cobertas... A jovem se agitou no sono. Patrus recuou e saiu do quarto. Caminhou para os aposentos da mulher ruiva. A leoa. Destrancou a porta, que se abriu sem ruído, e avançou.

Ela dormia de bruços, um dos braços pendurado para fora do colchão. Representava uma ameaça aos seus planos, sempre protegendo a sarracena. Uma sombra. Hoje seria eliminada. Pegou a bolsa de couro onde estava a pequena e mortal víbora do deserto. Uma picada seria suficiente para uma longa e dolorosa agonia. Pela manhã encontrariam apenas seu corpo retorcido. Avançou em direção a cama. E estacou subitamente.

Percorreu o aposento com os olhos, pressentindo uma força diferente no ar. Seu olhar parou sobre uma pequena caixa de sândalo na mesinha ao lado da cama. Patrus manteve a bolsa com a serpente fechada. Caminhou naquela direção, sempre atento a qualquer movimento que a mulher fizesse. Abriu a caixa e quase caiu para trás. Seu corpo magro tremeu, como se atingido por um vendaval gelado. Jamais poderia esperar por aquilo! Fitou novamente o conteúdo da caixa.

Sekhmet! O nome sagrado vibrou no ar ao seu redor. A visão do rubi, que parecia pulsar como um coração diante de seus olhos, trouxe versos da antiga canção ritual à sua mente.

Sekhmet, derrama teu ódio. Banha-me em sangue, mãe de fúria...

Patrus recuou. Sekhmet, a deusa-leoa da guerra. A forma indomada de Bast. A maior inimiga de Set. *A serpente seria esmagada pelas patas da leoa.* O rubi era consagrado a ela. Maldição. Ouvira falar da lendária gema, que entre os sarracenos era conhecida como "Coração do Dragão". Entre os que seguiam as velhas tradições, não se curvando aos povos do Livro, dizia-se que a pedra protegia quem a possuísse. E que só poderia passar para as mãos de outra pessoa se fosse dada de boa vontade. Caso fosse roubada ou usurpada, sua vingança seria sentida rápida e dolorosamente. No Egito, sua terra natal, aquela joia representava bem mais do que isso. Era o próprio coração de Sekhmet. Seu sinal. Sua mão e sua benção. Como aquilo fora parar nas mãos da mulher?

Espumando de ódio, recuou lentamente para as sombras. Não podia desafiar os deuses abertamente. Suas mãos não poderiam ser diretamente responsáveis pela morte de uma filha de Sekhmet. Não se quisesse sobreviver para ver um novo dia. Entretanto, ela seria removida de seu caminho, de uma forma ou de outra.

Mark acordou repentinamente. A imagem de Radegund explodindo inexplicavelmente em sua cabeça. Sem nenhum motivo racional, ergueu-se ainda nu da cama. Prendeu o lençol à cintura, pegando a faca que repousava embaixo do travesseiro. Caminhando sem fazer ruído, saiu pela porta e atravessou o corredor. Sua mão apertou o cabo da arma ao ver a porta do aposento entreaberta. Radegund não era descuidada. Nem mesmo ali. Não dormia com a porta aberta. Não baixava a guarda. Entrou devagar, esgueirando-se contra a parede. Na penumbra, divisou o amontoado de cobertas reviradas na cama. Deu um passo cuidadoso, os pés deslizando nos ladrilhos lisos. Um objeto cortante foi pressionado contra seu pescoço.

— Incursões noturnas, *sire*?

VALE DO LITÂNI

Ragnar decidira voltar para Tiro na manhã seguinte. Sua missão fora concluída mais cedo do que esperava. Não havia sentido em permanecer ali com Blake em seu encalço. O assassino provavelmente o esperaria do outro lado do vale, agora que frustrara sua emboscada na garganta. Blake era metódico e sistemático. Certamente esperava que ele escolhesse a outra saída. Não custava frustrar seus planos mais uma vez.

Satisfeito, Ragnar recostou-se no catre. A acomodação era simples, mas oferecida de bom grado por um dos pastores para que pernoitasse. Sorriu consigo mesmo. Blake ficaria furioso. E ele ganharia mais um dia de vida. Só não sabia para quê.

TIRO

Leila revirou-se no sono e despertou angustiada, o pensamento fixo em Ragnar. Olhou para o lugar vazio na cama. Lembrou-se dos momentos que passaram ali. De suas mãos em seu corpo, de seus beijos... O desejo a percorreu como um rio de fogo. E mais uma vez ela se amaldiçoou por ter mentido. Mesmo magoada com a reação violenta dele, entendera, após a conversa com Yosef, que o marido estivera fora de si naquela noite. Solitária, abraçou o travesseiro. Os pensamentos a assaltá-la sem trégua. Ragnar era um homem intenso em suas emoções e reações. Radegund a avisara.

Ele a avisara. Devia ter imaginado que sua reação seria perigosa. E agora ela passava por calculista e leviana. Se ao menos ele a tivesse escutado...

Confusa, Leila mudou novamente de posição na cama. Ponderou se não seria melhor esquecer de vez Ragnar Svenson e ir embora de Tiro.

— Está ficando descuidada, garota.

Radegund fechou a porta com um dos pés, sem tirar lâmina do pescoço de Mark.

— Você é quem me parece... descuidado — ironizou, dada a posição desvantajosa em que o mestiço se encontrava — o que fazia se esgueirando para dentro de meu quarto, a uma hora dessas?

— Dormiu com a porta aberta?

— Não — ela franziu o cenho —, acordei de repente e a vi aberta. Vim olhar o que era. Ou quem. E vi você entrando.

Ele assentiu, mas sentiu a lâmina pressionar sua pele.

— Poderia tirar isso do meu pescoço?

Ela sorriu e relaxou a pressão da adaga.

— Sabe, se não fosse esse tecido branco, eu não teria visto você no escuro — ela passou a mão pelo abdome dele, insinuante. O contraste de sua pele clara com a dele, do tom do bronze, causou um intrigante fascínio. Sua distração, no entanto, teve um preço.

Mark sorriu. Num golpe rápido, segurou seu braço. Virou-se de frente e prendeu-a contra a parede, os punhos dela acima da cabeça.

— Parece que agora eu tenho a vantagem.

— Ainda posso usar os joelhos, lembra-se? — Ela ergueu uma das sobrancelhas.

— Não quer fazer mesmo isso, não é verdade? — Ele sussurrou junto ao seu ouvido, colando o corpo ao dela, sua virilidade roçando em seu ventre.

— Não sei. Depende do que veio fazer aqui.

— Acordei preocupado com você — justificou, a boca colada ao seu ouvido.

— Não estou acostumada com ninguém se preocupando comigo.

— Azar o seu — ele deu de ombros.

— Alguém esteve aqui — ela comentou.

— Sim — mordiscou-lhe a orelha —, vou ficar aqui para protegê-la.

Radegund riu. Suspirou quando a língua dele deslizou por seu lóbulo.

— E quem me protege de você, seu malandro?

— Ninguém — ele beijou seu pescoço e foi descendo a boca por seu colo.

— A caixa.

— Hum?

— A caixa, Mark — ela o fez erguer o rosto. Ele a libertou a contragosto. Estava adorando a brincadeira sensual — está aberta. — Radegund cruzou o aposento, enquanto Mark aproveitou para admirar as formas esguias, mal cobertas pela camisa masculina. A voz da ruiva penetrou em sua mente, retirando-o do devaneio — alguém entrou aqui e mexeu na caixa que Bharakat me deu.

— Por todos os santos, mulher! — Sua surpresa era genuína. Abraçou-a por trás e espichou o pescoço por cima de seu ombro — você tem o resgate de um rei aí dentro.

— Foi o pai de Leila quem me deu — explicou e remexeu nas joias — veja, não tiraram nada. Que coisa mais estranha...

— Você deve ter acordado e o gatuno fugiu — Mark concluiu.

— Sim. Mas, quem entrou aqui sabia exatamente o que procurava, embora eu jamais tenha contado a alguém sobre as joias. Nem mesmo você sabia delas — raciocinou —, e essa pessoa tinha a chave da porta. Eu a tranquei — virou-se nos braços dele — a pergunta é: quem é essa pessoa?

— Leila está dormindo, e tampouco tem tendências criminosas. Leandra e Jamal estão na casa deles e são de absoluta confiança — ele continuou relacionando os possíveis suspeitos —, os outros criados dormem fora da casa, só nos resta...

— Patrus, o esquisito.

Ele concordou.

— Acho melhor ficarmos de olho nele.

— Sim.

— E para começar bem nossa missão — ele a empurrou devagar, deitando-a na cama —, ficarei aqui, tomando conta de você.

— Certo — Radegund revirou os olhos —, *tomando conta* de mim...

Mark deslizou as mãos ao longo de suas pernas, subindo a barra da camisa um pouco além das coxas. Puxou-a pelos joelhos, deixando-a na beira do colchão.

— Hum, hum...

Com um sorriso malicioso baixou a boca sobre o vértice entre suas coxas. Surpresa, a ruiva teve que conter um grito quando a língua dele a tocou de uma forma tão íntima que ela pareceu se esfacelar.

— Parece que gostou de meus cuidados — ele fez de novo.

— Mark, oh, céus! — Afundou as unhas nos lençóis ao sentir outra lambida. Ondas de prazer se avolumaram em seu corpo. Contorceu-se enquanto ele a incendiava.

Mark foi subindo sobre a cama, espalhando uma trilha de beijos deliciosos por todo seu corpo. Tirou sua camisa e esfregou-se preguiçosamente sobre ela, ainda envolto no lençol.

— Vou ensiná-la a se divertir, garota — prometeu, sedutor.

— Esse seu conceito de diversão é muito... estimulante.

As mãos dele passearam carinhosamente pelo corpo dela. Encantava-se ao ver que Radegund deixava as reservas de lado. Relaxava mais a cada vez em que partilhavam alguma intimidade, expondo a feminilidade que sempre ocultara. Deitando-se ao lado dela, livrou-se do lençol. Manteve-a de costas para si e beijou-lhe os ombros, o pescoço e os cabelos.

— É tão bonita... — Murmurou — e muito feminina também.

— Hum... O que você quer com todos esses elogios, espertinho?

— Ainda pergunta? — Ele deslizou a mão sobre os seios, brincando com os mamilos —, pensei que fosse óbvio.

Disposta a dar o troco, Radegund desceu a mão por trás de si e tocou seu membro ereto.

— Sim, já notei quais são as suas intenções — deslizou a mão devagar ao longo dele. Mark deu um gemido rouco. Ela o provocou — está se sentindo bem, *messire*?

A resposta foi um grunhido. E a mão dele se enfiando entre suas pernas.

— Nossa! — Ela arquejou.

— Está se sentindo bem, *madame*? — Ele devolveu

— Nem imagina o quanto...

Ele sentiu sua umidade morna nos dedos. Afastou um pouco suas pernas, encaixando-se no recanto entre elas, puxando-a de encontro ao peito.

— Diabos — ela agarrou a mão que prendia seus quadris, enquanto ele lentamente a penetrava — isso é...

— Bom? — Ele sussurrou junto ao seu ouvido, avançando mais um pouco.

— Melhor... — ela gemeu arqueando o corpo para trás, o outro braço dele prendendo-a sob a cintura de encontro ao peito largo.

O fato de não se olharem nos olhos deixava tudo ainda mais sensual, criando um apelo erótico irresistível. Ele investiu mais fundo e deslizou a língua por sua nuca. A mão saiu da cintura e foi para um seio.

— É muito bom?

— Mais que isso... oh! — Ela quase gritou

— Shh, vai acordar a casa inteira assim! — Ele deu uma risada rouca.

Radegund arrepiou-se ao sentir a vibração do riso no pescoço. E pela primeira vez na vida gostou de ser mulher. Naqueles momentos de intimidade, aprendia com Mark que não havia só dominação e humilhação. Podia existir, entre um homem e uma mulher, respeito, amizade, carinho e prazer.

Aumentando o ritmo dos movimentos, ele a prendeu firmemente contra si, a pele dela o inebriando. O corpo de músculos definidos e firmes, os contornos deliciosos de seus seios, de seus quadris e de sua cintura o estimulando a mergulhar numa crescente onda de prazer. Era muito bom estar com uma mulher que se equiparava a ele, uma mulher que respeitava e admirava. Uma mulher que não ia para a cama com ele apenas por curiosidade. Ou pela vaidade de contar às amigas no dia seguinte. Radegund era toda instinto, força e poder. Era a essência da mulher, não uma daquelas figuras apagadas e assustadiças. Partilhavam o leito porque gostavam, porque era bom para os dois. Não havia entre eles jogos, intrigas, medos. Era bom estarem juntos, tanto quanto era bom tê-la às suas costas numa luta. Deliciando-se com seus gemidos, ele soltou as rédeas da própria excitação. Junto com Radegund, chegou ao clímax.

Abraçando-a, Mark deixou que a respiração de ambos voltasse ao normal. Acariciou seus os cabelos por um bom tempo, até que ambos deslizassem mansamente para um sono tranquilo. No entanto, instantes antes que isso acontecesse, ele se deu conta de que Radegund se tornara a pessoa mais importante em sua vida.

CAPÍTULO
XIX

"Logo que os ódios rebentam,
todas as reconciliações acabaram."

DENIS DIDEROT.

TIRO

agnar cruzou os imponentes portões de Tiro no fim da tarde. Os archotes eram acendidos pelas ruas enquanto ele conduzia seu animal na direção de casa. Chegara à conclusão de que de nada adiantaria evitar Leila. Seria inevitável encontrá-la. Afinal de contas, era seu marido. E aquela também passara a ser a sua casa. Desmontou dentro do pátio e passou as rédeas para um dos cavalariços. Galgou os degraus de dois em dois e, quando percebeu o que fazia, amaldiçoou a própria ansiedade. Estava com pressa para quê? Recompôs-se e bateu à porta.

Patrus precisou de todo seu autocontrole ao atender o recém-chegado. Diante de seus olhos estava Ragnar Svenson. Empoeirado, cheirando à cavalos e *vivo*.

— *Messire...* — balbuciou, ocultando o espanto com uma mesura —, seja bem-vindo.

— Boa tarde, Patrus — foi direto ao ponto. Não estava com humor para rapapés — sua senhora está em casa?

— Estou, meu marido.

A voz de Leila penetrou em sua mente como um punhal afiado. A mágoa voltou a espezinhá-lo. Fez um enorme esforço para reprimir uma imprecação no momento em que ela entrou em seu campo de visão. Leila estava linda, mesmo no traje caseiro de tecido verde-jade. O desejo corroeu suas entranhas. Fez um esforço sobre-humano para ignorá-lo.

— Como vai, Leila?

Os dois ficaram parados durante algum tempo no vestíbulo, o silêncio tenso e o desconforto fazendo o ambiente pesar. Patrus se retirou discretamente, baixando os olhos para que a raiva ao ver o norueguês não fosse percebida. Blake falhara de novo. O incompetente. O melhor assassino da Inglaterra, pois sim.

Ragnar tirou as luvas e encarou Leila por trás do elmo.

— Vim me banhar e buscar roupas limpas. Depois irei ao quartel do senescal fazer meu relatório.

— Sim — permaneceu cabisbaixa, sem encará-lo. A vontade de se atirar em seus braços era enorme, mesmo estando magoada —, vou mandar Jamal preparar um banho e seu jantar.

— Dispenso o jantar — ele passou por ela como se fosse invisível —, combinei com O'Mulryan e os outros de comermos numa taverna para conversarmos. Não precisa se incomodar comigo.

Leila ergueu o queixo e virou-se para responder, mas Ragnar desaparecera pelo corredor. Deixou-se cair numa cadeira soltando um gemido desanimado. Sua vida seria assim? Ele entraria em casa, daria ordens e a ignoraria por completo?

Aprumou-se, desistindo de analisar a situação. Levantou-se e foi direto para o gabinete, isolando-se atrás da porta trancada. Se Ragnar não facilitaria as coisas, ela também não correria atrás dele. Sabia que errara. Mas, Ragnar também fora muito intransigente; condenara-a sem sequer ouvir suas explicações. Suspirou, resignada. Era melhor evitá-lo. Apenas pelo tom de sua voz percebera que estava de péssimo humor. Céus! Estivera tão apavorada que sequer tivera coragem de erguer o rosto e encará-lo! Triste, afundou-se no trabalho até a madrugada. No fim das contas, exausta, foi para seu quarto e jogou-se sobre a cama, caindo num sono agitado.

Ragnar reunira-se a Mark, Gilchrist e Radegund numa das tavernas frequentadas pelos habitantes cristãos de Tiro. Taciturno, pouco falara. Quando o fizera, respondera por meio de resmungos apenas ao que era perguntado. Enquanto esperavam pelo jantar, os quatro conversavam sobre os avanços do sultão e as movimentações dos exércitos cristãos. Apenas Hrolf não fora com eles, preferindo se divertir na casa de Isabella.

Apesar das tentativas de Mark para descontrair o ambiente, o clima entre a ruiva e o norueguês era tenso. Ragnar ainda se ressentia por Radegund tomar o partido de Leila, apesar de intimamente agradecê-la por tê-lo impedido de agredir a esposa. Logicamente, nem morto aquele turrão admitiria isso!

Mark bufou e tomou outro gole de vinho. Gilchrist tentou puxar assunto, comentando sobre as mais recentes indiscrições cometidas por Agnes de Courtenay e Héraclius, mas de nada adiantou. Ragnar e a ruiva apenas se encaravam e participavam da conversa com monossílabos vagos. Até que Ragnar, bêbado, começou a provocá-la deliberadamente com especulações maldosas disparadas como dardos afiados, a altos brados, para quem as quisessem ouvir.

Isso não vai dar certo, Mark pensou, sorvendo um gole da bebida.

Radegund mal escondia a irritação com o comportamento hostil de Ragnar. Tomou mais um gole da bebida e engoliu um palavrão, na tentativa de ignorar suas insinuações. Maldição! Ele bebera o suficiente para derrubar um regimento inteiro. Tornava-se cada vez mais agressivo e inconveniente. Certo. Ele brigara seriamente com Leila, não sem alguma razão. Mas, daí a vir encher a *sua* paciência e fazer comentários torpes a *seu* respeito, era um pouco demais!

Gilchrist e Mark notaram sua contrariedade. O irlandês, tentando apaziguar o clima, segurou seu braço por sobre a mesa.

— Deixe-o, Radegund. Svenson está bêbado.

Ela o encarou, os olhos verdes carregados de raiva.

— Pode estar bêbado, mas sabe muito bem o que diz, Gil — olhou para Ragnar.

Sentado à sua frente, ele virava mais uma caneca de cerveja. Sua aparência era péssima. Estava com a barba por fazer há dias e olheiras enormes, adquirindo um aspecto um tanto sinistro. Os cabelos, ao invés de atados como sempre usava, estavam soltos e embaraçados, caídos desleixadamente sobre os ombros e o rosto. Uma lástima. Vendo-se alvo de seu escrutínio, provocou-a de novo.

— Tem visto sua amiga traidora — riu de maneira escarninha —, ou anda sem tempo, já que tem que dar conta de seus amantes?

— Svenson, é melhor calar a boca — avisou-o.

Ele fechou a cara. Bateu a caneca com força sobre a mesa.

— Por que, ruiva? — Provocou — eu vi você nos braços de Bakkar mais cedo. E ao que tudo indica, esta noite você vai esquentar a cama de Gilchrist.

Mark estreitou os olhos. O irlandês, sempre calmo, levou a mão ao punho da adaga e ergueu-se da cadeira. Radegund segurou o amigo pelo braço. Falou num tom aparentemente calmo, mas a frieza por trás de suas palavras seria suficiente para congelar todo o inferno, observou o mestiço.

— Deixe-o, Gil. O problema é comigo. Não é mesmo? — Olhou para o marido de Leila — Svenson está com raiva porque não dei as costas a Leila como ele fez. E está com raiva de si mesmo por ter sido um imbecil.

Ragnar rugiu. Inclinou-se sobre a mesa.

— Não devia se meter onde não foi chamada!

— E eu deveria fazer o quê? Permitir que agredisse sua mulher na minha frente, sem fazer nada? — Apontou o dedo no nariz dele — você é um tolo, um idiota arrogante, como qualquer homem. Sequer ouviu o que Leila tinha a dizer. Simplesmente tirou suas conclusões e resolveu aplicar você mesmo sua sentença. Pois fique você sabendo que, no que depender de mim, você não chegará mais perto dela!

Ragnar fervia de ódio. Há muito passara do ponto em que mediria as palavras.

— Logo se vê que você e ela são farinha do mesmo saco — esbravejou, a voz alterada. — Pois bem, como não posso chegar perto de Leila, e sendo tão amiga dela, você poderia tomar seu lugar em minha cama. Vou precisar de alguém para aquecê-la — sorriu debochadamente enquanto olhava de Mark para Gilchrist. — Acho que você deve ser bem quente, ou não teria esses dois balançando o rabo para você como dois cachorrinhos. — Ergueu a caneca num brinde debochado — será que esse fogo de seus cabelos arde também em outros lugares?

A insinuação de Ragnar cravou-se como uma lâmina afiada em Radegund. Marcou-a como ferro em brasa. Reabriu velhas feridas. Mais poderosa do que a mágoa, veio a raiva. Como um fogo súbito, suas labaredas a consumiram por dentro. Vozes do passado urraram em seus ouvidos. A sede de vingança dominou seu sangue. Logo, a frieza mortal que precedia as batalhas percorreu suas veias. Como uma onda lambendo a areia da praia, apagou a raiva e todo pensamento racional de sua mente. Tudo o que restou foi o desejo pelo sangue de Ragnar em suas mãos.

— Você não é homem suficiente para mim, Svenson — Atirou-lhe propositalmente, a voz contida, a pressão subindo a níveis incontroláveis entre ambos.

O norueguês ficou lívido de cólera. Radegund sorriu, sentindo que o atingira. Seu coração batia furiosamente em antecipação. O ódio fazia o sangue latejar em seus ouvidos. Havia um prazer mórbido na provocação, uma satisfação que a levava a perder toda cautela. Acima de tudo, havia o fato de que não seria tratada como uma prostituta por homem nenhum; ainda que esse homem fosse um amigo bêbado e em crise conjugal.

Ragnar se ergueu da cadeira bruscamente. Sua estatura dominou o ambiente. A ruiva não se intimidou, levantando-se também, derrubando o banco no chão. Mark e Gilchrist postaram-se atrás dela. Com uma expressão sinistra, sem deixar de encarar Ragnar, Radegund ergueu uma das mãos.

— Não se metam vocês dois — grunhiu —, sobrevivi muito bem entre a escória da Terra Santa antes de conhecê-los. — E desafiando abertamente Ragnar, completou — tamanho não é competência.

Cego de ódio e com a razão embotada pela bebida, Ragnar avançou na direção dela. Rápida, Radegund chutou a mesa, virando-a sobre ele. Velas, canecas, garrafas e tudo o mais que ali estava voaram para o chão. Gritos, incentivos, apostas e pragas irromperam dentro da taverna. O proprietário começou a xingá-los e a lamentar em altos brados os prejuízos que teria. Ragnar atirou a mesa longe. Parou na frente de Radegund, bufando. Os dois se mediram como cães furiosos, ignorando todo o resto.

— Eu acabo com você, ruiva — rugiu, dando um passo na direção dela.

Radegund se esquivou do primeiro murro. Ragnar atacou de novo, acertando-a no rosto, jogando-a para trás. Rapidamente conseguiu se reequilibrar, sem ir ao chão. Num gesto lento passou a mão pelo nariz. O sangue escorreu para seus dedos, quente e pegajoso. A fúria tomou conta do último resquício de razão. Tudo o mais sumiu da mente de Radegund. Devagar, voltou-se para Ragnar. Seus olhos estavam totalmente obscurecidos pela cólera.

— Vou matar você, filho da puta — sentenciou.

Dito isso, deu dois passos à frente. Antes que ele pudesse reagir, imprimiu toda sua força no braço. Numa velocidade espantosa, o punho fechado atingiu Ragnar sob o queixo. Ele cambaleou para trás, o equilíbrio e os reflexos prejudicados pelo álcool. Sem dar trégua, a ruiva saltou sobre um banco. Um dos pés encontrou o peito de Ragnar, perto da base de seu pescoço. Acertou-o com toda a força logo acima do esterno, fazendo-o engasgar e cair de joelhos, sem conseguir respirar.

Mark e Gilchrist avançaram para impedir que se matassem. Radegund foi mais rápida. Socou o rosto do amigo novamente. Jogou-o de costas no chão, batendo sua cabeça contra o piso. Antes que Gilchrist conseguisse segurá-la, agarrou uma garrafa e quebrou-a contra uma cadeira. Pulou sobre o corpo de Ragnar. Levou o gargalo pontudo e afiado ao pescoço dele.

O silêncio na taverna foi assustador. A respiração pesada dos dois era ouvida a metros de distância. Todos paralisaram à espera do desfecho da luta. Era evidente que não se tratava de uma briga comum de taverna e sim, de um acerto de contas. O proprietário recuou, engolindo em seco, esfregando o próprio pescoço. Gilchrist e Mark estavam sem ação, temendo interferir e causar um resultado pior. E no meio de tudo, os dois lutadores apenas se encaravam. Os olhos cinzentos, frios como o aço, desafiaram os verdes, incendiados pela fúria cega.

Ela vai me matar, constatou Ragnar, enquanto tentava respirar, sem conseguir revidar o ataque. Certo de que morreria, concluiu que provocara Radegund com essa intenção. Sabia que, deles quatro, a ruiva era a única que chegaria a esse extremo. Com mórbida resignação, percebeu quando as pupilas dela se dilataram mais ainda. Soube que aquele gargalo seria enterrado em sua carne. E ela o fez. Mas não como ele esperava.

O vidro afiado cortou velozmente seu rosto e depois voou longe, caindo com estrépito atrás de sua cabeça. Num salto, Radegund estava de pé. Tinha a boca contraída, as mãos crispadas e sangue escorrendo de seu nariz. Trazia também uma das faces roxa e esfolada. Fitou o sangue que manchava o rosto de Ragnar num misto de raiva e incredulidade. Respirou fundo e o encarou exalando desprezo.

— Você não vale o trabalho, Sven — constatou —, está afogado em sua auto piedade; está morto.

Ato contínuo, cambaleou e deu um passo para trás, como se todo o peso do mundo fosse jogado sobre suas costas de uma só vez. Rápido, Gilchrist a amparou. Com um olhar para Mark, entendeu que o melhor seria tirá-la logo dali — antes que os dois se atracassem de novo —, e deixar que o mestiço se entendesse com Ragnar. Pegou-a pelo braço e a envolveu com o manto.

— Venha, Radegund — chamou. — Vamos embora. Precisa estancar esse sangue.

Ela assentiu calada, pressionando o nariz machucado com uma das mãos. Aceitou com certa relutância o apoio de Gilchrist e deu as costas ao homem caído no chão.

Mark esperou que os dois saíssem. Encarou Ragnar, mas não lhe estendeu a mão.

— Levante-se daí. Comporte-se como um homem e não como um rato — sua voz saía baixa e cortante. A custo continha a raiva.

Ragnar se ergueu devagar. A cabeça doía, o corte em sua face estava sangrando e o pescoço latejava no ponto onde o golpe de Radegund o atingira. De pé, olhou ao redor. Os fregueses fitavam-no de soslaio. Alguns pagavam apostas perdidas por terem confiado em seu tamanho. Outros sorriam por terem levado a melhor e colocado seus besantes a favor da ruiva. A cerveja voltara a correr de mão em mão. As mulheres da noite, como ratos oportunistas, saíram das sombras onde se ocultaram e tornaram a circular entre mesas caídas e cacos de louças espalhados pelo chão. Tudo, enfim, voltava ao normal, ignorando o drama que há poucos instantes se desenrolara ali. Ignorando o que fizera e o respeito que perdera. Sentiu-se o mais abjeto dos homens. E também o mais idiota entre todos eles, por ter acreditado em Leila e estragado a amizade com Radegund. E talvez até com Gilchrist e Mark.

— Eu sinto muito — balbuciou, falando mais para si mesmo, quando Mark passou ao seu lado.

O mestiço o encarou sem nenhuma simpatia. Foi andando em direção à porta. Ragnar simplesmente o seguiu.

— Cale a boca, Sven — Mark esbravejou, parando e sacudindo o dedo em riste —, ou eu mesmo termino o que ela começou. O que você fez hoje foi baixo, sujo e mesquinho. Você não ofendeu apenas Radegund. Você também me colocou e a Gilchrist em suas especulações sórdidas.

O norueguês também estacou no meio da rua.

— Eu não especulei sobre você e ela. Eu os vi, juntos, em sua cama!

— E o que *você* tem a ver com isso? — Indagou Mark, indignado — e por que disse aquilo a ela, como se Radegund fosse pior do que uma prostituta? Diabos, homem, vocês são amigos! Ou pelo menos eram.

Ragnar sacudiu a cabeça, lamentando o que fizera.

— Não sei onde eu estava com a cabeça para dizer aquilo...

— Pois eu lhe digo em *quem* você estava com a cabeça. Em sua mulher! — Mark esbravejou — você está com ódio de si mesmo porque não consegue esquecê-la. E sai por aí, ofendendo a todos, despejando sua raiva em quem não tem nada a ver com sua história — Mark parou a frente dele. Colocou uma das mãos em seu ombro e abrandou a voz — Sven, meu amigo, seja compreensivo com Leila. Ela é jovem, insegura e passou por maus bocados. Ela não fez por mal. Só teve medo de que você...

— Esqueça, Bakkar — imediatamente ficou na defensiva. Não queria saber de Leila, não agora que destruíra preciosos laços por causa dela. — Não tente bancar o defensor de Leila. Ela me enganou e me usou. Eu fui sincero e pedi que ela também fosse. E o que recebi em troca? Só traição!

Baixou a cabeça e cerrou os punhos ao lado do corpo, sentindo-se derrotado e furioso consigo mesmo. A simples lembrança de Leila fazia o sangue ferver. Que inferno! Como podia amar e odiar tanto ao mesmo tempo? Aquela mulher só o fizera sofrer. Sem dizer mais nada, deu as costas ao mestiço e começou a se afastar pela rua escura.

— Aonde vai Sven? — Perguntou Mark, apontando o céu turbulento — vai cair uma chuva daquelas!

Ele se voltou, sombrio.

— Vou para o inferno Bakkar, para o inferno.

Gilchrist arrastara uma taciturna Radegund até a casa em que morava, perto do quartel. Abriu a porta e deixou que ela passasse na frente. Ela viera calada desde taverna até ali, imersa numa espécie de mundo particular onde ele não saberia como entrar. Achou melhor primeiro tratar seus ferimentos, para depois levá-la à casa de Leila. A jovem esposa de Ragnar ficaria chocada demais com fato da amiga quase matar seu marido numa briga de taverna. Não era necessário que visse o estado lastimável em que se encontrava.

— Sente-se, Radegund — apontou um banco —, vou apanhar algo para beber e um pano úmido para limparmos esse sangue.

Ela assentiu mudamente. Gilchrist suspirou resignado, passando ao outro aposento. Olhou por sobre o ombro, tentando captar algum som vindo da sala, enquanto mergulhava um pedaço de tecido numa bacia com água. Era estranho A mulher por quem andava suspirando estava bem debaixo de seu teto e ele não podia fazer nada a respeito dos sentimentos que nutria por ela. Sentira-se atraído por Radegund desde que a conhecera. Achava mesmo que estivesse apaixonado por ela. Mas não sabia como abordar o assunto. Ela era sempre tão reservada; não sabia nada de sua vida, de suas aspirações. Mesmo Bakkar que, ele teve certeza nesta mesma noite, andara dormindo com ela, pouco sabia a respeito das origens de Radegund. E a reação dela na taverna, mais cedo, o assustara. Vira nos olhos dela o brilho sombrio da morte. Perguntava-se se seria capaz de penetrar em seu coração e livrá-la do desespero. Sorriu tristemente no cômodo vazio. Sabia que não. Mas, havia uma parte dele que teimava em dizer que deveria tentar.

Voltou à sala. Encontrou-a sentada na mesma posição em que a deixara. Os olhos vazios, sem esperança, perdidos em algum ponto além de seu alcance. Entregou-lhe um copo com vinho, que ela segurou, mas não bebeu. Abaixou-se diante dela e começou a limpar cuidadosamente o ferimento. Radegund não esboçou reação. Respeitou seu silêncio. O mutismo durou tanto que quase caiu para trás quando ela finalmente falou.

— Tem medo de mim, Gil?

Ela o apanhara de surpresa. Como explicar que a temia, mas não da forma que ela pensava? Como dizer que temia sua força, e, ao mesmo tempo, se sentia irresistivelmente atraído por ela?

— Claro que não — balançou a cabeça e pegou em suas mãos —, por que teria?

Ela lhe deu um sorriso triste, as mãos geladas afagando as dele, quentes. Um elo com o mundo e com a vida.

— Deveria ter, meu amigo. Viu hoje do que eu sou capaz.

Gilchrist retrucou com veemência.

— Você não ia matá-lo, Radegund.

— Ia sim.

Espantado com a afirmação tão crua, ele a encarou com atenção. Havia mais alguma coisa ali, suspeitou. O silêncio durou alguns minutos, quebrados apenas pelos sons de trovões à distância, prenúncio da tempestade que logo viria. Quando ela retomou a palavra, sua voz ecoou o sofrimento de muitos anos.

— Fui violentada — ele reteve o fôlego por alguns segundos, surpreso. Não esperava ouvir algo do gênero, nem que fosse confessado de maneira tão crua e direta. Ela prosseguiu — eu era pouco mais do que uma menina. O animal... que fez isso comigo... me falou daquele jeito. O fogo... — num gesto significativo, ela passou a mão pelos cabelos, explicando em seguida — por isso eu ainda os cubro, mesmo agora, com todos sabendo que sou uma mulher. Ao mesmo tempo em que não tenho coragem de cortá-los, eu... — deu de ombros — ele falou daquela mesma forma enquanto... — sua voz falhou — quando Ragnar falou aquilo, eu o ouvi novamente; sua voz... ele veio de novo do passado, para me atormentar.

— Por Deus, Radegund — ele tirou o copo intocado de suas mãos e afagou-as. Pela primeira vez ela pareceu enxergá-lo de verdade —, eu sinto muito.

Num gesto lento, ela balançou cabeça, como se rejeitasse seu conforto.

— Não tenha pena de mim, Gil. Não faça isso comigo, não me reduza a alguém digna de piedade, porque eu não sou.

— Não estou oferecendo piedade — num impulso, abraçou-a suavemente —, estou oferecendo a você meu apoio e minha amizade.

E ainda que não tivesse forças para retribuir o abraço, Radegund se deixou ficar dentro dele. Não soube dizer se era o calor de outro ser humano, ou seu próprio cansaço, que a levava a continuar abrindo a alma para o irlandês.

— O bastardo... — retomou o assunto com voz sumida, como se falar aliviasse de alguma forma seu fardo —, eu o matei. Da forma mais dolorosa possível. Depois, fugi e me tornei o que sou — afastou-se bruscamente e o encarou, muito séria. — Jure que jamais contará a ninguém.

— Mas...

— Jure! — Gritou, mas depois suavizou a voz — por favor...

Gilchrist capitulou e assentiu. Depois de alguns instantes de silêncio, acabou por tomar coragem para confessar o que sentia.

— Está certo, eu jurarei. Não porque me pediu, mas porque sei que isso tudo que me contou a faz sofrer. E também porque a respeito e gosto de você — tocou sua face e a fez erguer o rosto. — Entende o que eu quero dizer, Radegund? Eu a quero. Como uma mulher, não só como uma amiga. Eu acho que... me apaixonei por você.

Com delicadeza, colou os lábios aos dela. Beijou-a longamente, aquecendo sua boca com a dele, tentando vencer a resistência com gentileza. Ela correspondeu hesitante, querendo se sentir viva de alguma forma. Mas não podia usar Gilchrist e seus sentimentos. Não seria honesto. Não seria justo.

Por alguns instantes, Gilchrist ousou ter esperanças. E então, Radegund se afastou dele bruscamente.

— Não faça isso — pediu num fiapo de voz, querendo correr dali —, não se apaixone por mim. Não tenho um coração para dar — sacudiu a cabeça, como se não possuísse o direito à afeição dele. — Como pode gostar de mim, se nem mesmo *eu* gosto do que sou?

— Não diga isso, Radegund — ele se levantou, irritado —, você é uma das melhores pessoas que conheço. É uma mulher incrível, encantadora. Você é forte e tem um coração corajoso. Por favor, não se subestime.

Radegund fitou-o com pesar. Também se ergueu.

— Você merece coisa melhor, Gilchrist — aproximou-se e tocou seu rosto, afastando o tapa-olho que ocultava a íris de outra cor —, você merece uma mulher doce e serena que cure suas feridas. Que o ajude a cuidar de suas terras e lhe dê muitos filhos. Você merece alguém que não tenha um passado tão sombrio que não consegue sequer encará-lo de frente. Eu lhe traria infelicidade, Gil. Tenho somente amargura e tristeza dentro de mim.

Ele franziu o cenho e lançou uma última cartada.

— E Bakkar? Você e ele...?

— Não me peça para explicar algo que nem eu entendo — esboçou um sorriso triste, cansado —, acho que somos tão parecidos, eu e ele, que acabamos nos envolvendo. Mas eu não estou apaixonada por ele. Nem ele por mim.

— Vocês são amantes — ele afirmou, sem rancor.

— Eventualmente.

Gil achou aquela afirmação no mínimo curiosa, mas conformou-se. Ao menos tentara. Ainda assim gostava muito dela. E num impulso que nem mesmo ele saberia explicar, retirou a correntinha que trazia no pescoço. Fez correr dela para a palma de sua mão um anel de prata, que mostrou a Radegund.

— Pois bem, já que me dispensou de forma tão gentil, ainda que definitiva — ela sorriu timidamente —, permita-me oferecer minha eterna amizade?

Emocionada com a compreensão dele, assentiu concordando. Gilchrist tomou sua mão e colocou o anel em seu dedo.

— Isto é um presente — ele mostrou o símbolo gravado na prata. — Este desenho é um *triskle*. Foi de minha mãe. Quero que fique com ele.

— Gil! Não posso aceitar — ela retrucou, tirando a joia do dedo. Gilchrist a impediu.

— Ouça-me primeiro. Na crença antiga de minha terra, o *triskle* representava a Deusa; as três faces dela. Também representava as três forças da mulher; a intuição, a ternura e a beleza — tocou o relevo do anel. Prosseguiu explicando — ele dá proteção a quem o usa. Não consigo pensar em ninguém que precise mais desta proteção do que você.

— Isso deveria ser dado à mulher com quem você vier a se casar, não a mim — ela ainda argumentou.

— Radegund, minha mãe foi uma grande sacerdotisa, uma das últimas de seu povo, antes que a Cruz sufocasse totalmente a velha religião — seus olhos brilharam de saudade. — Ela me deu esse anel para me proteger. Eu o estou dando a você como sinal de minha amizade. Se um dia precisar de mim, se estiver em dificuldades, não importa onde esteja, faça com que o *triskle* chegue às minhas mãos e eu ajudarei você.

— Por que, Gilchrist?

— Porque minha intuição me diz que você precisará dele muito mais do que eu.

Por muito tempo ela observou o anel e seu símbolo. Depois, ergueu os olhos e depositou um beijo suave nos lábios dele.

— Obrigada. Jamais esquecerei seu gesto.

Em silêncio, pegou o manto e saiu para a chuva que começava a cair lá fora, deixando Gilchrist parado no meio da sala.

A tempestade que desabava sobre Tiro, com seus trovões e relâmpagos, ecoava o tumulto interior de Leila. Insone, revirando na cama, olhou para a porta fechada da varanda. Teve um súbito desejo de abri-la e deixar que a chuva e o vento entrassem em seu quarto, apagando os pensamentos de sua mente, varrendo Ragnar de suas lembranças. Antes que tivesse consciência dos próprios atos, levantou-se e soltou o trinco. No momento em que afastou as folhas de madeira, um relâmpago iluminou a enorme sombra postada do lado de fora. Pelo Profeta! Como ele chegara até ali?!

Assustada, deu um passo para trás. A sombra avançou em silêncio. Quando outro raio brilhou no céu, dois olhos cinzentos faiscaram em sua direção. Foi como se o próprio demônio viesse reclamar sua alma. Sentiu o coração congelar dentro do peito. Começou a tremer, apavorada com a expressão no olhar do marido.

— Você é uma maldição, Leila... — ele grunhiu — você se entranhou em minha pele e em meu sangue, como um veneno.

Sua aparência era deplorável. Ela não o observara direito quando ele passara em casa, à tarde. Mal o olhara naquele. Mas, agora que podia vê-lo de perto... os cabelos, escurecidos pela umidade, desciam soltos junto ao rosto e sobre os ombros. Um corte feio e muito recente marcava sua face esquerda. A barba crescida e desgrenhada deixava-o com um aspecto sinistro. O rosto dele, sob a luz fugaz dos relâmpagos, era uma máscara de cólera. Seus olhos tinham um brilho metálico, impiedoso.

Leila tremeu de medo. Ele era outra pessoa, totalmente diferente do homem que conhecera em Jerusalém. Do homem com quem se casara. Lembrou-se mais uma vez do aviso de Radegund. Ele era um predador. E ela era incapaz de suportar a força de suas paixões e de sua fúria. Engoliu em seco, deu outro passo para trás e esbarrou num móvel. Ele continuou falando, como se para si mesmo.

— Estou andando há horas, debaixo dessa chuva infernal, tentando aplacar o calor que me consome — ele balançou a cabeça. — Nada é capaz de debelar esse fogo, essa chama. Esses dias todos e você permanece na minha cabeça, no meu pensamento. Seu corpo, seu cheiro... você é meu tormento, Leila. Minha perdição — ele chutou uma banqueta longe. Avançou na direção dela. Apavorada, ela recuou. — Por mais que eu me afogue em cântaros e mais cântaros de cerveja, por mais que eu lute e me meta em dezenas de brigas em tavernas — ele a encurralou num canto —, você ainda está lá, tomando conta da minha mente e do meu espírito.

Leila ergueu a cabeça. Olhou nos olhos dele, implorando.

— Por favor, vá embora, Ragnar. Não temos mais nada a dizer um ao outro. Você já despejou toda sua amargura sobre mim. Não quero mais sofrer por sua causa.

Ele ignorou a reclamação. Puxou-a sem gentileza. O odor de cerveja a atingiu em cheio.

— Você está bêbado! — Reclamou Leila, tentando se libertar.

Ragnar gargalhou de forma diabólica, assustando-a ainda mais.

— Meu Deus! Como eu queria que isso fosse verdade — chegou mais perto, os olhos gelados percorrendo seu corpo. — Com os diabos, mulher! Você não quer mais sofrer? E eu?! Eu destruí minha amizade com Radegund. Sem falar em Mark e Gil. E tudo por *sua* causa! Ainda agora, queria mesmo estar completamente bêbado, só para não sentir nada. Só para não me apanhar pensando em você o tempo todo, todos os dias; desejando-a a cada minuto, mulher dos infernos — ele acabou sacudindo-a pelos punhos.

Num gesto violento, desceu a boca sobre a dela. Leila não estava preparada para aquele gesto. Um beijo onde Ragnar colocava toda sua raiva e toda a sua paixão, atropelando seus sentimentos, tomando sem pedir licença. Tentou se afastar dele, sem sucesso. Seus braços a prendiam, praticamente a erguendo do chão. Sem equilíbrio, agarrou-se à frente da túnica molhada, sentindo as próprias roupas se encharcarem em contato com as dele, ensopadas pela chuva.

Os lábios frios forçaram os dela a se abrirem por completo, exigindo mais. A língua penetrou em sua boca, digladiando-se com a sua, incendiando-a completamente. A barba arranhou sua pele e uma das mãos correu sob sua nuca, segurando os cabelos, obrigando-a a inclinar a cabeça para trás, submetendo-a totalmente. O contraste da pele dele, resfriada pela chuva e pelo vento, com a sua, totalmente aquecida, a fez se arrepiar dos pés à cabeça.

Sentiu-se miserável ao perceber que a própria necessidade ameaçava sobrepujar a raiva, o ressentimento, as acusações. *Não está certo*, pensou. Ragnar estava ali movido pelo rancor, acreditando que era a mais calculista das mulheres. Sem que pudesse contê-las, as lágrimas afloraram aos seus olhos. Pressionando-a contra a parede, ele se afastou apenas o suficiente para grunhir.

— Tenho que estar dentro de você hoje, agora. — Ele viu seu rosto molhado de lágrimas e desdenhou — e pouco me importo com seu choro! Talvez, tendo-a mais uma vez, eu possa tirá-la definitivamente da minha cabeça.

Ela se debateu, tentando se livrar das mãos que a prendiam como garras. Não ia deixá-lo fazer aquilo com ela. Não permitiria que Ragnar a usasse. Nunca!

— Não se atreva! Solte-me, Ragnar! Eu não o quero!

— Essa é mais uma de suas mentiras! — Ele a olhou e deslizou a língua sobre pele sensível, atrás de sua orelha. Seus mamilos se intumesceram contra sua vontade — seu corpo reage ao meu toque, Leila... — a mão calejada deslizou por seus seios, sobre a roupa úmida que grudava na pele, provocando-a, encurralando-a dentro das próprias emoções conflitantes.

— Deixe-me — ela o empurrou, conseguindo que ele se afastasse um pouco. Quando pensou que ele fosse recuar e desistir daquela loucura, Ragnar encarou-a. Ordenou, apontando a camisola molhada.

— Tire a roupa.

— Não, nunca — rebateu desesperada. — Saia daqui, agora!

Ele franziu o cenho, ameaçador.

— Tire — ordenou —, você é minha mulher. É meu direito. Tire agora!

— Vá embora daqui! Eu o odeio — gritou e, fora de si, o estapeou.

Com um rugido furioso, Ragnar agarrou o fino tecido. Rasgou-o de cima a baixo, expondo o corpo de Leila aos seus olhos sedentos e rancorosos. Em seguida, agarrou-a pelos quadris. Ergueu-a e prensou-a contra a parede. Colou-se a ela, beijando-a com fúria redobrada.

O contato íntimo fez Leila titubear. Ele a beijava e pressionava o membro rígido, preso pelas roupas, contra seu sexo exposto. As coxas abertas em torno da cintura dele e as mãos crispadas em suas nádegas fizeram-na se sentir excitada e suja ao mesmo tempo. Não era possível querê-lo tanto assim. Como era capaz, se ele a ameaçava e humilhava daquela forma?

Ragnar acabou de arrancar os farrapos da camisola. Sem nenhum vestígio de razão, soltou as próprias calças. Leila enfiou as unhas em seu peito, tentou afastar-se dele. Lutou e quis fechar as pernas. Mas ele, maior e mais forte do que ela, segurou-as, mantendo-as abertas. Ato contínuo, mergulhou de uma só vez dentro dela, impulsionando-se para o interior da mulher que o torturava dia e noite em pensamentos e sonhos.

Impotente contra a reação física àquela invasão, Leila arquejou de encontro à boca de Ragnar, que investia furiosamente, fazendo suas costas se chocarem contra a parede. Ele a apertou ainda mais entre os braços. Impotente, Leila sentiu o próprio sexo pulsando em volta do dele. Amor e ódio se chocaram dentro dela. A traição de seus próprios sentidos indo contra todo e qualquer pensamento racional, contra toda a lógica. Contra toda raiva que minava aquele casamento.

Enquanto a tempestade arrasava tudo lá fora, o clímax veio tão intenso, tão arrebatador para ambos, que Ragnar simplesmente a trouxe junto a si e caiu com ela sobre a cama. Quando Leila se virou e tentou fugir dele, seus braços a envolveram como duas tenazes. Ele se moldou contra suas costas e falou.

— Você fica aqui. Ainda não terminamos.

Exaustos, acabaram adormecendo, envoltos em estranhos sonhos e sensações.

Mark acabou de beber o vinho e ficou olhando o copo vazio em sua mão, enquanto o barulho da chuva enchia o aposento de um tamborilar ritmado e incessante. Fitou a porta fechada com o cenho franzido. Estava preocupado com Radegund. Se tivesse certeza de que ela passaria a noite na cama de Gilchrist, dormiria tranquilo. Porém, alguma coisa dizia que ela precisava de ajuda. Onde ela estava? Outro relâmpago cortou a escuridão do quarto. Olhara duas vezes em seus aposentos, mas ela ainda não chegara. A apreensão que sentia só aumentava. Onde diabos estaria Radegund enquanto os céus desabavam sobre Tiro?

A porta se abrindo e batendo em seguida, dando passagem à figura soturna que ele conhecera meses atrás, respondeu à sua questão. Com exceção dos cabelos vermelhos descobertos, ela voltara a ser aquela "criatura das trevas", como Ragnar a classificara. A fisionomia fechada, os olhos perdidos. Parecia alguém à beira de um precipício.

A luz dos relâmpagos a iluminou, como naquela noite, na praia. Radegund caminhou em sua direção, as roupas encharcadas, os lábios pálidos e trêmulos de frio, os cabelos gotejantes caindo sobre o rosto machucado, afogada em desespero. Mark largou o copo sobre uma mesa e foi ao seu encontro, cruzando o quarto em duas largas passadas.

— O que houve?

Ela o agarrou pela frente da túnica; as mãos geladas, as unhas azuladas pela chuva e pela friagem da noite.

— Pelo amor de Deus, me faça esquecer — seus olhos estavam anuviados por uma dor tão profunda que consumia toda a vida dela.

Ele afagou seus cabelos, como faria a uma criança, olhando-a nos olhos.

— O quê, garota?

Como explicar a ele, se nem mesmo ela sabia? Como contar a Mark do fogo que a devorava por dentro? Como falar da sede de sangue, da selvageria que habitava dentro dela; da ânsia por vingança e da covardia por jamais tê-la saciado? Como contar a Mark que estivera andando sobre as muralhas, desafiando a força do vento e da tempestade, amaldiçoando a própria existência, sem coragem suficiente para se atirar nas pedras lá embaixo, onde as ondas do mar se quebravam?

— Não me deixe lembrar... — suplicou, sacudindo a cabeça, retorcendo a frente da túnica dele com as mãos geladas —, não permita que os fantasmas fiquem aqui esta noite! — Ergueu novamente o olhar, seus dedos parando sobre o tecido, a voz saindo num sussurro estrangulado. — Não deixe que eles levem minha alma.

Angustiado, ele a abraçou.

— Radegund...

— Livre-me deles, Mark — implorou —, por favor.

Não foi preciso mais nenhuma palavra. Suas bocas se encontraram. Seus lábios esmagaram os dela, igualando sua angústia àquele desespero. Puxou-a pelos ombros e apertou-a de encontro a si. Lutando contra todos os demônios pela alma de Radegund. Sua boca exigiu que a dela se abrisse e sua mente implorou que permitisse a ele lançar uma réstia de luz nas sombras de seu coração. Seus braços a envolveram, passeando por suas costas, agarrando o tecido molhado de seu manto. Medo, fúria, instinto. Tudo desaguou ali.

Ela puxou sua túnica pela cabeça, rompendo as costuras do tecido. Ele arrancou seu manto encharcado, que voou longe. Radegund deu um passo para trás, puxando desajeitadamente a própria túnica. Mark rasgou sua camisa de baixo. Recuando, ela tropeçou numa mesa, derrubando-a no chão. Os trovões abafaram o ruído. Eles pouco se importaram. Mark soltou os laços de sua calça. Ela arrancou sua camisa, colando-se à pele quente, deslizando as mãos para a calça dele. Ele chutou o tapete que se enroscava em seus pés. E ela o puxou de volta. Tudo com pressa. Tudo rápido. Como se o mundo fosse acabar ali.

Os dois se atracaram novamente. Acabaram caindo no chão, numa confusão de braços e pernas embolados. Ele puxando suas botas ensopadas, ela tentando se livrar das próprias calças. Depois do que pareceu uma eternidade, conseguiram se desfazer de todas as peças, que jaziam atiradas por todo o aposento. Como numa luta, rolaram pelo chão, ele dentro dela, ela sobre ele. Os beijos e os gemidos cada vez mais intensos, mais enlouquecidos. Mais violentos do que a própria tempestade. Como duas forças da natureza se chocando.

Uma bandeja tombou no chão quando o braço de um deles a acertou. Mark rolou novamente sobre ela, atingindo uma das cadeiras, que virou com as pernas para cima. Totalmente ignorada. O mar revolto explodia contra as muralhas de Tiro. Os trovões faziam vidros e candelabros vibrarem dentro do quarto. No entanto, a tempestade emocional que se abatera sobre os dois era mais intensa, como um dilúvio, arrastando tudo o que havia pela frente. Ele afundou mais ainda em seu corpo. Ela gritou, exigindo mais, implorando por esquecer. Tinha que esquecer!

— Garota, vai nos matar assim — ele arquejou.

— Eu quero morrer, Mark. Não entende? — Ela o agarrou pelos cabelos, olhando nos seus olhos — eu *quero* morrer!

Ele a pressionou contra o chão.

— Não! Você não quer — beijou-a furioso, investindo dentro dela. Ninguém tinha o direito de desejar a própria morte — você quer viver, Radegund! — Ele impulsionou novamente o corpo para frente e afirmou — você *vai* viver, lembra? É o que fazemos de melhor. Sobreviver.

Radegund passou um dos braços em torno dos ombros dele e o envolveu com as pernas. A outra mão agarrou num espasmo o tecido das cortinas, que vieram abaixo com suporte e tudo. Ele apenas os fez rolar para longe. Ofegantes, suados, os dois prosseguiram naquela espécie de guerra entre a vida e a morte. Mark apoiou as duas mãos no chão e foi o mais fundo que podia nela, pedindo mais uma chance para livrá-la das sombras que ameaçavam engoli-la de vez. O fim veio para ambos como um terremoto, exaurindo suas forças. Deixando-os vazios, acabados. Feridos e ocos. Além do esquecimento.

Mesclado à chuva e aos trovões, havia o som das respirações entrecortadas se misturando. Ao redor deles, o quarto semidestruído espelhava o caos de suas almas. Mark saiu de cima dela e a trouxe junto num abraço. Ofegante, ela se aninhou de encontro ao seu corpo. Tateando no escuro, ele pegou a manta de cima da cama e jogou sobre os dois. Então, a guerreira escondeu o rosto em seu peito e chorou.

CAPÍTULO

XX

"Reflexões ou sentenças e máximas morais".

MÁXIMA 29. FRANÇOIS VI,
DUQUE DE LA ROCHEFOCAULD

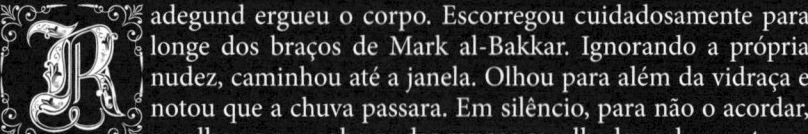

adegund ergueu o corpo. Escorregou cuidadosamente para longe dos braços de Mark al-Bakkar. Ignorando a própria nudez, caminhou até a janela. Olhou para além da vidraça e notou que a chuva passara. Em silêncio, para não o acordar, recolheu o que sobrara das roupas espalhadas pelo quarto revirado. Lançou mais um olhar para o homem adormecido no chão. Hora de partir.

A escuridão novamente a envolvia; tomava conta dela e de tudo ao seu redor. Sufocava-a. Pensou se não estava no momento de voltar para sua terra e cobrar uma velha dívida. Não. Ainda não estava pronta. Crispou as mãos ao longo do corpo, sentindo-se pequena e amarga. *Covarde*! Olhou de novo para o amigo e amante. Tão parecido com ela e tão diferente. Ele tentara salvá-la. E até mesmo ele fora incapaz de afugentar os fantasmas. Movida pelo ódio que fermentava dentro de sua alma, estivera a um passo de matar Ragnar na noite passada. Melhor que fosse embora antes que tirasse a vida de alguém que amava.

Amar? Rejeitou o pensamento. Não, no máximo gostar. Ela não era capaz de amar ninguém. Nem a si mesma.

Adeus, meu amigo.

Radegund caminhou em direção a porta do aposento. Saiu sem olhar para trás e foi até seu quarto. Vestiu-se para viajar, apanhou as armas, cobriu os cabelos, arrumou os alforjes e vestiu o velho albornoz. Da caixa que Bharakat lhe dera, tirou duas gemas apenas. O suficiente para conseguir teto e comida por um bom tempo. O belo rubi, no entanto, permaneceu lá dentro, repousando sobre o leito de sândalo.

Saindo do aposento, voltou ao quarto de Mark e colocou a caixa ao lado dele. Um pequeno presente diante de toda a amizade que recebera. Em seguida, foi ao gabinete de Leila e redigiu uma breve mensagem. Silenciosa, saiu pela porta dos fundos e desapareceu nas sombras.

Não viu os olhos maldosos que a observavam, e nem as mãos frias que pegavam o bilhete deixado sobre a mesa.

Patrus desdobrou a mensagem e decifrou as palavras escritas de forma rápida e descuidada. Naquela hora, abençoou o velho marido de Sophia que o ensinara a língua dos francos. A mensagem era clara e objetiva, como a mulher que a escrevera.

"Leila,
Estou partindo. Obrigada por tudo. Passarei no quartel do senescal para avisar Ibelin. Desculpe-me por quase ter matado seu marido. Acredite, ele ainda a ama. Diga a Bakkar que ele tentou. E a Gilchrist que eu o agradeço mais uma vez. Adeus. Radegund. "

A vontade de Patrus era de gritar de alegria. Porém, enquanto estivesse viva, a mulher seria uma ameaça aos planos de destruir Leila. Com os olhos brilhando de maldade, resolveu fazer uso de um expediente mais velho do que o tempo: a intriga.

Vestindo um manto escuro, certificou-se de que todos dormiam e saiu da casa. Pegando um dos cavalos do estábulo, galopou para a comendadoria templária. Sabia que o arcebispo, assim como o comandante da Ordem, daria um braço para derrubar a protegida de Ibelin. E de quebra, atingir também o poder de Conrad de Montferrat, o nome mais cotado para ocupar o lugar de Guy de Lusignan, que fora capturado por Saladino em Hattin. Enquanto o dia clareava, Patrus retornava satisfeito, pronto para iniciar suas atividades corriqueiras.

Ragnar acordou sentindo uma gigantesca dor de cabeça. Além disso, seu pescoço doía, a face cortada ardia e parecia alguém se sentara sobre seu peito, dificultando sua respiração. Tentou inspirar fundo e não conseguiu. Remexeu-se e sentiu a lâmina afiada encostar em sua garganta.

— Abra os olhos, sei que acordou.

Muito bom, Svenson. Agora ao invés de apenas uma, duas mulheres querem matar você.

Abriu os olhos lentamente. Deparou-se com Leila sentada sobre seu peito, vestida com uma camisola simples. Sem traço algum de hesitação no rosto contraído, ela o ameaçava com sua própria arma.

— Tire isso do meu pescoço, Leila.

— Cale a boca — ela sibilou entre os dentes apertados, a voz soando muito diferente daquela que estava habituado a ouvir — eu estou com uma enorme dificuldade em controlar a vontade de cortar seu pescoço.

Ragnar engoliu em seco, dando-se conta de sua delicada situação. O que julgara ser apenas uma bravata era, na verdade, algo muito mais perigoso, que ele mesmo despertara na noite passada. Parecia estar vendo Leila pela primeira vez. A jovem delicada era agora uma mulher. A fragilidade cedera lugar à determinação. E à fúria. Lembrou-se vagamente da noite anterior. Bebera demais, brigara com Radegund, ameaçara e violentara a própria esposa. *Animal*, ele se acusou, sentindo um gosto amargo na boca.

— Você vai ficar de boca fechada — ela recomeçou, estreitando os olhos —, e vai escutar cada palavra que eu disser. E se você se mexer, eu mato você. Depois do que me fez ontem à noite, já não tenho muito bons sentimentos em relação a você, senhor meu marido. Nesse exato momento tudo o que eu sinto é raiva e revolta.

Ele não respondeu. Tentou mover o braço em direção à lâmina, mas Leila a pressionou com mais força, fazendo escorrer um filete de sangue de seu pescoço. Ragnar percebeu que ela falava sério. A raiva também lhe subiu à cabeça, tornando-o imprudente. Desafiou-a.

— Se não vai me matar, não me ameace, mulher.

Leila apertou o cabo da arma.

— Você me condenou sem me ouvir, ameaçou me bater naquela noite e ontem você me forçou! Acha que não tenho motivos suficientes para enterrar essa lâmina em seu coração? — Ela gritou.

— Pois faça-o de uma vez — ele a enfrentou. — Termine o que sua amiga começou — ela não entendeu suas últimas palavras, nem fez questão de fazê-lo. Estava com tanto ódio dele, tão magoada, que ergueu a lâmina e olhou nos olhos claros. Sua mão tremia. Apertou a arma com tanta força, que o cabo feriu sua pele. — Vamos, Leila — provocou, a voz baixa, os olhos gelados fixos nos dela — mate-me. Vingue-se.

A adaga desceu como um raio. Passou ao lado de seu rosto e cravou-se no colchão macio, bem ao lado de sua orelha. Ele soltou o ar que retivera. Leila ficou parada sobre ele, agarrada à arma. Depois de alguns instantes de perplexidade, Ragnar, com toda gentileza, soltou sua mão do punho da adaga. Ergueu seu rosto, fazendo com que olhasse em sua direção.

— Eu o odeio Ragnar Svenson! — Ela gritou entre as lágrimas que corriam abundantes.

Ele rolou sobre o corpo dela, prendendo-a de encontro ao colchão.

— E eu amo você, Leila.

Devagar, baixou o rosto em direção ao dela, que o virou para o lado, escapando de seu beijo, debatendo-se e lutando contra ele. Com carinho, ele a trouxe de volta. Beijou-a devagar, testando-a, vencendo sua resistência pouco a pouco.

Beijou-a longamente. Um beijo de arrependimento, de perdão. Talvez de reencontro. Pressionou-os lábios mais um pouco e ela os entreabriu, permitindo que ele tornasse o beijo mais profundo. Acariciou o interior de sua boca com cuidado e delicadeza. Sua língua envolvendo a dela, tateando, experimentando. Beijou-a como se assim pudesse apagar as lembranças da violência com que a tomara na noite anterior. Leila soluçou de encontro aos seus lábios. Ragnar ergueu o rosto, secando suas lágrimas com as pontas dos dedos. E repetiu

— Eu amo você, Leila.

— Não — ela gemeu.

— Sim — sua voz soou cansada. — Apesar de tudo, apesar das brigas, apesar do que fizemos um ao outro — houve uma longa pausa — me perdoe, por favor.

Ele acariciou sua face e os soluços se tornaram mais sentidos ainda. Agora não era mais possível para Leila esconder as emoções. Não era mais possível fingir que não o amava, apesar de tudo o que acontecera.

— Desculpe-me por não ter contado — murmurou, não se importando mais em se expor — sei que errei. Mas tive medo... de que não quisesse se casar comigo.

— E por que quis se casar? — Ele teve que perguntar. Todas as dúvidas teriam que ser expostas ali, por piores que fossem. Ou suas vidas seriam um mar de brigas sem fim — por causa da ordem? De sua casa e de sua herança? Ou por mim?

Leila o encarou, o olhar triste, a voz amarga.

— Como pode duvidar? — Ela balançou a cabeça e baixou os olhos — se tivesse me ouvido naquele dia, se tivesse me dado a chance de explicar, saberia que tudo o que eu tenho nada importa diante de você. Se tivesse me deixado explicar, teria visto o documento que fiz antes de nosso casamento.

Ragnar se contraiu.

— Que documento, Leila?

— Levante-se e venha comigo ao gabinete. Vou mostrá-lo a você.

Ele fez o que ela pediu e a ajudou a se erguer da cama. Ajeitou as roupas amarrotadas e apanhou um robe, cobrindo os ombros da mulher. Leila manteve os olhos baixos, apesar do modo gentil como ele a tocava. Sem trocar nenhuma palavra, saíram pelo corredor, ainda deserto àquela hora da manhã. Leila entrou no gabinete e ele a seguiu, fechando a porta em seguida. Ainda em silêncio, ela remexeu numa gaveta e de lá retirou uma pasta de couro. Abriu-a e separou duas folhas de papel, uma escrita em árabe e outra em latim. Passou a segunda para o marido.

— Está na língua da igreja. Sabe ler?

— Sim — ele pegou a folha —, o que é isso?

— Leia.

Ele se sentou e começou a ler, enquanto ela se voltava para a janela, rezando para que aquilo esclarecesse de vez o fato de que não quisera ficar em Tiro por causa de sua fortuna e do conforto que possuía, como ele a acusara. Com aquele documento, redigido e selado antes que aceitasse se casar com ele, Ragnar saberia que ficara ali única e exclusivamente por causa dele.

Os minutos foram passando. A apreensão tomou conta de Leila. Ragnar permanecia silencioso atrás dela. Quando estava decidida a se voltar e perguntar alguma coisa, sentiu a mão grande tocar suavemente seu ombro. Ela se voltou. E viu os olhos do marido anuviados de tristeza.

— Tanto... por nada — uma lágrima solitária escorreu dos olhos límpidos. Prosseguiu com a voz embargada — quase nos destruímos. E apenas algumas palavras teriam sido suficientes. Minhas, suas... nós dois deixamos de dizer o que precisava ser dito, pequenina. — Tocou o rosto da esposa com as pontas dos dedos — por que fez isso, Leila? Por que doou tudo o que tinha para mim? Sabe que eu apenas seria o administrador de seus bens se nos casássemos; por que passou para meu nome tudo o que era seu? Se não nos casássemos, você não ficaria com nada! Por quê?

Ela ergueu os olhos e também tocou a face dele com as pontas dos dedos trêmulos.

— Porque essa fortuna de nada me adiantaria se eu não tivesse você — explicou. — Se eu não tivesse me casado com você, teria ido embora para Damasco, procurar Khadija.

— E deixaria tudo o que lhe pertence para trás? — Perguntou espantado.

— De que me serviria esta casa enorme — ela deu de ombros —, se você não estivesse aqui para partilhar comigo os meus dias? De que me serviria o luxo, as sedas e as joias? De nada Ragnar, de nada... — ela fez uma pausa e depois falou baixinho — eu menti... — ele franziu o cenho —, eu menti quando disse ainda há pouco que o odiava. Eu estava magoada, revoltada... — suspirou e sacudiu a cabeça, como se tentasse entender os próprios sentimentos contraditórios — ainda me sinto assim. Mas tenho que confessar a verdade. — Fitou-o corajosamente nos olhos — eu o amo, Ragnar.

Ragnar sustentou o olhar da esposa. Aproximou-se devagar, como se quisesse chegar perto de um pássaro assustado. Estendeu os braços para ela e a trouxe para junto de si.

— Leila, Leila... o que eu faço com você? O que eu faço conosco? — Ele a afastou um pouco para poder olhar em seus olhos — perdoe-me pelo que fiz a você ontem. Eu errei; desonrei a mim mesmo e a você — implorou mais uma vez —, perdoe-me. Eu estava louco por ter deixado você; totalmente embriagado... até brigar com Radegund, eu briguei. E naquela noite, eu...

— Shh... — ela tocou seus lábios com as pontas dos dedos, silenciando-o. Decidira perdoá-lo. Com o tempo, a decisão se firmaria em seu coração. Não era preciso justificativas — vamos deixar este passado enterrado, meu marido. Eu também errei em omitir a verdade, em não ser honesta com você — confessou. — Podemos recomeçar, aqui e agora. Podemos dar mais uma chance a nós dois.

Ragnar sorriu de puro alívio. Afagou seus cabelos, abraçando-a com força.

— Sim, minha esposa. É o que faremos.

Mark acordou e esticou o braço para o lado, procurando por Radegund. Nada. Abriu os olhos e sentiu o peito se oprimir ao ver a caixa de sândalo ao seu lado. *Não, garota... você não pode ter feito isso consigo mesma. Não pode ter fugido.* Entretanto, sabia que ela fugira. E algo em seu íntimo lhe dizia que corria perigo.

Decidido, levantou-se e se vestiu rapidamente. Tinha que sair no encalço de Radegund antes que ela cometesse algum desatino. Ou antes que a terra a engolisse e ela desaparecesse para sempre.

Radegund chegou ao do quartel do senescal ao amanhecer. Deixou Lúcifer no estábulo e acenou para Andrew, que também acabara de chegar. Antes que pudesse entrar, porém, dois sargentos vestidos com túnicas negras a abordaram.

— Temos ordens para levá-la a comendadoria da Ordem dos Cavaleiros do Templo.

Intrigada, ergueu uma das sobrancelhas. O que diabos os homens do Templo poderiam querer com ela? Eles detestavam Ibelin e Montferrat e evitavam abertamente se misturar aos homens, e aos assuntos, dos dois nobres.

Notou que Andrew permanecia atento à porta do estábulo, mas não conseguiu se sentir segura. Algo ali cheirava mal. E não eram só os dois sargentos, avessos ao costume de se banhar como todos os pudicos homens do Templo.

— E a que devo a honra do convite? — Indagou, irônica e em voz alta, para que Andrew a ouvisse.

Um deles, o mais jovem e afoito dos dois, sacou a espada e a ameaçou.

— Venha e não faça perguntas — ordenou. — Está presa em nome do comendador da Ordem.

— Eu me reporto apenas a Ibelin — avisou.

— Ibelin está fora da cidade — o outro homem afirmou, cinicamente, deixando bem claro que estavam dispostos a invadir o território alheio na ausência do nobre.

Era só o que me faltava!

— Estou sendo levada sob qual alegação?

— Heresia — explicou. — Ande, não tenho o dia todo.

Apesar de sua intuição avisá-la para fugir, resolveu acompanhar os dois com cautela. Sem reagir. *Por enquanto.* Ainda olhou por sobre os ombros e acenou para Andrew, que entendeu prontamente seu gesto e correu em busca de seu cavalo.

— Como "foi embora"?! — Ragnar esbravejou.

— Veja — Leila, desolada, passou o bilhete que Patrus muito convenientemente só encontrara no meio da manhã —, ela simplesmente partiu.

— Não estou gostando disso, Sven — Mark se sentou numa cadeira e apoiou os cotovelos nos joelhos — ela estava péssima ontem à noite.

Ele e Ragnar se entreolharam significativamente. Aliás, pensou, como Ragnar fora parar ali?

— Vocês brigaram, Mark? Foi por isso que ela partiu? — Leila concluiu — Leandra me disse que seus aposentos estavam destruídos...

Sem graça, ele apenas deu de ombros e olhou de Ragnar para Leila.

— Pode se dizer que foi quase isso...

Leandra os interrompeu, entrando apressada no gabinete. Algo ansiosa, avisou.

— O *chevalier* Andrew está no vestíbulo, senhora. E diz que é urgente.

Logo, o homem grisalho foi levado ao gabinete, a fisionomia preocupada acentuando a gravidade de suas palavras.

— O comendador do Templo mandou prender Radegund.

— Como? — Mark quase gritou.

— Por quê? — Leila perguntou aflita, apoiando-se no encosto de uma poltrona.

— Teoricamente — o *chevalier* explicou —, a acusação é heresia.

Ragnar e Mark fitaram-se em silêncio. Sabiam o que aquilo significaria para Radegund. Apenas uma desculpa esfarrapada para justificar a prisão arbitrária. Eles tentariam arrancar informações dela. O arcebispo não engolira a humilhação que Balian de Ibelin lhe impusera. Unira-se aos Templários, adversários do nobre e partidários dos Lusignan, para uma retaliação. Radegund seria torturada até admitir tudo o que eles quisessem ouvir, fosse verdade ou não.

De onde surgira a acusação? Quem a fizera? Quem entregara a ruiva nas mãos do Templo? Quem saberia que ela estaria sozinha, a caminho do quartel, logo de manhã cedo? Alguém aqui de dentro... concluiu Mark. Mas, quem? Não houve tempo para mais conjecturas. Gilchrist chegou naquele momento. Notando as fisionomias preocupadas, deduziu.

— Então já sabem.

— Sim — Rebateu Mark —, e estamos pensando numa maneira tirá-la de lá.

— Não vai ser fácil — Gil falou —, sequer me deixaram entrar na comendadoria para vê-la.

— Bastardos! — Grunhiu Ragnar — precisamos comunicar a Ibelin imediatamente.

— Impossível, Svenson — interveio Andrew, pesaroso — Ibelin foi com Montferrat aos vilarejos ao sul, conferir os estragos que Saladino fez.

— Diabos! — O mestiço explodiu. Sentia que o tempo de Radegund se escoava rapidamente — não podemos ficar parados. Temos que fazer alguma coisa.

— Infelizmente, Bakkar — falou o *chevalier* mais velho —, só quem tem poderes suficientes para enfrentar o arcebispo e o comendador, sem gerar uma guerra entre os homens do Templo e os demais *chevalier*s, é Ibelin. Teremos que esperar até que ele volte, amanhã de manhã.

— E até lá, Andrew, Radegund terá sido torturada, estuprada por Deus sabe quantos homens e morta! Eu vou atrás de Ibelin. — Retrucou, a caminho da saída.

— Eu vou até a comendadoria, tentar vê-la — ajuntou Ragnar.

— *Chevaliers* — a voz suave de Leila ergueu-se entre eles —, creio que sei de alguém que poderá nos ajudar.

— Quem? — Interessou-se Andrew.

— *Messire* Gilchrist — ela dispensou as explicações —, enquanto meu marido vai à comendadoria, o senhor me acompanharia à casa de uma amiga?

— Entregue suas armas.

A ordem do comendador juntou-se à opressão das paredes do gabinete. Confinada naquela prisão de pedras, Radegund sabia que estava por conta própria, no coração do território inimigo. Na verdade, era como estivera na maior parte de sua vida. Disposta a resistir e ganhar tempo, soltou lentamente a bainha com a espada e também a adaga. Com gestos comedidos, quase suaves, colocou-as diante do comendador da Ordem. Os olhos do homem mantiveram-se fixos nos dela.

Osso duro.

— As outras.

Impassível, sacou uma faca da bota. O comendador bufou sua impaciência.

— Todas elas.

Radegund tirou outra faca, da outra bota.

— Terei que mandar revistá-la?

Ainda em silêncio, puxou o punhal que trazia escondido sob o cós da calça.

— É só?

A ruiva fitou o pequeno arsenal que depositara sobre a mesa e ergueu uma das sobrancelhas.

— É o que parece.

O homem recostou na cadeira e olhou-a de cima a baixo.

— Sua insolência não vai ajudá-la — avisou-a. — Pelo contrário, só irá piorar sua situação.

A ruiva o encarou com altivez.

— Pior do que está, *messire*? — Soltou um riso escarninho — mal tomei o desjejum e fui presa. E, francamente, não sei por qual razão.

— Heresia — respondeu o comendador —, foi a acusação que chegou até nós. Entretanto — sua voz adquiriu um tom suave —, se você cooperar conosco, podemos propor um acordo.

— Um acordo?

Ele inclinou o corpo para frente, os olhos se estreitando como os de uma serpente prestes a dar o bote.

— Se me der todas as informações a que tem acesso junto a Balian de Ibelin, posso esquecer as acusações e libertá-la.

— Não — ela foi lacônica.

— Pense bem, minha cara — o comendador se levantou e a rodeou, olhando para seu corpo de forma lasciva. Naturalmente, ele não levava tão a sério seus votos como templário... — pode nos dar essas informações por bem... — ele passou a mão por sua cintura, subindo para seu seio —, ou por mal.

Os guardas à porta do gabinete se assustaram quando seu superior voou pela soleira afora. A mulher ruiva veio logo atrás, pulando em seu pescoço, socando seu rosto, furiosa.

Foram necessários três homens para segurar a feroz guerreira, que chutava, esperneava e gritava impropérios. Acabaram por acorrentar suas mãos, mas ela conseguiu usar os grilhões para estrangular um dos guardas. O comendador, ainda apavorado com sua fúria, encolheu-se num canto. Radegund foi contida apenas quando levou uma violenta pancada na cabeça, caindo desacordada.

— Ponham esta selvagem na cela, acorrentada — sibilou o comandante —, logo darei um jeito nela.

— Dama? Uma jovem deseja vê-la — avisou a criada —, disse que se chama Leila e que é urgente.

— Mande-a entrar.

Maria Komnena sentou-se à mesa de seu gabinete particular e recebeu Leila, esposa de Ragnar Svenson, acompanhada do *chevalier* irlandês chamado Gilchrist. E pela expressão da moça, o problema deveria ser muito sério.

— *Madame*, perdoe-me incomodá-la — desculpou-se Leila — como *messire* Ibelin está fora da cidade, pensei em recorrermos à senhora.

— O que houve criança?

— O comendador do Templo prendeu Radegund, por ordem do arcebispo — adiantou-se Gilchrist —, ela está na comendadoria da Ordem.

Maria ergueu-se da cadeira de supetão, rubra de raiva. Em seguida, gritou pelos criados.

— Mandem selar minha égua imediatamente! — E voltando-se para o casal que a olhava espantado, ajuntou — aquele eunuco de saias não perde por esperar!

O garanhão suado resfolegava e batia as patas no chão. Diante dele, havia dois homens espantados com a repentina aparição de Mark al--Bakkar naquele fim de mundo. Logo, além de espantado, Ibelin estava também furioso.

— O filho da puta desgraçado — esbravejou, montando em seu cavalo. — Não podemos dar as costas um dia sequer, que ele pensa que a cidade é dele!

— Quer ajuda? — Indagou Conrad.

— Não. Pode deixar. Terei o prazer de chutar o rabo dos infelizes pessoalmente. Vamos, Bakkar!

Os dois sumiram na poeira da estrada, mal dando tempo aos escudeiros de acompanharem seu senhor.

Maria andava irritada de um lado para o outro na sala do arcebispo. Estava ali há horas e o bastardo a fazia esperar com inúmeras desculpas. Olhou para fora e viu que o sol ia baixo. *Ganhando tempo, o cretino.* Numa cadeira junto à parede, Leila retorcia as mãos e rezava para que Maria conseguisse a liberdade de Radegund. Rezava também para que Bakkar alcançasse Ibelin a tempo. Incluiu em suas preces um pedido fervoroso para que a amiga ainda estivesse viva. A porta se abriu e as duas se voltaram para a figura ricamente trajada. O arcebispo estendeu seu anel para que fosse beijado por Maria, mas ela deliberadamente o ignorou e o encarou.

— Solte a mulher.

Contornando a mesa, ele se escarrapachou na cadeira luxuosamente entalhada.

— Que mulher?

— Não tente me fazer de idiota! — Esbravejou — solte Radegund imediatamente!

O arcebispo ergueu o queixo, seus lábios apertados numa linha fina de desagrado. Maria e Balian sempre o desafiavam. E, por mais que tentasse, ele nunca conseguira conter o poder dos dois. Eles tinham tradição. Além de ligações demais, dinheiro demais, amigos demais. E linhagem real. Uma pedra no sapato dele, da Ordem e de Lusignan.

Porém, a esta altura, a mulher teria falado tudo o que sabia. Sim, sorriu de forma malévola para a irada dama Ibelin. A tal mulher teria recebido o tratamento que merecia. Mandara seu melhor inquisidor ter uma conversinha com ela. Só precisava enredar mais um pouco Maria Komnena. E aí, a mulher teria deixado de pertencer ao mundo dos vivos.

O ar abafadiço da masmorra tinha cheiro de várias coisas, todas ruins. Para distrair a mente, Radegund tentou identificar cada uma delas. Bolor. Umidade vinda dos filetes de água que desciam pelas paredes. Fumaça dos archotes. Havia também o cheiro da palha velha, urina, comida azeda e sangue. Seu sangue.

Tentando não demonstrar o quanto o controle de sua vítima o irritava, o inquisidor tentou mais uma vez obter as informações que queria.

— Quais os nomes dos *chevaliers* que fazem parte da rede de Ibelin?

Silêncio. A mão pesada acertou seu rosto ferido. De novo.

Paciência.

O homem, que fizera questão de se apresentar como "Jones, o melhor na sua profissão", não era tão bom assim.

— Quantos homens trabalham diretamente para Ibelin? — Nenhuma resposta. Outra bofetada. Se ele fosse tão bom quanto dizia, não estaria se deixando afetar por seu desdém — dê-me os nomes.

Nenhuma palavra.

Concentre-se.

A faca deslizou em sua pele.. Fez outro corte logo acima de seu seio. Cerrou os dentes, contendo um gemido. Cada corte se assemelhava a sensação de fogo abrindo caminho em sua carne.

Jones resolvera pegar pesado. E se ele fosse mesmo bom no que fazia? E se até agora só a estivesse testando? Fechou os olhos e negou aquela hipótese. Afastou o pensamento e a fraqueza da mente. Permaneceu em silêncio. Apesar da dor.

Em algum momento você vai se descuidar, cão.

Desde o momento em que despertara com os punhos atados à parede da cela fétida, sabia o que estava por vir. E a cada minuto que passava, sua resistência se esvaía. A cada minuto, perdia as esperanças de ser libertada. Com Ibelin fora da cidade, haveria pouca, ou nenhuma limitação às ações da Ordem. Resistiria o tempo que fosse preciso, disso não tinha dúvidas. Jones poderia matá-la. Mas jamais entregaria os nomes. Seus camaradas ficariam a salvo.

O inquisidor acertou seu rosto de novo. Sentiu o gosto de sangue nos lábios. Se ele a soltasse por apenas alguns segundos, usaria a pequena faca que estava amarrada à sua perna. Mas não estava solta. Inferno!

Seu torturador executava suas funções com um prazer obsceno e doentio. Vendo que não cooperava, aumentou a violência. Foi preciso reunir todo seu autocontrole para não sucumbir.

— Devia cantar, passarinho... — ele falou numa voz carregada de cinismo, dando-lhe as costas como se desistisse dela. Esperando que ela baixasse a guarda. Então, voltou-se rapidamente. Radegund só teve tempo de contrair o abdome. O punho foi certeiro. Duas vezes em seu estômago.

Dor. Náusea. A bile na garganta e na boca. *Resista.*

Mais outras três nas costelas. O ar deixou seus pulmões dolorosamente. Cerrou os punhos. Os dedos dos pés se dobraram, arrastando no chão áspero.

— Você é um osso duro — ele escarneceu e passou parte achatada da lâmina da faca em seu rosto. Em seguida, irritado, deu-lhe um soco — fale maldita!

Estrelas espocaram diante de seus olhos. Escondeu-os, e a fúria que neles brilhava.

Isso, descuide-se. Irrite-se.

— Acho que vou ter que ser mais persuasivo com você — aproximou-se dela e passou a mão grosseira por seu corpo. Apertou um seio com tanta força que ela teve que cerrar os dentes para conter o grito de dor. — Talvez ensiná-la o lugar de uma mulher...

Não, não vai mesmo.

Jones rasgou o que restava de sua camisa, expondo os seios e um pouco mais da pele cheia de cortes. Deslizou a faca até sua barriga, enfiando-a no cós ensanguentado.

— Sim. Você deve ser bem fogosa... — ele gargalhou e se afastou um pouco, estudando os efeitos de suas palavras sobre ela. A mulher não tinha medo. Ou pelo menos não demonstrava ter. Jones se sentiu pessoalmente desafiado. Enfiou a lâmina da faca num braseiro. Sorriu, deu um passo para trás e começou a soltar as calças.

— Vamos nos divertir, mulher. Eu e você. Depois, se ainda estiver disposta, eu marcarei você com ferro em brasa...

Sim Jones, ela enrolou as correntes nos punhos lentamente e as segurou com firmeza, retesando os braços, preparando o bote. *Vamos nos divertir. Você está agora exatamente onde eu queria que estivesse.*

O inquisidor não teve tempo para expressar sua surpresa. Nem voz.

Um par de pernas longas, fortalecidas por anos de exercício, tomou impulso contra a parede e enroscou-se em seu pescoço. Os joelhos dela se cruzaram, firmes como tenazes. A faca estava muito longe e as mãos dele não eram fortes o suficiente para soltá-lo daquele aperto. O ar lhe faltava. Seu rosto se avermelhou e inchou. As veias dilataram e os olhos se esbugalharam.

Ela o apertou com mais força. Os grilhões se enterraram nos seus punhos, lacerando-os. Apesar da dor, Radegund sabia que não podia soltá-lo, não enquanto ele não estivesse morto. Os músculos das pernas e dos braços estavam em seu limite. Queimavam. Porém, era ela ou ele. Matar ou morrer.

O rosto homem ficou roxo. A língua inchada pendurou-se para fora da boca. Seu corpo teve um último espasmo e então amoleceu.

Morto. Silenciosamente.

O corpo caiu. Radegund voltou à posição inicial. Sentiu as pernas fraquejarem, para depois se apoiarem meio entorpecidas no chão. Os braços doíam como se os tivessem arrancados dos ombros. Ela ofegava. Quanto tempo havia conseguido? Não sabia.

— E então, senhor arcebispo? — Indagou Maria — vai demorar muito para atender minha solicitação? Ou está ganhando tempo para que seus cães desapareçam com o corpo?

— Dama! — O arcebispo se fez de ofendido.

— Dama uma ova — botou o dedo no nariz do homem —, quero a mulher solta, já! Ou Balian terá muito prazer em pendurar alguns de seus homens na ponta de uma corda! — Leila não sabia se ria da cara do arcebispo, que suava diante da determinação da senhora de Ibelin. Ou se chorava de apreensão pela situação de Radegund. Retorceu as mãos nervosamente. Olhou de novo para a porta da sala. Pelo Profeta, onde estariam Mark e Ragnar? — E então, meu senhor, estou esperando?

— Sim, Vossa Excelência — a voz de Balian de Ibelin soou com uma suavidade perigosa, atraindo todos os olhares para a entrada da sala —, minha mulher está esperando. E creio que é muito indelicado deixar uma senhora esperar.

Maria virou-se para o marido. Ele acabara de entrar no gabinete, empoeirado e em total desalinho. Na certa galopara como um louco até ali. Apenas o brilho nos olhos da senhora traiu o seu alívio. Meneou a cabeça para ele com discreta elegância.

— *Messire*.

— *Madame* — ele tomou sua mão, fixando os olhos nos seus —, está encantadora como sempre. Importa-se se eu assumir daqui para frente?

— Em absoluto — ela se aproximou como se fosse beijá-lo no rosto e falou baixinho —, apresse-se Balian, não temos muito tempo.

Ibelin apenas assentiu. Maria deu as costas de forma ostensiva para o arcebispo, chamando Leila.

— Venha criança, vamos encontrar Svenson e O'Mulryan.

A porta se fechou atrás das duas mulheres. Balian foi direto ao ponto, sem nem sequer retirar as luvas de montaria.

— Eu o mandei tirar seus lacaios do encalço de Radegund — gritou Ibelin, furioso para o arcebispo — e, ao invés disso, vocês a encarceraram! O que querem com esse tipo de atitude? Desafiar-me? — Estreitou os olhos, ameaçador.

— Não, *messire*, claro que não...

— Pois então, liberte-a agora! Ou as ligações de sua preciosa Ordem com os *Hashashin* e o envolvimento de seus homens no desaparecimento do *chevalier* Anwyn, irão se espalhar como areia ao vento. E eu lhe garanto que terei prazer em fazer a história toda chegar direto aos ouvidos de Mark al-Bakkar. — Baixou a voz, usando de um tom sarcástico — posso apostar que você sabe muito bem *quem* ele é e *o que* significa provocar a ira do mestiço. Fui claro?

O arcebispo, lívido, assentiu em silêncio. Tocou a sineta, chamando os guardas.

Ragnar, após chegar a comendadoria e ter com Ibelin, aguardara mais de um quarto de hora pelo homem que o conduziria ao local onde a ruiva era mantida. Caminhando a passos largos, preocupado, franzia o cenho ao seguir o soldado até as celas subterrâneas. A libertação de Radegund demorara demais. Só Deus sabia o que poderia ter acontecido a ela.

Além da preocupação, havia o remorso pela forma como a tratara. Este fora mais um motivo, entre tantos outros, pelo qual se oferecera para ir pessoalmente buscá-la. Conhecia o bastante de Radegund para entender um pouco como funcionava sua cabeça. Provavelmente, a briga entre eles — e o consequente fato de quase o ter matado —, desencadeara nela o desejo ir embora. Se não fosse por aquele episódio, Radegund talvez não estivesse sozinha e vulnerável, servindo de alvo para a Ordem. Diabos! Ibelin confiara a proteção dela a ele e a Bakkar. E ele, ao invés de cumprir o prometido, arrumara aquela confusão toda.

— Veio buscar a mulher? — O homem perguntou em tom de deboche, tirando-o de suas reminiscências.

— Sim — respondeu laconicamente.

— Espero que Jones tenha deixado alguma coisa para você — o homem escarneceu e bateu com o punho na porta da cela — ei, Jones!

Ragnar o encarou, os maxilares apertados, os olhos claros soltando chispas.

— Acho bom que ela esteja inteira — pausa —, ouvi dizer que Ibelin está com muita dor de cabeça hoje.

O soldado entendeu a insinuação e ficou sem jeito. A Terra Santa inteira conhecia o humor de Ibelin com enxaqueca. Bateu de novo na porta da cela.

— Diabos, Jones — chamou irritado —, largue logo a mulher e abra isso aqui!

Uma voz rouca e fraca respondeu lá de dentro.

— Jones foi dar um passeio.

— Abra logo esta merda — rosnou Ragnar —, ou eu a derrubarei!

Apavorado com a ira do cavaleiro, o sujeito tratou de arranjar uma chave extra. Meteu-a na fechadura, girando-a em seguida. Entraram na cela e estacaram. Ambos chocados, cada qual por seus próprios motivos. O soldado, por ver a mulher acorrentada à parede e o corpo do inquisidor no chão diante dela, o rosto horrivelmente contorcido. Ragnar, por ver o estado em que Radegund se encontrava.

Vira homens torturados antes. Sabia do que os carrascos eram capazes. Algozes perversos, gozando de poderes ilimitados dentro do espaço sórdido de suas masmorras, levavam as pessoas ao extremo do sofrimento e da degradação. E muitas vezes, não lhes arrancavam nada, a não ser a dignidade. Ou a vida.

Aproximou-se devagar, temendo até mesmo estender a mão e tocá-la. Por alguns instantes, reteve até o fôlego. Como se até mesmo o fato de respirar perto dela pudesse lhe causar mais dor, tamanha era a extensão dos ferimentos de Radegund.

Suas roupas estavam em frangalhos. Pouco restara da camisa íntima e da calça que ela usava. Seu corpo estava coberto por cortes, hematomas e escoriações. A face estava muito machucada; os lábios cortados e uma das pálpebras inchada a ponto de mal se abrir. Os punhos estavam feridos e o sangue escorria por seus braços, pingando no chão. A cabeça pendia, meio abaixada. Os cabelos revoltos, empapados de suor e sangue, colavam-se a sua pele. Só o olho que ela mantinha aberto brilhava, furioso, fitando-o e ao guarda ao seu lado. O ódio suplantava a dor em sua expressão. Provavelmente fora só aquilo que a mantivera de pé. Além das correntes presas à parede.

— Meu Deus — ele se expressou num gemido —, o que fizeram a você? — Virou-se para o soldado. — Tire-a daí, agora!

— Mas e-ela... — o soldado gaguejou, apontando o homem caído —, ela o matou!

— E eu vou matá-lo se não me obedecer!

O homem correu para livrar a prisioneira das correntes. Mal acabara soltá-la e Ragnar a amparou.

— Sven, não me olhe com essa cara — ela apontou com a cabeça o cadáver aos seus pés, um doloroso meio sorriso surgindo na face machucada —, ele ficou bem pior.

Cuidadoso, ele sustentou seu peso, segurando-a por sob os braços. Engoliu em seco antes de indagar.

— Ele... a....? — *Senhor, faça com que não tenha sido violentada...*

Ela logo compreendeu a preocupação do amigo.

— Tentou. E percebeu, muito tarde, que não daria certo — contorceu o rosto ao tentar respirar mais fundo e sentir a pontada aguda nas costelas —, tire-me desta pocilga, Svenson.

— Certo. Venha.

Ela deu um passo, mas cambaleou, fraca, exausta. Orgulhosa demais para pedir ajuda. Ragnar ergueu-a nos braços, sem esforço, protegendo seu corpo exposto e em frangalhos com o próprio manto.

— Fique tranquila, ruiva. — Pediu enquanto caminhava rumo à saída — vou levá-la para casa. Leila vai cuidar de você. Ela está desesperada, Bakkar está tendo uma síncope — comentou, usando a tagarelice como forma de expor seu alívio — e Gilchrist quase foi preso. — Olhou sério para seu rosto machucado e abatido. Por Cristo, seus braços estavam empapados com o sangue dela! E a culpa daquilo, mesmo que de forma indireta, era dele — perdoe-me por tê-la, de algum modo, metido nisso.

Radegund sorriu. Num piscar de olhos estava desacordada.

DIAS DEPOIS...

Mark fechou as cortinas no mesmo instante em que Gilchrist metia a cabeça pela porta entreaberta.

— Entre — convidou em voz baixa.

O irlandês passou para dentro do aposento com passos cuidadosos. Parou aos pés da cama onde Radegund dormia.

— Faz tanto tempo que ela está assim... — comentou, sem tirar os olhos da ruiva. — Tem certeza de que...

— Tenho, meu amigo — interrompeu-o Mark. — Radegund ficou muito ferida. O sono é necessário para que ela se recupere e evita que sinta dor. — Sentou-se numa cadeira, ao lado do leito e fitou Gilchrist — nos últimos dias, eu e Leila temos nos revezado ao lado dela. Boa parte deste sono é causado pelos remédios que lhe demos. Mas posso assegurar que ela vai ficar boa. Depois de tudo — ele fitou a amiga e afagou a mão que repousava sobre o lençol de linho —, só ficarão mais algumas cicatrizes.

Gilchrist sentou-se na beirada da cama e tocou o rosto adormecido. Sorriu com tristeza e comentou baixinho.

— Sim. Mais algumas.

— Maldição!

Patrus, sozinho na casa que lhe servia de templo, dava livre vazão a sua ira. Sem ninguém para testemunhar seu desabafo, gritava e chorava de raiva, ódio e frustração. Não era possível que a criatura tivesse escapado. Não era possível que o norueguês tivesse voltado para casa!

— Inferno! Por que me abandonou, pai? — Urrava diante da serpente — por que não consigo atingir meus objetivos? Dê-me uma inspiração, pai Set!

Havia uma semana que se contorcia de raiva dentro de casa ao ver a alegria de Leila e Ragnar Svenson, andando juntos para todo o lado e arrulhando como pombinhos. Tinha vontade de vomitar! Precisava encontrar Blake, o incompetente, e armar uma emboscada para o norueguês. Algo definitivo. E onde estariam o imbecil chamado Vernon e seu comparsa, que haviam desaparecido desde a tentativa de sequestro no mercado? Incompetentes! Estava cercado por um bando de incompetentes.

— Me dê uma arma, pai, só uma arma para acabar com eles de uma vez por todas.

Ragnar observou a mulher que dormia profundamente em seus braços. Havia algumas semanas desde que se entenderam e decidiram recomeçar o casamento. Um período idílico em que não conseguira tirar as mãos, ou outras partes do corpo, de cima dela. Ainda era cedo e o céu começava a ficar rosado no horizonte. Como não teria que comparecer ao turno da manhã, achou que deveria aproveitar melhor o tempo passado na companhia de Leila.

Devagar, foi puxando o lençol que escondia seu corpo. Descobriu os seios arredondados, o abdome curvilíneo e feminino, os quadris cheios, as coxas bem torneadas e o monte de pelos macios e escuros entre elas. O corpo de Leia arrepiou-se com a brisa da madrugada. Diante da nudez da mulher, Ragnar sentiu a ereção se manifestar com força quase dolorosa.

Disposto a brincar um pouco com sua pequena fada, apanhou a faixa de seda do robe, esquecida no chão, e deslizou o tecido frio suavemente pelo vale entre os seios até chegar ao seu sexo.

Os mamilos se intumesceram e ela gemeu, meio desperta.

— Hum... Ragnar...?

— Não — ele sussurrou em seu ouvido, colando seu corpo ao dela, o sexo rígido roçando em sua coxa —, o gênio da lâmpada.

— Duvido que o gênio fosse tão grande — deu uma risadinha —, ou que me acordasse assim.

— Não adianta me elogiar — ele a puxou sobre o próprio corpo. — Não vai me escapar.

Leila, sonolenta, esfregou o rosto em seu peito.

— Você não me dá sossego, Ragnar! — Ela fez de conta que ralhou — vou acabar morrendo desse jeito. Sequer me deixa dormir!

— É porque não resisto a você, pequenina — ele a beijou e deslizou as mãos até seus quadris, sentando-a sobre sua virilidade. Leila suspirou. Sentiu os músculos internos se distendendo e se abrindo àquela doce invasão.

— Acordou animado, meu marido — mexeu os quadris sobre ele e Ragnar resmungou algo em sua língua — está muito...

— Tenso?

— Sim...

— Pronto? — Ele ergueu os quadris tocando-a mais fundo.

— Também ... oh!

— Duro? — Ele fez novamente, com mais força, prendendo-a contra si.

— Céus!

Ele não resistiu e rolou sobre ela sem desfazer aquele contato, sem sair de seu corpo macio. Queria ficar sobre ela, entrar naquele recanto úmido e tentador. Ver seu rosto se contorcer de prazer e seus olhos brilharem de excitação e desejo. Mergulhou profundamente dentro de Leila e apertou-a contra si, apreciando o contraste entre o corpo pequeno e flexível da mulher com o dele, rígido, grande e musculoso.

Ragnar começou a investir devagar, deslizando suavemente para dentro dela sabendo que assim levava Leila a loucura. Sentia a carne úmida apertando-o a cada vez que entrava e saia de dentro de seu sexo. Ela chegou ao orgasmo e ele se projetou mais dentro dela, cada vez mais rápido. Segurou-a pelos quadris e a fez afastar mais ainda as pernas, deixando o contato tão íntimo e profundo quanto as leis da física permitiam. Leila cravou as unhas em suas costas e o envolveu com as pernas, gritando o nome dele.

— Ragnar! Ah... você me incendeia!

— Isso, esposa! Queime por mim!

Ele a beijou; possessivo, profundo. Selvagem e intenso como sua própria terra. Mas nada frio, muito pelo contrário. Sim, os dois botavam fogo nos lençóis, ele pensou satisfeito num último impulso, antes do êxtase os arrebatar para um mundo de sensualidade e prazer. E isso era bom, ele pensou saindo de cima dela, puxando-a consigo. Isso era muito bom.

Meia hora mais tarde, Leila prendia os cabelos numa trança. Através do espelho, via Ragnar se movimentando pelo aposento, procurando as roupas que atirara por todos os lados antes de irem se deitar.

— Onde irão hoje, meu amor?

— Eu e Gil estaremos no porto. — Explicou enquanto se vestia — Bakkar sairá da cidade por dois dias — atou os cabelos e pediu com o olhar subitamente sombrio. — Fique de olho na ruiva. Não a deixe ficar zanzando por aí. Ainda não está recuperada do que sofreu.

— Não se preocupe, eu tomarei conta dela. E quero que você tome cuidado com o tal Blake. — Ela pediu, se voltando na banqueta e olhando diretamente para o marido — Hrolf ainda não encontrou o rastro dele.

— Sim, *liten* — Ragnar se voltou para ela, prendendo os laços da calça — e isso me preocupa. A coisa que Hrolf faz de melhor na vida é achar e seguir pistas. Mas o sujeito parece que evaporou desde que tentou me matar no Litâni.

Leila se levantou e o abraçou, preocupada.

— Tenha cuidado, meu amor — ergueu o rosto para o marido. — Não suportaria perdê-lo, principalmente agora que estamos tão felizes.

— Não se preocupe — tranquilizou-a — além de Hrolf, tenho Gilchrist às minhas costas. O irlandês é um bom e leal amigo. E tem uma pontaria mortal com aquela besta, mesmo tendo um olho só — explicou. — Posso contar com ele se precisar. Você é quem tem que ser cuidadosa. Ibelin anda não conseguiu pegar o tal Vernon, nem seu cúmplice.

— Fique descansado. Se eu sair, levarei Jamal. E naturalmente, Radegund irá comigo — completou. — Ela está melhor e, por mais que eu insista, sei que não ficará em casa.

— Sim — ele deu uma risada —, está tão bem que Bakkar desistiu de tentar mantê-la na cama e foi lutar contra os sarracenos. Era mais fácil. Sua amiga é um osso duro de roer!

Leila ficou em silêncio, acariciando a face do marido. Em tom mais grave, comentou.

— Soube que você e ela brigaram... — fez uma pausa — naquela noite.

Ragnar se sentou na beirada da cama e pôs a mulher no colo. Ficou um instante em silêncio e depois confessou.

— Sim, nós brigamos. Não foi nada bonito o que aconteceu. Falei o que não devia, provoquei-a ao extremo. Por sorte, a ruiva não me cortou a garganta. Mas já me entendi com ela. — Ele a fitou com seriedade — Radegund é muito importante para você, não é?

— Ela é minha única amiga, meu amor — ela deitou a cabeça em seu ombro —, eu queria tanto que ela encontrasse alguém que a amasse e que apagasse aquelas sombras de seu olhar...

— Um dia ela encontrará. Achei que ela e Bakkar fossem... — ele não completou a frase e deu de ombros —, aqueles dois são muito estranhos — comentou. — Mas esteja certa de que eu daria minha vida por eles.

— E eles por você, querido.

— Sim. Bem... — desceu-a gentilmente de seus joelhos, dando-lhe um beijo carinhoso. — Deixe que eu termine de me preparar porque o dever me chama.

— Está certo — beijou-o suavemente na face e parou a porta do quarto, dizendo antes de se retirar —, eu o esperarei para o jantar.

Gilchrist acompanhara Ragnar às docas, inspecionando junto com ele as armas que chegaram nos navios vindos de Gênova. Cansados, depois de horas de trabalho sob o sol, resolveram tomar uma caneca de cerveja. Depois, subiram às muralhas, para que a brisa aliviasse um pouco o cansaço e afastasse a modorra do meio-dia.

— Que falta sinto da Irlanda, meu velho — comentou Gilchrist colocando a besta que sempre usava em serviço sobre a ameia. — Aqui é quente mesmo no inverno!

— Sim, eu também sinto falta do clima da Noruega... — concordou Ragnar. — Penso em um dia levar Leila para conhecer minha terra. Acho que ela vai se encantar com a diferença.

Pegou uma pedrinha e ficou brincando de jogá-la para o alto, enquanto Gilchrist regulava as cordas da arma. O irlandês nunca soube exatamente o que o fez olhar para o alto de um dos arcos da muralha. Se foi sua intuição, ou a comichão em suas estranhas tatuagens.

— Svenson! — Ele o empurrou para o chão.

A flecha varou o braço de Ragnar. Gilchrist preparou a besta. Os dois se abaixaram, mas eram um alvo fácil demais em local aberto.

— Inferno! — Rosnou Ragnar, o braço queimando. — Blake me encontrou! — Segurou o braço com a outra mão e sentiu o sangue empapar as roupas rapidamente.

— Temos que sair daqui — avisou o irlandês —, ele não vai errar a próxima.

— Saia daqui, Gil — olhou para a direção de onde viera a flecha —, ele quer a mim, não a você.

— Cale a boca, Svenson. Vê aqueles caixotes? — Gilchrist apontou o local — corra para lá, faça-o se expor. — Ragnar olhou para o irlandês como se ele estivesse louco — vá, eu garanto suas costas. Preciso de um tiro só para derrubá-lo. — Ele mostrou a besta armada, tão calmo e tão confiante que Ragnar não sabia se acreditava nele ou se o atirava lá embaixo — vá!

No fim das contas, respirou fundo e entregou sua vida na mão de Gilchrist O'Mulryan. Fosse com fosse, estava cheio de Blake em seu encalço, naquele jogo de gato e rato. Vencendo a dor, correu pela muralha em direção a outra extremidade. Podia sentir o olhar de Blake as suas costas, seus cabelos se eriçando na nuca.

Merda, Gilchrist!

Não podia sequer olhar para trás. Não arriscaria a diminuir a velocidade. Subitamente, um som horrível cortou o ar. Estacou. Voltou-se a tempo de ver o corpo de Blake batendo contra a muralha e despencando lá embaixo, no azul do Mediterrâneo.

Gilchrist olhou para as costas de Ragnar, que se distanciava dele. Assestou a besta no ombro e olhou pelo quadrado de metal, colocando Blake em seu centro. Um disparo. Uma chance.

No último segundo, antes de lançar outra flecha contra Ragnar Svenson, Blake o viu. Surpreso, olhou em seu olho. O dedo do irlandês pressionou suavemente o gatilho, aliviando a tensão na corda, disparando a seta. Blake cambaleou com o impacto. Levou as mãos ao pescoço, onde a seta mergulhara, varando a carne até sair em sua nuca. Um grito mudo escapou da garganta do assassino quando ele rodopiou, perdeu o equilíbrio e despencou no vazio. Seu corpo desapareceu no mar, muitos pés abaixo.

CAPÍTULO
XXI

"Por aqui não se passa sem que se sofra o calor do fogo."

"A DIVINA COMÉDIA".
PURGATÓRIO, CANTO XXVII, 10. DANTE ALIGHIERI

TIRO

Leila precisou mandar as cozinheiras atrasarem o jantar. Tensa, andava de um lado para o outro da sala, preocupada com o marido. Tão nervosa estava que não conteve um grito ao ver o Ragnar entrar pelo vestíbulo, ferido e amparado por Gilchrist.

— Ragnar — correu até os dois homens, olhando as roupas ensanguentadas. — Pelo Profeta, o que houve?

— Blake — ele grunhiu.

— Ele o achou não foi? — A voz de Radegund soou no corredor.

Ragnar espiou-a por sobre os ombros da esposa. Ainda andava um pouco curvada e o rosto cicatrizava devagar. Mas estava inteira e muito bem, a julgar pelo brilho de troça nos olhos verdes.

— Deveria estar na cama, ruiva — implicou.

— Não amole, Sven — foi a réplica de Radegund, que se assemelhou a um rosnado — precisa de ajuda, Leila?

Ela olhou para a amiga.

— Aqui não, Raden — Leila examinou o braço do marido —, a flecha atravessou direto e será mais fácil de cuidar. Foi um ferimento limpo, acho que não atingiu nenhum osso — ela tentava fazer a voz soar calma, mas por dentro gritava de medo e ansiedade. — Você pode chamar Leandra para mim. Ela estava um pouco enjoada hoje pela manhã e eu a dispensei. Agora vou precisar dela para me ajudar com os unguentos.

— Vou avisá-la.

— Vá tranquila, Radegund — ajuntou Gilchrist —, vou ajudar Ragnar a se deitar e fico aqui com Leila até que você retorne.

— Diabos, Gil! Eu não preciso de ama-seca — reclamou o paciente.

Leila colocou o dedo em seus lábios delicadamente.

— Quietinho, meu marido. Vamos colocar você na cama e limpar bem o ferimento. Vai doer um bocado para tirar esse pedaço daí. — Pediu ao irlandês — pode me ajudar, *sire*?

O *chevalier* assentiu e amparou o amigo. Num passo cuidadoso, foram para os aposentos do casal. Ragnar resmungou, reclamou, mas acabou aceitando a ajuda dos dois para se despir e se deitar. Na verdade, estava se sentindo bem tonto por causa da dor e do sangue que perdera. No fim das contas, depois de muito esforço para tratar o ferimento, Leila conseguiu colocar o marido para dormir com uma potente poção de ervas e ficou ao lado de sua cabeceira.

— Não vai jantar, dama?

Leila fitou a jovem criada e balançou a cabeça uma negativa.

— Não, Leandra, não estou com fome. Vou ficar mais um pouco ao lado dele. Mais tarde comerei alguma coisa. — Sorriu para a moça — e você, ainda está enjoada?

— Não, só acontece pela manhã. — Leandra sorriu e acariciou o ventre ainda plano — Jamal está radiante com nosso bebê.

— Eu imagino... — Leila baixou a voz, segredando à moça — sabe, acho que também estou grávida.

— Senhora — aplaudiu Leandra —, que alegria!

— Shh! Ainda não disse a Ragnar. Quero ter certeza. É só um atraso, mas, temos nos empenhado muito ultimamente... — ela corou.

Leandra a abraçou.

— Fico muito feliz, senhora. É muito bom ter uma nova vida crescendo dentro de nós.

— Sim, deve ser maravilhoso — concordou. — Agora, vá descansar. Já me ajudou muito por hoje.

— Está certo — assentiu a moça —, mas estarei atenta, caso necessite de mim. Boa noite, senhora.

— Boa noite, Leandra.

Os dias passaram. Depressa para alguns, devagar demais para Ragnar. Ainda no leito, recuperava-se lentamente do ferimento, que não fora muito extenso. No entanto, a febre o atacara, obrigando-o a ficar acamado por um período maior do que o esperado. Com o retorno de Mark, dois dias após o incidente, Leila conseguiu ajuda, tanto para cuidar do marido, quanto para mantê-lo na cama.

Numa daquelas manhãs abafadas, o dono da estalagem onde Blake se hospedara apareceu no quartel do senescal. Reclamava das despesas que vinha tendo com o cavalo do falecido assassino.

— Deixe que resolvo isso, *messire* — Mark prontificou-se, tendo o imediato assentimento de Ibelin.

Ao chegar ao estábulo de aluguel, deparou-se com o mais belo animal que já vira em toda sua vida. A pelagem toda branca, a crina e a cauda longas e os olhos inteligentes e espertos lhe diziam que ali estava um exemplar que faria o orgulho de qualquer plantel.

Imediatamente, Mark acertou as contas que Blake deixara pendentes e deixou o estábulo conduzindo o cavalo pelas rédeas. A profissão de assassino devia ser rentável, especulou, para que o inglês possuísse uma montaria como aquela. Como o garanhão não tivesse mais dono e ele tivesse assumido as despesas do morto, reclamou o animal para si. Ao chegar à casa de Leila, exibiu-o orgulhosamente diante Radegund, Gilchrist e Ragnar.

— Não é um belo rapaz? — Afagou a longa crina, procurando fazer amizade com o bicho.

— É maravilhoso, Mark — exclamou Radegund, aproximando-se para examinar melhor o animal — e todo branco. Você lhe deu um nome?

O mestiço deu de ombros.

— Ainda não. Não faço a menor ideia de como devo chamá-lo.

— Baco.

— O que disse, Gil? — Perguntou Ragnar.

— Baco, o deus grego do vinho e dos prazeres — piscou o olho para o mestiço. — Tem nome mais apropriado para o cavalo de Bakkar?

A noite estava quente e abafada, prenunciando talvez, uma tempestade que cairia de madrugada. Ao longe, ouviram o soar das *matinas*, indicando ter passado da meia-noite. Reclinado sobre a cama de Radegund, com a amiga apoiada em seu o peito, Mark se distraía com os fios vermelhos, fazendo tranças miúdas que se misturavam à cabeleira farta. A ruiva se ocupava com seus dados, virando-os seguidamente, duelando com um adversário imaginário.

Na verdade, nenhum dos dois conseguira dormir com o calor úmido. Impaciente, o mestiço acabara parando nos aposentos de Radegund. E como não havia disposição para uma noitada numa taverna, já que ela ainda se recuperava dos ferimentos infligidos por Jones, acabaram por tentar passar o tempo ali mesmo. Depois de jogarem xadrez, conversarem sobre as inúmeras viagens de Mark e de ele prometer ensiná-la a escrita dos sarracenos, nada mais lhes restara fazer.

Inquieta, Radegund se levantou da cama. Impaciente devido ao confinamento prolongado, resolveu testar a cimitarra que Mark deixara encostada num canto. O mestiço torceu o nariz.

— Vai acabar abrindo os cortes...

— Não amole, homem — estudou a lâmina —, quero aprender a usar essa coisa.

— E não pode esperar ficar totalmente curada para isso?

Ela parou o movimento que fazia e o encarou.

— Não.

Dando-se por vencido — Radegund era mais teimosa do que uma mula —, ele também se levantou.

— Pois bem. Se quer fazer, que seja bem feito — aproximou-se dela e a instruiu — tem que encaixar bem a mão no guarda-punho — explicou, ajustando a arma na mão da ruiva — assim.

— É leve... — ela girou a arma devagar, testando-a e sopesando-a —, muito mais leve do que uma espada.

Mark colocou-se atrás dela e posicionou seu braço mais para cima. Aproveitou para deslizar a mão suavemente por sua cintura. Seus olhos se encontraram através do reflexo no espelho, o sorriso matreiro da ruiva combinando com a expressão de falsa inocência do mestiço. Desviando o olhar, ele prosseguiu nas instruções.

— Sim, a *shamshir*[61] é mais leve, feita para ser usada com uma só mão.

Radegund testou um avanço, mas ele a trouxe de volta.

— Não — corrigiu-a —, use menos força. Está acostumada com o peso de sua espada. Esta arma é bem mais leve e flexível do que as dos *franj*.

— Ele pegou a cimitarra de sua mão e foi para frente dela — veja.

A guerreira cruzou os braços e observou atentamente. Ele girava e manobrava a lâmina com graça e perfeição na mão esquerda. Deixou que o olhar vagasse rapidamente pelos músculos dele, que ondulavam à luz das lâmpadas de azeite enquanto Mark executava os movimentos com um sorriso nos lábios. Assemelhava-se a um dos grandes felinos que vira no deserto, ágil e elegante.

— Belo traseiro — ela pilheriou, fitando suas costas refletidas no espelho.

Mark revirou os olhos.

— Comporte-se. E preste atenção.

— Estou prestando.

— Cínica — ele balançou a cabeça e continuou a demonstração. — Viu? Não precisa imprimir tanta força quanto a que usa numa espada. Tome — ele jogou a arma e ela a apanhou no ar.

— Certo — manobrou a lâmina com mais facilidade agora.

Durante alguns minutos, Mark apenas a observou. Então, foi novamente para trás dela.

— E agora? — Radegund indagou — qual será a próxima lição?

Mark puxou-a para si, segurando-a pela cintura. Sussurrou suas intenções em seu ouvido, provocando um suave arrepio.

— Agora, posso ensinar algumas técnicas de combate corpo-a-corpo...

Disposta a surpreendê-lo, Radegund passou um pé por trás de sua perna e jogou o peso do corpo para frente. Muito esperto, porém, Mark previu suas intenções e a levou junto, num rolamento onde acabou por imobilizá-la.

— Assim não é justo — reclamou a ruiva —, você antecipa meus movimentos!

— Acho que sim — ele a encarou, subitamente sério —, notou que há algo que nos une? Uma afinidade estranha... — houve uma breve pausa, antes que prosseguisse — quando o arcebispo mandou prendê-la, eu sabia que você estava encrencada antes mesmo de Andrew chegar com a notícia.

— Sim, eu percebi — ela confirmou — mas não parei para pensar nisso. Assim como evito pensar em muitas outras coisas.

Os olhos castanhos fitaram intensamente os verdes. Depois de uma pausa prolongada, ele falou.

— O que quer fazer de sua vida?

— Não sei — ela fez um gesto vago. — Nunca penso no que será além de amanhã.

— Todos têm planos para o futuro — ele insistiu.

— Você tem? — Ela o confrontou.

O silêncio foi mais eloquente do que qualquer resposta. E ao invés de palavras, ele se abaixou e a beijou longamente, escondendo a desesperança sob seu eficiente disfarce, silenciando toda e qualquer pergunta que pudesse ser feita. Dispersos pela atmosfera de sensualidade que os envolvera, não notaram a sombra maligna que fechava suavemente a porta e se deslocava em direção ao gabinete de Leila.

Leandra se levantou, preocupada com a chuva que se anunciava com raios e trovões.

— Aonde vai? — Perguntou Jamal, sonolento.

— Acho que a janela do gabinete ficou aberta — ela explicou, enquanto enfiava os braços pelas mangas do robe de algodão —, se chover, vai molhar tudo lá dentro.

— Quer que eu vá?

— Não precisa, já me levantei — atirou-lhe um beijo —, volto logo.

Leandra conhecia o caminho como a palma de sua mão. Por isso nem levou a lamparina consigo. Atravessou o pátio que separava sua casa da construção principal e entrou pelos fundos. Cruzou os corredores rapidamente, chegando até a parte em que ficavam os aposentos dos patrões. Empurrou a porta do gabinete e parou, espantada. Surpresa com a presença de Patrus ali dentro, iluminado pela chama fraca de uma vela. E mexendo nas gavetas de Leila.

— O que faz aqui? — Perguntou, a voz baixa reverberando na sala vazia. O criado a encarou num misto de espanto e raiva. Leandra repetiu a pergunta — o que faz mexendo nas coisas de Leila, no meio da madrugada, Patrus?

Patrus colocou a vela sobre a mesa. Atravessou o aposento, aproximando-se de Leandra, que recuou. Sentia o peso do olhar dele.

— É mesmo uma pena que tenha me visto — passou por ela, fechou a porta do gabinete e se voltou — agora terei que manter sua boca fechada.

— Deixe-me passar — Leandra pediu, trêmula, a mão pousando automaticamente sobre o ventre.

Ele apenas balançou a cabeça, negando seu pedido. Leandra ficou encurralada entre o criado e a parede, apavorada. Ele apenas sorriu. Foi como se uma serpente venenosa a estivesse encarando.

— Não, minha cara Leandra. Você não passará. Não irá encher os ouvidos da infeliz dizendo que me viu aqui hoje. Ficará em silêncio... — sentenciou — para sempre.

A mão fria e pegajosa tocou seu pescoço. Leandra abriu a boca para negar, para gritar. Mas a voz não saiu. O desespero tomou seus olhos. Patrus ampliou ainda mais o sorriso diabólico. Sua mão magra, ossuda, deslizou pela face lívida de Leandra e percorreu a frente de seu corpo até chegar ao seu ventre.

— Ah! Um pequeno inocente... — os olhos dele brilharam. E ela o viu nele.

A escuridão mais negra de todas. O ímpio.

O mal e o profano. O próprio demônio.

"Set", um hálito gelado sussurrou vindo só Deus sabia de onde.

Uma força negra a sugou no ponto em que Patrus tocava. Foi como se uma faca tivesse transpassado sua barriga. Quis gritar, ou correr, mas estava presa àquele encantamento maligno. O símbolo preso ao pescoço de Patrus parecia brilhar, atraindo-a para a escuridão.

— Sinta a força dele se esvaindo. Seu espírito se agarra à existência, a você — a voz mansa e baixa contrastava com a maldade das palavras sibiladas diante de seu rosto —, mas eu sou mais forte do que essa frágil vida indefesa. Sim, cara Leandra, ele está indo; seu filho. Eu o estou tirando de você, sente?

As lágrimas escorriam silenciosas dos olhos da criada. Nada podia fazer contra aquele monstro. Notou que algo quente escorria entre suas pernas. Sentiu os joelhos dobrarem. Caiu no chão, as pernas encolhidas contra o ventre, uma dor lancinante se abatendo sobre ela e seu amado bebê. Seus pensamentos voltados para o sorriso de alegria de Jamal ao saber que seria pai.

Patrus agachou-se a sua frente. Ficou olhando em seus olhos enquanto seu corpo se esvaía em sangue, enquanto seus membros se entorpeciam e o frio tomava conta de seu ser. Viu o exato momento em que a consciência deixou o corpo da mulher e virou a cabeça de lado, como se quisesse observar melhor. Em seguida ergueu-se e olhou a poça de sangue em torno da criada com expressão de enfado.

— Que sujeira, Leandra. Sua patroa não vai gostar nada disso.

Apagou a vela, virou as costas e saiu do gabinete. Porém, tropeçou nos pés de uma bancada, derrubando uma estatueta no chão. Sem parar um segundo sequer, Patrus correu para seus aposentos, amaldiçoando seu descuido. Não percebeu que, com suas últimas forças, usando o próprio sangue, Leandra deixara uma pista no chão.

Mark e Radegund interromperam mais um beijo ao ouvir o barulho no corredor. Ele se ergueu de um salto, trazendo-a consigo. Parou por um segundo para observar a ruiva que, vestindo apenas uma camisa e com a adaga na mão, fazia uma figura interessante.

— O que diabos terá sido isso? — Sussurrou com a mão na porta.

— Não sei, mas abra devagar — ela também falava baixo —, pode ser o gatuno da outra noite.

Colocaram cada um de um lado da porta. Mark puxou a tranca, a cimitarra na outra mão.

— Ninguém... — ela comentou, já no corredor vazio. Logo apareceram Ragnar e Leila.

— O que foi isso? — Perguntou Leila, sonolenta.

— É o que também viemos ver — a ruiva respondeu, enquanto observava as sombras além de seu campo de visão. Podia jurar ter visto algo mais adiante.

— Veja — chamou Leila, em voz baixa, desviando sua atenção —, o gabinete está aberto. É estranho, eu sempre o tranco antes de dormir.

Ragnar e Mark se entreolharam. Radegund adiantou-se na escuridão. Parou na porta da sala. O cheiro acre, velho conhecido seu, penetrou em suas narinas.

— Sven... — sua voz continha uma nota de aflição

— Não se exponha — Ragnar puxou-a para longe da porta e sentiu o odor inconfundível. — Cheira a sangue. Vejam! — Exclamou, os olhos já habituados ao escuro — traga luz, Bakkar! Há alguém caído aqui.

O halo de luz da lâmpada trazida por Mark derramou-se sobre o corpo. Leila deixou escapar um grito angustiado.

— Não! Leandra! Não!

Foi preciso que Ragnar a segurasse para que não se atirasse sobre o corpo da jovem, que trazia nos olhos parados uma expressão de total pavor.

— Meu Deus — exclamou a ruiva, horrorizada —, nem num campo de batalha vi alguém se esvair assim...

— Vejam — Mark mostrou o vestido lavado de sangue —, ela sofreu uma grande hemorragia, mas o que...

Leila logo concluiu a causa.

— Oh — gemeu —, o bebê...

Radegund voltou-se para o norueguês.

— Melhor avisar o marido dela, Sven. E leve Leila embora, isso não é nada bonito de se ver. Eu fico aqui com Mark.

Leila saiu do aposento em choque, amparada pelo marido. Ragnar a deixou na sala, sentada numa poltrona. Em seguida, saiu em busca de Jamal. Preocupado com a demora da esposa, ele fora encontrá-la. Ragnar o interceptou no corredor. Em tom grave, avisou o criado.

— Jamal, Leandra sofreu um acidente...

— *Sire*...? — Jamal tentou perscrutar os olhos límpidos do norueguês, sentindo, pelo seu tom de voz, que algo de muito ruim acontecera à Leandra — o que houve com minha mulher?

Não havia como suavizar o golpe.

— Ela sofreu uma grande hemorragia — pesaroso, Ragnar balançou a cabeça — sinto muito.

Jamal sentiu o corpo todo tremer. Apoiou-se na parede. Se não o fizesse, desabaria no chão.

— Não... ela saiu para fechar a janela... — balbuciou — deve ser um engano! Ela estava dentro de casa! — Voltou os olhos súplices para Ragnar — meu filho, nosso bebê...?

O coração do norueguês se entristeceu ao conduzir o atordoado Jamal até o gabinete, onde Radegund e Mark ajeitavam respeitosamente o corpo de Leandra, fechando seus olhos. O marido se atirou sobre a mulher e chorou convulsivamente, abandonado ao desespero. Lamentou a perda da companheira, amiga e amante e de seu tão esperado filhinho. Em meio à comoção, o olhar de Mark foi atraído para um desenho tosco, feito com sangue, perto de onde ficara largado o braço da moça.

— Radegund — chamou baixinho —, venha ver isso aqui.

A ruiva se aproximou. Abaixou-se e estudou o rabisco.

— Estranho... parece que já vi isso em algum lugar...

Mark se agachou ao seu lado, segredando:

— Acho que a morte de Leandra não foi acidental.

— Por quê?

Os olhos penetrantes miraram os dela.

— Se assim fosse — conjecturou —, por que Leandra, em meio a sua agonia, nos deixaria uma pista, um aviso com seu próprio sangue? Além disso, se ela estivesse sofrendo um aborto natural, teria gritado, chamado por socorro. Não acha isso estranho? Que ela tenha morrido em total silêncio?

Radegund observou com atenção os desenhos que riscavam o assoalho. Imitou o desenho no ar, com a ponta do dedo, gravando seu traçado. Quando tornou a falar, sua voz era pouco mais do que um murmúrio, como se conversasse consigo mesma sobre as próprias conclusões.

— Isso talvez queira dizer que o perigo não era só para ela — sugeriu —, mas para mais alguém dentro da casa.

— Sim — concluiu Mark, fitando-a e depois olhando por sobre o ombro, para onde estavam Ragnar e Jamal. — Mas, quem fez isso com Leandra? E o mais importante, garota — voltou a encará-la — quem é o próximo alvo?

CAPÍTULO
XXII

"Um fugiu, um morreu,
um dormiu numa cama de breu."

"O DEMÔNIO DE FERRO",
ROBERT E. HOWARD

O sepultamento de Leandra foi mais um episódio triste e sombrio na vida de Leila. Quase tanto quanto fora a perda do pai que tanto amara. Leandra, apesar de ser apenas uma criada, tornara-se uma boa amiga. Da mesma idade que sua jovem patroa, dividia com ela sonhos e angústias comuns às moças naquela fase da vida. Para Leila, era difícil aceitar o fato de uma mulher jovem, saudável e cheia de vitalidade como Leandra morrer de forma tão terrível e, ao mesmo tempo, tão solitária. Mais difícil ainda era aceitar que a moça perdera quase todo o sangue do corpo sem dar um grito de alarme sequer.

Mark contara a Ragnar sobre o estranho símbolo que fora desenhado no chão do gabinete. No entanto, de comum acordo, os dois evitaram entrar em detalhes com Leila. Somente eles e Radegund sabiam daquele fato. Para aumentar a tristeza de Leila, Hrolf, com sua missão completada, resolveu que era hora de voltar à Noruega e levar notícias de Ragnar aos seus pais e irmãos.

— Pensei que achasse Tiro uma cidade animada — brincou Ragnar, disfarçando a emoção em ver o companheiro partir.

— Animada é mesmo. Mas, com Blake fora do caminho, preciso voltar para casa — respondeu o rastreador. — Sven e Marit aguardam notícias suas. E seus irmãos também — abriu um sorriso saudoso e pilheriou. — Ulla vai comer meu fígado quando me vir chegar sem você, meu velho!

Ragnar se lembrou da irmã caçula, por quem sempre tivera um carinho especial. Ulla era uma menina de longas tranças louras e brilhantes olhos azuis quando saíra de casa. Hoje devia ser uma jovem adorável.

— Diga aos meus pais que, se possível, no próximo ano estaremos lá — passou um braço sobre o ombro de Leila e completou. — E que eles poderão conhecer minha esposa.

— Sim, Hrolf... — Leila completou suavemente, com um brilho radiante no olhar. — Diga aos meus sogros que eles poderão me conhecer... e ao neto, ou neta deles, no próximo ano.

Ragnar voltou-se depressa. Ficou olhando para ela, boquiaberto, o coração batendo de maneira furiosa dentro do peito.

— Leila...

— Sim, meu marido? — A jovem indagou com fingida inocência.

— Fala sério?

Ela não pode responder. Foi interrompida pela comemoração do rastreador.

— Parabéns a vocês dois — exclamou Hrolf envolvendo-os num só abraço. — Terei então boas notícias para levar a Noruega.

Sem despregar os olhos dos da mulher, Ragnar respondeu.

— Sem dúvida Hrolf, muito boas notícias!

Não passaram dois dias desde a partida de Hrolf, quando Ragnar e Mark foram chamados à presença de Ibelin. A contragosto, o norueguês ouviu o superior avisá-los de que lhes delegaria mais uma missão.

— Sinto muito pelo que aconteceu em sua casa, Svenson — falou o nobre apertando sua mão. — Como vai sua esposa?

— Ainda triste, *messire*. Leila era muito apegada a Leandra. Mas, a vida segue em frente — esboçou um sorriso sereno, depois de se acomodar numa das cadeiras. — E agora que seremos pais, faremos o possível para deixarmos este episódio para trás.

— Parabéns então, homem! — Ibelin deu uns tapinhas em seu ombro — por favor, sentem-se. Preciso discutir com vocês os termos desta missão. É importante que tenham muita cautela. Nossas futuras movimentações dependem das informações que vocês me trarão.

— Qual o tempo estimado, *messire*? — Indagou Mark, reclinando-se na cadeira, sentindo a impaciência de Ragnar por se afastar de casa num momento tão delicado.

— Acredito que ficarão fora da cidade por três a quatro dias — empurrou um mapa para que o estudassem. — Creio que seja tempo suficiente para descobrirem o que preciso saber.

Os dois homens se inclinaram sobre o mapa, analisando atentamente as marcações que Ibelin fizera. Mais de uma hora passou, entre cálculos, projeções e deliberações sem fim, até que o nobre se deu por satisfeito, encerrando a reunião. À saída da sala, Ragnar confidenciou a Mark.

— Não me agrada a ideia de deixar Leila logo depois do que aconteceu — resmungou. — Ainda mais agora, que ela está grávida.

— Radegund estará com ela o tempo todo, Sven. — Mark pousou a mão no ombro do amigo. — E Gilchrist não sairá da cidade. Pode dar apoio à ruiva, ajudando-a a manter Leila em segurança.

— Eu sei, Bakkar. Mas... não sei explicar — tocou o próprio peito, na altura do coração. — É um sentimento estranho, um peso que sinto... — sacudiu a cabeça espantando os maus pensamentos — diabos, acho que é essa história de paternidade que me deixou cismado.

Com um sorriso compreensivo, Mark o seguiu até aos estábulos.

Patrus estava radiante. Ocultara-se atrás de uma cortina quando Svenson e Bakkar chegaram em casa. Exultante, ouvira a notícia da partida de ambos. Agradeceu ao seu deus por aquela benção. Essa era a chance que esperara para colocar seus planos em ação. Sua única preocupação era desviar a atenção do irlandês. Mas isso não seria tarefa difícil.

Chegara a hora de procurar Vernon e Gerald, os dois desertores. Fez isso logo que os dois *chevaliers* partiram, ao raiar do dia. Numa viela escura, próxima ao porto, encontrou o homem que serviria de instrumento para tirar Leila de seu caminho para sempre.

— E então? — Indagou Vernon, impaciente para conseguir logo seu intento. Não lhe agradavam as maneiras traiçoeiras do egípcio — quando vai me entregar a mulher?

— Em breve — Patrus rebateu, fazendo pouco caso de sua ansiedade — primeiro terá que arranjar uma distração para o irlandês. Ele estará mais atento por esses dias. Porém, creio que você é bastante criativo e pensará em algo eficiente.

Vernon riu, expondo os dentes amarelados.

— E o Demônio?

Os lábios finos de Patrus retorceram-se num sorriso maldoso.

— Darei um jeito nela também.

— Muito bem, velho — Vernon lhe apontou o dedo — porém, fique sabendo que, além da mulher, quero levar também uma parte do que ela possui. De que me adianta ter aquela belezinha se não tiver dinheiro para gastar?

Patrus se irritou com o atrevimento do outro, mas soube disfarçar, baixando os olhos e adotando uma atitude falsamente servil.

— Sim. Podemos providenciar. Mande seu cúmplice ter comigo hoje à noite. Na porta nos fundos do jardim. Diga a ele para ser discreto.

Antes que Vernon pudesse responder, Patrus sumiu nas sombras.

— Radegund?

— Gilchrist? — Ela ergueu a sobrancelha numa indagação muda e o observou enquanto se aproximava pela alameda. Era um homem bonito. As feições másculas, que pareciam esculpidas em granito, eram acentuadas pelo tapa-olho. Qualquer mulher gostaria de ser o alvo da afeição daquele homem, cujo olho negro brilhava de modo intenso, prometendo um envolvimento profundo e duradouro. Talvez, se ela fosse outra mulher, em outro lugar, pudesse corresponder ao sentimento que ele oferecera naquela noite sombria. Mas ela não era outra mulher. Ela era Radegund. Sem nome, sem família, sem um coração para dar. E, para o bem de todos, era melhor que permanecesse assim. Sorriu para ele — o que o trouxe aqui a uma hora dessas?

Ele cruzou apressadamente o corredor de entrada, o sol da manhã recortando a silhueta alta contra o portal. Parou à frente da ruiva e olhou por sobre os ombros dela.

— Recebi uma mensagem ainda há pouco.

— Por que está falando tão baixo? — Radegund estranhou.

Ele a conduziu com delicadeza pelo cotovelo, voltando para a parte de fora da casa. Foi explicando enquanto caminhava.

— A mensagem era de Svenson. Ele e Bakkar precisam de mim com urgência — deu de ombros —, não disseram para quê. Estou lhe avisando em segredo porque não quero alarmar Leila.

— Estranho, Gil... — Radegund franziu o cenho — eles partiram ontem — fez uma breve pausa antes de ajuntar —, Ragnar não o tiraria do lado de Leila. Mesmo comigo aqui. Ele está muito preocupado, principalmente depois do que aconteceu a Leandra. Já lhe contei sobre o desenho que encontramos no chão. — Balançou a cabeça — Sven não se arriscaria...

— Sim, Radegund. Eu entendo — passou a mão pelos cabelos negros, preocupado. — Também fiquei intrigado com aquela história. Mas não posso deixar de atender ao chamado que recebi.

A guerreira apoiou as mãos na balaustrada, olhou para além do jardim bem cuidado. Comentou como se falasse consigo mesma.

— Eu tenho certeza de que vi aquele desenho em algum lugar. Só não me recordo de onde. Merda! — Voltou-se para Gilchrist — tem certeza de que a mensagem é mesmo de Ragnar?

— Claro — ele puxou uma folha das dobras da túnica —, veja o selo dele.

Radegund examinou o emblema. Era mesmo de Ragnar, o selo com o qual todos os documentos eram lacrados.

— Sim, é dele. Eu mesma o vi selar as cartas com este emblema — dobrou a mensagem e devolveu-a ao *chevalier*, antes de indagar — quando parte?

— Imediatamente.

Radegund ergueu os olhos. Tocou o braço dele, apertando-o suavemente num gesto de amizade.

— Cuide-se Gil.

Galante, ele depositou um beijo em sua fronte.

— Você também, Radegund.

Do outro lado da cerca viva, Patrus sorria satisfeito com o desenrolar da trama que urdira. A ampulheta fora virada. O tempo correria a favor de seus planos. Set não o abandonara.

— Não gosto disso, Vernon — resmungou Gerald, emburrado — se o irlandês me descobre, estou morto!

Vernon teve ímpetos de esganar o covarde. Mas se conteve. Estava tão excitado com a perspectiva de, ainda naquela noite, colocar as mãos na sarracena, que deixaria passar.

— Não seja estúpido — retrucou. — Tudo o que tem a fazer é acertar o maldito para ganharmos tempo!

— Fácil falar!

Vernon agarrou o outro pelo colarinho.

— Escute aqui, imbecil; o caolho tem que passar por aqui a caminho da aldeia — explicou —, ele acha que o norueguês o espera lá. O criado roubou o selo e forjou a mensagem. Só precisa cravar uma flecha nas costas do infeliz. Será possível que não consegue fazer nem isso?

Gerald cambaleou para trás, tentando se equilibrar quando o comparsa o largou tão bruscamente quanto o agarrara. Esfregou o pescoço, arrependido de ter concordado com o plano de Vernon. Diabos! Sequestrar uma infiel era uma coisa. Matar um *chevalier* do reino, era outra. Afinal, matar um infiel não era pecado, era um favor a Nosso Senhor, o caminho para o Céu. Já matar um *chevalier*, era o caminho para a forca! E, francamente, Gerald se preocupava muito com seu pescoço. Muito mais do que com sua alma imortal. Mesmo assim, decidiu fazer o que Vernon ordenava. Caso contrário, ele próprio o enforcaria.

— Está certo — capitulou —, diga-me o que quer exatamente que eu faça.

Patrus congratulou-se, saboreando antecipadamente a vitória. Seu plano era perfeito. Enviara uma mensagem ao irlandês usando o selo que retirara do gabinete na noite em que Leandra morrera. Com ele fora do caminho, Leila e a ruiva seriam um alvo fácil.

Ele usaria do mesmo expediente com Leila e a amiga. Trataria de tirá-las de casa, de separá-las. Jogaria a usurpadora nas garras de Vernon. Aquele idiota! Ele pensava que o enganava. Mas Set o alertara. Sabia que o soldado e aquela obsessão pela mulher só o atrapalhariam. E se Leila estivesse nas mãos de Vernon, sua fortuna não estaria segura em suas mãos. Não, não cometeria nenhum erro. O desertor também seria eliminado.

Sua mente trabalhou velozmente, os pensamentos engendrando por um labirinto cruel e doentio. Chegou à solução perfeita. Entregaria Leila nas mãos de Vernon. E Vernon nas mãos da ruiva. Faria com que a mulher chegasse bem na hora em que Leila estivesse sendo atacada. A sede de sangue da filha de Sekhmet daria cabo de Vernon e sua ambição. E depois, ele as teria bem no centro de sua teia. Ah, regozijou-se, seu plano era perfeito!

Com Vernon fora do caminho, despacharia as duas para bem longe. Não daria elas o conforto da morte. Era muito pouco para elas. Morrer seria uma paga pequena para os dissabores que ambas lhe causaram. Assim, evitaria também provocar a ira de Sekhmet, tirando a vida da sua protegida.

Patrus enfiou as unhas nas palmas das mãos descarnadas ao se lembrar da pedra da Deusa. Maldita! Entretanto, se a leoa não podia morrer por suas mãos, daria um jeito para que fosse domada. E o destino que reservara para ela e para a usurpadora seria muito pior do que a morte. Seria a eterna escravidão.

— Leila — Radegund apareceu na sala pouco depois de soarem as *nonas*. Pronta para sair e armada — tenho que ir ao quartel, mas volto assim que estiver livre. — Avisou — recebi uma mensagem de Ibelin.

Leila assentiu e sentou-se numa das cadeiras, apanhando uma das roupinhas de bebê que a costurava.

— Tudo bem. Vá tranquila. Vou esperá-la para o jantar — Radegund não respondeu. Estava incomodada. Uma estranha apreensão a oprimia. Observou o aposento ao redor, vasculhando as sombras, sentindo como se olhos invisíveis as observassem — o que foi? — Leila notou sua fisionomia fechada.

— Nada... não foi nada — balançou a cabeça e encarou a amiga. — Não saia de casa, está bem?

— Fique tranquila, minha amiga. Esperarei por você aqui. Eu e meu bebê — sorriu e passou a mão sobre a barriga —, até mais.

— Até, Leila.

Apenas uma hora havia passado, mas ela sabia que era o suficiente para que alguma desgraça acontecesse. Galopando como um demônio pelas ruas de Tiro, Radegund trincava os dentes; de ódio e de preocupação. O lenço que cobria seus cabelos voara longe há muito. As mechas ruivas eram açoitadas pelo vento. Nada, no entanto, conteria sua corrida. Mentalmente, ela se repreendia. Como fora idiota em sair de casa! Não havia chamado nenhum no quartel. Fora um embuste. Para quê? Por quê? A verdade a atingiu, fulminante como um raio. Leila! Seu coração disparou.

"E o mais importante; quem será o próximo alvo? ", a voz de Mark reverberou em sua mente. Por todos os diabos do inferno! Leila era o alvo.

— Vernon — resmungou —, aquele maldito armou isso! — Apertou os joelhos nos flancos do animal — voe, Lúcifer!

— Quem trouxe isso, Jamal?

— Um desses meninos que vivem nas ruas, senhora — o criado explicou —, entregou a mensagem e saiu correndo.

Leila passou a mão trêmula pela testa. O que acontecera com Radegund? O que fazia naquela parte da cidade? Como fora atingida? Teria a ver com o chamado de Ibelin? A mensagem pedia que fosse com urgência àquela casa na região do porto, onde a ruiva se encontrava seriamente ferida. Na certa, supôs, fora socorrida por gente do povo.

— Jamal, sele um cavalo — ordenou, apesar do pouco jeito para montar. — Tenho que ser rápida. E assim que Gilchrist aparecer, entregue a mensagem a ele. — Passou o bilhete ao rapaz — peça que vá me encontrar neste lugar. E avise a ele que Radegund foi ferida.

Gilchrist galopava pela estrada que levava aos vilarejos. As patas do garanhão vibravam no solo abaixo dele, quebrando o silêncio do lugar. Sua mente estava completamente alerta. O sol ia baixo e as sombras dos rochedos se alongavam sobre a trilha. Próximo a uma pequena garganta, ele sentiu uma conhecida comichão nos punhos e diminuiu a marcha da montaria.

— Calma, rapaz — murmurou para o animal — tem algo aí. Posso sentir em meu sangue.

Gilchrist soltou discretamente os pés dos estribos e aliviou a pressão nas rédeas, deixando o cavalo seguir a passo. Procurou respirar devagar e deixar a mente livre de todo e qualquer pensamento inoportuno. *Concentre-se.*

Se não fossem as pedrinhas que rolaram de cima de uma rocha, ele jamais teria notado o movimento do homem no alto delas. Ele estava do mesmo lado em que ele usava o tapa-olho. *Quer dizer que hoje sou a caça?*

Gilchrist não moveu a cabeça para olhar, apenas se preparou para saltar. Confiou na intuição. E na antiga força que corria em seu sangue. Fechou os olhos. Concentrou-se e a imagem veio a sua mente. Um homem. Em sua visão, o enxergou deitado sobre a rocha. Viu que esticava a corda do arco. Quando os olhos da mente notaram o movimento, Gilchrist não teve dúvidas. Jogou-se no chão. A flecha cravou-se na sela. O cavalo empinou e saiu a galope. O irlandês se levantou do chão. Abrigou-se atrás de um tronco caído. Contou o tempo. Se o homem fosse um bom arqueiro, teria outro disparo pronto. Instintivamente, levou a mão às costas, apenas para constatar que aquilo que precisava não estava lá. Inferno! Sua besta ficara na sela! Gilchrist sacou a adaga. E esperou.

Leila chegou ao local mencionado na mensagem. Ficava numa rua humilde, entre a região do porto e os curtumes. A casa em questão era baixa, pequena e com paredes da cor do barro, sem caiação. Possuía apenas uma porta e uma janela, ambas fechadas. Leila achou estranho que ninguém estivesse à sua espera. E mais estranho ainda Radegund ter sido levada para aquele local, ao invés de ter sido socorrida no quartel. Estaria sua amiga tão ferida a ponto de não poder ser removida dali?

Àquela hora, ao entardecer, as sombras caíam sobre a viela quase deserta, pintando tudo com cores sombrias. Leila estremeceu e apertou o cabo da adaga que trouxera consigo. Ragnar a deixara com ela e mostrara como usá-la desde que Gilchrist contara do ataque no mercado. Nervosa, deixou a égua com um dos meninos que rondavam pelas ruas e prometeu-lhe umas moedas. Na porta da casa, ela ainda parou e olhou em volta. Estranho, onde estava Lúcifer? Radegund jamais se separava daquela besta apavorante. Dando de ombros, bateu na porta.

Minutos depois, um garoto de cabeça raspada, pele macilenta e olhos negros, abriu uma fresta e a encarou. Seu olhar a arrepiou. Olhos opacos, vazios. Engolindo em seco, perguntou em voz baixa.

— Onde está Radegund? Recebi uma mensagem... — sem uma palavra, mas ainda a encarando, o garoto, que não devia ter mais do que dez anos, abriu a porta completamente e se afastou, indicando que entrasse. Hesitante, ela perguntou — onde ela está? — Mas o menino fez um gesto para a garganta, indicando que era mudo. Apontou o interior sombrio da casa — ela está lá dentro?

O garoto assentiu. Sem alternativa, Leila entrou. Antes que pudesse perguntar mais alguma coisa, a porta bateu atrás dela, fechando-a na penumbra opressiva. Do fundo daquela escuridão, uma voz que assombrava seus pesadelos desde Jerusalém fez seu coração disparar.

— Enfim sós.

A chama bruxuleante e fraca de uma lamparina de azeite desenhou as feições cruéis de Vernon no meio das sombras. O coração de Leila gelou.

Gilchrist sacolejava na parte traseira de uma carroça de agricultores que ia em direção a Tiro. Sua mente, porém, repassava o incidente que o fizera perder seu cavalo e, provavelmente, deslocar um ombro na queda. Ficara escondido um bom tempo, aguardando um novo ataque que jamais chegara a acontecer. O malfeitor simplesmente desistira. Ou conseguira o que queria.

Reviu todos os seus passos naquele dia e procurou entender o que realmente acontecera. E chegou à conclusão de que algum detalhe lhe escapara. Desde que recebera a mensagem de Ragnar pela manhã, todos os seus sentidos estavam em alerta. Era como se houvesse algo velado, escondido. Algo que não conseguia enxergar além da superfície e da realidade que via com seus olhos mortais. O irlandês suspirou e tentou se acomodar melhor na carroça. O céu escurecia. Não via a hora de chegar à casa de Leila. Estava preocupado com a moça, com Radegund e também com Ragnar e Bakkar.

A carroça atravessou os arcos da cidade e cruzou as ruas desertas. Em um quarto de hora, Gilchrist descia numa das ruas próximas ao quartel do senescal. Apressado, cumprimentou os guardas e subiu direto ao gabinete de Andrew. Depois de um rápido boa noite, foi direto ao assunto: a mensagem que recebera de Ragnar. Andrew se espantou.

— É impossível, O'Mulryan! — Exclamou o *chevalier* mais velho. — Como pode ter recebido uma mensagem de Svenson mandando-o encontrar-se com ele ao sul?

— Como assim? — Gilchrist se preocupou.

— Ora, a missão deles não era nos vilarejos, homem — informou o homem de confiança do senescal. — Bakkar e Svenson estão numa missão de reconhecimento ao norte, no Litâni.

Gilchrist agarrou o punho da espada e encarou Andrew, lívido.

— Foi tudo uma emboscada — num minuto as peças se encaixaram em sua cabeça. Fora deliberadamente afastado da casa de Leila — inferno! — Rugiu, descarregando a raiva com um soco sobre a mesa. Recuperando-se, pediu — encontre os dois imediatamente e mande-os de volta para a cidade!

— Mas, O'Mulryan, são ordens de Ibelin...

— Ibelin entenderá, Andrew! — Impacientou-se Gilchrist — diga a eles, e também a Ibelin, que Leila, e talvez até Radegund, correm perigo. Eu vou à casa de Ragnar me certificar da segurança delas. Reze para que não seja tarde demais. Ah, e eu vou tomar emprestado um de seus cavalos!

Sem esperar a concordância do outro, o irlandês disparou escada abaixo, deixando um atônito Andrew para trás.

Leila observou a fisionomia de Vernon, iluminada pela chama fraca. O que leu em seu rosto a fez recuar. O ambiente pareceu diminuir e se fechar ao seu redor, tamanho era o ódio que emanava daquele homem. O pânico ameaçou paralisá-la.

— Não há saída — ele sorriu, suas feições se retorcendo num esgar cruel —, e não há nenhum dos seus protetores por perto. Nada vai me atrapalhar desta vez.

— Deixe-me sair — Leila pediu, tentando controlar o tremor da voz —, sabe que se encostar um dedo sequer em mim, meu marido o esfolará vivo.

Vernon, com gestos estudadamente calmos, acendeu outra lamparina com a chama daquela que trazia nas mãos. Depois de um silêncio enervante, encarou sua presa com expressão lasciva.

— Não pretendo encostar só um dedo em você, pequena — começou a falar, enquanto andava em torno dela. Leila, sem querer lhe dar as costas, e pensando num meio de fugir dali, girou o corpo e acompanhou seus movimentos. Vernon continuou — na verdade, quando eu terminar com você — passeou o olhar pelo seu corpo de maneira eloquente —, acho que seu marido não vai querê-la de volta.

Leila engoliu em seco. Apertou o cabo da adaga escondida sob o albornoz. Por um fugaz instante, pensou em usá-la em si mesma, mas imediatamente descartou a hipótese. Se fosse só ela... mas havia em seu ventre uma criança. Seu filho. O filho de Ragnar.

Pensar no bebê deu-lhe novo ânimo. A força da maternidade inundou suas veias com um instinto de preservação mais velho do que o próprio tempo. Repentinamente, Leila saiu da posição de bichinho assustado para a de uma tigresa defendendo a cria.

As dobras do albornoz se abriram a um gesto seu. Afastou as pernas, deixando os joelhos meio dobrados, como vira Radegund fazer. Seus olhos se fixaram no agressor, buscando uma chance, um ponto fraco.

Vernon percebeu o exato momento em que a raiva fez brilhar os olhos cor-de-mel. Também notou a adaga que ela empunhava, a lâmina polida refletindo as chamas bruxuleantes.

— Ah, quer brigar? Tanto melhor — colocou a lamparina sobre um suporte na parede. Deu um passo na direção dela —, só vai tornar o jogo mais estimulante.

— Fique longe de mim, bastardo!

O primeiro avanço de Vernon foi contido com um movimento rápido da lâmina, que cortou a frente de sua camisa.

— Vadia — grunhiu — vai ser bem pior para você se continuar assim!

Apesar do medo, Leila não esmoreceu.

— Não se aproxime — ameaçou — ou eu o mato!

Vernon a rodeou, irritado. Tremia de raiva e excitação. Passara todo aquele tempo alimentando fantasias com a sarracena, desde o dia em que a encontrara naquela viela. Não passava sequer uma noite sem que sonhasse com ela. Tinha que possuí-la de qualquer jeito, acalmar aquela loucura. Avançou novamente, tentando surpreendê-la.

Leila deu um passo para trás. Vernon conteve um sorriso ao notar que, em seu recuo, ela mesma se encurralara entre ele e uma mesa velha, encostada à parede.

— Abaixe essa arma — ordenou para, em seguida, ameaçá-la — ou eu a tirarei de você.

— Não chegue perto de mim — Leila ergueu a adaga, apontando-a para seu agressor.

Tarde demais, percebeu seu erro. Como saberia? Não era uma lutadora experiente com Radegund. Não sabia que deveria manter a lâmina pronta para o ataque e, ao mesmo tempo, protegida sob o próprio antebraço. Era apenas uma mulher desesperada, defendendo a própria honra e a vida de seu filho.

Vernon aproveitou seu descuido. Arrancou a adaga de sua mão, estapeando-a brutalmente. Leila perdeu o equilíbrio. Caiu para trás, sobre a mesa. O gosto do próprio sangue invadiu sua boca. O pânico acelerou mais ainda seus batimentos, causando um zumbido em seu ouvido. Debateu-se quando Vernon avançou sobre ela, finalmente imobilizando seus braços.

— Não — gritou, apavorada — largue-me!

Antecipando a vitória, Vernon prendeu seus punhos com uma das mãos. Com a outra, tentou erguer suas saias. Tomado pela luxúria, não queria esperar nem mais um instante para subjugá-la. Reunindo o que restara de suas forças, Leila esperneou e tentou acertá-lo na virilha. Outra bofetada, mais forte, abriu ainda mais o corte em seu lábio e fez queimar todo um lado de seu rosto. As lágrimas, transbordantes de dor, raiva e humilhação, desceram de seus olhos.

— Vagabunda! — Ele rugiu — fique quieta. Não me importo em arrebentar sua cara!

Entre soluços, Leila implorou.

— Não! Por favor, me deixe... meu filho!

Ela se debatia freneticamente, mas não conseguia se soltar. Comprazendo-se com seu desespero, saboreando a superioridade, Vernon caçoou.

— Está grávida do estrangeiro? — Puxou seus cabelos, fazendo-a encará-lo enquanto dizia — vou possuí-la tantas vezes que seu corpo expulsará o bastardinho. Não quero uma mulher carregando o filho de outro homem em minha cama!

A ameaça ao seu filho infundiu a coragem necessária para que reagisse. Reuniu o que podia de forças e conseguiu soltar uma das mãos. Cravou as unhas no rosto de Vernon, arrancando-lhe a pele e deixando uma trilha sangrenta sob a barba malfeita. O desertor urrou de dor, reagindo de pronto. Esbofeteou-a com tanta violência, que a cabeça de Leila bateu contra a mesa. Tonta, sentiu os membros entorpecerem, deixando-a num limbo de semiconsciência, sem condições de lutar.

Como se estivesse fora do próprio corpo, percebeu que sua roupa de baixo era rasgada, e que Vernon abria suas pernas com brutalidade, arfando e grunhindo de forma bestial. As mãos grosseiras apertaram os seios sensíveis pela gravidez, causando tanta dor que provocou náuseas.

— Não! — Ainda pediu baixinho, sem forças.

No entanto, antes que Vernon consumasse o ato de degradação e humilhação, uma voz rouca atravessou a névoa de inconsciência que se abatera sobre Leila.

— Dessa vez eu mato você, porco filho da puta!

Estava sonhando. E no seu sonho, viu seu agressor ser agarrado pelo pescoço e atirado para longe dela. Soergueu o corpo e olhou mais adiante, a visão embaçada pela dor. Se seu rosto não doesse tanto, teria sorrido. Vernon, que até alguns instantes atrás era o predador, estava acuado num canto. De lá, encarava o próprio diabo, que subira à terra na forma de mechas ruivas e chamejantes olhos da cor do musgo.

Ela chegara à casa de Leila, após cavalgar como uma louca pela cidade, apenas para ser informada por Jamal de que sua senhora saíra. De pronto, se alarmara. E quando o criado entregara a mensagem que Leila deixara, dizendo para onde ela supostamente fora levada, tivera certeza de que um plano diabólico estava em ação. A participação de Vernon naquilo tornara-se evidente.

— Com mil diabos — praguejara ao ler as indicações do local —, é a pior região de Tiro!

— Sim, dama — concordara Jamal —, mas como minha ama acreditava que corria perigo...

Impulsivamente, Leila saíra em seu encalço, deduziu. Que o diabo levasse aquela mulherzinha teimosa! Sem pensar duas vezes, saltara sobre Lúcifer e voara novamente através das ruas da cidade. Se Vernon encostasse um dedo sequer em Leila, teria o maior prazer do mundo em esfolá-lo vivo. E depois, espalharia suas vísceras aos cães e aos tubarões.

— Vamos, Lúcifer — incitara, deitada sobre o pescoço negro do garanhão —, minha amiga está em perigo. Voe, querido!

O animal entendera sua aflição, imprimindo mais velocidade em suas elegantes patas negras.

No bairro indicado por Leila, não fora difícil achar a tal casa. E assim que saltara da sela, o grito da amiga ecoara na rua deserta, abafado pela única janela que recortava a fachada.

— Não!

Chutara a porta com tanta violência, que a tranca arrebentara completamente. Ao enxergar Vernon inclinado sobre Leila, prestes a violentá-la, fora arremessada para outra noite, anos atrás, onde ela fora a vítima indefesa. A fúria percorrera seu corpo numa onda tão violenta, que estremecera. Uma cortina escarlate velou seus olhos naquele momento, trazendo a sede de sangue à tona. Agarrou Vernon pelo pescoço e arrancou-o de cima de Leila, rosnando.

— Dessa vez eu mato você, porco filho da puta!

Atirado contra a parede, o soldado levou alguns segundos para se dar conta de quem se atrevera a frustrar seus planos. Soltou um urro de ódio ao reconhecer a ruiva. Não era possível que tivesse chegado tão longe para nada!

— Desgraçada — sacou a adaga, pondo-se novamente de pé —, eu acabo com você, vadia intrometida!

Radegund manteve-se atenta ao inimigo. Colocou-se entre ele e a amiga. Sem se voltar para trás, indagou.

— Você está bem?

— Sim... — a voz saiu entre os soluços de alívio.

Mesmo a resposta fraca foi o suficiente para que voltasse sua atenção para o desertor.

— Agora o assunto é entre nós, bastardo — avançou com a adaga. Naquele espaço exíguo não havia como usar bem uma espada — largue a arma e talvez eu o deixe apenas aleijado.

— Nunca! Vai ter que tirá-la de mim, cadela! — Vernon avançou, tentando usar a surpresa para desarmá-la.

Radegund recuou. Leila se afastou, encolhendo-se num canto para dar espaço à amiga. Com os olhos, buscou sua própria arma, que Vernon atirara longe. O soldado e a ruiva se atracaram, medindo forças. Vernon agarrou o punho de Radegund e ela, o dele, ambos lutando para tomar a vantagem, para arrancar a arma das mãos do outro. A ruiva cerrou os dentes e usou a força de Vernon contra ele mesmo. Ao invés de tentar empurrá-lo, puxou-o em sua direção. Passou o pé por trás das pernas do bandido, derrubando-o. Não conseguiu, no entanto, impedi-lo de levá-la junto na queda. Veterana, habituada às refregas tanto no campo, quanto nas tavernas, Radegund usou o impulso para rolar sobre ele e agarrar a mão que trazia a adaga.

— Solte, desgraçado! — Grunhiu.

— Esqueça! — Ele rebateu, enquanto segurava a mão dela.

Radegund concentrou-se no punho do soldado, forçando-o a se abrir. Vernon começava a ceder, ela sentia. Mais um pouco de pressão e ele largaria a arma. Estava a ponto de desarmá-lo quando Vernon, em desvantagem e com as duas mãos ocupadas — uma que ela segurava e a outra, que ele usava para conter seu punho —, usou a cabeça. Literalmente.

Sua testa acertou Radegund, atingindo-a logo acima do nariz. O golpe pareceu chacoalhar seu cérebro dentro do crânio. A visão dela escureceu momentaneamente. Foi apenas uma fração de segundo, mas o suficiente para Vernon arrancar sua arma e rolar sobre ela, tentando estrangulá-la. A ruiva agarrou seus punhos, tentando impedi-lo de sufoca-la. Porém, suas forças começavam a abandoná-la. Tentou derrubá-lo de cima de seu corpo, mas sua posição era de extrema desvantagem. Vernon tripudiou enquanto a esganava.

— Vou apagar você — debochou — e depois vou acabar o serviço com sua amiguinha. E se você ainda estiver viva, talvez eu a use um pouco também!

Radegund lutou desesperadamente por ar. Sua visão começou a escurecer, ameaçando-a com a inconsciência. Cravou as unhas nos punhos de Vernon, mas ele não afrouxou o aperto. Estava a um passo de sucumbir. Estava certa de que daquela vez o diabo dançaria sobre seu túmulo. Lamentou, num último pensamento, ter falhado em sua promessa de proteger Leila. Antes, porém, que a escuridão a engolisse por completo, as mãos de Vernon afrouxaram em seu pescoço. O ar passou dolorosamente por sua garganta, queimando-a, expandindo-a. Engasgou várias vezes, tentando respirar normalmente. Quando a visão desanuviou, enxergou Vernon caído ao seu lado. Um filete de sangue escorria da boca aberta, eternamente paralisada num ricto de ódio. Os olhos estavam esbugalhados, fitando o vazio, surpresos. E Leila estava de pé, diante dela, com as mãos ensanguentadas.

— Leila...? — A voz saiu rouca, engrolada, custando a passar pela garganta ferida.

A jovem se abaixou e a abraçou, as lágrimas escorrendo dos olhos.

— Raden! Oh, minha amiga — soluçou — ele ia matar você. Eu não tive escolha!

A ruiva compreendeu. Matar nunca era fácil. Consolou-a.

— Tudo bem, Leila — abraçou-a também e deixou que Leila chorasse. Ela, embora seus olhos queimassem, não se permitiu chorar, apesar do imenso alívio que sentia. Sentindo a moça mais tranquila, afastou-se um pouco e indagou — o que diabos tinha na cabeça para vir até aqui, Leila? Não disse para não sair sozinha? — Apesar da admoestação, seu tom de voz era suave — sabia que ele — olhou para Vernon — estava rondando você há tempos.

— Perdoe-me — o coração de Leila ainda estava disparado —, eu recebi uma mensagem dizendo que você estava ferida e que tinha sido trazida para cá. Não havia ninguém a quem recorrer. Eu fiquei muito preocupada. Não imaginava que fosse uma armadilha! — Balançou a cabeça, lamentando — sinto muito.

A ruiva afastou os cabelos do rosto e ajeitou a túnica. Esfregou o pescoço dolorido e comentou.

— E foi uma armadilha muito bem preparada — alcançou a adaga que estava no chão e prosseguiu — não havia nenhum chamado para mim no quartel do senescal.

Leila não respondeu. Apenas olhou ao redor do casebre, evitando deliberadamente fitar o corpo de Vernon.

— É melhor irmos embora — sugeriu em voz baixa —, esse lugar me dá calafrios.

— Sim — concordou Radegund, levantando-se do chão.

Porém, antes que as duas pudessem transformar as palavras em ações, a porta da casa foi fechada por fora.

— Mas o que...? — Leila balbuciou, enquanto Radegund corria para a porta. Algo lhe dizia que o pior ainda estava por vir. Atirou-se sobre a tranca arrebentada, forçando-a sem sucesso.

— Não abre! Prenderam por fora — berrou por sobre o ombro. — Tente a janela, Leila.

A jovem fez o que ela ordenou. Forçou as folhas de madeira.

— Nada!

Radegund desistiu da porta. Correu para ajudar Leila a abrir a janela, mas ela parecia pregada com chumbo.

— Diabos, diabos, diabos — colocou o pé na parede e tentou puxar as folhas de madeira novamente — que inferno! Odeio esta cidade! — Esmurrou a janela — ei, alguém, aí fora!

As duas começaram a gritar, na tentativa de chamar a atenção de algum transeunte.

— Ei! Alguém! — Leila gritou e bateu repetidamente na madeira.

Mas ninguém as atendeu. E as portas e a janela não se abriram. Ao invés disso... foi Leila quem viu aquilo primeiro, entrando pelas frestas.

— Oh, pelo Profeta! Raden!

— Eu vi, Leila! Eu já vi! Inferno — agarrou inutilmente o punho da espada —, querem nos matar!

A fumaça malcheirosa começou a entrar pelas frestas, tomando conta de todo o ambiente, começando a sufocá-las. As luzes tremularam e as chamas se enfraqueceram, com pouco oxigênio para manter o fogo vivo.

— Para o chão, Leila — ordenou a ruiva, puxando-a para perto de ela — respire junto ao chão! — Ela começou a tossir, a garganta ainda sensível ardendo a cada inspiração — fique aqui. Vou tentar abrir a porta de novo.

Leila colocou a ponta do albornoz sobre o rosto. Observou a sombra da amiga se movendo na penumbra, em direção à porta. A fumaça fazia seus olhos arderem e entorpecia seus sentidos. Escutou-a sacudir, chutar e esmurrar a madeira e depois ouviu-a falar, a voz soando fraca.

— É inútil, Leila, deve estar bloqueada... — Radegund teve um acesso de tosse — onde você está?

— Aqui — ela gemeu e tossiu, sentindo-se tonta e mole. A sensação de solidão maior que a de medo — Raden, estou aqui...

A guerreira, também entorpecida e fraca, caiu de joelhos. Arrastou-se até ela. Tateou na escuridão enfumaçada e segurou sua mão.

— Leila... você foi... — ela tossiu de novo. A voz custou a sair — ...uma boa amiga.

Antes que as trevas as engolfassem, Leila sentiu a guerreira apertar sua mão. Com suas últimas forças, Radegund usou os dentes para tirar o anel que Gilchrist lhe dera, cuspindo-o no chão. O aro gravado com o *triskle* rolou mansamente. Ficou preso numa fresta do piso. Do lado de fora do casebre, uma sombra encapuzada sorriu.

Obrigado, Pai.

Passava um pouco da meia-noite quando Ragnar e Mark apearam de suas montarias, sem sequer esperar que parassem totalmente. Diante dos portões de Leila, um pálido Gilchrist, com o braço preso numa tipoia, veio encontrá-los.

— Fico feliz que tenham chegado — ele cumprimentou —, eu estava de saída.

— Onde está minha mulher, Gil? — Perguntou Ragnar aflito.

O irlandês foi logo colocando a ele e a Mark a par da situação.

— Ela e Radegund saíram há horas e não voltaram até agora — contou e fitou Ragnar. — Hoje cedo recebi uma mensagem, supostamente sua, para encontrá-lo fora da cidade, ao sul. Mal cheguei aos rochedos, fui emboscado. Perdi minha montaria, mas consegui que uma carroça de agricultores me trouxesse até o quartel. Somente quando cheguei lá soube que vocês estavam no Litâni, exatamente na direção oposta à que me mandaram. Deduzi que haviam me afastado de casa intencionalmente e mandei chamá-los. Corri para sua casa e descobri que as duas haviam saído. Radegund recebeu um falso chamado do quartel. E Leila uma mensagem dizendo que ela fora levada ferida para um local do outro lado da cidade.

Mark fitou Gilchrist, os olhos castanhos sombrios e preocupados.

— Radegund está encrencada — afirmou —, posso sentir em meu sangue.

Ragnar o encarou, num misto de raiva e preocupação.

— Diabos, homem! Como pode saber?

— Não sei, Sven — deu de ombros —, só acho que devemos nos apressar.

Gilchrist retomou a palavra, pegando as rédeas do cavalo que o criado trouxera.

— Jamal guardou o bilhete que Leila deixou, para que eu soubesse aonde ela foi. Estava indo para lá quando vocês chegaram

— Então vamos nós três — falou Ragnar, montando novamente.

O grupo disparou noite adentro. Silenciosos, cada um imerso nos próprios pensamentos. Gilchrist condenava-se por estar longe da casa no momento em que Leila saíra. Mark remoía sua angústia e a íntima certeza de que seria muito difícil encontrar as duas ilesas. Ragnar era puro desespero, preocupado com a esposa e com a criança que ela carregava.

Em pouco mais de um quarto de hora chegaram à viela mal iluminada. A primeira coisa que Mark viu foi Lúcifer, parado como uma sentinela negra diante de uma das casas. Saltou da sela antes dos dois amigos pararem suas montarias. Caminhou devagar na direção do garanhão.

— Calma, garoto... — murmurou, aproximando-se do animal, que o encarava e resfolegava — sei que está assustado. Você é como ela, não é? Sob essa capa de coragem, tem um coração sensível. — Falava baixinho, caminhando bem devagar — onde está sua dona, rapaz?

Estendeu as mãos para as rédeas, mas Lúcifer empinou nas patas traseiras. Mark obrigou-se a ficar parado. Os cascos passaram a milímetros dele, batendo no chão a sua frente, numa atitude de desafio. Lúcifer arreganhou os dentes e sacudiu a cabeça, impaciente. Mark franziu o cenho. O animal balançou a cabeça de novo, dando um passo à frente, empurrando-o com o focinho. Só então ele notou o que não vira antes na penumbra. Pegando as rédeas do animal que enfim permitia sua aproximação, chamou os amigos.

— Venham aqui, vejam isso!

A porta da casa, aberta e pendurada por um dos gonzos, fora evidentemente arrombada. O interior da casa, escuro como breu, tinha um odor estranho, como se algo houvesse sido queimado lá dentro. No ar, Mark identificou também o cheiro de sangue.

Gilchrist pegou um dos archotes da rua e caminhou até o casebre, iluminando o interior. Ragnar o seguiu. O corpo inerte de Vernon os recebeu, o olhar vítreo fitando o vazio.

— O bastardo — rosnou Ragnar e chutou o corpo fazendo-o rolar de bruços. A visão de sua própria adaga nas costas do homem fez seu sangue gelar e a voz sair tensa — Bakkar...

O mestiço se agachou e examinou o corpo.

— Ainda está quente. Não faz muito tempo que foi morto.

— Sim — Ragnar também se abaixou — e quem o matou o fez com a adaga que dei a Leila. Mas onde elas estão? Gil...?

Gilchrist não o ouviu. Desde o momento em que pisara na casa, suas tatuagens ardiam em seus punhos. Ele estava parado no centro do aposento, seus olhos fechados e a face pálida, a respiração profunda como se estivesse dormindo.

— Gilchrist — chamou Ragnar de novo. Ia tocá-lo quando Mark o impediu.

— Espere.

O tempo passou lentamente enquanto Gilchrist permanecia naquela espécie de transe. Ragnar e Mark apenas esperavam, enquanto viam o amigo empalidecer e suar frio diante deles. Até que os joelhos do irlandês se dobraram e, não fossem os dois se adiantarem para segurá-lo, teria ido ao chão.

— Foram... levadas — Gilchrist balbuciou — as duas... vivas. O anel... — desvencilhou-se dos dois e se abaixou, pegando algo do chão. Estava lá, onde a visão mostrara. E apesar de se sentir consumido e esgotado, elevou uma prece silenciosa aos deuses de sua mãe — Radegund o deixou.

— O que é isso? — Perguntou Ragnar — como você sabe que elas estão vivas? Não há sinal delas, exceto pela adaga.

— Esta é uma longa história, Sven — ele mostrou o anel na palma de sua mão. — Dei esse anel a Radegund, é um amuleto de proteção. Ela o deixou para que soubéssemos que esteve aqui. E que ela e Leila correm perigo.

Mark, mais aberto àquele tipo de coisa — ele mesmo tinha um elo um tanto sobrenatural com a ruiva —, apenas perguntou.

— E você tem ideia de para onde foram levadas, Gil?

— Infelizmente, não Bakkar. Apenas consegui perceber o que havia nesse ambiente. Não vejo nada além disso. — Encarou os companheiros — teremos que vasculhar a cidade em busca de pistas.

— Então vamos de uma vez — rugiu Ragnar —, minha mulher e meu filho estão em perigo. Não podemos ficar aqui parados!

— Acalme-se, Sven — Mark procurou raciocinar com clareza — sozinhos não temos como cobrir toda a cidade. Precisaremos de ajuda.

— Quando estive no quartel, mandei avisar Ibelin — comentou Gilchrist —, podemos iniciar as buscas a partir de lá. Creio que ele não se importará se usarmos a rede para sabermos de todos os movimentos suspeitos nos guetos de Tiro, nos últimos dias.

— Está certo — convenceu-se Ragnar, montando em Viking —, mas vamos logo. Não aguento mais esperar. Gil, tem certeza que não há mais nenhuma pista?

— Não, Sven. Olhei a casa; possui apenas um cômodo. Não achei mais nada que pudesse ligar o local à presença delas, além do anel. Sinto muito — montou e aproximou seu animal do de Ragnar —, mas tenho certeza de que as encontraremos.

Mark subiu em Baco e pegou as rédeas de Lúcifer.

— Vamos, garoto.

Sem mais delongas, partiram rumo ao quartel do senescal.

CAPÍTULO

XXIII

"Tu que entras no asilo da dor,
vê bem em quem confias e como entras aqui."

"A DIVINA COMEDIA".
INFERNO, CANTO V. DANTE ALIGHIERI

TIRO

primeira coisa que Leila ouviu ao sair do torpor foi o ruído das gaivotas e o ranger de madeira. Em seguida, percebeu que estava com pés e mãos atados. E amordaçada. Por último, abriu lentamente os olhos inchados e viu Radegund desacordada ao seu lado, jogada, assim como ela, sobre um monte de palha. Fechou os olhos novamente, tentando aplacar a dor que martelava suas têmporas. Constatou que o chão em que estavam deitadas não era totalmente estável. Havia um suave oscilar, como se estivesse num balanço. Ou num navio. Abriu os olhos de pronto. Pelo Profeta! Estavam sendo sequestradas!

Mas por quê? Para quê? Quem era seu inimigo? Vernon estava morto. Quem as odiava tanto assim? Quem armara aquela cilada cruel? Quem as drogara e as sequestrara, amarrando-as daquela forma num porão de navio? Sim, porque aquilo ali só podia ser um navio e, a contar pela quantidade de caixas e cargas embaladas em oleados, era um navio mercante.

Leila se mexeu, tentando se desvencilhar da mordaça. Com as mãos presas para trás do corpo, ficava difícil. Arrastando-se para o lado de Radegund, cutucou-a com os pés atados, tentando acordá-la. Em poucos minutos, os olhos verdes a encaravam, aturdidos. Acabando de despertar, a guerreira retomou sua personalidade prática. Com gestos, mostrou que queria que Leila escorregasse um pouco mais para baixo, pondo a mordaça, ao alcance de suas mãos, também atadas atrás das costas. Num esforço de contorcionismo, a ruiva conseguiu se virar e arrancar a mordaça da amiga.

— Agora vire-se para que eu faça o mesmo, Radegund — a sarracena sussurrou.

Minutos mais tarde, as duas suavam, mas Radegund finalmente pode cuspir fora o trapo sujo que haviam enfiado em sua boca.

— Inferno — foi seu primeiro resmungo. — Leila, você está bem?

— Sim, e você? — Indagou em voz baixa.

— Com dor de cabeça — ergueu os olhos para as vigas sobre sua cabeça. Ah não! *Era só o que me faltava. Senhor, diga que eu não estou...*

Leila completou seu pensamento com uma afirmação.

— Estamos num navio.

— Sim — suspirou desanimada, recostando-se na palha — é uma péssima notícia.

— Naturalmente — Leila se ergueu um pouco, escorando-se no tabique[62] —, significa que estamos sendo sequestradas.

— Não, Leila — Radegund a encarou. Pela primeira vez Leila a enxergou como uma mulher normal, talvez pela expressão de profundo desalen to em seu rosto — isso significa que, assim que essa banheira começar a se mexer, eu serei mais inútil do que o trapo que cuspi fora.

A moça franziu o cenho.

— Não entendi.

— Eu sofro de enjoos, Leila — confessou, mortificada —, sou péssima marinheira.

Leila deixou-se cair de encontro à palha, desolada.

— Agora estamos mesmo enrascadas.

Balian de Ibelin, ao saber do desaparecimento de sua agente e da esposa de um de seus mais importantes homens, acionara imediatamente sua rede de espiões. Não se tratava apenas de uma questão pessoal. Era também, já que ele se afeiçoara à destemida ruiva. E sua esposa, Maria, nutria um carinho especial pela mulher de Ragnar. Porém, e acima de tudo, a segurança do exército estava em jogo. Radegund conhecia muitos segredos. E apesar de tudo levar a crer que se tratava de um ataque de cunho pessoal, Ibelin não descartou a possibilidade de aquilo ser mais uma interferência do Templo em seus negócios.

E assim, desde o mais esfarrapado mendigo jogado numa sarjeta, até um assistente do patriarca, passando por um rabino, pela própria Isabella — a dona do bordel —, e diversos *chevaliers*, escudeiros e mercenários infiltrados nas Ordens e nas casas da nobreza, todos os espiões estavam de olhos e ouvidos bem atentos para qualquer informação sussurrada pelas ruas de Tiro que levasse ao paradeiro da jovem sarracena e da corajosa guerreira.

Sua tática não demorou a surtir efeito. Antes do meio-dia, uma mulher de formas voluptuosas e com o rosto meio encoberto por um capuz, entrou em seu gabinete. Lá dentro estavam Mark e Ragnar, debruçados sobre alguns mapas, discutindo estratégias e probabilidades desde muito cedo. Ibelin sorriu à entrada daquela que era uma de suas mais ricas fontes de informações.

— Isabella, *cara mia* — o nobre a cumprimentou com um beijo na mão —, continua fascinante como sempre. Se Veneza soubesse a joia que perdeu...

— E o senhor, *messire*, continua um tratante — ela piscou um olho delineado com *kohl* — como vai Maria?

— Muito bem e manda lembranças — indicou uma cadeira e fechou a porta, indagando — a que devo a honra?

Ragnar estava de prontidão diante da mulher morena e ainda bonita, apesar de seus muitos verões.

— Tem alguma informação, Isabella? — Ele estava aflito — sabe de minha esposa?

— Calma, meu gigante louro — Isabella respondeu com suavidade —, um passarinho cantou hoje de manhã na sacada de Nur. — Voltou-se para Bakkar, com ares de troça — ela não se esquece de seu *amigo* Raden...

Mark revirou os olhos, lembrando-se do episódio do bordel, mas logo voltou a se concentrar.

— E quem foi esse passarinho, *carissima*?

Isabella, por fim, sentou-se numa das cadeiras entalhadas.

— Trata-se de um desertor, um franco que veio com os refugiados de Jerusalém — os homens ouviam-na atentamente. — Ele bebeu além da conta e contou mais vantagens do que os piolhos que tem na cabeça. Um idiota. — Desdenhou — falou algo a respeito de um tal Vernon e também que não devia ter se metido com o irlandês. Como eu havia sido informada do ataque à O'Mulryan, e também da morte daquele bastardo, liguei os fatos.

— E onde está esse sujeito, Isabella? — Ragnar indagou, levantando-se da cadeira.

— Sossegue, homem. Mandei Nur mantê-lo ocupado enquanto vinha até aqui — piscou para Ibelin —, cortesia da casa...

O nobre se ergueu da cadeira e apoiou as mãos na mesa, encarando Mark e Ragnar.

— Hora de caçar passarinhos, *chevalier*s.

Gerald, amaldiçoava sua má sorte e o dia em que Vernon cruzara seu caminho. Maldito fosse o cão lazarento! Ele, que dormira nos braços macios da linda Nur, fora despertado com um balde d'água sobre a cabeça. Depois, atônito, fora arrastado para as masmorras do senescal. Agora estava ali, trancado naquele lugar horrível e malcheiroso, ouvindo as vozes alteradas do lado de fora da cela, certo de que, se saísse vivo daquele lugar, tomaria o primeiro navio para Messina e nunca mais pisaria na Terra Santa novamente.

— Eu disse para sair da minha frente, Bakkar! — Ameaçou Ragnar, com os punhos cerrados — saia ou eu tiro você daí!

As pedras dos corredores ecoaram os gritos furiosos do norueguês. Um dos guardas se remexeu desconfortável sem, no entanto, descuidar de seu posto. Era evidente que o *chevalier* Svenson não estava num bom dia. E para alguém com pelo menos metade do cérebro no lugar, aquilo era um bom motivo para se manter a algumas léguas de distância do nortista. Do lado de fora da cela de Gerald, Mark al-Bakkar tentava, sem muito sucesso, conter a fúria do amigo.

— Esfrie a cabeça, Sven — rosnou, bloqueando a porta. — Se eu deixar que interrogue o sujeito, vai matá-lo antes que fale tudo que queremos saber.

Ragnar apontou-lhe um dedo.

— Pensa que não sei como interrogar um prisioneiro? Estou cansado de fazer isso.

— Diabos, Sven, não é isso — Mark passou a mão pelos cabelos, nervoso — você está furioso. Sua mulher está grávida, desaparecida... você está emocionalmente envolvido. Não podemos nos arriscar, homem. Se você o matar antes que fale, podemos jamais saber o que aconteceu a Leila e a Radegund. Não podemos deixar que nossos sentimentos interfiram no nosso trabalho!

O norueguês avançou com os olhos lançando chispas.

— Isso não é um trabalho! São a minha mulher e meu filho em jogo. E você também está emocionalmente envolvido — acusou. — Afinal, Tiro inteira sabe quem aquece a cama da ruiva.

Mark respirou fundo. Tentou se controlar.

— Sven, procure entender. Eu gosto de Radegund; somos mais do que amigos. Durmo com ela às vezes, não vou negar. Mas ela não é minha mulher, ela não está esperando um filho meu — enumerou — e eu não estou apaixonado por ela. Enfie isso na sua cabeça, homem! — Suavizou o tom de voz, antes de prosseguir — a garota sabia dos riscos ao assumir a proteção de Leila. Ela se fez no meio da luta e sabe se arranjar. Sua mulher não. E isso vai acabar com seus nervos antes que possa fazer seu trabalho — colocou a mão no ombro de Ragnar e pediu —, deixe que eu cuide do prisioneiro. Pelo bem das duas. — Resignado, o norueguês assentiu. Mark complementou — enquanto isso, sugiro que vá até sua casa e converse com Gilchrist. Ele ficou de interrogar os criados e falar com Yosef. Vamos precisar nos organizar para as buscas. Não sei até onde teremos que ir, mas suspeito que será longe. Duvido que elas ainda estejam em Tiro — supôs —, precisaremos providenciar recursos e provisões. Pode fazer isso?

Ragnar concordou e encarou o amigo

— Está certo — apertou o ombro de Mark —, mais uma vez você provou sua amizade. Desculpe-me. Não consigo raciocinar direito. Vou aguardar por notícias em casa.

Mark esperou que ele se afastasse. Só então olhou para o guarda à porta da cela de Gerald.

— Abra — ordenou. Passou pela porta, falando por sobre o ombro — ninguém entra até eu mandar, compreendido?

— Sim, senhor — assentiu o rapaz, cerrando a porta atrás dele.

Mark caminhou até o centro da cela, silencioso, os olhos fixos no prisioneiro. Um raio de sol, vindo da abertura de ventilação no alto da parede, iluminou suas feições, agora transformadas num esgar cínico.

— Bom dia, Gerald — falou em voz mansa — vim oferecer a você nossa hospitalidade.

Diante dos olhos frios do mestiço, o desertor rezou.

Patrus caminhou apressadamente pelo porto. Acabara de receber o pagamento do capitão da galera egípcia pela mercadoria que estava enviando a Aswad. Agora, retornava para casa, onde continuaria agindo naturalmente. Esperaria o alvoroço causado pelo desaparecimento das duas mulheres se acalmar. Então, eliminaria o norueguês de seu caminho. Em seguida, apresentaria o documento que fizera o marido de Sophia escrever em seu leito de morte, há alguns anos atrás, dizendo que gostaria que ele, Patrus, fosse o beneficiário de seu legado.

Distraído, o egípcio se chocou com um mendigo vestido com trapos sujos. Um dos olhos e parte rosto imundo do homem estavam encobertos por ataduras encardidas. Os trajes rotos cobriam todo seu corpo, mas o mau cheiro dava a entender que se tratava de um leproso. Ele vinha cambaleando em sentido contrário e foi impossível evitar o encontrão. A bolsa de ouro caiu de suas mãos e o único olho verde do maltrapilho brilhou de interesse. Patrus afastou-o com um safanão.

— Saia daqui cão sarnento!

O homem caiu sentado. O criado recolheu a bolsa, saindo apressado sem olhar para trás. Se tivesse feito isso, teria percebido quando o mendigo aprumou o corpo e caminhou a passos largos, milagrosamente recuperado, em direção ao quartel do senescal.

— Misericórdia — gemeu Andrew, com a mão sobre nariz, ao encontrar o companheiro no alojamento —, não tinha um disfarce menos fedorento?

Gilchrist, com o tapa-olho devidamente colocado no lugar, desenrolou as ataduras da cabeça e sorriu para o *chevalier*.

— Onde já se viu um mendigo leproso cheirar bem? — Livrou-se dos farrapos sujos que esfregara com carne apodrecida e foi até uma bacia lavar o rosto e as mãos, encardidos de terra. — Onde estão Svenson e Bakkar?

— Bakkar está, como direi... — fez uma pausa significativa antes de prosseguir — ensinando um passarinho cantar. Svenson foi para casa. Creio que está a sua espera.

— Ótimo — Gilchrist começou a se livrar do resto dos trapos, expondo o peito largo coberto de cicatrizes e o ombro enfaixado. Antes de acabar de se limpar, disse — tenho uma informação muito interessante para ele. — Apontou um gancho na parede, pedindo — pode me passar esta túnica, por favor?

Mark parou à frente de Gerald, que tentava manter o mínimo de compostura. Suas mãos estavam atadas aos braços de uma cadeira e o mestiço com cara de poucos amigos fazia uma pergunta atrás da outra, mal lhe dando tempo de respirar. Aliás, àquela altura, depois de ter sido surrado como um asno, até mesmo isso doía.

— Quem armou a cilada? — Mark perguntou, os dentes cerrados, diante do rosto machucado de Gerald — quem entregou Leila nas mãos de Vernon?

— Não sei... — gemeu o soldado. Se abrisse a boca, Vernon certamente o mataria bem devagar.

O mestiço agarrou os cabelos do prisioneiro. Sacudiu-o violentamente e gritou.

— Não banque o valente! Seu comparsa está morto, não há porque defendê-lo!

Gerald arregalou os olhos. Até então não sabia que Vernon havia morrido.

— Mo... morto...? — Gaguejou.

O *chevalier* sorriu de forma sinistra. Agarrou o punho do prisioneiro que estava preso no braço da cadeira. Forçou-o a abrir a mão e olhou dentro de seus olhos.

— Sim, ele está morto. Morreu rápido, com uma adaga cravada nas costas — seu sorriso se alargou enquanto falava mansamente, a voz contrastando com suas ações — só que você, Gerald, ainda vai demorar muito para morrer — tornou a esbravejar. — Quem entregou Leila?

Gerald engoliu em seco. Não sabia se tinha mais medo do mestiço ou do sinistro Patrus. Tentou aguentar mais um pouco. Talvez conseguisse negociar com o homem, embora ele parecesse ter nervos de aço e nenhuma misericórdia.

— Só contarei se me libertarem — arriscou, erguendo a cabeça num arremedo de coragem.

— Resposta errada, cão.

O punho fechado desceu sobre um dos dedos de Gerald, esmagando-o de encontro à madeira. O urro de dor encheu as paredes da cela.

O som chegou aos ouvidos do guarda, do lado de fora. O jovem olhou por sobre o ombro. Estremeceu e fitou a porta trancada atrás de si. Intimamente, agradeceu a Deus por não ser ele interrogado por Bakkar. Muitos conheciam o *chevalier* mestiço, que se mostrava sempre simpático e despreocupado, parecendo encarar a vida com descontração constante. Poucos, no entanto, imaginavam que, em situações como aquela, Mark al-Bakkar revelava outro lado. Um lado frio, calculista e impiedoso, colocado a serviço de Ibelin. A fama de al-Bakkar, contudo, era de seu conhecimento. O mestiço não pararia até arrancar cada ínfima informação do prisioneiro. Ele não o deixaria desacordado, mas também não o deixaria morrer. O homem poderia até tentar resistir ao interrogatório, mas antes que a manhã chegasse ao fim, Bakkar saberia até mesmo qual era a cor de seus calções preferidos. Isso era tão certo quanto a noite encontrar o dia.

Outro urro de dor cortou os corredores das masmorras. O guarda coçou a cabeça. Pensou que o prisioneiro seria muito, muito estúpido se não resolvesse contar logo a Bakkar tudo o que ele queria saber.

Com a maré vazante do meio dia, uma insuspeita galera mercante egípcia partiu do porto de Tiro, carregando em seus porões dois preciosos e relutantes fardos. Mal a embarcação começou a se movimentar, Leila notou que a amiga empalidecia e começava a suar frio, fechando os olhos e recostando-se na palha do chão.

— Raden... — chamou baixinho.

— Ahn... — a ruiva respondeu com um gemido.

— Não vai me dizer que...

Radegund fez um esforço sobre-humano e abriu um dos olhos. Oh bom Deus, bem que o mundo poderia parar de girar!

— Sim, Leila... — confirmou os temores da amiga — estou enjoando — respirou fundo e tentou controlar a náusea, antes de contar — quase morri... quando vim de Messina... anos atrás. Acho que só não sucumbi... — nova inspiração — para não descobrirem que eu era uma garota.

— Oh, céus! Respire fundo, minha amiga — preocupou-se Leila ao vê-la empalidecer mais ainda — será que não vai aparecer ninguém aqui para nos soltar?!

— Ah, Deus... — a guerreira inclinou a cabeça para trás e inspirou fundo novamente. Se cedesse à náusea, iria acabar sufocando. — Dessa vez, vai ter que se arranjar sem mim, Leila. Enquanto estiver neste navio... serei uma inútil.

Aquela era uma péssima notícia. Leila estava certa de que, quando Radegund acordasse, poderia dar um jeito nas coisas e reverter a situação de ambas. Nunca imaginara que a amiga sofresse de um mal-estar tão intenso no mar. O que faria? Não tinha o menor expediente para lidar com uma situação como a que estavam. Fora criada para saber cuidar da casa, dos filhos e agora, com o aprendizado que tivera com Yosef, aprendera a administrar os negócios que possuía. Mas nem de longe se sentia capaz de resolver um problema como aquele. Durante um bom tempo ficou observando a ruiva, que procurava se manter o mais imóvel possível, apesar do balanço do barco. De súbito, teve uma ideia e logo se preparou para colocá-la em prática. Antes avisou.

— Pensei em algo. Pode não ser uma solução, mas... — deu de ombros se ajeitou de encontro ao tabique — ...tampe os ouvidos.

A ruiva abriu um olho e abafou uma risada. Como se ela pudesse, com as mãos atadas!

Mal Radegund fechara de novo o olho, Leila começou a berrar de uma forma tão estridente, que ela achou que fosse morrer. Para completar, a sarracena batia com os pés amarrados de encontro ao casco do navio. A ruiva se espantou. Como a delicada Leila era capaz de fazer todo aquele ruído de acordar os mortos? *Pelo amor de Deus, alguém desça nesta merda de porão ou ela vai me matar com esse barulho!*

As preces de Radegund foram atendidas minutos depois, quando o alçapão do porão foi aberto e um homem gordo, de pele escura, desceu pela escadinha.

— O que está acontecendo aqui? — Indagou de maneira estridente.

Um eunuco! Leila, à beira da histeria, teve ímpetos de gargalhar ao ouvir a voz de falsete, quase feminina, do homem corpulento. Mas se conteve e olhou muito séria para ele.

— Minha amiga está enjoada — informou.

— Problema dela — o homem rebateu, desdenhoso.

Leila respirou fundo, controlando a irritação. Mudou o tom de voz.

— Por favor, solte minhas mãos para que eu possa cuidar dela — pediu — e arrume-nos um balde. Por caridade — implorou.

O homem a encarou de volta, cruzando os braços.

— Avisaram ao capitão que essa daí — apontou Radegund — era perigosa. Não posso soltá-las.

Ao invés de argumentar, Leila perguntou, ansiosa por conseguir informações.

— Quem o avisou? Por que nos prenderam?

— Vou trazer um balde e também água — disse o homem, evitando responder suas perguntas e já se afastando —, mas desde já, vou avisá-las. Aswad pode ter pagado um bom preço por vocês duas, mas se arrumarem confusão, o capitão vai atirá-las aos tubarões.

O eunuco sumiu pelo alçapão. Leila tentou organizar as informações em sua mente, enquanto ouvia os gritos das gaivotas e os ruídos característicos do porto se afastando cada vez mais. O homem falara num tal Aswad. Mas quem era Aswad? Seria o dono da embarcação? E por que teria pagado um bom preço por elas? Quem alertara o capitão sobre Radegund? E o mais importante; para onde estavam sendo levadas?

Ragnar andava de um lado para o outro, impaciente, diante de um sereno Yosef. Não que o velho homem não estivesse preocupado. Ele apenas sabia que não adiantava ficar gastando suas energias daquela forma. Entretanto, compreendia o norueguês. Sua mulher e seu filho, além de sua amiga, estavam nas mãos de alguém muito cruel, que as arrastara para uma armadilha vil. Yosef pediu a Ragnar, mais uma vez que se acalmasse.

— Sente-se um pouco, Svenson — pediu — ou vai abrir um buraco no chão.

— Ora, Yosef! — Impacientou-se — Gilchrist deveria estar aqui! Bakkar disse que ele viria conversar com os criados e com você.

— E eu já lhe disse que ele mandou uma mensagem avisando que se atrasaria.

Ragnar jogou seu enorme corpo sobre uma cadeira e esfregou os olhos com as mãos.

— Estou me sentindo de pés e mãos atados, Yosef.

A porta do gabinete se abriu antes que o velho administrador pudesse responder.

— Desculpe a demora, Sven — Gilchrist entrou apressado — é melhor que venha comigo até o quartel. Você também, Yosef.

— Mas, por que Gil? O que houve? — O coração de Ragnar falhou uma batida — Leila? Ela...

— Não — apressou-se em interrompê-lo, notando o rumo de seus pensamentos —, não há notícia concreta sobre elas, mas descobri algo muito importante. Vamos depressa. — Olhou por sobre o ombro antes de continuar — aqui não é seguro falarmos.

Intrigados, Ragnar e Yosef seguiram Gilchrist. Apesar da idade avançada, o administrador preferiu ir a cavalo, dispensando o coche que lhe fora oferecido, para que pudessem ir mais rápido. Logo chegaram ao quartel. E imediatamente foram conduzidos ao gabinete de Ibelin.

Mark estava lá, junto com seu comandante, a fisionomia sombria e cansada.

— Sentem-se — falou Ibelin, enquanto apertava com familiaridade a mão que o velho estendia — seja bem-vindo, mestre Yosef. Svenson — ele se voltou para Ragnar —, Bakkar e Gilchrist fizeram um bom serviço agora de manhã. O'Mulryan, na verdade, teve mais uma daquelas suas intuições e seguiu um rumo diverso do que planejamos anteriormente. E parece que deu resultado — voltando-se para Yosef, Ibelin perguntou sem rodeios — o que me diz sobre o criado de Leila?

— Jamal? — Yosef perguntou.

— Não. O outro, o egípcio — retrucou Ibelin —, um tal Patrus.

MAR MEDITERRÂNEO

Leila olhou desolada de Radegund para o balde à frente da ruiva. Agradeceu intimamente por ela mesma não estar sofrendo dos típicos enjoos da gravidez. Bastava a guerreira a colocar tudo o que tinha no estômago — e também o que não tinha —, para fora. Ajudou a amiga a erguer a cabeça. Estudou suas faces pálidas e os olhos lacrimejantes. Limpou seu rosto e os lábios com o pano úmido que o eunuco deixara com elas. Ao notar o estado da ruiva, ele concordara em desamarrá-las.

— Ela não vai a lugar nenhum mesmo... — caçoara o homem.

Entretanto, tratara de atar as duas a uma das vigas de sustentação do porão. Usara para isso uma longa corrente, que prendera a grilhões nos tornozelos de ambas as mulheres.

— Quer beber água? — Leila perguntou, deitando a cabeça ruiva em seu colo.

— Não, Leila. Agora não — pediu Radegund —, deixe que meu estômago se acalme só mais um pouco.

— Tudo bem — concordou a moça —, durma então, eu tomarei conta de você.

Radegund sorriu de olhos fechados.

— Não é irônico, Leila?

— O quê?

— Há alguns meses apenas eu disse a mesma coisa para você.

Naturalmente, ela se recordava. Fora naquela madrugada, na estrada para Tiro. Radegund ficara acordada, apesar da exaustão, e a mandara dormir, velando seu sono. Quando poderia imaginar que seria ela a zelar pela segurança da brava guerreira algum dia? Justo ela, sempre tão dependente de todos.

— Fique tranquila, Raden — passou a mãos sobre o rosto pálido e ferida — eu estarei aqui.

Fraca e cansada, a outra adormeceu.

TIRO

— Quer dizer então que foi Patrus quem deu a informação sobre Leila à Vernon?

— Sim, Sven. Foi ele quem avisou àquele verme que ela estaria no mercado naquele dia — explicou Mark. — Gerald foi o responsável por armar a confusão que distraiu Leandra e Jamal.

— Foi pura sorte eu estar lá na hora em que tudo aconteceu — comentou Gilchrist ao se lembrar da ocasião —, mas isso não explica o interesse de Patrus no desaparecimento de Leila.

— Acho que faz sentido sim, *sire* — Yosef entrou na conversa, a mente dedutiva refazendo os passos do ambicioso criado. — Patrus foi trazido há anos do Egito como escravo. Tiberius, o marido de Sophia, o comprou e o libertou, contratando-o como uma espécie de mordomo. O velho se afeiçoou a ele. Patrus gozava de uma posição privilegiada na casa. Anos depois, quando Tiberius morreu, Sophia manteve Patrus a seu serviço. Seus poderes dentro da residência eram quase absolutos. Creio que ele imaginava que herdaria a fortuna do casal, já que os únicos parentes de Sophia eram Leila e Bharakat. E mesmo assim, o pai de Leila era apenas o cunhado de Sophia. A moça seria, por natureza e por lei, a herdeira universal da tia. Porém, como há muitos anos eles não se viam, Patrus supôs que ela sucumbira em Jerusalém. Quando Leila apareceu em Tiro, ele naturalmente se desesperou.

— Seu raciocínio tem fundamento, mestre — comentou Ibelin. — Mas, pela lei, a senhora Sophia teria necessariamente que deixar seus bens para a sobrinha, não para um empregado, por mais fiel que ele fosse. Patrus não podia se fiar apenas na presunção da morte de Leila. Com certeza este homem tem algum trunfo escondido para ter apostado tão alto.

— Também acho, *messire* — interveio Ragnar —, mas a única coisa que Patrus provavelmente ainda não sabe é que, antes de se casar, todos os bens de Leila foram passados para mim. Ou seja, se Leila desaparecer, ainda assim o legado estará fora de seu alcance — completou, caminhando em direção a janela. — Também suspeito que ele possa ter feito algo contra Leandra... Só não imagino o quê, nem como. Creio que a moça o tenha encontrado no gabinete naquela noite. Jamal comentou que ela foi fechar as janelas. Provavelmente foi naquela mesma ocasião que Patrus se apoderou de meu sinete para forjar as mensagens. O bastardo!

— Também pode ter sido ele quem entregou a ruiva ao templo, Sven — sugeriu Mark —, lembra-se? Foi ele quem, teoricamente, achou o bilhete de Radegund. Mas por quê? — Coçou a barba por fazer e resmungou — Gerald falou que ele tem um estranho poder. Nas palavras daquele idiota, ele domina a vontade das pessoas, lê suas mentes. Mas, convenhamos que, com aquela mente de minhoca que Gerald tem, até um camelo seria capaz de adivinhar o que ele pensa.

— Muitos estudiosos egípcios conhecem o poder da hipnose, Bakkar — comentou Yosef. Gilchrist o interrompeu.

— Desculpe, mestre, mas creio que Patrus vai além disso. Sempre achei que havia algo de sinistro nele... — opinou — creio que ele lida com rituais profanos, com feitiçaria da mais negra e perigosa.

— Acredita mesmo nisso, Gil? — Indagou Mark

— Sim, já vi bastante desse tipo de coisa para saber com o que estou lidando — afirmou o irlandês, sem entrar em maiores detalhes —, não sei explicar. É uma sensação, não há como traduzi-la em palavras. Mas posso lhe dizer que Patrus é perigoso e dissimulado. Hoje, no porto, eu o observei por um bom tempo. Há uma força ruim em torno dele.

— Tudo bem — falou Ragnar impaciente —, agora que sabemos que foi ele quem armou a cilada, que tal arrastarmos o cretino até aqui e descobrirmos onde diabos ele escondeu minha mulher e a ruiva?

— Patrus não falará, Svenson. Se o pressionarmos, é capaz de se matar antes que tenhamos chance de arrancar qualquer informação dele — retrucou Gilchrist. — Alguém que faz o que ele fez só pode ter um espírito doentio e ardiloso. Quem planeja uma teia de intrigas como a que ele planejou e dissimula durante tanto tempo suas intenções, não se entregará facilmente. Se ele não obtiver o que deseja, terá o prazer de nos tirar as duas para sempre.

— E vamos deixá-lo livre? — Esbravejou Ragnar, socando a mesa.

— Svenson — Ibelin chamou em tom de comando. O norueguês se voltou para o nobre —, acalme-se e ouça nossos planos. — Sem remédio, ele concordou. — Deixaremos Patrus pensar que não sabemos de nada — Balian explicou —, Gilchrist o seguiu hoje no porto e eu enviei um grupo que revirará cada navio ancorado em Tiro em busca das duas. Enquanto isso, manteremos a casa de Leila vigiada. Mestre Yosef fará o inventário de toda a documentação de Sophia e Tiberius para achar alguma pista que ligue Patrus à herança. Nesse meio tempo, mantenha a cabeça fria e as mãos longe do pescoço do egípcio. Entendeu?

Ragnar assentiu. Mas no íntimo tudo o que mais queria era apanhar seu machado e cortar o criado em dois.

Várias horas haviam passado quando, junto com Mark al-Bakkar, Ibelin passou a ouvir com bastante interesse o relato do *chevalier* Michael de Cornwall, que voltara com a patrulha.

— Infelizmente — lamentou —, a única galera que não conseguimos vasculhar foi a Khepri, que partiu na vazante do meio-dia, senhor.

— E de onde ela era? — Perguntou Mark, imaginando a resposta que ouviria.

— Trata-se de uma galera egípcia, uma nau de comércio — respondeu Michael.

— Descubra com o encarregado do porto para onde ela estava indo — falou Ibelin.

O jovem *chevalier* sorriu.

— Já fiz isso, *messire* — Michael informou, orgulhoso —, a galera partiu com destino a Al-Arish. O capitão era Aziz, muito conhecido por não ter escrúpulos com respeito ao que transporta. E o mais interessante foi que ele embarcou, hoje de madrugada, depois de ter fechado o lastro, dois grandes fardos. Um marinheiro que estava no cais me disse que pareciam dois tapetes grandes. Acho que poderiam facilmente ser duas mulheres camufladas.

— Você tem razão, Michael — retrucou Mark —, conseguiu saber mais alguma coisa?

— Sim. O encarregado passou uma lista de três chefes do deserto que negociam frequentemente com Aziz.

— E quem são? — Indagou Ibelin.

— Faramarz, Mouhad e Aswad — enumerou o rapaz —, todos líderes beduínos.

Mark franziu o cenho ao ouvir o último nome e olhou significativamente para Balian

— Aswad... — Ibelin estreitou os olhos para Mark — esse nome lhe diz algo, Bakkar?

— O cliente mais provável, *messire* — Mark sorriu, embora seus olhos permanecessem frios — ele tem bom gosto.

Michael olhou de um para outro e perguntou meio sem jeito.

— Cliente? Do que os senhores estão falando.

Mark passou a mão pelos cabelos e encarou o rapaz.

— Comércio de escravas.

— Mas que inferno! — Ibelin bateu com o punho fechado na mesa descarregando sua frustração. Em seguida, recostou-se pesadamente na cadeira — diabos! Para piorar, Al-Arish é território de Saladino. Mande chamar Svenson e os outros, Cornwall. Temos que elaborar uma estratégia.

Patrus caminhou pela casa vazia e admirou os detalhes daquele lugar que, em breve, seria seu. Passou os olhos pelas tapeçarias, correu os dedos magros pela superfície dos móveis trabalhados, suspirou de regozijo diante da prataria polida. Sim, ele conseguiria cada uma daquelas coisas. Como o servo mais fiel de Set seria recompensado com toda aquela riqueza e conforto. Desde que fora feito escravo no Egito por causa de uma dívida, e de que fora vendido a Tiberius, ele acalentara aquele plano. Cultuando seu deus em segredo, aumentando seus poderes, ele vencera, passo a passo, a estrada que o levara até onde estava agora. A apenas alguns passos de uma imensa fortuna.

Teria que ser cuidadoso. Esconder os olhos, onde brilhava sua excitação. Não poderia se trair. Teria que se manter no papel de servo humilde e zeloso. Até que chegasse a hora e o norueguês saísse no encalço da mulher. Até que pudesse revelar o "desejo" de Tiberius.

Patrus fechou a porta do quarto de Leila e caminhou pelo corredor, em direção aos aposentos da mulher ruiva. Entrou sorrateiramente e acercou-se da caixa onde ela guardava a pequena fortuna em joias e pedras. Abriu a caixa, espalhando o odor do sândalo pelo ambiente e fitou o rubi com desdém.

— Sekhmet... — regozijou-se — não poderá proteger sua filha agora. Set a derrotou.

Fechou a tampa da caixa e colocou-a sob o braço. A mulher não precisaria mais dela.

CAPÍTULO

XXIV

"Destas regiões de dor, medonhas trevas
onde o repouso e a paz morar não podem,
onde a esperança, que preside a tudo,
nem sequer se discerne."

"PARAÍSO PERDIDO".
CANTO I, JOHN MILTON

soma dos esforços de Ibelin e seus pares, e de Mark e Ragnar, apareceu imediatamente. No dia seguinte, o norueguês e o mestiço embarcaram num pequeno e veloz navio mercante. Viking, Baco e Lúcifer, mais uma pequena égua castanha, foram embarcados também, junto com provisões e uma experiente tripulação. Ragnar também providenciara uma arca com moedas de ouro, joias e mercadorias diversas que, segundo a orientação de Bakkar, poderiam fazer a diferença na hora de negociar a liberdade das mulheres.

— Além disso — Mark explicou ao amigo, enquanto acomodavam a carga nos porões —, temos que nos lembrar que estaremos em território de Saladino. Apesar de não haver como disfarçar suas origens, — disse medindo Ragnar de cima a baixo —, podemos nos fazer passar por mercadores.

Ragnar franziu o cenho.

— Com essa minha cara? — Desdenhou — acho difícil, meu amigo.

— Nem tanto — Mark abriu um baú e atirou algumas roupas sobre o norueguês — vista isso e deixe a barba crescer. Poderá se passar por um escravo liberto a meu serviço.

— Mas que diabo — retrucou o outro, agarrando desajeitadamente as roupas. — Por que *eu* tenho que ser o escravo?

Mark bufou, impaciente.

— Porque um legítimo homem do deserto não é louro, branco e de olhos claros. E também não tem tantos palmos de altura. Convencido?

— Como se você fosse baixo... — o mestiço olhou feio para o amigo — está certo, vou me fantasiar e ser seu servo! Mas não se acostume — resmungou, começando se trocar ali mesmo, no convés.

Mark sorriu das bravatas do amigo, mas logo voltou a ficar sério. Fitou longamente as águas mansas do porto, especulando. A viagem duraria no máximo dez dias. Dez longos dias de angústia e incerteza, sem saberem que fim levaram as duas mulheres. Tudo o que podiam fazer, eles tinham feito. Agora, só restava esperar e olhar o azul do Mediterrâneo, rezando para que suas pistas estivessem corretas. E para que nenhuma tempestade ou mudança nos ventos atrapalhasse suas vidas.

Gilchrist ficara na casa de Leila, oficialmente com a desculpa de esperar notícias junto com Yosef. Entretanto, sua missão era vigiar Patrus que, sem sequer imaginar que sua trama fora revelada, continuava a agir como um fiel empregado. Chegara inclusive, para a total irritação do irlandês, a se mostrar preocupado com o desaparecimento de Leila.

— Bastardo, — rosnou Gilchrist, assim que fechou a porta atrás do egípcio — o maldito é tão dissimulado que me dá nojo!

— Acalme-se, *sire* — pediu Yosef — em breve colocaremos as mãos nele. Tenha paciência e continue fingindo que não sabe de nada. Ele dará um passo em falso a qualquer hora.

O irlandês suspirou e se jogou numa cadeira.

— Será difícil, mestre Yosef. Mas vou me esforçar.

— Faça isso, — reiterou o judeu — e reze para que o mestiço e Svenson encontrem as duas. Só assim estaremos livres para confrontar Patrus.

AL-ARISH, EGITO, DEZ DIAS DEPOIS

Leila olhou para a amiga. Deitada sobre a palha, estava pálida, mais magra e enfraquecida. Radegund era apenas uma sombra da mulher destemida que ela conhecera em Jerusalém. Graças aos céus, tinham atracado. O eunuco, que vinha duas vezes ao dia trazer as refeições e água fresca, as informara que, assim que o capitão acertasse o desembarque das outras mercadorias, cuidaria delas. Por isso, ela tentava desesperadamente tirar a amiga do estupor causado pelos dias no mar. Se havia uma chance das duas escaparem, aquela seria a hora ideal.

— Vamos Raden, levante-se — pediu com suavidade — precisa ficar de pé.

— Esqueça, Leila — a outra gemeu —, não tenho condições nem de erguer a cabeça da palha, que dirá ficar de pé.

— Por favor, querida... — implorou.

— Deixe-me — Radegund retrucou, sem sequer se mover.

Leila recuou, fitando desanimadamente a mulher jogada sobre a palha. Pelo Profeta! Radegund não podia simplesmente desistir de tudo. O que seria delas se ela simplesmente resolvesse se curvar ao destino impiedosamente traçado para elas? O que seria dela, de seu filho? E, com todos os demônios, onde estava a guerreira que ela conhecia? Entre desesperada e irritada, Leila resolveu fazer a ruiva reagir. Respirou fundo e endureceu a voz.

— Levante-se já daí, Radegund!

A ruiva abriu um olho só. Olhou para a pequena sarracena de pé a sua frente, as mãos na cintura.

— Esqueça —, resmungou e fechou o olho. Agora que o enjoo passara, nem morta ela se mexeria. Era melhor morrer ali, deitada, do que botando as tripas para fora.

Leila perdeu a paciência. Sem nenhuma delicadeza, abaixou-se e puxou Radegund pelos ombros, colocando-a sentada. A ruiva empalideceu na mesma hora, cambaleando e rosnando um palavrão, que Leila fingiu não entender. Ao invés disso, incitou-a.

— Você vai se levantar daí — esbravejou — e vai ficar de pé! Ou eu vou largar você neste navio. E pouco me importo se você morrer de tanto enjoar. Para mim chega! Você parece uma fracote — concluiu, provocando-a.

A ruiva arregalou os olhos, despertando do estupor. Ora! Que baixinha atrevida! Leila percebeu o brilho de irritação que começava a aparecer nos olhos da companheira. Prosseguiu em sua estratégia.

— Eu sempre pensei que você era uma mulher de fibra, uma mulher corajosa — agarrou-a pelo cós da calça e puxou-a para cima, forçando Radegund a ficar de pé de encontro ao tabique — mas você está parecendo uma cortesã. Uma donzelinha indefesa. Mexa-se! — Sacudiu-a e gritou, encarando-a — duvido que consiga ficar de pé sozinha. Um enjôozinho qualquer e você está aí, toda mole. Você é muito frouxa!

Dito isso, largou a amiga. Radegund cambaleou e segurou numa das vigas. Em seguida, fulminou Leila com os olhos, revidando.

— Frouxa é a...

A ruiva não conseguiu terminar a frase. Leila se atirou sobre ela, abraçando-a efusivamente.

— Ah, eu sabia que um pouco de provocação daria certo! — Afastou-se um pouco e tomou as mãos de Radegund nas suas — bem-vinda de volta.

A guerreira suspirou, entre tonta, desanimada e agradecida.

— Leila, acho que vai acabar me enlouquecendo... — sorriu fracamente, ainda sob os efeitos do balanço da embarcação —, mas obrigada por me ajudar — fez uma pausa antes de prosseguir. — Parece que paramos — apoiou-se numa viga de sustentação e pediu — poderia me arranjar um pouco de água?

— Claro. Sente-se — a sarracena a ajudou a se ajeitar sobre a palha —, precisa recuperar as forças. Pelo que entendi, mais tarde virão nos tirar daqui.

— Conseguiu descobrir qual será nosso destino? — Radegund indagou enquanto bebia a água e mastigava o biscoito duro que Leila lhe dera. Agora que o navio atracara, conseguiria manter algo no estômago.

Leila se sentou ao lado dela e contou o que sabia.

— O eunuco encarregado de nos vigiar disse apenas que um tal Aswad pagou por nós duas e que seremos mandadas para ele — explicou. — Perguntei a ele onde estávamos. Com muito custo ele me falou que aportamos em Al-Arish.

— Diabos! Estamos no Egito — Radegund franziu o cenho. — Aswad... ouvi esse nome, mas não me lembro onde. O que mais descobriu?

— Só isso, sinto muito — suspirou desanimadamente para depois perguntar —, e agora?

Radegund ficou calada por muito tempo. Forçado a mente a sair do estupor daqueles dias em que fora apenas um fardo imprestável nas costas de Leila. Bela *chevalière* ela se saíra! Por fim, tornou a falar.

— Vamos esperar até sairmos dessa banheira. Com meus pés em terra firme, terei como avaliar melhor as nossas chances — explicou. — De qualquer forma, tentar algo agora seria estupidez. Além de fracas, não temos uma ideia clara de nossa situação. Para piorar, o Egito é território de Saladino. É melhor usarmos esse tempo para recuperar nossas forças e ficar de olhos e ouvidos atentos.

Leila ia retrucar, mas não houve tempo. O alçapão foi aberto e o eunuco apareceu trazendo dois pares de grilhões nas mãos.

— Vim buscar as duas — olhou feio para a ruiva — e vou avisando que é melhor que não tentem nada. Ou o capitão terá prazer em entregar só os pedaços de vocês à Aswad.

— Quem é Aswad? — Indagou Radegund, sufocando a raiva enquanto seus punhos eram presos aos grilhões.

— Aswad é um chefe do deserto, um dos líderes dos *Bannu Khalidi*[63]. Ele comprou vocês duas — o eunuco terminou de acorrentar Leila e cutucou-as em direção à escadinha — para a diversão dele. Vamos, andem. Os homens de Aswad as esperam. Daqui até o acampamento da tribo será um dia de viagem. Eles querem partir imediatamente.

Sem alternativa, elas simplesmente obedeceram.

Um dia inteiro passou, lento e moroso. Radegund começava a preferir o balanço do navio ao sacolejo interminável sobre os camelos. Cruzaram a imensidão de areias avermelhadas sem avistar viva alma até que finalmente enxergaram o que parecia ser seu destino.

Leila olhou desanimadamente ao redor enquanto o condutor da caravana cutucava as patas do camelo com um bastão, fazendo-o se ajoelhar no chão. Colocou as mãos sobre o ventre ao sentir uma pontada discreta. *Também, chacoalhando daquele jeito...* resmungou mentalmente, afagando a barriga, *daqui a pouco descansaremos, meu bebê. Espero.*

O mesmo desânimo invadiu Radegund. O lugar não passava de um agrupamento de tendas escuras, umas oito ou dez, em torno de uma maior e mais luxuosa, nas imediações de um pequeno oásis. Mulheres e crianças corriam para ver os recém-chegados, enquanto os beduínos descarregavam suas mercadorias. A ruiva saltou de seu animal, afundando as botas na areia. Foi para o lado de Leila, enquanto os homens gritavam ordens num dialeto estranho.

— Pode entender o que eles dizem? — Perguntou à amiga.

— Muito pouco... — cochichou Leila, apurando os ouvidos —, é uma mistura do que falamos com sabe se lá o quê.

Radegund deu mais uma olhada ao redor enquanto a azáfama em torno de ambas prosseguia.

— Onde diabos nós estamos?

Leila encarou a amiga. Quando respondeu, havia um toque de amarga ironia em sua voz.

— Sabe onde fica o nada? — Radegund ergueu uma sobrancelha. Ela continuou apontando as tendas com as mãos — creio que estamos bem no meio dele.

— Ótimo — resmungou a guerreira sacudindo as correntes no punho —, tenho minhas mãos atadas e nenhuma arma; faz quase duas semanas que não sei o que é um banho ou roupas limpas — enumerou suas desventuras —, cheiro pior do que o camelo que me trouxe até aqui. Estou perdida no meio do nada e de gente que não fala nenhuma língua que eu conheça. Com os diabos, o que mais me falta acontecer?

— Aquilo.

Radegund olhou para a direção que Leila apontava. Não gostou do que viu. Um homem alto e forte caminhava confiante na direção delas duas. Pele escura, tisnada pelo sol do deserto, cabeça coberta por um turbante branco. Seu rosto possuía malares altos e nariz largo e reto. As faces estavam parcialmente cobertas pela barba escura e cerrada. Trazia nas mãos um chicote de montaria e seus passos eram determinados. As pessoas ao redor inclinavam a cabeça à sua passagem. Os olhos dele estavam cravados nas recém-chegadas de forma explicitamente avaliativa, percorrendo seus corpos de cima a baixo, da mesma forma que contemplariam um cavalo num leilão.

— Diabos! Posso apostar minha espada como esse sujeito é o tal Aswad — a ruiva murmurou, avaliando-o —, ele poderia ser mais baixo, mais magro... ou um sujeito gordo e doente. Maldita seja nossa má sorte!

— Tenho que concordar com você — retrucou Leila, compartilhando o desânimo de Radegund. — E eu que pensei que fôssemos encarar um velhote — achegou-se a amiga, sem deixar de observar as reações do homem. — Não sei se ele gostou de nós — olhou a ruiva nos olhos —, e eu me pergunto; isso será bom, ou ruim?

Aswad estreitou os olhos esverdeados e encarou as duas mulheres sujas e desgrenhadas diante dele. Enxergou, com sua habitual sagacidade, o que existia sob a capa de poeira, sob as roupas estragadas e sob a falta de um banho decente. Uma leoa e uma gatinha. Duas joias.

Gritou num dialeto estranho a ambas e logo uma velha encarquilhada se apresentou reverente diante dele. Deu-lhe uma série de ordens. A mulher então olhou para as duas com o nariz torcido. Exclamou na língua dos sarracenos, com um gesto para que a seguisse.

— *Yalla! Yalla!*

Leila deu a mão a Radegund e as duas, sem forças para discutir, foram atrás da mulher. Ambas sentiram o olhar daquele que era chamado Aswad queimar em suas costas.

Havia passado apenas um par de horas. Mas fora o suficiente para que Aswad soubesse que comprara gato por lebre. Sentado sobre uma almofada em sua confortável tenda, o chefe do deserto esbravejava em sua língua.

— Grávida? — Indagou — tem absoluta certeza, Bennu?

A velha riu expondo os poucos dentes escurecidos.

— Sim, amo. Sabe que tenho experiência. E nenhuma das duas é virgem — a velha torceu a boca e falou com nítido desagrado. — Precisei drogá-las para poder examiná-las. Derrubaram os guardas, atacaram as outras

mulheres... a de cabelos vermelhos quebrou o braço de Khalima e a pequena distribuiu dentadas, pontapés e unhadas em quem se atreveu a tocá-la.
Coloquei uma poção na água que elas beberam para fazê-las dormir.

Aswad coçou o queixo, pensativo

— A duas... — resmungou. — Informaram-me que a mulher de cabelos vermelhos era perigosa, uma fera indomada. Mas a pequena se revelar
uma tigresa, foi de admirar! Pensei que fosse dócil, uma gatinha de alcova.
Pelo menos foi o que me disseram. E você vem me contar que ela lutou
contra você. E ainda por cima, que está grávida — bateu com o chicote de
montaria contra o couro da bota. — Fui ludibriado, Bennu.

— E o que fará, meu amo?

Ele deu de ombros.

— Ficarei com as duas — resolveu —, já paguei por elas. A pequena
me agrada mais, tem curvas macias, corpo delicado. Mas traz o filho de
outro homem. Não me deitarei com ela ainda, Bennu. Por ora, vou me
divertir com a leoa. Ela não faz muito o meu tipo; muito alta, tem músculos
no lugar de carne — sorriu —, mas creio que será um prazer domar essa
criatura selvagem.

Bennu riu com gosto do prazer antecipado que viu no rosto de Aswad.
E riu mais ainda ao pensar que a tal mulher em questão talvez desse muito
mais trabalho do que seu amo pensava que teria.

AL-ARISH

Para a total irritação de Ragnar, que já se encontrava impaciente como
uma fera enjaulada, os ventos desfavoráveis atrasaram a viagem. Obrigaram
a embarcação a navegar um pouco mais afastada da costa para que não acabasse encalhada ou estraçalhada contra as rochas. Foi com alívio que ele e
Bakkar desembarcaram em Al-Arish, um dia depois do esperado.

— Lembre-se de que aqui é território de Saladino — avisou-o Mark,
recolhendo os alforjes do chão e descendo pela prancha —, mantenha-se
atento e deixe que eu converso com quem precisarmos conversar.

Ragnar saltou para terra firme e indagou.

— Acha que os cavalos são suficientes para nos levar e à carga?

— Não — Mark sinalizou a um carregador onde deveria deixar um
dos fardos que trouxera e depois continuou a falar. — Compraremos dois
camelos para levar as provisões e a bagagem extra — começou a caminhar
e foi seguido por Svenson —, gostaria de levar menos peso, para irmos mais
rápido. Mas Aswad... — Ragnar estacou e Mark o imitou — o que foi Sven?

— Como tem tanta certeza de que foi esse tal Aswad quem levou
as duas?

Mark deu de ombros, desconversando.

— Tudo aponta para ele.

Ragnar franziu o cenho. Conhecia o mestiço há muito tempo para saber quando ele estava fugindo de um assunto. Insistiu.

— Fala como se o conhecesse...

Os dois permaneceram se encarando, enquanto os minutos escoavam e a vida passava ao redor de ambos sem que percebessem. Mark ficou em silêncio durante tanto tempo que Ragnar achou que ele apenas lhe daria as costas e iria embora, sem responder. Então, repentinamente, ele falou. Sua voz soando mais grave do que o habitual.

— Eu o conheço — confessou —, fomos amigos... talvez. Servimos juntos na tropa de elite do sultão, há anos atrás.

Ragnar não conseguiu conter a estupefação.

— Você... você é um *mamluk*?

— Fui — Mark corrigiu o amigo — e Aswad também era.

— Mas, como ...?

Ragnar ia perguntar como ele hoje servia aos cristãos, se era bem sabido que os *mamlik* de Saladino eram como escravos, vivendo numa estranha relação servil para com o sultão. Ao mesmo tempo, gozavam de regalias, riqueza e influência, apesar de não terem liberdade para se desligarem do serviço. Mark, no entanto, apressou-se em esclarecê-lo.

— Depois de salvarmos o sultão de uma tentativa de assassinato, eu e Aswad ganhamos nossa liberdade como recompensa e seguimos nossas vidas — lançou um sorriso irônico ao norueguês. — Satisfeito?

— Impressionado.

— Então esqueça que um dia eu lhe contei isso e concentre-se. Temos que resgatar sua mulher e a ruiva encrenqueira.

Eficientes, em menos de uma hora os dois cruzavam o deserto em direção ao acampamento dos beduínos. Intimamente, Ragnar rezava para que Leila e seu filho estivessem bem. Se a perdesse... nem queria pensar nisso! Só a possibilidade fazia seu coração sangrar de tanto desespero. Suspirou de saudade. Tudo o que mais queria naquele momento era abraçar sua mulher e beijá-la até se cansar.

Logo meu amor, logo estarei com você em meus braços. Nem que para isso eu tenha que matar este tal Aswad com minhas próprias mãos.

NORTE DO EGITO

Leila e Radegund acordaram no dia seguinte em meio a uma profusão de sedas e almofadas macias, na penumbra acinzentada de uma tenda. O lugar, para a surpresa de ambas — que esperavam se ver numa cela — cheirava a incenso e madeiras perfumadas. Ainda zonzas e perplexas, constataram que haviam sido dopadas e que, durante o período de inconsciência, foram banhadas e suas roupas substituídas.

— Mas o que diabo é isso? — Radegund puxou o fino tecido das calças largas que usava.

Leila, apesar da situação em que se encontravam, não conteve o riso diante da expressão da amiga.

— Uma *shalwar*.

— Mas que diabo, eu sei o *quê* é! Mas por que *isso* está em *mim*? — Ela a apontou — e em você também!

Leila suspirou e olhou para as roupas que usavam. As finas sapatilhas, o tecido delicado, sem falar na riqueza da tenda. O tal Aswad devia ser um homem abastado para vesti-las tão bem assim.

— Acho nos vestiram assim — murmurou —, porque em breve nos encontraremos com nosso... dono.

A ruiva encarou a amiga, carrancuda.

— Ninguém é meu dono, Leila.

Leila lhe deu apenas um olhar cansado. Parecia tão desanimada!

— Temos que nos conformar...

— Conformar?! — A guerreira se ergueu e se aproximou dela — o que houve com você? Onde está a mulher corajosa que me sustentou a viagem inteira naquele maldito navio? Pare com isso! Mais cedo ou mais tarde, nós vamos sair daqui — afirmou —, acredite em mim.

Leila balançou a cabeça.

— Não tenho tanta certeza. Ninguém sabe que estamos aqui, não há como nos encontrarem — suspirou pesarosa — estou com medo e estou cansada. Sinto-me no limite de minhas forças — voltou os olhos para Radegund —, completamente exausta. Quase fui violentada, matei um homem que quase matou você. Depois fomos drogadas, sequestradas, arrastadas de Tiro até esse fim de mundo e provavelmente drogadas de novo — suspirou outra vez. — Estou com saudade de meu marido e também com medo pelo meu bebê.

A guerreira se preocupou.

— O que há com o bebê, Leila?

— Desde que viemos nos camelos, venho sentindo cólicas. E agora, quando acordei, minha barriga estava doendo muito — Leila apertou as mãos de Radegund nas suas. — Não quero perder meu filho.

Radegund a abraçou.

— Acalme-se, menina, não vai perdê-lo. Pode ser efeito da droga que usaram para nos dopar — afastou-se um pouco e a encarou, procurando passar uma segurança que estava longe de sentir. — Descanse que eu fico de olho.

Obediente, Leila recostou-se sobre os joelhos da ruiva. Mas a dor em seu ventre ainda a incomodava. Num gesto de proteção, pôs a mão sobre a barriga, pedindo ao seu filho que aguentasse mais um pouco. Talvez ainda existisse uma mínima chance de alguém as encontrar. Mas, bem no fundo, perdera totalmente as esperanças.

O sol espalhava o clarão vermelho do entardecer sobre as areias quando Aswad entrou na tenda em que as cativas estavam. Sua presença dominou o ambiente sem que precisasse dizer uma palavra sequer. O tecido à entrada da tenda foi baixado às suas costas. Calado, sorriu lentamente e as observou por algum tempo. Depois, aproximou-se das duas e ordenou num francês carregado.

— Levantem-se.

Leila obedeceu, evitando irritar o homem. Ergueu-se devagar, apoiando a mão no ventre dolorido.

— Você também — Aswad apontou para ruiva —, devem se levantar quando estiverem na minha presença. Agora pertencem a mim.

— Esqueça, cão — rosnou —, não tenho dono. Pertenço a mim mesma.

Aswad franziu o cenho. Puxou-a pelo braço de supetão, fazendo-a se erguer.

— Pertence a mim. E quanto antes se convencer disto, melhor será para você, mulher. Eu paguei por vocês — ele olhou de uma para a outra. — Já arrumaram confusão demais por aqui e não fizeram jus ao que gastei. Ainda por cima fui enganado, comprando uma mulher grávida — soltou Radegund e olhou para Leila, que se encolheu junto à amiga. — Justo a que eu preferia...

Radegund abraçou Leila, numa atitude protetora.

— Deixe-a em paz, bastardo! Não vê que não está bem?

— Você é muito atrevida — Aswad avançou sobre as duas.

Rápida, a ruiva colocou Leila às suas costas.

— Não pense que me intimida falando grosso — desafiou-o —, dei conta de homens bem maiores do que você.

Para a grande surpresa de Radegund, o homem gargalhou.

— Ah, mulher! Você vai me divertir muito mais do que eu esperava! — Parou de rir e a encarou com seriedade — eu a quero em minha tenda esta noite. Irá jantar comigo.

— Quando o inferno congelar...

A fisionomia exótica de Aswad endureceu ainda mais. Deu um passo à frente. Segurou-a com força pelos ombros, irritado.

— Entenda de uma vez por todas, mulher. *Eu* mando aqui. A vida e a morte de todos sob essas tendas, inclusive as de vocês, me pertencem — estreitou os olhos e prosseguiu. — Caso não me obedeça, sua amiga ficará sem comer, assim como você. Fui claro? — Ele a soltou bruscamente, fazendo-a cambalear. Deu-lhe as costas. Da entrada da tenda, falou por sobre o ombro — quero você em minha tenda antes que a lua apareça no céu. Um dos guardas virá buscá-la — caminhou para a saída e parou com a mão sobre o tecido que fechava a tenda. — Lembre-se. O bem-estar de sua amiga depende de sua... — passeou os olhos demoradamente sobre o corpo da ruiva antes de completar — ...cooperação.

Radegund suspirou desolada. Mais essa agora! Que inferno. Voltou-se para Leila, que estava sentada em um canto, os joelhos dobrados com os braços em torno deles, a face pálida e contorcida.

— O que foi Leila — aproximou-se dela —, não está passando bem?

A jovem ergueu os olhos marejados.

— Ah, Raden! Por favor, não vá até ele! Não deixe que esse homem me use como desculpa para abusar de você...

Ela abraçou a amiga.

— Não se preocupe comigo, Leila. Tem que cuidar de seu bebê. Deixe que eu darei um jeito no cretino. Está sentindo dores? — Ela fez que sim com a cabeça — fique quietinha aqui então. Vou ver se convenço o homem a arrumar alguma coisa para passar essa dor.

Radegund a ajudou a se deitar e cobriu-a com uma manta. Em seguida, encaminhou-se para a saída da tenda.

— Aonde vai? — Leila indagou, apoiando-se num dos cotovelos.

— Falar com o maldito bastardo. Se ele me quer, ele vai ter — Leila quase pôde ver os olhos da guerreira brilhando na penumbra da tenda —, mas não do jeito que pensa.

Radegund deixou sua tenda para trás e seguiu a passos largos na direção da tenda maior, no centro do acampamento. Ignorou os dois guardas que se apressaram em segui-la. Procurou se concentrar no que teria que fazer.

Era óbvio que não iria parar na cama do bastardo de livre e espontânea vontade. Só de pensar no homem tocando seu corpo sentia calafrios. No entanto, suspeitava que Leila não suportaria a situação por muito tempo. Pensara num plano louco, quase suicida, mas era melhor do que nada. Pelo bem de Leila e do filho de Ragnar, comeria com aquele infeliz. Sua amiga seria bem tratada em troca disso. E depois, daria um jeito de enfiar uma adaga no coração do chefe do deserto antes que ele a transformasse na sobremesa.

Antes que percebesse, alcançou a tenda daquele a quem chamavam de Aswad. Um servo afastou o tecido da abertura para que ela entrasse e cerrou-o logo após sua passagem. O cheiro de incenso e tabaco, misturado ao de couro, madeira e especiarias, revolveu seu ainda frágil estômago. Radegund respirou devagar, acalmando a náusea. Seu olhar cruzou então com o de Aswad.

O homem moreno a estudou com aberta apreciação. Radegund engoliu em seco. Aswad não era um homem fraco e indolente. Sua constituição física era a de alguém habituado ao manejo da espada, às cavalgadas e ao trabalho duro. Mesmo sendo experiente em combate, sabia que estava muito debilitada pelos enjoos que sofrera. E faminta. Não seria fácil enfrentá-lo.

— Parece que resolveu aceitar minha proposta... — ele quebrou o silêncio usando seu francês cheio de sotaque — e deve estar ansiosa. Veio mais cedo.

Ela ergueu o queixo e não respondeu. Não consumiria suas forças respondendo às provocações. Aswad se aproximou lentamente, sem deixar de encará-la. Chegou bem perto e ergueu uma das mãos. Radegund se manteve firme, à espera de algum tipo de agressão. Mas ele apenas tocou seu pescoço, onde uma artéria pulsava rapidamente. Olhou-a dentro dos olhos.

— Se pudesse abriria minha garganta, não é, ruiva?

— Certamente — foi sua resposta.

— Vou me lembrar de não deixar nenhuma faca ao seu alcance.

— É um homem inteligente, Aswad.

— *Amo* — corrigiu-a.

— Aswad.

Finalmente ele deixou transparecer alguma irritação.

— Ainda não entendeu sua posição aqui, mulher? — Rosnou.

Radegund rebateu à altura.

— Entendo que eu e Leila fomos drogadas, sequestradas e vendidas. Ah — ironizou —, e em nenhum momento fomos consultadas a respeito.

Ele a encarou, o rosto severo.

— Não minta para mim, isso não a ajudará — avisou-a. — O homem que as enviou disse que eram prisioneiras; traidoras feitas escravas em Jerusalém.

Radegund ergueu uma sobrancelha diante da informação. Quem teria sido o bastardo?

— Ele mentiu.

— Não importa — Aswad deu mais um passo em sua direção —, estará em minha cama esta noite. Terei o prazer pelo qual paguei.

— Vai ter que lutar comigo — afirmou, impassível, como se dissesse que choveria naquela noite.

Ele balançou a cabeça numa negativa cínica.

— Você agora me pertence, fará o que eu quero.

— Nunca.

Aswad chegou ainda mais perto e rodeou-a, observando-a apreciativamente. Num bote preciso, agarrou-a pelos cabelos, fechando as mãos calejadas nos fios vermelhos, voltando-a para si. Chegou tão perto que ela pode sentir o odor do fumo que ele usava no *nargillè* em sua respiração.

— Você é orgulhosa, mulher — falou bem perto de seu rosto —, será um gosto domá-la, como faço com meus cavalos.

— Eu não sou um cavalo — Radegund sibilou.

— Tem razão — ele percorreu a linha de seu pescoço com um dedo, mas não largou seus cabelos. Trouxe-a para mais perto, colando-a a seu corpo. Falou junto ao seu ouvido, de maneira ameaçadora — você é selvagem, mais parecida com uma leoa. Mas até elas, apesar de serem mortais, se submetem aos chefes do bando — fitou-a de maneira interrogativa. — Diga-me, como uma mulher como você não tem um homem a quem pertença? Não compreendo...

Como em resposta a essa pergunta, uma comoção à frente da tenda trouxe para dentro do ambiente Mark al-Bakkar, vestido como um homem do deserto. Junto com ele, vieram suas estranhas palavras.

— Engano seu, Aswad. Essa mulher me pertence.

CAPÍTULO

XXV

"A cobiça é a sede de toda maldade."

ESTOBEU

adegund, tão perplexa quanto Aswad, fitava a entrada da tenda. Um sisudo Bakkar encarava ora um, ora outro.

Mark, seu convencido, você não resiste mesmo a uma entrada triunfal. Que Deus me ajude, mas o que diabos você pretende com essa história?!

Aswad recuperou-se parcialmente da surpresa.

— Você?! — Ele soltou os cabelos de sua cativa e olhou para Mark —, Mahkim al-Bakkar...

— O destino quis que nos encontrássemos de novo, Aswad — Mark deu um passo à frente e cumprimentou o chefe do deserto diante do olhar atônito da ruiva — *salam aleikum.*

— *Aleikum as salam* — Aswad sorriu e apertou sua mão —, o que o trouxe ao meu acampamento?

— Minha mulher — ele apontou Radegund com indiferença, sem deixar de reparar em como as roupas de seda lhe caíram bem —, essa daí.

Aswad estreitou os olhos.

— Eu a comprei. Ela e a outra, a que está grávida. Vai me dizer que é sua também?

O mestiço sorriu com estudado desdém.

— De um amigo. Foram roubadas de nós.

Aswad cruzou os braços diante do peito largo.

— Então deveriam ter tomado conta delas.

— Eu sei — Mark fez um gesto de enfado —, nós erramos. Devíamos tê-las trancado em casa, mas sabe como são essas criaturas... — ergueu as mãos para cima, como se pedisse paciência aos céus. — Posso compensá-lo pelo transtorno que sofreu?

— Dez cavalos.

— Muito — Mark deu de ombros —, fique com ela.

Mas que filho da... Radegund estreitou os olhos, comprimindo os lábios. Mark olhou para ela, sério, antes que a guerreira verbalizasse o que lhe passava na cabeça.

— Hum. Que tal oito cavalos, Mahkim? — Sugeriu o beduíno — elas me deram muito trabalho mesmo. E a morena está grávida. Não vale tanto.

— Cinco cavalos, Aswad.

— É muito pouco, homem — esbravejou. — Já disse que elas me deram trabalho, não são dóceis! Criaram confusão desde que chegaram. Até quebraram o braço de uma das minhas servas — argumentou — quero seis cavalos para compensar os estragos.

O mestiço olhou para a ruiva; não esperava mesmo que fosse diferente. Estava admirado por ainda encontrar Aswad com a cabeça em cima do pescoço. Radegund o encarou com expressão debochada e exibiu seu sorriso mais doce. Mark achou melhor se apressar; fez o lance final.

— Como você mesmo disse, Aswad, elas dão muito trabalho. E como sou seu camarada, farei um favor em livrá-lo delas. Pago cinco bons cavalos pelas duas.

— *Tauil bālak*[64]! Bah! Está bem, homem. Você é um osso duro de roer — exclamou Aswad, sabendo que, na verdade, fizera um excelente negócio, recebendo quase o dobro do que pagara pelas mulheres. — Vai levá-las agora?

— Se puder nos oferecer sua hospitalidade até amanhã de manhã — pediu Mark —, eu posso lhe contar as novidades de Tiro.

O beduíno se alegrou. Era difícil conseguir notícias recentes por aquelas bandas.

— Muito bem. Mas creio que vai querer sua mulher para essa noite — empurrou Radegund em cima de Mark, que a advertiu com um olhar para que permanecesse em silêncio —, ia me dar muito trabalho mesmo domá-la. — Desdenhou, apesar de decepcionado com o desfecho da história — prefiro uma mulher mais delicada e cheia de curvas.

Dito isso, chamou um de seus homens e mandou que providenciasse uma tenda para os recém-chegados. Mark sorriu e se despediu de Aswad, prometendo voltar para a ceia. Foi empurrando uma estranhamente calada Radegund para fora da tenda. O que não era bom sinal. Certamente, assim que estivessem a sós, ela arrancaria seus olhos. Não precisou esperar muito para comprovar sua teoria. Enquanto atravessavam o acampamento, puxando-a pelo braço, ela grunhia.

— Eu vou acabar com você, Mark al-Bakkar — Radegund sacudia o braço, tentando em vão se soltar — juro que apago esse sorriso da sua cara!

Mark ignorou seus protestos. Empurrou-a para dentro do ambiente obscurecido da tenda, longe de olhos curiosos. Cerrou o pano, passou por ela e parou do lado oposto, sorrindo diante de sua indignação. Disse simplesmente.

— Também senti sua falta.

Os ombros da guerreira caíram. Mark abriu os braços, para onde ela correu. Aninhou-se em silêncio durante alguns minutos, enquanto ele afagava seus cabelos. Eram raros os momentos em que Radegund demonstrava qualquer fragilidade. Sabia que ela preferia morrer a fazê-lo diante de quem quer que fosse. Por isso, ficou quieto.

Radegund se deixou abraçar. Apenas por um instante, disse a si mesma, enquanto reunia suas forças para matar Aswad. Apenas por um minuto, enquanto se sentia tão... indefesa. Apesar de aborrecida pela maneira como Mark falara delas a Aswad, e pela forma como a arrastara até ali, era um alívio que tivesse conseguido a liberdade delas. Deus, como estava cansada! Cansada e agradecida serem encontradas. Aliás, como ele chegara até elas? Mais tranquila, ergueu o rosto e se afastou dos braços dele.

— Leila não está bem — avisou, sem rodeios —, onde está Ragnar?

— Fora do acampamento. Teoricamente, ele é meu servo — explicou. — O que há com Leila?

— Acho que é o bebê — cogitou —, a viagem foi muito dura. Pode ir buscá-la?

— Fique aqui, vou falar com Aswad e trazer Leila para junto de você e Sven — fez uma pausa enquanto estudava o rosto pálido da ruiva. — Desculpe pelo expediente que usei. Aswad é um homem do deserto e essa era a única forma...

Radegund silenciou-o com um gesto.

— Esqueça — esboçou um sorriso —, eu me aborreci quando falou aquelas bobagens, mas compreendo o que teve que fazer. Eu só precisava...

— ...descarregar sua fúria — completou. Radegund sorriu. Mark acariciou seu rosto cansado — realmente senti sua falta, garota.

Ela tocou sua mão, afagando-a.

— Eu também, meu amigo.

Depois de um rápido abraço, Mark desapareceu por trás do pano que fechava a tenda. A Radegund só restou sentar-se para esperar.

Leila ergueu os olhos ao notar a movimentação fora de sua tenda. Ouvira o som de cavalos e vozes indistintas vindas do exterior, mas não fora olhar. Estava tão desanimada, tão deprimida! Completamente exausta. Só queria ficar encolhida naquele canto, de olhos fechados, pensando em Ragnar. Em sua mente via seu rosto gentil, seus olhos claros e amorosos. Recordava-se de seus beijos e de suas carícias. Ficava se lembrando do cheiro e do calor dele quando, de manhã cedo, despertava em seus braços.

— Oh, Misericordioso! Será que nunca mais verei meu marido? — Ela murmurou para as paredes de pano da tenda — será que meu filho nascerá na servidão, sem um pai para amá-lo?

Lágrimas quentes escorreram de seus olhos. Leila não fez nada para secá-las. Nem para conter os soluços que sacudiam seu corpo. Não fosse pelo filho que trazia consigo, uma parte de Ragnar que vivia dentro dela, certamente desejaria a morte. Afastou o pensamento sombrio.

Não! Tenho que viver, tenho que ser forte por nós dois!

Uma brisa suave denunciou a abertura da tenda, mas Leila não ergueu os olhos. Se fosse Radegund retornando, sequer teria coragem de encará-la depois da humilhação a que se submetera, deitando-se com o beduíno para salvá-las. Permaneceu com a visão fixa no tapete que forrava o chão, onde os dedos dos pés afundavam. Foi apenas quando viu um par de pés muito grandes, calçados em sandálias de couro, pararem a sua frente, que ela se atreveu a levantar o rosto. Seu coração disparou no peito.

Ela o fez devagar, como se qualquer movimento brusco fosse causar o desvanecimento daquela imagem que, ela acreditava, só podia ser uma miragem, fruto de sua imaginação e de sua saudade. Subiu o olhar pelas pernas envoltas em calças claras e pela barra do *kaftan* que começava logo abaixo dos joelhos. Passou pela cintura marcada por uma faixa de couro, de onde pendia a bainha de uma adaga, e pelo peito amplo, até chegar aos ombros largos e ao pescoço rígido.

Quando seu olhar alcançou o rosto coberto por uma barba clara e os maravilhosos olhos acinzentados, duas mãos carinhosas a ergueram do chão. Seu próprio nome ecoou em seus ouvidos, como o som de um trovão que atravessava a distância, desde muito longe, para agitar seu coração.

— Leila... — as lágrimas rolaram abundantes e salgadas em seu rosto e se misturaram às de seu marido, que a beijava com sofreguidão. — Ah, minha pequenina, *mitt liv*[65]! — Ragnar a apertou nos braços e a beijou, enternecido — não sabe o desespero em que estou desde que desapareceu.

— Ragnar — ela envolveu o rosto dele com as mãos, tentando acreditar que ele era real — como...?

Ele a segurou com força, como tivesse medo que fosse arrancada de seus braços.

— É uma longa história, *liten*. Conseguimos a pista de vocês com o cúmplice de Vernon.

Leila estremeceu. Agarrou-se a ele em busca de proteção ao se recordar da tentativa de estupro que sofrera. E também do que fizera para salvar sua amiga. Radegund!

— Onde está Radegund? — Perguntou aflita — o que aquele homem fez com ela?

— Acalme-se. Bakkar está com a ruiva.

— Ele também está aqui? Mas como...?

Ragnar sentou-se com ela no colo e acariciou sua face.

— Prometa-me não desgrudar de mim nos próximos mil anos e eu conto tudo.

Leila se aconchegou em seus braços.

— Prometo que não vou a lugar nenhum, meu amor.

Aswad ergueu o copo e saudou o visitante, antes de sorver o chá de hortelãs. Mark sorriu e acompanhou o anfitrião. Tomou um gole da bebida, antes de continuar recordando velhas histórias de tempos distantes, quando ambos eram ainda jovens *mamlik*. O chefe beduíno, porém, ainda estava muito curioso acerca do rapto das duas mulheres. Depois de devidamente esclarecido sobre a situação, Aswad se exasperou.

— Quer dizer então que elas não eram escravas em Tiro? Mas que diabo! — Bateu com a mão grande sobre a coxa — aquele cretino me ofereceu as duas... disse-me até para ter cuidado com a ruiva, porque ela era meio selvagem!

— Meio? — Caçoou Mark.

Aswad prosseguiu.

— Bem que desconfiei que havia algo estranho. O velho Tiberius e a mulher dele não costumavam negociar escravos.

Mark inclinou-se para frente, interessado.

— Tiberius, o marido de Sophia? — O beduíno confirmou com um gesto de cabeça — quem negociou com você?

— Ora, o mordomo de Sophia, Patrus. Eu costumava fazer negócios através dele por ser meu conterrâneo. Jamais imaginei que pudesse me enganar... — ergueu os olhos —, sinto por sua mulher e pela de seu amigo. Eu realmente não sabia. Jamais concordaria em raptar mulheres, ainda mais sabendo que uma delas estava grávida. Quanto a sua, eu não cheguei a tocá-la — ele afirmou, referindo-se a Radegund.

Mark riu com gosto.

— Você não conseguiria, Aswad. — Ele acabou de beber seu chá e encarou seu interlocutor. — Por acaso ouviu falar em *Alshaytan al-Ahmar*, o "Demônio Vermelho"?

Aswad arregalou os olhos, espantado, deduzindo o que não fora dito.

— Não... — ele apontou o dedo para a porta da tenda — está me dizendo que esta mulher... a que você diz ser sua, a que estaria na *minha* cama neste momento? Ora! Está brincando comigo, não está?

— Ela teria cortado sua garganta, Aswad, nem que para isso tivesse que usar os dentes.

— Devia ter me dado dez cavalos, então — grunhiu o beduíno.

— Já fechamos nosso negócio.

— Sim, e eu perdi — Aswad sorriu, cínico. — Venderia a ruiva de volta?

— Você não desiste nunca, Aswad! — Riu-se Mark — continua o mesmo velhaco de sempre. Ela não está à venda.

— Está bem, então — o outro suspirou, pesaroso. — Você sempre fica mesmo com as melhores mulheres... quando partem?

— Amanhã cedo.

Houve um instante de silêncio, antes que Aswad tornasse a falar, assumindo um tom mais sério.

— A pequena tigresa, a mulher do estrangeiro, não está bem.

— Sim, Radegund me contou. Mas precisamos retornar imediatamente. O tal Patrus teceu uma trama diabólica para acabar com as duas na tentativa de usurpar os bens de Leila. Um homem de confiança nos espera em Tiro. Quando voltarmos com elas, colocaremos as mãos no criado.

— Procure Faramarz, em Al-Arish. É um velho conhecido — indicou Aswad. — Ele enviará um de seus pombos-correios à Tiro. Assim, as notícias chegarão antes de vocês. Poderão armar uma cilada para o malfeitor.

— Tem razão, Aswad. E, se não for abusar de sua hospitalidade, gostaria que providenciasse algumas ervas para levarmos. Temo pelo bebê de Leila.

Aswad pegou a piteira do narguilé, a expressão grave. Ficou em silêncio enquanto preparava o fumo. Depois da primeira baforada, retomou o assunto.

— Bennu disse que há um espírito enviado pelo deus do mal rondando a jovem grávida.

Mark estranhou.

— Não imaginei que acreditasse nas superstições de sua gente...

— Bennu ainda adora os deuses das antigas tribos, deuses tão velhos quanto ela. Aliás, boa parte de meus homens mantém suas crenças.

— E quanto a você? — Mark quis saber.

— Sou um Crente. Alá, louvado seja, é meu único Deus e Maomé, Seu Profeta. Mas, não me incomodo com a fé de meus homens, se é isso o que quer saber. Aliás, se eu me incomodasse e tentasse impedi-los de recitar suas rezas e fazer seus rituais, eles simplesmente levantariam suas tendas e me largariam sozinho no meio do deserto — abandonou a piteira e se levantou, indo até a entrada da tenda. Mark o imitou. — Os anos em Damasco me ensinaram a ser um Crente, mas meu sangue ainda tem um quinhão dessas areias. Aqui eu nasci. E ainda que Alá seja meu único Deus, eu compreendo e respeito aquilo que esses homens e mulheres sentem em seus corações.

Mark inspirou o ar noturno e rebateu.

— Mas acreditar que o mal-estar de Leila é obra de algum deus ou espírito maligno...

Aswad sorriu e encarou o mestiço.

— Para quem nunca dormiu sob um teto de argamassa, nem nunca pisou numa mesquita, até o Sol e a Lua se parecem com deuses. Mas fique tranquilo, faça uma lista e pedirei a Bennu que separe as ervas que precisar. Quanto aos meus cavalos...

— Enviarei os cinco no próximo navio — Mark estendeu a mão —, de acordo?

— De acordo. Escolha-os como se fossem seus.

— Sem dúvida. Foi bom rever você, Aswad.

— Creio que ainda nos cruzaremos por aí, Mahkim.

O pano da tenda permaneceu balançando por algum tempo após a saída do mestiço. Aswad ficou olhando para o ponto onde o outro sumira. Tinha certeza de que ainda o veria novamente. Estava escrito.

Maktub.

Bennu guardou as ervas para a mulher grávida e olhou para o pacotinho de couro nas mãos encarquilhadas. Balançou a cabeça com tristeza e suspirou. Tinha pena da corajosa tigresa. Sentia, porém, que aquela criança estava em risco. Uma sombra escura pairava sobre a jovem graciosa. A velha curandeira orou em silêncio aos deuses antigos e tentou barganhar com eles.

Ah, Set! Como és cruel e ganancioso.

Deixou os ombros caírem e abriu os olhos. Não poderia fazer nada. Mas ao menos podia tentar avisá-los. Pegando a bolsinha, caminhou na direção da tenda dos estrangeiros.

Mark tentou entender o que a velha Bennu dizia, mas há muito tempo não ouvia o dialeto daquela tribo. Ela sinalizou para que ele saísse da tenda. Seguiu-a pelas areias até a parte externa do acampamento, além das tendas.

— A criança... — Bennu falou no árabe corriqueiro e apontou a tenda onde estiveram.

— Leila? — Ele perguntou e ela assentiu — o que tem? — Ele fez um gesto sobre a barriga — o bebê?

A curandeira se agachou na areia perto de uma pilha de pedras. Havia algumas oferendas dispostas ali, levando-o a entender que se tratava de uma espécie de altar rústico. Bennu usou o dedo para desenhar na areia. Traçou um círculo ao lado das pedras e dentro dele um símbolo. Mark se abaixou e olhou atentamente o desenho. Balançou a cabeça.

— Não entendo...

A velha apontou de novo e gesticulou com as mãos, num movimento sinuoso, imitando uma serpente.

— *Set* — ela apontou novamente o desenho — *Set*!

Um rio gelado desceu pela espinha de Mark. Sua boca secou. O desenho que Leandra fizera com sangue no chão! Sua mente buscou a imagem nítida do sangue fresco riscando o assoalho do gabinete de Leila. Pode sentir de novo o cheiro acre inundando suas narinas e ouvir os lamentos sentidos de Jamal. O desenho! O mesmo que via ali, na areia. O mesmo que havia no pescoço de Patrus, na forma de um pingente dourado. O símbolo do deus egípcio. O deus da destruição, do mal...

— *Set* — ele repetiu. Bennu sorriu seu sorriso desdentado. Apontou a tenda onde dormiria.

— *Sekhmet* — ela cerrou o punho e desmanchou o símbolo no chão — *Sekhmet...* — fez um gesto, passando o dedo pelo pescoço — *...Set* — Mark deu de ombros. Impaciente, ela o puxou pela mão. Entregou a ele as ervas e em seguida, caminhou até a tenda e entrou. Apontou a figura adormecida de Radegund. — *Sekhmet*.

TIRO

Patrus acordou suando frio. Em seu pesadelo, uma enorme leoa saltava sobre a cobra-capelo e a estraçalhava com suas garras afiadas. Em seguida, mais três felinos se juntavam a ela, suas mandíbulas rasgando as serpentes que fugiam desesperadas de suas tocas. Set!

Viu a si mesmo virando e correndo para fugir, mas sendo barrado por um animal medonho, enorme, cheio de escamas azuladas. A besta esticou o longo pescoço e abriu as asas negras, agitando a cauda denteada. E um segundo antes de seu hálito consumi-lo em chamas, ele viu os olhos diferentes do dragão.

Um negro e outro verde.

NORTE DO EGITO

— Espero que façam boa viagem — desejou Aswad, apertando a mão de Mark. Voltando-se para Ragnar comentou — ainda bem que não me meti com sua mulher. Não gostaria de ter que encará-lo, meu camarada.

Ragnar apertou a mão estendida e sorriu a contragosto. Não esquecia que aquele homem, por mais cordial e amigo de Bakkar que se mostrasse, desejara sua esposa.

— Obrigado pela hospedagem, chefe Aswad.

O beduíno assentiu e observou as duas mulheres. *Que pena. Teria sido divertido. Mas, o que está escrito, está escrito.*

Ficou na extremidade do acampamento, observando os quatro desaparecerem montados em seus cavalos, sob o amanhecer avermelhado do deserto.

Fazia algumas horas que cruzavam as areias escaldantes, conduzindo os cavalos a passo para não os cansarem com o calor e o peso da areia. A manhã ia pelo meio, mas o calor era insuportável. Leila enxugou o suor da testa e sorriu para o marido, montado ao seu lado. Seu sorriso, no entanto, logo se desvaneceu. Agradeceu por ter colocado o véu, que escondia seu rosto e o protegia da areia trazida pelo vento. O tecido também ocultou sua careta de dor. Uma forte pontada atravessou seu ventre fazendo-a se agarrar com força à sela da égua. Olhou de novo para Ragnar, mas ele nada percebera.

Só mais um pouco filhinho. Não podemos parar agora.

O grupo seguiu viagem. Perto do meio-dia, quando o sol cozinhava a todos, alcançaram um dos pequenos oásis indicados no mapa que Aswad fizera. O lugar nada mais era do que um poço cercado por algumas tamareiras, rochas e uma vegetação rala. Ragnar saltou de Viking e estendeu as mãos para Leila. Chocou-se ao retirá-la da sela.

— Bakkar! — Chamou, aflito.

Havia sangue nas dobras da túnica de sua esposa e também na calça que vestira para viajar. Nesse exato momento, Leila foi atingida por uma nova onda de dor. Sentiu os joelhos se dobrarem. Imediatamente foi erguida nos braços do marido.

— Aqui, Sven — gritou Radegund, estendendo o manto sob uma tamareira. — Traga-a para a sombra.

Ele depositou o precioso fardo sobre o manto, ao mesmo tempo que Mark ajoelhava ao lado dela.

— O que sente, Leila?

Pálida, ela apertou a mão de Ragnar.

— Dor... — a voz saiu estrangulada — oh, Deus! Como dói!

— Radegund acenda o fogo e ferva água — ordenou Mark. Depois, voltou-se para o amigo, um tanto constrangido — Sven, preciso examinar Leila... eu...

— Inferno, homem! Faça o que for necessário, mas salve a minha mulher!

Leila agarrou a mão de Mark, que soltava suas vestes.

— Salve meu filho, Mark...

Os olhos castanhos encararam os dela, repletos de tristeza. Seu coração se oprimiu ainda mais. Ele sabia, pela quantidade de sangue nas roupas de Leila, que seu filho estava morto. Seu organismo apenas o expelia. Mas não disse nada a ela. Seria crueldade aumentar seu sofrimento, que seria grande nas próximas horas. Apenas assentiu e continuou a despi-la para examiná-la. Procurou não se constranger, lembrou-se de quantas vezes ajudara as prostitutas que seguiam as tropas a terem seus filhos. Ou a suportarem seus abortos. Ali, porém, era alguém querido. Era Leila, a jovem alegre que cuidara dele em Jerusalém. A filha de Bharakat, velho amigo de seu avô, que conhecera ainda menina. Era a mulher de seu melhor amigo. Ele não a entregaria nas garras da morte.

A luta inglória de Mark levou quase todo o dia. Usou todos os seus conhecimentos para que Leila não sangrasse até se esvair, como acontecera com Leandra. Deus! Era isso que a velha Bennu queria dizer na outra noite? Que o filho de Leila não vingaria? Ao entardecer, Mark olhou desolado para Ragnar, que consolava uma desesperada Leila. Fitou as próprias roupas e as mãos sujas de sangue. Depois, voltou-se para o amigo, que o encarou com os olhos claros marejados.

— Eu sinto muito, Sven.

Ragnar deu um longo suspiro entrecortado. Murmurou numa voz repleta de pesar, aninhando Leila, que chorava em silêncio.

— Fez o que foi possível, meu amigo. Obrigado.

Mark assentiu e se levantou, arrastando os pés pela areia como se fossem feitos de chumbo. Levava numa das mãos um pedaço de pano enrolado, onde embrulhara os restos expulsos pelo corpo de Leila. Tão frágil, tão ínfimo.

Tudo. E nada.

Não ouviu quando Radegund o chamou. Apenas andou pela areia, enraivecido. Revoltado com o próprio fracasso. Sabia matar tão bem... mas jamais seria capaz de devolver uma vida. Sozinho, afastou-se do grupo e caminhou pelo deserto. Depois que tudo acabou, e de Mark ter cuidado de enterrar os restos da esperança de Leila e Ragnar, o casal foi se deitar, abraçados um ao outro, mergulhados em tristeza.

Radegund, depois de organizar o pequeno acampamento, deixou-os a sós. Caminhou até a beira do poço e lavou-se da sujeira e do suor. Em seguida, afastou-se do poço e percorreu com o olhar as rochas ao redor. Logo enxergou Mark, sentado no alto das pedras, solitário em sua angústia. Antes que notasse o que fazia, seus pés a levaram até ele. Ao se aproximar, notou que seus olhos estavam inchados e congestionados. Mark evitava deliberadamente encará-la.

— Mark — pousou a mão sem seu ombro e pediu com ternura — olhe para mim. — Ele ergueu a cabeça e em seus olhos, sob o brilho da lua, Radegund viu tanta desolação que a única coisa que pode fazer foi se abaixar e abraçá-lo com força — você fez o que pode. Por favor, não se culpe — passou a mão em seus cabelos, consolando-o. — Leila vinha se sentindo mal desde que aportamos em Al-Arish. Creio que o bebê não vingaria.

— Eu sei, garota. Ainda assim, dói demais — a voz dele era pouco mais do que um sussurro. — Por ela, pela criança, pela tristeza de Ragnar. Lembra-se de como ele ficou feliz ao saber que ela estava grávida?

Radegund suspirou. Sentou-se junto dele, encostando a cabeça em seu ombro. Sua mão buscou a dele, que entrelaçou os dedos nos seus. Por muito tempo ficaram em silêncio. Então, Radegund falou.

— Eu sinto muito... — fez uma pausa, antes de completar — por tudo, hoje e em toda sua vida.

Mark inspirou profundamente, incapaz de falar. Radegund sentiu a dor imensa que ele carregava rasgar o próprio peito. Mas respeitou seu silêncio. Ao invés de falar, aconchegou-se a ele, oferecendo o calor de seu corpo e o consolo de um beijo. Ele se agarrou àquela oferta como quem sobe à tona e consegue respirar. Sua boca cobriu a dela, suas mãos puxaram o capuz do albornoz. Mergulhou os dedos nos seus cabelos. Inclinando-se sobre ela, deitou-a sobre as areias ainda mornas e olhou em seus olhos.

— Somos dois desesperados.

— Eu sei. Mas ao menos temos um ao outro. Isso basta.

— Sim, isso basta. Tem que bastar — beijou-a com sofreguidão. Ergueu o olhar e sorriu, num esforço para espantar a tristeza e a frustração que o consumiam. — Você ficou bem nessas roupas que Aswad lhe arrumou...

Radegund baixou os olhos, tímida.

— Vai me deixar encabulada.

— Não, garota — ele traçou o contorno de seu rosto com a ponta dos dedos —, não se envergonhe de ser mulher, nem de sua beleza. Sei que você se escondeu aquele tempo todo e ainda se esconde — deu de ombros. — Deve ter seus motivos e eu não vou perguntar quais são. Mas você é bonita. Essas roupas apenas revelaram o que você sempre trouxe escondido sob aquela cota de malha.

Ela sorriu e encostou a testa na dele.

— Você é mesmo um galanteador incorrigível, Mark.

— Não é um galanteio, Radegund — ele a observou, sério. — Não somos um casal de apaixonados; somos um homem e uma mulher que se veem numa condição rara de igualdade. Eu a respeito, garota. E sei que me respeita também. Jamais tentaria ganhar uma noite de sexo ao seu lado com galanteios vazios ou apelando para sua compaixão. Isso eu guardo para as mulheres fáceis das tavernas e para as cortesãs. — Ele a beijou suavemente, completando — com você, sou absolutamente honesto. Quando digo que é bonita, não estou mentindo.

— Obrigada pelo elogio. É bom poder me sentir feminina de vez em quando. Se soubesse o quanto foi difícil... — ela engoliu em seco, os olhos anuviados de tristeza.

Mark acariciou seus cabelos.

— Esconda-as.

— O quê?

— As lembranças — seus lábios colaram-se aos dela. Murmurou junto a eles —, esqueça-as comigo, e eu esquecerei as minhas com você.

Era tudo o que podia pedir naquela noite. A vida. E um esquecimento abençoado, ainda que momentâneo. Radegund aquiesceu silenciosamente, abrindo os lábios, deixando que sua língua penetrasse sua boca e a explorasse lentamente. Permitiu que ele a tocasse com um vagar triste, doloroso.

Beijou as lágrimas salgadas que escorriam pelo rosto moreno e enroscou os dedos nos fios negros de sua cabeleira. Puxou a barra do *kaftan* e espalmou as mãos sobre a pele quente de seu peito, sentindo ali dentro um coração que batia em sofrimento junto com o seu.

Mark a beijou novamente. Afagou seu rosto com uma das mãos, enquanto a outra abria suas roupas, tocando sua pele. Procurando sentir que alguém ali ainda vivia. Talvez ela pudesse trazê-lo de volta. Talvez ela pudesse guiá-lo para a salvação. Descobriu seus seios e os tocou com delicadeza, arrancando um gemido profundo, fazendo com que se agarrasse a ele. Radegund colou a boca em sua pele, beijou seu pescoço e o peito. Ele a puxou novamente, sua língua buscando a dela, sorvendo seu calor. Devia bastar. Tinha que bastar.

Quando seus corpos se uniram, numa lentidão que beirava a tortura, ele começou finalmente a sentir a vida em torno de si. Havia a areia morna roçando em suas peles. A brisa fria do deserto. Tomou consciência do próprio ato de existir e permitiu que o farfalhar das tamareiras ao vento se interpusesse aos gemidos dos dois, aos sons dos beijos e do choque suave e ritmado dos corpos úmidos de suor. Entregou-se à vida e rogou seu perdão por tantas mortes. Deixou que seu êxtase complementasse o dela e no final, beijou-a com gratidão.

— Radegund, pela segunda vez, você salvou minha vida.

TIRO, QUINZE DIAS DEPOIS

Yosef recostou-se na cadeira. Leu novamente a mensagem que recebera há uma semana. Se tudo corresse bem, em um ou dois dias eles estariam de volta. Chegara a hora de plantar as sementes do plano que elaborara com Gilchrist. Tocou a sineta. Patrus logo apareceu, a atitude servil de sempre. Com naturalidade, Yosef entregou ao criado a lista de compras bem extensa que preparara.

— Quero que providencie tudo para hoje, meu bom Patrus. Antes de sair, peça a Jamal que venha falar comigo.

— Sim, mestre Yosef.

Com um breve inclinar da cabeça, o criado saiu. Assim que Patrus lhe deu as costas, Yosef recostou-se novamente e aguardou Jamal. O egípcio ficaria um bom tempo fora de casa. Assim, poderia revistar seus aposentos minuciosamente atrás de provas que o ligassem ao rapto das mulheres.

Yosef era prático e metódico. Convencera Gilchrist a fazer tudo pelas vias legais. Não podiam simplesmente enfiar uma espada no peito do criado, apesar de ser esse o seu desejo, inclusive. O velho contador fez o irlandês ver que, para Patrus, o castigo maior seria ir a julgamento e ser condenado, vendo sua trama cair por terra e sua máscara quebrar-se irremediavelmente. Jamal entrou no aposento, interrompendo as considerações do judeu. Fechou a porta e aguardou suas ordens.

— Sente-se, Jamal — o rapaz obedeceu. Yosef indagou em seguida — Patrus já foi?

— Sim, mestre. Acabou de sair.

— Ótimo. Podemos conversar em paz — juntou as pontas dos dedos e pediu calmamente. — Quero que me acompanhe aos aposentos dele.

— Como? — O criado franziu o cenho — por que, mestre Yosef?

— Jamal, o que vou lhe dizer tem que permanecer confidencial. Precisará jurar que, independentemente do que escutar a partir de agora, manterá silêncio até que eu o libere de seu juramento. Não deverá tomar nenhuma atitude precipitada, nem poderá confrontar Patrus antes da hora certa. Fui claro?

— O que está havendo, mestre? — Indagou o outro, apreensivo.

— Você jura, Jamal?

— Está certo. Eu juro.

Yosef então contou tudo o que sabia, baseado nas mensagens cifradas trazidas pelos pombos-correios, nas evidências levantadas por Gilchrist e por ele mesmo, e também na confissão de Gerald. Por último, falou sobre a suspeita de envolvimento do criado egípcio na morte da esposa de Jamal, Leandra.

— Bastardo! — Rugiu o criado, levantando-se irritado — vou matá-lo!

— Jamal! Lembre-se; você jurou!

— Mas, mestre Yosef...

— Dois dias, Jamal. Eu lhe peço dois dias. Ele não faz ideia de que elas foram encontradas. Com o plano que elaborei Gilchrist e o apoio do barão de Ibelin, ele será facilmente ludibriado e cometerá o deslize final. Sei que é difícil, Jamal — ele se levantou e pousou as mãos enrugadas nos ombros largos do rapaz, — mas, pela memória de Leandra e de seu filho, eu lhe imploro. Espere. A justiça será feita.

Jamal fixou em Yosef seus olhos negros e suspirou.

— Está bem mestre. Mas quero fazer parte desse esquema — exigiu —, vou ajudar a condenar este maldito.

— Muito bem, então comecemos pelos aposentos de Patrus, antes que ele retorne.

Gilchrist apressou o passo. Vira quando Patrus passara em direção ao mercado, despachado numa tarefa corriqueira, conforme combinara com Yosef. Agora, corria para a casa de Leila para revistar as coisas do empregado e tentar descobrir as provas de seu ardil. Mal podia esperar para ver a cara do facínora quando Leila e Radegund chegassem em casa. Subiu as escadas e entrou sem bater. Yosef o esperava no vestíbulo.

— Apresse-se, *sire* — o velho puxou-o pelo braço —, temos Jamal como nosso aliado, ele está revistando os aposentos do bandido.

— Excelente, Yosef. Tenho novidades também — avisou —, o navio deles atracará amanhã pela manhã.

Yosef espantou-se.

— Já?

— Sim, um pombo correio chegou ao quartel hoje cedo — explicou —, os ventos foram muito favoráveis e pela manhã nossos amigos estarão de volta. Ficarão no quartel do senescal até colocarmos em prática nossos planos.

Os dois chegaram à porta dos aposentos do criado. Jamal os recebeu.

— Entrem. Achei uma coisa bem interessante.

— O que foi? — Indagou Yosef, ao que o rapaz lhe entregou uma caixa de sândalo.

O velho administrador se espantou ao ver o objeto, mas logo recobrou a compostura. Passou os dedos sobre os símbolos entalhados na madeira enquanto ouvia Jamal comentar.

— Tenho certeza, mestre, de que esta caixa pertence à dama Radegund. Ele deve tê-la surrupiado quando as duas foram sequestradas.

— Na certa achou que Radegund não fosse precisar mais dela — resmungou Gilchrist. — Isso é mais uma prova contra Patrus. Ele tinha certeza de que ela não voltaria para reclamar a caixa. O que tem aí dentro, Jamal?

Yosef continuava a examinar atentamente a caixa. Concluído o exame externo, levantou a tampa.

— Céus — exclamou o velho —, sua amiga tem uma fortuna. Veja só, Gilchrist, o tamanho dessa pedra, a vermelha. Deve valer o resgate de um rei.

Mesmo que Yosef não chamasse sua atenção para o rubi, sua intuição o fizera. Sentiu uma comichão enorme nos punhos tatuados. Sua mão foi atraída automaticamente para a pedra. Tocou-a com reverência e cuidado. Sua palma fechou-se em torno da frieza dos lados cuidadosamente lapidados. Então, ele viu.

Ragnar caído no chão, pálido. Mortalmente pálido. Leila gritando sobre ele, desesperada. Mark e Radegund lutando contra um ninho de serpentes venenosas. E ele...

Ele estava parado, estático diante do amigo caído com aquela pedra na mão. Parado, apenas parado.

Deus!

Gilchrist cambaleou. A voz de Yosef o despertou do transe.

— *Sire?*

Deus! O que significa isso?

O irlandês se apoiou na parede e enxugou o suor frio da testa. Em seguida tentou focalizar o rosto de seu interlocutor.

— O que... Yosef — ele sacudiu a cabeça tentando clareá-la — foi... uma coisa... uma coisa que vi. — Ele olhou a pedra em sua mão — permita que eu fique com isso, Yosef. Acho que é muito mais que uma joia. Preciso descobrir seu significado.

— Mas... o que houve, Gilchrist? Ficou branco como um lençol!

— Não foi nada, mestre. Não foi nada — olhando para Jamal, perguntou. — Achou mais alguma coisa?

— Nada significativo, *sire*. Apenas papéis, roupas e uma chave solta, que não segue o padrão das outras desta casa. É estranho, pois Patrus não tem outra casa, sempre morou aqui.

Gilchrist pegou a chave que lhe era estendida.

— Um esconderijo? — Olhou significativamente para Yosef — tem uma barra de sabão, mestre?

O velho sorriu.

— Talentos para gatuno, *sire*?

O *chevalier* deu de ombros.

— Aprende-se um pouco de cada coisa nessa vida. Levarei o molde ao artífice e com a cópia pronta, descobriremos de onde é. Tenho o pressentimento de que, seja qual for o lugar que essa chave abrirá, ele nos revelará grandes surpresas.

O sol do amanhecer tingiu as muralhas de Tiro de um belo tom alaranjado. Vistas do tombadilho, àquela distância, pareciam uma grande e sólida rocha vermelha, um paredão que se erguia imponente sobre o azul do Mediterrâneo. Leila apoiou as mãos na amurada e fechou os olhos, deixando o vento forte arrancar o véu de seus cabelos e embaraçar os fios castanhos. Inspirou profundamente o ar salgado e quando abriu as pálpebras, seus olhos cor-de-mel se assemelhavam aos de uma tigresa. O brilho deles não deixava dúvidas quanto às suas intenções. Num curto espaço de tempo, fora arrancada de sua casa e dos braços de seu marido. Insultada, espancada, humilhada, exposta a toda série de perigos e dificuldades, até que seu corpo não aguentasse e seu filho não resistisse. Apesar de tudo, ela crescera e se fortalecera. Seus dedos crisparam na madeira úmida. Leila ergueu o queixo determinada, deixando que os raios de sol a aquecessem. Não era mais uma menina. Era uma mulher. E teria sido mãe. Agora, a única coisa que teria seria sua vingança.

CAPÍTULO
XXVI

"Deixai toda esperança, vós que entrais!"

INFERNO, CANTO III.
DANTE ALIGHIERI

TIRO

atrus dirigiu-se a passos rápidos para o gabinete de Leila, onde Yosef organizava alguns livros. Sem desconfiar que sua trama diabólica fora desvendada, o confiante criado levava consigo o documento com o desejo de Tiberius, sobre o qual forçara o velho a colocar sua assinatura e seu sinete, já no leito de morte. E com o qual tencionava conseguir toda a fortuna de Leila. Ansioso, resolvera apresentar o documento ao administrador antes mesmo de dar cabo do norueguês. Isto seria secundário. Talvez ele nunca mais voltasse, talvez ficasse vagando atrás da mulher para sempre. Talvez seu navio afundasse. Bateu à porta e se apresentou com o habitual servilismo, que vestia como uma máscara dissimulando a cupidez e a maldade.

— Ah — Yosef colocou seu melhor sorriso no rosto —, entre, meu bom Patrus. O que o traz aqui tão cedo?

— Mestre Yosef — foi falando o egípcio, enquanto se acomodava na cadeira diante da mesa —, sei que o momento é de muita tristeza com o desaparecimento de nossa jovem senhora. Eu realmente me sinto um pouco constrangido em vir lhe falar sobre este assunto, mas...

— Diga, Patrus — Yosef inclinou-se para frente e apoiou os cotovelos na mesa, juntando as pontas dos dedos —, não se constranja de forma alguma. Trabalhamos juntos há tanto tempo, não é mesmo?

— Sim, mestre, é verdade — fez uma pequena pausa, antes de explicar — é que, há algum tempo atrás, antes do velho Tiberius falecer ele... ele expressou seu desejo de me deixar... amparado.

Yosef estreitou as pálpebras. Seus olhos adquiriram um brilho mais sagaz ainda.

— Prossiga, Patrus — a voz do velho era macia.

O criado puxou um papel das dobras da roupa e o estendeu sobre a mesa.

— Esta é uma carta que o senhor Tiberius redigiu antes de morrer. Nela, ele expressou seu desejo de, no caso de não haver herdeiros legítimos para sua herança, seus bens passarem para a minha pessoa.

— Ah! — Yosef lutou contra o sorriso de triunfo que ameaçou se formar em seus lábios. Então era isso! A peça que faltava, o trunfo que Patrus escondera para apresentar no momento oportuno — posso ver, Patrus?

O documento amarelado pelo tempo foi desdobrado e lido com vagar por Yosef, para desespero de Patrus, que começava a se inquietar com o silêncio prolongado do administrador. Quando o criado estava quase arrancando os cabelos de tanta ansiedade, Yosef ergueu o rosto impassível e comentou.

— Este documento é algo muito sério, Patrus. Por ele, a herança de Leila será automaticamente sua. No caso da morte dela, não há mais herdeiros diretos de Tiberius e Sophia.

— Sim, mestre Yosef — ele sorriu ao ver que o administrador sequer questionara a legalidade do documento ou se lembrara do marido de Leila —, eu lamento pelo desaparecimento da dama. Creio até que devamos esperar mais um pouco, para o caso dela voltar...

Yosef teve ganas de esganá-lo. Dissimulado!

— Claro, Patrus. Folgo em ver sua preocupação. Você está a par do patrimônio que herdará, no caso da morte de Leila?

— Creio que tudo o que era da senhora Sophia, não? — Indagou o criado com os olhos brilhando de cobiça.

— Não.

Patrus engasgou.

— Não?!

Yosef permitiu-se sorrir com toda satisfação ao ver que o egípcio empalidecia.

— O patrimônio atual de Leila se resume a uma modesta vila nas imediações de Damasco e às economias que Bharakat investiu numa comendadoria templária.

Pela primeira vez, Patrus deixou cair a máscara. Sua fisionomia se transformou num esgar de ódio.

— Mas como?! — Ele se ergueu da cadeira — ela é riquíssima. Está querendo me roubar, judeu?

Yosef manteve a fisionomia calma e a voz serena.

— Claro que não, Patrus — o administrador retirou um documento de uma pasta e mostrou ao criado o texto redigido em caligrafia elaborada. — Sei que lê a língua dos francos. Sendo assim, poderá ver por si mesmo que, antes de se casar, todos os bens de Leila foram passados para Ragnar Svenson, seu atual marido. Portanto, mesmo com a morte ou desaparecimento de Leila, o norueguês é o dono do legado. No caso da morte dele, a família Svenson, na Noruega, será a beneficiária — pausa — lamento, mas a herança de Sophia está totalmente fora de seu alcance.

Yosef deliciou-se com as expressões que passavam pela fisionomia do egípcio à cada palavra que dizia. Dor, raiva, revolta, frustração, irritação, incredulidade. Ódio.

— Impossível! — Patrus gritou numa voz esganiçada.

Yosef se recostou calmamente na cadeira e fitou o criado.

— Sinto pelo inconveniente e pela decepção, meu bom Patrus.

O outro o fitou com ódio, sibilando.

— Isso não vai ficar assim.

O administrador apenas assentiu, enquanto o egípcio lhe dava as costas e saía batendo a porta. Aguardou cinco minutos e tocou a sineta. A porta se abriu e Jamal entrou.

— Avise o *chevalier* Gilchrist de que fiz minha parte, — o criado assentiu em silêncio — e fique de olho em nossa presa.

— Você não irá, Leila! — Esbravejou Ragnar diante da criatura furiosa à sua frente. Sua voz ecoou para além das pesadas portas de madeira do alojamento.

— Nem pense em me impedir! — Ela o enfrentou — querendo você ou não, eu tenho o direito de encarar aquele bastardo!

— Não! Definitivamente não — cruzou os poderosos braços diante do peito —, não irá à parte alguma, mulher! Ficará com a esposa de Ibelin em sua casa até capturarmos o bandido.

Leila endireitou os ombros e pareceu crescer diante do marido.

— Não se atreva a tentar me impedir, Ragnar Svenson! — Apontou-lhe um dedo enquanto prosseguia — aquele louco me tirou meu bem mais precioso; ele me fez perder meu filho! Além disso, matou Leandra, entregou minha amiga para ser torturada nas mãos dos carrascos do Templo e agora tenta usurpar minha herança e meu lar. Ouça bem. Eu passarei por esta porta e por todas as outras que encontrar pelo meu caminho — ameaçou-o —, eu atravessarei o inferno, se preciso for, para acabar com aquele canalha!

Ragnar estava atônito. Nunca vira Leila daquela forma; nunca imaginara que aquela mulher pequenina e delicada pudesse se tornar uma fera ensandecida, obcecada pela vingança. Fez mais uma tentativa.

— Seja razoável, Leila. Ele pode tentar algo contra você, ele pode...

— Não me fale em ser razoável! Eu perdi meu filho — gritou descontrolada, ao que ele retrucou em voz mansa, carregada de tristeza.

— *Nosso* filho, *liten...*

Os ombros de Leila vergaram. Numa fração de segundos, estava nos braços do marido, soluçando convulsivamente.

— Me perdoe, Ragnar... Oh, Deus! Me perdoe...

— Tudo bem, meu amor — carinhoso, ele afagou seus cabelos — sei que está sendo muito duro para você. Mas tente compreender. Não quero que mais nada lhe aconteça.

Ela ergueu os olhos úmidos e o encarou.

— Então não me impeça de ir com vocês. Se o fizer, assim que virarem as costas, eu irei atrás.

Ragnar balançou a cabeça e os cantos de sua boca se ergueram sutilmente.

— Creio que andou tempo demais com aquela ruiva...

— Sempre fui forte, meu marido, apenas não havia me dado conta disso. — Ela esboçou um breve sorriso, antes de indagar — e então, quando partimos?

— Assim que Gilchrist chegar.

— Ótimo, terei tempo para me trocar.

Mark andava de um lado para o outro de uma das salas do quartel. Por mais que tentasse, não conseguia conter a inquietação. Radegund, por outro lado, parecia indiferente ao risco que pairava sobre suas cabeças, ocupada que estava em afiar sua espada. Alheia a tudo ao redor, a ruiva seguia naquela atividade como se estivesse em transe, completamente concentrada no vai e vem da pedra sobre o aço.

Será que ela não tem mais nada para fazer, pensou Mark, exasperado. Como Radegund podia ficar ali, amolando a espada enquanto a preocupação o consumia? O som irritante e ritmado da pedra arrastando sobre a lâmina acabou por mexer com os nervos do mestiço.

— Que inferno, mulher — esbravejou — quer parar com esse barulho?

Ela o encarou, impassível. Ergueu uma das sobrancelhas. Deslizou mais uma vez a pedra sobre a lâmina, antes de indagar.

— Por que está desse jeito? Parece que tem um ouriço nas calças.

Mark jogou o corpo maciço sobre a cadeira e a encarou.

— Não sei. Um pressentimento ruim, uma intuição... sei lá!

— Não há nada que possa dar errado — tranquilizou-o. — Gilchrist encontrou a toca daquela víbora. Assim que a noite cair, nós o surpreenderemos. Gil disse que Patrus ficou transtornado ao saber que Ragnar era o dono de tudo. Idiota! Mirou no alvo errado.

— Mesmo assim, garota — ele retrucou — achei Gilchrist muito estranho hoje, como se escondesse alguma coisa.

— Ora, Mark! O que ele poderia esconder? — Ela desdenhou. *Tanta coisa, a começar por si mesmo.*

O amigo se ajoelhou à sua frente. Antes que recomeçasse sua tarefa, retirou a pedra de amolar e a espada de suas mãos, colocando-as no chão ao seu lado. Em seguida, enlaçou os dedos nos dela.

— Raden, sei que não teme nada, mas por hoje, só desta vez, ouça-me — pediu. — Patrus não é um vilão medíocre como Vernon. Ele é dissimulado, ambicioso e possui conhecimentos ocultos...

— Não tenho medo de fantasmas — interrompeu-o.

— Cale-se e ouça-me — ele segurou seus ombros. Como era teimosa! — Não se trata de temer fantasma. Patrus a transformou num alvo também, tanto quanto Leila. Não entendo o porquê. Ele a entregou ao Templo, garota! A mulher das ervas, a tal Bennu, tentou me avisar de algo com relação a você. Só que eu não compreendi o quê — sua voz se abrandou. — Por favor, tome cuidado.

— Mark... — ela começou a argumentar, mas foi calada por um beijo demorado. Em seguida ele se afastou um pouco, encostou a testa na dela e resmungou.

— Por que tem sempre que dar a última palavra?

— Talvez para ganhar um beijo de um certo malandro — ela o fez erguer o rosto e olhou em seus olhos — prometo me cuidar, está bem.

— E isso é tudo que vou conseguir arrancar de você, não é mesmo?

Ela espetou um dedo em seu nariz e piscou um olho.

— Sim, meu camarada, e nada mais além disso.

Leila desceu as escadas do quartel ao lado do marido, a mão pequena enlaçada na dele. Vestira uma das calças de Radegund e trazia na cintura a adaga que Ragnar lhe dera. Em sua mente havia um objetivo claro. A maldade de Patrus não passaria daquela noite. Encontraram Radegund, Mark e Gilchrist na frente do quartel, com os cavalos prontos. A guerreira entregou as rédeas de sua montaria.

— Fique atenta, Leila. Estarei ao seu lado, mas evite se expor — virou-se para Gilchrist, indagando — o artífice fez a chave?

— Sim — o irlandês balançou o objeto, expondo-o como um troféu —, vamos tomar muito cuidado. O lugar fica numa zona perigosa, perto da muralha. Yosef enviará Jamal para nos avisar caso Patrus deixe sua casa, Leila.

— Ele terá uma bela surpresa — comentou Mark, montando em Baco.

Ragnar ajudou Leila a montar e comentou.

— Mal posso esperar para torcer o pescoço daquele bastardo!

Radegund permaneceu calada. Taciturna, lançou um breve olhar para Gilchrist. Em seguida, saltou sobre Lúcifer e ajeitou a espada na bainha. Como de costume, vestia roupas escuras. Preso a um engaste de metal, pendurado numa corrente no pescoço, usava o rubi que Gilchrist insistira para que carregasse consigo.

— Vamos embora — chamou o irlandês, lacônico.

Em silêncio, os cinco atravessaram a cidade. Pararam numa rua próxima a uma casa estreita de três pavimentos, espremida entre duas outras construções. Suas paredes eram cor-de-terra e havia apenas uma janela e uma porta no andar térreo. Em cima, mais duas janelas e, no último andar, uma espécie de terraço com um balcão, protegido por um toldo. Aparentemente estava vazia. Tudo se encontrava trancado e às escuras.

Ragnar retirou Leila da sela e a abraçou, beijando-a delicadamente.

— Lembre-se, *mitt liv* — pediu à esposa —, estaremos bem atrás de vocês. Não se exponha. Deixe que a ruiva tome a frente no caso de ele, quando aparecer, tomar alguma atitude impensada. Não gostaria que estivesse aqui. Mas, já que está, procure ter juízo.

— Não se preocupe, meu amor — ela tentou tranquilizá-lo —, quero apenas olhar na cara do bastardo no momento em que o pegarmos.

Ragnar concordou. Virou-se para Radegund, que se aproximava de ambos.

— Cuide dela, ruiva.

— Sempre cumpro meus juramentos, Sven.

Ele assentiu. Logo observava as duas caminharem na direção da casa. Em seguida, ajudou os companheiros a esconderem os cavalos. Junto com eles, contornou a construção. Planejavam entrar pelos fundos, enquanto Radegund usaria a chave da frente, que Gilchrist copiara. Ficariam lá dentro, esperando por Patrus.

A princípio não concordara com o plano elaborado pelas duas. Mas, como ambas estavam determinadas a confrontar o egípcio, ele, Mark e Gilchrist não puderam fazer mais nada além de apoiá-las. Além da preocupação com a segurança da esposa, Ragnar estava intrigado com a atitude sombria de Gilchrist. Evidentemente que o irlandês não era o rei da expansividade, mas naquela noite ele estava calado demais, extremamente quieto, como se um peso muito grande estivesse sobre seus ombros.

Espantando os pensamentos para longe, Ragnar procurou se concentrar. Estavam diante da porta dos fundos. Mark forçava a tranca com um punhal, enquanto Gilchrist espreitava a vizinhança. Ninguém deveria vê-los. Patrus tinha que ser apanhado de surpresa.

Mark destrancou a porta e lançou um sorriso vitorioso para os dois. Com as mãos sobre os punhos das armas, entraram na casa. As duas deveriam estar no interior da residência, Ragnar especulou. Agora, era só esperar. Deu um passo para dentro do ambiente escuro, seguindo Mark.

E foi então que o horror começou.

Patrus conseguira sair da casa de Leila sem ser visto. Notara que Jamal o olhava de modo estranho, e que o seguia como uma sombra, ainda que a distância. Alguma coisa lhe dizia que seus planos haviam sido descobertos. E agora que revelara para Yosef o documento forjado, poderiam realmente ligá-lo ao desaparecimento de Leila e da ruiva. A suspeita se intensificara quando, passando pela porta do gabinete ouvira o fragmento de uma conversa entre o administrador e o empregado.

— Quero saber... — a voz de Yosef soava baixa, confidencial — ...avise se ele sair...

Soube naquele instante que desconfiavam dele. Teria que ser cuidadoso e arrumar tudo para o caso de precisar fugir. Assim, dera um jeito de dopar Jamal e correra em direção a casa na periferia. Lá chegando, consultaria Set e saberia que rumo tomar. Não era possível que tivesse ido tão longe para sair de mãos abanando!

Ele chegara à casa e entrara rapidamente. Não acendera os archotes, nem abrira as janelas. Apenas atravessara a sala comprida e subira as escadas para o segundo andar, onde o ambiente em que praticava seus rituais ficava permanentemente pronto. Apressado, acendera os incensos, fizera suas abluções e purificara-se. Pusera sua veste ritual e se ajoelhara diante da serpente, acendendo os dois braseiros ao lado do altar.

— Pai... — murmurou, após a longa concentração —, como obterei o que desejo?

A serpente oscilou e ergueu parte do corpo, abrindo o capelo amarelado, encarando o homem com seus olhos vítreos, sibilando. Patrus sentiu o poder o inundar. Abriu a frente da túnica, expondo o medalhão de Set. Tomou a pequena faca curva de cima do altar de pedra, a mesma com que degolara várias vítimas em honra ao seu deus. Fez um corte ao longo do peito ossudo, na altura do coração, e recolheu as gotas do próprio sangue com um pequeno cálice. Em seguida, levou-o ás presas do réptil e deixou que ali gotejasse seu veneno. O cálice foi depositado sobre a pedra. Patrus se inclinou para frente, até sua cabeça tocar o chão. E ouviu a porta do andar de baixo se abrir.

Radegund jamais se esqueceria daquele cheiro. Doce. Agressivo. Podre. Sua mão se fechou sobre o punho da espada. Os cabelos de sua nuca se arrepiaram.

— Leila — sussurrou na escuridão.

— Aqui — a jovem sarracena tentou ajustar os olhos à falta de luz —, parece que há alguma claridade lá em cima.

Radegund tentou segurá-la quando ela deu um passo à frente.

— Não...

Um ponto de luz surgiu no alto da escada, cegando-a momentaneamente. Quando pode enxergar de novo, Leila estava frente a frente com Patrus.

— Deus... — foi o gemido que escapou de sua garganta.

Ragnar sentiu o coração parar de bater no momento em que entrou naquele lugar. Imediatamente após Mark avançar pela sala, uma forte luz ofuscou sua visão. Quando pôde enxergar de novo, Leila, sua Leila, estava a menos de um passo daquele maldito canalha.

— Leila! — Sua voz soou repleta de urgência.

Mark e Gilchrist postaram-se ao seu lado. No extremo oposto da sala, Radegund sacou a espada. Patrus puxou Leila pelo pescoço e a encarou fixamente.

— Largue-a, desgraçado — a ruiva gritou.

Ragnar apertou o punho da adaga, sentindo-se impotente.

— Vocês não vão ficar com tudo — grunhiu o egípcio, o olhar ensandecido pairando sobre eles — eu vou tirar de vocês o que mais prezam. A começar por ela! Vejam... — ele fez Leila se voltar de frente para os amigos. Ragnar apavorou-se diante do que via.

Os olhos de Leila! Deus, aqueles olhos que ele tanto adorava, estavam opacos, sem vida! O que o maldito fizera com sua mulher naquele ínfimo instante? Que força maligna havia por trás daquele homem?

Patrus puxou Leila consigo. Começou a subir as escadas, caminhando de costas. Ela o obedecia, sem oferecer resistência alguma, como se fosse uma boneca de pano, um ser desprovido de vontade.

Aflito, Ragnar subiu as escadas atrás do criado. Ao chegar ao pavimento superior, teve um choque maior ainda. Havia entrado numa espécie de templo particular. Uma sala comprida, iluminada por archotes, de paredes e piso nus. No lado oposto às escadas por onde subira, numa bancada de pedra em que um fogo azulado e fumarento ardia em dois braseiros, uma enorme serpente dançava, enrolando-se sobre si mesma, balançando o corpo escamoso num ritmo sinistro.

Entretanto, o que mais o horrorizou, foi o cheiro de podre, de sangue e de morte que permeava todo o lugar. Tudo ali cheirava, fedia e recendia ao mal. Ao mais puro mal. Seu choque, ou outra força demoníaca qualquer, o fez ficar com os pés pregados ao chão, enquanto Leila caminhava dócil como um cordeiro junto a Patrus.

O diabólico egípcio sorriu desdenhosamente. Puxou Leila mais para perto do altar onde ficava a serpente. Apenas quando Patrus ergueu uma lâmina afiada e encostou na garganta da esposa, Ragnar conseguiu se libertar daquele poder sinistro e avançar.

— Não dê nem mais um passo, estrangeiro — Patrus ordenou, a voz irritantemente calma —, ou terei que rasgar o pescoço de sua mulher...

— Deixe-a — rosnou Ragnar —, sabe que não há benefício algum para você com sua morte. Acabou, Patrus. Solte Leila.

O outro sorriu, a face encovada se retorcendo num esgar cruel.

— Ah, pode ser que eu tenha perdido a fortuna — fez um corte superficial na pele de Leila, que sequer piscou. E para o total asco de Ragnar, provou o sangue que escorrera sobre seu dedo magro. — Hum. Tão doce... — voltou a sorrir, diabólico — porém, ver o medo em seus olhos e nos de seus amigos, é recompensa suficiente para mim. — Ragnar tentou avançar mais um pouco, mas Patrus encostou a lâmina sobre o peito de Leila e acrescentou, vibrando de maldade — quer ver o coração de sua mulher parar de bater? Quer que eu o arranque de dentro dela, diante de você?

— Não — gemeu Ragnar impotente —, pelo amor de Deus, deixe-a! Por que faz isso? Deixe Leila em paz!

Leila continuava sem reação, embora desejasse desesperadamente se livrar das mãos asquerosas do egípcio, que a prendiam como garras. Ouvia tudo o que se passava a sua volta, via o desespero nos olhos de Ragnar, mas permanecia presa num limbo dentro de si mesma, onde o olhar hipnótico, ou talvez um estranho encantamento daquele maldito, a encerrara. Não conseguia mover os pés, nem levar a mão à adaga presa em seu cinto. Podia sentir a lâmina encostada em seu peito e o ardor causado pelo corte no pescoço. Mas não conseguia fazer nada para se livrar daquele espetáculo de horror. Impotente, observou o momento em que Mark, Gilchrist e Radegund apareceram no alto da escada, atrás de Ragnar, tão surpresos quanto o seu marido com aquela câmara de perversões.

— Svenson — Gilchrist chamou em voz baixa, logo atrás de Ragnar — ele dominou a vontade dela, tem que haver uma forma...

— Não, Gilchrist. Se dermos um passo sequer, ele matará Leila. — Retrucou o norueguês.

— Ah — a voz odiosamente doce de Patrus interrompeu o breve diálogo —, os seus amigos querem uma ocupação? Eu providenciarei — seguiu-se a essas palavras uma evocação numa língua obscura, que soou obscena e repugnante aos ouvidos deles.

Imediatamente, como surgidas do nada — pelas brechas da parede, detrás do altar de pedra, de todos os lugares possíveis e imagináveis — saíram serpentes. Dúzias delas. Como se fossem atraídas por aquele canto, por aquelas palavras. Deslizavam sinistramente na direção deles.

— Inferno — gritou Mark, sacando a cimitarra e a adaga —, eu odeio cobras!

— Então mate-as, Bakkar — grunhiu Radegund, decepando a cabeça da primeira a alcançá-la.

Gilchrist por sua vez permanecia parado, estático. Pouco depois que falara com Ragnar, percebera que havia outra força ali dentro, algo que, junto a eles, tentava combater o mal que habitava aquele lugar. Procurou isolar-se dos outros e ligar-se àquela força. Percebeu o exato instante em que ela atravessou seu corpo como um raio, fazendo-o estremecer da cabeça aos pés. Estranhamente, as serpentes desviaram-se dele. Patrus, apesar de estar do outro lado da sala, também percebeu a nova presença. Pela primeira vez naquela noite, o medo da derrota o assaltou.

Eis o meu Dragão, infiel!

O pesadelo que tivera há algumas noites voltou a sua mente. Mas fora longe demais para se render.

Não, Sekhmet, não me vencerá!

— Pegue a adaga, criança — ordenou à Leila —, se não posso ter o que quero, tirarei tudo o que você tem. Deixarei que viva infeliz pelo resto de seus dias. — Murmurou para que apenas ela ouvisse, torturando sua mente aprisionada — saiba que, se seu coração não estivesse tão tomado pela raiva, eu não teria conseguido dominá-la. Se não fosse seu ódio, eu não teria me ligado à sua mente. Obrigado por me odiar. Você me favoreceu.

Leila, com lágrimas escorrendo dos olhos, retirou a adaga da bainha. Para desespero de Ragnar, que lutava contra o mar de serpentes que os separava, não fez nenhum movimento para atacar Patrus, apenas apresentou docilmente a lâmina a ele. O egípcio tomou o cálice que estava sobre a pedra e banhou a lâmina com seu conteúdo. Então, sussurrou no ouvido de Leila.

— Vá, mate-o.

Não! O espírito de Leila gritou desesperado, prisioneiro em seu corpo sem vontade. Seus pés caminharam por conta própria, pisando nas serpentes, parando atrás de Ragnar. Ele se voltou no instante em que Leila parou junto dele, a adaga envenenada em punho, os olhos dominados pelo mal.

— Leila — a mão do cavaleiro apertou o punho da espada.

Com um movimento apenas, ele poderia ter feito a espada atravessar seu corpo delicado. Com um gesto, Ragnar poderia tê-la impedido. Com um passo, poderia tê-la matado. A adaga entrou em seu abdome. A dor se espalhou por todo seu corpo. O encanto que entorpecia Leila caiu neste momento. Ragnar ainda pode ver o horror que encheu seus olhos quando ela percebeu que o matara. O veneno começou a circular. Rápido, mortal. De seus lábios ainda escapou um murmúrio, antes que ele tombasse no chão.

— *Jeg elsker deg, livet mitt.*

— Não!

O grito angustiado atravessou o ambiente. Só então Mark e Radegund perceberam o que acontecera. Gilchrist, por sua vez, pode finalmente arrastar os pés pelo chão. Dentro de sua mente ouviu uma voz doce e melodiosa: *deve terminar o que não acabou.* Devagar, avançou por entre o tapete de serpentes e corpos de répteis decepados, indo na direção de Leila, que chorava sobre o corpo inerte de Ragnar.

Patrus, embriagado pelo prazer supremo de sua maldade, não fez caso do avanço de Gilchrist. Apenas contemplava seu feito, sua vingança. Set ficaria satisfeito por carregar consigo a alma daquele guerreiro, sem jamais deixá-lo atravessar o *Estige*[66]. O norueguês ficaria preso no limbo para sempre, por toda a eternidade. Patrus gargalhou, cego pela vitória, cruel e doentio. Sua vingança era doce.

Ragnar caminhou pela neve e olhou para trás. Foi atingido por uma bola gelada bem no meio do peito. Olhou para o rapazola louro que gargalhava diante dele.

— Björn, seu cretino — suas mãos, que eram grandes para sua idade, fizeram um grande amontoado branco e gelado. Mas, antes que pudesse completar seu intento, uma figurinha vaporosa, risonha e de tranças, pulou sobre ele, atirando-o de vez no chão — Ulla! Pestinha!

Ela se levantou e correu para o bosque, gritando por sobre o ombro.

— Venha me pegar!

Ragnar se ergueu e notou que crescera. Agora era um adulto. Olhou para trás e não viu mais o irmão.

— Venha me pegar — a voz de Ulla soou de dentro do bosque, mais distante.

Seus pés se deslocaram na neve com a agilidade de sempre, o costume de uma vida. Correu atrás da irmã, sem se dar conta do frio, ou das botas que afundavam no solo irregular, fazendo de cada passo um desafio.

— Ulla!

— Ragnar... — um murmúrio doce balançou as árvores

— Leila — ele se curvou para frente, as mãos sobre a barriga, a dor cortando seu corpo ao meio. Ergueu os olhos para o fundo do bosque, mas não viu as árvores, só uma luz cegante, como os primeiros raios de sol que entravam pelas frestas das cortinas de seu quarto no verão.

Ah, era tão quente a luz... tanto quanto o sol de uma terra distante que ele devia conhecer. Ele conhecera? A luz o aquecia como um sorriso que ele devia ter visto, como olhos amendoados e dourados como o mel que ele tinha certeza que amara. Teria vivido, ou aquilo era um sonho? Teria visto a guerra; a dor e a miséria humanas... teria sentido o caloroso aperto de mão de um amigo, ou carregado uma corajosa mulher ferida nos braços?

Ragnar deu mais um passo na direção da luz e do calor. A neve e o inverno, que sempre haviam sido convidativos, que sempre fizeram parte de sua vida, agora pareciam frios, lúgubres demais. Tudo o que ele queria era ir ao encontro daquele calor; seu corpo estava tão frio... não sentia mais as mãos, ou os pés. Até a ponta do nariz, tal qual acontecia depois de uma bebedeira, estava adormecida. Estaria embriagado? A voz da irmã soou atrás dele, com um toque de riso.

— Venha me pegar!

O que diabos Ulla fazia naquele frio? Virou-se para repreendê-la.

— Volte para dentro, Ulla! Nossa mãe já disse...

A frase morreu em sua garganta diante da beleza da mulher. Vestia uma armadura dourada. Seu elmo trazia a viseira aberta. Por baixo do elmo, desciam fios claríssimos, lisos e platinados. Os olhos intensamente azuis, como safiras, eram os de Ulla. Seria ela? Ou uma Valquíria[67]? Estaria sendo arrebatado ao Valhalla?

A Valquíria falou.

— *Venha me pegar, jovem Svenson!*

— *Ulla!*

Ao lado da Valquíria apareceu um guerreiro usando uma estranha roupa azul cintilante, meio furta-cor, como as escamas de um exótico lagarto. Os olhos dele eram bizarros, um de cada cor. De onde conhecia aquele rosto? Ragnar fez um esforço para se lembrar, mas não conseguiu.

— *Volte para casa Ulla!*

— *Não, Ragnar. Volte você.*

— *Está frio, irmãzinha...* — *ele se voltou para a luz, dando as costas ao casal* — *ali parece quente.*

Um brilho vermelho surgiu atrás dele, desenhando sua silhueta sobre a neve adiante. Agora a neve, que fora branca, estava rubra, tingida de sangue. Ulla falou.

— *Ainda não é hora, irmão.*

Ragnar balançou a cabeça numa negativa. Estava cansado. Haveria sempre a guerra. A ameaça de ser um bastardo real. O medo de perder quem amava.

— *Volte, Ragnar Svenson* — *soou a voz do guerreiro de azul.*

Ragnar abriu os braços para a luz.

Ele a via. Gilchrist esfregou o olho. Ela permanecia lá. Ao lado de Ragnar. Estava ali e não estava. Era translúcida, dourada e branca. Olhos de safira.

O coração, Dragão...

— O que quer de mim? — ele se ouviu indagar.

A mulher respondeu, imperiosa.

A pedra, o Coração do Dragão. Têm poder. Você e ele. Use-o.

Gilchrist forçou a mente embaralhada.

— O rubi?

Use-o. Ou ele desistirá. Não posso mantê-lo aqui para sempre, Dragão — a mulher estava aflita —, *se ele atravessar, não haverá volta.*

A verdade assaltou Gilchrist, ao mesmo tempo em que seus punhos arderam de tal forma arrancou os braceletes que cobriam as tatuagens. Podia jurar que os dragões balançaram as caudas para ele, como um cão balançaria o rabo de alegria diante do dono. Olhou para Radegund. Junto com Mark, ela ceifava as serpentes que pareciam surgir do nada, cada vez em maior número.

— Radegund, me dê a pedra! — Ela relanceou os olhos para ele. Gilchrist estava louco? Ela tentando não ser picada por vinte tipos diferentes de cobras e ele preocupado com uma joia? — Dê-me a pedra! Agora!

Automaticamente, ela arrancou a corrente do pescoço, arrebentando o fecho. Lançou-a na direção do irlandês. Gilchrist a agarrou no ar. No instante em que seu punho se fechou sobre a pedra, ele sentiu o corpo todo aquecer numa estranha febre. Era como ser consumido em chamas. Ficou ali, parado, estático, olhando para a aparição que sorria. Olhando para Leila, que chorava desesperada sobre o corpo lívido, exangue, de Ragnar.

Leila gritou angustiada e sacudiu o corpo inerte do marido.

— Ragnar! Ragnar!

A adaga permanecia cravada no corpo de seu marido. Cravada nele por suas mãos. Como Patrus podia ser tão cruel, tão desumano ao ponto de gargalhar enquanto ela matava seu amor? A fúria cresceu dentro de Leila. Cega, surda. Intensa e arrebatadora. Com um rugido de ódio, arrancou a adaga do corpo do marido e virou-se para Patrus, as lágrimas de dor, raiva e revolta escorrendo dos olhos injetados.

— Ele não irá sozinho, maldito!

A primeira estocada atingiu o egípcio no ombro. Ela puxou a adaga e ergueu-a de novo. Patrus gritou. Um grito esganiçado e histérico, de dor e surpresa. Correu para as escadas que davam no pavimento superior. Leila correu atrás dele.

— Leila — ela ainda ouviu o chamado de Mark, mas o ignorou — volte aqui, Leila!

— Vá atrás dela, Mark — Radegund pediu, lutando ainda com as serpentes.

Ela não precisou falar duas vezes. Mark saltou agilmente sobre corpos sinuosos que se agitavam no chão, aproveitando para esmagar uma ou duas serpentes sob as botas. Correu escada acima no encalço de uma ensandecida Leila, que urrava de ódio atrás de Patrus. Surpreso com sua reação, o egípcio recuava em direção à sacada que dava para os fundos da casa.

— Desgraçado — ela arfava e gritava —, vou matá-lo, maldito!

Tomada pela fúria, desceu a adaga novamente, mas Patrus conseguiu se desviar. Leila continuou avançando, obrigando-o a recuar, até esbarrar na sacada. A adaga desceu novamente, numa velocidade vertiginosa, cravando no peito de Patrus. O egípcio perdeu o equilíbrio e cambaleou, tombando por cima da sacada. Com um grunhido de ódio, sua mão se fechou como uma garra na frente da túnica de Leila, puxando-a consigo para a queda iminente.

— Virá comigo, infeliz!

O corpo de Leila oscilou para frente. Atônita, estendeu os braços, tentando se amparar, mas o peso de Patrus era maior, puxando-a para o vazio. Suas botas escorregaram no assoalho e seu tronco se inclinou perigosamente sobre a sacada. Tentou em vão com uma das mãos soltar os dedos de Patrus, cravados como garras no tecido de sua roupa. No instante em que a gravidade falou mais alto e ela começou a cair, um brilho fugaz passou diante de seus olhos. A mão de Patrus foi decepada por uma lâmina afiada. Simultaneamente, viu os olhos do criado, queimando de ódio e surpresa, se distanciando na escuridão e sentiu mãos fortes que a agarravam pela cintura. Virou-se como um autômato e caiu desacordada nos braços de Mark al-Bakkar.

Radegund olhou atônita para as serpentes que fugiam de repente, como se atraídas por um estranho chamado, da mesma forma que haviam aparecido. Correu na direção de Gilchrist. Abaixado ao lado do corpo de Ragnar, colocava a pedra sobre o ferimento feito por Leila.

— O que está fazendo, Gil?

— Não sei. Só sei que preciso tentar... — ele ergueu o rosto e a encarou, o olho negro carregado de uma força estranha que a fez se arrepiar — preciso de você. Dê-me sua mão.

Radegund obedeceu, espantada demais para questionar. Ragnar estava morto. Não via seu peito subir e descer com a respiração. Não via a artéria pulsar na base de seu pescoço. Mas obedecia Gilchrist e à estranha força de seu olhar.

Gilchrist olhou para frente, na direção dos pés de Ragnar. A mulher branca e dourada sorriu.

Agora é com você. Chame-o de volta. Confie. Eu o encontrarei.

Quando a mão da guerreira ruiva tocou a dele, um calor enorme passou entre elas. Radegund sentiu algo fluir da palma de sua própria mão, como um rio incandescente e vivo. Antes de mergulhar num clarão branco, viu a pedra que Bharakat lhe dera, e que estava pousada sob o ferimento de Ragnar, se iluminar de forma estranha. Depois, não viu mais nada.

TIRO, UM MÊS DEPOIS.

O navio se afastava velozmente do porto, impulsionado pelos ventos favoráveis, singrando o Mediterrâneo a caminho da distante Noruega. Radegund sorriu e endereçou uma prece silenciosa à Bharakat. Sua filha seguia em segurança. Ela cumprira seu juramento. Agora Leila era uma mulher. Uma brava e corajosa mulher que cuidaria de si mesma. Rezou para que um dia pudesse rever a amiga. Olhou por sobre os ombros. Mark continuava onde o deixara, recostado nas pedras. Sorriu ao olhar ao redor e notar onde estavam. Na saída do túnel, exatamente no lugar onde se deitara com ele pela primeira vez.

Curiosamente, e contra todas as expectativas de seus amigos, não se apaixonara por ele. Não que Mark não fosse um homem cativante, longe disso. Simplesmente não acontecera. A amizade que nascera entre eles era um laço muito superior a qualquer paixão.

Seus cabelos, desta vez soltos, brincaram em torno de seu rosto quando o vento os agitou. Não fez qualquer movimento para prendê-los. Apenas caminhou devagar pela areia, as botas afundando a cada passo. Parou diante do mestiço.

— Missão cumprida.

— Sim — ele fez longa uma pausa, antes de informar — Gilchrist também partirá.

Ela sentiu uma pontada aguda de tristeza. Voltou o olhar para o mar.

— Eu sei, ele me disse... — engoliu em seco —, ele ficou muito abalado com o que aconteceu.

Mark sondou seu rosto.

— Você sabe de algo que eu não sei.

— Sim — foi a resposta simples, mas que encerrava toda a lealdade dela para com o irlandês.

O mestiço suspirou e permaneceu em calado. Depois convidou.

— Quer caminhar?

Andaram em silêncio por muito tempo, imersos em suas próprias reflexões. Comunicavam-se quase que por pensamento, revivendo tudo o que passaram desde o dia em que Radegund estendera sua mão para ele no campo de batalha. *Parece que faz uma vida*, pensou Mark, sentindo-se subitamente velho e cansado para seus trinta anos. Estranhamente, ao entardecer, estavam de volta ao ponto de partida. Algumas estrelas começavam a brilhar contra o azul do céu de Tiro. A cidade começava a se iluminar. A voz de Radegund, quebrando aquele silêncio, ecoou seus pensamentos.

— Estou cansada, Mark.

Ele parou a sua frente. Tirou uma mecha vermelha que o vento jogara sobre seus olhos. Já não estranhava que ela replicasse seus próprios pensamentos. Não o assustava mais o elo sobrenatural que os unia.

— Todos nós estamos — ele se recostou nas pedras e observou as ondas, com os braços cruzados diante do peito. — Vou pedir a Ibelin que me dispense.

Radegund voltou-se, surpresa, o coração estranhamente apertado no peito.

— Vai embora?

Ele a encarou. Seus olhos castanhos, calorosos e perspicazes, devassando sua alma, compreendendo a solidão que se equiparava a sua.

— Pensei em irmos... nós dois — fez uma pausa prolongada enquanto perscrutava seu rosto sério e calado. — Raden, sei que nossa amizade é no mínimo estranha aos olhos dos outros... — ela sorriu, divertida. Ele a trouxe para si, fazendo-a apoiar as costas contra seu peito. Passou os braços em torno dela, envolvendo a ambos com o manto e apoiou o queixo no alto de sua cabeça. — Gostaria que viesse comigo. Conheço alguns chefes do deserto. Poderíamos trabalhar nas caravanas, escoltando-as. Podemos viajar e conhecer outros lugares, outras pessoas. — Ele depositou um beijo suave em seus cabelos e prosseguiu — somos bons soldados, bons camaradas... — ele a fez se voltar dentro de seu abraço. Completou com um sorriso maroto — ...e nos damos bem na cama.

Radegund exibiu um de seus raros e francos sorrisos. Apertou seu nariz, fazendo graça.

— Você é incorrigível, Mark al-Bakkar! E também muito esperto. Me quer ao seu lado para proteger seu belo traseiro ou para esquentar a sua cama?

Ele ergueu os olhos e fez de conta que pensava.

— Hum... os dois. Pode ser?

Radegund deu uma gostosa gargalhada. Virou-se novamente de costas para ele, mantendo-se em seu abraço. Após um silêncio prolongado, respondeu em tom solene.

— Sabe que não passará disso.

— O quê? — Ele perguntou já sabendo a que ela se referia.

— Amizade, conforto... não há espaço para o amor em meu coração, Mark.

— Tudo bem garota. Não tenho espaço para mais nada além disso também. Nossa amizade é suficiente.

— Então está feito.

Ele fez com que se virasse de novo. Fitou-a com seriedade.

— Sim garota, está feito.

Um longo e caloroso beijo selou o acordo.

EPÍLOGO

SVENHALLA, NORUEGA. DEZEMBRO, 1188.

eila olhou para a imensidão branca lá fora. Apertou o manto forrado de peles contra o corpo. Ainda estava fascinada por aquela terra gelada, cheia de contrastes, tão diferente do mundo do qual viera. Um farfalhar de tecidos atrás dela anunciou que alguém entrara na sala aquecida pela grande lareira.

— Minha filha, o navio está ancorado. Eles chegaram.

A voz doce de Marit Ingesdatter trouxe uma enorme alegria ao coração de Leila. Voltou-se com um sorriso para a mulher clara de tranças grisalhas. A mãe adotiva de Ragnar, a dona de um coração grande e generoso que recebera a estrangeira como uma filha bem-amada. O sorriso de Leila iluminou seus olhos amendoados e Marit ergueu a mão, num gesto de compreensão.

— Vá querida! Mas cuidado para não escorregar no gelo!

— Obrigada, Marit! — Ela beijou o rosto suave e saiu correndo, abençoada pela indulgência da mulher mais velha.

Seus pés, calçados com botas de pele, voaram pela neve. Em alguns minutos ela estava no ancoradouro da propriedade da família Svenson. Esticou o pescoço para enxergar por cima dos homens que descarregavam o navio, tentando ver quem procurava. Seus olhos se fixaram numa silhueta alta e forte, a maior de todas, que ainda estava no tombadilho. Mesmo à distância, seus olhares se atraíram. Sem que ela percebesse, seus pés recomeçaram a corrida. Quando alcançou a ponte de embarque do navio, foi erguida nos braços fortes de seu marido.

— *Mitt liv!*

— Ragnar!

Ele a beijou faminto, saudoso e apaixonado. Devorou sua boca numa ânsia desesperada, explorando-a com a língua, apertando o corpo delicado contra o seu, erguendo-a do chão. Céus! Passara quinze dias longe dela, cuidando dos negócios da família, mas parecia uma eternidade.

Leila se afastou um pouco para tomar fôlego e mergulhou os dedos nos adorados cabelos claros.

— Meu amor! Senti tanta saudade!

— Eu também, minha pequenina. Não vejo a hora de carregar você para nossa cama e fazermos amor até nos cansarmos. — Ele a beijou novamente e a ergueu nos braços — aliás, é exatamente isso que farei agora!

— Mas... o navio, a carga...

— Para o diabo com a carga! Björn que se vire no meio dos arenques. Tudo o que eu quero é recuperar esses quinze dias perdidos longe de você.

— Seu desejo é uma ordem, meu senhor. — Ela o beijou e passou os dedos pelo seu pescoço, sedutora — pobre do meu cunhado, ficará cheirando a peixe defumado por uma semana...

— Quando ele se casar, serei generoso. Por hora, estarei muito ocupado. Acha que devo avisar que ficaremos uma semana sem aparecer no salão? — Ele indagou enquanto caminhava para casa com ela nos braços.

— Quinze dias... — ela o corrigiu — você ficou quinze dias fora. Temos que igualar as contas.

Ragnar a encarou malicioso. Mordiscou sua orelha, provocando arrepios. Ainda bem que estava vestido com roupas pesadas senão, todas as pessoas por quem passavam teriam visto a evidência de seu desejo naquele momento.

— Leila, Leila... — provocou — você se saiu melhor que a encomenda.

Ela não respondeu, apenas deslizou a palma da mão pelo pescoço dele e o beijou, enquanto entravam em casa. Pensou que não poderia haver lugar melhor para estar do que nos braços de seu marido.

Ali, estava no céu.

Toda minha gratidão a você. Sem você, Radegund não existiria.

DRICA BITARELLO

NÃO HÁ HONRA
ENTRE OS LADRÕES

"O Fortuna/ velut luna
statu variabilis, /semper crescis
aut decrescis;/vita detestabilis
nunc obdurat/et tunc curat
ludo mentis aciem,/egestatem,
potestatem/dissolvit ut glaciem"

1 — BONS COMPANHEIROS

Messina, 1189

— Messina sempre me parece ruim. Malcheirosa, apinhada de gente e barulhenta demais.

— Messina não é ruim — Mark afastou um vendedor de ostras com um gesto e abriu caminho para os dois entre a multidão, tomando a precaução de carregar a instável companheira pelo braço —, é você quem sempre está mareada quando desembarca.

— Oh, inferno!

À imprecação seguiu-se mais uma série de náuseas. O que restava no estômago da ruiva ficou na sarjeta. Depois de inspirar fundo, endireitar-se e esfregar o punho sobre a boca, ela praticamente suplicou.

— Por Deus homem, tire-nos daqui.

Com um meneio, ele continuou abrindo caminho até o outro lado do porto, onde mercadorias, bagagens e animais eram desembarcados. Poucos minutos depois, ele e Radegund conduziam os cavalos na direção da periferia, onde as *villas* se debruçavam sobre o estreito e a brisa marinha carregava para longe o odor da cidade. Colocou-se à frente dela e deu graças aos céus pelo fato de Lúcifer conhecer o caminho da casa. Radegund mal se mantinha sentada sobre a sela.

— Anime-se — ele falou por sobre o ombro enquanto subiam a estradinha —, logo vai poder tomar banho e se enfiar na cama por um dia inteiro.

A porta da alcova foi fechada com suavidade. Mais por hábito, na verdade. Mesmo que a tivesse batido com toda sua força, Radegund tinha certeza de que nada despertaria Mark do sono pesado.

Apanhou o manto, ajustou o cinturão com as armas e acenou para Iohannes, que acendia as lamparinas de azeite à porta da casa.

— Caso ele acorde — informou —, estarei na taverna de Francesca.

— Eu avisarei, *signorina* — o administrador respondeu, enquanto a cumprimentava. — Boa sorte esta noite.

— Minha sorte no jogo é sempre boa, Iohannes — deu uma picadela — os dados foram feitos para minhas mãos.

Dito isso, caminhou até Lúcifer e partiu num trote preguiçoso. O sol tingia o céu num tom de laranja-avermelhado enquanto descia a estradinha que levava ao coração de Messina. Quando finalmente parou sob a placa de madeira retratado uma mulher nua enroscada num alaúde colorido, havia escurecido por completo.

Vozes, fumaça e o cheiro intenso do álcool a receberam no momento em que empurrou a porta com uma das mãos. Uma voluptuosa mulher morena de longos cabelos pretos também a recepcionou.

— Ah, seja bem-vinda, minha jovem rainha dos dados! Senti sua falta no último mês. Por onde andou, Radegund?

— Olá, Francesca! — Endereçou um de seus raros sorrisos à taverneira — andei viajando, aqui e ali... ganhando a vida.

— Uma garota como você, com essa aparência, poderia ganhar a vida de um jeito menos arriscado — ralhou a mulher. — Mas, cada um sabe de si. Por onde anda seu amigo bonitão?

— Dormindo e roncando como um porco.

Se a atirada Francesca visse Mark como ela o deixara, dormindo de boca aberta e babando sobre o travesseiro, ela duvidava que continuasse achando que ele era assim tão bonitão...

A taverneira chamou uma criada e Radegund aceitou a caneca de cerveja oferecida. Espiou os fundos da taverna, onde ficava a mesa de dados.

— Vejo que a diversão já começou por aqui...

Francesca olhou na mesma direção que ela e deu uma gargalhada.

— Ora, menina, deixe-os ao menos ganharem algumas moedas. Dê-lhes o tempo de uma jarra de cerveja. Depois você pode ir até lá e arrancar até suas calças!

Radegund riu junto com Francesca e aceitou a sugestão. Acomodou-se num banco, apoiou os pés sobre a mesa e deu dois tapinhas sobre a madeira.

— Está certo, Francesca. Mas você me fará companhia e me contará as novidades deste último mês em Messina.

— Não é possível... — Rato coçou a cabeça e depois esfregou as mãos suadas na túnica. Acabava de perder a sexta rodada para tal mulher ruiva. *A sexta!*

— Tanto é possível — ela lançou um sorriso cínico do outro lado da mesa, enquanto virava outra caneca de cerveja —, que aconteceu. Deve-me mais duas moedas.

Rato enfiou a mão na bolsa. Conseguiu disfarçar o susto ao sentir que estava vazia. Havia jogado todas as moedas que possuía. Que diabo! Passou quase um mês jogando naquela taverna, limpando os incautos na mesa — e também fora dela, diga-se de passagem — até que aquela mulher apareceu e *puf*! Como mágica, sua sorte se foi!

Precisava recuperar seu dinheiro. E rápido. O navio genovês no qual embarcaria sairia no dia seguinte. Sem dinheiro, ficaria preso em Messina por mais tempo do que seria recomendável. Afinal, por mais competente que fosse em aliviar as pessoas de seus bens, sempre havia um ou outro que conseguia descobri-lo. Não seria nada bom para sua saúde que uma de suas vítimas o reconhecesse e fosse reclamar o que era seu. Principalmente o dono daquele delicado pingente que ganhara na noite anterior. Nunca vira tanto estardalhaço por causa de algo tão pouco valioso. Assim que chegasse a Chipre, derreteria aquela bugiganga e usaria o ouro para comer, beber e dormir com meia dúzia de garotas.

Do outro lado da mesa, a mulher o pressionou.

— E então, garoto? Onde estão minhas moedas? Não vá me dizer que cometeu a temeridade de apostar o que não tem...

O burburinho ao redor da mesa, e até mesmo no salão onde as pessoas bebiam logo atrás, foi diminuindo até cessar. Homens e mulheres se aproximaram devagar da mesa de dados, curiosos com o desfecho da situação. Todos sabiam qual era a sentença das tavernas e dos portos para aqueles que tentavam ludibriar um parceiro no jogo. Principalmente se o parceiro em questão fosse a mercenária ruiva.

2 — FORTUNA IMPERATRIX MUNDI

Suf ocultou-se nas sombras, mas permaneceu atento ao desfecho da situação na mesa de jogo.

Rato estava em maus lençóis. Na mesma situação em que o colocara na noite anterior, quando perdera o pingente de Domenica na maré de azar que o assolara. Queria ver como o malandro se safaria daquela!

Agora que o ladrãozinho oportunista estava sem um besante sequer, ele saberia se a joia ainda estava em seu poder. Talvez Rato acabasse apostando e perdendo o pingente. Daí era só esperar que a mercenária saísse da taverna e roubá-lo dela. Naturalmente contava que, ao fim da noite, ela estivesse bêbada como um marujo.

— Vamos, estou esperando. — Radegund pressionou ainda mais o jogador —, pague o que me deve, rapaz. Ou teremos que acertar nossas contas de outra forma.

— Eu... bem... — Rato gaguejou e levantou as mãos — digamos que esteja um pouco desprevenido no momento...

Radegund bufou e contornou a mesa, fazendo o rapaz recuar. Agarrou-o pelo colarinho e grunhiu.

— Está tentando me enganar, cão?

— Não, não — Rato tremia enquanto tentava se livrar da mulher, cujas mãos calejadas eram como tenazes. — É só que eu não notei que estava com pouco dinheiro na bolsa. Posso ir lá em cima e buscar.

A ruiva sorriu. Aquele parvo na certa achava que ela tinha nascido ontem...

— Não vai a lugar algum sem me pagar.

Não era pelo dinheiro e sim, por sua reputação. Se deixasse aquele tolo sair dali sem honrar a aposta que fizera, no dia seguinte estaria desmoralizada. E, por todos os demônios, sua reputação nos dados era quase tão importante quanto a que conquistara como mercenária!

Sem muita cerimônia, virou Rato de bruços sobre a mesa e começou a vasculhar as dobras de suas roupas. Depois de apalpar aqui e ali, finalmente ergueu diante dos olhos uma corrente de onde pendia um delicado pingente de ouro.

— Ora, vejam só! — Radegund balançou a joia no alto, expondo-a aos olhos da "plateia" que se formara ao redor deles — nosso amigo tem bom gosto. Ficarei com isso e considerarei a dívida paga, rapaz.

Ato contínuo, largou-o de lado e enfiou seu prêmio na bolsa. Rato tentou argumentar.

— Ei! Isso é muito mais do que lhe devo!

— Considere-se com sorte por continuar com todos os dedos das mãos, cão.

Dito isso, dispensou-o com um gesto. Apanhou a caneca vazia e acenou à moça que servia as mesas.

— Mais cerveja!

Suf era mesmo um cachorro sarnento! Ele iria se ver com ela!

Apertando o xale em torno do corpo, Domenica andou de um lado para o outro. Sabia que havia alguma coisa errada com o noivo. Ele andava calado ultimamente, mal a procurava. E quando ela conseguia escapar da casa de sua ama para se encontrar com ele, Suf era arredio. Agora estava entendendo o motivo. Ele certamente estava se divertindo nos braços de alguma rameira!

Fazia mais de uma hora que ele havia entrado naquela taverna, isso depois de ter mandado um garoto avisá-la que ficaria trabalhando até mais tarde na estrebaria e por isso não poderiam se encontrar. Ela bem que desconfiou daquela desculpa. Escapuliu de casa e o seguiu até ali. O sem-vergonha! Pois ele veria com quem estava lidando, ah se veria! Escondeu-se bem junto à parede e ficou esperando Suf aparecer.

Rato esfregou o nariz e se encolheu num canto escuro, fora das vistas da mulher que rondava a porta da taverna. Na certa era alguma esposa enfurecida a procura do marido fujão. Bah! Que se danassem todos eles! O que ele queria mesmo era recuperar o que havia perdido no jogo.

Maldito vício! Devia ter ido embora com o que ganhou antes. Devia ter saído de perto da mesa de jogo quando aquela bruxa ruiva chegou. Devia saber que uma mulher daquelas, que mais parecia um homem, só poderia trazer o azar para quem estivesse em volta dela! Mas seria paciente. Do jeito que a maldita bebia só poderia sair dali carregada. Daria um jeito de tomar dela tudo o que perdeu. E ainda roubaria aquelas botas caras que ela usava.

Afinal, ele era O Rato, o mais astuto dos ladrões!

Suf se sentou num banco e aguardou pacientemente. Logo, logo a mercenária estaria completamente bêbada. Ele colocaria as mãos no pingente e o devolveria à Domenica sem que ela percebesse. Se sua noiva descobrisse que ele tinha pegado a joia e que, ainda por cima, tinha perdido numa mesa de dados, ela simplesmente o castraria!

Radegund esvaziou o quarto — ou quinto, talvez — jarro de cerveja. Olhou para as velas colocadas sobre os balcões e notou que estavam quase no fim. E embora estivesse numa noite de muita sorte nos dados, estava na hora de partir. Bocejou ruidosamente e espreguiçou-se. Em seguida, recolheu o manto e acenou uma despedida a uma sorridente Francesca, que se divertia com as histórias de dois soldados nortistas. Caminhou para a porta, sentindo a cabeça leve e as faces quentes. A cerveja da Dama do Alaúde era forte, do jeito que ela gostava!

A noite fresca, quase fria, a recebeu. Tomou cuidado em saltar por cima de alguém que estava encolhido junto à soleira da porta e caminhou na direção de onde deixara Lúcifer, que mastigava calmamente uma porção de aveia. Um pouco cambaleante, agarrou-se à sela e montou. Em seguida cutucou Lúcifer suavemente e partiu num trote lento.

Sentindo-se leve, balançava sobre a sela, cantarolando uma música obscena que falava sobre um marujo que entretinha a esposa e a amante ao mesmo tempo em que conduzia seu navio. Gargalhou alto numa parte particularmente picante da letra, tentando imaginar a cena que também envolvia o leme e o barco à deriva...

3 — MUITO BARULHO...

Suf saiu no encalço da ruiva. Esgueirou-se cuidadosamente pelas sombras, colado às paredes das construções ao longo das vielas por onde ela conduzia a montaria. Ou melhor, por onde a montaria a carregava. No estado em que ela estava, era bem provável que acabasse caindo no mar ao invés de chegar em casa.

Por Deus, quantos jarros de cerveja ela bebera? Seis? Sete? Ele havia parado de contá-los mais ou menos àquela altura.

Agora, além de balançar como um pêndulo sobre o cavalo, a ruiva ainda berrava a cantiga mais obscena que ele ouvira em toda sua vida, e numa altura capaz de acordar os mortos. Pela Mãe de Cristo, de onde diabos saíra aquela mulher?

Domenica acordou sobressaltada e ficou de pé num pulo. Uma cantoria infernal a despertara. Acabara cochilando em seu posto de observação à espera de Suf.

Esfregou os olhos a ponto de vê-lo dobrar num beco, indo na mesma direção de onde vinha aquela música indecente. Ia dando um passo quando uma figura esfarrapada saiu das sombras e também foi atrás de Suf.

Domenica apertou o xale nos ombros, ao mesmo tempo em que agarrava um pedaço de pau que estava jogado no chão. Fosse quem fosse, era bom estar prevenida.

Cuidadosamente seguiu pelo mesmo beco onde Suf e o maltrapilho haviam entrado.

Ora, por essa Rato não esperava!

Estava aguardando a ruiva sair da taverna quando o sujeito do qual havia ganhado o pingente na noite anterior também teve a mesma ideia.

Mas que diabo! Se não estivesse sem uma moeda sequer, deixaria aquele pingente de lado. Mas precisava recuperar o que perdera. Precisava sair de Messina o mais rápido possível, antes que alguém o reconhecesse.

Bufando sua frustração, seguiu suas presas, ocultando-se nas sombras. Porém, para desgraça completa de sua reputação de ladrão, tropeçou numa pedra. Desequilibrado, Rato agitou os braços e sem querer acertou uma pilha de caixotes que estava num canto. Os caixotes caíram, causando um estardalhaço maior do que a cantoria da mulher bêbada.

Cães começaram a latir. Alguém berrou uma praga de dentro de uma das casas. Uma janela se abriu e alguém enfiou a cabeça por ela, xingando-o. Outra cabeça apareceu por uma porta entreaberta:

— Me deixem dormir, bando de vagabundos!

— Inferno, inferno, inferno!!! — Imprecou Rato, apertando o passo, olhando para trás. Colidiu com outra pessoa — merda!

— Ei! Você?! — Suf o reconheceu na penumbra, agarrando-se ao seu colarinho.

O impacto fez com que os dois fossem jogados para trás, colidindo com mais uma pessoa.

— Ei! — Esbravejou uma voz de mulher que Suf logo reconheceu.

— Domenica?

— Suf! Seu cretino! — Berrou Domenica, brandindo o pedaço de pau — vou arrancar suas partes e dar aos cães!

Em sua fúria, Domenica acabou errando o alvo. A paulada atingiu as costas de Rato.

— Sua vagabunda! — Esbravejou o ladrão, atiçando a ira do noivo da siciliana.

— Vou lhe mostrar quem é vagabunda, seu ladrãozinho de merda! — Armou um murro, que teria acertado em cheio o nariz de Rato, se o gatuno não tivesse escorregado num monte de esterco e caído em cima de sua noiva.

— Saia já de cima de mim — a moça golpeou Rato com o pau —, seu verme! — E olhando para o noivo, gritou — e você trate de se explicar!

— Calma, meu docinho... — Suf ergueu as mãos, recuando, mas escorregou no mesmo lugar que Rato, caindo sentado. Domenica se endireitou e avançou sobre ele.

— Seu docinho uma ova! Dispensou-me para ir atrás de rameiras!

Radegund parou de cantar e puxou as rédeas de Lúcifer. Bamboleou na sela e olhou por sobre os ombros.

Sua visão estava um pouco turva; efeito do balanço do navio mais cedo, óbvio. Mas ela conseguiu enxergar as três pessoas que se engalfinhavam na saída do beco por onde passara. Parecia haver uma mulher entre eles e era ela quem estava acertando um dos infelizes com um pedaço de pau, enquanto o outro se escondia atrás do que apanhava, em meio a gritos e palavrões.

— Ei — berrou do alto da sela —, querem parar com essa barulheira? Tem gente nessas casas querendo dormir!

Rato, Suf e Domenica estacaram ao ouvir a voz da ruiva. O ladrão gemeu.

— Aquela bruxa...

— Quem é a vagabunda? — Esbravejou Domenica.

— Oh, Senhor... — choramingou Suf.

— Calem a boca! — Berrou outra voz do alto de uma das janelas.

— Alto lá — interrompeu-os um dos guardas do marechal que fazia a ronda.

— Mas que merda... — reclamou a ruiva, que só queria ir para casa dormir.

O guarda chegou mais perto do grupo, seguido por seu parceiro. Olhou para o trio mal-ajambrado e depois encarou a pessoa sobre a montaria. Seu rosto relaxou visivelmente ao ver de quem se tratava.

— Ah, *signorina* Radegund, como tem passado? Não sabia que estava de volta...

— Olá, Paolo! — O homem fazia parte do contingente do marechal e era seu parceiro de jogo — vou bem. E sua esposa?

— Está ótima — o guarda sorriu, apoiando-se na alabarda, esquecido do trio ao seu lado —, já bem perto de dar à luz.

— Folgo em saber.

— E o *signore* al-Bakkar? Não retornou das caravanas ainda?

— Oh sim, retornamos juntos, mas Mark resolveu ficar na *villa* desta vez.

— Acho que ele não tem sua disposição para os dados — Paolo riu e cutucou o companheiro, que até então acompanhava a conversa calado, cutucando o próprio nariz — sabia que a *signorina* aqui é a "Rainha dos Dados", Guido?

Guido sorriu, expondo as falhas nos dentes da frente, dando a impressão à Radegund de que era meio abobalhado. Tonta e sonolenta, despediu-se dos soldados.

— Bem, já vou indo. Preciso dormir — acenou e virou a montaria. — Tenha uma boa noite, Paolo. Espero que consiga cuidar desses desordeiros.

— Ei! — Gritou Domenica — desordeiros é a ...

— Mais respeito com a *signorina*, mulher — ralhou o guarda.

— Esta mulher tem algo que é meu! Volte aqui! — Reclamou Rato, tentando ganhar vantagem.

— Seu uma ova! — Esbravejou Suf, correndo atrás da ruiva — você trapaceou. Aquele colar é meu!

— Colar? Que colar? — Indagou Domenica, desconfiada.

Suf atravessou o caminho de Lúcifer. Radegund, que recomeçara a cantar, puxou as rédeas da montaria. O animal resfolegou, irritado com mais aquela interrupção.

— Mas que diabo! — Radegund esbravejou — não se pode mais sair para beber em paz hoje em dia? O que tanto querem comigo afinal!

— Tem algo que é meu — manifestou-se Rato.

— Não! É meu! Ele me trapaceou no jogo — Suf empurrou o ladrão para trás.

Vagamente ela se lembrou do jogo de dados e do pingente. Enfiou a mão na bolsa presa ao cinto e balançou a pequena joia na frente de ambos.

— É isso? É por causa disso que estão me amolando?

— Suf — a voz de Domenica soou irritada atrás dele e de Rato. Tinha acabado de reconhecer algo que era seu — o que significa isso? Como essa... *essa daí* está com o meu pingente?

— *Amore mio*, eu posso explicar...

A ruiva revirou os olhos e explicou de má vontade.

— *Essa daqui* está com o pingente porque o ganhou nos dados.

— Não acredito que apostou o *meu* pingente nos dados!

Bem, Domenica pensou. Na verdade, o pingente não era *exatamente* dela. Ela o afanara há algum tempo da caixa de joias de sua senhora. Afinal, a mulher tinha tantas! E vivia ganhando muitas outras, tanto do marido, quanto dos inúmeros amantes que a visitavam quando seu senhor viajava para Gênova. Voltou a se concentrar no noivo, aguardando uma explicação.

O ladrão encarou Suf, estupefato. Pela Virgem, o parvo apostara *mesmo* a joia da própria mulher? Rato corria alguns riscos para viver. Mas fazer aquilo era suicídio!

— Meu amigo, de todos os idiotas que encontrei, você é certamente o maior deles. Apostou a joia de sua mulher?

Os guardas, que assistiam à contenda, entraram entre o trio e a ruiva.

— *Signorina*, estas pessoas a incomodam? — Indagou o solícito Paolo, para desespero de Rato

— Sim, mas não é nada sério pelo visto — piscou um olho para Paolo. — Na verdade acho que beberam demais e estão confundindo as coisas. Afinal — encarou Domenica e Suf —, eu ganhei o pingente daquele sujeito ali, moça — apontou para Rato — e não de seu noivo.

Domenica bufou, cruzou os braços e olhou de Suf para Rato, tentando imaginar por que diabos o noivo daria seu pingente ao sujeitinho magricela e malvestido à sua frente. Não tardou para que chegasse a uma conclusão que a levou a arregalar os olhos e encarar o noivo com expressão de asco.

— Suf... Com um... *homem*...?

— Hã? — Rato não entendeu, ao passo que Suf retrucou.

— O quê? Não! Claro que não!

— Está tudo acabado entre nós! Seu...seu *pervertido*!

Paolo coçou a cabeça, Guido cutucou o próprio ouvido e Radegund bocejou.

Rato pensou se conseguiria arrancar a o pingente das mãos da ruiva e sair correndo.

Domenica olhou para Suf e desatou a chorar.

Suf encarou sua agora ex-noiva sem saber o que dizer para desfazer o mal-entendido.

— Deseja que nós os atiremos a uma cela, *signorina*? — Paolo indagou, tentando pôr fim à confusão.

— Não será necessário — olhou com reprovação para o trio — apenas deem-lhes um banho frio. Estão acordando o povo que quer dormir.

Os guardas assentiram e se despediram da ruiva. Começaram a conduzir os indignados prisioneiros pelos braços. Suf grunhiu sua frustração. Rato amaldiçoou o vício nos dados. Domenica chorava e acusava o ex-noivo.

— Agora entendo porque andava fugindo de mim!

Sorrindo, Radegund virou Lúcifer na direção de casa e comentou com o animal.

— Agora sim as pessoas poderão dormir sossegadas...

Animada, retomou a cantiga de onde havia parado.

4 - ...POR NADA!

Radegund atravessou a casa silenciosa e chegou ao corredor que dava para os dormitórios. Mark a recebeu com um sorriso e a expressão descansada.

— Olá, garota, chegou cedo hoje. O sol nem apareceu! Significa que vai dormir comigo o resto da noite? — Ele se encostou de forma indolente no batente, à entrada do quarto dela.

— Não — ela grunhiu, sonolenta e mal-humorada.

Aquela confusão na rua tinha deixado sua cabeça doendo. Antes tivesse ficado mais um pouco na taverna e tomado mais um jarro de cerveja.

— Oh! — Mark fingiu mágoa — acabou de partir meu coração.

A ruiva apenas lançou a ele um olhar de desdém. Entrou no aposento com o amigo em seus calcanhares. Começou a arrancar as roupas e a jogá-las pelo chão. Quando ele pegou uma túnica no ar, ela finalmente respondeu.

— Estou bêbada e com sono, Mark. Vá amolar outro.

— Ora, vamos, garota! — Ele caminhou na direção dela e colocou a túnica suja sobre um baú. Sentou-se numa cadeira e sorriu, sedutor — eu aqui sem camisa, me exibindo... não está se sentindo nem um pouco tentada?

— A única tentação que tenho neste momento é a de tomar um banho e pedir a Iohannes que faça um chá que me cure desta bebedeira.

Ele fez uma fingida cara de mágoa.

— Acabou de atingir minha masculinidade assim.

— Quando eu quiser atingir sua masculinidade, chutarei suas bolas. Agora, caia fora.

— Tudo bem — ele ergueu as mãos numa rendição e se levantou da cadeira — mas se mudar de ideia...

— Desapareça, Mark.

Antes de sair, ele chegou bem perto dela e sussurrou em seu ouvido.

— Mulher azeda.

Ganhou uma cotovelada nas costelas. Mark ia saindo do aposento quando olhou sobre a cômoda de cedro. O brilho de um pequeno objeto sob as velas chamou sua atenção.

— Ora, onde arranjou isso?

Radegund revirou os olhos, enquanto esfregava um pano úmido sob o pescoço para se limpar. Não era possível que ele estivesse com toda aquela disposição no meio da madrugada...

— Isso o quê, homem?

Ele pegou o pequeno pingente, que havia escapulido da bolsa displicentemente atirada sobre o móvel.

— Nunca a vi se interessando por joias... — Ele lançou à ruiva um sorriso zombeteiro — arranjou um admirador?

Depois de dar a ele mais um olhar de desdém, Radegund explicou.

— Ganhei no jogo. Pode ficar com ele. Quem sabe não conquiste alguma *admiradora*. Agora faça o favor de sumir, sim — foi empurrando o amigo para o corredor — e só me acorde depois do Juízo Final.

Mark se voltou para dizer mais uma provocação, mas porta bateu, quase acertando seu nariz. Deu de ombros e saiu assoviando uma melodia alegre, enquanto brincava de atirar o pingente para cima com uma das mãos. Havia uma certa *admiradora* sua que ficaria muito bem com aquela joia. E só com ela...

Elisa admirou o próprio reflexo no espelho de prata. O dourado do pingente fazia mesmo um lindo contraste com sua pele trigueira. Sorriu para o homem recostado à soleira de sua alcova. Fazia algumas semanas que não se viam, o que justificava o presente que ele lhe trouxera naquela manhã solitária.

— *Caro mio*, eu adorei! — Voltou-se para ele, os cachos negros acariciando o colo nu, o pingente repousando no vale entre os seios empinados.

Mark se aproximou, o olhar sedutor percorrendo as curvas generosas. Deslizou um dedo pelo pescoço e pelo ombro da mulher, causando-lhe um arrepio.

— Fico feliz que tenha gostado, *carissima*. Achei que combinaria com seu tom de pele e com esses lindos olhos castanhos.

Colando-se a ele, a esposa do mercador ronronou:

— Posso até perdoá-lo por não ter aparecido por tanto tempo.

Enquanto apalpava as nádegas carnudas, ele sussurrou:

— Seu coração generoso a torna ainda mais bela.

Elisa deu um gritinho animado quando ele a levantou do chão e largou-a sobre a cama, juntando-se a ela logo em seguida. O pingente sumiu entre os dois corpos nus.

O sol havia passado do meio do céu quando Elisa rolou para o lado, saciada e sorridente. Mark apoiou-se num dos cotovelos e afastou os cabelos negros do colo suado da parceira. Ajeitou o pingente no lugar e comentou.

— Ficou realmente muito bem em você.

— Sim. E o mais curioso — Elisa comentou — é que tive um idêntico a esse que desapareceu. Se não fosse impossível, poderia jurar que é o mesmo.

— Ora — Mark ficou curioso —, não me diga! Desapareceu? Como?

A mulher deu de ombros, lançou a ele um sorriso lânguido e bocejou.

— Não faço ideia — espreguiçou-se e o observou, enquanto ele se levantava e se vestia. — Eu o verei de novo?

Mark sorriu e acabou de ajeitar as roupas.

— Quem sabe? —Abaixou-se e beijou sua fronte — foi bom revê-la, Elisa.

— Digo o mesmo. Pode me fazer um favor ao sair?

— Claro.

— Peça a Domenica, minha criada, para preparar meu banho.

— Sem dúvida, *cara mia.*

A ESTRANGEIRA

NORUEGA. JULHO, 1188

Ulla sorriu e alisou o vestido enquanto sua mãe puxava uma das orelhas de Björn. Seu irmão teve que se inclinar para o lado — não sem antes fazer uma careta e resmungar — para que a mãe conferisse se o filho mais velho se lavara corretamente. Aproveitando a distração da matriarca, Ulla se inclinou e olhou para Einar por detrás das costas de Björn. Ganhou uma piscadela discreta do irmão do meio e empertigou-se quando a mãe mudou o foco da inspeção para ela. Perfilados como soldados diante da impassível Marit Ingesdatter, os três filhos de Sven Haakonson aguardavam pacientemente que a senhora concluísse sua revista. Ulla sabia que não adiantava se mostrar impaciente. Marit era rigorosa e detalhista com o asseio de seus filhos desde que os três tinham saído de seu ventre. Não importava o fato de que tinham idade suficiente para se casarem e terem os próprios filhos. Tinham que andar impecavelmente limpos. Tendo vivido num convento antes de se casar com o pai deles, Marit cuidara de muitos doentes. Ela dizia que a boa higiene era tão imprescindível à saúde quanto aos narizes alheios. Ulla concordava. Numa idade em que os pretendentes caíam à sua porta como as folhas caíam no inverno, recusara inúmeros deles apenas por cheirarem mal.

O motivo de tanto alvoroço, e das criadas terem batido *todas* as tapeçarias, trocado *todos* os tapetes, esfregado o chão de *todos* os cômodos, areado *todas* as travessas — e até mesmo as panelas e caldeirões — e enchido o salão, os quartos e os corredores com vasos de flores frescas e ervas aromáticas, além de terem trocado as velas comuns do salão pelas de cera de abelha, foram as notícias que receberam no dia anterior. Os faróis e as fogueiras ao longo do fiorde, desde Nidaros até ali, avisavam que o navio que trazia seu irmão e sua esposa para casa logo atracaria no ancoradouro de Svenhalla.

Ulla suspirou, o coração batendo apressadamente. A expectativa de reencontrar Ragnar fazia com que dezenas de borboletinhas irrequietas voassem dentro de sua barriga. Bem, pelo menos era com isso que se parecia aquela sensação. Fazia mais de dez anos que não o via. Quando Rag fora embora — ela o chamava daquele jeito, e só ela — chorara noites e dias à fio. Era apegada demais a ele e não entendia muito bem, naquela época, porque seu irmão favorito a abandonara tão de repente. Era uma menina ainda e fora poupada dos detalhes sórdidos da traição de Karin. Só quando cresceu, e mesmo assim apenas porque escutou uma conversa entre Bjorn e o pai às escondidas, que entendeu a verdadeiras razões para Ragnar ter partido daquele jeito.

O topo do mastro apareceu no horizonte, além dos recortes montanhosos de sua terra. Pouco depois o imponente Tyr iniciava as manobras de atracação. Ulla retorceu as mãos e ajeitou o toucado pela enésima vez. Estava tão ansiosa!

— Posso sentir daqui o cheiro de sua impaciência, jovem Svensdatter.

Ulla observou Hrolf Brosa, que se aproximava com os passos comedidos de sempre.

— Olá para você também, Hrolf — ela conseguiu dar um meio sorriso e voltou o olhar para o cais, onde os cabos eram presos.

— Ainda bem que não estamos numa caçada — Hrolf comentou, pondo-se ao lado dela após acenar para o restante da família — caso contrário teria espantado todas as presas. Tudo isso é por causa do seu irmão?

— Sim — ela mordeu o lábio inferior, nervosa — e também por causa dessa *esposa* dele.

O rastreador conteve um sorriso. Ulla praticamente cuspira a palavra esposa. Seu irmão favorito voltava para casa e sua atenção não seria exclusiva dela, como fora desde a infância. Tentou tranquilizá-la.

— Se serve de consolo, conheci a moça quando estive na Terra Santa. Leila é muito gentil. Acredito que logo serão muito próximas. Ulla se empertigou e empinou o nariz. Hrolf prosseguiu — se não estivesse usando esse toucado, puxaria suas tranças. Parece uma menina mimada...

— Diabos, Hrolf!

— Shh, Marit vai lavar sua boca com sabão se escutar você falando como um dos marujos de seu irmão.

Ulla encolheu os ombros, num gesto de desdém, mas olhou de soslaio para a mãe. Marit conversava com o marido e não ouvira a imprecação da filha. *Menos mal.*

A prancha do Tyr finalmente foi baixada. Alguns marinheiros desceram na frente e finalizaram os procedimentos de atracação, permitindo que os passageiros desembarcassem em segurança. Mal Ragnar despontou no tombadilho, Ulla saiu correndo, ignorando as convenções sociais, as admoestações dos pais e as risadas dos irmãos. Jogou todas as formalidades às favas e quando os pés de Ragnar tocaram o chão, ela pulava sobre ele, disparando numa torrente de palavras que misturavam boas-vindas, imprecações, reclamações por sua partida e felicidade por sua chegada.

— Ei, pestinha! — Ragnar observou seu rosto — meu Deus, como você ficou linda!

— Rag, que saudade! — Ela conseguiu falar entre lágrimas, com o rosto apertado contra o peito largo do irmão.

Emocionado, ele a afastou um pouco. Acariciou seu rosto com as pontas dos dedos e bagunçou o toucado precariamente preso sobre as madeixas platinadas.

— Senti muitas saudades, minha irmã.

— Não devia ter ido embora daquele jeito, Rag — repreendeu-o —, sequer se despediu de mim...

Ragnar deixou os ombros curvarem. Olhou a irmã nos olhos. Refletida nas íris da cor de safiras estava a mágoa da menininha que deixara para trás na calada da noite. Naquele tempo, quando a amargura fora tão profunda a ponto de obrigá-lo a ir embora decidido a jamais pisar novamente em sua terra, ele partira sem se despedir da irmã caçula. Sabia, embora fosse um rapaz tão impetuoso quanto os irmãos, que se olhasse naquele rostinho e visse as lágrimas descendo sobre as bochechas rosadas de Ulla, jamais teria tido coragem de deixar Svenhalla. E se não tivesse deixado sua casa, hoje não teria ao seu lado o amor de sua vida.

— Um dia você compreenderá minhas razões, minha irmã. Agora — fez um gesto para o lado e chamou a jovem morena e graciosa que o aguardava alguns passos atrás —, quero que você conheça Leila.

A primeira coisa em que Ulla reparou foi nos olhos da estrangeira. Eram quase dourados, da cor do mel. Depois observou sua pele morena, bem mais escura do que a de sua gente, e nos cabelos castanhos que escapavam sob o capuz de um tipo de manto bastante diferente. Era pequena, mais baixa do que todos em sua casa, mal batia no peito de seu irmão (embora isso não quisesse dizer muita coisa, pois Ragnar era maior até mesmo do que Björn e seu pai). Antes que Ragnar a chamasse, a estrangeira estivera olhando ao redor com enorme curiosidade, como se nunca tivesse visto as árvores, o mar, as montanhas, os cães que pulavam em torno deles, enfim, como se nunca tivesse visto nada daquilo que ela, Ulla, crescera achando comum e natural. Mal ouviu que o irmão dizia. Notou apenas a forma carinhosa como o braço dele envolveu os ombros da estrangeira quando fez com que ela se aproximasse deles. E o olhar amoroso com que ele a brindou. Um olhar demorado e cuidadoso, que sempre fora endereçado a ela, Ulla. O choro subiu à sua garganta, obrigando-a a se esforçar para engoli-lo. Respirou fundo e compôs a expressão um instante antes que Ragnar voltasse novamente a atenção para ela, enquanto falava com a esposa.

— Leila, esta jovem encantadora é a minha irmã, Ulrika, a quem todos nós chamamos de Ulla.

A recém-chegada ergueu os olhos e encarou Ulla pela primeira vez. E embora esperasse ver nos olhos da outra o recato e a timidez de uma estrangeira em terra estranha e em meio a gente estranha, surpreendeu-se com seu olhar perspicaz. Embora fosse quase tão jovem quanto ela mesma, ela a encarou com a firmeza que sua mãe Marit a encarava quando a apanhava aprontando alguma reinação. Num sotaque forte, a estrangeira a cumprimentou na língua deles, numa deferência e — no que pareceu a Ulla — num desafio.

— É uma alegria conhecê-la, Ulrika — em seguida, demonstrando pela primeira vez alguma insegurança, passou a falar num francês carregado — perdoe-me se ainda não sou fluente no seu idioma. Ragnar me ensinou um pouco durante a viagem. Espero que possa aprender conforme passarmos algum tempo juntas.

Num impulso de ciúme infantil, Ulla respondeu.

— Pois arranje outra tutora para ensiná-la a falar direito. Sou muito ocupada, não tenho tempo a perder com você.

Em seguida, virou as costas e marchou para dentro dos portões de Svenhalla, deixando o irmão, a cunhada e toda a família estupefatos para trás.

DIAS DEPOIS...

— Entre, está aberta.

Hrolf enfiou a cabeça no espaço entre a porta e o batente. Espiou dentro da casinha, o refúgio sagrado de sua pupila. Situado dentro das terras de Svenhalla, mas fora de seus muros, o chalezinho era uma das muitas concessões que Sven Haakonson fizera à filha caçula. Era ali que ela se refugiava e ninguém — nem mesmo o pai — ousava interromper a moça quando ela se retirava para estudar seus livros de ervas, preparar unguentos e poções ou apenas ficar sozinha com seus pensamentos. Ulla estava sentada no chão sobre os joelhos dobrados, com uma tigela de louça nas mãos, macerando algumas ervas.

— Isso fede — Hrolf apontou a vasilha.

— É um unguento para os cascos dos animais que vieram no navio.

Com a intimidade de anos, Hrolf soltou o alforje no chão e se sentou sobre um dos poucos móveis dentro do chalé de Ulla, uma cama estreita. Encarou a pupila e perguntou de chofre.

— Que bicho mordeu você, jovem Svensdatter? Seu irmão volta para casa depois de anos, Svenhalla toda está em festa e você enfurnada aqui. O que diabos deu em você para agir daquele jeito?

— Não se meta, Hrolf — resmungou mal-humorada sem se dignar a olhar para ele.

Hrolf a conhecia desde bebê. Era seu mentor e seu confidente. Não era capaz de esconder nada dele. Mas, num momento em que nem ela mesma entendia porque sentira tanta raiva da estrangeira, não conseguia explicar o que se passava em seu coração. Era como se depois de anos de devoção à Ragnar, ele a tivesse traído. Mas, por Deus, seu irmão era um homem adulto e naturalmente seu caminho na vida seria arranjar uma esposa e ter filhos. Por que diabos estava tão ressentida?

— Você está com ciúmes, Ulla — Hrolf disparou como se tivesse ouvido seus pensamentos — é isso que está sentindo. Está como uma lobinha cujo irmão apareceu na alcateia com uma companheira. Ele não rolará mais relva com você, não haverá corridas nem folguedos pela floresta. Logo ele lamberá a própria cria e não haverá mais tanto tempo para você como quando vocês eram crianças. É isso o que está sentindo, minha jovem?

As palavras de Hrolf derrubaram seu autocontrole. Como um dique rompido, as lágrimas desaguaram em abundância. Deixando a tigela no chão, Ulla escondeu o rosto nas mãos e chorou. Hrolf permaneceu sentado no mesmo lugar. Paciência era o melhor remédio para resolver todas as situações. Sendo assim, esperou que os soluços de Ulla acalmassem. Quando se tornaram apenas suspiros sentidos, ele se levantou, apanhou um pedaço de pano, molhou com água do jarro que estava sobre a lareira e se ajoelhou ao lado dela, limpando seu rosto como fizera tantas vezes quando ela era apenas uma menininha arteira que o perseguia floresta adentro.

— Eu não queria sentir isso, Hrolf — ela gemeu, os olhos vermelhos suplicando a ele uma solução — eu nem conheço a estrangeira, mas sinto tanta raiva dela...

— Ulla, eu conheço você desde que nasceu. Sei que não é uma moça mesquinha. — Hrolf se ajeitou no chão ao lado dela e pôs uma das mãos em seu ombro, encarando-a. — Sua mágoa não é com Leila. Você está com raiva de Ragnar, mas não tem coragem de dizer isso a ele. A verdade é que você o idolatrava e ele a abandonou sem lhe dar explicações. Só que, junto dessa raiva, você também está com muita saudade dele.

— É como se eu não pudesse brigar com ele, mas tivesse que brigar com alguém, não é? — Concluiu ela, depois de uma fungada.

— Sim, menina.

— E agora Hrolf? Como desfaço o que fiz?

— Não desfaz. Isso é impossível, Ulla. Você destratou Leila antes mesmo que fosse apresentada formalmente a sua família. E depois disso sumiu de casa. Tive que gastar todos os meus argumentos com seu pai e sua mãe para que Haakonson não viesse aqui pessoalmente e a levasse de volta pelas orelhas.

Os ombros dela vergaram. Estava em maus lençóis.

— Estou com vergonha de voltar para casa, Hrolf.

— Eu entendo, mas uma hora terá que voltar, encarar o que fez e...

Uma batida suave à porta do chalé interrompeu Hrolf. Surpresos, ele e Ulla viram aparecer na soleira a última pessoa que esperavam que viesse àquele local.

— Perdoem-me — Leila começou num tom suave, ainda hesitando ao pronunciar as palavras na língua do marido —, Ragnar me disse que a encontraria aqui, Ulrika. Como vai, Hrolf?

O rastreador se levantou e cumprimentou Leila.

— Olá, Leila. É bom vê-la. Fique à vontade, eu estava de saída — pegou o alforje que deixara no chão e acenou para Ulla —, até logo jovem Svensdatter.

Com a saída repentina de Hrolf, Ulla ficou sem ação. Estava envergonhada da própria atitude, mas também magoada com Ragnar e a estrangeira, embora esta última nada houvesse feito contra ela.

— Quer que eu vá embora, Ulrika? — Leila indagou, agora num francês carregado.

— Ninguém me chama assim.

— Não me sinto no direito de tratá-la da forma como seu irmão a trata, não sem antes conversar com você — deu mais um passo para dentro do chalé e encostou a porta atrás de si. Olhou ao redor e acabou se sentando no mesmo lugar onde Hrolf estivera, na beirada da cama. Ulla reparou no quanto seus passos eram suaves e em como ela era graciosa. Parecia uma pequena fada. — Gostaria de saber por que não gosta de mim se sequer nos conhecemos.

Ulla arregalou os olhos, espantada e, porque não dizer, agradavelmente surpresa com a franqueza da estrangeira. Esperava rodeios e subterfúgios, palavras doces e tentativas de conquistar sua amizade em nome da paz familiar. Jamais imaginara que ela fosse tão direta. Resolveu usar da mesma política.

— Nem eu mesma entendo... — começou em sua língua materna, mas foi interrompida.

— Por favor, podemos falar na língua dos francos? Ainda não sou hábil em seu idioma e quero compreender tudo o que diz. Não quero que haja nenhum mal-entendido entre nós.

Novamente Ulla ficou boquiaberta. A despeito da aparência delicada, a mulher tinha a fibra de um general! Um meio sorriso surgiu em seus lábios.

— Por mim está ótimo — concedeu. — Como dizia, não sei explicar. E peço desculpas por meu comportamento inadequado no dia de sua chegada, senhora.

— Leila, apenas Leila — a estrangeira alisou a saia do vestido antes de encará-la firmemente. — Eu não tenho irmãos. Nunca tive. Aliás, além de Ragnar, não tenho mais família, todos se foram. Mas, se eu tivesse uma família como a sua e irmãos como os seus, eu ficaria muito aborrecida se um deles sumisse sem me dar satisfações por anos a fio e depois aparecesse com uma estranha a tiracolo bem debaixo do meu nariz.

A irmã de Ragnar se empertigou.

— Acaso estava ouvindo atrás da porta?

— Como?

— Minha conversa com Hrolf ainda há pouco — esbravejou —, ficou ouvindo atrás da porta e agora está repetindo praticamente a mesma coisa!

— Ora, ora — divertiu-se Leila — não é à toa que gosto um bocado daquele sujeito... E para sua informação, eu não ouvi sua conversa. Ragnar me trouxe naquele momento e ficou lá fora, me esperando.

Ulla empalideceu.

—E-ele está aqui? Meu irmão...?

— Sim, e está a uma distância discreta da porta, portanto, nada do que dissermos aqui será ouvido por ele. Acalme-se. E sente-se aqui ao meu lado, por favor — deu uma batidinha na cama — precisamos conversar como as duas adultas que somos.

Desafiada a provar a própria maturidade, Ulla engoliu o ciúme e se sentou ao lado dela. Logo a visitante retomou a palavra.

— Ragnar me falou muito de você. Ele a ama profundamente e sentiu demais sua falta durante esses anos.

— Sabia que ele foi embora sem sequer me dizer adeus? — Ulla fungou — eu fui dormir numa noite e no dia seguinte ele não estava mais lá. Eu tinha só sete anos! Durante muito tempo eu não tive nenhuma notícia dele, nenhuma! Sequer sabíamos se ele estava vivo ou morto. E agora... — um soluço interrompeu suas palavras.

Leila tocou seu rosto e sorriu suavemente.

— Agora, quando você achava que recuperaria a atenção dele, ele chega com uma esposa. Ulrika, olhe para mim — quando ela fez que o que Leila pedia, a conversa continuou — por que não diz ao seu irmão o que sente? Acredite em mim: as mágoas e os segredos que guardamos só nos envenenam. Ragnar é o homem mais amoroso que conheci. Ainda assim, as mágoas e as coisas não ditas quase destruíram o amor que sentimos um pelo outro.

— Como assim?

— Vou lhe contar nossa história.

O sol passava do meio do céu quando Ulla se levantou, sendo imitada por Leila. Encarou a estrangeira timidamente e abriu a porta do chalé. Do outro lado da clareira onde ficava a pequena construção, Ragnar acariciava o pescoço da montaria, distraído. Leila encostou-se no batente e observou a moça. Com passos firmes, Ulla caminhou até onde estava o irmão. Tocou-o levemente no braço, fazendo com que voltasse a atenção para ela.

Daquela distância era impossível para Leila ouvir o que eles conversavam. Mas era capaz de adivinhar o que diziam, pelo jeito de Ulla e Ragnar. A moça mantinha o rosto erguido e a postura beligerante. Gesticulava energicamente, enquanto o irmão a escutava quieto e cabisbaixo. Algo que a jovem disse o atingiu mais profundamente, pois ele ergueu a cabeça, parecendo espantado. Depois, seus ombros vergaram. Ele começou a falar alguma coisa, ao passo que Ulla escondeu o rosto nas mãos e começou a chorar. E seu marido, que tinha o coração mais mole do que manteiga, abraçou a irmã e chorou também.

O tempo passou. O sol fez com que as sombras se alongassem, deixando a clareira na penumbra. Leila se sentou junto à porta e esperou. A reconciliação dos irmãos era mais importante do que tudo naquele momento. Para que sua vida na casa da família de Ragnar fosse plenamente feliz, Ulla teria que estar feliz. A moça era — como o próprio Ragnar lhe dissera um dia — um raio de sol na vida dele. E o que mais queria era que a mocinha a aceitasse, que se tornassem amigas com o tempo. Distraída, só percebeu que a conversa terminara quando os dois apareceram diante da porta de braços dados.

Ragnar estendeu a mão, ajudando-a a se levantar. Mal se colocara de pé, foi surpreendida por Ulla, que a abraçou com força.

— Obrigada, Leila — afastou-se um pouco e olhou nos olhos da esposa de seu irmão. — Pensei que tivesse perdido meu irmão. Mas percebi que foi você quem o trouxe de volta. Sem você, talvez Ragnar jamais tivesse voltado para casa, e eu jamais tivesse conseguido dizer a ele o que ia em meu coração. Perdoe-me por tê-la recebido tão mal. A partir de hoje, quero que me chame de Ulla.

— Eu me sinto honrada, Ulla. Nem imagina o quanto sua amizade é importante para mim — diante de sua surpresa, Leila continuou — sou filha única, sempre desejei uma irmã. E esperei que pudéssemos nos tornar próximas como irmãs...

O sorriso de Ulla se alargou. Com as mãos ainda nos ombros de Leila, respondeu.

— Svenhalla é sua casa agora. Seremos, sim como irmãs. E embora venha de outra terra, farei com que você jamais se sinta como uma estrangeira nesta casa.

Selou a promessa com outro abraço.

NOTAS DE FIM

1 — *Outremer*: do francês *outre-mer*, que significa além-mar ou ultramarino; o Ultramar. Nome genérico dado pelos francos aos territórios conquistados pela Primeira Cruzada na Terra Santa, abrangendo o Condado de Edessa, o Principado de Antióquia, o Condado de Trípoli e o Reino Latino de Jerusalém.

2 — *Saladino*: Salah ad-Din foi o primeiro sultão do Egito e da Síria e fundador da dinastia aiúbida. De origem curdo-sunita, conduziu uma das maiores campanhas militares contra os cristãos no Outremer. No auge de sua carreira, seus domínios se estendiam do Egito à Síria, abrangendo também a Jazira (Alta Mesopotâmia), o Iêmen, a Hejaz (oeste da península arábica) a Núbia e parte do Mahgreb. O feito mais marcante de sua carreira foi a retomada de Jerusalém (1187), que fora conquistada pelos primeiros cruzados em 1099. Saladino morreu em Damasco em 1193.

3 — *Jihad*: o conceito islâmico de *jihad* é bastante complexo e pouco compreendido pelos não-muçulmanos. Simploriamente traduzida como *"Guerra Santa"*, *Jihad* significa, literalmente, *"esforço"* ou *"empenho"*. A *jihad* se divide em duas: maior e menor. A *jihad maior* tem a ver com a luta interna do indivíduo pelo domínio da alma. Já a *jihad menor* abrange, inclusive, a luta armada em defesa do Islã.

4 — *Wadi* (*uádi*): transliteração do árabe. Denomina o leito seco de rios temporários. Estes rios correm apenas na temporada das chuvas. Enchem-se rapidamente durante as primeiras tempestades da estação, formando uma *"cabeça-d'água"* capaz de arrastar tudo pela frente.

5 — *Exército de Saladino*: os números divergem entre as poucas fontes históricas contemporâneas que sobreviveram até nossos dias. As estimativas sugerem que o exército muçulmano tenha sido de 50 mil combatentes, divididos em 12 mil cavaleiros regulares egípcios e sírios (os *ascaris*), cerca de 26 mil cavaleiros curdos, turcomanos e beduínos e cerca de 12 mil soldados de infantaria.

6 — *Guy de Lusignan*: filho mais jovem do Conde de Lusignan, Guy foi levado à Jerusalém por seu irmão mais velho, o cavaleiro Aimery de Lusignan, que era amante de Agnes de Courtenay, mãe da princesa Sibylle e do rei Badouin IV (conhecido como o Rei Leproso). Embora jovem e de caráter fraco, caiu nas graças da princesa, com a qual se casou, acirrando as disputas internas entre os partidários de Trípoli e Ibelins e aqueles que pendiam aos Courtenays e a Châtillon.

7 — *Lucia de Botrun*: vassala do conde Raymond de Trípoli e herdeira do feudo de Botrun, Lucia é apontada em como o pivô da rixa pessoal entre o senhor de Trípoli e o Grão-Mestre do Templo, Gerard de Ridefort. Segundo o relato de Ernoul, o escudeiro, nas crônicas conhecidas como *Estoire d'Eracles*, em 1173, o cavaleiro flamengo Gerard, então recém-chegado ao Outremer, colocou-se a serviço de Trípoli. Este lhe prometeu a mão da primeira herdeira adequada que houvesse em seu condado. Meses mais tarde, o

senhor de Botrun faleceu, deixando todas as suas terras para Lucia. Nesse meio tempo, um rico pisano chamado Pilvano ofereceu ao conde de Trípoli o peso da jovem Lúcia em ouro, oferta que o conde rapidamente aceitou, ignorando o acordo feito com Gerard. Segundo as crônicas, Pilvano teria pagado dez mil besantes de ouro puro pela noiva, o equivalente a 64 quilos. Ridefort então deixou o serviço de Trípoli e ingressou na Ordem dos Cavaleiros do Templo, da qual se tornaria Grão-Mestre em fins de 1184.

8 — *Balian de Ibelin*: provavelmente nascido por volta de 1143, era filho de Barisan de Ibelin e conhecido entre os árabes do *Outremer* como *Balian ibn-Barzan*. Balian teve participação decisiva na batalha de *Montgisard* e logo depois casou-se com Maria Komnena, sobrinha-neta do imperador bizantino Manuel I e viúva do rei Amaury I de Jerusalém. Foi, juntamente com Raymond de Trípoli, conselheiro e grande opositor de Guy de Lusignan, o consorte da rainha Sibylle de Jerusalém. Ambos foram contra o deslocamento das tropas cristãs para Hattin, fato que resultou num massacre do exército de Jerusalém. Tendo sido um dos poucos barões a escapar, Balian se refugiou em Tiro. Posteriormente retornou a Jerusalém, onde participou da defesa da cidade contra Saladino e depois negociou sua rendição e a evacuação pacífica dos residentes cristãos. Balian ainda lutou junto a Richard da Inglaterra. Quando este assinou um acordo com Saladino, encerrando a Terceira Cruzada, Balian foi recompensado com terras pelo sultão, que o tinha em alta conta, já que ele fora o principal articulador de tal acordo. Balian faleceu com pouco mais de cinquenta anos em 1193.

9 — *Albornoz*: do árabe *al-burnus*. Um tipo de capa ou manto comprido, provido de capuz pontudo, geralmente de lã. Atualmente é bastante usado no Marrocos, Tunísia e pelos berberes do Norte da África.

10 — *Turcopolo*: do grego antigo *tourkópouloi* (*filhos dos turcos*). Cavalarianos nativos, geralmente filhos da infantaria franca que se estabeleceu na região com mulheres cristãs nativas do Outremer. Portavam armamento leve, mais rápidos e ágeis do que a cavalaria cristã convencional. Muitos também eram arqueiros montados, o que dava grande vantagem ao lado para o qual lutavam. Eram usados principalmente para fazer frente à cavalaria muçulmana, que era leve e contava com os velozes cavalos iemenitas. Em meados do século XII, no Outremer, compunham a classe dos "sargentos", da qual também faziam parte os *sodeers,* nome dado aos mercenários.

11 — Os muçulmanos em Jerusalém, e nas outras terras conquistadas pelos *cruzados,* eram autorizados a manterem suas posses e seus negócios mediante o pagamento de um tributo chamado *dime*.

12 — *Renaud de Châtillon:* considerado um dos mais infames líderes cristãos no *Outremer,* Renaud era o filho mais jovem do conde de Gien e senhor de Châtillon-sur--Loing. Especula-se que tenha nascido por volta de 1125. Aderiu ao exército da Segunda Cruzada e, após sua derrota, permaneceu no Outremer, servindo ao rei Badouin III. Casou-se com a princesa-viúva Constance, em 1153, tornando-se príncipe da Antióquia. Junto com Thoros da Cilicia, foi responsável pela sangrenta invasão e pilhagem à ilha de Chipre, em 1156. Em 1160, Renaud foi aprisionado por Nur ed-Din, permanecendo no cativeiro em Alepo por dezesseis anos. Partiu para Jerusalém após sua libertação, junto

com o companheiro de cativeiro, Josselin III, conde de Edessa e irmão de Agnes de Courtenay. A partir de então, já viúvo, ascendeu socialmente através do casamento com Étiennette de Milly (1177), herdeira da Transjordânia. Através de Étiennette, Renaud tornou-se senhor *jure uxoris* da Transjordânia, usando sua posição estratégica para atacar e saquear caravanas árabes e aprisionar peregrinos muçulmanos, no intuito de pedir resgates por eles. Após repetidas violações de tréguas, Renaud atacou uma caravana que saíra do Cairo em direção à Damasco (1187). Matou todos os guardas, pilhou bens e mercadorias e fez prisioneiros. Sua ação foi o estopim para a escalada militar de Saladino, que culminou na queda de Jerusalém. Renaud foi executado pelo próprio sultão, em 4 e julho de 1187, em Hattin.

13 — *Condado de Edessa*: foi um dos "Estados Latinos" ou "Estados Cruzados". Fundado em 1098, caiu em 1144, permanecendo como um título apenas. Em 1187, Josselin de Courtenay, detinha o título de III conde de Edessa.

14 — *Peles-sensíveis*: termo pejorativo pelo qual a classe dos *poulains*, habitantes cristãos descendentes dos primeiros cruzados e nascidos no Outremer, designavam os aventureiros recém-chegados dos reinos da Europa.

15 — *Baba:* transliteração do árabe corriqueiro; "papai".

16 — *Yalla:* transliteração do árabe corriqueiro, usada quando se quer apressar algo ou alguém. Algo como *"depressa!"* ou *"anda!"*

17 — *Edessa:* Josselin III de Courtenay, conde de Edessa (c.1135 – entre 1190/1200), senescal de Jerusalém. Era irmão de Agnes de Courtenay e tio do rei Badouin IV, o Leproso, e da rainha Sibylle. Josselin herdou o título de conde de Edessa, mas o condado já havia sido perdido para os inimigos em 1144. Junto com Balian de Ibelin, comandou a retaguarda das forças cristãs na decisiva Batalha de Hattin. A data de sua morte é incerta, mas acredita-se que tenha falecido no cerco à Acre por volta de 1190.

18 — *Marechal de Jerusalém*: o marechal era o segundo-em-comando na cadeia administrativa do Reino Latino de Jerusalém, logo abaixo do condestável e, geralmente, vassalo deste. Cabia ao marechal liderar os mercenários, comandar a cavalaria e dividir os despojos de batalha.

19 — *Salaam Aleikum*: transliteração do árabe. "A paz esteja sobre vós". Cumprimento usado por muçulmanos.

20 — *Aleikum As Salam:* transliteração do árabe. "E sobre vós a paz". Resposta ao cumprimento acima.

21 — *Senescal*: um dos Oficiais principais do Reino Latino de Jerusalém, logo abaixo do Condestável na hierarquia administrativa. Era responsável pela Alta Corte (*Haute Cour* ou *Curia Regis*, espécie de conselho real) na ausência do Rei, pela administração de castelos, finanças e receitas reais. Josselin III de Edessa foi senescal no período de 1176-1190.

22 — *Crente* ou *Fiel* e uma forma comum de autodenominação entre as pessoas de fé islâmica.

23 — *Cimitarra*: tipo de espada com lâmina curva e apenas um gume, originária da Pérsia, adotada pela maioria dos guerreiros do mundo muçulmano. Sua característica é ser bastante leve e ágil, porém, extremamente resistente.

24 — *Alabarda*: tipo de arma composta por uma longa haste encimada por uma lâmina curva, em forma de meia-lua, semelhante à de um machado. A lâmina é arrematada em seu topo por uma ponta. No lado oposto ao gume, a lâmina afunila-se num gancho ou espigão. Era uma arma de ataque e/ou defesa a média distância usada, principalmente, por soldados de infantaria.

25 — *Mamluk*: (*mamlik*, no plural) palavra árabe que originalmente significava "escravo", mas que se tornou a denominação de uma classe guerreira muçulmana que perdurou por quase mil anos a partir do século VII. Significava um soldado originalmente comprado como escravo, educado e treinado e finalmente empregado como profissional em tempo integral. Eram escravizados ainda jovens, às vezes meninos, entre povos turcos, coptas egípcios, circassianos, *abkhazianos* e georgianos. Havia também *mamlik* nativos dos Bálcãs: albaneses, gregos e eslavos do sul. Devido ao seu *status* singular (sem laços familiares, sociais ou afiliações políticas na sociedade muçulmana) e ao treinamento militar austero, eles eram confiáveis para serem leais a seus governantes. Do século VIII ao século XVI, os *mamlik* formaram o núcleo da maioria dos exércitos muçulmanos. A arte da cavalaria dos *mamlik* era chamada *furusiyya*. Abrangia a equitação e domesticação, a hipologia e o conhecimento veterinário, a arte e a tecnologia militares, a formação do cavaleiro, a arte da caça e esportes de destreza, como a natação. A essas práticas juntava-se um código de virtudes cavalheirescas, além de formação em filosofia e o estudo do Alcorão.

26 — *Cavaleiros Hospitalários*: a Ordem do Hospital de São João de Jerusalém (*Ordo Hospitalis Sancti Johannis Hierosolymitani*) nasceu a partir do Hospital de peregrinos construído nas imediações do Santo Sepulcro, em Jerusalém, antes da tomada da cidade pelos cristãos, em 1099. Era mantido pelos beneditinos e um leigo conhecido como Gèrard Hospitalier era seu administrador. Em 1113 o papa Pascoal II reconheceu o Hospital como um estabelecimento independente, uma ordem autônoma, vinculada diretamente ao papado. Estava assim criada a Ordem Hospitalária que, anos mais tarde, sob a alegação da necessidade de proteção aos peregrinos, e na esteira da fundação da Ordem Templária, passaria por uma transformação em suas estruturas, tornando-se uma Ordem Militar (1136). Seus integrantes eram cavaleiros (eminentemente nobres), sargentos (geralmente burgueses) e clérigos (nobres ou não). O traje do cavaleiro Hospitalário incluía um manto da cor preta, oriundo de suas raízes beneditinas ("os monges negros"). Era usado sobre a armadura e foi encurtado para atender às suas funções militares. A insígnia bordada à frente do manto era uma Cruz Branca simples e, posteriormente, a Cruz de São João.

27 — *Talabarte*: espécie de alça ou cinta de couro, usada na transversal sobre o ombro, usado para transportar a bainha da arma às costas.

28 — *Kohl*: cosmético em pó cuja origem remonta ao período protodinástico egípcio (cerca de 3.100 a.C.). É usado para delinear os olhos

29 — *Maria Komnena*: princesa bizantina, sobrinha-neta do imperador Manuel Komnena (Manuel I), rainha-viúva de Jerusalém e esposa de Balian de Ibelin. Maria foi uma das figuras centrais na disputa pelo trono do Reino Latino de Jerusalém. Maria tinha um altíssimo nível de educação, típico das mulheres da sua família. Os *Komnenas* não eram apenas alfabetizados em clássicos gregos, mas versados em teologia e história, além de serem patronos das artes e das letras bizantinas. Segundo as fontes contemporâneas de Maria, a rixa entre ela e a família de Courtenay teve início quando Amaury, rei de Jerusalém, anulou seu casamento com Agnes de Courtenay sob a alegação de consanguinidade. A anulação teria sido imposta pela Alta Corte do reino como condição para que Amaury fosse endossado como rei, sucedendo seu irmão, Badouin III, morto em 1163. Maria casou-se com Amaury aos 13 anos, em 1167. Em 1174, com a morte do rei, a rainha-viúva Maria era a baronesa de Nablus, que recebeu como dote. Em 1177, Maria se casa com Balian de Ibelin, com quem formaria uma sólida aliança.

30 — *Primas*: Corresponde à segunda hora canônica do dia cristão. As horas canônicas, marcadas pelos toques dos sinos, foram introduzidas pela Igreja Católica (Rito Latino), que dividiu o dia em oito partes: *laudes* (alvorecer), *primas* (seis da manhã), *terças* (nove da manhã), *sextas* (meio-dia), *nonas* (três da tarde), *vésperas* (pôr-do-sol), *completas* (nove da noite) e *matinas* (meia-noite).

31 — *Besante*: denominação comum dada pelos europeus ocidentais não só à moeda bizantina, tanto o *nomisma* quanto o *hyperpyra*, como também aos *dinares* islâmicos e egípcios. As moedas de ouro cunhadas pelos reinos cristãos no Outremer ficaram conhecidos de forma genérica como "besantes sarracenos".

32 — *Ibn al-Athir:* historiador e biógrafo curdo, viajou por algum tempo com o exército de Saladino, registrando seus feitos.

33 — *O acordo entre Saladino e Balian de Ibelin:* após a derrota em Hattin, Balian escapou para Tiro. Porém, Maria, sua esposa e seus quatro filhos pequenos, estavam refugiados em Jerusalém. Balian foi até Saladino e pediu um salvo-conduto para cavalgar até Jerusalém e resgatar sua esposa e seus filhos. Saladino concordou — com a condição de que ele fosse desarmado para Jerusalém e ficasse apenas uma noite. Chegando à cidade, Balian foi recebido com alívio pelos residentes e refugiados. A chegada de um barão testado em batalha e um dos dois únicos que escapara de Hattin foi vista como uma intervenção divina. Os cidadãos e o Patriarca de Jerusalém imploraram a Balian para assumir o comando da defesa. O Patriarca claramente o absolveu de seu juramento a Saladino. Balian, no entanto, enviou uma mensagem a Saladino explicando sua situação e pedindo que o sultão o libertasse de sua promessa. Saladino não só compreendeu a situação do comandante cristão, como enviou 50 de seus próprios homens para escoltar a família de Balian até Trípoli, enquanto Balian permaneceu para defender Jerusalém.

34 — *Sidi*: árabe corriqueiro, senhor.

35 — *Franj*: como eram conhecidos pelos árabes os invasores cristãos. Provavelmente um termo derivado de *franc* (franco, francês).

36 — *Sinbad*: personagem fictício de contos árabes, tardiamente acrescentados ao ciclo das "Mil e Uma Noites". *Sindibādu-al-Ba⊠riyy* (Sinbad, o marinheiro) é descrito como originário de Bagdá. Ao longo de suas sete viagens por terras míticas, enfrenta monstros e feitiçarias, angariando enorme fortuna.

37 — *Cofres templários*: os cavaleiros templários ofereciam, inicialmente aos peregrinos, a possibilidade de depositar seu dinheiro numa comendadoria da ordem em um reino e retirá-lo em outro através de uma nota de crédito. O mecanismo visava evitar que os peregrinos fossem roubados nas estradas durante a peregrinação. Com o tempo a prática se difundiu e se tornou uma das maiores fontes de riqueza da Ordem.

38 — *Akevitt*: ou *aqvavit* é uma bebida destilada a partir de cereais ou batatas e aromatizada com ervas ou especiarias. Seu sabor varia de acordo com a região onde é produzido e seu nome significa "água da vida". Em termos de tradição, está para os países escandinavos como o uísque para a Escócia.

39 — *Djinn*: ou Jinn. Da mitologia árabe pré-islâmica, uma classe de entidades místicas, imateriais. Um espírito que rege ou protege um lugar ou uma pessoa, vulgarmente conhecido como gênios.

40 — *Povos do Livro*: como o Alcorão, livro sagrado dos muçulmanos, descreve judeus e cristãos (ahl al-Kitâb)

41 — *Liten*: do norueguês. Pequena.

42 — *Kjære*: do norueguês. Querida.

43 — *Asgaard*: o reino dos deuses do panteão nórdico, o paraíso.

44 — *Valhalla*: na mitologia germano-escandinava, o salão para onde são levados os guerreiros mortos em batalha. É presidido pelo próprio Odin.

45 — *Hva et helvete*: que diabo!

46 — *Braies*: espécie de calção amarrado à cintura por um cordão; roupa íntima masculina, precursora das ceroulas e cuecas.

47 — *Língua dos francos*: acredita-se que o idioma prevalente dos Cruzados fosse a *langue d'oeil*, ou seja, o francês falado no norte da França. No entanto, devido a diversidade da origem dos exércitos que se deslocavam para o Levante, encontrava-se também a *langue d'oc* (sul da França), o germânico, o inglês, o pisano, a língua lombarda, o siciliano, entre outros. Boa parte dos documentos que sobreviveram até os dias atuais foi redigida em latim ou francês arcaico.

48 — *Conrad de Montferrat*: nobre de origem piemontesa, manteve estreita ligação com o imperador bizantino até partir para a Terra Santa em 1187. Conrad se destacou na defesa de Tiro, tendo organizado a cidade nos moldes de uma *comuna*, similar àquelas com as quais costumava lutar na Itália. Tornou-se temido e respeitado pelos árabes, que o apelidaram de *al-Markis*. Conrad tinha o apoio de Maria Comnena e de seu marido, Balian de Ibelin. Após uma complexa disputa e muitas intrigas de bastidores, Conrad foi eleito rei de Jerusalém, mas acabou morto poucos dias depois por um grupo de *hashashin*.

49 — *Hashashin*: diz-se dos integrantes e da própria seita fundada no século XI por Hassan ibn-Sabbah com objetivo de difundir uma corrente chamada ismaelismo. Esta foi criada pelo próprio Hassan e faz parte do esoterismo islâmico. Seus métodos de infiltração e assassinato primavam pelo disfarce e geralmente agiam em grupos de três. Embora fosse uma seita que lutava contra a ocupação dos cristãos nos territórios do Oriente Médio, muitas vezes aceitaram acordos com barões cristãos para eliminarem seus rivais.

50 — *Set*: divindade egípcia, senhor do caos, da confusão e da desordem.

51 — *Salat*: do árabe, louvor. As cinco orações obrigatórias diárias que os muçulmanos fazem voltados na direção de Meca.

52 — *Aliénor d'Aquitaine*: duquesa de Aquitaine, rainha-consorte da França por casamento com Louis VII (1137-52); rainha da Inglaterra pelo casamento com Henry II (1154-89). Aliénor assumiu formalmente a cruz simbólica da Segunda Cruzada durante o sermão de Bernardo de Clairvaux. Aliénor recrutou algumas de suas damas reais para a campanha, bem como 300 vassalos não nobres da Aquitânia. Ela insistiu em participar das Cruzadas como a líder feudal dos soldados de seu ducado. A lenda de suas *chevalières* foi propagada por trovadores nos anos que se seguiram, mas nunca houve comprovação histórica do fato.

53 — O episódio durante o cerco de Tiro envolvendo Saladino, Conrad de Montferrat e seu pai, Guillaume V de Montferrat, é narrado em diversas fontes históricas primárias, tanto cristãs quanto muçulmanas, como *Estoire de Eracles*, narrativa de Ernoul, o escudeiro de Balian de Ibelin e no *Kamil al-Tawarikh (Sumário da História do Mundo)* de Ibn al-Athir.

54 — *Kaftan*: tipo de túnica de mangas longas e comprido, tradicionalmente usado pelos povos árabes e persas.

55 — *Manuel I Komneno*: imperador bizantino que reinou entre 1143 a 1180.

56 — *Haroun al-Rachid*: quinto califa da dinastia abássida, governou de 786 a 809, período considerado o início da Idade de Ouro islâmica. Ele estabeleceu a biblioteca Bayt al-Hikma ("Casa da Sabedoria") em Bagdá, Durante seu governo, a cidade floresceu como um centro mundial de conhecimento, cultura e comércio. Partes das his-

tórias das "Mil e Uma Noites" são ambientadas na corte de Harun e algumas envolvem o próprio califa.

57 — *Doux*: chefe militar do governo no império bizantino. O posto foi herdado da hierarquia militar romana.

58 — *Protovestiarius*: alta dignidade concedida no império bizantino; o oficial financeiro superior do reino.

59 — *Parvenu*: forma jocosa como eram tratados os aventureiros recém-chegados à Terra Santa pela aristocracia nativa, ou seja, aquela geração de francos nascidos e criados no Outremer. Arrivista.

60 — *Helvete*: inferno

61 — *Shamshir*: cimitarra de origem Persa que se difundiu entre as tropas islâmicas. Tem a lâmina curva seu formato de sabre se tornou popular entre as tropas *mamlik*.

62 — *Tabique*: designação náutica para parede ou divisão dentro de uma embarcação.

63 — *Banu Khalidi*: uma das mais antigas tribos beduínas, constituídas por várias famílias que se espalham desde a península arábica até a Palestina.

64 — *Tauil bālak*: interjeição que exprime insatisfação; "tenha a paciência! "

65 — *Mitt liv*: minha vida.

66 — *Estige*: rio do submundo através do qual o barqueiro Caronte conduz as almas dos mortos. Originalmente um mito grego, foi incorporado às crenças egípcias principalmente a partir do período ptolomaico, que teve início por volta de 305 a.C.

67 — *Valquíria*: deidades menores da mitologia germano-escandinava cuja função era selecionar os guerreiros mortos cujos atos de heroísmo e bravura os tornassem merecedores de habitar o *Valhalla*, o salão presidido por Odin.